Brenda Joyce

Die Geliebte des Normannen

Deutsch von Heinz Tophinke

Weltbild

Originaltitel: *Promise of the Rose*
Originalverlag: Avon Books

Die Autorin

Brenda Joyce stammt von russischen Einwanderern ab und wurde in Brooklyn geboren. Seit der Veröffentlichung ihres ersten Romans 1988 gewann sie zahlreiche Auszeichnungen und gehört mittlerweile – mit einer Gesamtauflage von mehreren Millionen – zu den erfolgreichsten amerikanischen Schriftstellerinnen im Genre »historischer Liebesroman«. Brenda Joyce wohnte viele Jahre in New York City, hat aber inzwischen die Vorzüge des Landlebens für sich entdeckt. Sie lebt heute mit ihrer Familie und ihren geliebten arabischen Vollblütern in Arizona.

Die Geliebte des Normannen

Personen

Das Haus Northumberland:

Rolfe de Warenne, Graf von Northumberland
Lady Ceidre, Gräfin von Northumberland
Stephen de Warenne, Geoffrey de Warenne, Brand de Warenne – ihre Söhne
Isobel de Warenne, ihre Tochter
Neale Baldwin, Burgvogt von Alnwick

Bei Hofe:

William II. (Rufus der Rote)
Prinz Henry (Henry Beauclerc)
Roger Beaufort, Graf von Kent
Adele Beaufort, Rogers Stiefschwester

Weitere Personen in England:

Roger of Montgomery, Graf von Shrewsbury und Arundel
Henry Ferrars, Lord von Tutberry
Duncan, Sohn von Malcolm Canmore und Ingeborg

In der Normandie:

Robert, Herzog der Normandie

In Schottland – das Haus Dunkeld:

König Malcolm III. (Canmore)
Königin Margaret, seine Gemahlin

Edward Edmund Ethelred Edgar Alexander David	ihre Söhne
Mary Matilda (Maude)	ihre Töchter

Auf den Hebriden:

Donald Bane, Malcolm Canmores Bruder

Eine weitere Person:

Doug Mackinnon, Lord von Kinross

TEIL 1

Die Herausforderung der Rose

Prolog

Winchester, 1076

Wieder einmal konnte er nicht schlafen. Er lag da, die Wange auf seinen Strohsack gepresst, und lauschte dem Schnarchen der Ritter um ihn herum – und dem berauschten Gelächter und Geplänkel aus dem Obergeschoss.

Er war erst seit drei Wochen am Königshof, noch nicht lange genug, um sein Zuhause zu vergessen und aufzuhören, sich nach den weiten Mooren Northumberlands oder der heimeligen Wärme des großen Saals von Aelfgar zu sehnen.

Der kleine Junge zitterte, denn es war mitten im Winter, und er fror. Er versuchte, sich noch tiefer in das Stroh und die dünne Wolldecke zu kuscheln, die man ihm gegeben hatte. Er wollte nicht an Aelfgar denken, denn dann musste er auch an seine Brüder denken, und an seine Eltern. Und daran, wie sehr er sie vermisste. Wenn er nur das Bild seiner Mutter vergessen könnte, wie er sie zuletzt gesehen hatte. Als er inmitten der Männer des Königs fortritt, hatte Lady Ceidre ihm mit einem tapferen, aber gezwungenen Lächeln nachgewunken; er hatte die Tränen bemerkt, die ihr über die Wangen liefen, während sie lautlos weinte.

Stephen schluckte. Noch immer drohte dieses Bild, das ihn verfolgte, ihn zu entmutigen.

»Ein Mann weint nicht«, hatte sein Vater ernst bemerkt, als er ihn früher an jenem Tag seines Aufbruchs nach Winchester beiseite genommen hatte. »Es ist eine Ehre, am Hof des Königs aufgezogen zu werden, Stephen, eine große Ehre, und ich weiß, du wirst deine Pflicht tun, wie es einem Mann gebührt, und mich stolz machen.«

»Ich verspreche es, Mylord«, erwiderte Stephen mit großer Entschlossenheit.

Sein Vater ergriff ihn lächelnd an der Schulter, doch seine lebhaften, blauen Augen erreichte dieses Lächeln nicht. Sie waren unerklärlich traurig.

Stephen hatte nicht mit der Einsamkeit gerechnet. Er hatte damals nicht verstanden, was es bedeutete, von daheim und der Familie getrennt zu sein. Er hatte sich nicht vorstellen können, dass er sich so schrecklich nach zu Hause sehnen würde. Noch immer musste er sich unmännlichen Tränen geschlagen geben, auch wenn er es partout nicht wollte. Aber eines Tages würde er heimkehren und sein Erbe antreten, als erwachsener Mann, als Ritter mit Sporen, und sein Vater und seine Mutter würden stolz auf ihn sein.

»Wach auf, Balg!«

Stephen erstarrte. Duncan stand über ihn gebeugt, ein weiterer Junge, der am Königshof lebte. Duncan war ein paar Jahre älter als er, hatte es jedoch weitaus schwerer. Denn er wurde nicht nur am Hof von König Wilhelm erzogen – er diente auch als Geisel. Duncan war der Sohn des schottischen Königs aus dessen erster Ehe. Theoretisch sollte Schottlands König Malcolm nun, da König Wilhelm seinen Sohn Duncan in der Hand hatte, seine Feindseligkeiten gegen England beenden.

Stephen bedauerte Duncan, aber der Junge war so widerlich, dass er es nicht fertigbrachte, ihn zu mögen. Und aus einem unerfindlichen Grund schien Duncan ihn auch zu hassen.

Vorsichtig setzte sich Stephen auf und wischte sich Stroh von der Wange.

»Der Prinz will dich sehen«, sagte Duncan. »Hast du geweint?«, höhnte er dann.

Stephen versteifte sich.

»Ich bin zu alt, um zu weinen«, erwiderte er verbissen und stand auf. Er war sechs. »Was will der Prinz?«

»Weiß ich nicht«, antwortete Duncan, aber er grinste dabei hämisch.

Ohne zu wissen warum, spürte Stephen ein Unbehagen in sich aufsteigen. Es machte ihm nichts aus, zum Prinzen gerufen zu werden. Rufus hatte sich bereits kurz nach seiner Ankunft mit ihm angefreundet; er war sein einziger Freund am Königshof. Da Stephen von allen Knaben der jüngste und die kürzeste Zeit bei Hofe war, ignorierten ihn die anderen Jungen, oder sie gängelten und neckten ihn. Sehr bald hatte er gelernt, wann er sich wehren sollte und wann es besser war, sich zurückzuziehen. Nun war er natürlich verwundert. Rufus hatte ihn noch nie zu sich rufen lassen, schon gar nicht mitten in der Nacht. Stephen machte lange Schritte, um mit Duncan mithalten zu können, als sie aus dem Saal gingen.

Er fragte sich, wohin Duncan ihn wohl brachte, stellte aber keine Fragen. Vor der Abreise hatte sein Vater ihn ermahnt, genau zu beobachten, gut zuzuhören und möglichst wenig von sich selbst preiszugeben. Und niemandem zu vertrauen außer sich selbst. Bislang hatten die wenigen Wochen am Königshof den Wert des väterlichen Rates bestätigt.

Am Eingang zum Stall angekommen, blieb Stephen wie angewurzelt stehen. Rufus war nicht allein dort, sondern mit einigen seiner Freunde, anderen Jungen, die in etwa so alt waren wie der Prinz – um die sechzehn Jahre. Und sie waren alle mächtig betrunken. Einer von ihnen grölte ein ordinäres Lied. Unter ihnen befand sich eine Dienstmagd; zwei der Jungen hatten einen Arm um sie gelegt. Ihre zerrissene Tunika gab den Blick auf einen üppigen Busen und feste Brustwarzen frei. Im ersten Augenblick starrte Stephen verblüfft, doch als einer der Jungen sich an dem Mädchen zu schaffen machte, wandte er sich mit hochrotem Kopf ab.

Der Prinz fixierte den sechsjährigen Jungen. Aus einem unerklärlichen Grund verstärkte sich Stephens Unbehagen noch mehr. Rufus' Gesicht war vom Alkohol gerötet, und seine Augen funkelten wild.

Mit gekrümmtem Zeigefinger lockte er leise: »Komm her, mein hübscher Stephen!«

Stephen stand reglos da. Nicht nur, dass die Augen des Prinzen funkelten und ungewöhnlich glänzten, er hatte auch in einer höchst intimen Art und Weise seinen Arm um einen jüngeren Knaben gelegt. Stephen kannte diesen Jungen nicht; er trug die schäbige Kleidung eines Leibeigenen. Er war sicher nicht der Sohn eines großen Lords, der am Königshof erzogen werden sollte. Als sich ihre Blicke trafen, spürte Stephen sofort große Sympathie für den Jungen.

Sein Vater hatte ihn gewarnt, es gebe bei Hofe Männer, die Knaben zugetan waren, und ihm eingeschärft, ihnen gegenüber sehr zurückhaltend zu sein. Stephen hatte das nur ungefähr verstanden. Er hatte Lust in den meisten ihrer Formen gesehen, auch wenn er ihre Bedeutung nicht erfasst hatte. Nun aber begriff er mit einem Mal, und es verblüffte und erschreckte ihn.

Aber er musste sich einfach irren! Schließlich war dies Rufus, der Sohn des Königs!

Der Prinz trat näher, er schien den anderen Jungen plötzlich vergessen zu haben.

»Guten Abend, Stephen«, sagte er lächelnd.

Wenn er lächelte, sah er ganz gut aus, trotz seiner wirren, flammendroten Haare. Er schlang die Arme um Stephens schmale Schultern und drückte ihn an sich.

»Trink meinen Wein. Er ist außerordentlich gut, aus Burgund.«

Der Prinz war sein Freund, sagte sich Stephen. Doch sein Herz begann zu hämmern und zu rasen. Seit seiner Ankunft in Winchester war Rufus stets freundlich zu ihm gewesen – als einziger von allen Jungen. Doch der gierige Blick, mit dem der Prinz ihn angaffte, behagte ihm ebenso wenig wie die amüsierten und erwartungsvollen Mienen seiner Freunde, und auch die offensichtliche Erleichterung des jungen Leibeigenen alarmierte ihn irgendwie. Stephen kam sich nicht nur wie die Zielscheibe eines unbegreiflichen Scherzes vor, sondern er hatte zudem das Gefühl, dass es sich um einen grausamen, ja einen gefährlichen Scherz handeln musste. Er fühlte sich in der Falle und befreite sich rasch aus der Umarmung des Prinzen.

»Nein, danke, Mylord.«

Rufus streichelte seinen Rücken.

»Warum bist du denn heute so formell, mein Junge? Komm, setz dich zu mir, sag mir, wieso du anscheinend plötzlich Angst vor mir hast.«

Stephen wollte nicht begreifen, was vor sich ging, und doch tat er es. Er begriff, dass in der Absicht des Prinzen nicht einfach nur Freundschaft lag. Er begriff die unnatürliche Lust des Prinzen.

Während er innerlich zerrissen dastand, nicht gewillt, das Schlimmste zu glauben, nicht gewillt, seinen einzigen Freund aufzugeben, und dennoch wissend, dass er in Gefahr schwebte und fliehen musste, ertönte plötzlich eine unbekannte Stimme: »Lass ihn in Ruhe, Will. Lass ihn in Ruhe!«

Stephen zuckte zusammen. Ein Halbwüchsiger, den er nie zuvor gesehen hatte, bahnte sich mit Gewalt seinen Weg durch die Jungen. Der Größe nach schien er nicht älter zu sein als Stephen, doch in seinem Ton lagen Klugheit und Autorität. Und obwohl seine Gesichtszüge wesentlich ebenmäßiger waren und seine Haare eine weit weniger kräftige Farbe hatten, war seine Ähnlichkeit mit Rufus nicht zu verkennen. Dies musste Henry sein, der jüngste Sohn des Königs.

»Wer hat dir erlaubt, dich einzumischen?«, fragte Rufus eisig.

Henrys Lächeln war nicht weniger kalt.

»Bist du noch zu retten? Du willst den Jungen missbrauchen, der eines Tages der Herrscher über Northumberland sein wird? Der eines Tages dein stärkster Verbündeter sein wird?«

Stephen begann zu zittern, denn jetzt hatte er voll und ganz begriffen. Sein Herz schlug nun heftig, aus Furcht und aus Zorn. Mit Freundschaft hatte das Interesse des Prinzen an ihm heute Abend nichts zu tun – nein, es hatte nie etwas mit Freundschaft zu tun gehabt. Der Verrat und die Enttäuschung, die Stephen verspürte, waren unermesslich.

»Das wird dir noch leidtun!«, schrie Rufus.

Das Gesicht hochrot vor Zorn, ging er plötzlich auf seinen Bruder los, offenbar, um ihn zu würgen. Doch Henry duckte sich, und dann begannen er und Stephen gleichzeitig zu laufen, hinaus aus dem Stall und in den Burghof.

»Hier entlang!«, rief Henry, und Stephen folgte dem jüngsten Prinzen in Richtung des Hauptturms. Einen Augenblick später waren sie sicher im großen Saal bei den schlafenden Männern angelangt.

Keuchend und außer Atem fielen sie auf Stephens Lager. Zu seinem Entsetzen bemerkte er, dass ihm die Tränen kamen; Tränen, gegen die er ankämpfte, seit er sich am Hof des Königs befand. Er wollte nur noch nach Hause.

Aber lieber würde er sterben, als sich Henry weinend zu zeigen. Er wandte sich ab, fasste sich rasch und bedankte sich kurz, sobald er wieder sprechen konnte.

»Keine Ursache«, meinte Henry leichthin. Das Stroh raschelte, als er sich aufsetzte. »Hat dir denn niemand geraten, dich vor meinem Bruder in Acht zu nehmen, weil er Jungen viel lieber mag als Mädchen?«

»Nein.« Stephen starrte auf seine Hände. »Er war nett. Ich dachte, er sei mein Freund.«

Es schmerzte. Jetzt hatte er also gar keine Freunde mehr. Nicht hier bei Hofe. Er war weit weg von zu Hause und allein. Dann sah er Henry von der Seite an, der ihm unaufgefordert zu Hilfe gekommen war.

»Warum hast du mir geholfen?«

Henry grinste.

»Weil ich meinen Bruder nicht mag. Weil du eines Tages

über Northumberland herrschen wirst – dann sind wir Verbündete.«

Zum ersten Mal in seinem Leben streifte Stephen eine Ahnung der Macht, die er eines Tages in den Händen halten würde.

»Und wenn ich nicht der Erbe von Northumberland wäre?«

Henry blickte ihn an, sein Lächeln war auf einen Schlag verschwunden.

»Es wäre dumm von mir«, sagte er, »mich gegen meinen Bruder zu stellen, wenn ich nichts davon hätte.«

Stephen fühlte Enttäuschung in sich aufsteigen. William Rufus war nicht sein Freund gewesen, aber ebenso wenig war es Henry. Der hatte ihm zwar geholfen, jedoch nur aus Berechnung.

Henry verschränkte die Arme über den Knien.

»Du bist ein richtiges Baby. Wenn du nicht erwachsen wirst, schaffst du es nie, Herrscher über Northumberland zu werden.«

Jetzt war Stephen ausgesprochen verärgert.

»Du bist nicht älter als ich!«

»Ich bin sieben. Und ich wurde am Hof erzogen, hier und in der Normandie. Ich weiß, wovon ich rede.« Er setzte ein gewinnendes Lächeln auf. »Ein Verbündeter ist viel besser als ein Freund.«

Stephen beruhigte sich; er dachte sorgfältig über diese Worte nach. Henry hatte recht, das bewiesen die Ereignisse des heutigen Abends.

»Dann sind wir Verbündete«, sagte er so entschlossen, dass Henry ihm einen schiefen Blick zuwarf. »Und ich werde mich von deinem Bruder fernhalten.«

Wut stieg in ihm auf. Wie konnte der Prinz es wagen, ihn zu behandeln wie den Leibeigenen, wenn er doch eines Tages der Herrscher von Northumberland sein würde!

Und eines Tages würde der Prinz König sein. Dieser Gedanke wirkte ernüchternd. Eines Tages würde Rufus sein Lehnsherr sein.

»Normalerweise benimmt sich Rufus besser«, meinte Henry, »aber bei dir dachte er wohl, weil du nur eine Geisel bist, würde sich niemand darum kümmern, wenn er tut, was er will.«

Stephen brauchte einen Moment, um zu verstehen, was Henry gesagt hatte.

»Ich bin keine Geisel«, gab er dann zurück.

»Ach, komm! Soll das heißen, das weißt du nicht? Hat dir das niemand gesagt? Dein Vater hat es dir nicht gesagt?«

Stephen konnte es nicht glauben.

»Ich bin keine Geisel. Ich werde lediglich am Königshof erzogen.«

»Du bist eine Geisel, Stephen. Du dienst ebenso wie Duncan dazu, einen mächtigen Vater in Schach zu halten.«

»Aber – mein Vater und der König – sie sind doch Freunde!«

Henry wurde noch ernster.

»Sie waren einmal Freunde. Ich weiß gut, wovon ich rede. Ich habe gehört, wie mein Vater wegen Lord Rolfe de Warenne getobt hat. Er hat Angst, denn er hat ihm zu viel gegeben, und was er ihm nicht gegeben hat, hat sich Lord Rolfe genommen. Du bist hier, um sicherzustellen, dass Lord Rolfe weiterhin den König gegen seine Feinde unterstützt.«

Plötzlich fühlte sich Stephen noch verlassener als zuvor.

»D-das hat er mir nicht gesagt«, flüsterte er und schloss gequält die Augen.

Henry schwieg.

Stephen konnte sich nicht bewegen, konnte nicht atmen. Sein Vater hatte ihm nicht die Wahrheit gesagt! Er wurde nur bei Hofe erzogen, um als Geisel zu dienen, und das war nun wirklich keine große Ehre!

Er öffnete die Augen und ballte die Fäuste. Sein Zorn drohte ihn zu überwältigen. Wie er den König dafür hasste, dass er ihn von zu Hause fortgeholt hatte, dass er seinen Vater gezwungen hatte, ihn wegzugeben! Seinen Vater – den er liebte – und der ihn ebenfalls belogen hatte! Sein Ärger verzehrte ihn. Jetzt verstand er die Tränen seiner Mutter. Jetzt verstand er alles.

»Tut mir leid«, sagte Henry ernst.

Stephen musterte ihn argwöhnisch, dann schluckte er seinen Ärger hinunter und zwang sich zu einem Lächeln.

»Es ist besser, wenn du es weißt«, meinte Henry achselzuckend. »Was willst du jetzt tun?«

»Das ändert nichts«, erklärte Stephen in einem Ton, der nicht der eines sechsjährigen Jungen war, sondern der eines Mannes. »Ich tue meine Pflicht.«

Doch in diesem Augenblick hatte sich alles verändert, für immer.

1

Unweit von Carlisle, 1093

Ein Stelldichein mit dem Geliebten. Mary lächelte verstohlen und beeilte sich, die Burg unbemerkt hinter sich zu lassen. Sie war auf dem Weg zu ihrem ersten Rendezvous und richtig aufgeregt.

Sie hatte sich verkleidet. Statt ihrer Tunika mit den langen, edelsteinbesetzten Ärmeln trug sie das grobe Wollhemd einer Bäuerin, ihren goldenen Gürtel hatte sie gegen ein geflochtenes Lederband ausgetauscht und die spitzen Seidenschuhe gegen Holzpantoffeln. Sie war sogar so umsichtig gewesen, sich von einer Magd ein Paar dicke Wollsocken auszuleihen und das blonde Haar mit einem alten Leinenschleier zu verhüllen. Obwohl sie mit ihrem Geliebten verlobt war, kam für eine Lady – erst recht für sie – nur ein heimliches Treffen infrage, und sie war entschlossen, sich nicht erwischen zu lassen.

Marys Lächeln wurde noch breiter. Sie stellte sich vor, wie ihr schöner Lord sie zu ihrem allerersten Kuss in die Arme nahm. Natürlich war ihre Heirat aus politischen Gründen arrangiert worden, und sie wusste nur zu gut, welches Glück es war, dass sie sich in Doug Mackinnon verliebt hatte, einen jungen Mann, mit dem sie schon seit ihrer Kindheit befreundet war.

Plötzlich vernahm sie Stimmen. Mary verlangsamte ihren Schritt; im ersten Moment dachte sie, Doug sei in Begleitung, doch dann merkte sie, dass es weder Gälisch noch Englisch war, was sie hörte. Mit einem angstvollen Laut versteckte sie sich hinter einer großen Eiche im Gras und lugte hinter dem Stamm hervor. Was sie sah, ließ sie vor Furcht erstarren.

Auf der kleinen Lichtung vor ihr befanden sich normannische Soldaten.

Mary duckte sich unwillkürlich noch tiefer, ihr Herz hämmerte gegen den Brustkorb. Jeglicher Gedanke an ihr Rendezvous mit Doug war verflogen. Wäre sie nur einen Schritt weiter aus dem Wald in die sonnenbeschienene Lichtung hinausgetreten, sie wäre geradewegs ins Lager dieser Soldaten gelaufen.

Sie wagte nicht, sich zu bewegen.

Ihr Vater hatte sie oft damit gehänselt, dass sie für ein Mädchen viel zu schlau sei, und ihr fielen alle möglichen Dinge auf. Warum waren die normannischen Soldaten hier, auf schottischem Boden?

Wussten sie von der Heirat der Liddel-Erbin, die morgen stattfinden sollte?

Liddel war ein wichtiger Außenposten für ihren Vater Malcolm, der für Schottland Carlisle und diesen Teil der Grenze gegen die marodierenden, verräterischen Normannen verteidigte. In den letzten beiden Jahren, seit Malcolm dem normannischen König Rufus dem Roten in Abernathy erneut die Treue geschworen hatte, hatte ein brüchiger Friede geherrscht. Wussten die Normannen, dass Liddel so sehr mit den Vorbereitungen zu den Hochzeitsfeierlichkeiten beschäftigt sein würde, dass sie es sich erlauben konnten, direkt unterhalb der Burg zu lagern und zu spionieren – oder gar noch Schlimmeres?

Wut erfasste Mary. Diese Soldaten führten nichts Gutes im Schilde; sie musste Malcolm sofort mitteilen, dass sie hier waren.

Vom Kauern hinter dem Baum begannen ihre Knie zu schmerzen. Sie richtete sich ein wenig auf, um noch einmal einen Blick auf die Normannen zu wagen. Die Soldaten schlugen ihr Lager auf, obwohl die Dunkelheit erst in einigen Stunden hereinbrechen würde. Doch als sie die Männer genau betrachtete, wurde ihr sofort klar, weshalb sie dies taten. Mary machte große Augen – einer der Normannen war verwundet.

Zwei Ritter halfen einem riesigen Mann, von seinem Streitross abzusteigen; er blutete stark am Bein. Mary hasste den Anblick von Blut, aber sie wandte sich dennoch nicht ab. Sie konnte es nicht. Denn sie blickte auf einen Mann, den sie schon einmal gesehen hatte und der ihr seither nicht mehr aus dem Sinn gegangen war.

Plötzlich fiel ihr das Atmen schwer, ihr Mund wurde ganz trocken. Hätte sie ihn nur vergessen können. Vor zwei Jahren, in Abernathy, hatte er hinter seinem verderbten König William Rufus gestanden; er hatte dessen flammendroten Haarschopf überragt. Seine Gesichtszüge erschienen maskenhaft und hart, während der König sehr selbstgefällig gewirkt hatte. Und im Schmutz zu Rufus' Füßen hatte ihr Vater gekniet, Malcolm, der König von Schottland, und war mit vorgehaltener Waffe gezwungen worden, dem englischen König Treue und Ergebenheit zu schwören.

Mary war damals – natürlich in Verkleidung – die einzige anwesende Frau gewesen; weibliche Wesen hatten bei derartigen Ereignissen nichts zu suchen. Es handelte sich um das Aufeinandertreffen zweier Armeen, nachdem Malcolm einmal mehr versucht hatte, Northumberland zu erobern. Sie befand sich inmitten eines großen Teils der schottischen Streitkräfte, die ihrem Vater treu ergeben waren. Doch deren Zahl erschien erbärmlich im Vergleich zu dem Heer, dem sie gegenüberstanden – dem grausamsten im ganzen Land, dem des Grafen von Northumberland. Und der Mann, von dem sie den Blick nicht abwenden konnte, war der uneheliche Erbe des Grafen gewesen, Stephen de Warenne.

Er hatte sie damals nicht bemerkt. Sie hatte hinter ihrem Bruder Edgar gestanden, als dessen Page verkleidet, und hatte darauf geachtet, keine Aufmerksamkeit auf sich zu ziehen; sie wollte auch von ihrer eigenen Familie auf keinen Fall erkannt werden, denn das hätte Schlimmeres als nur einen

Tadel nach sich gezogen. Edgar hatte sich widerwillig bereit erklärt, ihren mutwilligen Streich zu unterstützen. Auch er wusste, wie zornig ihr Vater werden konnte.

Der uneheliche Erbe von Northumberland zog Mary in seinen Bann; über die Schulter ihres Bruders beobachtete sie ihn aufmerksam. Einmal trafen sich ihre Blicke, nur zufällig, für die Dauer eines Herzschlags.

Doch als sie nun auf ihn starrte, ballte Mary die Fäuste. Ihre Augen waren fest auf ihn gerichtet. Er war einer der schlimmsten Feinde ihres Vaters. Sie betete, er möge an seiner Verwundung sterben.

Er machte allerdings nicht den Eindruck, als würde er dem Tod entgegensehen. Obwohl der Blutverlust ihn geschwächt und er sicher große Schmerzen hatte, war seine Miene fast dieselbe wie damals in Abernathy – hart und unergründlich. Sie wusste um seine Unbarmherzigkeit; nie hatte er den Schotten gegenüber Gnade gezeigt. Kannte er keine Gefühle? Spürte er vielleicht nicht einmal körperlichen Schmerz?

Auf der freien Fläche stand ein großes, schwarzes Zelt, und daneben wehte bereits die Flagge von Northumberland – ein eindrucksvolles Banner in Schwarz, Weiß und Gold mit einer kurzstieligen, blutroten Rose in der Mitte. Mary beobachtete, wie ein Page Felle in das Zelt schleppte, die als Ruhelager dienen sollten. Zwei Ritter stützten de Warenne, als er hineinhumpelte; hinter ihnen schloss sich der Eingang.

Mary ließ sich auf die Erde sinken. Sie fühlte sich schweißgebadet, doch ihr Mund erschien ihr völlig trocken. Die Lage schien schlimmer, viel schlimmer zu sein, als sie anfangs gedacht hatte. Stephen de Warenne war nicht nur unbarmherzig, sondern er war auch ein großer Heerführer, ganz wie sein Vater, und für seine Tapferkeit berühmt. Außerdem besaß er einen ziemlichen Ergeiz.

Der erstaunliche Aufstieg seiner einst landlosen Familie in die Vorrangstellung, die sie heute innehatte, war allgemein bekannt, und das gesamte Reich fürchtete das Emporstreben der de Warennes. Was machte er hier? Welches Unheil würde er diesmal über Schottland bringen?

Mary wusste, dass sie zur Burg zurückkehren und mit ihrem Vater sprechen musste. Doch sie wagte es nicht, sich zu bewegen. Von diesen Männern ertappt zu werden würde einer Katastrophe gleichkommen. Nichts konnte schlimmer sein. Aber trotz ihrer Angst musste sie es riskieren, sich langsam in den Wald zurückzuziehen, bis sie sicher war und losrennen konnte.

Die Männer im Lager waren beschäftigt. Pferde wurden abgesattelt und versorgt. Ein kleines Feuer brannte. Schwerter, Streitäxte, Lanzen und Schilde wurden sorgfältig neben schweren Ledersätteln gelagert. Alles deutete darauf hin, dass es sich um eine gut ausgerüstete Kampftruppe handelte. Wenn sie es nicht schaffte wegzulaufen, solange die Männer mit dem Aufbau des Lagers beschäftigt waren, würde sie warten müssen, bis sie schliefen. Und dann musste sie mit den Wachen rechnen. Mary kauerte sich nieder und kämpfte gegen ihre Furcht an. Ein Zweig brach unter ihrem Fuß, doch niemand hörte das Knacken.

Mit einem langen Seufzer tat sie einen ersten Schritt zurück, ohne das Lager aus den Augen zu lassen. Doch genau in diesem Augenblick rauschte ein Luftzug durch die Krone der Eiche. Mary erstarrte und begann zu beten.

Einige der Ritter, die dem Wald – und ihr – am nächsten waren, drehten sich um und starrten direkt auf den Baum, hinter dem sie sich verborgen hatte. Sie bemerkten sie sofort. Mary brauchte keinen weiteren Ansporn mehr; sie hob die Röcke und floh.

»Halt! Bleib stehen, Weib!«

Sie hörte ihre Verfolger durch das Unterholz brechen und rannte, so schnell sie konnte. Unter sechs Brüdern aufgewachsen, war sie eine gute Läuferin, doch die plumpen Holzschuhe machten ihr zu schaffen. Plötzlich stolperte sie und schlug der Länge nach ins Gras.

»Oho!«, rief einer der Männer mit einem lüsternen Lachen. Gerade, als sie sich aufrappeln wollte, war er über ihr, packte sie am Nacken und zog sie zu sich.

Mary schrie wütend auf und versuchte, ihn in den Unterleib zu treten, doch er wich geschickt aus und lachte ebenso wie sein Kamerad nur über ihre verzweifelten Versuche, Widerstand zu leisten.

Er presste sie an sich, bis sie sich nicht mehr rühren konnte und um Atem rang.

»Ja, wen haben wir denn da?«

Ihr Häscher bekam große Augen, sobald er sie richtig ansehen konnte. Auch sein Freund verstummte verblüfft.

Ihr Schleier war verrutscht, und die beiden erkannten, dass sich darunter ein schönes Mädchen verbarg. Mary wusste sehr wohl um ihr Aussehen; sie hatte dafür schon öfter Komplimente bekommen.

Die »unvergleichliche Schönheit der Prinzessin Mary« war sogar von fahrenden Sängern besungen worden. Sie besaß ein makelloses, schmales Gesicht mit hellem Teint, einer kleinen Stupsnase, hohen Wangenknochen, mandelförmigen, grünen Augen und vollen, rubinroten Lippen.

Doch Mary wusste, dass äußere Schönheit nicht von hohem Wert war. Das hatte ihre Mutter ihr von Kindesbeinen an eingeschärft, und deshalb kümmerte sie sich nie sonderlich um ihr Aussehen – bis Doug ihr gestern gesagt hatte, er fände sie wunderschön.

Und bis zu diesem Augenblick. Bis sie von diesen beiden normannischen Rittern gefangen wurde, deren Absichten unverkennbar waren. Die großen, katzengleichen Augen aus Furcht und Trotz weit aufgerissen, versuchte sie verzweifelt zu überlegen.

»Ha!« Der junge Ritter lachte vergnügt. »Sieh einer an! Sieh nur, was ich da gefunden habe!«

»Ah, Will, *wir* haben sie gefunden – *wir*«, erwiderte sein Gefährte. Die anderen Männer im Lager hatten Marys

Schreie gehört und versammelten sich nach und nach um die drei.

»Normalerweise teile ich gern, Guy, aber in diesem Fall nicht«, hielt Will ihm entgegen und packte Marys Arm noch fester.

Sie wehrte sich nicht mehr. Es war zwecklos, Energie zu vergeuden – vor allem, da sie all ihre Kraft brauchen würde, um sich gegen diese Männer zu behaupten. Die beiden Ritter begannen, über Marys Schicksal zu streiten, umringt von einem Dutzend weiterer Männer, die höhnische und lüsterne Bemerkungen beisteuerten.

Verzweiflung erfasste Mary, ihre Wangen wurden flammendheiß. Unglücklicherweise beherrschte sie das normannische Französisch sehr gut und verstand deshalb jedes Wort. Sie versuchte, rasch zu überlegen. Wenn sie ihre Herkunft nicht verriet, würde sie vergewaltigt werden wie ein gewöhnliches Bauernmädchen. Wenn sie ihre Identität jedoch preisgab, würde man sie als Geisel nehmen, und das wäre für Malcolm, ja für ganz Schottland, eine Katastrophe. Beides durfte nicht geschehen; sie musste irgendwie einen Ausweg finden.

Dann gewahrte sie, wie im Sonnenlicht eine Ritterrüstung aufblitzte. Ein älterer Mann trat aus dem Zelt und kam auf sie zu. Will und Guy verstummten, als er sich näherte und seinen Weg durch die Soldaten bahnte.

»Was ist das für ein Radau?« Seine grauen, kühlen Augen fielen auf Mary. »Ihr stört Stephen. Was haben wir denn da? Ein Amüsement für die Nacht?«

Jetzt hatte Mary endgültig genug.

»Ich bin kein Zeitvertreib für Kerle wie euch!« Sie war entschlossen, ihre Tarnung so lange wie möglich aufrechtzuerhalten und sprach mit einem schnarrenden, rauen Ton. »Normannische Schweine!«

»Na komm, Mädel, magst du wirklich keine Normannen?« Der ältere Mann war sichtlich belustigt.

»Ich hasse euch alle, zur Hölle mit euch!«, keifte Mary. Innerlich bebte sie, doch sie verbarg ihre Angst, so gut es ging. Doch dann trat Stephen de Warenne aus dem Zelt, und mit einemmal geriet ihr Herz ins Schlingern.

Er humpelte und stützte sich schwer auf einen Stock. Das Gesicht war schmerzverzerrt und fahl, doch seine Augen leuchteten und erfassten die kleine Gruppe mit einem Blick.

»Was geht hier vor?«, fragte er knapp.

Mary sog die Luft ein. Obwohl einen Steinwurf von ihnen entfernt, erkannte sie, dass er größer war, als sie ihn in Erinnerung hatte – größer, mächtiger und furchteinflößender. Und er war fast nackt; er hatte die Rüstung und den größten Teil seiner Kleidung abgelegt und trug nichts als ein kurzes Untergewand, das lediglich seine Scham und seine Hüften bedeckte; dazu fast knielange Stiefel und ganz oben an dem einen seiner starken Oberschenkel einen Verband.

Er blickte ihr geradewegs in die Augen.

Mary schluckte. Natürlich hatte sie schon zuvor bloße Männerbeine gesehen, aber nur von Schotten mit knielangen Kilts und Beinkleidern. Sie wandte rasch den Blick ab; die männliche Nacktheit, mit der sie sich konfrontiert sah, trieb ihr die Schamröte ins Gesicht.

»Will hat anscheinend unseren Bedarf für den heutigen Abend gefangen, Stephen«, meinte der ältere Mann.

Mary erstarrte. Stephen musterte sie von oben bis unten. Er erwiderte nichts auf die Bemerkung, sondern ließ den Blick langsam über ihren Körper wandern. Ihr Herz pochte wild. Sie mochte es nicht, so begafft zu werden, und wenn er glaubte, sie auf diese Weise einschüchtern zu können, würde sie das nicht zulassen – trotz ihrer Angst. Sie funkelte ihn wütend an.

»Bring sie zu mir, Neale«, befahl Stephen und verschwand wieder im Zelt.

Neale gluckste; es war ein Geräusch, das gar nicht zu seinem ernsten, vom Kämpfen gezeichneten Gesicht mit den kalten, stahlgrauen Augen passte.

»Offenbar geht es seiner Lordschaft gar nicht so schlecht, wie es den Anschein hat«, meinte er belustigt, »und euren Streit scheint er auch beigelegt zu haben, Jungs.«

Mary war von Stephen de Warennes Worten wie gelähmt, doch die Bemerkung des alten Ritters rüttelte sie wieder auf.

»Nein!«, rief sie; dann erinnerte sie sich wieder an ihre Verstellung und schrie: »Nich! Nich!«

Ungeachtet ihres Protests brachte Neale sie zu dem Zelt. Mary war ein schlankes, zartes Mädchen, aber sie wehrte sich bei jedem Schritt, so gut es ging. Der alte Krieger jedoch ignorierte ihre Schläge und Tritte einfach; er schleifte sie mit sich, als sei sie ein kleines Kind.

Gelächter ertönte. Die Männer fanden ihren verzweifelten Kampf amüsant. Heiße Tränen verschleierten ihr die Sicht, doch sie hörte die groben Scherze, die ausgetauscht wurden, und die unzweideutigen und anzüglichen Bemerkungen über den Mann, zu dem sie gebracht wurde.

»Seine Lordschaft wird sie wahrscheinlich umbringen«, scherzte einer sogar.

Blankes Entsetzen ergriff sie. Aber es war bereits zu spät, Neale schob sie vor sich her in das Zelt hinein.

Drinnen war es dunkel. Mary stolperte, als Neale sie abrupt losließ, und wäre beinahe hingefallen. Zitternd und außer Atem wartete sie ab, bis sich ihre Augen an die Dunkelheit gewöhnt hatten. Dann sah sie ihren Feind; er saß halb aufgerichtet auf dem Felllager, auf seinen Sattel gestützt. In dem kleinen Zelt wirkte er noch größer; ein Gefühl des Eingeschlossenseins und unmittelbarer Gefahr befiel Mary.

Stephen richtete sich auf.

»Du kannst gehen, Neale.«

»Nich!«, schrie Mary. »Bleib da!«

Doch Neale war bereits verschwunden. Sie drehte sich zu Stephen um, die Hände in Panik erhoben.

»Fasst mich nicht an!«

»Komm her.«

Sie erstarrte. Er sprach leise, doch seine Worte waren eindeutig ein Befehl, ein Befehl, dem man am besten unverzüglich nachkam; doch ihr Beine wollten sich nicht bewegen, und nun versagte ihr auch noch der Kopf den Dienst.

»Komm her zu mir, Weib; auf der Stelle.«

Mary versuchte, seine Miene zu ergründen. In seinem Ton lag keine Anzüglichkeit, die darauf hingewiesen hätte, dass er sie zu vergewaltigen gedachte – ein Akt, den sie nach allem, was sie eben gehört hatte, wohl nicht überleben würde. Trotzdem zitterte sie am ganzen Leib.

Ihre Blicke trafen sich erneut; auch er hatte sie mit wachsender Ungeduld studiert.

»Was wollt Ihr von mir?«, stieß sie hervor.

»Was glaubst du denn, was ich von dir will?«, fragte er zurück. »Du bist eine Frau. Ich habe Schmerzen. Komm her und versorge meine Wunde, wie es sich gehört. Sofort.«

Erleichterung überflutete Mary.

»Das ist alles, was Ihr wollt?« Sie konnte es nicht glauben.

Seine Miene verhärtete sich.

»Ich bin es gewöhnt, dass meine Befehle unverzüglich befolgt werden, Weib. Also komm gefälligst her und tu, was man dir beigebracht hat!«

Mary wusste, sie musste gehorchen, denn sein aufbrausendes Temperament war offenkundig, doch wenn sie nicht jetzt zu einer Übereinkunft mit ihm kam, solange sie wenigstens ein winziges Quäntchen Macht über ihn hatte, dann würde sie es nie schaffen.

»Ich werde Eure Wunde gern versorgen, wenn Ihr mir versprecht, mich danach gehen zu lassen.«

Er verbarg seine Fassungslosigkeit nicht.

»Ich befehle – und du stellst Forderungen?«

Sie wusste, dass sie so weit gegangen war, wie sie konnte, dass sie ihr Spiel besser nicht noch weiter treiben sollte. Dennoch antwortete sie unumwunden: »Jawoll!«

Er lächelte. Es war ein kaltes, gefährliches Lächeln, das

seine dunklen, funkelnden Augen nicht erreichte, und es war unendlich einschüchternd.

»Nur sehr wenige Männer haben es gewagt, sich mir zu widersetzen, und noch weniger haben den nächsten Tag erlebt.«

Mary hielt die Luft an, unfähig, den Blick von ihm abzuwenden. Was immer für eine Macht es war, über die er verfügte, diese Macht verzehrte sie. Ihre Knie waren weich geworden; sie drohten einzuknicken. Etwas Gefährliches und Schreckliches schien mit unheimlicher Intensität zwischen ihm und ihr vor sich zu gehen.

»Bedroht Ihr mich?«, flüsterte sie heiser.

»Nur dass du eine Frau bist, rettet dich.«

Sie zweifelte nicht daran, dass sie, wäre sie ein Mann, zu diesem Zeitpunkt bereits den Tod gefunden hätte. Er war ihr meistgehasster Feind, der Feind ihres Volkes, ihrer Familie, ihres Vaters, des Königs. Ihre Lage war aussichtslos, doch sie durfte sich nicht ihrer ansteigenden Panik ergeben. Mary richtete sich steif auf. Wenn es für sie je an der Zeit gewesen war, Heldenmut zu beweisen, dann jetzt.

»Ihr seid also mit meiner Bedingung einverstanden?«

Er starrte ihr verständnislos ins Gesicht.

»Du bist entweder das dümmste Mädchen, das ich je getroffen habe, oder das tapferste.«

Sie erwiderte seinen Blick, nicht gerade geschmeichelt und zu verängstigt, um wütend werden zu können.

»Du heilst mich, und dann lasse ich dich frei.«

Mary atmete schwer. Sie hatte erreicht, was sie wollte, wenngleich sie sich sicher war, dass sie ihm nicht im Geringsten vertrauen konnte. Aber sie hatte keine Wahl. Also trat sie entschlossen zu ihm, bereit, seine Wunde so schnell wie möglich zu versorgen. Sie betete stumm, dass er sie freilassen möge, wie er es versprochen hatte, damit sie alles, was vorgefallen war, sofort ihrem Vater berichten konnte. Seinen Blick, der keinen Moment von ihr abschweifte, versuchte sie geflissentlich zu ignorieren. Sie schluckte schwer und kniete neben ihm nieder.

»Was ist Euch zugestoßen?«

»Ein wild gewordener Keiler. Mein Pferd brach sich ein Bein, als ich ihn erlegen wollte, deshalb hat er mich erwischt. Natürlich habe ich ihn getötet, aber davor habe ich etwas abgekriegt.«

Sie erwiderte nichts. Ihre Aufmerksamkeit war auf seinen muskulösen Schenkel gerichtet. Der Verband war blutdurchtränkt. Die Wunde befand sich ganz oben, gefährlich nahe an seinem Unterleib. Einen Augenblick lang lugte sie darauf, auch wenn ihr Blick dort – auf dem dunklen Schatten zwischen seinen Beinen – nichts zu suchen hatte. Eine Welle der Erregung durchflutete sie. Ihre Hände zitterten, sie verbarg sie in den Falten ihres Kleides.

Im nächsten Moment hatte er sie an ihrem schmalen Handgelenk gepackt, und ehe sie sich versah, lag sie flach an seine harte Brust gedrückt, sein Kinn berührte das ihre. Sein Atem streifte ihre Lippen, als er sprach.

»Warum zögerst du so lange?«

Mary blickte ihm in die Augen, und nun sah sie zum ersten Mal Schmerz in ihnen. Ihr Herz verspürte eine Leidenschaft, der sie sich verweigerte. Sie durfte diesen Mann nicht als menschliches Wesen sehen, als jemanden, der verletzt war und Schmerzen litt. Er konnte für sie nur ein monströses Ungeheuer sein, einer, der eigenhändig und kaltblütig ihresgleichen mordete, nur um seinem aggressiven Wesen Genüge zu tun.

Unfähig zu sprechen, da sie die Wärme und Festigkeit seines Körpers erregend unter ihren Brüsten spürte, nickte sie nur.

Er ließ sie los. Mary rappelte sich auf die Knie und begann, vorsichtig den Verband zu öffnen.

Beim Anblick der Wunde zuckte sie zusammen. Sie war offen, sah schlimm aus und blutete, aber sie war nicht sehr tief.

Jemand hatte Wasser und Seife für die Reinigung bereitgestellt.

»Es wird wehtun.«

Er sah sie wortlos an. Im Halbdunkel des Zelts schienen seine Augen so schwarz zu sein wie sein Haar, und aus dieser Nähe waren sie unzweifelhaft schön. Sie schürzte die Lippen und verbot sich, solchen Gedanken nachzuhängen.

Während sie die Wunde versorgte und dabei versuchte, ihm möglichst wenig wehzutun, spürte sie den durchdringenden Blick seiner dunklen Augen auf sich, was ihr ein Gefühl von Wärme und gleichzeitig ein schreckliches Unwohlsein verursachte. Sie fühlte sich klein und verletzlich; trotz seiner Verwundung. Obwohl er ihr im Augenblick ausgeliefert war, strahlte er noch immer so viel Größe und Macht aus, dass sie das Gefühl hatte, neben ihm zu verblassen. Ein Mann wie er, auch nur kurzzeitig ihr oder einem anderen Menschen wehrlos ausgeliefert – das war eine groteske Vorstellung. Dieser Mann würde sich nie einem anderen unterordnen, nicht einmal, wenn er sich vor Schmerzen krümmte, und einer Frau schon gar nicht.

Schließlich war die Wunde sauber. Mary unterbrach ihre Arbeit und blickte ihn an.

»Es muss genäht werden.«

»Hinter dir liegen Nadel, Faden und frisches Verbandszeug bereit.«

Sie drehte sich um, nickte und nahm zögernd die Nadel zur Hand.

»Vielleicht wollt Ihr zuvor etwas Wein trinken.«

Er hob erstaunt die Augenbrauen.

»Du hast also tatsächlich ein Herz unter diesen hübschen Brüsten?«

Sie versteifte sich.

»Für Euch habe ich keins!«

»Mach schon.«

Was kümmerte es sie, wenn er durch ihre Hand Schmerzen litt? Unbegreiflich zornig und vor Aufregung zitternd nahm sie die Nadel. Sie hatte schon häufiger Wunden genäht, aber sich an diese Prozedur zu gewöhnen, das würde sie nie schaffen. Es drehte ihr den Magen um. Sie beugte sich über Stephen und arbeitete schnell und präzise, immer seinen Blick auf sich spürend und eingedenk seiner letzten Worte. Schließlich verknotete sie den Faden, biss ihn ab und richtete sich auf, erleichtert, dass es vorüber war.

Sie hatte gedacht, er würde kreidebleich und sein Gesicht eine vom Schmerz entstellte Maske sein, doch seine Augen waren vollkommen klar, sie leuchteten auf eine geradezu gefährliche Weise, und er sah sie direkt an. Mary nahm rasch ein frisches Stück Leinen zur Hand und senkte den Blick.

Was sie da zu sehen bekam, wollte sie nicht sehen, und sie hatte dazu auch kein Recht. Um die Wunde zu versorgen, hatte sie seine Tunika beiseitegeschoben und dabei sein gewaltiges Geschlechtsteil entblößt. Nun zog sie die Tunika rasch wieder an Ort und Stelle. Ihr Gesicht war flammendrot und heiß. Sie drückte das Leinen auf sein Bein und versuchte, an nichts zu denken. Aber diese Männer hatten recht. Wenn er sie vergewaltigte, würde er sie umbringen. Ihre zarten, weißen Hände hoben sich deutlich von seinen dunklen, kraftvollen Beinen ab und bebten, als sie, so schnell es eben ging, den Verband anlegte.

Kaum war sie fertig, da nahm er ihr Gesicht in seine Hände und zwang sie, ihn anzusehen.

»Du kleidest dich wie ein altes Weib, aber du benimmst dich wie eine Lady.«

Mary erstarrte.

Er ließ den Blick langsam über ihren Körper wandern und schließlich auf ihren Lippen ruhen.

»Ich habe noch nie eine Bauersfrau mit einem Gesicht wie deinem gesehen.«

Sie öffnete den Mund, brachte jedoch keinen Laut zu ihrer Verteidigung zustande. In ihrer Verblüffung hatte sie nur einen Gedanken – dass der Mann, in dessen Gewalt sie sich befand, sie unter sich auf seinem Lager begrub.

Er ließ ihr Gesicht los und ergriff stattdessen ihre Hand.

»Milchweiß, seidenweich.«

Mary war stumm vor Entsetzen, wusste sie doch genau, dass sie nicht eine Schwiele hatte. Und sie konnte nicht anders, als ihm in die Augen zu schauen. Sie spürte sofort das starke Gefühl, das aus ihnen sprach, auch wenn sie noch niemals zuvor mit solch ungehemmt gezeigter männlicher Lust konfrontiert gewesen war.

Er verzog den Mund – seinen attraktiven, vollkommen geformten Mund, dachte sie widerstrebend. Nicht zu einem Lächeln, sondern zu einer Miene, die Angriffslust, Siegesgewissheit und Wollust ausdrückte. Mary wich zurück, allerdings eine Sekunde zu spät. Er hatte ihr den Schleier bereits vom Kopf gezogen.

»Deine Haare sind frisch gewaschen und duften nach Blüten«, murmelte er und schmiegte sich an ihre Wange. Dann richtete er sich auf und musterte sie. »Eigentlich habe ich keinen Zweifel, dass ich unter deinen Kleidern eine ebenso frische und wohlriechende Haut vorfände.«

Mary sprang auf, doch auch dieses Mal kam sie nicht weit. Er fasste ihr Handgelenk und zwang sie sofort wieder auf die Knie und an seine Seite.

»Habe ich recht?«

»Nee! Gar nicht! Ich schwöre Euch …«

Die Worte blieben ihr im Halse stecken, als sich seine Hand unter ihrer Verkleidung an ihrem Bein hinaufschob, eine Liebkosung seiner harten, schwieligen Hand auf sanfter, nackter Haut. Mary schrie auf, schockiert über die heftige Gefühlsregung, die sie erfasste. Verblüfft blickte sie an ihrem bloßen Bein hinab, von dort, wo ihre Wollsocken an der Wade endeten bis zum Ansatz ihres Schenkels, den er eben entblößt hatte.

»Wie ich es mir dachte«, bemerkte er, nun mit einem veränderten Ton in der Stimme, einem Ton, den Mary trotz ihrer Unerfahrenheit augenblicklich erkannte, bei dem sich jede Faser ihres Körpers zusammenzog und der ihren Puls zum Rasen brachte.

»Ich … ich kann das erklären«, flüsterte sie verzagt.

»Sanft, so sanft und rein«, sagte er, und wieder traf sein Blick den ihren.

Er bedeckte ihre Blöße nicht. Er nahm auch nicht die Hand von ihrem Schenkel, obwohl seine Fingerspitzen ihrer Weiblichkeit gefährlich nahe kamen. Nein, er beugte sich zu ihr, bis sein Gesicht – seine Lippen – ihren Hals berührten.

Mary atmete heftig. Ihre Augen schlossen sich, sein Kuss ließ ihren Körper erbeben wie ein Blitzschlag. Plötzlich schien ihr in der Enge des Zelts die Luft auszugehen. Sein Mund bewegte sich mit wachsender Leidenschaft über die empfindliche untere Partie ihres Halses. Sein Daumen drängte durch ihr Schamhaar …

Mary konnte sich nicht mehr zurückhalten. Sie stöhnte. Ihr Kopf, eben noch voller feindseliger Gedanken, war mit einem Mal leer, sie hatte für nichts mehr Sinn als für die wunderbaren Empfindungen, die er ebenso gekonnt bei ihr auslöste, wie er einen tödlichen Schwertstreich zu führen imstande war.

Den Mund an ihrem einen Ohrläppchen, einen Daumen am anderen, flüsterte er ihr zu: »Nun, wer seid Ihr, Mylady? Und wichtiger noch – was seid Ihr, wenn nicht ein Spion?«

2

Stephen de Warenne beobachtete, wie sie sich mit einem Schrei des Entsetzens seinem Griff entwand. Er hätte sie nicht mehr schockieren können – es war, als hätte er sie mit eiskaltem Wasser übergossen. Aber sie kam nicht weit. Er hielt sie erneut mit eisernem Griff an den Handgelenken fest und zog sie an sich.

Frauen waren ihm, von zwei Ausnahmen abgesehen, nicht allzu wichtig, aber er war durchaus nicht immun gegen ihre Reize. Und diese hier erschien ihm so vollkommen wie so schnell keine zweite – zumindest, was ihr Gesicht und ihre Figur anbelangte.

Obwohl sie kein gewöhnliches Frauenzimmer war, sondern zweifelsohne eine erfahrene, von seinen Feinden geschickte Kurtisane, die ihn ausspionieren sollte, ließ ihn ihr nacktes Bein, das nun zwischen den seinen eingeklemmt war, keineswegs kalt, ebenso wenig wie ihre an seinen Oberkörper gepressten vollen Brüste oder die erstaunliche Schönheit ihres Gesichts direkt vor dem seinen.

Sein Geschlecht fühlte sich voll und schwer an, ungeduldiges Verlangen erfüllte ihn. Ihre Position war so intim, dass sie jeden Zentimeter von ihm spürte, aber wollte sie ihn nicht ohnehin verführen? Warum sonst würde man eine solche Frau in einer derartigen Verkleidung zu ihm schicken? Er deutete ihren Blick aus weit aufgerissenen Augen so, dass er die Wahrheit herausgefunden hatte.

Einen Moment lang sehnte er sich danach, sie trotz besseren Wissens zu nehmen, hier und jetzt und hart und schnell, und die Sache dann auf sich beruhen zu lassen. Antworten würden sich später finden. Aber er war der Sohn und Erbe seines Vaters. Die Interessen Northumberlands voranzutreiben war sein größter Ehrgeiz, schon seit er sich im Alter von dreizehn Jahren die ersten Sporen verdient hatte. Sein Ruf als kühner und skrupelloser Führer kam nicht von ungefähr; er hatte ihn sich verdient.

Er musste Antworten haben.

Wenn seine Feinde erfuhren, dass er hier war, dann waren die Pläne des Königs gefährdet.

»W-was?«, brachte Mary endlich hervor.

»Ich glaube, Ihr habt mich sehr wohl verstanden, Demoiselle«, erwiderte er kalt.

Da er so erregt war, setzte er sie neben sich auf das Lager, ohne jedoch ihr Handgelenk loszulassen. Seine anerzogene Höflichkeit gemahnte ihn, sie wie eine Lady zu behandeln, auch wenn sie alles andere als das zu sein schien und man ihr Letzteres nicht im Geringsten ansah. Aus irgendeinem Grund war er enttäuscht, dass ihre engelhafte Fassade eben nicht mehr war als das – eine Fassade.

»Wer hat Euch hergeschickt, um mich auszuhorchen? Montgomery? Roger Beaufort? Der König? Oder hat Prinz Henry wieder einmal einen seiner teuflischen Tricks vor?«

Sie starrte ihn gebannt an.

Er war ein harter Mann, dennoch erfasste ihn die Spur eines Mitgefühls. Sie war jung, sehr jung. Die Kurtisanen, die er kannte –, und häufig zu sich einlud – waren älter und verwitwet.

Dieses Mädchen schien nicht älter als fünfzehn oder sechzehn Jahre zu sein. Aber das Aussehen konnte täuschen.

»Ich bin keine Spionin!«, keuchte sie.

»Ihr solltet mich nicht für dumm verkaufen«, erklärte er eisig.

»Ihr habt versprochen, mich freizulassen!«

»Ich bin noch nicht geheilt.«

Er beobachtete, wie sie diese Bemerkung aufnahm. Sie begriff sofort; Wut trat in ihr Gesicht. Aber er brauchte von ihrer raschen Auffassungsgabe nicht überrascht zu sein. Natürlich würde man, um ihn zu überlisten, nur eine sehr kluge Frau schicken.

»Ihr habt mich hereingelegt«, schrie sie ihn an. »Ihr habt mir versichert, ich könne gehen, sobald ich Eure Wunde versorgt habe.«

»Ihr habt geglaubt, was Ihr glauben wolltet.«

Seine Geduld war zu Ende. »Genug. Ich verlange Antworten, und zwar sofort. Wer seid Ihr, und wer hat Euch geschickt?«

Sie schüttelte den Kopf, Tränen traten in ihre Augen, Tränen, die, so sagte sie sich, ihn kalt lassen würden. Er wusste aus jahrelanger Erfahrung, dass man Frauen, mit sehr wenigen Ausnahmen, nicht trauen durfte. Diese hier war sicher keine solche Ausnahme; ihr musste man vielmehr noch mehr misstrauen als jeder anderen. Sie war jung, aber nicht unschuldig und kein Kind mehr. Ihre Furcht und ihre Tränen konnten nur gespielt sein, sonst nichts.

»Ich bin keine Spionin.«

Eine weitere Möglichkeit kam ihm in den Sinn.

»Oder hat Euch Malcolm Canmore geschickt?«

Sie fuhr zusammen.

»Nee! Hat er nich! Ich kenne ihn gar nich! Ich bin keine Spionin, ich schwöre es Euch!«

Sie log, er war sich dessen sicher. So sicher, wie er nun war, dass Malcolm Canmore hinter diesem Verrat steckte. Ein neuerlicher Ärger ließ ihn noch mehr ergrimmen.

»Ich warne Euch, Demoiselle. Ich kann Euch zwingen, mir Informationen zu geben, und wenn Ihr mich provoziert, kenne ich keine Gnade.«

»Bitte! Ich kann Euch alles erklären, es ist nicht so, wie Ihr denkt.«

»Dann schlage ich vor, dass Ihr damit unverzüglich beginnt.«

»Ich – ich bin ein uneheliches Kind. Mein Vater ist der

Burgherr Sinclair O'Dounreay, meine Mutter eine Milchmagd«, sprudelte sie heraus.

Seine Miene blieb unbewegt.

Angesichts ihrer geradezu absurd schlecht sitzenden Verkleidung konnte eine solche Behauptung eigentlich nur bedeuten, dass sie ihn übertölpeln wollte.

Anderseits war es durchaus möglich, dass sie das uneheliche Kind eines Lords war. Er glaubte jedoch, dass sie log – und lügen würde sie wiederum nur, wenn sie eine Spionin war.

»Seid Ihr nun gewillt, Euch mir freiwillig mitzuteilen, Demoiselle? Wo liegt Dounreay?«

»Ganz oben im Norden.«

Sie legte die Hände in den Schoß und wich seinem Blick aus.

Eine exzellente Lüge. Damit würde er nicht in der Lage sein, in nächster Zeit ihre Herkunft festzustellen, was er allerdings beabsichtigte. Er empfand fast einen widerwilligen Respekt für sie; dumm war sie wirklich nicht. Außerdem erforderte es großen Mut, mit einem solchen Auftrag zu ihm zu kommen.

»So weit im Norden, wie man nur kommt«, wiederholte er. »So weit im Norden wie die Orkney-Inseln?«

Sie lächelte erleichtert.

»Beinahe.«

Er saß still da und betrachtete sie. Es war das erste Mal, seit er sie gesehen hatte, dass sie lächelte, und wenn er sie bislang für sehr schön gehalten hatte, dann nun noch viel mehr. Die Befragung hatte ihn von seinen fleischlichen Gelüsten abgelenkt, doch nun spürte er sein Blut wieder aufwallen. Grimmig bohrte er weiter.

»Ich verstehe. Und was bringt Euch so weit nach Süden, bis nach Carlisle?«

Sie wurde feuerrot und wandte den Blick von seinem Unterleib ab. Er vermeinte fast zu sehen, wie ihr Verstand arbeitete, wie sie hektisch nach einer plausiblen Erklärung suchte. Das verblüffte ihn. Wenn sie so klug war, wie er glaubte, hätte sie sich von Anfang an eine gute Geschichte ausgedacht. Und ebenso wenig verstand er, weshalb sie errötete.

»Ich bin aus Liddel. Meine Mutter stammt aus Liddel.«

Stephen lehnte sich an seinen Sattel zurück und klatschte zweimal in die Hände.

»Eine unvergessliche Vorstellung, Demoiselle!«

»Ihr glaubt mir nicht?!«

»Ich glaube Euch nicht ein Wort.«

Sie erstarrte, die weit aufgerissenen Augen auf ihn geheftet.

»Ihr habt zehn Sekunden, Demoiselle, mir die ganze Wahrheit zu erzählen. Andernfalls werdet Ihr die angekündigten Folgen zu spüren bekommen.«

Mit einem Seufzer rückte Mary von ihm ab. Doch er durchschaute ihr Vorhaben vom ersten Augenblick an. Sie sprang auf und versuchte zu fliehen. Wenngleich sie nirgendwohin entkommen konnte als in die Arme seiner Männer, reagierte Stephen wie jeder Mann voller Tatendrang. Ungeachtet seiner Schmerzen erhob er sich schwankend und erwischte sie sofort.

Sie schrie auf.

Ohne eine weitere Überlegung drehte Stephen sie in seinen Armen zu sich, hielt sie fest und presste seine Lippen auf ihren Mund.

Er hatte sie intim berührt, aber er hatte sie nicht wirklich geküsst. Nicht so, wie er es sich wünschte, schon seit er zum ersten Mal ihr wunderschönes Gesicht gesehen hatte. Er küsste sie mit offenem Mund und voller Leidenschaft. Seine Hände glitten ihren Rücken hinab und umfassten ihren Po.

»Versuchen wir es noch einmal, Kleines«, sagte er mit heiserer Stimme und presste sie an seinen Unterleib.

»Nee!«, schrie sie noch, doch dann konnte sie nicht mehr

schreien. Seine Zunge drängte in ihren Mund, jeder Vorstoß wurde heftiger, gieriger, bis die ihre vorsichtig, zögernd, auf seine traf.

Er konnte nicht anders, sein Körper reagierte darauf noch wilder, noch ungestümer – er wollte völlige, sofortige Hingabe. Er erwartete sie, brauchte sie – jetzt. Aber zu seinem Erstaunen zog sie sich plötzlich vor ihm zurück.

»Nein – wir dürfen nicht.«

»Fang jetzt nicht an, mich zu necken«, presste er zwischen zusammengebissenen Zähnen hervor, ergriff ihr Kinn und zwang sie zu einem neuerlichen Kuss.

Sie schrie in halbherzigem Protest auf, versuchte, sich von ihm wegzustemmen, klammerte sich an seine Tunika. Normalerweise hätte Stephen über so etwas gelacht, doch nun war er so darauf versessen, sie zu bekommen, dass er über nichts mehr lachen konnte.

Ihrer beider Lippen waren aufeinander gepresst, ihre Zungen spielten miteinander.

Plötzlich riss sie sich los, wand sich wild in seiner eisernen Umarmung, als wolle sie fliehen, doch mit jeder ihrer Bewegungen rieb sie so kunstfertig und aufreizend an seiner Männlichkeit wie eine Hure, die ihr Gewerbe meisterlich beherrschte.

Als Schauspielerin war sie hervorragend. Denn es war fast, als sei sie gar keine solche, als wisse sie um ihr nahes Ende und reagiere deshalb mit echter Panik. Trotz seiner kurzzeitigen Verwirrung konnte er sich nicht mehr bremsen. Er schaffte es gerade noch, sich zu versichern, dass sie ihn vorsätzlich verwirrt hatte, um ihn dadurch weiter zu erregen.

Stephen kannte solche Spielchen mehr als genug. Er wollte nicht seinen Samen über sie beide vergießen, befürchtete jedoch, dass es dazu kommen könne. Er drückte sie auf das Lager. Sie spielte weiterhin die Unwillige, trommelte mit ihren kleinen Fäusten fast mitleiderregend auf ihn ein und gab leise, furchtsame Laute von sich. Wieder presste er seinen

Mund auf ihre Lippen. Als er sich auf sie legte und ihre Leiber sich berührten, wurde sie auf einmal ganz still.

Es war, als seien sie beide vom Blitz getroffen worden.

»Ich kann nicht mehr warten«, flüsterte er; Worte, die er noch nie geäußert hatte.

Die Augen, in die er dabei blickte, waren weit aufgerissen und voller Gefühle, die er nicht deuten konnte. Ihr Gesicht war gerötet und schweißglänzend. Sie blieb völlig regungslos.

Ihre Hände krallten sich fest in seine breiten Schultern.

Stephen begann heftig zu beben und drückte mit den Knien ihre Schenkel auseinander. Er bemerkte die Schweißtropfen, die über sein Gesicht rollten und auf ihres tropften, schob ihre lange Tunika bis zur Hüfte nach oben und lag für einen Augenblick direkt auf ihr.

Ihre Blicke trafen sich. Sie öffnete den Mund, sagte jedoch nichts. Stephen blickte auf ihre Brüste, die sich unter dem Gewand hoben und senkten; die Brustwarzen waren fest und aufgerichtet. Er berührte eine. Mary schloss die Augen und schluchzte; es war ein qualvoller Laut.

Er blickte an ihr hinab; er musste sie einfach berühren, er konnte nicht anders. Seine Hand glitt zwischen ihre Beine und fand ihre Weiblichkeit so voll und so bereit für ihn, wie er es für sie war, Spionin hin oder her. Dies war nicht gespielt. Er berührte sie – und erstarrte. Die Barriere, die er spürte, war eindeutig und nicht zu verkennen. Stephen war schockiert. Sie konnte keine Jungfrau sein – sie war eine Hure, geschickt, um ihn auszuhorchen. Aber sie besaß noch ihre Jungfräulichkeit, das zeigte sich ihm als unumstößliche Tatsache.

Inmitten seiner Verwirrung spürte er plötzlich auch eine Art von Hochstimmung – sie war nie zuvor mit einem Mann zusammen gewesen; er würde der erste sein.

In einem so erregten Zustand hatte er sich bisher niemals Zurückhaltung auferlegt. Aber er hatte auch noch keine

Jungfrau gehabt – im Gegensatz zu vielen anderen Männern, die er kannte, empfand er eine Vergewaltigung nicht als erregend. Aber wenn sie Jungfrau war, dann konnte sie keine Spionin sein, die man auf ihn angesetzt hatte.

Stephen brauchte für diese verblüffende Schlussfolgerung nur einen Augenblick. Es war wahrscheinlich der schwerste Entschluss seines Lebens, aber er ließ von Mary ab. Verwirrt und keuchend lag er neben ihr auf dem Bauch und wünschte sich nur, dass das Felllager, auf das er sich presste, viel, viel härter wäre.

Trotz seines anhaltenden Verlangens fasste er sich rasch wieder. Jungfräuliche Huren, jungfräuliche Spioninnen – so etwas gab es nicht. Hatte sie ihm am Ende doch die Wahrheit erzählt? War ihr Vater tatsächlich ein Lord aus dem Norden und ihre Mutter eine Milchmagd? Es konnte möglich sein, doch er zweifelte daran. Ihre Hände hatten noch nie harte Arbeit verrichtet, und dennoch war sie gekleidet wie eine Magd. Wenn sie unehelich war, dann war sie als Lady erzogen worden und hatte sich verkleidet. Aber weshalb?

Plötzlich bewegte sie sich, schnell wie eine Füchsin glitt sie vom Lager. Doch Stephen war schneller; noch ehe sie den zweiten Schritt tun konnte, hatte er sie gepackt, ohne überhaupt aufzustehen. Sein Bein schmerzte inzwischen zu sehr für solche Mätzchen. Durch seinen eisernen Griff fiel sie wieder neben ihm auf das Fell.

Stephen unterdrückte ein Stöhnen, setzte sich auf und reichte ihr eine Hand.

»Mademoiselle?«

Sie keuchte.

Obwohl er sah, wie wütend sie war, ließ er zu, dass sie seine Hand ergriff, und er half ihr auf. Das erwies sich als Fehler. Kaum dass sie stand, versetzte sie ihm mit aller Kraft einen Faustschlag aufs Kinn.

Stephen war so perplex, dass er stumm und reglos blieb.

»Normannischer Bastard! Ihr seid ein Schwein, und brutal dazu! Und ein Lügner!«, kreischte sie und versuchte erneut, auf ihn einzuschlagen.

Dieses Mal reagierte Stephen. Er packte sie am Arm und zog sie auf seinen Schoß.

»Nein!«, schrie sie und wollte sich befreien.

Er hielt sie fest.

»Ihr habt mich getäuscht, geschlagen und beschimpft«, hielt er ihr in schroffem Ton vor und schüttelte sie.

Mary hielt inne.

»Ich dachte, Ihr wärt tapfer, aber allmählich glaube ich eher, dass Ihr töricht seid – oder verrückt.«

Ihrer tränenverhangenen Augen ungeachtet hob sie trotzig das Kinn an.

»Ich bin nicht verrückt!«

Seine Miene verhärtete sich. »Ihr sprecht auf einmal nicht mehr wie das Bauernvolk, Demoiselle.«

Sie erbleichte. »Wann kann ich gehen?«

»Vor einigen Augenblicken wart Ihr noch nicht so darauf erpicht, mich – und mein Bett – zu verlassen.«

Schamröte schoss ihr ins Gesicht.

»Doch, ich kann es nicht erwarten, Euer Bett zu verlassen – Euch zu verlassen. Je eher, desto lieber.«

»Wer lügt denn nun?«

»Ich sage die Wahrheit!«

»Das glaube ich nicht. In der Tat habt Ihr bislang nicht ein wahres Wort gesprochen. Ich frage Euch noch einmal: Wer seid Ihr? Was wollt Ihr von mir?«

Sie schluckte schwer und erwiderte seinen Blick. Er sah, dass sie angestrengt überlegte.

»Bitte, lasst mich los«, sagte sie heiser, »dann erzähle ich Euch alles.«

Mit einem skeptischen Blick kam er ihrem Wunsch nach. Sie sprang auf, stellte sich, das Gesicht ihm zugewandt, vor den Ausgang des Zelts und verschränkte abwehrend die Arme vor sich. In dieser Haltung kam sie ihm vor wie ein

Kind, nicht wie eine Frau, und deshalb schämte er sich plötzlich für sein Verhalten.

Bei allen Heiligen, er hatte sie wie eine Hure behandelt, und sie war ein jungfräuliches Mädchen, sicher nicht älter als sechzehn Jahre. Vielleicht war die eigentliche Frage gar nicht, wer sie war, sondern was? Jungfrau oder Hure, Bäuerin oder Lady, Kind oder Frau? Spionin oder Unschuldige?

»Ihr könnt mit Eurem Namen anfangen.«

Sie fuhr sich mit der Zunge über die Lippen.

»Mairi. Mairi Sinclair. Mein Vater ist Rob Sinclair. Meine Mutter ist tot, sie war Magd in Liddel.« Sie zuckte vor seinem Blick zurück. »Und Ihr habt recht – diese Kluft ist eine Verkleidung.«

»Hat man Euch zu mir geschickt, um mich auszukundschaften?«, fragte er knapp.

»Nein!«

Sie erbleichte. »Ich habe mich verkleidet, weil ich mich mit jemand treffen wollte. Mit einem – einem Mann.«

Stephen begriff.

»Ah, ich verstehe. Mit einem Mann.«

Wieder hob sie ihr feines Kinn an.

»Es ist nicht, was Ihr denkt. Der Mann war, ich meine, er ist, mein Verlobter.«

Sein Blick war eisig.

»Das erklärt Eure Verkleidung nach wie vor nicht.«

»Es schickt sich nicht für eine Lady, sich allein mit einem Mann zu treffen, selbst wenn er ihr Gatte werden soll. Das wisst Ihr so gut wie ich.«

»Und wer ist dieser Ausbund an Mannhaftigkeit, der Euch unzweifelhaft zum Sündenfall verlockt?«

Sie biss sich auf die Lippe.

»Was spielt das für eine Rolle?«

An und für sich keine, doch er war entschlossen, jedes Wort aus ihrem Mund zu überprüfen.

»Das ist sehr wohl von Bedeutung.« Er merkte, dass es ihn

ärgerte, dass er vielleicht sogar eifersüchtig war, weil diese Frau offenbar einen anderen Mann begehrte – und das missfiel ihm. »Liebt Ihr ihn?«

Sie wurde wütend.

»Das geht Euch nichts an!«

Sie hatte recht.

Er stand steif da, nahm seinen Stock, um sich darauf zu stützen, und humpelte zu ihr. Er musste sie bewundern; sie hielt ihm stand.

»Ganz im Gegenteil, Demoiselle, Ihr geht mich nun sehr wohl etwas an. Und ich werde Euch so lange festhalten, bis ich zufriedengestellt bin.«

Sie verlor das letzte bisschen Farbe, das sie noch im Gesicht hatte.

»*Ihr werdet mich festhalten, bis Ihr zufriedengestellt seid!* Was soll das heißen?«

»Das heißt«, erklärte er grimmig, »dass ich die Wahrheit herausfinden werde, die ganze Wahrheit über Euch, und bis dahin seid Ihr mein Gast.«

Damit verließ er ohne ein weiteres Wort das Zelt.

»Euer Gast!«, rief sie hinter ihm her. »Ihr meint wohl, Eure Gefangene! Aber wieso? Was habe ich getan? Ich habe nichts getan, Normanne!«

Er wandte sich um.

»Im Gegenteil, Demoiselle. Ihr habt meinen Appetit angeregt, und noch mehr sogar mein Interesse. Wenn Ihr wirklich so bedeutungslos seid, dann, denke ich, kommen wir ganz gut miteinander zurecht, zumindest für einige Zeit.«

Mary starrte ihm nach, als er forthumpelte. Was sollte diese letzte Bemerkung bedeuten? Lieber Gott! Sie durfte sich keinen Illusionen hingeben. Er vermutete, dass sie ihn täuschte. Er wollte die Wahrheit herausfinden, und ob er dies schaffte oder nicht, sie war in jedem Fall in großer Gefahr!

Erschlafft und ausgelaugt sank sie auf den harten Erdboden. Rolfe de Warenne, der Graf von Northumberland, galt als einer der mächtigsten Lords des Reiches; er war zuerst ein enger Berater von König Wilhelm dem Bastard gewesen und nun von dessen Sohn, dem verderbten König William Rufus. Außerdem zählte der Graf zu den schlimmsten Feinden ihres Vaters, und damit auch dieser Mann, sein unehelicher Sohn und Erbe.

Malcolm und Northumberland hatten sich schon so oft bekriegt, dass man es kaum mehr zählen konnte. Der Graf war nichts als ein mittel- und landloser Ritter gewesen, als er Herzog Wilhelm nach England gefolgt war, wenngleich es hieß, er sei der jüngere Sohn einer angesehenen Familie aus Poitou. Kurz nach der Eroberung Englands hatte er in Northumberland ein kleines Lehen bekommen, das inzwischen jedoch von Newcastle-on-Tyne im Süden bis zum Fluss Tweed im Norden reichte. Das Zentrum von Malcolms Königreich lag zwar zwischen dem Moray Firth und dem Firth of Forth, also ziemlich weit nördlich des Tweed, doch die schottischen Könige beanspruchten seit Langem das Recht, das gesamte Gebiet südlich von Lothian bis nach Rere Crossing zu regieren.

Die de Warennes waren Eindringlinge. Malcolm hatte sein ganzes Erwachsenenleben lang versucht, Schottlands verlorenes Territorium zurückzugewinnen. Die bestehende Grenze zwischen Schottland und Northumberland war jahrelang hart und blutig umkämpft worden. Und nun hatte sich Mary direkt in die Hände des schlimmsten Feindes ihres Vaters begeben.

Die letzten, Furcht einflößenden Worte des Normannen gingen ihr nicht aus dem Kopf.

Wenn sie ihn recht verstanden hatte, gedachte er, solange er sie für eine unbedeutende Person hielt, mit ihr seiner Lust zu frönen. Wenn er ihre wahre Identität also nicht erfuhr, würde er sich Mary nehmen und sie fortschicken, sobald er ihrer überdrüssig war. Das würde ihre Entehrung und ihren

Ruin bedeuten. Doug wollte sie dann sicher nicht mehr haben. Natürlich war er kein Dummkopf und würde sie trotzdem heiraten. Schließlich war sie eine Prinzessin mit einer großen Mitgift.

Sie weinte beinahe. Das Schlimmste allerdings würde sein, dass der Normanne die Wahrheit erfuhr. Wenn er darauf kam, dass sie die Tochter von Malcolm Canmore war, dann würde er sie als Geisel behalten, bis ihr Vater bezahlte, was Stephen verlangte, und sollte die Summe auch noch so exorbitant sein. Sie machte sich nicht einen Augenblick lang etwas vor.

Der Normanne würde alles daransetzen, ihren Vater in die Knie zu zwingen. Er würde weit mehr verlangen als Gold und Geld – nämlich Land. Kostbares, unbezahlbares schottisches Land. Land, für das wieder und wieder schottisches Blut vergossen worden war.

Und nach der Zahlung des Lösegelds – derer sie sich sicher war –, würde die Grenzregion einmal mehr mit einem schmutzigen, blutigen Krieg überzogen. Der seit zwei Jahren währende, brüchige Friede würde zerfallen wie ein Haus aus morschem Holz.

Sie ballte die kleinen Fäuste und sog Luft und Mut ein. Schlimmer konnte ihre Lage nicht werden. Mit grimmiger Freude konstatierte sie, dass sie ihm ihre Identität nicht preisgegeben hatte.

Dieser Normanne war ein Scheusal, sagte sie sich, das hatte er zur Genüge bewiesen. Aber ein Dummkopf war er nicht. Auch das hatte er gezeigt. Er hatte ihre sorgfältige Verstellung rasch durchschaut, und er zweifelte an ihrer erfundenen Geschichte – einer Geschichte, die nicht ganz unsinnig war und so manchen anderen hinters Licht geführt hätte. Sie würde all ihren Mut brauchen und all ihre Schläue. Er durfte noch nicht einmal erahnen, wen er da in seinen Händen hatte. Nun, nach ihrem Zusammentreffen, erkannte Mary seine unglaubliche Macht und seinen unbändigen Willen.

Wenn der Normanne einen Weg fand, ihre wahre Identität aufzudecken, dann würde er diese ohne jeden Zweifel ausspielen, und dann würden ihr Vater und Schottland – und sie selbst – die schlimmsten Folgen zu tragen haben.

Genau wie ihr Vater andauernd Spione einsetzte, tat auch dieser Mann das mit Sicherheit. Heute Abend würde in Liddel wegen ihres Verschwindens eine Krise ausbrechen. Früher oder später würde ein normannischer Spion dies Stephen de Warenne berichten.

War er schlau genug, die Wahrheit zu erraten, sobald er erfuhr, dass Malcolms Tochter vermisst wurde? Aber wie konnte er unter solchen Umständen nicht darauf kommen, wer sie wirklich war!

Mary schloss die Augen. Wie konnte sie ihre Identität verbergen und ihn zudem möglichst von sich fernhalten? Es schien ein schier unmögliches Unterfangen. Der einzige Ausweg war Flucht, doch daran war zumindest im Augenblick nicht zu denken.

Sie wischte sich eine Träne ab. Weinen half gar nichts. Sie musste sich auf den nächsten Krieg der Worte und der Willensstärke vorbereiten. Bisher war sie dabei nicht sehr gut gefahren. Und sie wollte auch nicht wiederholen, was eben zwischen ihnen vorgefallen war; diese Begegnung, die sie so ausgelaugt und ihre Gefühle so verwirrt und aufgewühlt – und sie so eigenartig hatte reifen lassen.

Was eben zwischen ihnen vorgefallen war.

Mary gab einen erstickten Laut von sich, ihre Gedanken wurden von frischen Erinnerungen überflutet. Zu ihrem Entsetzen spürte sie noch immer seine Berührung, seinen Mund auf ihrem, seine harten Lenden an ihrem Leib. Ihr Körper begann zu pulsieren. Sie verbarg das Gesicht in den Händen. Mary konnte ihre Scham nicht mehr verdrängen; sie wurde von ihr überwältigt.

Erschöpfung überkam sie. Sie wollte nicht mehr über den unehelichen Erben nachgrübeln, drehte sich um und blickte sehnsuchtsvoll auf das Felllager. Sie konnte nur raten, ob der Normanne zum Schlafen zurückkommen würde oder nicht, und sie war zu müde, um noch nachdenken zu können. Aber das spielte keine Rolle. Sie konnte nicht in seinem Bett liegen, nicht einmal allein; schon der bloße Gedanke erschien ihr entsetzlich.

Mary sank auf die Erde und kauerte sich zusammen. Sie fühlte sich wie betäubt, aber einschlafen konnte sie dennoch nicht. Ihre Gedanken wanderten rastlos, und sie lauschte den Geräuschen der Nacht und des Lagers, dem Wiehern der Pferde, dem Schrei einer Eule, den halblauten Gesprächen der Männer draußen vor dem Zelt, bis der Letzte von ihnen verstummte. Als die menschlichen Laute und Geräusche erstorben waren, wartete sie angespannt auf die Schritte, die unweigerlich kommen mussten, dessen war sie sich sicher. Lange lag sie steif da und lauschte, doch sie kamen nicht – er kam nicht.

Als sie aufwachte, befand sich das Gesicht des Normannen dicht über ihrem. Im ersten Moment noch zu schläfrig, bewegte sie sich gar nicht, sondern starrte nur in die funkelnden Augen, die im Übrigen nicht schwarz waren, sondern von einem schönen Ahornbraun. Dann erst trat die Wirklichkeit schlagartig in ihr Bewusstsein, und sie zuckte vor ihm zurück.

Er richtete sich auf.

»Ich hoffe, Eure Geschichte erweist sich als wahr, Demoiselle.«

Die Bedeutung seiner Worte entging ihr nicht.

»Lasst mich in Ruhe!«

»Was erschreckt Euch denn so heute Morgen, Mademoiselle? Habt Ihr etwa Angst vor mir – oder am Ende gar vor Euch selbst?«

Endlich fasste sich Mary wieder.

»Ich habe keine Angst vor mir selbst. Aber vor großen,

schwarzen Normannen, für die Vergewaltigung ein Sport ist wie die Falknerei.«

Er lachte.

»Ich versichere Euch, Mademoiselle, dass ich nie mit einer derartigen Gewalttätigkeit zu tun hatte und auch nie haben werde.«

Sehr leise fügte er hinzu: »Ich habe dergleichen nie nötig gehabt, und wenn Ihr mit mir ins Bett gehen solltet, dann nur aus Leidenschaft – derselben Leidenschaft, die Ihr gestern Abend zeigtet.«

Seine ungenierte Anspielung auf ihr Fehlverhalten am Abend zuvor machte sie wütend.

»Solche Leidenschaft werdet Ihr von mir nie mehr erleben!«

Er hob erstaunt eine Augenbraue.

»Ihr fordert mich heraus?« Sein Lächeln war ungekünstelt. »Ich liebe Herausforderungen, Demoiselle.«

Sie schüttelte vehement den Kopf; ihr Herz flatterte.

»Ihr habt keine Macht über mich.«

»Ganz im Gegenteil, ich habe eine uralte Macht über Euch, Mademoiselle, die Macht eines Mannes über eine Frau.«

»Ich bin nicht wie andere Frauen.«

»Nein?« Er zeigte die Zähne. »Letzte Nacht kamt Ihr mir aber ganz und gar wie eine Frau vor, als Ihr wimmernd unter mir lagt – eine Frau in meiner Macht und mir ausgeliefert. Aber wenn es Euch dadurch besser geht, dann räume ich gerne ein, dass Ihr weitaus interessanter seid als alle Frauen, die ich bislang kennengelernt habe. Weitaus interessanter, weitaus faszinierender und«, er lächelte erneut, und nun sehr freundlich, »weitaus schöner.«

Mary kämpfte gegen die Verführung an, die in seinem Blick lag.

»Ich wimmere nicht, Normanne! Und ihr mögt sagen, was immer Ihr wollt, Ihr mögt denken, was Euch beliebt, aber das wird nicht verändern, was ich fühle. Und was ich für Euch fühle, bleibt besser unausgesprochen.«

Er musterte sie lange und eingehend.

»Ich glaube, unter diesem Ärger gibt es viel zu entdecken. Aber wie dem auch sei, wir vergeuden nur Zeit und Worte. Wir brechen in einer Viertelstunde auf. Ich schlage vor, Ihr erledigt, was Ihr ganz privat zu erledigen habt. Diesen Disput können wir ebenso gut in Alnwick zu Ende führen.«

De Warenne machte kehrt und humpelte davon. Für einen Mann, der erst vor Kurzem ziemlich schlimm verwundet worden war, bewegte er sich bemerkenswert gut. Mary blickte ihm nach, erleichtert, dass er weg war. Jede Begegnung mit ihm, die sie unbeschadet überstand, erschien ihr als ein nicht zu gering zu schätzender Sieg.

Aber sie war auch bestürzt. Alnwick war der neue Sitz von Northumberland. Der Graf, der Vater des Bastards, hatte an die fünfzehn Jahre lang daran gebaut. Gerüchten zufolge galt es als eine uneinnehmbare Festung. Wenn das stimmte, bestand für sie keine Hoffung auf Rettung mehr, sobald sie dort gefangen gesetzt war.

Dann kam ihr plötzlich der Gedanke, dass Malcolm und ihre Brüder seit diesem Morgen sicher die ganze Gegend nach ihr absuchten. Vielleicht konnten sie sie retten, bevor man sie nach Alnwick verschleppte. Das war ihre einzige Hoffnung.

Was, wenn sie ein Zeichen für Malcolm hinterließ? Wie konnte sie das bewerkstelligen?

Eilig und vor Aufregung zitternd schob sie das Fell beiseite, das ihr als Decke diente. Man hatte ihr einen Krug Wasser gebracht, und so wusch sie sich rasch. Dann trat sie vor das Zelt hinaus.

Pferde wurden gesattelt, das Lager abgebrochen, alle schienen beschäftigt. Mary sah Stephen mit einem anderen Ritter reden, er hatte ihr den Rücken zugewandt.

Sie atmete tief durch und betete, dass er sie nicht bemerken möge. Aber plötzlich drehte er sich um und sah sie. Mary ignorierte ihn in der Hoffnung, man werde ihr ihre plötzliche Aufregung nicht ansehen, und ging auf den Wald zu. Sie war sich dessen bewusst, dass ein Ritter ihr folgte, offenbar, um sie zu bewachen. Das ließ ihren Mut etwas sinken, nicht aber ihre Entschlossenheit. Sie verschwand hinter einem Baum und ein paar Büschen, um ihre Notdurft zu verrichten. Dann riss sie ein Stück von ihrem Seidenhemd ab, das sie unter dem bäuerlichen Wollhemd trug. Ihre Hände zitterten so stark, dass sie mehrere Versuche unternehmen musste, das helle Stückchen Stoff an einen Ast zu binden. Danach riss sie noch einige Streifen mehr ab, versteckte sie in ihren Ärmeln und ging um die Büsche herum an ihrem Bewacher vorbei. Nun konnte sie neue Hoffnung schöpfen. Sicher würden die Schotten, die nach ihr suchten, ihre Zeichen finden!

Der Ritter eskortierte sie zum Lager zurück. Stephen de Warenne unterhielt sich mit dem Mann, der sie gestern aufgegriffen hatte.

»Liddel?«, sagte Will. »Das sollte kein Problem sein, Stephen; schließlich werden sie heute Abend von der Hochzeitsfeier alle ganz schön betrunken sein. Ich werde herausfinden, was ihr wissen wollt, Mylord.«

Er grinste großspurig.

Stephen klopfte ihm auf die Schulter.

»Viel Glück.« Dann wandte er sich lächelnd Mary zu. »Wollt Ihr jemandem eine Nachricht zukommen lassen? Eurem Geliebten vielleicht?«

Mary erstarrte für einen Moment.

»Habt Ihr Augen im Hinterkopf, wie ein missgestaltetes Ungeheuer?«

Ihre Bemerkung belustigte ihn.

»Wolltet Ihr tatsächlich heimlich lauschen? Wenn Ihr meine Absichten erfahren wollt, braucht Ihr mich nur zu fragen, Demoiselle.«

»Weshalb reitet er nach Liddel?«

»Habt Ihr etwas zu verbergen?«

»Natürlich nicht.« – »Dann habt Ihr auch nichts zu befürchten.«

Er spielte mit ihr, erforschte sie, und sie hatte berechtigte Angst.

»Warum tut Ihr das?«

Seine amüsierte Miene verschwand.

»Ich kann nicht anders.«

Sie fixierten einander. Für kurze Zeit erkannte Mary in seinem durchdringenden Blick ein heftiges Verlangen und große Entschlossenheit. Er übte eine Kraft auf sie aus, der sie nichts entgegensetzen konnte. Eine plötzliche Vorahnung, die sie nicht zu begreifen wagte, ließ sie erschaudern. Es war weitaus sicherer, das, was sich zwischen ihnen abspielte, zu ignorieren; vorzugeben, dass es nicht existierte, nie existiert hatte.

Er brach den Bann, mit dem er sie belegt hatte.

»Kommt, wir brechen auf; Ihr reitet mit mir.«

Mary rührte sich nicht vom Fleck.

Er ließ die Hand, die er ihr angeboten hatte, sinken.

»Stimmt etwas nicht, Mairi?«

»Ich reite mit jedem, aber nicht mit Euch.«

Er baute sich vor ihr auf und blickte auf sie herab und lächelte herausfordernd.

»Ich lasse Euch keine Wahl, Mademoiselle.« Er lächelte immer noch.

»Außerdem wird es sehr unterhaltsam sein, mit mir zu reiten.«

Sie verstand seine Anspielung und spürte, wie sie feuerrot wurde, aber wenigstens konnte sie mit seiner unverblümten Art umgehen.

»Wie sehr Ihr von Euch eingenommen seid.«

Er lachte.

»Kam diese Bemerkung aus dem Mund einer Lady?«

»Es ist mir einerlei, was Ihr von mir denkt«, erwiderte sie verbissen. »Wo ist Euer verdammtes Pferd?«

Noch immer lächelnd zeigte er darauf.

Mary ging zu dem großen braunen Streitross hinüber; sein Lachen verfolgte sie.

Sie war entschlossen, ihn zu überlisten und über ihn zu triumphieren, koste es, was es wolle. Dann würde sie es sein, die lachte.

Stephen hob sie mühelos in den Sattel und saß dann elegant hinter ihr auf. Mary versuchte, ihn zu ignorieren, und hielt sich am Sattelknauf fest. Es würde ohne Zweifel ein langer Tag werden.

Sie ritten in raschem Trab nordostwärts, fort von Carlisle, durch felsiges Hügelland. Der September hatte viel Regen gebracht; die Gegend war von saftigem Grün überzogen. Schon bald wurde Mary klar, dass Stephen Alnwick noch am selben Tag erreichen wollte. Was immer die Normannen vorgehabt hatten, das hatten sie offenbar erreicht. Sie überlegte, was das wohl gewesen war. Sie musste unbedingt in Erfahrung bringen, was die Normannen so nahe bei Carlisle und Liddel gemacht hatten.

Und nach jeder verstrichenen Stunde ließ sie einen Streifen ihres Hemds aus dem Ärmel fallen.

Sie behielten ihr straffes Tempo bis zum Mittag bei, als sie anhielten, um die Pferde zu tränken. Inzwischen waren sie bereits von den rauen Mooren Northumberlands umgeben, über die sich ein endloser, grauer Himmel spannte. Gelegentlich segelten Möwen über sie hinweg. Mary ließ sich dankbar zur Erde gleiten, erschöpft von der vertraulichen Situation, endlos lange Stunden mit ihrem Häscher den Sattel teilen zu müssen. Sie glaubte, näher könne sie der Hölle nicht mehr kommen.

Niemand nahm Notiz von ihr. Die Ritter um sie herum sprachen leise, ihre Pferde tranken begierig. Mary trat zu einem einzeln stehenden, kahlen Baum, setzte sich, Müdigkeit vorschützend, nieder und ließ ein weiteres Stück ihres Hemds fallen. Als die Ritter einige Minuten später wieder aufsaßen und sich versammelten, schlenderte sie zu der Gruppe zurück. Stephen de Warenne lenkte sein großes Streitross langsam auf sie zu.

»Erfreut Euch die schöne Szenerie, Demoiselle?«

Sie blickte ihn wütend an.

»Woran sollte man sich hier erfreuen können? Ich bin nur von Hässlichkeit umgeben.«

»Wie eine echte Schottin gesprochen.« Sein Blick durchbohrte sie. »Seid Ihr eine echte Schottin, Mairi?«

Sie stand reglos da. War er der Teufel – konnte er Gedanken lesen? Oder hatte er ihre Identität erraten? Ihre Mutter, Königin Margaret, war Engländerin. Margarets Bruder war Edgar Etheling, ein Großneffe des sächsischen Königs Eduard des Bekenners; er war vor der Eroberung Englands der Thronerbe gewesen.

Als Wilhelm der Bastard in England einfiel, war Margarets verwitwete Mutter aus Angst um das Leben ihres Sohnes mit ihren Kindern nach Schottland geflohen. Malcolm verliebte sich auf den ersten Blick in Margaret, und als seine Gemahlin Ingeborg starb, heiratete er sie sehr bald nach deren Tod.

»Ich bin Schottin, durch und durch«, erklärte Mary, und sie meinte es ernst.

»Ihr sprecht nicht wie eine Schottin – außer, wenn Ihr wollt. Euer Englisch ist tadellos, sogar besser als meines.«

Natürlich war ihr Englisch tadellos, und das nicht nur, weil ihre Mutter Engländerin war. Malcolm hatte seinen Hof aus Ehrerbietung für seine Gemahlin im Lauf der Jahre anglisiert.

»Vielleicht sind die Normannen zu dumm und einfältig, um gutes Englisch zu lernen.«

Er biss die Zähne zusammen.

»Vielleicht ist dieser Normanne hier in der Tat einfältig.« Mit einem rätselhaften Blick auf sie glitt er von seinem Pferd. Mary widerstrebten seine Worte und sein Ton. Als er an ihr vorbeiging, anstatt sie in den Sattel zu heben, erstarrte sie.

Stephen schritt direkt auf den kahlen Baum zu, bei dem sie gesessen hatte. Mary blieb fast das Herz stehen. Er bückte sich, hob das Stückchen Stoff auf, das sie fallen gelassen hatte, und kam mit finsterer Miene wieder zurück.

»Was seid Ihr doch für ein kluges kleines Biest!«

Mary trat zurück.

Seine Hand schnellte vor; er schob Mary vor sich her. »Wenn Ihr so erpicht darauf seid, Eure Kleidung loszuwerden, braucht Ihr es mir nur zu sagen, Demoiselle!«

Sie war zu keiner Erwiderung fähig, schon gar nicht angesichts seiner unverhüllten Wut.

»Seit wann hinterlasst Ihr diese Zeichen schon, Demoiselle? Seit wann?«

3

»Ihr tut mir weh!«, schrie Mary.

Stephen ließ sie augenblicklich los. Sie ging auf Abstand zu ihm und rieb sich die Arme.

»Habt Ihr wirklich geglaubt, Ihr könntet mich kampflos gefangen nehmen?«

Stephen bedauerte, ihr wehgetan zu haben, doch ihre Worte provozierten ihn so, dass er sie am liebsten erneut geschüttelt hätte. Diese Kindfrau war entschlossen, gegen *ihn* zu kämpfen?

»Wie lange schon?«

»Seit heute Morgen.«

Er konnte es nicht glauben, ihre Kühnheit, ihre Waghalsigkeit, ihre Tapferkeit verblüfften ihn.

»Ich habe mich sehr in Euch getäuscht«, sagte er barsch und rief dann: »Neale!«

Einen Augenblick später war der ältere Mann an seiner Seite.

»Mylord?«

Stephens wütender Blick blieb auf seine Gefangene gerichtet.

»Dieses verwegene kleine Biest hat uns alle hinters Licht geführt. Sie hat eine Spur hinterlassen. Die Männer sollen auf der Hut sein; wir werden womöglich verfolgt.«

Neale wendete sein Streitross.

Als Mary sich davonschleichen wollte, zog Stephen sie näher zu sich. Sie spannte sich an, als er sie berührte; er musste sie mit sich schleifen.

»Für wen habt Ihr die Spur gelegt, Demoiselle? Für Euren Geliebten? Für Euren Vater?«

»Jawohl!«, schrie sie. »Ja, ja, ja! Und bald, sehr bald, werdet Ihr vom Schwert meines Vaters durchbohrt werden, Normanne, denn er ist der größte Kämpfer in ganz Schottland!«

Stephen hielt inne.

»Ist er das, tatsächlich? Dann muss ich ihn ja gewiss kennen.«

Sie schwieg trotzig.

»Euer Vater ist nicht Sinclair of Dounreay, wie Ihr stur behauptet, nicht wahr, Demoiselle? Solch ein unbedeutender Mann würde mich niemals angreifen, das wisst Ihr so gut wie ich. Also, wen erwartet Ihr, Mairi? Ist das überhaupt Euer Name?«

Sie sagte nichts.

Wutentbrannt trieb er sie vor sich her zu seinem Pferd. Mary stolperte, doch das kümmerte Stephen nicht; er zog sie einfach in die Höhe, hievte sie wie einen Sack Getreide in den Sattel und saß dann hinter ihr auf. Auf sein Signal hin brach der Reiterzug auf und legte ein straffes Tempo vor.

Mary schloss verzweifelt die Augen. Sie wusste, dass sie nicht wirklich beunruhigt zu sein brauchte; immerhin hatte sie die Normannen mit ihren Stofffetzen hereingelegt. Doch sie konnte sich darüber nicht freuen, sondern verspürte so etwas wie Entsetzen. Stephen de Warenne war wütend. Sie ahnte, dass sie für einen kleinen Sieg teuer würde bezahlen müssen.

Der Trupp ritt jetzt noch schneller. Mary blickte immer wieder über die Schulter in der Hoffnung, ein Zeichen ihrer Verwandten am Horizont zu erblicken. Doch sie sah nichts, und ihre Hoffnung sank mit jeder Meile ein wenig mehr.

Wo war ihr Vater?

Sie ritten gerade einen lang gezogenen Bergrücken hinauf. Oben angekommen blieb Stephen abrupt stehen und drückte sie an seinen mächtigen, gepanzerten Körper. Seine Worte entzogen jedem Protest, den sie hätte vorbringen können, den Boden.

»Ihr habt verloren, Mademoiselle«, erklärte er. »Denn wir sind da. Seht – Alnwick.«

Entsetzen befiel Mary; sie bemerkte nicht, wie fest sie seinen Arm umklammerte – so sehr, dass sie sich an seinem Kettenpanzer den Finger verletzte. Sie hatten ihr Ziel erreicht, sie war verloren. Vor ihnen lag Alnwick, vor ihnen lag ihr Gefängnis.

Die Sonne ging unter. Zum Teil von Schatten verdunkelt, erschienen die Mauern von Alnwick düster und unbezwingbar.

Die Burg lag auf einem riesigen, natürlichen Hügel, der von unüberwindbaren Gräben umgeben war. In die mächtigen, braunen Außenmauern des Burghofs waren hohe, imposante Wachtürme eingefügt; dahinter ragte der mit Zinnen bewehrte Wohnturm auf, in ein blassgoldenes Licht getaucht. Mary fühlte eine tiefe Bestürzung.

Wenn sie nicht fliehen konnte – und eine Flucht war äußerst unwahrscheinlich – und nicht freigelassen oder freigekauft wurde, bestand kaum Hoffnung, ihr Zuhause und ihre Familie je wiederzusehen, denn die Belagerung eines solchen Ortes würde niemand lange durchhalten, nicht einmal Malcolm.

Sie ritten über eine Zugbrücke und durch ein hochgezogenes Fallgitter in den äußeren Burghof, wo sie von einem Dutzend bewaffneter Wachen begrüßt wurden.

Innerhalb der Mauern befand sich eine Reihe von Gebäuden – Pferdeställe, Werkstätten, Quartiere für weitere Soldaten, verschiedene Kammern für Vorräte. Überall waren Menschen – Frauen mit für den Kochtopf bestimmten Hühnern unter dem Arm, Schweine hütende Kinder, Zimmerleute, die mit ihren Lehrlingen arbeiteten, Hufschmiede, Pferdeknechte und Rösser, Diener und Hörige. Vor ihnen war ein mit Weinfässern beladener Ochsenkarren in die Burg eingefahren; bei der Holztreppe am Eingang zum Wohnturm wurden weitere Wagen gerade entladen.

Es herrschte ein ohrenbetäubender Lärm; neben dem Geschrei der vielen Menschen waren Hundegebell, das Gackern von Hühnern, wiehernde Pferde, der helle Klang eines Ambosses und die Hammerschläge der Zimmerer zu hören, dazu Geschimpfe, Gelächter und harsche Befehle.

Mary war noch nie in einer derart großen Burg gewesen – sie schien größer zu sein als die meisten schottischen Dörfer, sogar größer als ihr Zuhause, die königliche Festung von Edinburgh.

An der Treppe des Wohnturms angekommen, hob der Normanne sie mühelos aus dem Sattel. Mary stolperte ein wenig, weil ihre Glieder von dem langen Ritt steif waren. Stephen ergriff ihre Hand, um sie zu stützen, doch sie entzog sich ihm.

»Habt keine Angst. Hier kann ich ganz offensichtlich nicht entwischen, selbst wenn ich es wollte.«

»Es freut mich, dass Ihr so klug seid, das einzusehen.«

»Ihr wärt weit weniger froh, wenn Ihr wüsstet, was ich wirklich denke.«

»Im Gegenteil, es würde mich sehr freuen, Eure innersten Gedanken zu kennen.«

Mary schaute weg; es lief ihr kalt den Rücken hinunter. Sie fürchtete, seine Beharrlichkeit könnte größer sein als die ihre.

Sie betraten den großen Saal. Zwei große, rechtwinklig zueinander gestellte Tische beherrschten den Raum – der eine stand erhöht und unbesetzt, dort würde sicherlich der Graf mit seiner Familie Platz nehmen. An dem tiefer gelegenen Tisch saßen die Ritter der Burg und andere Waffenträger beim Essen. Es wurde von Mägden aufgetragen, die Mühe hatten, die Annäherungsversuche mancher ihrer Gäste zurückzuweisen; andere Gefolgsleute vertrieben sich die Zeit mit Spielen oder hockten beim Trinken zusammen. Der Haushofmeister beaufsichtigte das ganze Geschehen.

An den Wänden hingen wunderschöne, farbenfrohe Bildteppiche, in einem gewaltigen steinernen Kamin prasselte ein

Feuer, und der Boden war mit frischen, duftenden Binsen bedeckt. Mary stellte überrascht fest, dass sich kein einziger Hund im Raum befand. Vor der Feuerstelle standen zwei große, geschnitzte und mit Kissen gepolsterte Stühle, dieselben wie auch am Kopfende der erhöhten Tafel. In einem dieser Stühle sah Mary den blonden Hinterkopf eines Mannes und erstarrte im ersten Augenblick, denn sie dachte, es handele sich um den Grafen von Northumberland.

Doch es war ein junger Mann, nur ein oder zwei Jahre älter als sie selbst, der dort alleine saß. Als sie in den Saal kamen, erhob er sich mit ungewöhnlicher Anmut und kam ihnen entgegen.

Er hatte goldenes Haar und blaue Augen und sah sehr gut aus; seine helle Haut erschien von etwas zu viel Sommersonne leicht goldbraun getönt. Der Blick seiner dunkelblauen Augen war ganz auf Mary konzentriert, und sein angedeutetes Lächeln war einfach umwerfend.

»Darf ich davon ausgehen, dass deine Anwesenheit irgendetwas zu bedeuten hat?«, fragte Stephen ihn trocken und fügte hinzu: »Und, Brand, *sie* ist mein!«

Schließlich bequemte sich Brand seinen Bruder anzusehen und verbeugte sich wie zum Spott vor ihm.

»Natürlich. Ich füge mich dem Erben. Und ja, ich bin ein Gesandter Seiner Hoheit, wie du zweifellos erraten hast.«

Mary versteifte sich. Gegen Stephens Behauptung, sie sei sein Besitz, zu protestieren, erschien ihr plötzlich unwichtig. Stattdessen schoss ihr durch den Kopf, dass sie sich in einer Position befand, in der sie die geheimsten Pläne ihres Feindes kennenlernen und ihrem Vater während ihres erzwungenen Aufenthalts unschätzbare Dienste leisten konnte – wenn sie sich nämlich zu der Spionin machte, die zu sein Stephen sie ohnehin schon beschuldigt hatte.

»Alles ist gut, Brand; keine Aufregung.« Stephen legte seine große Hand auf Marys Schulter. »Wir unterhalten uns später. Wann müsst Ihr zurückkehren?«

»Sofort.« Brand musterte Mary mit einem neuerlichen, fast spöttischen Lächeln und ohne jeden Humor in den Augen. »Was soll das? Keine Vorstellung? Hast du Angst, sie könnte mich dir vorziehen? Haben wir nicht genügend Mägde, die dir zu Gefallen sind, oder hast du sie am Ende schon alle durch?«

Stephen ignorierte diese offenkundige Verhöhnung. »Mademoiselle Mairi, dies ist mein großmäuliger kleiner Bruder Brand, Hauptmann der königlichen Leibgarde. Seine Versuche, humorvoll zu sein, könnt Ihr einfach missachten, sie sind ohnehin jämmerlich. Außerdem – *er* ist der Liebhaber, nicht ich.«

Seine letzten Worte bezweifelte Mary sehr. Wenn es um das schöne Geschlecht ging, waren die Brüder zweifellos beide unbußfertige Räuber. Sie waren sehr unterschiedlich – der eine so goldblond, der andere so dunkel, aber beide sahen blendend aus; keine Frau würde ihnen gegenüber gleichgültig bleiben. Mary erwiderte Brands Lächeln nicht, sondern musterte ihn argwöhnisch.

Brands kühner Blick wandelte sich zu einer stummen Frage und schwenkte von Mary zu Stephen.

»Sie ist mein Gast«, erklärte dieser kurz angebunden und damit jede weitere Frage abwehrend.

»Welch ein Glück für dich«, murmelte Brand und wandte sich mit einem letzten Blick auf beide wieder versonnen dem Feuer zu.

»Ich bin *nicht* Euer Gast«, erwiderte Mary verärgert und schüttelte seine Hand ab. »Gäste misshandelt man nicht. Gäste können kommen und gehen, wann sie wollen. Sagt Ihr nicht einmal Eurem eigenen Bruder die Wahrheit?«

Stephen bedachte sie mit einem eisigen Blick.

»Ihr werft *mir* vor, nicht die Wahrheit zu sagen?«

Mary errötete, weigerte sich jedoch beherzt, klein beizugeben.

»Jawohl, das tue ich.«

Er hob eine Hand. Sie glaubte nicht, dass er sie schlagen würde, zuckte aber dennoch zusammen. Er strich mit dem Zeigefinger über ihre Wange und hielt an ihrem Mundwinkel inne.

»Aber Demoiselle, Ihr seid es doch, der sich verstellt, oder etwa nicht?«

»Nein!«, krächzte Mary und zuckte zurück. »Ich habe erklärt, weshalb ich mich verkleidet hatte. Ich habe alles erklärt. Ihr müsst mich freilassen, sofort!«

»Ihr scheint verzweifelt, Demoiselle. Gebt Eure wahre Identität preis, dann können wir sofort über Eure Freilassung sprechen.«

»Nachdem Ihr mich vergewaltigt habt!«

Stephen schaute sie finster an.

»Wie ich bereits sagte, wird es keine Vergewaltigung geben.«

Ihre Blicke trafen sich.

Wieso war sie drauf und dran, ihm Glauben zu schenken? Wieso war sie beinahe enttäuscht? Sicher war ihre Bestürzung eine Reaktion auf ihre insgesamt so missliche Lage und nicht auf seine Zusicherung.

Stephen lächelte frostig.

»Wenn ich mit Euch ins Bett gehe, Demoiselle, dann wird es Euch gefallen.«

Mary konnte sich weder bewegen noch etwas erwidern.

»Gestern habt Ihr Glück gehabt. Heute … heute wird mir dieses Spielchen zu langweilig.«

Sie fand ihre Stimme wieder, doch sie klang heiser und belegt.

»Es ist kein Spiel.«

Sein Lächeln war jetzt noch kälter als zuvor, doch seine Augen wirkten wesentlich heller.

»Wenn Ihr Eure Jungfräulichkeit bewahren wollt, solltet Ihr Euch besser sofort zu erkennen geben.«

Ihr Atem stockte.

»Ich habe mir den letzten Schwertstreich noch nie versagen können, wenn ich in der Schlacht war, Demoiselle«, fügte er sehr leise hinzu. »Es ist an der Zeit, Euch zu ergeben.«

»Nein«, flüsterte Mary. Ihr ganzer Körper wurde von einer Hitzewallung erfasst.

»Doch«, murmelte er verlockend.

»Aber ...« Sie war nicht in der Lage, einen klaren Gedanken zu fassen. »Ich dachte, Ihr schickt Spione nach Liddel, um festzustellen, ob ich die Wahrheit sage oder nicht! Das dauert doch sicher eine Weile!«

»Wenn Ihr eine Person von Rang und Stand seid, werdet Ihr mir das sicher lieber freiwillig mitteilen, bevor ich Euch verführe.«

Ihr Herz pochte heftig, ihre Blicke blieben aufeinander gerichtet. Es fiel Mary schwer zu atmen, zu denken. Sie wusste nur, dass sie ihm nicht sagen konnte, nicht sagen durfte, wer sie wirklich war.

»Meine Geduld ist zu Ende. Wenn Ihr seid, wer Ihr zu sein vorgebt, werdet Ihr nach der kommenden Nacht meine Geliebte sein«, erklärte Stephen unumwunden.

Schweigen hing einem Damoklesschwert gleich über ihnen. Mary war kreidebleich. Händeringend suchte sie verzweifelt nach einer Lösung für das Dilemma, in das er sie gebracht hatte. Wenn sie weiter darauf bestand, Mairi Sinclair zu sein, würde er sie entehren – noch heute Nacht. Sein Anblick, nackt und erregt, kam ihr in den Sinn, sie wusste nicht, ob das, was sie fühlte, Vorfreude oder Entsetzen war. Doch sie konnte ihm ihre wahre Identität nicht preisgeben, sie konnte es nicht.

»Ich bin Mairi Sinclair«, erklärte sie mit trockenen, steifen Lippen.

Seine Reaktion kam augenblicklich.

»Meine Kammer ist gleich die erste im oberen Stockwerk. Geht hinauf und erwartet mich dort.«

Mary biss die Zähne zusammen. Ihre Brüste hoben und

senkten sich schwer. Sie bewegte sich nicht, sondern blickte ihn nur unentwegt an.

»Geht hinauf und erwartet mich«, wiederholte er leise.

Wieder trafen sich ihre Blicke. Mary kam der Gedanke, dass es angesichts der Lage, in der sie sich befand, verrückt war, sich mit diesem Mann messen zu wollen. Sie konnte nicht gewinnen. Sie sollte aufgeben, kapitulieren, wie er es ihr unzweideutig nahegelegt hatte, sich ihm erkennen geben. Verschwommene, leidenschaftliche Bilder überfluteten ihre Gedanken, Bilder eines Liebespaars, umeinander gewundene Körper. Bilder von ihr und Stephen de Warenne ... Nein, sie konnte ihren Vater nicht verraten und an den Bettelstab bringen, ihren König, den sie über alles liebte und verehrte.

Mary straffte die Schultern, drehte sich langsam und hoch erhobenen Hauptes um und ging.

Im ersten Augenblick blieb Stephen reglos stehen und beobachtete, wie sie auf die Wendeltreppe zuschritt. Dann schnippte er mit den Fingern und deutete auf sie, und einer seiner Wachmänner eskortierte Mary zu seinem Gemach. Auch sein Bruder beobachtete sie; im Saal herrschte eine beinahe gespenstische Stille.

Dann lachte plötzlich jemand schallend auf, weiteres Gelächter folgte, und die Gespräche wurden wieder aufgenommen. Einer der Ritter schlug einer Magd kräftig aufs Hinterteil, als sie ihm Wein nachschenkte, sodass sie aufschrie, einen Hüpfer machte und etwas verschüttete. Würfel rollten, Wetten wurden abgeschlossen.

Brand wandte sich mit erhobenen Brauen an Stephen.

»Was ist das? Ein unwilliges Frauenzimmer?«, spaßte er. »Fasziniert sie dich deshalb so sehr? Mein ältester Bruder spürt keine Lust, wenn er nicht dazu angestachelt wird!«

Stephen ging zum Podest und setzte sich an die erhöhte Tafel. Der Haushofmeister erschien an seiner Seite und schenkte ihm auf ein Zeichen hin einen Kelch roten Burgunder ein.

»Sie ist eine geheimnisvolle Frau, Brand; es ist ihr falsches Spiel, was mich an ihr fasziniert.«

Brand setzte sich zu ihm.

»Tatsächlich?«

Er war skeptisch. »Nicht ihre Schönheit?«

Stephen wurde wütend.

»Ich bin nun einmal ein Mann. Was macht das schon für einen Unterschied? Heute Abend wird sie sich zu erkennen geben, und ich werde meine Drohung nicht wahrmachen müssen.«

»Wenn sie ist, was du vermutest, nämlich eine Lady von Rang«, meinte Brand, »wird sie sich beugen, bevor es zu spät ist. Eine Lady wird ihre Jungfräulichkeit nicht einfach verschenken.«

»Ja«, stimmte Stephen zu, während eine Magd auf Holzbrettern Fleisch, Pasteten und Käse servierte. »Bring auch dem Gast zu essen und zu trinken, der in meiner Kammer wartet«, wies er das errötende Mädchen an.

»Und du willst dann davon Abstand nehmen, ihr den Hof zu machen?«, fragte Brand mit kühlem Zweifel.

»Das werde ich wohl müssen, meinst du nicht?« Seine Miene war hart, sein Blick unergründbar. Sie *würde* sich beugen, sich ihm offenbaren als eine Lady von Rang und Namen – und er würde sie daraufhin freilassen, allerdings durch das Lösegeld um einiges reicher.

»Lass dich nicht auf eine Dummheit ein«, warnte ihn Brand, nunmehr in ernstem Ton. »Vergiss nicht, was du gerade gesagt hast.«

»Danke für dein Vertrauen, kleiner Bruder.«

Brand zuckte die Achseln.

»Der König möchte wissen, was du in Erfahrung gebracht hast.«

Stephen senkte die Stimme.

»Wir können Carlisle einnehmen. Aber damit geben wir dem brüchigen Frieden den Rest.«

»Er ist nicht am Frieden interessiert, Stephen, sondern an der Sicherung des Nordens, damit er anschließend seine Kräfte auf andere Dinge konzentrieren kann.«

Stephen knurrte.

Das wusste er bereits.

»Gibst du mir einen umfassenden Bericht?«

»Morgen«, antwortete Stephen mit einem Seufzer.

Brand nickte und lehnte sich mit seinem Kelch Met und geschürzten Lippen im Stuhl zurück.

»Ich bringe Neuigkeiten.«

Stephen nahm sich ein Stück Brot.

»Von Vater?«

»Nein, von Adele de Beaufort.«

Stephen blieb stumm.

Brand spielte mit seinem Tafelmesser.

»Sie schickt dir ihre besten Grüße.«

»Und ich ihr die meinen«, erwiderte Stephen.

Brand wandte sich direkt ihm zu, jegliche Milde war aus seiner Miene verschwunden.

»Aber nicht solche Grüße, wie du sie heute Nacht an die kleine Mairi schickst, falls du herausfinden solltest, dass sie auch wirklich die kleine Mairi ist.«

»Genug.«

»Du kennst Lady de Beaufort nicht. Du hast kaum mit ihr gesprochen. Ich hingegen hatte oft Gelegenheit, sie zu beobachten, seit sie am Hof ist. Sie ist keine gewöhnliche Frau, Stephen. Die Lady, die du in drei Monaten heiratest, wird sehr unglücklich sein zu erfahren, dass eine schöne Geliebte in deinem Gemach auf dich wartet.«

»Keine Sorge«, entgegnete Stephen schroff. »Ich habe nicht vor, meine Beziehungen zu Adele de Beaufort infrage zu stellen.«

Stephen trat auf die Brustwehr hinaus. Es waren nur ein paar Wachen auf den Türmen, er war also fast allein. Er ging zur nördlichsten Mauer und blickte über ihren zinnenbewehrten Rand. Es war ein allnächtliches Ritual, wenn er in Alnwick war, dort zu stehen und auf sein Reich zu blicken.

So weit das Auge reichte, gehörte das Land seinem Vater, Rolfe de Warenne, und eines Tages würde es sein Land sein. Das alte Northumbria. Ein heftiger Stolz und eine beinahe selbstsüchtige Liebe erfassten ihn. Vor siebenundzwanzig Jahren war sein Vater mit seinem Lehnsherrn Wilhelm, dem Herzog der Normandie, nach England gekommen und hatte in Hastings an dessen Seite gekämpft. Als landloser jüngerer Sohn eines normannischen Grafen hatte er sich durch die Besetzung eines neuen Landes Beute erhofft. Bereits vor dem Einfall nach England, bei Feldzügen gegen Maine und Anjou, war er der militärische Führer gewesen, dem Wilhelm der Eroberer am meisten vertraute, und nach Hastings wuchs sein guter Ruf noch.

Schon bald hatte er für seine Treue und Tapferkeit Aelfgar verliehen bekommen.

Mit der Zustimmung und Ermutigung des Eroberers dehnte Rolfe seine Grenzen allmählich weiter nach Norden und Westen aus, bis sein Gebiet die derzeitige Größe erreicht hatte – und er seine jetzige Machtfülle.

Stephen war sich bewusst, dass eines Tages alle Macht, die Northumberland verkörperte, in seinen Händen liegen würde. Er war zwar unehelich geboren – seine Eltern hatten nicht heiraten können, ehe die erste Gemahlin seines Vaters verstarb –, doch er war zum Erben bestimmt worden. Das bedeutete eine ungeheure Verantwortung, eine schwere Bürde, die ihm bereits im zarten Alter von sechs Jahren auferlegt worden war, als er an den Königshof gesandt wurde, um dort erzogen zu werden. Doch er hatte die Pflichterfüllung gegenüber seinem Vater und Northumberland nie infrage gestellt, weder damals noch heute, noch irgendwann in all den Jahren dazwischen. Ein Mann tat, was er tun musste – immer.

Diese Lektion lernte er bereits an jenem lange zurückliegenden Tag, an dem er mit den Männern des Königs von zu Hause fortritt, um fast ein Jahrzehnt nicht mehr dorthin zurückzukehren. Die Heirat mit Adele Beaufort, der Erbin von Essex, war nur eine weitere Pflicht, die er zu erfüllen gedachte.

Sie waren schon seit zweieinhalb Jahren verlobt; nun war sie sechzehn, und an Weihnachten sollten sie endlich vermählt werden.

Nach Rolfes Willen hätte die Ehe schon vor zwei Jahren stattfinden sollen, doch Adeles Vormund hatte nicht eingewilligt. Sie würde für Stephen ein großes Anwesen in Essex und, was noch wichtiger war, eine große Menge Silbermünzen in die Ehe einbringen. Und Geld war etwas, das seine Familie immer brauchte. Im Gegensatz zu den meisten der anderen großen Magnaten des Königs musste Northumberland nämlich die schwere Bürde tragen, Englands nördlichste Verteidigungsanlagen zu unterhalten, und das war äußerst kostspielig.

Andererseits würde Stephens Heirat mit Adele Beaufort Northumberland gefährlich unabhängig machen, und das konnte dem König nicht gefallen. Doch dieser hatte die Einnahmen ebenfalls bitter nötig, war er doch fest entschlossen, gegen seinen älteren Bruder Robert ins Feld zu ziehen, um England und die Normandie wieder zu vereinen. Er konnte es sich nicht leisten, Northumberland in dessen Kriegen gegen Schottland zu unterstützen; deshalb gestattete er diese Verbindung zwischen den beiden mächtigen Häusern Essex und Northumberland.

Stephen bemerkte, dass seine Gedanken eine große Anspannung in ihm hervorriefen. Seine Pflicht war es, den Norden zu sichern. Er hatte zwei lange Jahre einen brüchigen Frieden bewahrt und war gegen die über die Grenze eindringenden Gruppen vorgegangen in dem Wissen, dass er nicht so heftig zurückschlagen durfte, dass die herrschende Waffenruhe beendet wurde. Das hatte sich als schwierige Aufgabe erwiesen.

Er war müde.

Er freute sich auf seine Hochzeit, denn Adeles Mitgift würde die Last des andauernden Kriegszustands erleichtern, die er die ganze Zeit zu tragen hatte.

Brands warnende Worte verhöhnten ihn. Verdammt, er war ein besonnener Mensch, weder impulsiv noch vorschnell, doch an seiner Entscheidung, die Frau, die sich Mairi nannte, gefangen zu nehmen, war nichts besonnen oder vorsichtig gewesen. Sie hatte ihn mit ihrer Schönheit und ihrer Verstellung fasziniert, und er hatte sie entführt. Er hatte gehofft, dass sie eine Person ohne Rang sei, damit er sie in sein Bett nehmen konnte. Und das hoffte er nach wie vor, wenngleich er daran zweifelte.

Kein Mann in seiner Position würde die Heirat mit einer Erbin einer anderen Frau wegen aufs Spiel setzen, und wäre sie noch so begehrenswert. Und auch er hatte nichts dergleichen im Sinn. Eine kurze Liebelei, wenn er das Glück haben sollte, dass es so weit kam, würde sein Bündnis mit den Beauforts nicht gefährden.

Aber sie konnte nicht in seinem Gemach bleiben. Sie dorthin zu schicken, war erneut unbesonnen gewesen, denn es kam einem gefährlichen Bruch der Etikette gleich. Adele Beaufort würde mit Fug und Recht wütend sein, sollte sie erfahren, dass er eine Frau in seinem Zimmer gehabt hatte. Bei ihrer nächsten Begegnung würde er sie aus seinem Schlafgemach entfernen.

Stephen biss die Zähne zusammen. Und er würde ihr das Geheimnis ihrer Herkunft entlocken. Wenn sie ihrer Entehrung ins Auge sehen musste, dann würde sie ihr Spiel mit Sicherheit beenden und sich als Lady von hoher Geburt zu erkennen geben. Danach würde er sie ihres Weges ziehen lassen, unberührt und unbeschadet, wie er es versprochen hatte. Er konnte sich zwar nicht vorstellen, sie gehen zu lassen, ohne mit ihr zu schlafen, doch wenn sie wirklich eine Hochgeborene war, dann würde er es tun. Und in drei Monaten die Erbin von Essex ehelichen.

Dieser Gedanke erfüllte ihn jedoch nicht mit Freude. Nicht mehr.

Einmal mehr musste Stephen verärgert feststellen, dass Mairi sich ihm widersetzt hatte, denn sie erwartete ihn nicht in seinem Gemach, wie er es ihr aufgetragen hatte. Er zog sich bis auf die Unterhose aus, sodass das Spiel seiner starken Rückenmuskeln, der kräftigen Arme mit dem mächtigen Bizeps und sein flacher, steinharter Bauch zu sehen waren; ein Körper, der von Kampf und vom jahrelangen ausdauernden Umgang mit Schwert und Lanze gezeichnet war.

Er war mehr als verärgert. Selbstzweifel beunruhigten ihn, und seine plötzlich gemischten Gefühle hinsichtlich seiner Heirat mit Adele Beaufort lösten eine heillose Verwirrung in ihm aus.

Wie konnte eine Gefangene, und sei sie noch so schön, solch ungewohnte Empfindungen in ihm wachrufen?

Stephen fühlte Wut in sich aufsteigen. Es war sicherer, wütend auf sie zu sein. Schon jetzt kochte das Blut in ihm, und dabei hatte sie noch nicht einmal sein Gemach betreten. Zum ersten Mal fragte er sich, ob er wirklich die nötige Selbstdisziplin aufbringen konnte, sich ihren Körper zu versagen. Das aber musste er tun, sobald sie sich zu erkennen gab. Er schärfte sich ein, dass er keine andere Wahl hatte.

Seine Schwester trat ein, ohne anzuklopfen. Er hieß ihre unhöfliche Störung seiner beklemmenden Gedanken willkommen, wenngleich es ihn nicht gerade begeisterte, dass sie ihn derart unbekleidet zu Gesicht bekam.

»Klopf gefälligst an, Isobel«, tadelte er sie, drehte sich um und bedeckte sich mit seinem Unterkleid.

Mit ihren zehn Jahren war sie frühreif und für ihr Alter sehr klug. Er befürchtete, sie könnte ihn eines Tages bei einem Tun ertappen, das nicht für die Augen einer Lady bestimmt war, schon gar nicht für die einer so jungen.

Sie streckte ihm die Zunge heraus.

»Wieso denn?«

Stephen verkniff sich ein Lächeln. Er hatte Isobel seit seiner Rückkehr noch nicht besucht. Sicher hatte sie im Burghof wieder einmal etwas angestellt; sie war eine ewige Unruhestifterin.

»Weil anklopfen höflich ist.« Er versuchte, eine düstere Miene aufzusetzen. »Was ist das überhaupt für eine Begrüßung?«

Strahlend flog sie in seine Arme; er drückte sie und konnte sich dabei eines Gefühls von Stolz nicht erwehren. Sie war jedermanns Liebling, vor allem der seine. Sein Schwesterchen war ein schlaues Ding, schon jetzt zu hübsch und noch nicht versprochen.

Stephen wusste, dass Rolfe den rechten Augenblick abwarten wollte, aber bald würde er einen Gemahl für sie ausfindig machen und für die de Warennes eine weitere mächtige Allianz schmieden. Stephen glaubte, dass ihr Vater sie wahrscheinlich mit Henry Beauclerc zu verheiraten gedachte, dem jüngeren Bruder des Königs. Der Prinz hatte nur wenig Land, besaß aber viel Silber, denn sein Vater, der Eroberer, hatte seinem ältesten Sohn Robert die Normandie und William Rufus England gegeben, sodass für den Jüngsten nur der große Reichtum übrig blieb. Stephen kannte ihn gut von den langen Jahren, die er am Hof des Eroberers verbracht hatte, wusste aber dennoch nicht so recht, ob er diese Verbindung gutheißen konnte.

Er blickte sie liebevoll an.

»Wo warst du denn heute Abend?«

»Ach, überall«, erwiderte sie mit einem raschen und geheimnisvollen Lächeln. »Warum sollte ich anklopfen? Du bist doch allein. Ich habe an der Tür gelauscht, um sicherzugehen.«

Er bekam große Augen. Sie trat kichernd einen Schritt zurück.

»Steph, ich bin kein Baby mehr«, bemerkte sie arrogant. Sie war die einzige Person, die es wagte, seinen Namen zu verkürzen. »Ich weiß, was du nachts mit den Mädchen machst.«

Er traute seinen Ohren nicht und schwankte, ob er lachen oder sie ausschimpfen sollte.

»Was meinst du denn, was ich mit den Mädchen mache, meine Kleine?«

Sie warf ihm einen wissenden Blick zu.

»Vater sagt, wenn auf Alnwick noch einmal ein uneheliches Kind auf die Welt kommt, dann lässt er dich die Peitsche spüren, als ob du ein zwölfjähriger Junge wärst!«, erklärte sie schnippisch.

»Ah, sagt er das«, stieß er mit einem verzweifelten Lachen hervor. »Aber du hast meine Frage nicht beantwortet, Isobel.«

»Hältst du mich für so dumm? Du machst Babys, Steph, und den Mädchen gefällt das, das weiß ich auch, weil ich sie über dich reden gehört habe.«

Dieses Mal wurde er still.

»Du hast sie reden gehört …« Er stotterte. »Und was sagen sie, du große Lauscherin?«

»Na ja«, sie rollte mit ihren großen, dunkelblauen Augen, »sie sagen, er ist groß und stark und sehr … aber manchmal zu schnell, viel zu schnell … und manchmal …«

Stephen war entsetzt.

»Genug!«

Er ging auf sie los, doch sie wich ihm lachend aus. »Ich hoffe, du hast keine Ahnung von dem, was du da von dir gibst«, knurrte er. »Und Mutter werde ich sagen, dass du heimlich lauschst – beim Gesinde zumindest!«

Nun blickte Isobel verletzt, ehrlich und aufrichtig betroffen.

»Dann schickt mich Mutter zu Pater Bertold«, sagte sie mit zitternder Stimme und begegnete seinem Blick mit großen, unschuldigen Augen. »Ich verspreche dir, nicht mehr zu lauschen, wirklich. Aber sag Mutter nichts.«

Er seufzte ärgerlich. Sie konnte einem ganz schön zusetzen, das war schon immer so gewesen; zweifellos würde sie dereinst ihren Gemahl beherrschen und sich von ihm nichts befehlen lassen.

»Also gut, diesmal sage ich nichts«, lenkte er ein. »Aber stelle mich nicht auf die Probe, Isobel.«

Sie biss sich auf die Lippe, nunmehr ganz ernst. Wie er, wusste auch Isobel, dass sie ihn nur bis zu einem gewissen Grad manipulieren konnte.

»Warum ist Mairi eine Gefangene?«

»Ah. Die geheimnisvolle Mairi hast du also auch schon kennengelernt. Ich betrachte sie allerdings lieber als meinen Gast.«

»Sie sagt, sie ist deine Gefangene – und dass du sie sofort freilassen musst.«

»Hat sie dich mit dieser Botschaft zu mir geschickt, Isobel?«

»Ich wiederhole nur, was sie mir gesagt hat«, erwiderte Isobel mit großen, erwartungsvollen Augen.

Stephen ärgerte sich einmal mehr über seinen Gast.

Wollte Mairi über seine Schwester Einfluss auf ihn ausüben?

Konnte sie so schlau sein?

»Wo ist sie?«

»Im Frauengemach. Warum hast du ihr solche Angst gemacht?«

»Deine neugierige Nasenspitze wird dich eines Tages noch den Kopf kosten, Isobel. Wenn du klug bist, nimmst du dir meine Worte zu Herzen und kämpfst gegen diese Neigung an.«

Isobel war enttäuscht, aber unverzagt.

»Heißt das, du willst mir nicht erzählen, was du mit ihr gemacht hast?«

»Ich habe nichts mit ihr gemacht«, erwiderte er und fügte dann hinzu: »Noch nicht.«

Isobel blinzelte fasziniert.

»Geh jetzt und sag Mairi, sie soll zu mir kommen«, trug er seiner Schwester mit einem strengen Blick auf. »Und dann kannst du nach unten gehen zu Brand.« Er wollte nicht, dass sie vor seiner Zimmertür herumschnüffelte.

Isobel nickte, noch immer mit großen Augen, und lief davon. Stephen legte mit ernster Miene sein Unterkleid beiseite. Es war an der Zeit, seine Absichten wahr zu machen – es war an der Zeit, dass Mairi Sinclair die Wahrheit über sich preisgab.

4

Die schwere Holztür des Wohnturms von Liddel öffnete sich, um eine Gruppe Männer einzulassen. Sie waren vom Regen durchnässt und voller Schmutz, denn draußen stürmte es heftig.

Der Wind heulte, Donner krachten und Blitze erhellten den schwarzen Himmel. Königin Margaret saß im rauchgeschwärzten Saal beim Feuer, regungslos und verzweifelt, eine unvollendete Stickerei zu ihren Füßen. Beim ersten Geräusch der eintretenden Gruppe sprang sie auf.

»Irgendwelche Neuigkeiten?«

Malcolm ging den anderen Männern voraus, schleuderte den nassen Umhang von sich, noch ehe ihn ein Diener entgegennehmen konnte, und ging unverzüglich auf seine Gemahlin zu.

»Wir haben sie nicht gefunden, Margaret.«

Mit einem angstvollen Laut rang Margaret die Hände.

Vier weitere Männer, alle nass und erschöpft, traten in den Saal. Drei der Söhne von Malcolm und Margaret, Edward, Edmund und Edgar, legten ihre tropfnassen Umhänge ab und nahmen sich Becher mit warmem Wein, die Bedienstete ihnen hastig reichten. Der vierte Mann stand nur da und starrte in das prasselnde Kaminfeuer; zu seinen Füßen bildete sich eine kleine Pfütze. Er machte keine Anstalten, seinen durchgeweichten Mantel auszuziehen.

»Ihr habt etwas gefunden!«, schrie Margaret und packte Malcolm bei der Hand. »Ihr verheimlicht mir doch etwas!«

»Wir können lediglich Vermutungen anstellen, weiter nichts«, erklärte Malcolm verbittert.

Doch sein Gesicht zeigte eine dunkle Rötung, was Margaret sagte, dass er zornig war und seine Gefühle kaum beherrschen konnte.

»Was ist es? Was habt ihr gefunden? Mary kann doch nicht einfach verschwunden sein!«

Edmund wirbelte herum. Groß und schlank, war er fast das Ebenbild seines Vaters, nur sein Gesicht war nicht so zerfurcht wie Malcolms.

»Zeig es ihr«, forderte er ihn auf. »Damit wir Gewissheit bekommen.«

Edward, der älteste der Brüder, hielt ihn zurück.

»Lass Mutter in Frieden«, warnte er. »Es hat keinen Sinn, sie noch mehr zu beunruhigen.«

»Mit dieser Einstellung erreichst du gar nichts!«, brauste Edmund auf.

Er war ein Jahr jünger als Edward und ähnelte Malcolm am meisten. »Willst du Mary finden oder nicht?«

»Natürlich will ich das!«

»Hört auf!«, fuhr Margaret dazwischen; ihre übliche Ruhe war vollkommen dahin. »Wie könnt ihr jetzt streiten! Malcolm! Sag es mir!«

Malcolm ergriff ihre Hände.

»Gestern waren normannische Soldaten hier, Margaret, weniger als eine Meile von Liddel entfernt.«

Margaret stockte der Atem.

»Ihr glaubt doch nicht etwa ...«

»Zeig es ihr, Vater«, drängte Edmund. »Frag sie, ob es Mary gehört.«

Edward schob sich an Edgar vorbei und schlug Edmund mit der Faust auf die Schulter, doch dieser war stärker, so dass der Hieb ihn kaum aus dem Gleichgewicht brachte. Sofort kam Edgar Edward zu Hilfe, bereit, auf Edmund loszugehen – ein Brüllen von Malcolm erstickte jede weitere Handgreiflichkeit im Keim.

Malcolm holte ein Stück nassen, weißen Stoffs hervor. Edward versuchte zu protestieren. Edgar, der kaum ein Jahr älter war als Mary, wurde aschfahl. Malcolm ignorierte seine Söhne; er faltete den Stoff sorgfältig auseinander und beobachtete dabei seine Gemahlin.

»Könnte das ein Stück von Marys Unterhemd sein?«

Margaret bekam große Augen und atmete tief ein.

»Wo habt ihr das gefunden?«

»Wo die Normannen ihr Lager hatten«, antwortete Malcolm grimmig.

Margaret schwankte.

Malcolm und Edgar fingen sie gleichzeitig auf.

»Keine Angst, Mutter«, sagte Edward tröstend, wenngleich mit steinerner Miene. »Wir finden sie und bringen sie dir zurück, so schnell es geht.«

»Sobald wir diesen Bastard gefunden haben«, ergänzte Edgar düster und mit einem raschen Blick auf den schweigsamen Mann, der noch immer in die Flammen starrte. Dem Alter nach stand Edgar Mary am nächsten; schon als Kinder waren sie unzertrennlich gewesen, und noch heute war er, wenn er nicht gerade kämpfte, gewöhnlich bei Mary zu finden. »Wenn sie ihr etwas angetan haben ...«

»Ich bringe sie alle um, jeden einzelnen von diesen verräterischen Normannen!«, brüllte Malcolm. »Jeden einzelnen!«

»Lass uns gehen, Vater«, drängte Edgar. Seine grünen Augen funkelten. »Wenn wir die Nacht durchreiten, können wir im Morgengrauen vor Alnwick sein.«

»Alnwick?«, fragte Margaret. »Northumberland?«

»Seine Truppen wurden heute Morgen in unserer Gegend gesehen«, erwiderte Malcolm harsch. »Es war der uneheliche Bastard, nicht der verdammte Vater, denn der ist noch immer am Hof seines verderbten Königs. Und wer sonst würde es wagen, unsere Tochter zu entführen – wer sonst?«

In letzter Zeit, seit der Graf so oft fort war, hatte sich Stephen de Warenne zum Dorn in Malcolms Auge entwickelt.

Margaret war bleich wie der Tod.

»Meine arme Mary, lieber Herr Jesus, beschütze sie«, betete sie. »Bitte lass sie unbeschadet zu uns zurückkehren!«

»Es ist meine Schuld«, sagte plötzlich der Mann vor der Feuerstelle und drehte sich zu ihnen um. Sein rostbraunes Haar leuchtete im Schein der Flammen. »Ohne meine Verspätung wäre ich bei ihr gewesen. Und ich hätte sie niemals in de Warennes Hände fallen lassen.«

Seine Qual zeichnete sich in den erschöpften Zügen seines Gesichts ab. Margaret eilte zu ihm, entschlossen, ihn ungeachtet ihres eigenen Schmerzes zu trösten.

»Es ist nicht deine Schuld, Doug. Mary ist nicht so dumm, dass sie allein außerhalb der Mauern herumspazieren würde.« Tränen füllten ihre Augen. »Immer haben wir ihr eingeschärft, sich zu betragen, wie es sich für eine Prinzessin geziemt. Wenn jemand schuld daran ist, dann ich, weil ich es nicht geschafft habe, ihr den Kopf zurechtzurücken.«

»Es ist auch nicht deine Schuld, Margaret«, sagte Malcolm, nunmehr etwas ruhiger. »Es ist allein Marys Schuld, und wenn ich sie in die Finger bekomme, wird sie eine Woche lang nicht mehr sitzen können!«

Neuerlicher Zorn flammte in ihm auf.

»Wie konnte sie bloß so dumm sein!«

Er wandte sich Doug Mackinnon zu. »Und du bist ebenso zu tadeln, nämlich dafür, dass du sie zu einem Stelldichein überredet hast. Mit dir werde ich mich befassen, sobald ich mit ihr fertig bin.«

Doug sagte nichts, aber sein Mund zeigte seine Anspannung.

»Malcolm, wir müssen herausfinden, wo sie ist«, weinte Margaret.

»Keine Angst, Mutter.« Edward ergriff tröstend ihre Hand. »Wir sind sicher, dass es der Bastarderbe von Northumberland war. Wir haben zwei weitere Stücke des Leinens gefunden; dann wurde es zu dunkel, um den Weg weiter zu verfolgen, aber sie ritten ganz offenbar nach Nordosten. Und wer außer unserer Mary wäre so kühn, diese Zeichen zu hinterlassen? Zumindest ihr Geist ist nicht gebrochen.«

Margaret sank auf ihren Stuhl. Ihr Herz pochte rasend schnell, sie fühlte sich einer Ohnmacht nahe. »Ich muss Maude kommen lassen«, murmelte sie, an ihre fromme jüngere Tochter denkend, die bereits Novizin in der Abtei von Dunfermline war. »Ich brauche Maude, Malcolm!«

Die bittere Wahrheit war jedoch, dass sie Mary brauchte; dass sie wissen musste, ob ihr Liebling, die eigenwillige Mary, unversehrt war.

Malcolm ergriff ihre Hände.

»Ich werde heute Abend einen Mann losschicken; morgen wird Maude bei dir sein.«

Margaret betrachtete ihn dankerfüllt. Er war ein harter, ein schwieriger Mann, aber sie wusste, dass es keine leichte Aufgabe war, König der Schotten zu sein. Sie hatte ihn für seine Fehler und Mängel nie getadelt. Und er hatte sie noch nie im Stich gelassen, nicht ein einziges Mal während ihrer langen Ehe. Sie wusste, dass Maudie am Morgen bei ihr sein würde, und wenn irgendjemand Mary retten konnte, dann ihr Gemahl.

»Wir vergeuden unsere Zeit«, rief Edgar. »Wir wissen doch, dass es de Warenne war, also lasst uns ihn sofort belagern!«

»Rede kein dummes Zeug«, hielt Edmund ihm entgegen. »In der Dunkelheit sehen wir nichts, und eine Belagerung hat keine Eile – wenn eine Belagerung überhaupt das richtige Mittel ist.« Er klang skeptisch.

»Du würdest Mary wohl gern dort verkommen lassen, was?«, schrie Edgar ihn an.

»Das habe ich nicht gesagt«, hielt Edmund eisig dagegen.

»Niemand lässt Mary verkommen«, erklärte Edward mit einem kalten Blick auf Edmund.

»Hört auf! Ich halte dieses Gezänk nicht aus!«

Alle wandten sich Margaret zu.

»Es wird kein Krieg geführt«, rief sie und stand auf. Sie gab nur selten Befehle und mischte sich nie in politische Angelegenheiten ein, doch jetzt war ihre Entschlossenheit so stark, dass sie zitterte.

»Malcolm – du wirst zahlen, was immer Rolfe de Warenne an Lösegeld fordert. Du musst!«

»Du solltest dir keine Sorgen machen«, sagte Malcolm. »Meine Liebe, willst du nicht nach oben gehen und dich ausruhen?«

Obwohl Margaret wusste, dass sie in dieser Nacht kein Auge zutun würde, gehorchte sie. Es herrschte Stille, bis sie den Saal verlassen hatte.

»Was hast du vor?«, fragte Edward schließlich angespannt.

Malcolm lächelte frostig.

»Ich werde tun, was zu tun ist, mein Sohn. Hör mir gut zu. Wir können aus dieser Sache einen Nutzen ziehen, und genau das habe ich vor.«

Die ersten Regentropfen fielen; mit lautem Platschen schlugen sie auf die Zinnen von Alnwick.

In der Burg stand Mary vor der offenen Tür von Stephens Gemach. Sie hatte nicht in Erwägung gezogen, sich seinem Befehl zu widersetzen, obwohl sie bei dem Gedanken an das Bevorstehende vor Angst fast gelähmt war. Er trug lediglich eine Unterhose aus Leinen, und diese mangelhafte Bekleidung war Bestätigung genug. Ihr Gesicht, blasser als das kostbarste Elfenbein, brannte von einer plötzlich aufwallenden Hitze.

Mary wandte den Blick von seinen Schenkeln mit der eng anliegenden Hose ab.

Er musterte sie mit einem ausdruckslosen Blick. Das Geräusch des Regens, der inzwischen heftig auf das Dach trommelte, erfüllte die Stille des Raums.

Mary stand mit dem Rücken zur offenen Tür. Sie blickte

entsetzt um sich, das Herz schlug ihr bis zum Hals. Sie hatte überlegt, sich ihm zu erkennen zu geben.

Obwohl ihr weniger als eine Stunde Zeit geblieben war, ihre Lage zu überdenken, hatte sie angesichts ihrer wachsenden Panik so sorgfältig wie nur möglich über ihren Alternativen gebrütet.

Und bis zu der Minute, in der sie in dieses Gemach gekommen war, konfrontiert mit ihrem Feind und dessen offensichtlichem Verlangen, hatte sie eine verzweifelte Hoffnung gehegt. Sie würde eine Entehrung nicht einfach über sich ergehen lassen – nicht, ohne sich zu wehren. Sie war entschlossen gewesen, sich in der bevorstehenden Auseinandersetzung – einem Kampf, in dem ihre Tugend und ihr Stolz auf dem Spiel standen – nicht zu beugen. Sie würde gegen ihn kämpfen.

Wenn sie in ihrem Entschluss fest blieb und sich weigerte, sich verführen zu lassen, und seine Abneigung gegen Willkür wirklich der Wahrheit entsprach, dann würde er sich nicht so weit erniedrigen, sie zu vergewaltigen.

Aber mit einem Mal erstarb ihr letzter Hoffnungsfunken. Nun, ihm von Angesicht zu Angesicht gegenüberstehend, seinem funkelnden Blick ausgeliefert, glaubte sie nicht, dass er imstande sein würde, von einer Gewaltanwendung Abstand zu nehmen. Sie kannte ihr Schicksal. Am Ende war es besser, das Schicksal einer Märtyrerin auf sich zu nehmen und die Ehre zu verlieren, als ihm preiszugeben, dass sie eine schottische Prinzessin war, und ihm ein derart kostbares Geschenk zu machen.

Draußen heulte der Wind, und zum erstenmal an diesem Abend krachte ein Donner direkt über der Burg. Mary fuhr zusammen.

»Machen Stürme Euch immer nervös, Mademoiselle?«, fragte Stephen.

Mary sah ihn an und biss die Zähne zusammen. Ein Blitz zerriss den Himmel; für einen Augenblick wurde die bleierne

Schwärze draußen vor dem engen Sehschlitz weiß. Sie wandte den Blick von dem schmalen Fenster ab.

»Bringt es hinter Euch.«

Er hob verblüfft eine Braue und studierte Marys Gesicht. Sie kämpfte darum, die Augen auf das Fenster gerichtet zu halten und den Regen zu beobachten, der nun als schwerer, silbergrauer Vorhang niederging. Es fiel ihr nicht leicht. Er war so fordernd, so überwältigend.

Ihr Blick wanderte verstohlen zu dem von einem Baldachin überspannten Bett. Er stand davor, in der Mitte des Raums. Die Bettvorhänge waren offen, die Felle und Decken auf der Seite gefaltet.

Die Kammer war zu warm, dachte Mary. Es fiel ihr schwer, normal zu atmen. Trotz des unfreundlichen Wetters wünschte sie, das Feuer möge bis auf die Glut erlöschen. Sie wünschte, er möge aufhören, sie anzustarren, und sie wünschte, er würde etwas tun, irgendetwas, um diese Qual, diese unerträgliche Spannung zu beenden.

Endlich bewegte er sich. Seine Schritte waren sehr behutsam, als er den Raum durchquerte, ohne einen Hinweis auf die Ungeduld, die seinen Körper durchdringen musste. Dicke Teppiche bedeckten den Steinboden, seine nackten Füße machten kein Geräusch. Er zog sie in das Zimmer und schloss die Tür.

Mary blickte ihn an, zitternd und die Augen schreckhaft geweitet. In seinem Tun lag eine unglaubliche Entschiedenheit. Sie fühlte sich, als habe er mit dem Zuschlagen der Tür soeben ihr Schicksal besiegelt. Vielleicht hatte er das wirklich. Entschlossen, so lange stumm zu bleiben, wie er es war, begegnete sie seinem Blick in der Hoffnung, erzürnt und uneingeschüchtert zu wirken.

Er lächelte.

Seine geschürzten Lippen waren so aufreizend, dass sie rückwärts wankte. Stephen bekam sie ohne Mühe zu fassen und drückte sie an sich.

»Es gibt keinen Grund, mich zu fürchten, Mademoiselle.« – »Ich habe keine Angst vor Euch – Normanne!«, keuchte Mary.

Doch sie lag bereits in seine Armen; seine Brust unter ihren Händen war glatt und feucht, ein Zeichen dafür, dass auch er Erregung verspürte, und sein Geschlecht an ihrem Bauch fühlte sich an wie die abgestumpfte Spitze eines Schwerts. Vergeblich versuchte sie, sich von ihm wegzudrücken.

»Wollt Ihr mich beleidigen?« Er klang amüsiert.

»Bastard!«, zischte sie, und ihr Widerstand ließ für einen Moment nach. Sie keuchte. Er schien zu stark. Es war, wie sie gedacht hatte – sie war verloren.

»Wie wahr«, murmelte er. »Ich fürchte, ich kann die Umstände meiner verfrühten Geburt nicht ändern. Aber glaubt Ihr wirklich, Ihr könntet mich mit solchen Worten verletzen?«

»Nein, aber Ihr werdet mich verletzen, nicht wahr? Ein Mann wie Ihr!«

Eine seiner großen Hände glitt über ihren Rücken. Sie schauderte.

»Ah, Ihr habt Angst. Ich weiß, es ist zu viel verlangt, Euch um Vertrauen zu bitten. Ich werde Euch nicht verletzen, Mademoiselle, nicht nach dem ersten Mal; alle Frauen, selbst eine so kleine wie Ihr, sind dazu geschaffen, einen Mann in sich aufzunehmen, sogar einen wie mich.«

Marys kleine Brüste hoben und senkten sich heftig. Seine Worte erinnerten sie an seine leidenschaftliche Berührung vom Tag zuvor – und an eine Vorfreude, die sie nicht wahrhaben wollte. Sie würde gegen ihn kämpfen, Martyrium hin oder her, das war die ihr auferlegte Pflicht. Ihr Wille musste stärker sein als ihr Körper. *Musste.* Sie knirschte mit den Zähnen.

»Ich – werde – mich – wehren.«

»Das glaube ich nicht.« Wieder zeigte er sein zweideutiges

und amüsiertes Lächeln. »Wir können Euer Dilemma natürlich ganz schnell beenden. Ihr braucht nur zwei Worte zu sagen – den Namen Eures Vaters.«

»Nein!« Mary versuchte, sich ihm zu entwinden. Doch er ließ sie augenblicklich erstarren, indem er sie einfach an einer Pobacke packte.

»Sollen wir Eure Entschlossenheit auf die Probe stellen?«, murmelte er ihr ins Ohr.

Mary konnte kaum sprechen.

»Bringt – es – hinter – Euch.«

Einen Augenblick lang blieb er unbewegt.

»Eine Einladung, die ich nicht ablehnen kann. Zeigt Ihr damit an, dass Ihr weiter schweigen wollt? Bedeutet das, Ihr opfert Eure Jungfräulichkeit auf dem Altar Eurer Anonymität?«

Marys Blick war leer. Sie hatte jedoch eine leichte Veränderung in seinem Tonfall bemerkt, er war nicht mehr so beiläufig; eine Spannung zeichnete sich in seinen Worten ab. Seine Nasenflügel bebten, die Augen waren leuchtender und sein Griff fester geworden. Und seine Männlichkeit machte sich bemerkbar. Er versuchte, seine Erregung zu verbergen, doch sie war nicht zu verkennen.

Mary nickte. Sie war nicht imstande, ein Wort herauszubringen.

Langsam schlich sich ein Lächeln in sein Gesicht.

»An diesem Punkt sollte ich Euch warnen, Mademoiselle, dass mein Interesse an der Wahrheit zu schwinden beginnt. Wenn Ihr reden wollt, dann jetzt, bevor es zu spät ist.«

Benommen dachte Mary, dass es wahrscheinlich bereits zu spät war. Sie merkte, dass ihre Hand auf seinem harten Hüftknochen lag. Seine Haut fühlte sich warm an, sogar durch das Leinen der Hose hindurch. Und seine Worte zeigten Wirkung. Es kostete sie große Mühe, ihre Hand von seinem Körper zu nehmen.

»Ich habe nichts zu sagen«, erklärte sie heiser.

»Tatsächlich?« Seine Stimme stockte. Übergangslos hob er Mary auf seine Arme. Sie wusste, dass sie irgendwie Widerstand leisten musste.

Ihre Blicke fanden sich, und in diesem Moment erstarb ihr Widerstand. Sie hatte nicht geahnt, dass das Verlangen so groß sein konnte. Sie merkte, dass sie sich an ihm festhielt, anstatt ihn von sich zu stoßen. Das Lodern in seinen Augen ließ sie ihren Griff sogar noch verstärken.

Sie waren nur einen Schritt vom Bett entfernt. Mit ernster Miene legte er sie in die Mitte des Lagers auf den Rücken. Ihr Blick – ihr ganzes Sein – war gebannt auf ihn gerichtet.

»Dies ist Eure letzte Chance«, sagte er mit rauer Stimme. Sie sah seine geballten Fäuste. »Erzählt mir keine Lügen.«

Mary schien völlig entfallen zu sein, was eigentlich auf dem Spiel stand.

»Ich – ich bin Mairi Sinclair«, flüsterte sie.

Er spitzte die Lippen.

Beugte sich über sie.

Sein Blick glitt über ihr gerötetes Gesicht, dann tiefer, zu ihren bebenden Brüsten, und noch tiefer, bis zum Ansatz ihrer schlanken Schenkel.

»Die Zeit der Worte ist vorüber, Demoiselle.«

Mary griff nach der Bettdecke. Sie nahm nichts mehr um sich herum wahr. Sie hatte die erstickende Wärme im Raum vergessen, sie hörte nicht das knisternde Feuer, dessen Geräusch sich mit dem des Regens vermischte und sich verlor. Ein Blitz erhellte den Nachthimmel hinter Stephens Kopf, aber sie war sich auch dessen nicht bewusst. Alle ihre Sinne waren auf den Mann vor ihr gerichtet und auf das schmerzliche Verlangen ihres Körpers.

Stephen glitt neben sie auf das Bett und zog sie mit einem so starken wie zärtlichen Griff in die Sitzposition. Er schien keine Eile zu haben; jeglicher Drang, den er womöglich verspürte, war bestens verborgen. Tief in Marys Kehle löste sich ein Laut, der sehr nach einem Stöhnen klang. Ohne hinzusehen, entfernte er langsam den Schleier, den sie sich von Isobel ausgeliehen hatte, und öffnete ihr langes, goldblondes Haar. Seine Hände zitterten, als seine Finger es vom Kopf bis hinab zu den Hüften durchkämmten. Bedächtig breitete er die Locken aus. Mary fragte sich, ob er sie küssen werde. Stephen lächelte sie an.

Sie blieb regungslos.

Und dann riss er mit einem Mal ihre Kleidung auseinander und zerrte ihr Tunika und Unterhemd vom Leib.

Mary schrie auf.

»Ich werde Euch nackt nehmen«, sagte er, als sie versuchte, aus dem Bett zu springen.

Mary schrie erneut, vor Wut. Stephen packte sie; dieses Mal warf er sie auf das Lager. Dann fegte er ihre Kleidung beiseite. Ehe sie ihm entwischen konnte, lag er auf ihr und drückte sie nach unten.

Nur dünnes Leinen trennten ihn vom zarten Fleisch ihrer Schenkel. Er presste sich drängend gegen sie, nur um Haaresbreite davon entfernt, in sie einzudringen.

»Wer in Gottes Namen seid Ihr? Ihr werdet die Wahrheit offenlegen, Demoiselle, und zwar sofort!«

Mary blickte zu ihm auf, wutentbrannt.

»Also doch eine Vergewaltigung!«

Er lachte, packte ihre zu Fäusten geballten Hände und drückte sie über ihrem Kopf auf das Bett und rieb seinen Unterleib an ihr, so lange, bis ihre Wut erstarb. Doch ihr Puls schwächte sich nicht ab; er wurde im Gegenteil rasend schnell.

Sie stöhnte hilflos.

Sein Mund näherte sich dem ihren, sie spürte seinen Atem an ihrer Wange. Ein gefährliches Funkeln lag in seinen Augen.

»Eure Geschichte hört sich echt an«, sagte er leise. »Aber das beweist lediglich, was Ihr für eine geschickte Lügnerin seid. Ihr solltet wissen, dass ich mein ganzes Leben lang von

Täuschung und Intrige umgeben war. Ich habe viel Übung darin, wahr von unwahr zu unterscheiden. Ich glaube nicht, dass Ihr das uneheliche Kind eines Lord Sinclair seid. All meine Instinkte sagen mir, dass Ihr weit mehr seid, als Ihr zu sein vorgebt. *Nennt mir Euren Namen – auf der Stelle!*«

Mary hielt seinem Blick stand; jeglicher Gedanke an Widerstand hatte sie jedoch verlassen.

»*Niemals.*«

Seine Augen weiteten sich ungläubig. Es war das erste Mal, dass sie zugegeben hatte zu lügen – dass sie nicht Mairi Sinclair war – dass es tatsächlich eine Wahrheit zu enthüllen gab.

Der Fehdehandschuh war also in der Tat geworfen.

Er lächelte freudlos und ließ eine Hand zwischen ihren Körpern nach unten gleiten. Mary schrie auf. Im nächsten Augenblick wusste sie, was er bezweckt hatte – er hatte seine Hose abgestreift.

»Wir müssen unsere Abmachung noch zum Ende bringen, Demoiselle.« Seine Gesichtszüge waren hart, Schweiß lief ihm über die hohen Wangenknochen. »Trefft Eure Wahl. Ihr könnt mir Eure Identität preisgeben – oder Eure Jungfräulichkeit.«

Mary war wie gelähmt, sie konnte nicht sprechen. Es war unsäglich schwer geworden, seine Worte aufzunehmen, wenn er so nackt, zu allem entschlossen und drängend auf ihr lag. Sie schaffte es gerade noch, zu atmen. Unwillkürlich, einladend, bewegten sich ihre Hüften.

Er legte die Hand über eine ihrer Brüste.

»Wer?«, flüsterte er rau, tief in ihre Augen blickend. »Wer seid Ihr, Demoiselle?«

Sie kämpfte um ihren Verstand.

»Nein«, keuchte sie. »Nein – niemals!«

Langsam, mit einem betrübten Lächeln, senkte er den Kopf. Mary erstarrte zur Salzsäule.

Seine Zunge berührte die Spitze ihrer steifen Brustwarze.

Sie biss sich auf die Lippe, um nicht aufzuschreien. Er hatte eine ihrer Hände losgelassen, und sie ballte sie zur Faust, damit sie sich nicht an ihn klammerte. Im nächsten Moment nahm er ihre Brust in den Mund. Sie konnte ein tiefes Stöhnen nicht mehr zurückhalten.

Er brachte sein Gesicht dicht vor ihres.

»Sagt mir, wer Ihr seid, sagt es mir jetzt. Ihr wollt Eure Unberührtheit nicht verwirken, Demoiselle, das wollt Ihr nicht. Aber Ihr seid gefährlich nahe daran!«

Mary konnte nichts erwidern. Eine Welle der Lust durchflutete sie – gefolgt von einer Welle der Verzweiflung. Ihre geballte Faust war langsam zu seiner bloßen, harten Schulter gewandert; die Finger öffneten sich, verkrallten sich in seinem Fleisch.

Er zuckte zusammen.

»Wer bist du?«, flüsterte er. Seine Stimme klang inzwischen so rau und gebrochen, dass er kaum zu verstehen war. Die Augen flackerten wild. »Sag mir, wer du bist!«

Mary wusste nicht mehr, wer sie war. Sie starrte mit leerem Blick auf ihn, auf seine Augen, seinen Mund. Sie stieß kleine, wimmernde Laute aus. Wie sehr sie sich nach seinen Lippen sehnte ...

Seine Gesichtszüge verformten sich zu einer lächelnden Grimasse. Er berührte ihre Brüste. Dann glitten seine Finger tiefer, immer tiefer. Mary schrie auf; sie warf den Kopf zurück, jeglicher Gedanke hatte sie verlassen, sie begann haltlos zu winseln.

»Sagt es mir, bevor es zu spät ist!«, forderte er. »Wer seid Ihr?«

Sie war bereit, alles zu tun, was er verlangte. Alles, solange er sie nur weiter berührte.

»Mary«, flüsterte sie.

»Oh Gott!«, rief er, leise, rau, gequält.

Jetzt spürte Mary etwas anderes, Elektrisierendes, es glühte heiß und glänzend zwischen ihnen auf, als er seinen

Unterleib heftig an ihr rieb. Ein neuerlicher Schrei löste sich von ihren Lippen. Irgendwann hatte er ihre andere Hand losgelassen, und sie umklammerte ihn fest.

»Mairi«, stöhnte er.

»Ja, Stephen, bitte!«

Ihre Blicke trafen sich, seine Pupillen waren geweitet, der Blick leer vor Qual und Frustration. Er lag auf ihr, das Gesicht dicht über ihrem, und rieb sich verzweifelt an ihr, als sei auch er hilflos seiner Lust ausgeliefert. Mary wand sich vor Leidenschaft, sie flüsterte, schluchzte seinen Namen.

»Gott, hilf mir!«, stieß er hervor, »ich kann nicht mehr!«

Seine Lippen pressten sich auf ihren Mund, sein Kuss erstickte Marys lustvollen Schrei. Begierig öffnete sie sich ihm, umfangen von seiner starken Umarmung, saugte seine Zunge tief in ihren Mund, drängte ihn, sie in jeder erdenklichen Weise zu erforschen. Er gab einen tiefen, leisen Laut von sich und drängte noch heftiger gegen ihre Weiblichkeit. Mary schlang die Beine um seine Hüften, umklammerte ihn, hob ihren Unterleib empor.

»*Bitte*«, keuchte sie.

»Mairi«, flüsterte er und umarmte sie fest.

Er drang in sie ein. Der Schmerz dauerte weniger als einen Herzschlag, denn mit ihm kam eine Explosion der Verzückung, die so überwältigend war, dass sie beinahe ohnmächtig geworden wäre. Ihr tiefes Stöhnen erfüllte die steinerne Kammer, und wilde Zuckungen schüttelten ihren Körper. In diesem Moment starb Mary tausend köstliche Tode und wurde neu geboren.

Ganz allmählich fand sie in die Wirklichkeit zurück. Sie fühlte sich erschöpft, wie berauscht, die Glieder schwer, ihr Körper gesättigt. Der Sturm draußen drang in ihr Bewusstsein. Der Wind heulte, der Regen prasselte, Blitze erhellten die Nacht und die Kammer.

Mary spürte ihn. Er lag noch immer auf ihr, in ihr. Langsam nur erwachte ihr benommener Geist.

Ihr Verstand wurde klar. Klar genug, um zu fühlen, dass sie blaue Flecken hatte und ausgelaugt war, dass sie Schmerzen hatte als Folge des Geschehenen, und schlimmer, viel schlimmer noch, klar genug, um ihr Entsetzen zu spüren.

Was hatte sie getan?

Stephen stützte sich auf die Ellbogen, und ihre Blicke trafen aufeinander. Er sah die Panik in ihren Augen. Seine Gesichtszüge verhärteten sich. Bevor Mary ihn von sich herunterschieben konnte, spürte sie, wie er sich in ihr regte, erneut anschwoll. Ihr Körper spannte sich an.

»Später«, sagte er grob. »Später kannst du Bedauern äußern.«

Mary wollte protestieren. Doch seine Lippen verschlossen die ihren, seine Hüften bewegten sich, und sie war verloren.

5

Die Sonne ging gerade auf, als Stephen zur Prim frühstückte. Er war allein. Sein ganzer Hof war in der Familienkapelle bei der von Pater Bertold zelebrierten Messe, eine Pflicht, vor der Stephen sich heute drückte. Die Frau, die sich Mairi nannte, schlief noch in seinem Bett.

Harsch schob er das Stück Brot, mit dem er herumgespielt hatte, von sich weg. Was in Gottes Namen war bloß in ihn gefahren?

Sie hatte sich nicht offenbart. Niemals hätte er geglaubt, dass sie sich stattdessen lieber entehren lassen würde. Er hatte noch immer nicht den geringsten Zweifel daran, dass sie eine hochgeborene Lady war. Er hätte sie noch mehr bedrängen, er hätte sie an den Rand der Verzweiflung bringen können, ohne sie zu nehmen, er hätte den unschuldigen Lippen die Wahrheit abringen können. Aber all das hatte er nicht getan. Sondern er hatte sie genommen – er hatte einfach aufgehört, sich darum zu kümmern, was auf dem Spiel stand.

Seine Miene verhärtete sich. Wieso hatte er, ein Mann mit viel Erfahrung und noch mehr Selbstdisziplin, sich benommen wie ein bartloser Jüngling, der zum ersten Mal bei einer Kurtisane lag?

Er schloss für einen Moment die Augen, denn zum ersten Mal an diesem Morgen wurde er sich des Pochens hinter seinen Schläfen bewusst.

Er hatte letzte Nacht einen Fehltritt begangen. Und er hatte insgeheim Angst, erneut zu fehlen.

Denn die Frau, die sich Mairi nannte, war noch immer in seinem Gemach und in seinem Bett. Schon jetzt dachte er an die bevorstehende Nacht. Er stellte sich vor, wie sie sich wieder vereinigen würden, und konnte kaum an etwas anderes denken.

Aber er musste sie wegschicken. Und zwar sofort, noch ehe sie seine Heirat mit Adele Beaufort wirklich gefährden konnte. Er musste es einfach tun. Für Northumberland stand er in der Pflicht, und eine Geliebte, die seine mit Vorteilen verbundene Ehe bedrohte, bedrohte auch Northumberland.

Mit einem Gefühl der Beklemmung starrte Stephen auf den Laib warmen Brotes vor ihm auf dem Tisch. Mairis Bild trat vor sein geistiges Auge, wie sie sich letzte Nacht in seinem Bett gezeigt hatte, mit einer Leidenschaft, die der seinen gleichkam. Einer Leidenschaft, die er vorher nie erlebt hatte, bei keiner anderen Frau – und auch bei sich selbst nicht. Sie weckte etwas in ihm, was er bisher stets verborgen gehalten hatte. Was war nur los mit ihm?

Er konnte sein Tun nicht bedauern, und er wusste, dass er sie nicht wegschicken würde – noch nicht.

Aber welchen Preis würde er für diese Verrücktheit zu zahlen haben?

Stephen leerte sein Glas Ale. Er sagte sich, dass er in ein oder zwei Nächten ihrer müde sein und sie dann fortschicken würde. Bevor irgendein Schaden angerichtet wurde. Ihm blieb keine andere Wahl.

Der Klang entschlossen sich nähernder Schritte holte ihn in die Gegenwart zurück.

Stephen war froh, von seinen Gedanken abgelenkt zu werden.

Doch als er seinen Bruder Geoffrey kommen sah, zog er erstaunt eine Braue hoch. Geoffrey hatte nur selten Zeit und Lust, heim nach Northumberland zu kommen.

»Was bringt dich so weit nach Norden, Bruder?«, fragte er.

Geoffrey musterte ihn mit der Andeutung eines Lächelns.

»Was ist das für eine Begrüßung, nach so einer langen

Zeit?«, fragte er scherzhaft zurück, während er mit großen Schritten und wallender Robe den Saal durchmaß.

Seine Verwandtschaft mit Brand war unverkennbar. Er war hochgewachsen, muskulös und mit goldblondem Haar gesegnet, ein auffallend gut aussehender Mann, bei dem die Frauen immer zweimal hinsahen. Selbst in diesem Augenblick, als er den Saal betrat, in dem er seine ersten Kindheitsjahre verbracht hatte, einen Ort, an dem sein Gesicht bekannt und auch gelegentlich zu sehen war, erröteten die Dienstmägde vor Verlangen.

»Verdiene ich nicht, dass man mir ein wenig Zuneigung entgegenbringt?«

Stephen musterte ihn verständnislos.

»Ich bin nicht in der Stimmung, Zuneigung zu zeigen.«

»Das habe ich bereits bemerkt.« Geoffrey erstieg geschmeidig das Podest und setzte sich zu seinem Bruder. Ein Dolch erschien in seiner Hand, einer, der zu groß und spitz war, um nur zum Essen zu dienen. Wie nebenbei spießte er damit ein Stück kalten Braten auf.

»Du bist scharfsinnig wie immer«, bemerkte Stephen. »Wann bist du angekommen? Gestern Abend?«

»Heute Morgen. Was bedrückt dich? Ich hatte gehofft, nach der ersten Morgenmesse ein paar Stunden Schlaf zu bekommen, aber aus deinem Gemach kam ein solcher Lärm, dass nicht daran zu denken war.«

Geoffrey wischte den Dolch ab und steckte ihn wieder ein. Auf seinen Wangen erschienen beim Lächeln kleine Grübchen, die so gar nicht zu seinem spöttischen Ton und den leuchtenden Augen passen wollten.

»Deine Geliebte war ja sehr lautstark. Man sollte meinen, du müsstest heute Morgen in bester Stimmung sein.«

Stephens Blick war kalt; er wollte die Bemerkung seines Bruders nicht kommentieren.

»Ist dies ein Familienbesuch oder etwas anderes?«

Geoffreys Lächeln verschwand.

»Du weißt, dass ich für Familienbesuche keine Zeit habe. Ich habe Neuigkeiten. Der König ist erkrankt.«

Er hob die Hand, eine braun gebrannte, schwielige Hand, die Hand eines Mannes, der körperlich arbeitete und viel im Freien war.

»Es ist nichts Ernstes, sagen die Ärzte, aber er hat Anselm zum Erzbischof von Canterbury ernannt.«

Stephen blieb erst einmal stumm. Dann sagte er: »Dann muss der König denken, an der Schwelle des Todes zu stehen.«

»Das tut er.«

»Inwiefern betrifft das dich? Und uns?«

»Er ist ein guter Mann«, sagte Geoffrey. »Es war längst fällig, dass unser guter König einen Nachfolger für Lanfranc bestimmte.«

»Und?«

Geoffreys Miene verhärtete sich.

»Ich gewinne einen Verbündeten in meinem Kampf gegen die Versuche der Krone, Canterbury zur Ader zu lassen, hoffe ich.«

»Du hoffst?«

In Geoffreys Ton schwang eine Spur Spott über sich selbst mit.

»Anselm ist ähnlich wie Lanfranc ein wahrhafter und frommer Mann. Wir verfolgen womöglich das gleiche Ziel, aber ich bin mir nicht sicher, ob er mich akzeptiert.« Sein Lächeln war verkrampft. »Vielleicht gewinne ich ja auch einen neuen Feind.«

Stephen musterte seinen allzu ansehnlichen Bruder. In mancher Hinsicht waren sie sich sehr ähnlich, und insofern verstand er ihn gut.

Geoffrey würde tun, was er tun musste, aber war das nicht das Los eines Mannes?

»Besser ein Freund als ein Feind. Sieh zu, dass er dich liebt, so wie es Lanfranc tat.«

Geoffrey erwiderte den forschenden Blick seines älteren Bruders. Traurigkeit huschte über seine Züge.

»Lanfranc war mir mehr ein Vater als unser eigener, das weißt du ja. Trotz meiner Weltlichkeit hat er verziehen – und verstanden. Ich bin, ganz ehrlich gesagt, zerrissen. Einmal wünsche ich mir den Tag von Anselms Ernennung herbei und dann wieder nicht. Am Anfang werden wir Freunde sein, aus dem Bedürfnis heraus, das Erzbistum vor dem König zu schützen. Aber am Ende?« Geoffrey zuckte die Achseln.

»Anselm ist ein heiliger Narr, wenn er nicht sieht, was für einen mächtigen Verbündeten er in dir hat«, bemerkte Stephen schroff.

»Manche Menschen gehen keine Kompromisse ein, wenn es um die Moral geht – sie können es nicht.«

Stephen versuchte, in den Zügen seines Bruders zu lesen, doch Geoffrey wich seinem Blick aus.

»Du bist nicht unmoralisch.«

»Er hat mich gefragt, warum ich nicht zum Priester geweiht bin.«

Stephen starrte ins Leere. Es überraschte ihn nicht, dass Anselm wissen wollte, weshalb sein Erzdiakon noch immer nicht sein letztes Gelübde abgelegt hatte – darüber hatte sich auch Stephen schon gewundert. Er vermutete, dass Geoffrey selbst den Akt hinauszögerte. Und Stephen hatte auch einen Verdacht, weshalb.

»Und was hast du ihm geantwortet?«

Geoffrey blickte auf, die Augen zusammengekniffen.

»Dass ich kein Lanfranc bin.«

Diese Antwort enttäuschte Stephen, doch er hätte wissen müssen, dass der Bruder seine innersten Geheimnisse nicht preisgeben würde. Um die Spannung zu mildern, lächelte er.

»Gott sei Dank.«

Geoffrey lachte; seine Fassade war wieder makellos. Stephen stimmte mit ein. Der Augenblick der Spannung – und der beängstigenden Intimität – war vorüber.

»Es war zu erwarten, dass Rufus einen Nachfolger ernennen würde, nicht wahr?«, sagte Stephen und schenkte ihnen beiden Ale ein. »Wie lange konnte er den bischöflichen Stuhl unbesetzt lassen? Gleichgültig, wie sehr er Canterbury zur Ader lässt, das Fehlen eines Erzbischofs war selbst für den König eine zu große Sache. Sicher hast du dich auf diesen Tag vorbereitet.«

Geoffrey verschränkte die Arme und fixierte seinen Bruder mit glänzenden Augen.

»Ich bereite mich auf diesen Tag seit dreieinhalb Jahren vor, seit Lanfrancs Tod, indem ich das Erzbistum nach bestem Wissen und Gewissen und mit der Hilfe meiner fähigen und loyalen Mitarbeiter verwalte. Aber hinsichtlich des Kampfs um die Gelder stehe ich auf verlorenem Posten.« Seine Miene war hart. »Anselm wird feststellen, dass sein Schiff leicht zu navigieren ist, doch der Kurs, den er steuern muss, birgt viele Gefahren. Ferner glaube ich, dass er sich beim König wesentlich leidenschaftlicher für seine Belange einsetzen wird, als man ihm gemeinhin zutraut.«

Stephen betrachtete seinen Bruder, den Erzdiakon von Canterbury. Dessen Mentor, Erzbischof Lanfranc, hatte ihn vor vier Jahren, auf dem Sterbebett liegend, in dieses Amt berufen. Aber schon vor seiner Ernennung war Geoffrey Lanfrancs rechte Hand gewesen. Nach dem Tod seines Freundes und Mentors hatte er dessen Geschäfte weitergeführt und das Erzbistum bis zur Ernennung eines Nachfolgers geleitet. Zudem hatte er sich ständig insgeheim gegen den König stellen müssen, um die Kontrolle über die kirchlichen Einkünfte zu behalten.

»Ich bringe weitere Nachrichten«, sagte Geoffrey. »Ich bin an den Hof bestellt. Meine Spione haben mir berichtet, dass man mich nach meinen Besitzverhältnissen befragen will, vor allem nach den Rittern und den anderen Bewaffneten in meinem Dienst.« Er errötete. »Ich meine natürlich die Besitzverhältnisse des Erzbistums.«

Das war in der Tat eine interessante Neuigkeit. Sie konnte freilich mit dem neuen Erzbischof in Zusammenhang stehen – oder auch nicht.

Stephen zog erstaunt eine Braue hoch und erwiderte: »Und ich wurde nach Carlisle geschickt, um festzustellen, ob die Zeit reif ist, es einzunehmen.«

»Und, ist sie es?«, fragte Geoffrey und trommelte mit den langen, schlanken Fingern auf den Tisch.

»Ja.«

»Nun, für den Augenblick kannst du ruhig davon ausgehen, dass Rufus nicht an eine Invasion denkt, sondern an Buße für seine Sünden«, murmelte Geoffrey.

»Vielleicht wird die Angst vor dem Tod seine Pläne ändern«, meinte Stephen düster. »Wir haben für kurze Zeit einen brüchigen Frieden gewahrt. Ich möchte ihn nicht schon wieder beendet sehen, vor allem nicht durch uns – und nicht ohne Not.«

»Sogar der König ist gegen eine Invasion«, sagte Geoffrey, »und du kannst sicher sein, dass Vater sein Bestes tut, ihn von diesem Vorhaben abzubringen. Zweifellos wird Malcolm, dieser Schurke, den Frieden beenden. Er ist ein Barbar, er wird sich nicht ändern.«

Geoffrey hatte recht. Stephen wusste, es war nur eine Frage der Zeit, bis dieser kostbare Friede auf die eine oder andere Weise gebrochen würde. Malcolm Canmore hatte William Rufus vor zwei Jahren in Abernathy zwar die Treue geschworen, doch so etwas hatte ihn bisher nicht von einem Verrat abgehalten. Es war unumgänglich, dass Malcolm früher oder später in Northumberland einmarschieren würde. Bei seiner letzten, erfolglosen Invasion hatte er Stephens am weitesten im Norden gelegenen Rittergütern erhebliche Schäden zugefügt. Die Ernten wurden vernichtet, sodass Stephen im letzten Winter gezwungen gewesen war, für teures Geld Vorräte zu kaufen, damit seine Vasallen nicht Hunger litten. Auch einige der Söldner mussten für diesen Feldzug noch bezahlt werden. Dieses Problem, wie so viele andere, würde seine Ehe mit Adele Beaufort lösen.

Plötzlich dachte Stephen nicht mehr an Krieg und Frieden, sondern an seine Gefangene. Warum in aller Welt hatte sie sich ihm widersetzt, bis es zu spät gewesen war?

»Und wer ist nun das stimmgewaltige Frauenzimmer?«, fragte Geoffrey mit unverhülltem Spott, als hätte er Stephens Gedanken erraten.

Stephen errötete unwillkürlich. Waren seine Gedanken so offensichtlich gewesen?

»Sie ist meine Geliebte, und dabei wollen wir es dann auch bewenden lassen.«

»Deine Geliebte!«, rief Geoffrey ungläubig. »Schämt Euch, Mylord, dass Ihr Euch quasi am Vorabend Eurer Hochzeit eine Geliebte nehmt! Soll ich Eure Buße festsetzen?«

»Vielen Dank, nein.«

Geoffrey wurde wieder ernst.

»Es überrascht mich, dass du dir eine Geliebte genommen hast, Bruder. Sei vorsichtig. Neuigkeiten verbreiten sich rasend schnell, vor allem solche, die sich verheerend auswirken können. Du willst doch nicht deine Allianz mit der Erbin von Essex aufs Spiel setzen. Ich habe von Lady Beaufort nicht den Eindruck, dass sie eine verständnisvolle oder verzeihende Frau ist.«

»Zuerst Brand, und jetzt du«, erwiderte Stephen, nun wirklich verärgert. Geoffreys Worte machten ihm die schwierige Lage bewusst, in die er sich gebracht hatte. »Ich bin kein dummer Junge, dass man mich derart tadeln muss. Lady Beaufort wird an Weihnachten mit mir vor dem Traualtar stehen.«

In diesem Augenblick, noch ehe Geoffrey etwas erwidern konnte, ließ ein Geräusch an der Treppe die beiden Brüder aufschauen. Stephen zuckte zusammen, als seine Gefangene um die Ecke stolperte und wie angewurzelt stehen blieb, den

Blick starr auf ihn gerichtet. Anscheinend hatte sie am Fuß der Treppe gelauscht und plötzlich das Gleichgewicht verloren. Wenn Blicke töten könnten, dachte er, wäre ich bereits nicht mehr unter den Lebenden.

Er lächelte, stand langsam auf und merkte, wie ihm das Blut durch die Adern schoss und in seine Lenden. Schlagartig konnte er sich an jede Einzelheit der vergangenen Nacht erinnern – ihren Widerstand, ihre Kapitulation. Und er hatte noch lange nicht genug.

»Habt Ihr meinen Bruder und mich belauscht, Mademoiselle?« Er trat vom Podest herunter.

Sie richtete sich auf.

»Nein.«

Stephen lächelte immer noch; dieses Lächeln hatte er bei vielen Gelegenheiten eingesetzt, in denen er einem besonders gefährlichen Feind gegenübergestanden hatte. Er blieb vor ihr stehen und blickte ihr in die Augen.

»Ah, das Frauenzimmer von letzter Nacht«, bemerkte Geoffrey mit unverhohlenem Interesse. »Du hast nie eine bessere Wahl getroffen, Stephen. Sie ist eine wahre Schönheit.«

Stephen warf seinem Bruder einen finsteren Blick über die Schulter zu. »Ich bin vollkommen deiner Meinung.« Der Besitzanspruch in seinem Ton war nicht zu verkennen.

Mary ballte wutentbrannt die Fäuste. Dass er über sie sprach, als sei sie gar nicht anwesend, machte sie fast ebenso zornig wie die Tatsache, dass die beiden so beiläufig über sie sprachen, wenn sie sie abwesend glaubten. Aber am meisten ärgerte sie der Inhalt des Gesprächs, das sie soeben belauscht hatte – dass der Normanne mit einer anderen verlobt war.

»Er will uns nicht miteinander bekannt machen«, meinte Geoffrey belustigt, um ihre Aufmerksamkeit auf sich zu lenken. Das intensive Leuchten in seinen Augen war alles andere als höflich. »Zweifelsohne hat er Angst, dass Ihr uns vergleicht und er dabei den Kürzeren zieht.«

Er lächelte ihr zu.

Mary funkelte ihn wütend an. Er konnte sie nicht einen Augenblick zum Narren halten. Geoffrey trug zwar die lange, dunkle Robe eines Prälaten, doch er hatte absolut nichts Heiligmäßiges an sich.

Kein Gottesmann sollte ein solches Gesicht und schon gar keinen solchen Blick haben. Er war unverkennbar ein Mann, unverkennbar mächtig und vor allen Dingen ein de Warenne und damit ebenfalls ein Feind.

»Ich muss euch beide nicht vergleichen, damit er den Kürzeren zieht«, sagte sie barsch. Ihr Blick ruhte bereits wieder auf Stephen.

Geoffrey zuckte zusammen – und lachte.

Auch Stephen war amüsiert.

»Letzte Nacht fandet Ihr nicht, dass ich den Kürzeren ziehe, Demoiselle.«

Mary lief hochrot an.

»Ihr erweist Euch bei wirklich jeder Gelegenheit als Scheusal, Normanne«, fauchte sie mit unendlicher Wut. »Nur eine Bestie würde in der Öffentlichkeit so mit mir sprechen!«

Eisig wandte sie ihm den Rücken zu. Sie war nach unten gekommen, weil sie nicht mehr hatte schlafen können. Im Bett bleiben, als würde sie auf die Liebesdienste des Normannen warten, wollte sie nicht. Tatsächlich hatte sie kaum Schlaf gefunden, sondern dies nur vorgetäuscht, als er ihr dazu endlich Gelegenheit gab. Er dagegen hatte tief und fest neben ihr geschlafen.

Ihre Scham kannte keine Grenzen. Ihre Tugend war unverletzt gewesen, als sie zu ihm ging, und sie hatte beabsichtigt, ihm zu widerstehen. Hätte er sie vergewaltigt, dann hätte sie wenigstens noch einen Rest Stolz übrig behalten, doch dazu war es nicht gekommen. Ihr Widerstand war jämmerlich gewesen; er hatte sie mühelos verführt. Während er schlief und nachdem er das Bett verlassen hatte, war Mary von jedem Detail des Zusammentreffens verfolgt worden, so sehr sie auch versucht hatte, diese Erinnerungen beiseitezuschieben.

Sie wollte sich mit dem, wozu er sie im Bett gebracht hatte, nicht auseinandersetzen. Aber sie konnte es nicht aus ihren Gedanken verbannen.

Mary war sich qualvoll dessen bewusst, dass sie hinsichtlich ihres Landes und ihres Königs gefehlt, dass sie ihre beiden Eltern, Doug und auch sich selbst enttäuscht hatte.

Sie versuchte, etwas Trost daraus zu ziehen, dass sie nicht den ganzen Krieg verloren hatte – immerhin wusste er nach wie vor nicht, dass sie König Malcolms Tochter war. Und er würde es nie erfahren, gelobte sie sich, selbst wenn das bedeutete, auf Dauer das Bett mit ihm teilen zu müssen. Sie versuchte, nicht an diese Möglichkeit zu denken, wagte es nicht, daran zu denken. Vielmehr musste sie sich darauf konzentrieren, zu überleben.

Mary spürte Stephens Blick auf sich ruhen, und ihre Haut begann zu kribbeln. Sie musste ihm wieder in die Augen sehen.

Sein Blick war klar und entschlossen; trotz ihrer Wut auf ihn errötete sie.

Und die Wut, die sie nun durchbrandete, war nichts im Vergleich zu dem Zorn von vorher. *Adele Beaufort*. Wer war Adele Beaufort? Sie hatten mit einigem Respekt von ihr gesprochen; offenbar war sie eine schöne Frau und eine Erbin. Oh, wie sehr sie sich wünschte, ihm sagen zu können, dass sie König Malcolms Tochter war, eine Prinzessin und weit bedeutender als jede englische Erbin!

Stephen lenkte ihre Aufmerksamkeit wieder auf sich.

»Ihr könnt mich nennen, wie immer Ihr wollt. Ebenso wie Ihr Euch auch dafür entscheiden könnt, aus dieser Situation das Schlimmste oder das Beste zu machen, Mademoiselle. Es wird meine Absichten nicht ändern, sondern bestenfalls mein Interesse wecken. Ich schlage vor, Ihr haltet Euch lieber an die Fakten.«

»Ihr habt in der Tat bekommen, was Ihr wolltet«, entgegnete Mary unsicher. »Ihr seid stärker als ich, und offenbar wesentlich erfahrener. Aber das ändert meine Absichten nicht. Ich werde nicht Eure Geliebte sein, ungeachtet dessen, was gestern Nacht geschah. Ich bin Eure Gefangene und sonst nichts, gezwungen, mich Euren Absichten zu beugen. Merkt Euch das, Normanne!«

»Ich halte mich lieber an Taten als an Worte.«

Seine Selbstgefälligkeit war einfach unerträglich.

»Dann solltet Ihr alle meine Taten in Betracht ziehen! Ich war nicht so willig, wie Ihr es gern gehabt hättet, Normanne!«

Er musterte sie.

Sie lächelte für den Fall, dass er sie nicht verstehen sollte.

»Ihr habt lediglich die Schlacht der letzten Nacht gewonnen. Eine, die ich für wesentlich unbedeutender halte als jene um meine Identität. In der Tat habe den Krieg meiner Meinung nach ich gewonnen.«

Zornesröte stieg Stephen ins Gesicht. Geoffrey oben auf dem Podium gab offenbar nur vor, nichts zu hören, denn er prustete.

Mary zitterte. Doch nun konnte sie sich nicht mehr zurückhalten; der Triumph war zu schön.

»Niemals«, stieß sie hervor, »niemals werdet Ihr die Antworten bekommen, die Ihr wünscht – nicht von meinen Lippen.«

Ein langer Moment verstrich, in dem Stephen mit geballten Fäusten und düsterer Miene um Selbstbeherrschung rang. Mary verweigerte jede Unterwürfigkeit, auch wenn ihr Herz vor Angst pochte. Jeder andere Mann hätte sie für ihre Verwegenheit und Anmaßung längst gezüchtigt. Sie bedauerte ihre tapferen Worte.

»Demoiselle«, meldete sich jetzt Geoffrey zu Wort und trat an Stephens Seite. Mary bemerkte, dass er seinen Bruder fest am Arm hielt. »Haltet Euch zurück. Mein Bruder schlägt nicht einmal seine Hunde, aber ich fürchte, Ihr treibt es zu weit.«

Noch ehe Mary etwas erwidern konnte, fuhr Stephen auf: »Nein! Lass sie reden, wie sie will.« Ein unbarmherziges Lächeln erschien in seinem Gesicht. »Wie Ihr mich erstaunt, Demoiselle. Aber habt keine Angst. Es macht mir nichts aus, dass ich Euren Geist nicht bezwungen habe, mich interessiert lediglich, dass ich Euren Körper bezwungen habe. Prügel sind zu gut für Euch. Ich denke an eine wesentlich bessere und weitaus unterhaltsamere Strafe.«

Mary erbleichte.

»Mademoiselle?«, fragte er sie herausfordernd.

Im ersten Augenblick war sie wie erstarrt. Sie dachte daran, wie es gewesen war, als er ihren Körper bezwang, und sie konnte sich die heftige Qual, die er ihr zufügen würde, vorstellen.

Plötzlich bekam sie keine Luft mehr und war nicht zu einer Erwiderung imstande.

»Was verbergt Ihr?«, fragte Stephen.

Mary schwieg. Seine Worte beschäftigten sie noch immer. Doch Stephen hatte sich wieder gefasst. Er blickte auf seinen Bruder.

»Grinse nicht so, Geoff. Diese Lady hat sich geweigert, ihre Identität preiszugeben, und stattdessen ihre Jungfräulichkeit geopfert. Zweifellos wird irgendein Lord von der Grenze sich dafür rächen wollen. Ich muss mich aber um andere Dinge kümmern, wie du weißt.«

Geoffrey war verblüfft.

»In der Regel handelst du eigentlich weder gedankenlos noch übereilt.«

Stephen erwiderte nichts. Schroff reichte er Mary die Hand.

»Eine Waffenruhe, Mademoiselle. Ich erkläre eine Waffenruhe.«

In seinem Ton lag starke Autorität. Mehr jedoch setzte ihr sein Blick zu; er war weich und verführerisch geworden, vielleicht wegen seiner Erinnerungen. Er lächelte zwar nicht, doch er war unleugbar attraktiv, weit mehr als seine beiden Brüder. Mary starrte auf seine Hand. Der Gedanke schoss ihr durch den Kopf, dass sie sein Friedensangebot annehmen und vom Widerstand ablassen konnte. Dass sie ihn akzeptieren konnte.

Als hätte er ihre Gedanken erraten, trat Stephen näher und ergriff ihre Hand.

»Gebt nach, Mademoiselle«, schmeichelte er. »Warum wollt Ihr Euch nicht fügen, anstatt einen Kampf zu kämpfen, den Ihr ohnehin nicht gewinnen könnt? Vieles spricht dafür, sich einfach auf das zu freuen, was vor uns liegt. Ich freue mich darauf, wieder in Euren Armen zu liegen – und ich glaube, dieses Gefühl teilen wir. Ich werde Euch Genuss verschaffen, ungeachtet Eures eigensinnigen Stolzes, das wisst Ihr so gut wie ich.«

»Ich glaube fast, Ihr wollt mich sogar jetzt verführen, selbst in diesem Augenblick!«

Stephen richtete sich zu seiner ganzen eindrucksvollen Größe auf.

»Und wenn? Was verärgert Euch so? Wenn Ihr Euch mir beugt, werdet Ihr Euren Aufenthalt in Alnwick mehr als genießen.«

»Ich begehre Euch, das ist wahr«, räumte Mary widerwillig ein, obwohl sie es hasste, dies ihm und vor allem sich selbst einzugestehen, »aber noch mehr hasse ich Euch. Verdammter Bastard!«

Sein Griff wurde fester, aber er lächelte beinahe.

»Ich höre es viel lieber, wenn mein Vorname von Euren Lippen kommt.«

Es war nicht misszuverstehen, worauf er anspielte.

»Hört Ihr Euren Namen lieber von meinen Lippen – oder von denen von Adele Beaufort?«, zischte sie.

Im ersten Moment erstarrte Stephen. Dann sagte er: »Sie hat meinen Namen nie mit einem derartigen Liebreiz ausgesprochen wie Ihr.«

»Oh?« Sie zitterte, aus Verletztheit ebenso wie vor Wut. »Sie ist also zu gut dafür, um von Euch missbraucht zu werden? Ihr macht Euch wohl nur Mädchen gefügig, die Ihr zuvor entführt habt, wie? Selbst wenn sie nicht so sind, wie sie scheinen? Oder ist es, weil ich Schottin bin? Ist das der Grund, warum Ihr mir meine Jungfräulichkeit nahmt, ohne an die Folgen zu denken? Ich bin *Schottin*, aber Eure Erbin ist *Engländerin!*«

Zornesröte schoss ihm ins Gesicht.

»Ich habe Euch nicht missbraucht, also hört auf mit Eurer widerwärtigen Heuchelei! Was geschehen ist, ist geschehen. Ich bedauere mein Handeln nicht. Ich bedauere jedoch den Preis, den Ihr zu zahlen habt. Wenn es so weit ist, Demoiselle, werde ich für Euch sorgen. In dieser Hinsicht braucht Ihr Euch keine Sorgen zu machen.«

Sie zuckte zurück, als hätte er sie geohrfeigt. Schon jetzt sprach er von der Zeit, wenn er ihrer überdrüssig geworden war und sie wegschicken würde! Beißende Tränen traten ihr in die Augen.

»Sollte ich wohl auch noch erleichtert darüber sein, dass Ihr mich nicht mittellos wegwerft? Oh, wie edel Ihr doch seid!«

Mary wandte sich zur Flucht, aber sein Griff zwang sie, ihm ins Gesicht zu sehen. Sehr leise sagte er: »Vielleicht erinnert Ihr Euch daran, dass ein Mann sich nicht alleine paaren kann, und Ihr wart als Frau so willig wie kaum eine, die ich bisher in meinem Bett hatte. In der Tat wart Ihr mehr als das.«

Mary schrie unartikuliert auf und versuchte, ihren Arm freizubekommen, doch es gelang ihr nicht.

»Ihr hättet Euch mir offenbaren können«, fuhr er fort, und seine schwarzen Augen funkelten. »Dann wäre vermutlich nichts zwischen uns vorgefallen. Ihr habt Euren Anteil am Geschehen, Demoiselle. Ihr mögt Euch dafür entscheiden, ihn zu vergessen, ich aber werde das nicht tun.«

»Ich gehe wieder nach oben. Ich habe keinen Hunger mehr«, erklärte Mary mit großer Würde.

Die Wahrheit schmerzte. Sie war eine willige Partnerin seiner Leidenschaft gewesen, auch wenn ihr Ehrgeiz darin gelegen hatte, ihre Täuschung aufrechtzuerhalten. Sie weigerte sich, den Tränen freien Lauf zu lassen; sie hatten in dieser bitteren Konfrontation keinen Platz.

»Ich bin sehr müde. Wenn Ihr mich entschuldigen würdet?«

Stephen starrte sie entgeistert an. Schließlich sagte er: »Dann geht, geht ins Gemach der Frauen. Ich werde Euch Euer Frühstück bringen lassen. Und vergesst nicht, Demoiselle, ich wünsche eine Waffenruhe, aber alleine kann ich den Frieden nicht bewahren.«

6

Mary überlegte, ihm den Gehorsam erneut zu verweigern. Schließlich eilte sie aber nach oben, als sei dort ihr Zufluchtsort.

Sie schloss die Tür hinter sich und lehnte sich atemlos dagegen. Ihre Gedanken drehten sich im Kreis. Sie konnte an nichts anderes denken als an ihre Begegnung letzte Nacht und an jene, die heute Abend bevorstand.

Ja, sie hasste ihn. Er hatte sie gefühllos entehrt; er hatte gesagt, er glaube ihr nicht, dass sie Mairi Sinclair sei, und dann seine Zärtlichkeiten fortgesetzt bis zum bitteren Ende. Er war skrupellos, eitel und nur auf sich selbst bedacht.

Mary wusste ohne jeden Zweifel, dass er seine englische Braut niemals schänden würde, dass er so etwas nicht einmal der Tochter eines unbedeutenden englischen Ritters antun könnte. Der Unterschied bestand darin, dass sie eine barbarische Schottin war.

Eine barbarische Schottin, ja, aber eine Prinzessin, erinnerte sie sich selbst. Hätte er die Wahrheit gekannt, hätte er gewusst, dass sie Malcolms Tochter war, dann hätte er nicht mit ihr geschlafen. Dessen war sie sich sicher. Sie rief sich ins Gedächtnis zurück, dass der Verlust ihrer Jungfräulichkeit unbedeutend war, dass sie sich bewusst dafür entschieden hatte, sich zur Märtyrerin zu machen, anstatt sich zu offenbaren.

Aber was, so fragte sie sich verzweifelt, was erwartete sie nun? Wenn er ihrer überdrüssig wurde und sie freiließ, was dann? Bis gestern Abend war es noch leicht gewesen, an eine Rückkehr nach Hause und zu Doug zu denken. Wie konnte sie ihm jemals wieder vor die Augen treten? Was, wenn der

Normanne sie so unbarmherzig benutzte, dass sie ein Kind bekam? Schon die bloße Vorstellung ließ Mary erstarren.

Ein leises Klopfen an der Tür riss sie aus ihren bedrückenden Gedanken. Es war eine Magd, die wie angekündigt ihr Frühstück brachte, und zu ihrer Überraschung begleitete sie seine kleine Schwester Isobel.

Sie waren sich schon gestern begegnet. Doch in ihrer Not hatte Mary das Kind kaum beachtet und seine neugierigen Fragen mechanisch beantwortet. Nun war sie mit ihm allein, sobald die Magd gegangen war, und nahm es zum erstenmal bewusst wahr. Dieses Mädchen würde einmal eine wunderschöne Frau werden.

»Ist es Euch recht, wenn ich Euch Gesellschaft leiste?«, fragte Isobel mit einem reizenden Lächeln.

Angenehme Gesellschaft würde ihr bestimmt gut tun, dachte Mary. Sie sank auf einen Stuhl und bemerkte erstmals an diesem Tag, dass sie von den Ereignissen erschöpft und überwältigt war, von der schlaflosen Nacht ganz zu schweigen. Außerdem war sie des Grübelns müde.

»Ja, ich könnte ein wenig Gesellschaft gebrauchen.« In der Tat konnte sie eine Freundin gebrauchen. »Möchtest du mit mir frühstücken?«

Ein kleiner Hoffnungsschimmer keimte in ihr auf.

Isobel trat zu ihr und schüttelte den Kopf.

»Ich habe schon gegessen.« Sie musterte Mary in aller Offenheit. »Aber ich leiste Euch gerne Gesellschaft.«

Nun lächelte auch Mary.

»Ihr seid sehr schön, Mylady.«

Mary nahm einen Bissen von dem ofenwarmen Brot.

»Nicht halb so schön wie du«, sagte sie ernst.

Isobel reckte freudig den Kopf hoch. »Man sagt, ich sei sehr schön. Glaubt Ihr auch, dass das stimmt?«

Mary bekam große Augen.

»Wahre Schönheit kommt von innen«, erwiderte sie den Worten ihrer Mutter gemäß. »Aber du bist wirklich außergewöhnlich schön. Meine Mutter sagt allerdings immer, dass Eitelkeit eine Sünde ist.«

»Wer ist Eure Mutter? Ist sie sehr fromm?«

Mary war überrascht. Isobel blickte ihr geradewegs in die Augen. Mary fragte sich, ob man sie zu ihr geschickt hatte, um ihre Identität ausfindig zu machen, oder ob sie einfach ihrer kindlichen Neugier freien Lauf ließ.

»Wie alt bist du, Isobel?«

»Nicht viel jünger als Ihr, würde ich sagen«, erwiderte Isobel rasch. »Ich bin zehn.«

Mary wusste, dass Isobel sie nicht beleidigen wollte. Wegen ihrer kleinen Statur wurde sie immer für jünger gehalten, als sie war; das hatte sie schon oft entsetzt.

»Ich bin *fast* siebzehn. Viel älter als du.«

»Alt genug, um verheiratet zu sein.«

»Ich bin unverheiratet.«

Zum ersten Mal, seit Isobel das Gemach betreten hatte, musste Mary an den denken, der sie entführt hatte.

»Ihr seid so klein, nicht viel größer als ich, dass man Euch aus der Ferne für ein Kind halten könnte.«

»Und du bist sehr groß für dein Alter.«

»Mein Gemahl wird sicher einmal viel kleiner sein als ich.« Isobel lachte über diese Vorstellung. »Aber es ist mir gleichgültig, wie er aussieht, solange er stark und mächtig ist.«

Mary starrte Isobel an, dachte darüber nach, was das Kind eben gesagt hatte, und ihr Herz tat einen Sprung.

Isobel und sie waren einander ähnlich.

»Stephen ist stark und mächtig«, bemerkte Isobel neckisch.

Mary erwiderte nichts. Sie hörte Isobel nicht einmal. Ihre Gedanken waren in Aufruhr.

Es stimmte. Sie und Isobel ähnelten einander. Sie hatten nicht nur fast dieselbe Größe und Statur, sie hatten auch beide langes blondes Haar. Im Schatten und aus einiger Entfernung würde man sie nicht unterscheiden können, nicht, wenn sie ihre kleinen Brüste zusammenschnürte und Isobels Kleider trug.

»Lady – stimmt etwas nicht?«

Mary zitterte vor Aufregung und Angst. Sie blickte verständnislos auf Isobel.

»Verzeihung?« *Es war ihre Pflicht, zu fliehen.*

Isobel wiederholte ihre Frage, doch Mary hörte nicht zu. Sie wusste, es war mehr als ihre Pflicht, zu fliehen, es war eine Notwendigkeit. Denn früher oder später, sei es in ein, zwei Tagen oder auch erst in einer Woche, würde Stephen de Warenne von diesem Will oder einem anderen seiner Spione vom Verschwinden von Malcolms Tochter erfahren. Und dann würde er wissen, dass sie die schottische Prinzessin war.

»Madam?«

Mary riss sich zusammen.

»Es tut mir leid, aber ich habe letzte Nacht schlecht geschlafen und kann mich nicht gut konzentrieren.«

Ihre Gedanken jagten sich. Irgendwie musste sie Kleider von Isobel ausborgen und in den Burghof gelangen. Da das nicht möglich war, ohne dabei Stephen oder einem seiner Brüder zu begegnen, konnte sie sich vielleicht Isobel anschließen, wenn diese außer Haus ging. Wenn sie erst einmal ohne eine Eskorte im Burghof war und für das junge Mädchen gehalten wurde, würde sich bestimmt eine Gelegenheit zur Flucht bieten.

»Mögt Ihr meinen Bruder denn nun oder nicht?«, fragte Isobel mit einem schlauen Lächeln.

Mary sah, dass die Kleine auf eine Antwort wartete, und gab sich Mühe, sich an ihre Frage zu erinnern. Dann begriff sie, was Isobel meinte – dass sie nach der letzten Nacht, die sie in Stephens Gemach verbracht hatte, wohl eine gewisse Sympathie für ihn haben musste.

»Nein, Isobel, es tut mir leid, das sagen zu müssen, aber so ist es nicht!«

Isobel war verblüfft.

»Aber wie ist das möglich? Alle Mädchen, die ich kenne, sind verrückt danach, dass er sie in sein Bett mitnimmt. Und danach sind sie immer sehr vergnügt – sie bitten sogar darum, dass er wieder einmal ein Auge auf sie wirft.«

Mary verschränkte die Arme vor der Brust.

»Ich nehme an, er – Stephen – nimmt oft Mädchen mit in sein Bett.«

»Sehr oft«, sagte Isobel mit der Andeutung eines Lächelns. »Aber keine Ladys, nur Küchenmägde und Dirnen. Ihr seht ganz anders aus.«

Mary erwiderte nichts. Sie trat vor den Fensterschlitz, blickte hinaus und beschloss, auf der Stelle zu fliehen.

»Findet Ihr nicht, dass Stephen ein schöner Mann ist?«

Mary wollte nicht antworten. Sie musste gegen eine sehr unliebsame Vorstellung ankämpfen: Stephen in glühender Leidenschaft mit einem Flittchen. Sie hielt sich an dem steinernen Fenstersims fest, Isobel den Rücken zugewandt.

»Isobel, da wir gleich groß sind, wäre es möglich, dass du etwas zum Anziehen für mich hast, das etwas angenehmer ist als diese scheußliche Kluft, die ich anhabe?«

Isobel blinzelte. Marys Herz pochte heftig. Sie war nicht gerade raffiniert vorgegangen. Doch sie konnte dem Drang zu fliehen nun nicht mehr widerstehen.

Und auf einmal strahlte Isobel.

»Natürlich; warum habe ich daran bloß nicht selbst gedacht? Ihr seid eine Lady, und keine Lady könnte solch schäbige Kleider lange ertragen. Ich gebe Euch sehr gern etwas von mir zum Anziehen.«

Gekleidet in eine eisblaue Tunika mit silbernem Gürtel, eine silberne Kniehose, dunkelblaue Schuhe und einen purpurroten, mit Eichhörnchenfell gefütterten Umhang, kam Mary langsam mit Isobel die Treppe herunter. Sie waren im Laufe des Morgens gute Freundinnen geworden, und Mary bedauerte, sie solchermaßen benutzen zu müssen.

Isobel war klug, geistreich und eigenwillig, und so fühlte sich Mary an sich selbst erinnert. Und es gab noch mehr Ähnlichkeiten – wie sie war auch Isobel mit mehreren Brüdern aufgewachsen, und ihre Eltern waren mächtige, aber zugleich liebevolle Persönlichkeiten. Mary dachte, unter anderen Umständen könnte ihre Freundschaft sich durchaus vertiefen, sobald das Kind zur Erwachsenen heranreifte.

Doch das würde natürlich nicht geschehen.

Marys Anspannung wuchs. Der Normanne befand sich unten im Saal; sie konnte ihn deutlich hören. Zusammen mit seinen beiden Brüdern, dem Haushofmeister und dem Burgverwalter besprach er geschäftliche Dinge. Mary lauschte seiner energischen, etwas belegten Stimme. Offenbar war auch ein Lehnsmann bei ihm, der um eine kleine Gunst bat.

Würde sie die Erlaubnis bekommen, mit Isobel den Wohnturm zu verlassen?

Sie hatte Isobel ermuntert, ihr ihr Pony zu zeigen, das zufällig von den Hebriden stammte, einer zu Schottland gehörenden Inselgruppe, auf der Marys Onkel Donald Bane im Exil lebte. Ohne Zweifel würde dies die einzige Gelegenheit sein, vor Einbruch der Nacht fliehen zu können. Weiter wollte sie gar nicht denken; etwa daran, was sie erwartete, wenn ihre Flucht nicht gelingen sollte. Ein dicker Kloß in ihrer Brust schien das zu verhindern.

Isobel ergriff fest ihre Hand.

»Hab keine Angst vor ihm. Er ist nicht so schlimm, wie du denkst.«

Mary befeuchtete sich die trockenen Lippen.

»Ich habe keine Angst vor deinem Bruder, Isobel.«

Isobel schien skeptisch zu sein.

»Ich bin allerdings ziemlich sicher, dass dein Bruder mir nicht erlauben wird, das Haus mit dir zu verlassen.«

Isobel prustete.

»Wenn ich ihn bitte, dann macht er es!«

Entschlossen, Ruhe zu bewahren und ihr Vorhaben nicht

zu gefährden, folgte Mary dem Kind in den Saal. Isobel lief fröhlich auf ihre Brüder zu. Während Geoffrey sie mit einem Scherz begrüßte, der sie zum Lachen brachte, stellte Stephen die Arbeit ein und musterte Mary interessiert und abwägend. Sie bemerkte die Bewunderung in seinem Blick, als er sie in den feinen Kleidern seiner Schwester sah.

»Eine immense Verbesserung, Mademoiselle«, murmelte er.

Mary wandte den Blick von ihm ab. Ihr Herz schlug so heftig, dass sie fürchtete, er könne es hören und die Täuschung erahnen.

Isobel unterbrach das Zwischenspiel.

»Ich möchte Mairi König Rufus zeigen, Steph. Dürfen wir? Bitte?«

Mary dachte an Flucht und erwartete seine Antwort. Ihr wurde heiß.

Stephen würdigte seine Schwester kaum eines Blickes.

»An Ponys interessiert?«

»Ich liebe Pferde über alles«, brachte Mary heraus.

Stephen betrachtete sie noch einen Moment, dann tätschelte er Isobels Kopf.

»Ihr könnt gehen.«

Isobel kreischte vor Freude, umarmte ihn und rannte quer durch den Saal. Mary schickte sich an, Isobel zu folgen, und konnte ihr Glück kaum fassen. Doch sie spürte seinen Blick im Rücken.

»Hütet Euch«, sagte er leise, geheimnisvoll. »Ihr werdet nicht in der Lage sein, Alnwick zu verlassen, Mademoiselle, falls Ihr das glauben solltet.«

Irgendwie erriet er, was sie vorhatte, und irgendwie kam sie trotzdem nicht aus dem Tritt. Nun würde sie nichts mehr aufhalten, gar nichts mehr.

Isobel zog Mary mit sich und schnatterte dabei unentwegt. Mary achtete nicht auf ihre Worte. Hatte er wirklich gespürt, dass sie zu fliehen gedachte? Oder waren seine letzen Worte nur eine allgemeine Warnung gewesen? Wenn er ihre Gedanken wirklich erriet, dann hätte er sie doch gewiss nicht aus den Augen gelassen!

Sie gingen an den Ställen entlang. Isobel sprang vor Mary her, während diese mit trockenem Mund und rasendem Puls begann, nach einer passenden Gelegenheit Ausschau zu halten. Langsam vergrößerte sie den Abstand zwischen sich und dem Kind, was nicht schwierig war, denn Isobel hatte es sehr eilig.

Der Burghof war so bevölkert wie gestern, als Mary ihn zum ersten Mal betreten hatte. Eine Gruppe Frauen wusch in einem riesigen Zuber Kleider, andere Bedienstete eilten geschäftig hin und her, der Schmied war bei der Arbeit an seinem Amboss, und ein Schäfer hatte eine kleine Herde gebracht, ohne Zweifel für den Kochtopf bestimmt. Die Tiere liefen überall herum und sorgten für Lärm und Durcheinander. Zwei kleine, zottelige Hunde gingen mit Freude und großem Eifer ihren Aufgaben nach und trieben zuerst ein Mutterschaf und dann ein Lamm vor sich her. Durch das Fallgitter kamen zwei Ritter auf ihren Pferden in den Hof getrabt.

Isobel war nun schon ein gutes Stück vor ihr; nun drehte sie sich zu Mary um und rief lachend: »Kannst du nicht schneller? Sollen wir um die Wette laufen?«, und begann zu rennen.

Mary hielt inne und schaute zu, wie die Kleine unter all den Hörigen und Freien verschwand. Sie blickte vorsichtig um sich; niemand beobachtete sie. Schnell rannte sie in den langen Schatten des Rittersaals und verschnaufte dann erst einmal, vor Aufregung und Angst zitternd.

Rasch zog sie die Kapuze ihres Umhangs über den Kopf. Zwei Männer mit ledernen Brustpanzern und Schwertern schlenderten an ihr vorüber. Mary wandte den Blick von ihnen ab; der eine winkte ihr zu, und sie winkte zurück.

Das Herz schlug ihr bis zum Hals. Man hatte sie für Isobel gehalten – ihr Plan funktionierte. Sie blickte um sich und gewahrte den Zimmermann und seine Helfer, die vor einem kleinen Gebäude Holz von einem Ochsenkarren luden. Dass die Tiere nicht abgespannt worden waren, konnte nur bedeuten, dass ihre Arbeit noch nicht beendet war und sie den Hof in Kürze samt Wagen wieder verlassen würden. Mary nahm all ihren Mut zusammen; sie trat aus dem Schatten und schritt, das Gesicht auf den Boden gerichtet, auf eine Ansammlung von Weinfässern zu. Die Männer beendeten das Entladen des Karrens und gingen an ihre Arbeit zurück, der Fuhrmann setzte sich auf seinen Bock. Der Wagen war jetzt leer bis auf die Plane, die das Holz vor Regen schützen sollte.

Das war ihre Chance – vielleicht ihre einzige. Der Fuhrmann würde jeden Moment losfahren. Mary stand reglos da, ihr Herz pochte wild. Sie schaute um sich. Es waren so viele Leute da, aber niemand beachtete sie. Wer nicht seiner Arbeit nachging, schaute dem Schäfer und seinen Tieren zu, die für Gelächter und Ablenkung sorgten. Mary blickte auf den Karren, er setzte sich gerade in Bewegung. Die Peitsche des Fuhrmanns knallte, er schrie seinen Ochsen Befehle zu.

Mary überlegte nicht mehr länger. Sie raffte ihre Röcke, kletterte hinten auf den Wagen und verschwand unter der Plane. Ihr Herz schlug wild, sie schürfte sich die Knie auf, als sie sich auf den Karren kniete, und sie rechnete mit ihrer Entdeckung und lautem Geschrei. Wenigstens der Fuhrmann musste doch das Rütteln seines Wagens bemerkt haben! Sie wagte nicht, sich zu bewegen, zu atmen, sondern schloss die Augen und schickte ein Stoßgebet an die Jungfrau Maria.

Aber wie durch ein Wunder riss niemand die Plane hoch, niemand zog sie an den Ohren von der Karre, kein Alarmgeschrei wurde laut. Der Wagen rollte einfach nur vorwärts.

Stephen stapfte mit düsterer Miene die schmale Wendeltreppe hinunter in den Saal. Will war aus Liddel zurückgekehrt. Das konnte nur bedeuten, dass er die Identität der Gefangenen herausgefunden hatte. Er war sich nicht sicher, ob er die Wahrheit wirklich erfahren wollte. Eine böse Vorahnung erfüllte ihn.

Will saß bereits am Tisch und ließ sich bewirten. Geoffrey stand bei ihm, Brand saß daneben und fragte Will sarkastisch: »Und, was hast du in Erfahrung gebracht? Ist die kleine Gefangene meines Bruders doch eine Mairi? Oder gehört sie einem großen schottischen Lord?«

Will verzog das Gesicht. Als Stephen zu ihm trat, wusste er sofort, dass sein Vasall Marys wahre Identität festgestellt hatte und dass dies Probleme bedeutete. Will sprang auf, sein düsterer Blick war eine deutliche Warnung.

»Stephen«, begann er, »Liddel ist in Aufruhr.«

»Sprich.«

Will schluckte.

»Und Malcolm Canmore tobt.«

Brands spöttisches Grinsen verschwand. Geoffrey starrte vor sich hin. Und Stephen verstummte. Er ahnte, was kommen würde, konnte es jedoch noch nicht glauben. Sein Verstand raste.

»*Malcolm Canmore?*«, wiederholte er schließlich.

»Ich fürchte, sie ist nicht das uneheliche Kind irgendeines Lords«, sagte Will grimmig.

Stephen ahnte das Schlimmste.

»*Wer ist sie?*«

»König Malcolms Tochter.«

Ein entsetztes Schweigen erfüllte den Saal.

Als ob er glaubte, sie hätten nicht verstanden, wiederholte Will vorsichtig: »Ihr habt Prinzessin Mary gefangen genommen, Mylord.«

Stephens Gedanken überstürzten sich, er war nicht wirklich in der Lage zu sprechen.

»*Malcolms Tochter?* Bist du sicher?«

Will nickte.

Stephen war wie betäubt, er konnte es nicht fassen. *Malcolms Tochter, Malcolms Tochter* – wie ein Refrain gingen ihm die Worte unaufhörlich im Kopf herum. Er sah seine Brüder, die ebenso schockiert waren wie er selbst und Blicke austauschten.

»Jesus«, sagte er heiser, »was habe ich getan?«

»Seine reinblütige Tochter«, fügte Will als weiteren Schlag hinzu. »Sie ist verlobt mit Doug Mackinnon, dem Erben des Lords von Kinross. Ich blieb nicht länger, um noch mehr Informationen zu sammeln, aber Ihr könnt sicher sein, dass Ihr die Prinzessin habt. Und«, Will verzog das Gesicht zu einer Grimasse, »es ist bereits bekannt, dass *Ihr* sie entführt habt. Viele der Einheimischen haben die rote Rose erkannt.«

Stephen zuckte zusammen. Er hatte sich jedoch von seinem Schock erholt und konnte klar denken. Wenn Malcolm Canmore wusste, dass er seine Tochter in der Hand hatte, konnte Stephen davon ausgehen, dass er sehr bald von ihm hören würde. Und so, wie er Malcolm kannte, war es am besten, sich sofort auf die Verteidigung vorzubereiten. Er wandte sich an seine Brüder.

»Sie ist mit Kinross verlobt. Wieso haben wir von dieser Verbindung nicht erfahren?«

»Sie müssen sich sehr bemüht haben, sie geheim zu halten«, meinte Geoffrey.

Die Brüder sahen einander an, und ein jeder begriff die unzähligen politischen Auswirkungen, die sich mit dem Erzählten verbanden.

Malcolms Bruder war auf den Hebriden im Exil. Er war ein legitimer Anwärter auf den schottischen Thron, denn jeder männliche Verwandte konnte bereits zu Lebzeiten des Königs als dessen Nachfolger nominiert werden. Donald Bane genoss auf den Hebriden – bei den Bewohnern der Inseln Ust, Skye und Lewes – sowie an der Nordostküste Schottlands außerordentliches Ansehen. In diesen Gebieten regierten viele vom Clan der Mackinnon. Wenn Malcolm seine Tochter einem Mackinnon zur Ehe gab, selbst wenn dieser nicht auf den Hebriden ansässig war, hoffte er darauf, den ganzen mächtigen Clan auf seine Seite zu ziehen. Der Grund dafür war klar: Er wollte, dass einer seiner Söhne als Kandidat für die Königsnachfolge ernannt wurde.

»Du hast dich wahrhaftig selbst übertroffen, Bruder«, bemerkte Brand.

Zorn begann sich in Stephen zu regen.

»Sie muss mich für einen Trottel halten. Und das bin ich wohl auch.«

Der Gedanke schoss ihm durch den Kopf, dass sie in der Schlacht der Worte und der Willensstärke in der Tat Siegerin geblieben war. Er war nicht in der Lage gewesen, ihr mit seiner Verführungskunst die Wahrheit zu entlocken, und das war sein Ehrgeiz gewesen, als er sie in sein Bett nahm. Er hatte nicht vorgehabt, sie zu entjungfern. Dennoch hatte er es getan, weil er nicht imstande gewesen war, sich in seinem Tun zu zügeln.

Dann erlosch sein Zorn. Er hatte diese Schlacht verloren, sowohl gegen sich selbst als auch gegen sie, aber nicht den Krieg. *Denn ein Mann musste den Preis für die Tugend einer Lady bezahlen.* Es gab also vielleicht noch einen Weg, das Ganze zu seinem Vorteil zu wenden.

»Was sie wohl zu gewinnen hoffte?«, fragte Brand verwirrt. »Hat sie wirklich geglaubt, sie könne dir über einen längeren Zeitraum hinweg etwas vormachen? Wenn sie dir die Wahrheit gesagt hätte, hättest du nicht mit ihr geschlafen, sondern sie gegen ein fettes Lösegeld an Malcolm zurückgegeben.«

Stephen wusste, dass Brand glaubte, die Wahrheit zu sagen, doch er selbst war sich dessen nicht so sicher. Hätte er sein Wort gehalten, wenn ihm ihre Identität bekannt gewesen wäre, und sie unberührt freigelassen? Er war kein Mann, der sein Wort leichthin gab. Vielleicht wäre die Versuchung durch die Prinzessin so übermäßig stark gewesen, dass er nicht hätte wiederstehen können – in mehr als nur einer Hinsicht.

Stephen wandte seine Gedanken der unmittelbaren Zukunft zu.

»Malcolm wird sich rächen.«

»Er wird deinen Kopf verlangen«, erklärte Geoffrey rundheraus. »Und das zu Recht. Offenbar bist du es, der einen neuerlichen Krieg heraufbeschwört, nicht Malcolm oder König Rufus.«

»Nicht unbedingt«, erwiderte Stephen.

Ein seltsames, hartes und entschlossenes Lächeln veränderte seine Gesichtszüge. Seine Augen verengten sich; sie waren nicht auf seine Umgebung gerichtet, sondern auf eine ferne Zukunft. Der Frieden war so kostbar. Er musste nicht zerstört werden. Wenn er Malcolm zum Umdenken bewegen und ihn überzeugen konnte, einzuwilligen, und, natürlich, wenn er Rufus überzeugen konnte …

Stephen drehte sich auf dem Absatz um und schritt auf die Treppe zu. In der nächsten Sekunde fiel ihm ein, dass Mairi – nein, *Prinzessin Mary* – mit seiner Schwester den Turm verlassen hatte. Die Vorahnung einer Katastrophe erfüllte ihn. Nun, da er von ihrem königlichen Blut wusste, hatte er keinen Zweifel mehr, dass sie auf Flucht sann. Die Lage hatte sich verändert; sie war plötzlich weitaus brisanter, als er es sich hätte träumen lassen. Mary war nun die entscheidende Figur in einem Krieg, der seit Generationen tobte. Sie zu gewinnen war ein großer Preis – wenn es überhaupt möglich war –, ein Preis, der Hoffnung und Frieden versprach.

Und er würde diesen Preis erringen. Er würde Prinzessin Mary zu seiner Gemahlin machen.

Sie durfte nicht entkommen. Er machte kehrt, rannte zur Tür. Genau in diesem Augenblick kam Isobel hereingeplatzt, tränenüberströmt. Stephen wusste sofort, dass es zu spät war.

Er packte seine Schwester.

»Wo ist sie?«

Isobel ließ die Arme sinken und blickte ihn aus großen Augen an.

»Es ist nicht meine Schuld!«, schrie sie verzweifelt. »Sie ist mir gefolgt, und als ich mich umdrehte, war sie plötzlich weg! Ich habe schon überall nach ihr gesucht«, heulte sie und bedeckte weinend und schluchzend das Gesicht.

»Schlagt Alarm!«, befahl Stephen.

Geoffrey rannte bereits die Treppe zur Brustwehr hinauf, um das Horn blasen zu lassen. Stephen eilte durch den Saal, Brand und Will folgten ihm auf den Fersen, Isobel rannte hinter ihnen her.

»Du bleibst hier!«, fuhr er sie an.

»Bekomme ich jetzt Ärger?«

Stephen antwortete nicht; er war bereits zur Tür hinaus.

»Ich glaube, du bekommst ziemlichen Ärger«, sagte Brand schroff. »Geh auf dein Zimmer, Isobel, und warte dort auf Stephen.« Damit folgte er seinem Bruder nach draußen; Isobel eilte die Treppe hinauf.

Seine Männer hatten sich bereits versammelt. Stephen erteilte harsche Befehle, und sie begannen, den Burghof abzusuchen. Alle Arbeiten wurden vorübergehend eingestellt, alle Bewohner des Turms zusammengerufen und befragt. Niemand hatte die Gefangene im Hof gesehen und erst recht nicht ihre Flucht aus der Burg bemerkt. Stephen war inzwischen schon darauf gekommen, warum seine gefangene Prinzessin so »unsichtbar« war. Da sie Isobels Kleider trug, hatte man sie für seine Schwester gehalten und einfach nicht beachtet. Er eilte zum Vorwerk der Burg, mit nur einem Gedanken im Kopf – *sie hatte ihn erneut überlistet.*

Nach kurzer Zeit hatte er in Erfahrung gebracht, dass ein Karren vor nicht mehr als einer halben Stunde die Burg verlassen hatte und Isobel in der Nähe des Wagens gesehen worden war.

Stephen befahl, ihm sein Pferd zu bringen. Die Suche im Burghof ließ er fortsetzen, obwohl er kaum daran zweifelte, dass die gewitzte Prinzessin diesen längst verlassen hatte. Er galoppierte unter dem Fallgitter durch und setzte über die Zugbrücke, gefolgt von einem Dutzend Reitern für den Fall, dass sie auf Malcolms Männer treffen würden. Über ihren Köpfen wehte stolz das Banner der Rose.

Sie hatte ihn zum wiederholten Mal überlistet. Widerwillig musste er einräumen, dass er sie bewunderte. Ihr Ehrgefühl entsprach eher dem eines Mannes als dem einer Frau. Aber glaubte sie wirklich, sie könne Alnwick, könne ihm entfliehen? Männer schreckten vor seinem Zorn zurück, sie aber wagte Schlimmeres, sie forderte ihn heraus.

Sie war durch und durch von königlicher Abstammung; nur diese Herkunft konnte einen solch einzigartigen Stolz und ihre grenzenlose Tapferkeit erklären. Doch in seine steigende Bewunderung für sie mischte sich auch eine Befürchtung. Er konnte nicht umhin, sie mit ihrem Vater zu vergleichen. Malcolm war einer der gerissensten und treulosesten Männer, die er kannte. Der Gedanke, dass Prinzessin Mary ihrem Vater so sehr gleichen könnte, behagte Stephen ganz und gar nicht. Eine ungute Vorahnung befiel ihn.

Am besten war es, ein solches Gefühl zu ignorieren. Es passte nicht zu seinem Vorhaben.

Innerhalb von Minuten hatte Stephen den Ochsenkarren eingeholt. Als der Fuhrmann den Reitertrupp sich nähern hörte, hielt er sichtlich verängstigt an.

»Mylord, was habe ich getan?«, fragte er.

Stephen ignorierte ihn und riss ohne ein Wort die Plane von dem Wagen.

Sie lag zusammengekauert darunter und setzte sich sofort auf. Wie zu erwarten, starrte sie ihn mit Trotz und Wut im Blick an. Er bemerkte aber auch die Tränen, die ihre Niederlage signalisierten, und dadurch verlor sein Zorn unwillkürlich an Kraft. Einen Moment lang erschien sie ihm wie ein hilfloses, verängstigtes Kind; er spürte ein seltsam zärtliches Mitgefühl für sie.

Doch im nächsten Augenblick verflüchtigte sich dieser Eindruck. Sie war kein Kind. Er musste sich nur an ihren sinnlichen Körper und an ihr unergründliches Wesen erinnern, um das zu wissen. Diese schöne Fassade war nichts als eben das – sie hatte nichts Unschuldiges oder Hilfloses an sich. Wieder überkam ihn eine quälende Vorahnung. Würde er ab sofort für alle Zeiten vor ihr auf der Hut sein müssen?

»Hofftet Ihr, einen Krieg vom Zaun zu brechen, Demoiselle?«, fragte er sie eisig. Mary erstarrte.

Stephen sprang von seinem Pferd und hob sie von dem Karren. Sie schrie auf und wehrte sich gegen seine kurze Umarmung. Er setzte sie sofort ab und trat zurück. Das Gefühl ihres Körpers blieb. Seine Befriedigung, der errungene Sieg, hatte mannigfaltige Auswirkungen. Es war nicht nur Zorn, was sein Blut in Wallung brachte.

Der Fuhrmann beteuerte lauthals, er habe von nichts gewusst. Stephen beorderte ihn in die Burg zurück, und diesem Befehl kam der Mann bereitwillig nach.

Der Ochsenkarren machte sich auf den Weg. Stephens Reiter hatten sich im Halbkreis hinter ihm formiert; Geoffrey hielt Stephens Streitross.

Alles war still, so still, als wären Stephen und Mary allein. Das Moor erstreckte sich in einer endlosen Fläche aus Grün und Grau vor ihnen, der Himmel darüber verdunkelte sich rasch. Hoch oben kreiste ein Bussard, ein Windhauch bewegte Stephens Umhang und Marys blonde Locken. Schweigen lastete über ihnen.

Stephen blickte auf seine Gefangene hinab. Mit einiger Befriedigung sah er ihre Angst. Aber trotz der Tränen stand sie stolz und aufrecht da; ihr Adel und ihre Würde waren nicht zu verkennen.

»Ihr solltet in der Tat Angst vor mir haben.«

»Es war meine Pflicht, die Flucht zu wagen.«

»Natürlich, *Prinzessin.*«

Sie zuckte zusammen und wurde kreidebleich.

»Der Fuhrmann wusste nichts von mir«, sagte Mary schließlich heiser, die Augen fest auf Stephen gerichtet.

»Es wäre klüger, Ihr würdet etwas zu Eurer eigenen Verteidigung vorbringen«, riet ihr Stephen mit einem eisigen Lächeln. »Prinzessin?«

Sie atmete tief durch.

»Es war meine Pflicht, zu fliehen, und ebenso, Euch zu täuschen.«

»War es auch Eure Pflicht, mir Eure Jungfräulichkeit zu opfern?« Es kümmerte Stephen nicht, dass seine Männer zuhörten; vielmehr lag es in seiner Absicht, das ganze Reich wissen zu lassen, dass Mary sein Bett geteilt hatte.

Ihre Brüste hoben und senkten sich, ihr Gesicht war gerötet.

»Es erschien mir die bessere Wahl, meine Unschuld zu verlieren als Eure Geisel zu sein.«

Er zog erstaunt eine Braue hoch.

»Ihr opfert Eure Tugendhaftigkeit, um Eurem Vater das Lösegeld zu ersparen?« Er konnte es nicht glauben.

»Ich kenne Euch!«, schrie Mary ihn an, zitternd, aber mit geballten Fäusten. »Ihr würdet ihn ruinieren, nicht wahr? Ihr würdet weit mehr verlangen als Silber – nämlich Land!«

Stephen war verblüfft.

»Natürlich werde ich mehr fordern als ein paar Silberstücke.«

»Wann?«, fragte Mary, und eine Träne rann über ihre Wange. »Wann werdet Ihr dieses Lösegeld verlangen? Wann kann ich nach Hause?«

»Malcolm und ich müssen uns treffen.«

Mary nickte, die dicke Träne rollte über ihr Kinn.

Beinahe hätte Stephen diese einsame Träne von ihrer zarten Haut gewischt. Dieser Impuls beunruhigte ihn. Es war klar, dass ihre missliche Lage sie sehr mitnahm und dass sie von ihm weg wollte. Die letzte Nacht hatte nicht dazu geführt, dass sie Sehnsucht nach ihm empfand. Zweifellos würde sie jeden Versuch von ihm, sie zu trösten, zurückweisen. Seine Zerrissenheit ließ ihn zögern, und er sagte sich, dass er sich vor dieser Kindfrau in Acht nehmen müsse.

Schließlich bemerkte er unsicher: »Ihr braucht nicht zu weinen, Mademoiselle. Am Ende wird aus dieser Situation für uns beide viel zu gewinnen sein.«

Mary rieb sich mit der Faust die tränennasse Wange, eine kindliche Geste, die Stephens Unbehagen noch vergrößerte.

»Nein«, flüsterte sie, »Ihr werdet gewinnen, nicht ich und die Meinen. Denn ich habe gefehlt. Ich habe gegen mein Land und meinen König gefehlt.«

Er zeigte sich einmal mehr erstaunt.

»Ihr habt gesprochen wie ein Mann! Man erwartet von einer Frau nicht, dass sie einen Mann bezwingt, Mademoiselle. In der Tat habt Ihr Euch auf eine Männerrolle eingelassen, deren Konsequenzen Ihr gar nicht vollständig verstehen und in der Ihr deshalb auch nicht gewinnen konntet. Das war höchst unklug.«

»Ich verstehe dieses Spiel gut genug.« Mary hob stolz das Kinn und schürzte die Lippen. »Ich tat, was ich tun musste. Ich bin Schottlands Tochter.«

Eine wilde Entschlossenheit packte ihn.

»Ihr seid erstaunlich, Mademoiselle«, murmelte er. Und er dachte an den Sohn, den sie ihm schenken würde, einen klugen, starken und stolzen Sohn.

»Kommt«, fuhr er dann fort, »kehren wir zurück, lasst uns von vorn beginnen.« Er bot ihr seine Hand.

Durch ihre Tränen hindurch funkelte sie ihn wütend an. Sie verweigerte ihm ihre Hand.

»Wir beginnen gar nichts. Mein Vater wird Euch töten, und ich werde auf Eurem Grab tanzen!«

Stephen bemerkte, dass er ihr noch immer seine Hand bot. Erzürnt ließ er den handschuhbewehrten Arm sinken.

»Malcolm könnte es versuchen, aber wenn ich an Eurer Stelle wäre, würde ich mein Bestes tun, um ihn davon abzubringen. Schließlich ist Euer Vater nicht mehr jung, während ich in den besten Jahren bin.«

Sie verlor jegliche Farbe.

»Ihr würdet mit meinem Vater das Schwert kreuzen?«

Er bedauerte seine Worte. Einmal mehr wunderte er sich über ihre Liebe zu solch einem Schurken.

»Nur, wenn ich dazu gezwungen werde.«

»Du lieber Himmel!«, stöhnte Mary. »Ich kann mir lebhaft vorstellen, wie es wird, wenn ihr beide aufeinandertrefft, um das Lösegeld auszuhandeln!« Sie tat einen Schritt auf ihn zu. »Tötet meinen Vater nicht. Bitte!«

Dass sie treu zu Malcolm hielt, war nur korrekt. Stephen jedoch machte dieser Loyalitätsbeweis auf seltsame Weise wütend auf sie, weil sie ihn überdies soeben ganz eindeutig zurückgewiesen hatte. Natürlich spielte es keine Rolle, ob sie ihn hasste oder nicht; das Leben war voll von hasserfüllten Gemahlinnen.

»Vielleicht könntet Ihr mich mit hübschen Worten und netten Manieren überzeugen? Vielleicht könntet Ihr Euch endlich benehmen, wie es einer Frau geziemt?«

Sie erbleichte.

»Obwohl Ihr wisst, wer ich bin, besteht Ihr darauf, dass ich Euer Bett wärme?«

»Das habe ich nicht gesagt, Demoiselle. Vielleicht seid Ihr es, die ein neuerliches Zusammentreffen wie das der letzten Nacht wünscht.«

Im ersten Moment antwortete Mary nicht, doch ihr Gesicht wurde spitz, die Augen riesengroß.

»Ich wünschte mir, wie meine Schwester Maude zu sein«, flüsterte sie dann.

Bei diesen Worten war es um seine widerwillig geschuldete Sympathie geschehen.

»Ich wusste nicht, dass Malcolm noch eine Tochter hat«, bemerkte er scharf.

Eine weitere Tochter konnte alles verändern. Solange

Maude da war, um in Malcolms Plänen Marys Stelle zu übernehmen, konnte diese auf dem Altar der Politik geopfert werden. Stephen fragte sich, ob er es wagen würde, Mary vor den Altar zu zwingen, falls Malcolm sich weigerte, diese Verbindung gutzuheißen.

»Sie ist Novizin in der Abtei in Dunfermline. Sie ist sehr fromm, sehr gut.« Marys Stimme verlor sich. Dann fügte sie hinzu: »Nicht so wie ich.«

»Scheltet Euch nicht selbst, das schickt sich nicht«, tadelte Stephen sie.

»Oh, liebe Mutter Gottes«, stöhnte Mary. »Wie konnte ich nur so gedankenlos sein! Man wird sie mit Doug verloben, nicht wahr? Und mich, mich werden sie ins Kloster schicken.«

»Weint Ihr jetzt etwa um Euren Liebhaber?« Stephen war wütend, seine Eifersucht unverkennbar. Er packte sie an den Schultern und hielt sie dicht vor sich. »Nach unserer gemeinsamen Nacht?«

Sie schüttelte den Kopf.

»Nein! Nein! Ich bin keine solche Heuchlerin!« Mary presste eine Hand auf den Mund, um das Schluchzen zurückzuhalten. »Aber wenn ich in ein Kloster eingesperrt werde, ist das mein sicherer Tod!«

Stephen lockerte seinen Griff.

»Ihr werdet nicht im Kloster enden, Mademoiselle.«

Plötzlich war ihr Blick flehentlich auf ihn gerichtet.

»Ihr werdet meine Gemahlin«, erklärte Stephen und lächelte. »Meine Prinzessinnenbraut.«

7

»Was?«, rief Mary ungläubig.

»Ich werde Euch zu meiner Gemahlin machen, Mary.«

Mary zuckte vor ihm zurück, die Augen vor Entsetzen geweitet.

»Nein! Niemals!«

Er musterte sie mit harter Miene, die handschuhbewehrten Fäuste in die Hüften gestemmt. »Ihr habt in dieser Angelegenheit kein Mitspracherecht, Demoiselle.«

»Nein, ich nicht, aber Malcolm«, schrie Mary.

»Das ist richtig. Diese Sache werden Malcolm und ich entscheiden.«

Panik ergriff sie.

Hysterie.

»Malcolm wird mich nie, niemals Euch geben. Er hasst die Normannen, er hasst Northumberland!«

Stephen blieb ruhig wie ein Fels. Nach einer langen Pause erst sagte er: »Wenn Ihr Euch gefasst habt, seid Ihr vielleicht vernünftiger. Wir können diese Verbindung in Alnwick besprechen.« Damit machte er kehrt, nicht ohne jedoch ihren Zorn zu bemerken.

»Nein!«

Närrisch wie sie war, rannte Mary hinter ihm her, stolperte in ihrer Hast und packte ihn am Saum seiner Tunika. Stephen blieb so plötzlich stehen, dass sie zusammenstießen, doch das war ihr gleichgültig.

Sie rappelte sich auf und fragte außer sich: »Und wenn er Euch ablehnt? Was dann? Was wollt Ihr dann tun?«

Stephen bemühte sich sehr, seinen Zorn im Zaum zu halten; er zitterte, berührte sie jedoch nicht.

»Er wird mich nicht ablehnen, nicht wenn er weiß, dass Ihr vielleicht mein Kind unter dem Herzen tragt.«

»Ich soll aber Doug heiraten.«

»Ich bezweifle, dass Doug Euch noch haben will, Demoiselle.« Seine Miene änderte sich; sein Zorn drang durch. »Niemand will eine Entehrte. Bestenfalls ein verarmter kleiner Lord wird Euch noch nehmen, wenn Ihr Euch damit zufriedengebt, die Herrin einer verfallenden Hütte zu sein, die Ihr mit Schafen und Schweinen teilen müsst.«

Mary fühlte sich, als habe er sie körperlich gezüchtigt. Dies war die ekelhafte Wahrheit.

»Dann soll es so sein«, flüsterte sie.

Er packte sie am Oberteil ihrer Tunika und zog sie zu sich heran.

»Ihr würdet ein Leben in stumpfsinniger Schinderei dem vorziehen, was ich Euch biete? Eines Tages wärt Ihr die Gräfin von Northumberland!«

»Niemals!«, schrie sie ihm ins Gesicht. »Ich werde niemals Eure Gemahlin sein, das verspreche ich Euch, denn Malcolm wird Euer Werben zurückweisen. Er hasst Euch!«

»Ich werde dich trotzdem heiraten, *ma chère.*«

Mary erstarrte.

Ihr Herz pochte fast schmerzhaft.

»Ich hasse Euch!«

»Das macht nichts«, erwiderte er knapp, mit düsterer Miene, und wandte sich von ihr ab, um mit weit ausholenden Schritten auf sein Pferd zuzugehen.

Auf seine Geste hin saß Geoffrey ab und ergriff Marys Arm. Sie wehrte sich mit Händen und Füßen, doch das berührte ihn nicht. Stephen sprang auf seinen Hengst. Mary gab keuchend und verzweifelt auf, doch das letzte Wort gehörte ihr.

»Ihr seid genau, was man Euch nachsagt«, rief sie. »Ihr kümmert Euch nur um Euch selbst und um Eure Macht. Euer Ehrgeiz kann einem Angst machen.«

Er wendete sein Pferd so brutal, dass es sich aufbäumte, und blickte sie drohend an. Sein Gesicht war hart und kreidebleich.

Dann gab er dem Tier so heftig die Sporen, dass dessen Hufe ihren Füßen gefährlich nahe kamen, doch Mary bewegte sich nicht von der Stelle, wenngleich sie vor Furcht zitterte. Sogar Geoffrey, der sie festhielt, erstarrte und zog sie näher an sich. Der große braune Hengst tänzelte, die riesigen, eisenbeschlagenen Hufe waren nur Zentimeter von ihren Zehen entfernt.

»Mein beängstigender Ehrgeiz ist es, Euch zu heiraten«, erwiderte Stephen schroff und mit funkelnden Augen. »Diese Verbindung wird zustande kommen, Prinzessin, ungeachtet Eurer Abneigung dagegen!«

Mary hatte keine Kraft mehr; mit blutleerem Gesicht fiel sie in Geoffreys Arme, doch ihr Blick haftete an Stephens wutentbrannten Zügen.

Er riss den Hengst herum, gab seinen Männern ein Zeichen, und im nächsten Augenblick fand sich Mary auf Geoffreys Pferd wieder, inmitten einer donnernden Kavalkade und von Neuem in Gefangenschaft.

Mehrere Stunden waren seit Marys misslungener Flucht verstrichen. In Alnwick angekommen, war sie sofort in die Frauengemächer geschickt worden. Trotzdem bekam sie mit, dass kurz nach ihrer Festnahme im Moor eine Gruppe Ritter unter dem stolzen Banner von Northumberland die Burg verlassen hatte. Mary hegte keinen Zweifel, dass der Auftrag dieser Männer mit ihrem Schicksal verbunden war.

Wurden sie nach Schottland geschickt, zu Malcolm? Würde er noch im Laufe dieses Abends über ihren Aufenthaltsort in Kenntnis gesetzt und aufgefordert werden, sie seinem Erzfeind zur Frau zu geben?

War es ihr Schicksal, Stephen de Warennes Gemahlin zu werden?

Mary erschauderte. Die Nacht war pechschwarz, der Wind heulte, als wollte sich ein neuerlicher Sturm ankündigen. Es würde nie geschehen. Malcolm hasste Stephen de Warenne, und entehrt oder nicht, er würde dieser Verbindung niemals zustimmen.

Heiße Tränen sammelten sich unter ihren Lidern. Sie presste die Wange gegen die kühle Steinmauer. Lieber Gott, was, wenn sie bereits schwanger war?

Sie versank in ihrem Kummer, schloss die Augen und versuchte, nicht zu weinen. Sie musste beten, dass sie nicht schwanger war, nicht schwanger wurde; sie durfte gar nicht erst daran denken, ein neugeborenes Baby in den Armen zu halten.

Marys Herz begann, heftig zu schlagen.

Ihre Situation war einer Schachpartie nicht unähnlich. Sie musste seinen nächsten Zug voraussehen und ihm zuvorkommen. Sie wusste, worin dieser nächste Zug bestehen würde: in seinem gnadenlosen Versuch, einen Sohn zu zeugen.

Wenn er das schaffte, würde Malcolm dieser Verbindung womöglich zustimmen. Mary glaubte nicht, dass ihr Vater sie mit einem unehelichen Kind brandmarken ließe.

Sie schlang die Arme um ihren Körper. Zweifellos würde der Bastard sie heute Nacht aufsuchen, also bald, und dies jeden Abend wiederholen, bis sie schwanger war. Nur zu gut erinnerte sie sich an das Gefühl seines unnachgiebigen Körpers.

Würde sie nun, da sie wusste, worum es letztlich ging, in der Lage sein, seinem Liebesdrängen zu widerstehen?

Ihre Nerven waren zum Zerreißen gespannt. Auch die Laute und Geräusche von unten aus dem Saal konnten sie nicht trösten. Offenbar war kurz vor Einbruch der Dunkelheit eine Gruppe fahrender Musikanten eingetroffen; sie unterhielten den Lord und sein Gefolge schon den ganzen Abend lang mit ihren schönen Stimmen, Lauten und Trommeln. Ein- oder zweimal hatte Mary Stephens Lachen gehört; es machte sie wütend.

Er war nicht verdrossen, oh nein. Im Gegenteil, ihm kam die Wendung der Ereignisse sehr zupass.

Lange Zeit stand Mary vor dem mit einer Abdeckung aus Pergament verschlossenen Fenster, an die kühle Steinmauer gelehnt. Unten im Saal wurde es still, und der Druck in ihrem Magen wuchs. Dann kam Isobel ins Zimmer.

Verärgert darüber, benutzt worden zu sein, wollte sie nicht mit Mary sprechen. Mary ihrerseits war zu sehr aus der Fassung, um eine Annäherung zu versuchen. Isobel entkleidete sich und legte sich ins Bett, den ganzen Platz für sich beanspruchend, obwohl sie wusste, dass sie ihn mit Mary teilen sollte.

Draußen prasselte der Regen noch heftiger herunter. Im Turm war es still. Isobel schien fest zu schlafen. Mary unternahm keinen Versuch, die Wachskerzen am Verlöschen zu hindern. Sie lauschte dem schnellen, harten Staccato der Regentropfen, ein Rhythmus, der dem ihres Herzens nahe kam, und versuchte, durch das Trommeln hindurch seine Schritte zu erlauschen. Doch außer dem Regen war kein Laut zu hören.

Mary versuchte, sich als Herrin einer kleinen, einsamen Burg im Norden vorzustellen, wo Schweine und Schafe durch den Saal liefen, und sie stellte sich die Feiertage vor, an denen sich alle großen Clans versammelten, mit ihrem anonymen Gemahl an ihrer Seite, und ihr sank der Mut. Stolz war eine Sünde, aber sie war sich nicht sicher, ob sie den ihren würde aufgeben können. Der Gedanke an eine solche Ehe entsetzte sie einfach. Wesentlich leichter fiel es ihr, sich als die nächste Gräfin von Northumberland vorzustellen. Im nächsten Moment erschrak sie allerdings über sich selbst.

Mary wusste nicht, wie lange sie an dem Fenster gestanden hatte, von Entsetzen, Furcht und Zorn verzehrt. Es war alles seine Schuld. Wie sie ihn hasste!

Plötzlich hörte sie Schritte und erstarrte. Sie erkannte diese täuschend leisen Tritte sofort. Ihr Atem stockte. Langsam wandte sie sich von dem schmalen Fenster ab und starrte in Richtung auf die im Dunkel nicht auszumachende Tür.

Nur zu gut erinnerte sie sich an das unglaubliche Verzücken, das sie in seinen Armen verspürt hatte. Nur zu gut erinnerte sie sich an die Zärtlichkeit seiner Hände, an seine köstlichen Berührungen. Nur zu gut erinnerte sie sich an das Gefühl, ihn in sich zu spüren ...

Ihre Knie wurden weich.

Aber er kam nicht.

Viele lange, unendliche Minuten verstrichen. Er kam nicht.

Mary redete sich ein, nicht enttäuscht zu sein. Sie regte sich nicht, konnte es nicht, bis sie die Kontrolle über ihre Sinne und ihre Gliedmaßen wiedergewonnen hatte. Schließlich stolperte sie ausgelaugt durch den Raum auf das Bett zu, das sie mit Isobel teilen sollte. Von der Ausweglosigkeit ihrer Situation überwältigt, legte sie sich an den Rand.

Dämonen tauchten aus der Nacht auf, Dämonen der Einsamkeit, der Hoffnungslosigkeit, der Furcht. Dämonen des Begehrens. Sie rollte sich zusammen, presste die Beine aneinander und eine Faust auf den Mund. Wie konnte sie sich nur gleichzeitig fühlen wie ein Kind in Isobels Alter, das verloren und verzweifelt den Weg nach Hause suchte, und wie eine erwachsene Frau, die vor Verlangen nach einem Mann fast zu sterben meinte?

Nun endlich weinte sie leise.

Irgendwann schlief sie vor Erschöpfung ein. Ihre letzten Gedanken kreisten um eine schäbige kleine Burg voller Schafe und Schweine und um ihren Bewacher Stephen de Warenne, der dort eigentlich nichts zu suchen hatte.

»Du hast offenbar keine gute Nacht verbracht, Bruder«, bemerkte Brand, als er den großen Saal betrat.

Stephen hatte in der Tat keine gute Nacht verbracht; der Schlaf hatte sich nicht einstellen wollen. Er saß nicht an dem langen Tisch, sondern auf einem Stuhl vor dem Feuer.

»Wieso bist du nicht mit den anderen in der Kapelle?«, fragte er unwirsch.

»Ich halte mich an dein Beispiel.« Brand grinste und lehnte sich lässig an die Wand. »Außerdem muss ich heute Morgen nach London zurück, wie du weißt.«

»Sag nichts über die Prinzessin«, befahl Stephen. »Wenn Rufus dich fragt, kannst du sagen, du hättest Alnwick verlassen, bevor wir ihre Identität erfuhren.«

Brand nickte grimmig.

»Es wird das Beste für mich sein, Abstand zu halten. Du schickst also Geoffrey zu Vater mit der Nachricht von der Gefangennahme der Prinzessin?«

»Ja, er wird mit dir reisen.«

Stephen stützte den Kopf in die Hände. Heute war er körperlich müde, ein ganz anderes Gefühl als der Überdruss, den er so oft in seiner Seele spürte.

Doch auch dieser Überdruss schien über Nacht gewachsen zu sein.

Er seufzte.

»Sei vorsichtig«, riet er seinem Bruder.

Da Brand dem Gefolge des Königs angehörte, war es für ihn wichtig, diesem die Treue zu halten, ohne die Interessen Northumberlands zu gefährden.

Das bedeutete für ihn wie für alle loyalen Männer einen gefährlichen Balanceakt.

Deshalb wollte Stephen, dass Brand seine Kenntnis von den Ereignissen der letzten Tage für sich behielt. Geoffrey würde ihren Vater über Marys Gefangennahme informieren, und Rolfe würde dann tun, was er für das Beste hielt.

»Mach dir keine Sorgen«, sagte Brand. Seine Bittermiene war verschwunden. »Vater wird sicher auch denken, dass die Heirat mit der Prinzessin für dich wesentlich besser ist als eine Ehe mit der Erbin von Essex. Und wenn jemand den König überreden kann, dann er.«

»Diesbezüglich mache ich mir keine großen Gedanken, obwohl Rufus äußerst schwierig sein kann«, erwiderte Stephen, dessen Lippen beim Gedanken an den König schmal wurden.

»Was ist los, Stephen?«, fragte Brand leise.

Stephen blickte seinem jüngsten Bruder in die Augen.

»Sie treibt mich zum Wahnsinn«, antwortete er ebenso leise.

»Das dachte ich mir.« Brand tätschelte lächelnd seinen Arm. »Hab keine Angst. Du wirst sie in kürzester Zeit in deinem Bett haben – so oft, wie du willst.«

»Das ist lediglich die eine Seite«, murrte Stephen. »Hast du gemerkt, wie sehr sie mich hasst?«

»Im Bett hasst sie dich doch wohl offenbar nicht, wage ich zu behaupten.«

»Aus irgendeinem Grund beruhigt mich dieser Gedanke kaum.«

»Über kurz oder lang wird sie dich auch mit dem Kopf akzeptieren. Weil sie gar keine andere Wahl hat.«

»Aber sie hat das Ehrgefühl eines Mannes! Ich habe noch nie eine Frau sprechen gehört wie sie. Sie glaubt, sie habe gegen ihren König gefehlt!«

»Das habe ich gehört«, räumte Brand ein. »Und ich muss zugeben, das ist in der Tat höchst ungewöhnlich.«

Ein Schatten wanderte über Stephens Züge.

»Ich bin es müde, heimliche Schlachten zu kämpfen, Bruder. Ich habe Intrigen so satt. Letzte Nacht kam es mir in den Sinn – ich entscheide mich dafür, nicht eine Gefährtin zu ehelichen, sondern einen hasserfüllten Feind.«

»Wenn sie ihr Eheversprechen gibt, wird sich das ändern, Stephen.«

»Glaubst du?«, fragte er. »Oder wird sie auf ewig eine Schlange in unserer Mitte sein?«

»Würdest du deine Einstellung ändern?«, fragte Brand ruhig.

Stephen warf mit einem harschen, bitteren Laut den Kopf in den Nacken.

»O nein! Ich schätze den Frieden, den sie vielleicht eines Tages bringt, weit mehr als den Reichtum durch Adele Beauforts Mitgift. Aber beim Blut unseres Herrn, Brand, ich bin müde.«

Brand musterte seinen Bruder voller Mitgefühl.

»Du bist Vaters Erbe«, sagte er schließlich. »Du musst deine Pflicht tun. Die schottische Prinzessin zu heiraten ist das beste Bündnis, das du für Northumberland schmieden kannst.«

Unerwähnt ließ er, dass die Erfüllung dieser Pflicht eine Art Strafe nach sich zog.

Müde zu sein oder ein wundes Herz zu haben hatte wenig mit seiner eigentlichen Verantwortung zu tun.

»Ich weiß, dass du recht hast«, sagte Stephen schließlich mit einem flüchtigen, matten Lächeln. Seine größte Befürchtung hatte er für sich behalten: dass Mary, wenn sie ihren Standpunkt beibehielt, immer eine widerspenstige Gemahlin sein würde. Zu gut nur erinnerte er sich daran, wie es war, der Gnade mächtiger Männer und widrigen Umständen ausgeliefert zu sein – daran, wie es sich anfühlte, ohnmächtig und eine Geisel zu sein.

Mary wachte erst nach Sonnenaufgang auf. Isobel war verschwunden; sicher war sie früh aufgestanden, um in der Familienkapelle zur Morgenmesse zu gehen. Mary fühlte sich schuldig. Sie brauchte Gottes Beistand, und es würde ihr nicht guttun, dauernd die Messe zu versäumen.

Sie konnte nicht länger in diesem Gemach bleiben. Sie konnte nicht länger mit Gedanken wie jenen allein bleiben, die sie in der vergangenen Nacht gehegt hatte.

Mary hatte in ihren Kleidern geschlafen, und nun wusch

sie sich so schnell es ging mit einem dafür bereitstehenden Krug Wasser und bürstete sich die Haare aus. Auf dem Weg zur Treppe hörte sie von unten bereits viele Stimmen; die Familie und das ganze Gefolge strömten in den Saal zum Frühstück.

Mary hob das Kinn, ihre Augen blitzten. Der Schlaf der letzten Nacht hatte ihr sehr gutgetan. Es würde auch gut sein, Stephen gegenüberzutreten, ja sogar, herausgefordert zu werden. Wesentlich besser jedenfalls, als allein im Gemach zu bleiben und über eine dunkle, trübselige Zukunft nachzudenken oder den blutigen Krieg, der über ihr Schicksal bestimmen würde.

Sie ging die Treppe zum Saal hinunter. Der Mann, der sie gefangengesetzt hatte, war noch nicht am Tisch, obwohl bereits viele seiner Untertanen ihre Plätze eingenommen hatten. Er stand an der Feuerstelle, die so riesig war, dass die Einfassung ihm bis ans Kinn reichte. Als er sie hörte, drehte er sich um und fixierte sie mit seinem dunklen Blick. Mary blieb stehen, unfähig, diesem Blick auszuweichen.

Stephen kam auf sie zu. Er trug eine eng sitzende schwarze Hose und wadenhohe Stiefel mit Sporen, einen dunkelbraunen Rock und darüber einen schwarzen Wappenrock. Beide Tuniken waren an Saum, Ärmeln und Ausschnitt mit kleinen, gestickten Bändern in Schwarz und Gold eingefasst. Seine Kleidung war aus fein gewebter, teurer Wolle, aber bis auf den schwarzen, breiten Ledergürtel und die goldene, mit wenigen, kostbaren Edelsteinen besetzte Schließe außerordentlich schlicht.

Es war Mary schon vor einiger Zeit aufgefallen, dass er sein Aussehen nicht allzu wichtig nahm. Die Kleidung lenkte nicht vom Träger ab, man achtete nicht auf das Äußere, sondern allein auf die Person.

Er blieb vor ihr stehen.

»Guten Tag, Mademoiselle. Ich bin erleichtert, dass Ihr beschlossen habt, Euch uns zum Frühstück anzuschließen.«

»Ich bin nicht gern eingesperrt«, entgegnete Mary knapp. »Niemand ist gern eingesperrt.« Er ergriff ihren Arm. Mary wich vor ihm zurück, ließ sich aber zum Tisch geleiten. »Ihr wart nicht eingesperrt. Warum habt Ihr Euch gestern Abend geweigert, zum Abendessen nach unten zu kommen?«

Mary wirkte angespannt.

Er war verstimmt, verbarg es jedoch unter förmlicher Höflichkeit.

»Ich hatte keinen Hunger, Normanne, könnt Ihr das nicht verstehen?«

Er schwieg eine ganze Weile. »Wie ich sehe, hat die Nachtruhe Eure Haltung kaum verändert«, stellte er schließlich fest.

»Dachtet Ihr, eine einzige Nacht würde mich veranlassen, meine Meinung zu ändern?«

»Ich hatte gehofft, Ihr würdet die Unausweichlichkeit unserer Verbindung erkennen.«

»Sie ist nicht unausweichlich«, fuhr Mary ihn an.

»Seid Ihr sicher?«, fragte er zurück.

Mary spürte, wie ihre Wangen heiß wurden. Sein Blick war über sie geglitten, er hatte sie ungeniert mit den Augen ausgezogen. Seine große, warme Hand hielt ihren Unterarm fest. Die Luft zwischen ihnen vibrierte.

»Kein Mensch kann sich seinem Schicksal entziehen«, sagte Stephen leise.

Mary versuchte, sich ihm zu entziehen, aber es war vergeblich. »Ihr seid nicht mein Schicksal. Wie anmaßend von Euch, so etwas zu glauben!«

Er starrte sie an, sein Blick war dunkel, rätselhaft und aufdringlich. Mary musste sich abwenden; sie errötete vor Wut.

»Wenn Ihr glaubt«, sagte sie leise, als sie endlich ihre Sprache wiedergefunden hatte, »dass meine Kapitulation vor Euch im Bett ein Fingerzeig des Schicksals ist, dann seid Ihr schlichtweg verrückt!«

»Ich denke, dass Ihr vielleicht vergessen habt, wie es ist, unter mir zu liegen«, sagte er langsam und beobachtete sie dabei genau.

Mary war empört.

Sie hatte weder sein Verhalten im Bett noch ihr eigenes vergessen. Dieses Mal schaffte sie es, sich aus seinem Griff loszureißen.

»Dass Ihr in einer solchen Art und Weise mit mir sprecht ...«

»Ich sage die Wahrheit. Ich habe nicht vergessen, wie Ihr Euch anfühlt, Mary, und auch nicht, wie Ihr schmeckt«, sagte er in einem leisen, intimen Tonfall.

Mary stand ganz still. Sie erinnerte sich daran, wie seine Lippen ihre Schenkel liebkost hatten – gefährlich nahe der Stelle ihrer Vereinigung.

Er lächelte.

»Bald werde ich Euch mit weit mehr als nur Worten an Euer Schicksal erinnern«, versprach er ihr.

Sie atmete schwer und fragte sich, was ihn wohl davon abgehalten hatte, sie letzte Nacht mit in sein Bett zu nehmen. Es ergab keinen Sinn.

»Kommt«, sagte er in einem verführerischen Ton. »Genug des Gezänks.«

Mary zwang sich dazu, klare Gedanken zu fassen. Sie ließ sich von ihm zu der Tafel auf dem Podest führen und nahm als sein Ehrengast an seiner Seite Platz.

»Gefangene essen doch sicher mit den Gemeinen«, sagte sie schließlich in einem matten Versuch, ihn gegen sie aufzubringen.

»Ihr seid nicht nur von königlichem Geblüt, sondern Ihr werdet auch bald meine Braut sein und dementsprechend behandelt«, erwiderte Stephen gelassen. Er bot ihr einen Laib warmes weißes Brot und kalten Braten vom Vorabend auf einem Tranchierbrett an.

Mary bekam vom Essen und seinem Tun kaum etwas mit.

Geoffrey hatte sich auf der anderen Seite neben sie gesetzt und engte ihre Bewegungsfreiheit ein. Sie berührte Stephen zwar nicht direkt, doch sie spürte die Wärme seines Oberschenkels an ihrem.

»Ich habe Euch bereits gesagt, dass mein Vater mich Euch niemals geben wird«, sagte sie heiser. »Er liebt mich zu sehr, um mich zu opfern.«

Er warf ihr einen langen, gedankenvollen Blick zu.

»Tut er das? Wirklich?«

Mary versteifte sich.

Seinem Ton nach zu urteilen bezweifelte Stephen ihre Worte, und das ärgerte sie.

»Jawohl! Denkt also an meine Worte, Normanne, damit Ihr Euch später erinnert, wer recht hatte und wer nicht.«

Seine Augen funkelten. Mary merkte, dass sie sich in ihrer Wut zu ihm gebeugt hatte, und zuckte sofort zurück. Das Leuchten in seinen Augen hatte nichts mit Zorn zu tun; es war vielmehr Lust.

Wieso war er letzte Nacht nicht zu ihr gekommen?

»Glaubt Ihr noch immer, Ihr könntet mich besiegen?« Er hielt einen Dolch in der Hand, eine lange, tödliche Waffe, die nicht gut zum Essen taugte. Mit einer Bewegung, die so schnell war, dass sie nicht folgen konnte, schnitt er ein Stück Brot ab und bot es ihr an.

»Wenn das nur möglich wäre«, antwortete sie und ließ ihren Blick zwischen seinem Gesicht und dem Messer hin und her wandern. Wie konnte sich ein so großer Mann mit solcher Anmut bewegen? War sie vielleicht die Verrückte, da sie glaubte, gegen ihn ankämpfen zu können?

»Ihr werdet mich nicht besiegen, Demoiselle, sondern höchstens uns beide ermüden. Unnötigerweise. Kommt, nehmt, was ich Euch anbiete.«

Mary schaute von seinen schön geformten Lippen zu dem Brot, das er auf seinen Dolch aufgespießt hatte und ihr darbot. Sie weigerte sich, es anzunehmen, wie sie sich auch weigerte, ihn zu akzeptieren. Aber, liebe Mutter Gottes, er machte ihr Angst; er war so machtvoll, sie konnte sich nicht wirklich vorstellen, dass er nicht bei allem, wozu er sich entschloss, Erfolg haben würde. Und nun schien er entschlossen, sie zu heiraten.

Aber Malcolm war ebenfalls mächtig. Mary schauderte bei dem Gedanken an das Treffen, das bald zwischen den beiden Männern stattfinden musste, eine feindselige Begegnung, die sehr wahrscheinlich in einer gewalttätigen Auseinandersetzung enden würde.

Was würde danach mit ihr geschehen?

»*Ich werde dich trotzdem heiraten, ma chère*«, hatte er gesagt.

Eine plötzliche Hoffnungslosigkeit überkam Mary.

»Könnt Ihr Euch nicht mit einem Lösegeld zufriedengeben?«, hörte sie sich sagen.

Stephen antwortete nicht sofort. Er hielt ihr erneut den Dolch entgegen, dieses Mal mit einem Stück kalten Fasans. Mary blickte ihm in die Augen. Er behandelte sie, wie er seine Verlobte, seine Braut oder seine Gemahlin behandeln würde. Schlimmer noch als seine so galante wie verwirrende Ritterlichkeit empfand sie die Intensität der Gefühle, die sie dahinter spürte und die sich in seinen dunklen Augen zeigte. Wie konnte sie ihn jemals überlisten, wenn er sie dermaßen leicht aus der Fassung brachte?

Stephen seufzte und legte das Stück Fasan beiseite.

»Nein, das werde ich nicht. Ich kann es nicht.«

Mary starrte ins Leere. Seine Worte standen zwischen ihnen. Sie spürte ihre Bedeutung, doch sie fürchtete sich davor, sie zu begreifen. Es lag ihm also sicher nicht wenig an ihr. Für einen kurzen Augenblick wagte sie es, sich unerlaubten Träumen hinzugeben.

Sie schüttelte sich, um sich von diesem Moment der Verrücktheit zu befreien.

»Ihr werdet einen Krieg beginnen.«

Stephen hielt das Messer an ihre Lippen. Marys Worte erstarben. Die Klinge war lang und scharf. Noch ehe sie es richtig mitbekam, war der Fasan in ihrem Mund, und sie kaute – und er hatte sie nicht verletzt. Dann spießte er ein Stück Lammfleisch auf.

»Ich habe nicht vor, einen Krieg zu beginnen«, murmelte er. »Ich habe lange für diesen Frieden gearbeitet.«

Mary verschluckte sich fast, als sie das hörte.

Stephens Blick verdunkelte sich.

»Was ist so amüsant, Demoiselle?«

»Als ob Ihr das nicht wüsstet!«, platzte sie heraus. »Ihr – ein de Warenne – an Frieden interessiert! Ihr müsst mich wirklich für vollkommen töricht halten.«

Er musterte sie.

»Was glaubt Ihr denn, was mich interessiert? Abgesehen von Eurem schönen Körper?«

Mary errötete. Er war gefährlich gereizt. »Warum wollt Ihr, dass ich sage, was die ganze Welt ohnehin weiß?«

»Sprecht.« Sein Lächeln blitzte gefährlich auf. Auch sein Messer blitzte, als er das Lammfleisch den Hunden vorwarf, die knurrend darüber herfielen. »Was weiß die ganze Welt über Stephen de Warenne? Was wisst Ihr?«

Mary zitterte. »Ich weiß von Eurem Ehrgeiz«, antwortete sie schließlich, unfähig, der Versuchung zu widerstehen.

Seine Augen wurden schwarz.

»Ah, mein beängstigender Ehrgeiz.«

»Er ist beängstigend! Denn er beherrscht Euer ganzes Tun. Ich weiß, dass der Frieden Euer letztes Anliegen ist, und dass Ihr, wenn Ihr es könntet, Euren Sohn auf den Thron meines Vaters setzen würdet!«

Stephen jagte den Dolch in die Tischplatte und sprang auf. Die Klinge zitterte, im Saal wurde es still. Mary wurde bleich, doch sie hielt stand. Jahrelang hatte ihr Vater Northumberland beschuldigt, noch mehr von Schottland zu begehren, als es ohnehin bereits besaß. Sie hatte nur die Wahrheit gesagt.

»*Unser* Sohn!«, erklärte Stephen mit funkelndem Blick. »Es wird nicht mein Sohn sein, sondern unserer.«

Mary konnte sich nur die trockenen Lippen befeuchten. Er war wirklich beängstigend.

»Ihr seid nicht so klug, wie Ihr meint, Demoiselle«, fuhr er über sie gebeugt fort. »Ich will Euer erbärmliches Land nicht, das ohnehin nur von Dutzenden sich bekriegender Clans bevölkert ist. Ich will lediglich Frieden.«

Mary enthielt sich klug jeder spöttischen Bemerkung.

»Aber es ist mir gleichgültig, was Ihr denkt, jetzt wie auch später, wenn Ihr meine Gemahlin seid.«

Sie schaffte es, vor seinem wutentbrannten Blick nicht zurückzuschrecken. Er verließ das Podest und rief nach seinem Verwalter. Mary beobachtete, wie der Mann herbeieilte, und einen Augenblick später hatte Stephen mit ihm den Saal verlassen.

Jetzt erst begann sie zu zittern und ließ sich wie erschöpft auf ihren Stuhl zurücksinken. Was hatte sie gepackt, dass sie ihn dermaßen beschuldigte? Sie zweifelte nicht an seinem Ehrgeiz, doch ihm diesen vorzuhalten, bedeutete, Unheil heraufzubeschwören.

»Mit einem hübschen Lächeln und einer gewinnenden Art werdet Ihr bei ihm viel erreichen, Prinzessin. Ihn wütend zu machen ist sicher unklug.«

Mary wandte sich Geoffrey zu.

»Warum wollt ihr ihn an seine Grenzen treiben?«, fragte der Erzdiakon ernst, aber nicht unfreundlich.

Sie starrte ihn entgeistert an.

»Ehrlich gesagt, ich weiß es selbst nicht.«

»Vielleicht solltet Ihr daran denken, dass Stephen immer erreicht, was er sich vornimmt. Dass Ihr seine Gemahlin werdet, weil er noch nie so entschlossen war. Da Ihr das wisst, Prinzessin, und da Ihr keine Närrin seid, warum hört Ihr nicht auf, Zwietracht zu säen?«

Mary blickte auf Stephens Dolch, der senkrecht in der

Tischplatte steckte. Die meisten Frauen würden die Torheit solchen Trotzes und die Unumgänglichkeit dieser Heirat anerkennen und sich entsprechend verhalten. Aber sie war nicht wie die meisten Frauen.

»Wie kann ich das tun?«, flüsterte sie, endlich Geoffreys Blick erwidernd. »Wenn ich weiß, dass mein Vater, mein König, meine Loyalität fordert?«

Geoffrey bekam schmale Lippen.

Ein Alarmsignal ertönte und unterbrach sie.

Mary erschrak. Geoffrey, Brand und die vielen Gefolgsleute im Saal standen sofort auf. Das Hornsignal konnte nur eine Warnung vor Gefahr sein; nun folgte ihm auch noch das wilde Läuten der Kapellenglocke.

»Auf die Mauern!«, rief Brand.

Die Männer rannten aus dem Saal. Mary blieb reglos sitzen. Isobel wurde in die oberen Gemächer gebracht, um das Ende der Krise abzuwarten, wie es Frauen geziemte. Doch sie sträubte sich.

»Ich will mit meinen Brüdern gehen«, rief sie. »Ich bin alt genug, und ich will wissen, was los ist!«

»Du wirst sofort mit mir kommen, junge Lady!«, schimpfte Edith, ihr Kindermädchen, und gab ihr eine schallende Ohrfeige.

Mary traf eine rasche Entscheidung. Sie rannte quer durch den Saal, die Schreie der Frauen hinter ihr ignorierend, und hinter den Männern her.

Die Röcke bis zu den Knien gerafft, hetzte sie schnell wie ein Reh über den Burghof und erreichte die Mauer gerade, als Stephen und seine Brüder ansetzten, die Treppe zum Wachturm hinaufzusteigen. Mary folgte ihnen.

Es herrschte ein solches Chaos, dass sie zunächst gar nicht bemerkt wurde. Doch plötzlich drehte sich Stephen auf der steilen Treppe um. Als er sie sah, riss er vor Schreck die Augen auf.

Mary ließ sich nicht aufhalten.

»Jesus! Gerard, bring die Prinzessin in den Wohnturm, sofort, und sieh zu, dass sie auch dort bleibt«, brüllte er. Dann verschwand er aus ihrem Blickfeld.

Starke Hände packten Mary von hinten und hoben sie hoch. Sie schrie und kämpfte wie wild, doch umsonst; man trug sie über den Hof zurück in den Saal, brachte sie nach oben, wo die Frauen alle versammelt waren, und setzte sie dort abrupt ab.

Sie war wütend. Doch ein Blick in das unbewegte, ärgerliche Gesicht des Ritters sagte ihr, dass sie verloren hatte. Keuchend wandte sie sich den Frauen zu, die alle, sogar Isobel, schockiert auf sie starrten.

»Das ist Malcolm«, rief Mary. »Malcolm Canmore, der König von Schottland, ist endlich da, um mich zu befreien!«

8

Ohne Malcolm Canmores weiße Flagge hätte Stephen mit seinen Rittern niemals die unbezwingbaren Mauern von Alnwick verlassen, so wenig vertraute er diesem Mann. Als er nun an der Spitze seiner Männer durch das Vorwerk der Burg ritt, das Banner der Rose über ihnen im Wind flatternd, spürte er Erregung in sich aufsteigen. Auf diesen Moment hatte er gewartet, seit er die Wahrheit über Mary in Erfahrung gebracht und beschlossen hatte, sie zu seiner Gemahlin zu machen.

Größte Vorsicht war geboten, denn es stand unglaublich viel auf dem Spiel. Er musste Malcolm überzeugen, ihm seine Tochter zur Braut zu geben. Endlich schimmerte der Frieden wie ein feiner Silberstreifen am Horizont, der bislang blutrot gefärbt war, und nichts würde ihn aufhalten, ihn durchzusetzen.

Malcolms Erscheinen kam nicht überraschend. Stephen hatte den schottischen König erwartet, und seine Männer waren auf das Schlimmste vorbereitet. Hinter ihm ritten zwei Dutzend seiner besten Ritter in voller Rüstung und schwer bewaffnet.

Dahinter standen die Armbrustschützen von Alnwick schussbereit auf den Mauern für den Fall, dass der Schotte mit seiner Armee eine List im Sinn haben sollte.

Geoffrey und Brand ritten neben Stephen.

Malcolm Canmore erwartete ihn auf der anderen Seite des Burggrabens an der Spitze einer Streitmacht von mehreren hundert Kämpfern. Nur ein Drittel der Männer war beritten, der Rest war Fußvolk; doch alle waren kampfbereit mit Schwertern, Äxten, Pfeil und Bogen ausgerüstet. Als Stephen mit seinen Leuten über die Brücke ritt, lösten sich Malcolm und drei weitere Reiter von der Armee und kamen ihm langsam entgegengeritten.

Stephen war vor zwei Jahren in Abernathy dabei gewesen, als Malcolm König Rufus die Treue gelobte. Jahre zuvor hatte Malcolm auch schon Rufus' Vater Wilhelm dem Eroberer Gefolgschaft geschworen und sein Wort dann immer wieder gebrochen. In Abernathy hatte er sich William Rufus nur deshalb verpflichtet, weil er bei einem neuerlichen Versuch, seine Grenze nach Süden vorzuschieben, eine empfindliche Niederlage hatte einstecken müssen. Er war ein scharfsinniger und verschlagener Mann, dem man nicht vertrauen durfte.

Stephen hatte eingehend darüber nachgedacht, wie er bei dieser Auseinandersetzung mit Malcolm vorgehen sollte. Er war zwar entschlossen, die Prinzessin zu heiraten, doch dazu brauchte er nicht nur Malcolms Zustimmung, sondern auch die seines Vaters und die seines Königs – und die würde er erst erhalten, nachdem Geoffrey in London mit Rolfe und dieser wiederum mit Rufus gesprochen hatte. Insofern war Stephens Lage ziemlich prekär. In dieser Situation über seine Heirat zu verhandeln bedeutete, sich eine Autorität anzumaßen, die er nicht besaß. Wenn er aber sein Ziel erreichen und Mary zu seiner Gemahlin machen wollte, hatte er kaum eine andere Wahl.

Er war darauf vorbereitet, Malcolm anzubieten, was immer dieser forderte, und machte sich um seinen Vater keine Sorgen. Er ging davon aus, dass der Graf mit dieser plötzlichen Wendung der Ereignisse mehr als einverstanden sein würde.

Anders lag die Sache bei König William Rufus.

Würde Rolfe den König überreden können? Beim Gedanken an Rufus verhärtete sich Stephens Miene und sein Blick verdunkelte sich. Er war ein pflichtgetreuer Vasall, was jedoch nicht bedeutete, dass er den König mochte; er hatte ihm den Verrat, der schon so viele Jahre zurücklag, nicht verziehen. Irgendwo tief in seiner Seele war der kleine, einsame Junge von damals noch in ihm lebendig. Rufus hatte sich in den siebzehn Jahren nicht geändert, die seit Stephens Geiselhaft am Königshof vergangen waren. Er war hinterhältig, er war gerissen, er war despotisch. Häufig handelte er aus einer Laune heraus, nur auf seinen Vorteil und seine Befriedigung bedacht.

Stephen konnte nicht sicher sein, dass William Rufus seiner Eheschließung zustimmen würde. Der König mochte eine perverse Freude daran empfinden, die Pläne der de Warennes zu durchkreuzen – und was noch wahrscheinlicher war, Stephens Vorhaben zu unterlaufen. Oder er könnte verständlicherweise zögern, Northumberland mit seinem tödlichsten Feind im Norden zu vereinen.

Die beiden Reitergruppen hielten an. Stephen hatte Brand und Geoffrey an seiner Seite; der Erzdiakon wirkte mit seinen Kreuzen und der dunklen Robe auf diesem Schlachtfeld merkwürdig fehl am Platz. Malcolm saß auf einem herrlichen, kastanienbraunen Hengst, umgeben von drei Männern, in denen Stephen seine Söhne erkannte.

Er bewegte sein Pferd vorwärts.

Stephen tat es ihm nach. Das zerfurchte Gesicht des schottischen Königs war hart wie Granit, doch seine blauen Augen sprühten vor Hass.

»Was verlangst du, Schweinehund?«

»Keine Formalitäten?«, fragte Stephen zurück.

»Lass dein Gespött! Als du meine Tochter entführtest, warst du auch nicht auf Formalitäten bedacht, Bastard!«

Stephen zuckte mit keiner Wimper. Dass seine Feinde ihn noch immer einen Bastard nannten, war zu erwarten. Die Umstände seiner Geburt waren nun einmal nicht mehr zu ändern. Es war nicht angenehm, doch er hatte schon als Junge gelernt, solche Beleidigungen zu ignorieren.

»Als ich Eurer Tochter begegnete, war sie schäbig gekleidet und erzählte mir, *sie* sei ein Bastard, nämlich der Bastard eines kleinen Lords aus dem Norden.«

Die Bemerkung brachte Malcolm einen Moment lang aus der Fassung.

Doch er erholte sich rasch.

»Beim Blut unseres Herrn! Sie war schon immer verdammt originell! Was willst du von mir, de Warenne?«

»Eine Braut.«

Die Männer ihm gegenüber erstarrten alle vor Verblüffung – bis auf Malcolm.

Die Augen des Königs funkelten. Dann griff einer von ihnen nach dem Schwert, doch noch ehe er es aus der Scheide ziehen konnte, hatte Brand das seine bereits in der Hand, Geoffrey schwang plötzlich einen Streitkolben, und alles ging so schnell, dass es aussah wie ein einziges Aufblitzen glänzenden Metalls. Edgar schrie: »Spießt ihn auf!«, woraufhin beide Armeen zu den Schwertern griffen; die Ebene hallte wider vom Klang von hundert Klingen, die gleichzeitig aus hundert Scheiden gezogen wurden.

Nur Malcolm und Stephen ließen ihre Waffen stecken, wenngleich sie beide die Hand am Schwertknauf hatten. Beiden stand der Schweiß auf der Stirn. Die Spannung zwischen den Parteien war greifbar; sie schien sich über das gesamte Moor zu erstrecken. Niemand bewegte sich, niemand wagte zu atmen, und Stephen wusste, wenn jemand auch nur einen Finger rührte, würden die beiden Lager sofort übereinander herfallen.

»Frieden!«, erklärte Stephen entschlossen. »Ihr kommt in Frieden, ich möchte in Frieden mit Euch sprechen.« Natürlich steckte niemand daraufhin das Schwert wieder ein, doch ein Teil der Spannung schien sich zu verlieren.

»Es war nicht gerade friedvoll von dir, meine Tochter zu entführen«, spottete Malcolm. »Unter diesen Umständen von Frieden zu reden ist leicht, nicht wahr?«

»Wie ich sagte, sie war gekleidet wie eine Leibeigene, sie

verstellte sogar ihre Sprache und ihr Benehmen, und sie hatte die Stirn, mir zu sagen, ihr Name sei Sinclair.«

»Vielleicht töte ich dich so oder so – Hurensohn«, zischte Malcolm.

Seine Augen funkelten.

Stephen sprach sofort weiter, denn es war klar, dass Malcolm mehr daran interessiert war, gegen ihn zu kämpfen, als über seine Tochter zu sprechen.

»Womöglich können wir beide aus dieser Situation großen Gewinn ziehen!«

»Das Einzige, was ich will, hast du«, erwiderte Malcolm mit einem eisigen Lächeln. »Dein Leben und dein Erbe.«

Stephen fasste den Zügel fester. Sein Hengst vermittelte eine unmerkliche Botschaft, er begann zu tänzeln und machte sich bereit. Doch Stephen wollte einen Kampf unbedingt vermeiden. Sein Ziel war unverändert, er wollte Malcolms Einwilligung, um Mary zur Frau zu nehmen, und dafür würde er tun, was er tun musste, und sagen, was er zu sagen hatte.

»Lasst uns diesen ewigen Krieg beenden. Lasst uns an die Zukunft denken. Lasst uns unsere Familien ein und für allemal vereinen. Gebt sie mir zur Gemahlin. Und eines Tages wird ihr Sohn Northumberland regieren.«

Malcolm stieß einen schauerlichen Kriegsschrei aus, erhob sein Schwert und stürmte auf Stephen ein. Ihre schweren Streitrösser trafen aufeineinander. Das mächtige, mit beiden Händen geführte Breitschwert krachte laut auf Stephens rasch hochgerissenen Schild. Sofort holte Malcolm von Neuem aus, und wieder wehrte Stephen den wuchtigen Schlag mit seinem Schild ab, ohne einen Versuch, selbst zur Waffe zu greifen.

Der harte Klang aufeinanderschlagenden Metalls hallte über das Moor; die Männer der beiden Schlachtreihen standen angespannt bereit. Erbarmungslos wieder und wieder das Schwert schwingend, trieb Malcolm seinen Gegner zurück. Wäre Stephen nicht einer der berühmtesten Kämpfer im ganzen Land gewesen, wäre er nur ein wenig schwächer gewesen, er hätte diesen mächtigen, unbarmherzigen Schlägen nicht widerstehen können. Ein solcher Schlag, mit Erfolg geführt, hätte seinen Körper zweigeteilt; Malcolm wollte ihn unverkennbar töten. Wäre es um Stephens Tochter gegangen, er hätte ebenso versucht, den, der ihre Unschuld geraubt hatte, zu ermorden. Doch er wusste, dass Malcolm ihn aus einem ganz einfachen Grund umbringen wollte – weil er ihn hasste.

Allmählich wurden die Ausfälle des Schotten langsamer, als würde das riesige Schwert, das er führte, immer schwerer. Stephens Arme, Schultern und Rücken schmerzten wegen der immensen Wucht der Schläge seines Kontrahenten; sogar seine Hände taten weh, weil er den Schild so fest halten musste. Schweiß behinderte seine Sicht; aber auch Malcolm war schweißüberströmt und sein Gesicht vor Anstrengung dunkelrot. Schließlich versuchte der König von Schottland vergebens, sein Schwert hochzureißen, und ließ es dann sinken.

»Kämpfe, du verdammter Bastard!«

»Ich kämpfe nicht. Denkt nach, Malcolm Canmore, denkt nach! Opfert Eure Weisheit nicht Eurer Leidenschaft. Wir können unsere Familien zum Vorteil für beide vereinen.«

Malcolm keuchte schwer.

Stephen zuckte trotz der heftigen Schmerzen in den Armen mit keiner Wimper und schob seinen Schild auf die Schulter zurück.

Er wischte sich den Schweiß nicht von der Stirn und zeigte auch nicht, dass ihn das Luftholen anstrengte.

»Schon jetzt«, sagte er, »verlangt die Ehre, dass ich Eure Tochter heirate.«

Dieses Eingeständnis überraschte Malcolm nicht, und das hatte Stephen auch nicht erwartet. Offenbar war der Schotte davon ausgegangen, dass seine Tochter bereits entehrt war.

»Sie ist verlobt«, erklärte er schließlich, immer noch außer Atem.

Eine grimmige Befriedigung regte sich in Stephen. Dass Malcolm sich gesprächsbereit zeigte, war ein kleiner Sieg.

»Verlobungen kann man eingehen und auch wieder lösen«, erklärte er.

»Vater!«, rief jetzt Malcolms ältester Sohn Edward mit zornesrotem Gesicht. »Bevor dies noch weiter geht, lass uns Mary sehen, damit wir wissen, ob sie unversehrt ist – und lebendig!«

Im Stillen applaudierte Stephen dem jungen Mann für die Besorgnis um seine Schwester.

»Möchtet Ihr Eure Tochter sehen?«, fragte er Malcolm.

Malcolm nickte. »Holt sie her.«

Stephen musste kein Wort sagen, er blickte lediglich über die Schulter. Geoffrey hatte bereits gewendet und galoppierte auf die Zugbrücke zu, die für ihn heruntergelassen wurde.

Die Stille lastete schwer, und die Zeit zog sich schier endlos hin. Pferde scharrten nervös und wieherten. Sattelleder knarrten. Ein leichter Wind strich um die Köpfe der Männer. Stephen erwiderte Malcolms harten Blick und spürte, wie sehr dieser Mann ihn hasste und wie sehr er diese Konfrontation genoss.

Nach einer geraumen Weile warf Stephen einen Blick auf Brand und dann über seine Schulter. Kein Zeichen von Geoffrey und Mary.

Wo waren sie? Aus seiner Ungeduld wurde Besorgnis.

Hatte das kluge kleine Biest den Aufruhr zur Flucht genutzt?

»Vielleicht ist sie schon tot!«

Stephens Blick heftete sich auf den schlanken jungen Mann, der dies sagte; er war kaum älter als Mary und kreidebleich vor Anspannung und Qual.

»Deine Schwester ist nicht tot.«

Der Halbwüchsige fixierte ihn mit hasserfüllten Augen.

»Du Bastard, am liebsten würde ich dich selbst umbringen!«

Sein ältester Bruder legte ihm beruhigend eine Hand auf den Arm.

»Da kommen sie«, rief Brand erleichtert.

Stephen drehte sich im Sattel um. Geoffrey kam im Galopp mit Mary hinter ihm im Sattel heran; ihre langen Haare flatterten wie ein Banner im Wind. Er brachte sein Pferd so plötzlich zum Stehen, dass es sich aufbäumte, doch er hielt Mary gut fest. Sie war bleich und hatte schreckgeweitete Augen. Stephen wusste jedoch, dass ihre Angst nichts mit dem wilden Ritt von der Burg her zu tun hatte.

»Tut mir leid«, sagte Geoffrey knapp, »aber ich hatte Schwierigkeiten, sie zu finden. Sie war nicht bei den Frauen, sondern auf der Mauer.«

Stephen fixierte sie, doch sie hatte zunächst nur Augen für einen.

»Vater!«, rief sie.

Dann erst blickte sie offenbar verwirrt auf Stephen. »Ihr habt ihn nicht getötet«, flüsterte sie.

Malcolm sprach, Stephen hatte jedoch nicht vor, ihm zu antworten. »Tochter, du scheinst gesund zu sein. Ist deine Jungfräulichkeit unversehrt?«

Es schien unmöglich, aber Mary, die ohnehin schon bleich wie der Tod war, wurde noch weißer.

»Tochter?« Malcolm musterte sie mit einem harten Blick.

Stephen wurde wütend.

»Wolltet Ihr sie sehen, um Euch zu überzeugen, dass sie unversehrt ist – oder um sie zu demütigen?«

Malcolm trieb sein Pferd näher an Mary heran.

»Nun?«

»Nein«, sagte sie so leise, dass es kaum zu hören war. Tränen standen ihr in den Augen.

Malcolm wandte sich mit einem harten, gefährlichen Grinsen Stephen zu.

»Mackinnon bietet mir weitgehende Unterstützung. Was bietet Ihr mir?«

Im ersten Moment war Stephen so verblüfft, dass ihm die Worte fehlten.

Dann sagte er schroff: »Sie könnte von mir schwanger sein!« Er merkte, dass er dabei nicht Malcolm ansah, sondern Mary.

Sie saß regungslos hinter Geoffrey, ihr Gesicht eine Maske aus Schock und Entsetzen.

Malcolm blieb kühl.

»Es gibt immer noch das Kloster.«

»Vater?«, flüsterte Mary hoffnungslos und ungläubig.

»Genug!«, brauste Stephen auf.

Er gab Geoffrey ein Zeichen. »Bring sie zurück. Jetzt, sofort.«

»Nein!«, schrie Mary, doch es war zu spät. Geoffrey galoppierte bereits zurück.

Stephen war erschüttert. Erinnerungen an seine eigene Gefangenschaft wurden in ihm wach; er schob sie mit aller Willenskraft weg. Jetzt war keine Zeit, über die bittere Vergangenheit nachzusinnen. Nicht inmitten einer Schlacht der Worte mit Malcolm über den Preis seiner Tochter.

»Lasst Euch nicht von Eurem Hass leiten, Canmore. Ihr könnt viel gewinnen, und das wisst Ihr auch. Ein Bündnis zwischen unseren Familien kann Frieden bedeuten.«

»Ihr bietet mir Frieden. Hah! Es wird nie Frieden geben, nicht, bevor ich nicht wiederhabe, was nach dem Recht mein ist!«

Stephen wusste, dass er Northumberland meinte, nicht seine Tochter.

»Ihr habt über dreißig Jahre lang versucht, dieses Land zu erobern. Land, das von einem anderen Eroberer meiner Familie gegeben wurde und das nun mit Fug und Recht unser Land ist. Ihr werdet Northumberland niemals von uns bekommen, dieser Tatsache müsst Ihr einfach ins Auge sehen.

Und Ihr seid alt. Eure Söhne sind zwar jung, aber glaubt Ihr wirklich, sie könnten erreichen, was Euch nicht gelang?«

Malcolm lächelte beinahe.

»Was für eine Silberzunge Ihr habt.«

»Das Beste, worauf Ihr vor Eurem Tod noch hoffen könnt, ist zu wissen, dass eines Tages jemand aus Eurem Geschlecht ein Land erben wird, das einmal, vor vielen Generationen, von den alten schottischen Königen regiert wurde.« Dann fügte Stephen hinzu: »Und denkt darüber nach, was auch Euch das Liebste ist, und über die Macht von Northumberland.«

Malcolm zögerte nicht, woraus Stephen schloss, dass der scharfsinnige König bereits erraten hatte, worauf er, Stephen, hinauswollte.

»Was bietet Ihr, abgesehen von Frieden und Eurem Erbteil für meinen Enkel?«, fragte er.

Für so manchen Mann wäre das genug gewesen, nicht aber für Malcolm, das war Stephen klar.

Es schien an der Zeit, seinen Trumpf auszuspielen und den gefährlichen Weg einzuschlagen, auf den er dadurch gebracht würde.

»Ich verspreche Euch die Macht von Northumberland.« Jetzt lächelte Stephen. »Für Euren ältesten Sohn. Ich schwöre, worauf immer Ihr wollt, dass ich nach Eurem Tod dafür sorgen werde, dass er zum König von Schottland gekrönt wird.«

Stephens Gedanken drehten sich im Kreis, als er durch das Vorwerk in den Hof zurückritt. Er hatte auf eine heilige Reliquie geschworen – einen kleinen Beutel mit echten Splittern des heiligen Kreuzes, den Malcolm in seinem Schwertknauf mit sich führte –, sich dafür einzusetzen, dass Malcolms ältester Sohn, vermutlich Edward, zum schottischen König gekrönt wurde. Er hatte diesen Schwur in Gegenwart von Malcolms drei ältesten Söhnen und seinen Brüdern geleistet; sie alle waren Zeugen, und sie alle mussten ihrerseits Geheimhaltung schwören.

Stephen wusste nicht mit Sicherheit, ob sein Vater denselben Schwur geleistet hätte. So sehr ihm der Gedanke an Rolfes Tod widerstrebte, war es doch unvermeidbar, dass eines Tages er selbst Graf von Northumberland sein würde. Deshalb hatte er jedes Recht, Maßnahmen zu ergreifen, die ihn einmal betreffen würden. Und wenngleich Malcolm mit seinen sechzig Jahren nicht mehr jung war, hatte er das Herz und die Seele eines Mannes in den besten Jahren. Wenn er nicht einem Unfall zum Opfer fiel, konnte der schottische König noch viele Jahre leben, und so würde Stephen seinen Eid wohl nicht allzu bald erfüllen müssen.

Er stieg ab, und seine Gedanken wandten sich Mary zu. Sie kümmerte ihn weit mehr als sein Versprechen, Edward eines Tages zum schottischen König zu machen.

Seine unterdrückte Wut ließ ihn zittern. Wie hatte Malcolm nicht die geringste Besorgnis um seine Tochter zeigen können? Stephen sah Marys weißes, vom Schock gezeichnetes Gesicht noch immer vor sich.

Er betrat den Wohnturm nach den Männern. Seine treuen Ritter lächelten stolz wegen seines Erfolgs. Sein Eid war ein Geheimnis, seine bevorstehende Hochzeit jedoch nicht. Als die Ladys davon hörten, kamen sie nach unten geeilt, allen voran Isobel.

»Wo ist Mary?«, fragte Stephen sie.

»Sie ist oben, und sie will nicht herunterkommen«, weinte Isobel. »Steph, was ist passiert? Warum sagt sie kein Wort?«

Stephen hörte seine Schwester kaum; er war bereits auf dem Weg zum Frauengemach. Als er Mary sah, blieb er an der Schwelle stehen. Sie schaute zum Fenster hinaus, ihr kleiner Körper war reglos und angespannt. Sein Herz zog sich zusammen.

Er konnte ihre Gefühle gut verstehen.

»Mary?«, sagte er leise.

Sie zuckte zusammen und drehte sich langsam um, die Augen glasig von Tränen, die sie nicht weinen wollte.

»W-was ist geschehen?«

Stephen zögerte. Was würde seine eigensinnige kleine Braut tun, wenn er ihr ihr Schicksal kundtat? Er gab sich keinen Illusionen hin; er glaubte nicht, dass sie in seine Arme sinken würde.

»Wir werden heiraten«, sagte er leise. »Ihr und ich, in vier Wochen.«

»Liebe Mutter Gottes«, hauchte Mary und sank zu Boden.

Stephen fing sie auf und schlang seine Arme um sie. Er hatte ihr Entsetzen und ihre Qualen gesehen. Er verstand sie, und deshalb wurde er nicht zornig. Er war vielmehr sehr bewegt.

In seiner Umarmung wurden ihre Brüste an seinen Oberkörper gedrückt, ihre Schenkel berührten seine harten Lenden, und ihr Gram wandelte sich in entschlossene Verweigerung. Ihre Finger gruben sich in seinen Kettenpanzer. Sie blickte zu ihm hoch.

»Das glaube ich nicht!«

»Euer Vater und ich haben uns geeinigt«, erklärte Stephen behutsam.

»Ich glaube Euch nicht!« Mary drückte sich von ihm ab, und er ließ sie gewähren. Sie blickte ihn entsetzt an und atmete schwer. »Das ist eine List!«

»Ihr wart mit dabei.«

Er sehnte sich nach ihr.

»Das ist eine List!« Mary weinte erneut. »Malcolm hasst Euch und Eure Familie mehr als jeden anderen, bis auf Euren elenden König. So lange ich mich zurückerinnern kann, hat er immer auf Northumberland geschimpft. Er würde mich nie an Euch vergeben, niemals!«

Stephen konnte nicht zornig werden. Er wusste schon seit einiger Zeit, dass Mary ihren Vater anbetete. Für sie war er ein Gott, kein Schurke. Und deshalb konnte sie nicht glauben, dass Malcolm der Verbindung zugestimmt hatte. Und nicht nur das – er hatte es lediglich seines eigenen Vorteils wegen getan, um seinen Ehrgeiz zu befriedigen; nach dem Wohlergehen seiner Tochter hatte er nicht ein einziges Mal gefragt. Stephen war ein Mann, der sich an die Realitäten hielt, doch für dieses Mal wollte er ihr die Wahrheit ersparen.

Mary schüttelte verwirrt den Kopf.

»Ist es denn keine List?«, fragte sie verzweifelt.

Am liebsten hätte Stephen sie umarmt und gedrückt, wie er es mit Isobel tat. Stattdessen berührte er leicht ihre Wange. »Ich mache dir nichts vor, Mary.«

Sie zuckte nicht zurück. Ihre großen Augen waren tränenverschleiert.

Stephen nahm sich vor, die Wahrheit über ihren Vater vor ihr zu verbergen. Er lächelte freundlich.

»Malcolm wollte mich für das, was ich getan habe, töten. Aber als er vom Verlust deiner Unschuld erfuhr, blieb ihm keine andere Wahl, als sich geschlagen zu geben.«

»Er hat ...« In ihrem Ton lag Hoffnung.

»Du brauchst nicht alle Einzelheiten zu wissen, aber alles in allem ist diese Verbindung für uns beide gut. Diese Ehe ist keine Strafe, Mary; in der Tat wird sie, wenn du sie erst einmal akzeptiert hast, uns beiden alles andere als zuwider sein.«

Sie bewegte sich nicht. Stephen lächelte ihr noch einmal zu, beugte sich zu ihr und küsste sie vorsichtig. Es war ein liebevoller, flüchtiger Kuss, nichts weiter, doch sein Verlangen regte sich sofort. Seine Augen wurden dunkel, und jegliche Gedanken an Freundlichkeit verschwanden.

Er berührte ihr Kinn. Doch der Kuss hatte auch Mary neu belebt. Sie schlug seine Hand beiseite.

»Ich brauche Euer Mitleid nicht, Normanne!«

»Ich bemitleide Euch wohl kaum, Mademoiselle.«

»Und ich brauche auch Eure Freundlichkeit nicht!« Tränen füllten ihre Augen. Sie warf einen verächtlichen Blick auf seine Lenden. »Ich weiß genau, welche Freundlichkeit Ihr im Sinn habt!«

»Mary.« Er versuchte erneut, sie zu berühren.

Sie schüttelte ihn schreiend ab.

»Ich wollte meinem Vater ein Lösegeld ersparen, indem ich Euch meine Tugend gab, aber anscheinend habe ich stattdessen Euren größten Ehrgeiz befriedigt. Aber das ändert gar nichts! Diese Verbindung ist gut für Euch – nicht für mich!« Damit machte sie kehrt und rannte hinaus.

Stephen musste sich beherrschen, ihr nicht nachzulaufen. Auch er wusste, was das Ziel seiner Freundlichkeit war. Wie geschickt war sie doch darin, seine Leidenschaft auszulöschen und seinen Zorn zu erregen. Dennoch erwachte in seinem Herzen Zärtlichkeit – eine Zärtlichkeit, der er sich siebzehn schmerzlich lange Jahre verweigert hatte.

TEIL 2

Die Prinzessinnenbraut

9

Adele Beaufort sah ihn sofort, als er den Saal betrat, und wandte rasch den Blick ab. Der Erzdiakon von Canterbury schritt gerade durch die Menge und schien sie zu teilen.

Adele befand sich nun schon seit einigen Monaten am Königshof, seit ihrem sechzehnten Geburtstag. Sie zog das Leben dort eindeutig der Langeweile im Zuhause ihres Stiefbruders im Herzen von Kent oder auf einem ihrer eigenen Güter vor.

Derzeit residierte der Hof im Tower von London. Hier war immer etwas los; ständig trafen Neuankömmlinge ein, einige mit privaten Botschaften für den König, andere mit Petitionen und wieder andere, die sich einfach nur bei ihrem Herrscher beliebt machen wollten. Hier, inmitten von Vergnügen und festlichem Glanz, Intrigen und Skandalen, unter eleganten Höflingen und ihren juwelenbehängten Ladys, unter Kriegsherren und Kurtisanen, fühlte sich Adele zu Hause. Sie beabsichtigte, nach ihrer Hochzeit mit Stephen de Warenne die meiste Zeit bei Hofe zu verbringen.

Wie gewöhnlich war sie von einer Schar von Bewunderern umringt. Ein Dutzend Männer, einige jung, einige alt, einige mächtig, einige nicht, buhlten um ihre Gunst. Sie wurde der amüsanten Anekdoten der Herren, der netten Schmeicheleien und des übertriebenen Flirtens selten müde. Wenn ihr danach war, bedachte sie ihre Favoriten mit einem Lächeln und einem verführerischen Blick. Doch Adele musste sich nicht schüchtern geben, um die Männer zu erregen. Keiner konnte ihrer dunklen, sinnlichen Schönheit widerstehen, und sie war sich dessen seit ihrem zwölften Geburtstag durchaus bewusst.

Manchmal jedoch dachte sie, dass ihr Verlobter gegen ihre weiblichen Reize immun zu sein schien. Sie hatten genau dreimal miteinander gesprochen, aber Stephen de Warenne hatte nie mit ihr geflirtet oder ihr geschmeichelt, und wenn sie bei ihrem ersten Treffen nicht selbst gesehen hätte, wie er ihre vollen Brüste und ihre langen Beine bewunderte, hätte sie sich gefragt, ob sie ihm gleichgültig sei. Doch dieses eine Mal hatte sie beruhigt. Dennoch, wäre sie sich ihrer Wirkung nicht so sicher gewesen, sie würde denken, dass es ihn nicht nach ihr verlangte. Und das war unmöglich.

Adele hielt ihren Fächer – ein persönliches Geschenk des Königs – vor das Gesicht, sodass nur noch ihre großen, dunklen Augen sichtbar waren, und wagte einen weiteren Blick auf den Erzdiakon von Canterbury. Sie spürte ihren heftigen Pulsschlag – am Hals, zwischen ihren Brüsten und zwischen den Beinen im Zentrum ihrer Weiblichkeit. Ihr Gesicht glühte; sie fächelte sich kühle Luft zu. Er erschien ihr als der beeindruckendste Mann, den sie je gesehen hatte, und das waren nicht eben wenige.

O Gott, wie schön er war – das ovale Gesicht perfekt geschnitten, die Nase fein und gerade, die Augen durchdringend blau. Sein Kinn zeigte einen festen und entschlossenen Ausdruck, die hohen Wangenknochen traten hervor. Und er war leicht von der Sonne gebräunt, sodass seine Haut nicht pastellweiß leuchtete, sondern golden schimmerte. Adele fiel auf, dass alle Anwesenden ihn sofort bemerkten, als er den Saal betrat – sogar die Männer.

Er war groß und offenbar schlank, mit breiten Schultern. Adele fragte sich, was sich unter der langen Robe wohl für ein Körper verbarg.

Außerdem strahlte er Kraft und Stärke aus. Er schien kein nur seinen Gelüsten frönender, weichlicher, verdorbener und maßloser Prälat zu sein. Vielmehr zeugte seine Geschichte, die jeder kannte, mehr als alles andere von Entschlusskraft, scharfem Verstand und großem Ehrgeiz. Adele wusste, dass man ihn zur Erziehung mit Roger of Montgomery in das raue walisische Sumpfland geschickt hatte, lange bevor dieser Graf von Shrewsbury geworden war. Montgomery gehörte wie Rolfe de Warenne zu den fähigsten und mächtigsten Generäle König Wilhelms des Eroberers. Damals waren die beiden nicht Rivalen, sondern Freunde.

Mit der Entscheidung, seinen zweiten Sohn nach Wales zu senden, hatte Rolfe offenbar bewusst ein Gebiet ausgewählt, das noch nicht erobert und von Zwist und Rebellion zerrissen war. Geoffrey ließ sich davon nicht abschrecken. Jeder wusste, dass er sich seine ersten Sporen schon mit dreizehn Jahren verdient hatte – um sie im selben Jahr wieder abzulegen und ins Kloster einzutreten.

Dieser Gedanke ließ Adele erschaudern. Welcher Knabe traf eine solche Wahl?

Seine Karriere war verblüffend gewesen, denn er wurde der Protegé des Erzbischofs von Canterbury, der vom Eroberer ernannt worden und ein weiterer Freund seines Vaters war. Aber er hätte nicht so schnell vorankommen können, wäre er nicht auch ein hervorragender Student gewesen. Innerhalb von drei Jahren hatte er sich eine Stellung in Lanfrancs Stab erarbeitet. Zur Zeit von dessen Tod war er der fähigste Mitarbeiter und persönlicher Assistent des Erzbischofs.

Seine Ernennung zum Erzdiakon kam nur wenige Wochen, bevor sein Mentor verstarb.

Adele schluckte und befeuchtete sich die trockenen Lippen. Die meisten Erzdiakone waren geweihte Priester, nicht aber Geoffrey de Warenne. Er schien kein weltfremder Kauz zu sein. Der letzte Bischof von Carlisle hatte weder lesen noch schreiben können, schon gar nicht Latein, und bei seinem Tod hatte er die Sakramente verweigert. Viele in der Kirche und auch zahlreiche Laien waren darüber empört gewesen. Einige dieser Kleriker stellten sich gegen Geoffrey de Warenne, obwohl dieser sehr gebildet und fromm war.

Adele fühlte mit Bestimmheit, dass er bei seinem Eintritt ins Kloster das übliche Keuschheitsgelübde abgelegt hatte. Aber lebte er enthaltsam? Das schien eher unwahrscheinlich. Denn er strahlte eine unbändige Männlichkeit aus.

Adele errötete. Sie wusste, dass sie nur eine von vielen Frauen war, die ihn beobachteten, ihn begehrten und faszinierend fanden. Die anderen kümmerten sie jedoch nicht – sie hatte keine Rivalinnen zu fürchten, weder bei Hofe noch sonst irgendwo.

Aber der Erzdiakon hatte nie auch nur angedeutet, dass er sie begehrenswert fand. Sie fragte sich nicht zum erstenmal, ob Geoffrey seine Manneskraft ebenso wie der König mit Knaben vergeudete.

Dann seufzte sie. Denn sie würde es nie herausfinden. Sie war mit seinem Bruder verlobt, Stephen de Warenne, einem der mächtigsten Erben des Landes, und sie würde die bevorstehende Vermählung niemals aufs Spiel setzen.

Adele war so sehr in Gedanken versunken, dass sie nicht bemerkte, wie sie den Erzdiakon fixierte – bis dieser sich plötzlich ihr zuwandte und ihre Blicke sich trafen. Ein Schatten huschte über sein Gesicht, vielleicht war es Ärger, dann wandte er sich rasch wieder ab.

Sie war so verblüfft, dass ihr der Atem stockte. Der Blickwechsel war so kurz gewesen, dass sie nicht sicher wusste, ob sie nicht einer Einbildung erlegen war. Ihr Herz hämmerte im Brustkorb, das Atmen fiel ihr schwer. Sie hielt rasch den Fächer vor, um sich wieder zu fassen.

»Fehlt Euch etwas, Lady?«, fragte Henry Ferrars, der Lord von Tutberry, mit zusammengekniffenen Augen.

Am liebsten hätte sich Adele selbst dafür geohrfeigt, dass sie reagiert hatte wie ein pubertierendes Mädchen. Sie brachte eine Erwiderung zustanden, doch in Gedanken war sie weder bei Ferrars noch sonst einem Mann aus dem Kreis ihrer Verehrer.

Geoffrey de Warenne hatte nie auch nur ein Wort mit ihr

gewechselt, noch nicht einmal im Rahmen einer höflichen Begrüßung. Und da sie schon seit einigen Monaten in London war, hatten sich ihre Wege wegen der Verlobung mit seinem Bruder bereits ein halbes Dutzend Mal gekreuzt. Mittlerweile dachte sie, dass er sie am Ende absichtlich mied – vielleicht, weil er sie letztlich ebenso begehrte wie alle anderen auch.

Ihr Stiefbruder Roger, der ebenso blond war wie sie dunkel, drängte sich in die Menge, die Adele umgab, und nahm seine Schwester beiseite.

»Deine Gedanken sind offenkundig.«

Adele fächerte sich Luft zu, um sich abzukühlen.

»Hallo, Mylord. Wie nett Ihr seid – wie immer.«

Rogers Blick nagelte sie fest.

Adele fächerte noch heftiger.

»Was macht er hier?«, fragte Roger mit einem neuerlichen Blick auf Geoffrey. »Ich habe gehört, er wurde herzitiert. Sein Bruder ist mit ihm gekommen.«

Adele bekam große Augen und erstarrte.

»Nicht dein Zukünftiger, du kannst beruhigt sein. Er ist mit Brand gekommen.«

Erleichtert betätigte Adele wieder ihren Fächer. Es war ihr lieber, Stephen nicht bei Hofe zu sehen. Ihr Blick richtete sich wieder auf den Erzdiakon, doch als sie sein Gesicht sah, vergaß sie erneut ihren Fächer.

»Es ist irgendetwas im Gange«, meinte Roger. Sein Mund wirkte verkniffen. »Beim Blut unseres Herrn! Der König lässt mich im Dunkeln tappen. Ich muss mich wieder gut mit ihm stellen.«

»Dann musst du dich nur ein wenig anstrengen, nicht wahr, Roger?«

»Und welcher Angelegenheit willst du dich widmen, liebe Schwester, wenn ich nicht auf dich aufpasse?«

Adele ignorierte seine Worte. Sie lächelte ihrem Stiefbruder zu.

»Bald wirst du dich nicht mehr um Rolfe de Warennes Macht oder die seiner Söhne sorgen müssen«, meinte sie mit belegter Stimme. »Bald werde ich die Gemahlin seines Sohnes und voll in sein Vertrauen gezogen sein.«

Seine dunklen Augen ruhten auf ihr. Plötzlich ergriff er sie am Ellbogen und drückte sie an sich. Der Saal war so voll und geschäftig, dass niemand es bemerkte, und wenn, es hätte Roger de Beaufort, den Grafen von Kent, nicht gekümmert.

»Aber werde ich dir auch trauen können, Liebes?«

Adele riss sich wütend von ihrem Bruder los.

»Das wird die Zeit zeigen, oder etwa nicht?«

Ein hässlicher Ausdruck überzog sein Gesicht.

»Wir haben keine Zeit, Adele. Alle meine Instinkte sagen mir, dass etwas im Gange ist. Warum ist der Kirchenmann gekommen? Warum ist er zu einer Privataudienz zum König bestellt worden? Warum wurde der andere Bruder nach Norden geschickt? Droht schon wieder ein Krieg – einer, bei dem ich nicht dabei sein werde?«

Adele erstarrte einmal mehr.

»Anscheinend fasziniert er dich«, bemerkte Roger grimmig.

Ihre Blicke trafen sich. Sie wusste, dass er nicht von ihrem Verlobten sprach.

»Dich etwa nicht?« Ihr Puls ging schnell. »Jede Frau in diesem Raum ist vom Erzdiakon fasziniert.«

»Aber nicht jede Frau ist wie du«, hielt Roger dagegen.

Adele versteckte sich hinter ihrem Fächer. Nur ihre leuchtenden Augen blitzten hervor.

»Ich werde schon noch herausfinden, was vor sich geht, mein Brüderlein.«

»Aber sei vorsichtig«, warnte Roger leise. »Tu nichts Indiskretes.«

Sie warf den Kopf in den Nacken, zeigte ihren langen, schlanken Hals und lachte.

»Ich bin nie indiskret, mein Lieber, das solltest *du* besser wissen als alle anderen.«

Geoffrey teilte den Saaldienern des Königs seine Ankunft mit – auch wenn Rufus inzwischen sicher bereits Bescheid wusste, denn der König hatte mehr Spione als irgendjemand sonst. Dann suchte er sich einen Platz im Saal, um die Aufforderung zur Audienz abzuwarten. Doch am Tisch gab es keinen Platz mehr. Geoffrey war von dem langen, beschwerlichen Ritt müde und hatte keine Lust auf eine Unterhaltung, deshalb suchte er sich eine einsame Ecke. Sein Erscheinen bei Hofe hatte bereits viele Spekulationen ausgelöst; die meisten wussten, dass er nur kam, wenn er gerufen wurde. Für gewöhnlich focht er dann einen Streit mit der Krone aus. Er war erschöpft und richtete seine Gedanken auf die bevorstehende Nacht.

Rolfe besaß mehrere kleine Anwesen in Essex, eines davon gleich auf der anderen Seite der Themse. Geoffrey hatte vor, dort die Nacht zu verbringen, anstatt direkt nach Canterbury zurückzukehren.

Der zweite, aber wichtigere Grund für seinen Aufenthalt in London war, seinen Vater über alles zu informieren, was sich in Alnwick ereignet hatte, was nun, da Stephen die Heirat mit Prinzessin Mary arrangiert hatte, dringend notwendig war. Geoffrey wollte noch heute Abend mit Rolfe sprechen, bevor er sich nach Essex zurückzog. Er hatte dem Grafen bereits eine private Nachricht zukommen lassen.

Er dachte gerade an ein warmes, weiches Bett, als er von hinten von einer Frau angestoßen wurde.

Sie stolperte, und er fing sie unwillkürlich auf. Schon als er sie festhielt und für einen Moment ihren weichen Körper an seinen drückte, erkannte er sie. Er musste sie gar nicht sehen, um es zu wissen. Denn er spürte sie, roch sie, und da er nicht weniger ein Mann war als seine Brüder, reagierte er entsprechend. Sie drehte sich in seinen Armen, sah ihn an und gab einen leisen, überraschten Schrei von sich – doch an dieses Überraschtsein glaubte er nicht eine Sekunde lang.

Er hielt sie einen weiteren Herzschlag lang fest. So nah war sie noch faszinierender als von fern. Ihre Haut war dunkel – vielleicht hatte sie mediterrane Vorfahren –, die Augenbrauen dichte, schwarze Schwingen über den mandelförmigen Augen, der Mund voll und groß, und über dem rechten Mundwinkel hatte sie ein dunkles Muttermal. Sie war sehr groß, ihre Augen befanden sich fast auf einer Höhe mit den seinen, und sie hatte einen üppigen, vollbusigen Körper, den ihr feines Seidenkleid sehr aufreizend zur Geltung brachte. Geoffrey ließ Adele Beaufort los, die Frau, mit der sein Bruder offiziell immer noch verlobt war.

»Dankeschön«, sagte sie mit belegter Stimme. Ihr Duft war nicht nur stark, sondern vor allem verlockend. Er ließ an heiße Nächte denken, an schweißnasse Glieder und an Sex.

»Ihr habt mir einen verknacksten Fuß erspart.«

Er erwiderte ihr Lächeln nicht.

»Wirklich?«

Sein zweifelnder Ton ließ sie erröten.

»Die Böden sind sehr hart, Mylord. Wenn Ihr mich nicht aufgefangen hättet, hätte ich mich bestimmt verletzt.«

Er musterte sie mit verschränkten Armen und lehnte sich an die Wand zurück. Aus dieser Entfernung sah er, dass ihre großen Brustwarzen unter dem roten Seidenkleid steif emporstanden. Würde er seinen Körper denn nie beherrschen können? Aber welcher Mann konnte das schon, wenn er sich mit Adele Beaufort konfrontiert sah? Sie war die Reinkarnation der Eva, sie war weibliche, unheilige Versuchung, pure Provokation zu süßer, süßer Sünde. Er erwiderte nichts, weil er seinen äußerst unkeuschen Gedanken nachhing.

Lächelnd berührte sie flüchtig seinen Arm.

»Es ist eine Überraschung, Euch hier zu sehen, Mylord.«

Er zog eine Braue nach oben.

Sie schien näher zu kommen; ihr Lächeln war unendlich verführerisch. »Seid Ihr mit kirchlichen Geschäften befasst, Mylord?« Sie berührte ihn erneut.

»Seid Ihr an den Geschäften Gottes interessiert, Lady Beaufort?«

Sie blinzelte.

»Mich interessieren alle Geschäfte, Mylord.«

Er atmete tief. Wie leicht er sich ihre Geschäfte vorstellen konnte. Es war wirklich gut, dass Stephen diese Frau nicht heiratete. Und auch er war entschlossen, sich von ihr fernzuhalten, bevor er seinem verdammungswürdigen Verlangen nachgab.

»Würdet Ihr mich entschuldigen.«

Er wandte sich schnell ab. Obwohl er in einer nie enden wollenden Schlacht gegen seinen Trieb ankämpfte, verlor er am Ende doch immer. Je früher er nach Canterbury zurückkehrte, desto besser. Er würde sich eine einzige Nacht lang mit einer reifen, sehr wolllüstigen Witwe vergnügen. Tam war offen, ehrlich und nett, keine dunkle Verführerin und ohne Arglist.

Sie stellte keine Forderungen.

Doch Adele Beaufort ergriff ihn am Handgelenk, ihre langen Nägel gruben sich beinahe in seine Haut.

»Wartet!«

Er biss die Zähne zusammen und drehte sich um.

»Habt Ihr keine Nachricht von Stephen?«

»Wie sollte ich Nachricht von Stephen haben, Madame?«

»Wart Ihr nicht im Norden?«

Sein Lächeln schien kalt.

»Ihr seid gut informiert, Mylady.«

Sie errötete.

»Es ist kein Geheimnis, dass Brand im Norden war, und da Ihr beide zusammen angekommen seid … ich dachte nur …«

Er zog erneut eine Braue hoch.

»In Wahrheit …« Ihre Stimme zitterte, ihre Brüste hoben und senkten sich. Geoffrey verurteilte sich dafür, dass er nicht wegsah. »Vielleicht ein Moment der Privatheit … Ihr könntet … wir könnten … ich muss meine Sünden bereuen.«

Geoffreys Lächeln war verzerrt. Er wusste genau, von welchen Sünden sie sprach; sie musste es ihm gar nicht erst sagen.

Unter seinen Roben regte sich etwas. Adele war die Sorte Frau, die sündhafte Gedanken inspirierte.

»Ich zweifle an Eurer Bußfertigkeit, Lady Beaufort. Ihr scheint dringend der Errettung zu bedürfen.« Und ihm erging es nicht anders.

»Wollt – wollt Ihr mich erretten?«

»Lady Beaufort, ich glaube, wir verstehen einander nicht.«

»Dann müssen wir uns besser austauschen«, flüsterte sie, und ihre Hand streichelte seinen Arm vom Ellbogen bis zum Handgelenk.

Er stand stocksteif da, hart wie ein Stein vor Lust und kurz vor einer drohenden Explosion. Sie war nicht misszuverstehen. Bei Gott, ihm waren alle Frauen verboten, aber diese, eine entschlossene, wahrhaft nach seinem Ruin trachtende Verführerin, erschien ihm weit schlimmer als alle anderen – und wesentlich verlockender. Denn er konnte sich lebhaft vorstellen, wie es sein würde, sich an ihrem sinnlichen Körper zu erfreuen.

Das Lächeln, das er endlich zustande brachte, war schief.

»Ihr wisst, wo die Kapelle ist, und Pater Gerard ist sicherlich gerne bereit, Euch die Beichte abzunehmen, falls Ihr wirklich Eure Sünden bereuen wollt.«

Sie blickte ihm in die Augen und fuhr sich mit der Zungenspitze über die Lippen. Es war keine nervöse Geste, das wusste Geoffrey.

»Das will ich. Das will ich. Wollt Ihr mir nicht die Beichte abnehmen?«

Sein Lächeln erstarb. Er konnte sich auch vorstellen, was

sie beichten würde. Er fühlte sich kurz davor, ihrer Verführung zu erliegen.

»Ich nehme keine Beichten ab, Lady Beaufort«, erklärte er harsch. Er war wütend, auf sie – und auf sich selbst.

Sie erkannte seine Verärgerung. Ihre Augen funkelten wild. Noch ehe Geoffrey davoneilen konnte, trat sie näher an ihn heran und versperrte ihm den Weg. Die steifen Spitzen ihrer Brüste streiften tatsächlich seinen Oberkörper.

»Ich wollte Euch nur dafür danken, dass Ihr mich vor einem Sturz gerettet habt, Mylord.«

Er lachte rau und blickte ihr ins Gesicht. Er bewegte sich nicht, er konnte es nicht. Leidenschaft brodelte zwischen ihnen. Sie hielt ihn noch immer am Arm fest.

»Wir wissen beide, dass ich Euch nicht gerettet habe, Madame, wenngleich ich es gerne würde. Und wir wissen beide, dass Ihr mir wohl kaum danken wollt. Ich bin nicht zu verführen, Madame.«

Ihre schwarzen Augen blitzten. »Ihr missversteht mich!«

»Ich missverstehe Euch nicht, Lady Beaufort. Ganz sicher nicht.«

So verführerisch sie gewesen war, so wütend war sie nun.

»Offenbar habe ich Euch missverstanden!«

Er antwortete nicht darauf, denn ihre Worte waren eine komplette Lüge – sie hatte ihn von Anfang an durchschaut, sie hatte seine gierige, frevelhafte Lust durchschaut und dass sie beide sich in gewisser Art und Weise sehr ähnlich waren.

Ihre nächsten Worte ließen ihn sich völlig vergessen. »Ich habe Euch für einen Mann gehalten, trotz Eurer Robe. Aber Ihr seid kein Mann, nicht wahr? Ihr seid kein Mann, Ihr seid einer von diesen Knabenliebhabern!«

Geoffrey vergaß, dass sie sich an einem öffentlichen Ort befanden. Er packte sie an den Handgelenken und hatte sie im nächsten Augenblick an sich gepresst. Ihre dunklen Augen weiteten sich, als sie seine pralle Männlichkeit spürte, dann verschleierte sich ihr Blick.

Die offenkundige Einladung darin brachte ihn wieder zur Besinnung. Er ließ sie los und trat einen Schritt zurück.

»Zweifelt nie wieder an meiner Männlichkeit!«

»In Wahrheit habe ich das nie getan«, flüsterte sie.

Doch Geoffrey war bereits an ihr vorbeigestürmt. Hinter sich hörte er noch, wie sie seinen Namen rief. Seine Schritte wurden länger und entschlossener. Aber er bebte.

Weniger als eine Stunde später wurde der Graf von Northumberland in das Empfangszimmer des Königs geführt, nachdem er eine sehr private Unterredung mit seinem Sohn Geoffrey gehabt hatte. Seinem Aussehen nach war er unverkennbar der Vater von Geoffrey und Brand – bronzefarbene Haut, goldblondes Haar und überaus blaue, lebhafte Augen. Wie alle seine Söhne strahlte er eine unverhohlene Männlichkeit aus, und die Frauen liefen ihm nach in der Hoffnung, ihn ins Bett zu bekommen. Doch er ignorierte sie – er war seiner Frau in großer Liebe verbunden.

Seine Aura der Macht war augenfällig. Es war die Macht eines Königsmachers; in der Tat wurde er hinter seinem Rücken von Freund und Feind auch so genannt. Er hielt diesen Spitznamen für amüsant, doch insgeheim fand er Gefallen daran. Früher hatte er sich als Söldner verdingt, und diese Zeiten würde er nie vergessen.

Das Privatgemach des Königs gehörte zu den größten Räumlichkeiten im Tower; es war halb so groß wie der Festsaal und wurde dominiert von einem eindrucksvollen, geschnitzten Bett, das mit Fellen und Samt bedeckt war und von einem Baldachin überwölbt wurde. Ferner beherbergte der Raum eine große Zahl von Truhen und Kästen, in denen die vom Herrscher am meisten geschätzten und kostbarsten Besitztümer verwahrt wurden.

Rolfe trat näher und kniete vor Rufus nieder. Der König war eine stattliche Erscheinung. Früher ein Muskelpaket und trotz seiner flammendroten Locken ein gut aussehender

Mann, hatte seine ausschweifende Lebensweise inzwischen das Haar ergrauen lassen, und er hatte mehr als nur eine Schicht Fett angesetzt. Träge fläzte er sich in einem massiven Stuhl, der seinem massigen Körper und seinem Gewicht standhielt. Dann nahm er einen Schluck von dem schweren Rotwein aus Frankreich, dessen Wirkung sein Gesicht bereits gerötet hatte, als habe er keine Eile damit, seinen Vasallen zu begrüßen. Schließlich sagte er: »Erhebt Euch, lieber Rolfe, erhebt Euch.«

Rolfe stand auf und ignorierte dabei Duncan, der offen sein Interesse bekundend neben dem König saß. Duncan war mit Rufus bei Hofe aufgewachsen. Es waren auch noch einige andere Gefolgsleute anwesend, doch sie saßen auf der anderen Seite des Raums ins Gespräch vertieft. Rolfe fiel auf, dass Roger Beaufort fehlte – anscheinend musste er die Gunst des Königs erst wieder erringen.

»Wie geht es Eurem Sohn?«, fragte Rufus wie beiläufig. Doch sein scharfer Blick strafte seinen Ton Lügen. Rolfe wusste, dass die Neugier den König fast auffraß.

»Geoffrey geht es gut.«

»Er wartet auf eine Audienz«, bemerkte Rufus und nahm einen weiteren Schluck Wein.

Rolfe wusste das, und er kannte auch den Grund dafür.

»Mein Sohn möchte Rechenschaft vor Euch ablegen«, murmelte Rolfe. Tatsächlich hatte er mit Geoffrey über andere Dinge gesprochen, doch das konnte er nicht sagen.

»Wenn er darauf aus ist, mir seine Bücher offenzulegen, dann hat er sich zu einem Mann gewandelt, den ich kennenlernen muss«, meinte William Rufus trocken.

Rolfe lächelte.

»Der Erzdiakon ist Euer loyaler Vasall, Sire.«

»Er ist nur loyal, weil er mich nicht schlagen kann«, erwiderte Rufus.

Rolfe entschied, darauf nicht zu antworten.

Er kannte William Rufus seit dessen Kindheit. Als Rolfe

bei Hastings an der Seite Wilhelms des Eroberers gekämpft hatte, war Rufus zehn gewesen; bereits damals glich er seinem Vater, dessen Lieblingssohn er war, äußerlich sehr. Es hatte die Erwartung bestanden, er werde diesem auch vom Wesen her gleichen. Aber Rufus entwickelte sich nicht zu dem in jeder Hinsicht mächtigen Herrscher, der sein Vater einst gewesen war. Er ging zwar ebenso skrupellos vor, zeigte sich ebenso Furcht einflößend in der Schlacht und ebenso klug in der Politik, doch in vielen anderen Dingen ließ er sehr zu wünschen übrig.

Aus dem tyrannischen Knaben war ein tyrannischer König geworden, der seinen Adel ebenso schikanierte wie das gemeine Volk. Seine Gesetze und seine Rechtsprechung waren hart und bar jeder Vernunft und schürten heftigen Widerstand. Die Steuern, die er nach Lust und Laune erhob, um seine zahlreichen Kriege zu finanzieren, drückten die Menschen. Bereits kurz nach seiner Thronbesteigung war es im Jahr 1088 im Osten Englands zu einem großen Aufstand gekommen. Rufus hatte die Rebellion mit brutaler Gewalt niedergeschlagen, große Versprechungen hinsichtlich seiner Regierungsarbeit gemacht und Erleichterungen bei den Steuern und den harten Forstgesetzen zugesichert. Er hatte einen schnellen Sieg errungen, die Anführer verbannt und ihre Ländereien eingezogen. Einer der Rebellen war der erste Graf von Kent gewesen. Ein großer Teil seines Landes samt Titel waren an Roger Beaufort gefallen, der ebenso wie Northumberland bei der Niederschlagung des Aufstands eine bedeutende Rolle gespielt hatte. Aber schon wenig später war klar geworden, dass Rufus' Versprechen haltlos gewesen waren und die Zustände im ganzen Land unverändert blieben.

Rolfe hatte mit den Rebellen sympathisiert, aber er blieb immer auf der Seite des Königs: zuerst auf der von Rufus' Vater Wilhelm I., nun auf der von Rufus selbst. Das Erreichen eines hohen Alters vorausgesetzt, würde er es auch noch mit dessen Sohn so halten. Doch seine Loyalität gründete auf wesentlich mehr als auf seinem strengen Ehrenkodex und seinem Pflichtgefühl.

William Rufus brauchte Rolfes aufrichtigen Rat. Rolfe war stets bemüht, den König zu mehr Gerechtigkeit gegenüber seinen Untertanen und dem Reich zu bewegen. In den vier Jahren seit dem Tod des guten Erzbischofs Lanfranc war Rufus' Hang zu Willkür und Dekadenz noch größer geworden. Wie Rolfe hatte Lanfranc versucht, den König moralisch anzuleiten. Rolfe wusste, wenn er von der Seite des Königs wich, würde sich dieser nur noch von seinen Freunden beraten lassen – Männern, die ebenso unzulänglich waren wie er selbst oder sogar schlimmer.

Natürlich schützte Rolfe auch stets die Interessen seiner Familie und Northumberlands.

Und nun beabsichtigte er, diese Interessen zu fördern wie nie zuvor.

Rufus hatte Duncan und einige andere Gefolgsleute aus dem Raum geschickt. Auf ihrem Weg hinaus konnte keiner von ihnen seine Neugierde verbergen; jeder wollte so schnell wie möglich in Erfahrung bringen, was dem König und Rolfe de Warenne so wichtig war, dass sie es unter vier Augen besprechen mussten.

Duncan warf Rolfe beim Hinausgehen einen durchdringenden Blick zu. Rolfe fragte sich, was er wohl denken würde, wenn er wüsste, dass sich Mary als Geisel in Alnwick befand, denn er war ihr Halbbruder.

Rufus kicherte, als sie alle gegangen waren und die Tür fest verschlossen war.

»Missgünstige Geier, was? Sie gieren alle nur darauf, zu erfahren, welche Neuigkeiten Ihr bringt; jeder befürchtet, dass Ihr Euch noch mehr lieb Kind bei mir macht und dafür unschätzbare Gunstbeweise erhaltet. Und der arme, liebe Duncan dreht fast durch, denn er muss ja unbedingt als Erster erfahren, ob womöglich sein Geburtsrecht beschnitten wird.« Sein Blick wurde eisig. »Nun, dann sagt mir, Rolfe, warum sind wir ganz unter uns? Welche Intrige braut sich zusammen?«

»Stephen hält Malcolm Canmores Tochter als Geisel fest, Sire.«

Rufus verschluckte sich an dem Wein, den er gerade zu sich nahm.

»Beim Blut unseres Herrn!«

Rolfe wartete, bis der König diese Information verdaut hatte.

Rufus begann zu lächeln und rieb sich gierig die Hände. Sein Gesicht war mehr gerötet als sonst, zusammen mit seinem orangefarbenen Haar sah es lächerlich aus.

»Was für ein Glück. Ah, Stephen, das hast du wirklich gut gemacht. Was sollen wir fordern? Oh, jetzt muss er zahlen!« Er gluckste. »Und ich werde einen Weg finden, Euren Sohn zu belohnen.«

Rolfe erwiderte nichts.

»Also, was sollen wir fordern?«

»Eine Mitgift.«

Rufus war verblüfft.

»Und wer soll der glückliche Bräutigam sein?«

Rolfe erwiderte seinen überraschten Blick.

»Wenn Stephen Canmores Tochter heiratet, wird ein echter und dauerhafter Frieden möglich. Welche bessere Belohnung könnte es für meinen Sohn geben? Und wenn im Norden Frieden herrscht, könnt Ihr Euch voll und ganz der Normandie widmen.«

Rufus lächelte freudlos. »Wollt Ihr Frieden, Rolfe, oder mehr Macht? Ist eine Grafschaft nicht genug?«

»Habe ich Euch jemals hintergangen? Habe ich Euch in Zeiten Eurer größten Not nicht immer unterstützt?«

»Habe ich Euch nicht mehr gegeben als jedem anderen?«, hielt Rufus dagegen.

»Ich trachte danach, England und Euch zu schützen, Sire.«

Rufus' Lächeln war bitter, vielleicht sogar ironisch.

»Ich kenne Euch gut, Rolfe. Ihr habt mich nie getäuscht. Ich vertraue Euch mehr als allen anderen. In diesem Morast, den wir einen Hof nennen, unter all dieser Gier und all dem Ehrgeiz, trachtet Ihr nur danach, das Erbe *meines Vaters* zu schützen – ist es nicht so?«

»Ich trachte danach, England und Euch zu schützen, Sire; das solltet Ihr niemals anzweifeln«, wiederholte Rolfe bestimmt.

»Verdammt!«, rief Rufus gereizt. »Ich hätte sein Gesicht nur zu gern in den Dreck gedrückt.«

»Sein Gesicht ist im Dreck, Sire. Er kann über diese Wendung der Ereignisse nicht sehr erfreut sein.«

»Stephen ist mit Beauforts Schwester verlobt«, erklärte Rufus spitzfindig.

»Verlobungen können gelöst werden«, erwiderte Rolfe ruhig.

»Und wenn Malcolm stirbt?«

»Wenn Malcolm stirbt, unterstützt Northumberland England, wie immer.«

»Und wenn Ihr sterbt?«

»Mein Wort ist Stephens Wort.«

»Also sind wir wieder bei Stephen«, murmelte Rufus. »Wir sind zusammen aufgewachsen, aber wir schätzen einander nicht allzu sehr, wie Ihr ja wisst«, sagte er grimmig.

»Wertschätzung bedeutet nichts; Ehre bedeutet alles. Zieht Ihr die Ehre meines Sohnes in Zweifel?«

»Nein!« Rufus erhob sich umständlich.

»Nein, das tue ich nicht. Niemand wäre so dumm, Stephens Ehre anzuzweifeln. Gibt es einen Mann mit mehr Ehrgefühl? Ich glaube nicht.«

Rolfe beobachtete ihn. Seine Stimme war leise und eindringlich, als er weiterredete.

»Ich war Euch immer treu ergeben, Euer Gnaden, ebenso wie Eurem Vater. Ja, ich gestehe, ich wünsche mir einen dauernden Frieden an der Grenze. Ich gestehe, dass ich die Prinzessin als Braut für meinen ältesten Sohn haben möchte. Aber Ihr, Ihr braucht die Normandie.«

William Rufus versank in Schweigen.

»Was vor fünf Jahren geschah, wird wieder geschehen«, fuhr Rolfe im selben zwingenden Ton fort. »Ihr habt zu viele Vasallen mit Grundbesitz in der Normandie, Vasallen, die nicht nur Euch anhängen, sondern auch Eurem Bruder. Wie Odo von Bayeux und Robert von Mortain werden sie ständig hin und her gerissen. Eine untragbare Situation. Diese Großgrundbesitzer wollen *einen* Lehnsherrn, nicht zwei. Es darf nur einen geben, und dieser eine müsst Ihr sein.«

Rufus' Augen funkelten.

»Glaubt ihr, ich wüsste nicht, was Ihr meint? Viele würden stillschweigend meinen Bruder Robert auf meinem Thron dulden!«

»Und viele wissen, dass er zu schwach ist, um das Land zu regieren. Robert kann unmöglich England mit seinem Bruderland vereinen.«

Sie musterten einander. Minuten verstrichen. Schließlich nahm Rufus wieder auf seinem Stuhl Platz und lehnte sich mit grimmiger Miene zurück. Man durfte die Machtfülle, die diese Allianz Northumberland bringen würde, nicht zu gering schätzen; ebenso wenig das mögliche Desaster für den Fall, dass die de Warennes mit Schottland zu einer Übereinkunft kämen. Daran, dass Rolfe die Wahrheit sagte, war nicht zu zweifeln. Rufus musste sich den Rücken freimachen und sich um die Normandie kümmern – wenn er König von England bleiben wollte.

»Sagt mir«, wollte er plötzlich wissen, »ist sie hübsch?«

»Die Prinzessin?«, fragte Rolfe überrascht zurück. Diese Frage des Königs war überaus seltsam.

»Ja, Canmores Tochter. Ist sie hübsch?«

»Ich weiß es nicht«, antwortete Rolfe langsam und fragte sich, worauf Rufus hinauswollte.

Der König zuckte unvermittelt die Schultern.

»Es gibt wohl keine schönere Frau als Adele Beaufort. Und er war von ihr nicht gerade hingerissen.«

Rolfe sagte nichts. Dazu gab es nichts zu sagen. Ob Stephen seine Braut hübsch fand oder nicht, war völlig unwichtig.

Rufus lächelte spöttisch.

»Genug. Diese Idee verdient Unterstützung – und ich werde sie unterstützen.«

Rolfe nickte und verbeugte sich leicht.

»Mehr kann ich nicht erbitten, Sire.«

Als er das Gemach des Königs verlassen hatte, lächelte er. Und wenig später hatte er bereits einen Boten nach Norden geschickt, der im gestreckten Galopp zu Malcolm Canmore unterwegs war.

10

Es war eine List.

Mary wusste, dass es eine List war. Als sie sich endlich beruhigt hatte, dachte sie sehr sorgfältig über die ganze Situation nach. Malcolm liebte sie. Sie glaubte nicht, dass er zuließe, sie mit einem unehelichen Bastard zu brandmarken. Ebenso wenig konnte sie sich vorstellen, dass er sie dem Feind überließe, ohne zu wissen, ob sie schwanger war oder nicht. Dafür hasste er die Normannen einfach zu sehr.

Das, was sie gehört hatte, diese offensichtliche Abmachung, schien Teil dieser sehr klugen List zu sein.

Mary schlang die Arme um ihren Körper. Die Nacht war kühl, aber auch in ihrem Herzen herrschte eine schreckliche Kälte. Trotz ihrer Gewissheit.

Der Mond ging auf, voll und weiß. Sie beobachtete, wie er stieg, wie sich der Himmel perlmuttfarben tönte. Als Begleiter gingen tausend Sterne auf, und im Gemach tanzte silbernes Mondlicht. Sie stand am Fensterschlitz und starrte in die Nacht, ohne wirklich etwas zu sehen.

Isobel schlief tief und fest im Bett hinter ihr, das sie teilten. Die Sterne schienen sich einzutrüben und ihr Leuchten zu verlieren.

Hätte sie doch nur eine Gelegenheit gehabt, allein mit ihrem Vater zu reden. Hätte er sie doch nur beiseite genommen, hätte er sie doch nur getröstet, sie seiner Liebe versichert und ihr diese List erklärt!

Aber er hatte es nicht getan. Er vertraute ihr, er wusste, dass sie treu und klug war, so wie sie ihm vertraute, die Normannen letztlich zu überlisten. Niemand war so geschickt darin, die Normannen zu überlisten, wie ihr Vater. Er kämpfte nun seit fast zwanzig Jahren gegen sie, mit Zähnen und Klauen, und narrte sie, wie er es musste, um zu überleben und Schottland zu sichern. So wie er im Augenblick Stephen de Warenne täuschte.

Nur das konnte erklären, weshalb Stephen wahrhaftig glaubte, dass ihre Heirat auf einer politischen Verbindung beruhte: Er musste übertölpelt worden sein.

Mary sammelte sich und wischte mit dem Ärmel eine Träne ab. Es gab keinen wirklichen Grund für Tränen. Sie musste stark sein, sie musste von Tag zu Tag überleben, so gut sie konnte, mit Stolz und Würde, und sie durfte kein Kind von ihm bekommen.

Es war schon spät, doch der, der sie gefangengenommen hatte, war noch immer unten. An diesem Abend war der Saal sehr zu Marys Entsetzen ungewöhnlich festlich gewesen. Die Männer hatten lärmend gezecht, offenbar, um den offensichtlichen Erfolg ihres Lords zu feiern. Im Lauf des Abends hatten sie immer mehr gelallt. Nun lag der Saal in Stille; alle schliefen.

Bis auf Stephen. Mary konnte sich ihn nicht betrunken vorstellen, doch in dieser Nacht musste auch er sehr tief in den Becher geschaut haben. Das eröffnete ihr eine einmalige Chance. Sicher waren auch Stephens Sinne nicht mehr klar. Bekäme sie jemals eine bessere Gelegenheit, ihn zur Rede zu stellen? Ihn nach den Einzelheiten des Zusammentreffens zwischen ihm und ihrem Vater zu befragen? Sich der Wahrheit zu versichern?

Mary zögerte nicht. Als sie das Gemach verließ, pochte ihr Herz wie wild. Er fand sie begehrenswert. Erzählten die Barden nicht von Männern, die bei gefährlichen Verführerinnen den Verstand verloren? Wäre es nicht besser, eine Verführerin zu sein als eine Unruhestifterin? Traute sie sich eine solche Rolle zu?

Mary versuchte, ihre glühenden Wangen und das Flattern in ihrer Brust zu ignorieren, als sie den Saal betrat. Auf der

Schwelle innehaltend, kam ihr der Gedanke, dass sie sich auf ein gefährliches Spiel einließ. Dass sie dabei leicht auf dem Hintern landen konnte, die Röcke um die Ohren.

Sie blickte zitternd um sich. Das Feuer im Kamin glühte noch, und sie stellte fest, dass die Gefolgsleute im Saal alle schliefen. Gelegentlich war ein Schnarchen oder ein Stöhnen zu hören.

Ihr Blick wanderte zum Podium; sie erwartete, dort Stephen zu sehen. Aber es war niemand dort. Sie fühlte sich ausgesprochen unbehaglich und spürte Zweifel in sich aufsteigen. Dann näherte sie sich den beiden thronartigen Stühlen vor der Feuerstelle; vielleicht saß er ja in einem davon. Aber sie waren beide leer. Mary rang die Hände.

Er war also weder oben im Bett noch im Saal bei den Zechern. Was das bedeutete, wusste sie nur zu gut. Er tat, was alle Männer zu dieser gottlosen Stunde taten – er lag bei einem Weib. Mary konnte sich nicht bewegen, eine plötzliche Wut verzehrte sie.

Doch dann machte sie abrupt kehrt. Ihre Wut war unangebracht. Es war ihr gleichgültig, was der Bastard trieb – keine Frau konnte von ihrem Herrn Treue erwarten, und das war er weder jetzt, noch würde er es in der Zukunft jemals sein.

Entschlossen stieg Mary wieder die Treppe hinauf.

•

Stephen war nicht betrunken, ganz im Gegenteil. Er neigte nicht zu übermäßigen Ausschweifungen. Vorsichtig stellte er den Kerzenhalter beiseite; schließlich wollte er nicht seinen eigenen Stall niederbrennen.

»Mylord?«, fragte die Magd reglos und außer Atem.

Stephen fühlte sich nicht sehr zufrieden. Sie war nicht nach seinem Geschmack: zu große Brüste, zu üppige Hüften. Früher hätte diese Fülle ihm vielleicht gefallen. Aber wenigstens ihr hellblondes Haar sagte ihm zu.

Seine Lust schien unstillbar. Wie schon in der vorhergehenden, konnte er auch in dieser Nacht nicht schlafen; seine Männlichkeit drückte und drängte. Allen seinen Vorsätzen zum Trotz weilten seine Gedanken ständig bei seiner Braut. Er war daran gewöhnt, seinen Appetit zu stillen, sobald er welchen verspürte. Mit Fantasien hatte er sich noch nie zufriedengegeben, noch nicht einmal als Halbwüchsiger. Und er wusste, er konnte nicht noch eine Nacht wie die letzte aushalten.

Mit Mary ins Bett zu gehen stand nicht zur Debatte. Sie war in jeder Hinsicht seine Braut, auch wenn die Verlobung formell erst noch stattfinden musste. Sie derart gefühllos zu benutzen wäre der Gipfel der Respektlosigkeit gewesen. Sie war weder das uneheliche Kind eines kleinen Lords noch eine Hörige. Sie war von königlichem Blut, und sie war seine Braut. Er konnte sie nicht behandeln wie eine Geliebte, nun nicht mehr.

In einem Wohnturm gab es keine Geheimnisse, und in Alnwick schon gar nicht. Wenn er ihr nicht gerade in der tiefsten Nacht in den Ställen mit ihr schlief, würden es alle erfahren.

Das Erste kam nicht infrage, das Zweite wäre eine weitere Zumutung für sie, die er ihr ersparen wollte. Eines Tages würde sie seine Gräfin sein; wenn er sie mit Missachtung behandelte, würde er ein schlechtes Beispiel geben.

Er musterte die atemlos vor ihm stehende Magd. Sie war ein notdürftiger Ersatz für die Frau, die er begehrte. Doch das spielte keine Rolle. Es wäre absurd, einen vollen Monat bis zu seiner Hochzeit so weiterzumachen. Was eine Rolle spielte, war sein übergroßes Verlangen. Als sie vorhin im Saal auf seinem Schoß gesessen hatte, hatte sich sein Unterleib gegen ihren Hintern gedrückt, bis er es kaum mehr aushalten konnte.

Stephen ging auf sie zu. Einen Augenblick später war sie auf den Knien und nahm sich seines sichtbaren Bedürfnisses an.

Mary schlief erst am frühen Morgen ein. Sie brütete nicht mehr über dem gefährlichen Spiel von Krieg und Verrat, in dem sie die Hauptrolle spielte. Sie war wütend und verletzt, doch zu beiden Gefühlen hatte sie kein Recht. Aber sie konnte nicht aufhören, sich Stephen zusammen mit einer gesichtslosen Dienstmagd von niedriger Geburt vorzustellen. Sie sollte sich nicht darum kümmern, was er tat und mit wem – aber, Gott stehe ihr bei, sie tat es.

Als der Morgen graute, Isobel schlief noch selig, setzte sich Mary mit den harten Tatsachen auseinander. Sie hatte häufig über diesen Mann nachgedacht, schon seit sie ihn in Abernathy zum ersten Mal gesehen hatte. Es war unmöglich, ihn aus dem Gedächtnis zu streichen, dazu war sie viel zu sehr von seiner männlichen, kraftvollen Ausstrahlung gebannt gewesen. Trotz der Tatsache, dass er ihr Feind war, hatte vom ersten Augenblick an eine starke Anziehung zwischen ihnen bestanden.

Mary beschloss, dass das keine Rolle spielte. Abernathy war längst Vergangenheit. Heute Nacht hatte er die Tiefe *seiner* Leidenschaft für *sie* unter Beweis gestellt. Seine Leidenschaft für sie war politischer Natur. Mary nahm sich vor, das nie zu vergessen.

Sie glitt von ihrem Bett. Selbst wenn er ihren Körper vollständig beherrschte, würde er niemals ihren Willen regieren. Sie durfte einfach nicht zulassen, dass er ihren Geist versklavte. Die Bedürfnisse ihres Körpers verbannte sie in den Bereich der Bedeutungslosigkeit. Er bestand schließlich, wie ihre Mutter sagen würde, nur aus Fleisch und Blut. Mit ihrer Seele hingegen verhielt es sich ganz anders.

Der heiße und bittere Zorn blieb. Mary wollte sich rächen. Es gab eine Möglichkeit, die derzeitigen Umstände zu ihrem Vorteil zu nutzen. Hatte er sie nicht beschuldigt zu spionieren? Nun war die Zeit gekommen, diese Rolle zu übernehmen.

Mit neuer Entschlossenheit begann Mary, sich zu waschen, und dachte daran, wie stolz Malcolm auf sie sein würde. Sie verließ das Gemach, als Isobel gerade von ihrem Kindermädchen geweckt wurde. Es war noch nicht Zeit für das erste Stundengebet; Mary schlüpfte aus dem Raum, während Isobel quengelte, sie habe keine Lust, an diesem Morgen zur Messe zu gehen.

Als sie den Saal betrat, bemerkte sie ihn sofort. Er sah sie an, und seine Augen leuchteten, als habe er sich in der Nacht nicht mit einer anderen Frau verausgabt. Marys Zorn flammte erneut auf, und das unangenehme Gefühl der Verletztheit ebenfalls.

Sie schaffte es, ihn zu ignorieren, aber es fiel ihr nicht leicht. Der Morgen war kühl; sie ging ans Feuer, ohne ihn zu grüßen, als würde er nicht existieren. Sie fragte sich, bei welcher Frau er gelegen hatte. Und sie fragte sich, wann sie eine Gelegenheit zum Spionieren bekommen würde.

»Wenn Ihr die Hände noch näher daran haltet, verbrennt Ihr Euch«, sagte er leise und stellte sich dicht hinter sie.

Sie versteifte sich. Wie alle unverheirateten Frauen trug sie das Haar offen, und nun hob er es an und ließ seine Hände hindurchgleiten.

»Ihr habt wunderschönes Haar, Mademoiselle«, murmelte er. Sein Ton war bezaubernd weich, hypnotisch.

Sie bewegte sich nicht, doch alle ihre Sinne waren sich fast schmerzlich der Wärme seines Körpers und seiner Kraft bewusst.

Sie dachte an seine Treulosigkeit in der letzten Nacht.

Seine Finger streichelten ihren Nacken.

»Habt Ihr gut geschlafen, Mademoiselle?«

Mary zuckte zurück und musterte ihn.

»Fasst mich nicht an. Und ja, ich habe in der Tat gut geschlafen!«

Er musterte sie. »Warum seid Ihr so zornig?«

»Zornig? Ich?«

»Habe ich Euch gekränkt?«

Mary antwortete mit der Frage, die ihr auf den Nägeln brannte.

»Habt Ihr denn letzte Nacht gut geschlafen, Mylord?«

Sein Blick traf den ihren.

»Ehrlich gesagt, nein. Und ich bin sicher, Ihr könnt Euch denken, weshalb.«

»Oh, ich weiß, weshalb!«

Er streichelte ihre Wange, doch Mary schlug seine Hand beiseite.

Seine Augen leuchteten verführerisch.

»Dann wisst Ihr, dass ich nur gut schlafe, wenn Ihr mit mir im Bett seid, Mademoiselle, und wir uns beide verausgabt haben.«

Seine Unverblümtheit machte Mary sprachlos.

»Ihr seid zornig, Mary. Weshalb? Weil ich letzte Nacht nicht getan habe, was ich gern getan hätte?«

»Aber Ihr habt doch getan, was ihr tun wolltet, oder etwa nicht?«, hörte sie sich ihn beschimpfen.

Er war etwas ratlos.

»Nein, das habe ich nicht. Wenn ich das getan hätte, wärt Ihr nicht zu dieser frühen Stunde auf den Beinen, Mademoiselle, denn Ihr wärt nicht imstande, unser Bett zu verlassen.«

Sie errötete. Nur für einen kurzen Moment stellte sie sich vor, er würde sie so vollständig, so gründlich nehmen, dass sie den ganzen Tag im Bett bleiben müsste. Dann erinnerte sie sich daran, dass heute irgendwo in Alnwick ein Mädchen in eben dieser Verfassung war. Sie wurde so wütend, dass sie keine Worte fand.

»Bald«, sagte er leise, »sobald wir verheiratet sind, wird keiner von uns mehr unter schlaflosen Nächten zu leiden haben.«

»Ihr seid ein Heuchler!«, schrie Mary, unfähig, sich zurückzuhalten und alle Vorsicht außer Acht lassend.

Er blickte sie verwundert an. »Tatsächlich?«

»Tatsächlich!« Sie merkte, dass er ärgerlich wurde, doch

das war ihr gleichgültig. »Ich kam letzte Nacht nach unten, kurz vor der Morgenandacht.«

Sie hielt inne. Sein Zorn war verflogen – er lächelte erfreut.

»Ihr seid gekommen, um nach mir zu sehen«, sagte er und ergriff ihre Hände.

Mary versuchte vergeblich, sich loszureißen.

»Nicht aus dem Grund, den Ihr vermutet!«

Er war amüsiert und skeptisch.

»Komm, *ma chère*, du willst mir doch nicht erzählen, du hättest mich mitten in der Nacht gesucht, um mit mir zu plaudern?«

Es klang lächerlich. Mary errötete erneut.

»Doch!«

Plötzlich verschwand sein Lächeln.

»Ah, jetzt beginne ich zu verstehen, worauf Ihr hinauswollt.«

Wieder versuchte Mary, ihm ihre Hände zu entreißen – umsonst.

»Ihr seid in der Tat zornig heute Morgen, Mary«, flüsterte er fast. »Ihr habt mich gesucht, aber nirgendwo gefunden.«

Mary gab das Kämpfen auf. Ihr kleiner Busen wogte heftig. »Und wir wissen beide, warum, also leugnet es nicht!«

Er blickte ihr in die Augen.

»Ich leugne es nicht. Aber was hätte ich Eurer Meinung nach tun sollen? Mein Körper sehnte sich heiß und hart – nach Euch.«

»Bitte!« Wieder versuchte sie, sich freizukämpfen; wieder war ihre Anstrengung fruchtlos. Seine Worte riefen lebhafte Erinnerungen wach, an seine Erregung, an die sie nicht denken wollte. »Ich bin sicher, Ihr habt nicht einen Gedanken an mich verschwendet, während Ihr Euch mit Eurer liebreizenden Freundin vergnügtet!«

»Sie war alles andere als liebreizend, und wenn Ihr es denn wissen wollt: Ich habe an nichts gedacht als an Euch – sogar, während ich mich mit ihr vergnügte.«

Mary erstarrte. Er war ein Zauberer. So zornig, verletzt und eifersüchtig sie war, wurde ihr gleichzeitig warm, zu warm; ihr Puls pochte eindringlich, beunruhigend. Wie brachte er das unter diesen Umständen zuwege?

»Ich war doch oben«, sagte sie schließlich und hörte selbst, wie verwundet sie klang.

Seine Augen weiteten sich. »Mademoiselle, Ihr werdet meine Gemahlin. Es kommt nicht infrage, dass ich Euch benutzen würde wie meine Geliebte.«

Mary zeigte sich fassungslos; der Mund blieb ihr offen stehen.

Seine Stimme war leise, streng, drängend sogar.

»Glaubt Ihr, ich hätte nicht daran gedacht? Glaubt Ihr wirklich, eine üppige Hörige kann sich mit einer Frau wie Euch vergleichen? Wollt Ihr wissen, wie oft ich fast diese Treppe hinaufgegangen wäre, trotz alledem? Aber mein Wille ist stärker.« Plötzlich ließ er ihre Hände frei und umfasste ihr Gesicht. Mary war nicht fähig, sich zu bewegen. »Ich war sehr diskret. Alle in diesem Saal schliefen. Ich wollte nicht, dass Ihr es erfahrt. Aber trotzdem bin ich froh, dass Ihr eifersüchtig seid.«

Sie wollte es leugnen, aber sie brachte keinen Ton heraus.

Seine Miene war hart.

»Ihr verlangt das Unmögliche, Mademoiselle, aber ich werde es tun.«

Mary blinzelte. Ihr war sehr warm, und sie fühlte sich wie benommen.

»W-was meint Ihr damit?«, flüsterte sie mit einem Krächzen in der Stimme.

»Da es Euch so verärgert, werde ich bis zu unserer Hochzeitsnacht enthaltsam sein.«

Mary wurde schwindlig. Er fing sie auf, sie landete in seinen Armen.

»Habt Ihr verstanden, was ich gesagt habe?«, fragte er plötzlich. Es schockierte Mary kaum, dass auch er von der

Leidenschaft mitgerissen wurde. Sie legte die Hände an seine Brust, ohne jedoch zu wissen, ob sie ihn wegschieben oder sich an ihn klammern wollte. Schließlich hielt sie sich an ihm fest. »J-ja, i-ich verstehe.«

Seine Miene war beinahe böse.

»Gefällt Euch das?«

Das Tempo ihres Gesprächs und die unglaubliche Folgerung daraus machten Mary sprachlos. Sie nickte einfach nur.

»Gut! Ich möchte Euch erfreuen – ich ganz allein.« Er presste plötzlich seine Lippen auf ihren Mund.

Ein unaufhörlicher Refrain ging Mary im Kopf herum. Dieser Mann hatte ihr soeben versprochen, bis zu ihrer Hochzeit enthaltsam zu bleiben. Er hatte ihr in der Tat sogar Treue gelobt. Enthaltsamkeit ... Treue ... Der Refrain blieb, während sich ihr Mund öffnete, während er an ihren Lippen saugte und ihre Zungen sich schließlich fanden. Nach einer Weile zog sich Stephen schwer atmend zurück.

»Aber ich werde ohne Zweifel jedes Mal den Kopf verlieren, wenn Ihr mir nahe kommt«, warnte er sie. Dann lächelte er, und seine dunklen Augen leuchteten.

Zu einer anderen Zeit, dachte Mary mit plötzlicher Verzweiflung, wäre ihre Ehe erfolgreich gewesen. Vielleicht sogar in dieser, unter anderen Umständen. Aber es konnte nicht sein. Denn es würde keine Heirat geben – die Verlobung war eine Finte. Aber ... Stephen schien sich so sicher zu sein, und er war nicht die Sorte Mensch, die sich leicht übers Ohr hauen ließ.

»Was waren die Bedingungen für diese Heirat?«, hörte sie sich leise, mit gequälter Stimme, fragen.

Stephen zuckte zusammen, sein Lächeln verschwand.

»Reicht es Euch nicht, zu wissen, dass Euer Vater und ich Grund fanden, unsere Familien zu vereinen?«

»Nein. Ich muss die Vereinbarungen kennen, unbedingt.«

Stephen starrte sie unverwandt an. »Wisst ihr nicht mehr, dass wir darüber gestern gesprochen haben?«

Mary musste um Worte ringen, sie musste darum kämpfen, ihre Stimme zu festigen.

»Bitte, Mylord, ich möchte wissen, was mein Vater dadurch gewinnt, dass er Euch meine Hand gibt, abgesehen von«, sie schluckte, »von unserem Kind.«

Stephen schwieg. Sie fixierten sich gegenseitig, seine dunklen Augen trafen ihre tränenverschleierten. Schließlich sagte er ernst: »Mademoiselle, Ihr fragt nach politischen Angelegenheiten.«

»Es ist mir sehr wichtig.«

»Ich weiß, Mary. Ich weiß weit mehr, als Ihr denkt. Vertraut mir. Ich werde bald Euer Gemahl sein und dann für Euch sorgen; ich und niemand sonst. Malcolm hat der Allianz zugestimmt; belasst es dabei.«

»Das kann ich nicht«, flüsterte sie. »Ich muss genau wissen, was gesagt wurde.«

Stephen musterte sie und fragte dann sehr leise: »Wirst du als meine Gemahlin loyal zu mir stehen, Mary?«

Mary erstarrte. Sie wusste, dass sie darauf nur eines antworten durfte: ja. Ihr Herz schlug mit furchterregender Heftigkeit. Sie war nie eine Lügnerin gewesen und merkte, dass sie nicht lügen konnte. Nicht in dieser Angelegenheit, nicht ihm gegenüber.

Sie sagte nichts.

Seine Miene wurde düster, seine Worte waren bitter.

»Ich habe Euch soeben Treue versprochen. Ich habe versprochen, für Euch zu sorgen. Ihr aber bekennt Euch nicht zu Eurer Pflicht. Ihr versöhnt Euch nicht mit mir.«

Sie war gespalten. Stephen hatte etwas an sich, sie sah es in seinen Augen, das in ihr den Wunsch erweckte, ihm alles zu versprechen, was er wollte. Das war verrückt. Dann würde sie ihren Geist versklaven, und sie hatte sich geschworen, das nicht zuzulassen. Am Ende würde keine Heirat stehen – sie war sich dessen sicher.

Er hob ihr Kinn an.

»Werdet Ihr mich heiraten, mein Bett wärmen, meine Söhne austragen, meinen Haushalt führen und meine Leute pflegen, wenn sie krank sind? Werdet Ihr mir Trost und Hilfe spenden? *Werdet Ihr mir treu sein?*«

Mary wimmerte. In dieser Weise von ihm herausgefordert, war sie sich plötzlich ihrer Antwort nicht mehr sicher. Wie konnte das sein? Wo ihre Loyalität lag, war klar – sie hatte ihre Einstellung nicht geändert.

Seine Augen blitzten.

»*Ich muss es wissen!*«

Sie schüttelte den Kopf, ihre Augen begannen zu brennen.

»Schwört mir bei allem, was Euch heilig ist, schwört mir beim Leben Eures Vaters, dass Ihr Eure Pflichten mir gegenüber erfüllen werdet, wie ich sie genannt habe!«, befahl Stephen. »Schwört es jetzt!«

Mary sog heftig die Luft ein.

»Ich – ich kann nicht.«

Er ließ sie los. Sie bemerkte, dass er zitterte.

»Könnt Ihr mir Euer Wort nicht geben oder wollt Ihr es nicht?«

»Nein«, erwiderte Mary. »Ich kann es nicht.«

»Und Ihr wagt es, mich nach politischen Geheimnissen zu fragen«, sagte er eisig. »Ihr habt eine letzte Chance, Demoiselle.« Eine Ader pochte an seiner Schläfe. »*Werdet Ihr loyal zu mir stehen, vom Anfang bis zum Ende und vor allem anderen?*«

Sie wagte nicht zu antworten. Dennoch sagte sie: »Nein.«

Seine Augen weiteten sich.

»Ich stehe loyal zu Schottland«, flüsterte Mary und bemerkte plötzlich, dass sie weinte. Das hasserfüllte Gesicht ihres Vaters kam ihr in den Sinn. Wie stolz würde er auf sie sein. Während sie abgewiesen wurde.

»Selbst nach unserer Hochzeit nicht?«

Mary betete, dass es niemals dazu käme.

»Nein, selbst nach unserer Hochzeit nicht.«

Später an diesem Tag trafen der Graf und die Gräfin von Northumberland ein.

Mary war im Frauengemach, als sie von ihrer Ankunft erfuhr. Die Frauen eilten hinaus, um die Herrin von Alnwick zu begrüßen, allen voran Isobel, die vor Freude kreischte. Mary machte keine Anstalten, ihnen zu folgen; ihr Fehlen blieb unbemerkt. Sie saß allein im Zimmer, und ein Gefühl des Entsetzens machte sich in ihrer Brust breit. Sie hatte keine Lust, Stephens Eltern kennenzulernen, weder jetzt noch später.

Vor allem den Grafen wollte sie nicht treffen, der ein sehr persönlicher Feind ihres Vaters war.

Doch sie hatte keine Wahl. Etwas später, als sich der Tumult im Saal gelegt hatte, erschien eine Frau in der Tür. Mary hatte keinen Zweifel daran, dass es die Gräfin war, und stand unwillkürlich auf.

Stephens Mutter war eine hochgewachsene Frau, deren Alter sich nur schwer schätzen ließ. Sie besaß noch immer eine gute Figur, und sie war schön. Ihr gelber Samtüberrock war prachtvoll, am Saum und an den Ärmeln kunstvoll mit bunten Fäden bestickt, und die schlanke Taille umschloss ein goldener, mit zahlreichen Edelsteinen besetzter Gürtel. Ihr Schleier in den Farben Gold und Rot war aus feinster Seide und wurde von einem mit Rubinen geschmückten, goldenen Diadem gehalten. Sie war eine der imposantesten Frauen, die Mary je getroffen hatte, allerdings nicht wegen ihrer Kleidung. Ihre Züge ließen Willensstärke erkennen, und ihre Augen zeugten von scharfem Verstand. Sie musterte Mary eindringlich.

Mary fragte sich, ob diese Frau sie hasste und über die Allianz entsetzt war.

»Madame«, murmelte sie.

Die Gräfin zog eine Braue hoch. Mary bemerkte, dass sie vom Scheitel bis zur Sohle eingehend gemustert wurde. Hinter Lady Ceidre stand ein halbes Dutzend weiterer Damen, die Entourage der Gräfin, die sie mit offener Neugier und nervösem Kichern beobachteten.

»Tretet vor, Prinzessin«, sagte die Gräfin. Es war ein Befehl, leise gesprochen, aber gebieterisch.

Mary gehorchte.

»Ich möchte Euch in unserer Familie willkommen heißen«, fuhr die Gräfin in sanfterem Ton fort und legte ihre Hände um Marys.

Mary merkte, dass sie dieses Angebot annehmen konnte.

»Ich danke Euch«, erwiderte sie steif.

»Bitte lasst mich mit der Braut meines Sohnes allein«, erklärte die Gräfin, woraufhin ihre Damen unter Lächeln und Gewisper verschwanden.

»Kommt, setzen wir uns und machen uns bekannt«, sagte Lady Ceidre. Sie ergriff Marys Arm und führte sie zu zwei Stühlen. »Ihr braucht keine Angst vor mir zu haben.«

»Ich habe keine Angst«, erwiderte Mary, während sie Platz nahmen. Doch sie fühlte sich unbehaglich. Allerdings nicht, weil die Gräfin Furcht einflößend war, sondern weil sie in sich den verrückten Wunsch spürte, sie könnten einander wirklich Braut und Schwiegermutter sein.

»Ich hoffe, Stephen hat Euch gut behandelt.«

Mary senkte die Lider, den unerschütterlichen Blick der Gräfin auf sich spürend.

»Er und seine Brüder sind ihrem Vater so ähnlich. Es tut mir leid, falls seine Lust die Oberhand über ihn gewonnen hat, als ihr beide euch kennenlerntet.« Mary errötete verschämt. »Aber sie wissen dennoch alle, wie man eine Lady behandelt. Ich hoffe, er hat sich wenigstens seither als Gentleman erwiesen.«

Mary dachte an sein erstaunliches Versprechen, enthaltsam zu bleiben. Irgendetwas regte sich in ihr.

»Ich … ja, das hat er.«

Die Gräfin lächelte erfreut.

»Natürlich«, fuhr sie fort, »wurde er am Königshof erzogen, an einem schrecklich dekadenten Hof, an dem Intrigen, Ehrgeiz und Gier an der Tagesordnung waren – und immer noch sind. Er musste schon in jungen Jahren hart werden.« Ihr Ton veränderte sich; die Trauer darin war unverkennbar. »Aber lasst Euch dadurch nicht täuschen. In seinem Inneren ist er weich, und ich bin sicher, eine Frau wie Ihr kann ihn dort anrühren.«

Mary erinnerte sich an die sanften und verführerischen Worte, die er an diesem Tag bereits geäußert hatte, und rutschte unbehaglich auf ihrem Stuhl hin und her.

»Warum erzählt Ihr mir das?«

»Damit Ihr meinen Sohn versteht, den Mann, der Euer Gemahl sein wird. Damit Ihr ihm vergeben könnt, wenn er sich vergisst.«

Mary erwiderte nichts. Es würde zu leicht sein, mit dieser Frau vertraut werden, es würde zu leicht sein, sie zu mögen. Sie wollte sie nicht mögen. Ihre Situation war schon schwierig genug.

»Wann werdet Ihr wissen, ob Ihr ein Kind bekommt?«

Mary bekam große Augen. Ihre Wangen glühten.

»Meine monatliche Regel ist nicht sehr berechenbar.«

»Das ist wirklich schade. Wenn Ihr wisst, dass Ihr das Kind meines Sohnes unter dem Herzen tragt, müsst Ihr es mir sofort sagen.«

Mary schürzte die Lippen.

Die Gräfin musterte sie.

»Ich denke, wir sollten offen miteinander sprechen, meint Ihr nicht?« Sie lächelte. »Ich bin über diese Verbindung im höchsten Maße erfreut, Prinzessin. Wie auch mein Gemahl und mein Sohn.«

Lady Ceidre ergriff ihre Hand. »Ihr hingegen freut Euch nicht. Ihr fühlt Euch elend.«

Mary seufzte schwer, den Tränen nahe, vom freundlichen Ton der Gräfin zu sehr bewegt.

»Ich … ist es so augenscheinlich?«

»Es ist sehr augenscheinlich. Liegt es an Stephen? Gefällt er Euch nicht?«

Mary schloss die Augen. Eine solche Frage durfte sie sich gar nicht stellen. Sehr leise sagte sie: »Er ist mein Feind.«

Die Gräfin musterte sie.

»Ihr alle seid meine Feinde, Madame«, fuhr Mary im selben Ton fort.

»Es wurde eine Allianz geschlossen. Würdet Ihr Eurem Vater, Eurem König, den Gehorsam verweigern?«

Mary konnte nicht antworten; sie konnte nicht offenbaren, dass Heimtücke im Spiel war und ihre Loyalität nach wie vor Malcolm galt. Aber, lieber Gott, die Gräfin war von der Allianz ebenso sehr überzeugt wie ihr Sohn, und sie waren beide nicht gerade Einfaltspinsel. Ganz im Gegenteil; beide waren außerordentlich klug. Was, wenn sie recht hatten und sie im Unrecht war? Was dann?

Lieber Jesus, wenn es wirklich und wahrhaftig zur Heirat kam, was sollte sie dann tun?

Ungeduldig wartete der Graf von Northumberland auf seinen Erstgeborenen. Bei seiner Ankunft war Stephen nicht im Wohnturm gewesen. Doch der Vater kannte die Gewohnheiten seines Sohnes. Bis zum Mittagsmahl saß er mit seinem Verwalter zusammen und kümmerte sich um die Geschäfte. Danach pflegte er Dinge zu regeln, die er persönlich besorgen musste, sei es die Besichtigung der Güter eines Lehnsmannes oder der Drill seiner Ritter.

Rolfe war ungeduldig, denn er sah Stephen so selten. Tatsächlich schien es ihm, als seien ihre Wege, seit er ihn vor Jahren als Unterpfand an den Hof Wilhelms I. geschickt hatte, dazu bestimmt, auseinanderzulaufen anstatt zusammenzukommen. Während Stephens Zeit am Hof war Rolfe gezwungen gewesen, im Norden zu bleiben, Krieg zu führen und seine Grenzen zu sichern. Als Stephen dann nach Hause zurückkehrte, war Rolfe frei gewesen, selbst an den Königshof zu gehen, um seine Interessen vor jenen zu schützen, die diesen gerne geschadet hätten.

Er seufzte. Er hatte nicht viel zu klagen, aber dass er zu wenig Zeit für seinen ältesten Sohn hatte, bedauerte er.

Stephen betrat den Saal.

Rolfe sprang erfreut auf.

»Ich hätte kaum gedacht, dass wir uns das nächste Mal wegen deiner Hochzeit mit einer Prinzessin wiedersehen«, begrüßte er ihn.

Stephens ernste Miene verschwand.

»Rufus hat also zugestimmt?«

»Der König hat zugestimmt.«

Stephen strahlte.

»Ich schulde Euch großen Dank, Vater.«

Auch Rolfe fühlte sich bestens.

»Letztendlich hatte Rufus keine Wahl. Er muss die Normandie zurückgewinnen, und das weiß er. Bei seiner Entscheidung spielten wahrscheinlich viele geringfügige Beweggründe eine Rolle, einschließlich seines derzeitigen Missfallens an Roger Beaufort. Der im Übrigen wütend ist.«

»Daran zweifle ich nicht.« Die beiden Männer nahmen gemeinsam Platz.

»Zweifellos sind alle von dieser Allianz schockiert«, meinte Stephen. »Wie meine kleine Braut.« Er verzog das Gesicht zu einer leichten Grimasse.

»Eine widerspenstige Braut?«

»Das ist ziemlich milde ausgedrückt.«

»Und wie hast du Malcolms Zustimmung bekommen?«

Stephen blickte seinem Vater direkt in die Augen.

»Er konnte nicht nein sagen. Nicht, als ich seinem größten Wunsch entsprach. Ich gelobte, seinem ältesten Sohn auf den Thron zu verhelfen.«

Rolfe musterte Stephen kritisch.

»Und wenn ich tot bin, wenn Rufus dich auffordert, ihn bei seinem Bemühen zu unterstützen, Duncan – den er auserwählt hat – auf den Thron zu setzen, was wirst du dann tun?«

»Ich bin immer sein treuer Vasall,« antwortete Stephen kühl. »Unabhängig davon, wie sehr ich ihn verachte.«

Es war das erste Mal, dass Stephen seine gemischten Gefühle für ihren König äußerte. Rolfe war überrascht. Jahrelang hatte er vermutet, dass Stephens Gefühle bezüglich Rufus tief wurzelten und sich gefragt, wie es wohl zu dieser Feindseligkeit gekommen war.

»Du lässt dich auf ein gefährliches Spiel ein«, warnte er seinen Sohn.

»Das weiß ich. Aber ich habe mir mein Angebot sorgfältig überlegt. Duncan ist viel zu schwach, um lange Zeit Schottlands König zu bleiben, und Edward ist jung. Seine Zeit wird kommen. Ich tat, was ich tun musste.«

»Ich tadle dich nicht«, sagte Rolfe und lächelte. »Du hast deine Sache gut gemacht, Stephen.«

Stephen grinste, offensichtlich erfreut über dieses Lob.

»Danke, Vater.«

Rolfe fuhr mit seinem Bericht fort.

»Es gibt einige geringfügige Bedingungen. Rufus hat erklärt, dass die Hochzeit bei Hofe stattfinden muss.«

Stephen horchte auf. »Was ist das für ein Spiel?«

»Offenbar will er Malcolm dadurch demütigen, dass die Trauung dort vollzogen werden muss. Die Verlobung kann jedoch schon morgen hier erfolgen.«

Stephen nickte zufrieden. Dann sagte er: »Rufus wird zweifellos versuchen, Malcolm zu provozieren, indem er ihn daran erinnert, dass er ihm mit gebeugtem Knie Gefolgschaft geschworen hat. Und Malcolm besitzt ein hitziges Temperament.«

»Sorge dich nicht. Wir werden sicherstellen, dass Malcolm und William Rufus nicht aneinandergeraten. Nichts darf diese Verbindung behindern. Rufus hat auch erklärt, Mary solle bis zur Hochzeit sein Gast am Hof sein.«

»Weshalb denn das?«, fragte Stephen barsch. »Was will er damit erreichen oder beweisen? Will er sie gefangen halten, bis wir verheiratet sind?«

Stephen war aufgesprungen, seine Augen funkelten wild.

»Reg dich nicht auf«, beruhigte ihn Rolfe, als Stephen begann, auf und ab zu laufen.

»Oder beabsichtigt er einen Verrat?«, fragte Stephen weiter. »Welches Spiel spielt er mit mir?«

Rolfe zögerte. Diese Frage brannte ihm seit zehn Jahren auf den Nägeln, aber er hatte es nie gewagt, sie zu stellen, weil er sich vor der Antwort fürchtete.

Doch Stephen war im Begriff zu heiraten. Und sie verbrachten so wenig Zeit zusammen. Vielleicht würde sich diese Gelegenheit nie wieder bieten.

»Stephen. Ich frage mich schon seit Jahren, warum du so sehr gegen Rufus eingenommen bist.«

Stephen sah ihn einfach an, seine Gedanken waren unergründlich. Der kurze Moment der Wildheit war wieder verflogen.

»Gibt es etwas, das ich wissen sollte? Etwas, das vielleicht in der Zeit geschah, in der du als Zögling am Hof seines Vaters warst?«

»Nein, Vater, es gibt nichts, was Ihr wissen solltet.«

Stephen sprach leise, aber mit festem Ton. Rolfe fühlte sich, als habe er eine satte Ohrfeige bekommen. Er machte sofort einen Rückzieher; schließlich war Stephen ein Mann und hatte jedes Recht auf eine Privatsphäre. Er fragte sich aber dennoch, ob Stephen sich ihm anvertraut hätte, wenn die Vergangenheit anders verlaufen wäre, wenn sie mehr Zeit zusammen gehabt hätten.

»Ich werde niemals zulassen, dass sie sich allein dort aufhält«, erklärte Stephen bestimmt. »Ich werde am Hof bei ihr bleiben.«

Rolfe wusste, dass Stephen nicht nur den König, sondern auch dessen ganzen Hofstaat verachtete. Nicht, dass er ihm das zum Vorwurf gemacht hätte; ein Mann konnte nur für eine gewisse Zeit pausenlos auf der Hut sein.

»Ich bin froh, dass du sie begleiten willst. Du und Mary, ihr könnt morgen sofort nach der Verlobung aufbrechen. Ich komme nach, sobald ich mich mit Malcolm bezüglich der Einzelheiten der Heirat geeinigt habe.«

»Habt keine Furcht, Vater. Bis wir verheiratet sind, werde ich sehr auf der Hut sein. Zu viele werden sonst versuchen, diese Allianz zu hintertreiben.«

Rolfe legte eine Hand auf Stephens Arm.

»Es könnte sich als vorteilhaft erweisen«, sagte er vertraulich, »sie so bald wie möglich zu schwängern, nur für den Fall, dass Probleme auftauchen.«

Stephen starrte ins Leere. Dann sagte er bestimmt: »Ich werde mich mit den Problemen befassen, die auftauchen. Aber Mary wird das Bett erst nach der Hochzeit mit mir teilen.«

Rolfe war verblüfft, doch er sprach klugerweise nicht weiter. Hier schien viel mehr im Gange zu sein, als auf den ersten Blick erkennbar war. Nie hätte er geglaubt, dass Stephen so von seiner Braut angetan sein würde. Er wandte sich ab, seine Freude verbergend.

11

»Es ist Euer Bruder, Sire, Prinz Henry. Er bittet um eine Audienz«, sagte der Wachmann.

Rufus blickte finster. Er war mit seinem Knappen allein in seinen Privatgemächern und damit beschäftigt, sich auf eine königliche Jagd vorzubereiten, die am Nachmittag stattfinden sollte.

»Ich habe jetzt keine Lust, meinen Bruder zu sehen.«

Die Tür zum königlichen Gemach wurde aufgestoßen. Prinz Henry stand auf der Schwelle, das Gesicht rot vor Zorn, hinter ihm zwei aschfahle Wachleute, die über diese Störung ihrer Majestät entsetzt waren.

Rufus funkelte seinen Bruder wütend an.

»Was soll das? Ich habe im Moment keine Zeit, mein lieber kleiner Bruder!«

»Dann nehmt sie Euch, Sire«, gab Henry zurück und schritt entschlossen in den Raum.

Er war groß und kräftig, wie es ihr Vater gewesen war, und überragte seinen Bruder um mehr als eine Handbreit. Im Gegensatz zu diesem, der ein knallrotes, mit Hermelin besetztes Obergewand und dazu passende Halbstiefel trug, war er in unterschiedlichen Grau- und Blautönen gekleidet, doch Tunika und Umhang waren von einem langen, anstrengenden Ritt stark verschmutzt.

»Mir ist ein Gerücht zu Ohren gekommen, das ich unmöglich für wahr halten kann.«

Rufus seufzte und schnippte mit den Fingern, woraufhin die drei Wachmänner verschwanden und die Tür hinter sich schlossen.

Dann wandte er sich an seinen Pagen.

»Bring mir den roten Umhang, den mit Zobel gefütterten, und meinen rotgoldenen Hut.«

Der junge, hübsche Knabe kam dem Befehl unverzüglich nach.

»Sagt mir, dass es nicht stimmt«, fuhr Henry fort, das eigentlich gut aussehende Gesicht vor Wut verzerrt. »Sagt mir, dass Ihr der Verlobung zwischen Stephen de Warenne und Malcolm Canmores Tochter nicht zugestimmt habt!«

Rufus grinste.

»Eifersüchtig?«

Henry holte tief Luft und ballte die Fäuste.

»Seid Ihr übergeschnappt? Habt Ihr komplett den Verstand verloren? Dass Ihr Northumberland solche Macht geben wollt?«

»Macht, die unwiderruflich meine ist«, konterte Rufus. Sein Lächeln war verschwunden. Die harten Blicke der Brüder trafen sich. »De Warenne ist mir nun mehr denn je zu Dank verpflichtet.«

»Rolfe, ja. Aber der Sohn? Wir wissen doch alle, wie begeistert er von Euch ist, Bruder.« Nun spottete Henry, denn er kannte die geheimsten Träume seines Bruders sehr wohl.

Rufus' Gesicht wurde noch roter als sonst.

»Glaube nicht, dass ich Stephen de Warenne mit Samthandschuhen anfasse. Falls er sich als Verräter erweisen sollte, wird es ihm ergehen wie jedem anderen. Und er hat alles zu verlieren, im Gegensatz zu dir.«

Henry zügelte seine Wut; wie schon sein Vater, Wilhelm der Eroberer, war auch er für sein hitziges Temperament bekannt.

»Ihr eilt dem, was ich sagen will, voraus«, stieß er schließlich hervor. »Wer hat denn etwas von Verrat gesagt?«

Er zuckte mit den Schultern.

Rufus lächelte, erfreut über diesen kleinen Sieg.

»Sire«, fuhr Henry eisig fort, »Ihr müsst Euch über Euer Tun Gedanken machen. Es ist eine außerordentliche Torheit,

Northumberland solche Macht zu geben. Vor allem, da alles Land, um das es geht, im Norden liegt. Bald wird Stephen an der Stelle seines Vaters regieren. Was, wenn er sich mit Schottland gegen Euch verbündet?«

Rufus' Gesicht lief erneut hochrot an.

»Oh? Denkst du plötzlich daran, meine Interessen zu schützen?«

Doch er begann sich zu fragen, ob er nicht einen Fehler begangen hatte.

»Jawohl.«

»Ha!« Henrys Antwort konnte Rufus kaum amüsieren, wussten sie doch beide, dass dieser zwar ein hervorragender Ritter und Befehlshaber, seine Loyalität jedoch durchaus fragwürdig war. Mehr als einmal hatte er sich mit ihrem ältesten Bruder Robert, dem Herzog der Normandie, gegen William Rufus verbündet. Indem er Bruder gegen Bruder ausspielte, hatte er sich in der Festungsstadt Domfront einen Stützpunkt geschaffen und war Graf der Halbinsel Cotentin geworden.

Seine wachsende Macht war für Rufus sowohl eine Hilfe als auch ein Hindernis, denn wenn der Preis hoch genug war, ließ sich Henry durchaus dazu bringen, loyal zu sein; auf exakt die gleiche Weise konnte er aber auch zum Gegenteil verlockt werden. Rufus war nicht dumm. Er verstand die Ambitionen seines Bruders bestens, und es ging dabei nicht um Geld.

Er ließ sich von dem Pagen in seinen Umhang helfen.

»Hol mir noch die Rubinbrosche«, wies er ihn an und wandte sich dann wieder seinem Bruder zu.

»Ich schätze deine Loyalität«, sagte er schließlich.

Henry schwieg.

Rufus lächelte.

»Tatsächlich habe ich darüber nachgedacht, sie selbst zu heiraten; irgendwann muss ich ja auch eine Ehe schließen. Aber,« er seufzte dramatisch, »anscheinend konnte sich Stephen nicht zurückhalten. Sie ist womöglich von ihm schwanger.«

Henry blickte grimmig.

»Dieser Umstand hält mich natürlich davon ab, eine Heirat in Betracht zu ziehen, denn mein Erbe muss schließlich *mein* Kind sein.« Er musterte seinen Bruder. »Na komm schon, sei ehrlich, Henry. Du bist beunruhigt. Aber ist der Gedanke an meinen noch ungeborenen Erben der Grund oder die Verlobung deines Freundes? Bist du nicht gekommen, um mich zu bitten, die Prinzessin *dir* zu geben?«

Henry sagte nichts.

»Ich habe daran gedacht«, fuhr Rufus fort. »Schließlich bist du mein Bruder. Ein Prinz und eine Prinzessin passen perfekt zusammen, nicht wahr? Aber ich habe mich trotzdem für Northumberland entschieden. Ihn kenne ich.«

»Aber ich bin Euer Bruder«, hielt Henry dagegen. »Ihr könnt mir vertrauen.«

Rufus hob erstaunt eine Braue und konnte nicht umhin, einen weiteren Hieb auszuteilen.

«Vielleicht gebe ich dir Fitz-Alberts Tochter.«

Henrys Miene verdüsterte sich noch mehr.

»Sie ist die Tochter eines Barons mit nicht mehr als einer oder zwei Besitzungen!«

Rufus lachte leise.

»Da auch du nichts hast als ein oder zwei kleine Güter, seid ihr in dieser Hinsicht einander ebenbürtig, das passt doch bestens!«

Henry konnte sich nicht mehr zurückhalten.

»Das wird dir noch leidtun, Bruder!«

Rufus spürte unwillkürlich Angst in sich aufsteigen, denn er traute Henry nicht einen Augenblick. Er glich zu sehr dem Vater. Es war an der Zeit, ihn versöhnlich zu stimmen.

»Sie hat eine Schwester, sie ist unberührt, im Kloster, und noch zu jung zum Verheiraten.«

Sofort war Henrys Interesse wieder geweckt.

»Malcolm wird niemals beide Töchter an Normannen vergeben.«

»Aber Malcolm lebt nicht ewig. Und wenn er weg ist, ist sein Reich reif, um gepflückt zu werden, wie auch seine Tochter Maude.«

Henry blickte mit düsterer Miene ins Leere. Und Rufus verspürte ein kurzes, aber heftiges Bedauern darüber, dass er seinem Bruder etwas so Kostbares angeboten hatte – diesem Bruder, der manchmal sein größter Verbündeter, aber immer sein tödlichster Feind war.

Der Graf von Kent besaß ein Gut südlich von London an der Themse, das seinen Reichtum anschaulich demonstrierte. Es war frisch getüncht, und an der Tür prangte das Familienwappen. Ferner hatte es nicht nur einen großen Saal, sondern sogar derer zwei, und dazu zahlreiche Gemächer und eine reich ausgestattete Kapelle. Küche, Speisekammer und Bierschenke waren in eigenen Gebäuden untergebracht. Die Tische und Bänke in den Sälen bestanden aus edlem, mit feinen Schnitzereien verziertem Holz. Der thronartige, dem Grafen vorbehaltene Polsterstuhl war mit rotem Samt bezogen. In den oben gelegenen Privaträumen schmückten exotische Teppiche aus Persien die Böden, und an den Wänden hingen farbenprächtige Gobelins.

Roger Beaufort saß ungezwungen auf einem weiteren thronähnlichen Stuhl in seinem privaten Schlafzimmer und nippte an einem teuren Wein aus der Normandie. Adele Beaufort schritt auf einem roten Teppich vor ihm auf und ab; das Feuer im Kamin verzerrte ihren langen Schatten. In ihren Bewegungen lag keine Rastlosigkeit, sondern eher Temperament und heftige Wut.

Sie blieb plötzlich stehen, die Hände in die Hüften gestemmt, ihre üppigen Brüste hoben und senkten sich.

»Hast du dazu nichts zu sagen? Überhaupt nichts?«

»Schrei nicht so«, entgegnete er.

Er war zwar überzeugt, dass ihr Unglück mit der derzeitigen Verärgerung des Königs über ihn zu tun hatte – dass sein Unglück sozusagen sie traf –, genoss aber ihre Wut. Nur selten trug einer über Adele den Sieg davon.

»Gott, wie ich dich hasse! Ich werde beiseitegeschoben wie eine wertlose Dirne, und du tust nichts, absolut nichts!«

Er beschloss, ihr den Widerhaken noch tiefer ins Fleisch zu bohren.

»Seit der Lösung der Verlobung vor einer Woche hat es ein halbes Dutzend Angebote für dich gegeben. Henry of Ferrars war der hartnäckigste. Du wirst nicht als alte Jungfer sterben, Liebling.«

»Du Scherzbold! Er ist ein Niemand, ein absoluter Niemand!«

»Ich scherze nicht.«

»Wen«, fauchte sie, »wen könnte er heiraten? Welche könnte er mehr begehren als mich? *Wer ist sie?*«, brüllte Adele.

Roger beobachtete seine Stiefschwester mit einem trägen Lächeln.

»Du solltest nicht in diesem Zimmer sein, Adele, und jetzt brüllst du auch noch das ganze Haus zusammen.«

Wutentbrannt und keuchend vor Zorn starrte sie ihn an und warf das lange, schwarze Haar in den Nacken.

»Du weißt es. Du weißt, wer sie ist! Du hast es herausgefunden!«

Er lächelte wieder und nahm einen Schluck von seinem Wein.

»Du Bastard!«, schrie sie und schlug ihm den Becher aus der Hand.

Der Wein ergoss sich über Rogers rote Hose und den bestickten Saum seiner samtenen Tunika.

Er sprang auf, zog Adele zu sich und gab ihr eine kräftige Ohrfeige.

Sie schrie wütend auf und versuchte, sich loszureißen. Er

schlug sie noch einmal, um ihr zu zeigen, wo ihr Platz war, und ließ sie dann los.

Völlig außer sich trat sie zurück, ihr Busen wogte heftig. Er bemerkte, dass ihre Brustwarzen sich versteiften. Aber auch er war geladen.

»Wer ist es?«, herrschte sie ihn an; ihre Wangen liefen von den Schlägen hochrot an.

»Es ist Malcolm Canmores Tochter«, antwortete er mit echter Genugtuung.

Ihr Atem stockte.

»Er heiratet eine Königstochter?«, fragte sie verblüfft.

»Er heiratet eine Prinzessin«, erwiderte Roger mit einem affektierten Grinsen.

Adele gab einen erstickten Laut von sich und wandte sich zitternd zum Feuer um. Er trat so dicht hinter sie, dass sein Unterleib an ihren verlängerten Rücken stieß, und legte tröstend die Hände auf ihre Schultern.

»Nicht einmal du kommst gegen eine Prinzessin an, meine Liebe, und es heißt, sie sei auch noch eine Schönheit.«

Sie riss sich von ihm los. Und sie sagte nichts – denn dazu gab es nichts zu sagen.

Mary ritt neben Stephen auf einem zierlichen weißen Zelter; er saß auf seinem großen braunen Streitross. Zwei Dutzend Ritter begleiteten sie, und direkt hinter ihnen ritt ein Gefolgsmann mit der Flagge von Northumberland. Die rote Rose auf schwarz-weiß-goldenem Grund wehte über ihnen und verkündete ihr Eintreffen in London.

Die Glocken der königlichen Kapelle läuteten, als sie sich langsam der Zugbrücke näherten. Zu einer anderen Zeit hätte sich Mary vielleicht für den Anblick des Palastes interessiert. Erbaut vom Eroberer an der Stelle eines alten römischen Kastells – ein Teil der Befestigungen enthielt in der Tat noch alte römische Mauern –, bestand er aus dem weiß getünchten, vier Stockwerke hohen und mit Zinnen bewehrten

Turm und einem großen Burghof mit Ringmauern und den umliegenden Kaianlagen. Auf den Wachtürmen patrouillierten Soldaten, und auf den Mauern waren Bogenschützen postiert. Am Wasser war es ruhig, zahlreiche Schiffe und Boote lagen vertäut, von denen einige offenbar aus fernen Ländern stammten.

Mary sah nur die Mauern und den Turm. Ihr Bauch fühlte sich angespannt an, und das bereits seit gestern, als sie in der Kapelle von Alnwick mit Stephen verlobt worden war.

Die Verlobung war offiziell. Und sie hatte wirklich und tatsächlich stattgefunden; es war keine List gewesen. Und nun war sie im Begriff, den berühmten Tower zu betreten. Nun, da sie die mächtige, noch nicht ganz vollendete Festung vor sich sah, traf die Erkenntnis Mary wie ein Schlag – aus diesen unbezwingbaren Mauern konnte Malcolm sie nicht befreien.

Sie begann zu zittern.

Die Verlobung war offiziell, es hatte keine Rettung aus Alnwick gegeben, und auch keine, seit sie Alnwick verlassen hatte, und es würde jetzt und auch in der Zukunft keine Rettung mehr geben. Das zu glauben, darauf zu hoffen, war schlichtweg Wahnsinn.

Lieber Gott, es war keine List gewesen.

Keine List. Ihr Vater hatte sie Stephen de Warenne gegeben und sich nicht einmal von ihr verabschiedet. Sie war nichts weiter als ein politisches Opfer.

Ein Schmerz stieg in ihr hoch; Mary musste ihre Gedanken abwürgen.

Sonst konnte es sein, dass sie den Palast des Königs tränenüberströmt betrat.

Sie überquerten die Zugbrücke, ritten unter den schwarzen Klauen des Fallgitters durch und in den Hof hinein. Dort wurden sie sofort von bewaffneten, in den Farben des Königs gekleideten Rittern umringt – eine Maßnahme, die alles andere als beruhigend wirkte. Mary war nicht imstande, sich zu bewegen. Stephen glitt von seinem Streitross. Seine starken Hände umschlossen ihre Taille, und er blickte ihr gefasst in die Augen.

»Keine Angst«, murmelte er. »Das ist nichts als Gehabe.«

Er zog sie von ihrem Pferd und direkt in seine Arme. Mary zitterte und atmete schwer. Doch sobald sie gewahr wurde, dass sie in seinen Armen lag – Stephen de Warennes, des Mannes, den sie tatsächlich heiraten würde, des Mannes, dem ihr Vater sie kaltherzig überlassen hatte –, riss sie sich von ihm los. Die zahlreichen königlichen Ritter umringten sie beide und trennten sie von Stephens Männern.

»Warum haben uns die Männer des Königs umstellt?«, rief sie.

Fast panisch jagte ihr der Gedanke durch den Kopf, dass man sie von Stephen trennen würde und sie nicht seine Gemahlin, sondern eine Gefangene des Königs werden sollte. So sehr sie es hasste, Northumberlands Braut zu sein, war das doch nichts im Vergleich zu der Vorstellung, ihm entrissen und in die Verliese des Towers geworfen zu werden.

Stephen legte tröstend einen Arm um sie, doch seine Miene war angespannt.

Sein kalter, gefährlicher Blick strafte seine Geste und seinen Ton Lügen.

»Es ist nur Theater, Mary, eine Vorstellung für mich und für meine Feinde. Du wirst meine Gemahlin; Rufus ist nicht so unklug, sein Wort zu brechen. Er würde meine Familie nie erzürnen, dazu braucht er uns viel zu sehr.«

Seine Worte beruhigten Mary nicht. Wie konnten sie das auch? Sie war vom Feind umstellt, *er* war der Feind. Was Stephen auch immer sagte, sie sollte ganz offensichtlich gefangen genommen werden. Außerdem nahm sie ihm nicht ab, dass er selbst glaubte, was er sagte, denn auch er versteifte sich vor Anspannung und Zorn.

Mary fühlte sich überwältigt. Emotionen, die sie eigentlich unterdrücken wollte, drohten sie zu überrollen. Sie war tatsächlich mit Stephen de Warenne verlobt; in einigen Wochen würde sie seine Gemahlin sein, und in einer Minute würde sie als »Gast« des Königs den Tower betreten. Lieber, guter, gnädiger Jesus, ihr Vater hatte nicht einmal abgewartet, bis ihre Schwangerschaft feststand, bevor er sie seinem größten Feind auslieferte!

Mary musste die Augen schließen und tief durchatmen; sie fühlte sich kurz vor einer Ohnmacht. Sie merkte, dass sie Stephens Hand umklammerte.

Ihr kam der Gedanke, dass er trotz des Verrats in dieser sturmdurchwühlten See ihr Anker war. Wütend auf sich selbst, auf ihn, auf alles und jeden, entriss sie ihm ihre Hand.

Ein Mann trat aus den sie umstellenden Rittern hervor, ein gewinnendes Lächeln auf den kühnen Gesichtszügen.

»Ich bin gekommen, um euch im Namen meines Bruders, des Königs, zu begrüßen, Stephen.«

Stephen legte einen Arm um Marys verspannte Schultern und wandte sich Prinz Henry zu.

»Ich fühle mich geehrt, Henry.«

Henry grinste ihn an, und dann schwenkte sein Blick auf Mary. Sie starrte ihn an, als sei er ein Ungeheuer mit zwei Köpfen.

Auch den Prinzen hatte sie bereits in Abernathy gesehen, und da er dem Königshaus angehörte, zumindest solange es in seine Pläne passte, wusste sie von ihm. Zudem eilte ihm der Ruf eines Frauenhelden voraus. Es hieß, er habe bereits mehr als ein halbes Dutzend uneheliche Kinder in die Welt gesetzt.

Doch der Blick, mit dem er sie musterte, war weniger lustvoll als vielmehr durchdringend. Mary war jedoch zu aufgelöst, um das wirklich zu bemerken. Er ging ihr einfach nur auf die Nerven, und sie errötete.

»Willkommen im Tower, Prinzessin«, begrüßte er sie liebenswürdig.

Mary wusste, was sich gehörte, und so ungern sie es tat,

machte sie dennoch einen Knicks. Stephen musste seinen Arm von ihren Schultern nehmen.

Henry half ihr auf und ließ sich auffallend viel Zeit, seine Hände wieder von den ihren zu lösen.

»Eine wahre Schönheit, schöner sogar als Adele Beaufort.« Er war amüsiert und dachte, sie wüsste nicht, wen er meinte.

Aber Mary hatte diesen verhassten Namen nicht vergessen. Sie glaubte dem Prinzen nicht wirklich und fragte sich, ob sich die Erbin von Essex vielleicht sogar bei Hofe befand.

Stephen ergriff stumm ihren Arm und hakte ihn in einer besitzergreifenden Geste unter den seinen, ohne seinen harten Blick von Prinz Henry abzuwenden.

Der zog eine Braue hoch und lachte.

»Keine Angst. Sind wir nicht seit Jahren Verbündete? Ich werde mich beherrschen, lieber Stephen.«

Stephens Lächeln war eisig.

»Dann hast du dich seit unserem letzten Treffen verändert, *mon ami*. Du fandest schon immer Vergnügen daran, in fremden Gärten zu wildern, wenn ich mich recht erinnere.«

Henry zuckte die Achseln. »Nie ohne Einladung«, erwiderte er. »Nie ohne eine Einladung.«

»Hier wird es keine Einladung geben«, erwiderte Stephen ohne Groll. Er sprach, als würde er eine Tatsache darlegen.

»Wirst du langsam sanftmütig?« Henry schien schon wieder amüsiert zu sein, und skeptisch dazu. Als Stephen lediglich lächelte, zuckte er mit den Schultern.

»Komm«, sagte er mit einer ausholenden Geste, »es ist kalt, und deine Braut zittert. Wegen der Kälte, natürlich.«

»Natürlich«, entgegnete Stephen und legte einen Arm eng um Mary.

Mary konnte kaum atmen. Sie spürte eine feste Freundschaft zwischen den Männern, aber auch eine seltsame Rivalität. Die beiden stritten sich doch sicher nicht ihretwegen!

Sie wimmerte fast, und ihre Schläfen begannen schmerzhaft zu hämmern. Am liebsten hätte sie sich in ein Bett gelegt und die Decke über sich gezogen.

Sie stiegen die hölzerne Treppe des Wohnturms hinauf und betraten den Saal im ersten Obergeschoss. Offiziell war dies der Raum des Burgvogts; nun war er fast überfüllt mit schmuckbehangenen Damen in ihren feinsten Gewändern, mit Edelleuten in farbenprächtigen Tuniken und Hosen und anderen Männern, die so schmutzig waren, als seien sie tagelang geritten. Durch die vielen Menschen war es heiß und die Luft zum Ersticken; die kühle Abendluft und die sich ankündigende Frische des Herbstes waren nicht spürbar. Und dann dieser Lärm! Mary hätte schreien müssen, um sich bei Stephen Gehör zu verschaffen, wenn sie mit ihm hätte sprechen wollen. Er musste sich derweil mit den Ellbogen einen Weg durch die Menge bahnen und sie quer durch den Saal zur nächsten Treppe bringen. Zu ihrer Überraschung ließ Henry sie dort allein; er verabschiedete sich mit einem letzten hämischen Blick und einer höflichen Verbeugung.

Auf dem Treppenabsatz ging es ruhiger zu. Marys Herz begann sich zu beruhigen, die kleine Pause erleichterte sie.

»Wohin gehen wir eigentlich?«, fragte sie.

»Den König begrüßen, natürlich.«

Ihr Herz begann von Neuem furchtsam zu hämmern.

Am oberen Treppenabsatz trafen sie auf eine Gruppe von Edelfrauen, eine Wolke aus kostbarer Seide und prächtigen Brokaten, berauschenden Parfums und gepuderten Gesichtern. Stephen trat höflich zur Seite, ohne jedoch Mary loszulassen. Die Ladys passierten sie und warfen Mary ebenso verwunderte wie ihrem Verlobten begierige Blicke zu. Eine der Frauen hielt inne. Ihr dunkles, verführerisches Wesen ließ den Knoten in Marys Bauch noch fester werden. Die Frau ignorierte sie, sie hatte nur Augen für Stephen. »Mylord«, hauchte sie mit einer tiefen, belegten Stimme und sank zu einem tiefen Knicks nieder.

»Das ist nicht nötig, Mylady«, sagte Stephen.

Sie richtete sich auf, ließ sich jedoch kaum dazu herab, Mary zu bemerken. Sie war bemerkenswert schön, groß und sinnlich, ihr Haar dunkler als die dunkelste Nacht, die Augen schwarz und betörend. Mary hatte keine Zweifel, dass dies eine seiner Geliebten war, so verführerisch wie sie sich gab.

»Ich möchte Euch beglückwünschen, Mylord«, sagte die Verführerin leise.

»Das ist sehr nett von Euch.«

Sie schlug die langen Wimpern nieder, und dann warf sie ihm einen Blick zu, der Mary entrüstete.

»Ich hoffe, wir können Freunde bleiben.« Ihr Ton war nun sogar noch aufreizender. Mary war sicher, dass er diese Frau sehr gut kannte.

Stephen schürzte in einem Versuch zu lächeln die Lippen.

»Wie Ihr wollt, Mylady«, erwiderte er und verbeugte sich kurz. Dann zog er Mary mit sich und ließ die Frau an der Treppe stehen.

Mary hasste dieses Weib. Der Hass erfüllte sie mit solcher Kraft, dass ihr Herz donnerte und sie kaum mehr Luft bekam. Sie hatte das Wortspiel der beiden sehr wohl verstanden! Seine Geliebte beabsichtigte, die Beziehung mit ihm trotz der Heirat aufrechtzuerhalten.

»Ihr zittert schon wieder«, bemerkte Stephen mit einem Blick auf sie.

»Ihr habt mir versprochen …« Sie brachte es nicht heraus. Und selbst während sie sprach, wusste ihr Verstand, dass es ihr gleichgültig sein sollte. Aber, bei Gott, es war ihr nicht gleichgültig.

Der Blick aus seinen dunklen Augen traf den ihren.

»Enthaltsam zu sein? Das habe ich, Mary. Ihr könnt beruhigt sein.«

Ein Teil ihres Ärgers und der unglaublichen Eifersucht verschwand.

Er mochte ein verräterischer Normanne sein, doch sie hielt ihn für einen Mann, der zu seinem Wort stand. Was immer zwischen ihm und der anderen gewesen war, das war nun vorüber.

»Ihr müsst mir vertrauen, Mary«, murmelte Stephen.

Seine freundlichen, tröstend gemeinten Worte lösten in ihr einen überwältigenden Drang zu weinen aus. Sie war einfach vollkommen überreizt.

Inzwischen hatten sie einen anderen Saal betreten, größer und höher noch als der vorherige, offensichtlich gehörte er zur königlichen Suite. Hier warteten etwa ein Dutzend Männer und etwa ebenso viele Frauen und unterhielten sich; es herrschte wesentlich weniger Aufregung als im unteren Saal. Dennoch gab Marys Herz keine Ruhe, so sehr sie auch versuchte, sich einzureden, dass sie keinen Grund hatte, ängstlich zu sein.

»Die Gemächer des Königs sind dort drüben.«

Stephen deutete mit einem Kopfnicken zur anderen Seite des Raums, wo zwei Bewaffnete eine starke, zweiflügelige Eichentür bewachten.

Mary hasste sich für ihre Feigheit und folgte Stephen, und sie war froh um seine Hand auf ihrem Arm. Er sprach kurz mit den Wachmännern, und der eine verschwand hinter der Tür.

Einen Augenblick später erschien er wieder und ließ sie, begleitet von zwei Saaldienern, eintreten.

Der König stand in der Mitte des Zimmers, während ein Geistlicher aus einer Schriftrolle vorlas – es klang wie die Inventarliste eines Landguts. Der König hörte nicht zu; er blickte erwartungsvoll in Richtung der Tür.

Im ersten Augenblick sah Mary niemanden sonst im Raum, so farbenprächtig war William Rufus.

Er trug ein langes, silbernes Unterkleid und darüber eine Tunika in dem leuchtendsten Purpur, das Mary je gesehen hatte. Beide Gewänder waren reich mit Silber- und Goldfäden bestickt. Sein goldener Gürtel war zwei Handspannen breit und mit Rubinen und Saphiren besetzt; die Schuhe waren vergoldet, die Spitzen mit Quasten verziert, in die Edelsteine eingearbeitet waren. Er trug mehrere Halsketten und an den Fingern große Ringe, und seinen Kopf schmückte natürlich die Krone von England.

Hinter dem König saßen auf Stühlen drei Höflinge und hörten dem Kleriker zu; doch als Stephen und Mary eintraten, richtete sich alle Aufmerksamkeit sofort auf sie. Der Kirchenmann merkte schließlich, dass niemand mehr auf ihn achtete, und verstummte. Stephen führte Mary quer durch den stillen Raum.

William Rufus lächelte. Zu Marys Überraschung sah er nicht sie an, sondern Stephen, was sie etwas verblüffte. Sie schaute zu Stephen auf und bemerkte seine steinerne, unergründliche Miene. Als sie sich wieder dem König zuwandte, bedachte er sie mit einem kalten und durchdringenden Blick; irgendwie schien er ungehalten zu sein.

Sie wusste, sie sollte seinen Blick nicht erwidern, doch sie konnte nicht anders. Sie hatte diesen Mann noch nie gesehen, einen Mann, den zu hassen sie von Geburt an gelehrt worden war.

Sie hatte bereits gehört, dass er ein eitler Pfau und ein Sodomit sei und ungeheure Summen für seine Garderobe ausgebe; dennoch überraschte sie seine Erscheinung. Er strahlte so viel Macht aus, dass es schon fast sonderbar wirkte. Er war von durchschnittlicher Größe, hatte ein rötliches Gesicht und war etwas dicklich. Früher mochte er einmal attraktiv gewesen sein, doch das schien lange zurückzuliegen. Seine Augen waren ziemlich klein, aber unverkennbar klug, und als er schließlich mit echter Wärme lächelte, sah Mary, dass ihm ein Zahn fehlte. Und er lächelte nur Stephen zu.

»Willkommen, Stephen, willkommen. Wir haben nicht Euch erwartet, nur Eure Braut.«

»Oh, ist das tatsächlich so?«, fragte Stephen mit seidenweicher Stimme.

Mary merkte sofort, dass er diesen Mann überhaupt nicht

mochte. Seine Augen waren dunkel, die Lippen dünn, und in seinem Ton schwang ein leichter Spott mit.

»Ihr dachtet, ich würde meine Braut allein zu Euch schicken?«

Rufus zuckte die Achseln.

»Wir freuen uns, Euch nach so langer Zeit wiederzusehen. Es ist zu lange her, dass Ihr uns einen Besuch abgestattet habt. Wir haben vieles zu besprechen, Ihr und ich.« Rufus streckte ihm die Hand entgegen. »Ihr werdet heute Abend mit uns essen.«

Stephen ging auf ein Knie nieder, ergriff die Finger des Königs und küsste die Luft darüber. Es war eine anmutige, aber irgendwie unvollständige Geste, denn seine Haltung von Kopf und Schultern wirkte hochmütig. Rufus wandte sich endlich Mary zu; sie trat vor neben Stephen, machte einen tiefen Knicks und verharrte, bis der König sie aufforderte, sich zu erheben.

»Ihr seid also Malcolms Tochter«, sagte er nachdenklich. »Warum hat er so lange damit gewartet, Euch zu verheiraten? Wie alt seid Ihr? Ihr seht eher wie ein Kind denn wie eine Frau aus.«

Mary war entrüstet. Sie konnte seine herablassende Art nicht ertragen. Als sie aufblickte, merkte sie, dass alle Aufmerksamkeit auf sie gerichtet war. Sie sollte diesem Mann, Englands König, nicht trotzen, doch sie hatte keine Lust, auf solche Fragen zu antworten. Widerwillig ging sie auf eine ein.

»Ich bin sechzehn.«

Rufus hatte sich jedoch schon längst wieder Stephen zugewandt, der unbeweglich an Marys Seite stand.

»Gefällt sie Euch, Stephen?«

Mary stockte der Atem. Was für eine Frage war das?

Der König fuhr gleichgültig fort – als wäre sie gar nicht da.

»Sie hält dem Vergleich zu Adele nicht stand, so klein und blass – wenn ihre langen Haare nicht wären, könnte man sie glatt für einen Jungen halten.«

Mary kochte innerlich vor Wut. Sie konnte nicht glauben, dass er sie dermaßen beleidigte, und wandte sich in Erwartung einer Verteidigung Stephen zu.

Doch der zuckte lediglich die Achseln. Seine Lippen waren ein Strich.

»Ihr wisst, dass ich keine Knaben mag.«

Rufus begann zu lächeln.

»Nein – Eure Frauen waren immer reif und üppig.«

In einem Ton, der so gleichgültig war wie der des Königs, stimmte Stephen zu.

»Sie gefällt Euch also nicht?«

Jetzt glänzten Rufus' Augen.

»Sie ist Malcolms Tochter. *Das* gefällt mir, Sire.«

Mary fühlte sich elend. Das war der letzte, der tödliche Schlag. Sie ballte die Fäuste und sagte sich, sie dürfe ihr Mittagessen nicht erbrechen, nicht jetzt, nicht hier, vor aller Augen.

In der kurzen Stille, die nun folgte, hielt Stephen sie am Arm fest, denn sie zitterte erneut. Wütend versuchte Mary, sich loszureißen, doch sein Griff war eisern; sie kam nicht dagegen an. Zu ihrem Entsetzen begannen aufsteigende Tränen in ihren Augen zu brennen.

Rufus hatte jedoch bereits das Thema gewechselt. Er fragte Stephen, ob in Northumberland alles seine Ordnung habe.

Mary hörte nicht zu; sie war zu sehr am Boden zerstört, um ihnen folgen zu können. Sie wollte nur so schnell wie möglich aus diesem Raum hinaus, weg von dem entsetzlichen König, weg von Stephen, weg von den Erkenntnissen, die in ihrem Kopf herumtanzten.

Plötzlich sprach Rufus sie wieder an.

»Wie geht es Eurem Vater?«

Da Mary mit aller Kraft versucht hatte, nicht an Malcolm zu denken, war sie im Augenblick nicht imstande zu antworten, nicht einmal, als Stephen ihr in die Seite stieß. Sie blinzelte den König an, entschlossen, nicht zu weinen. Nicht hier, nicht jetzt, bitte, lieber Gott.

»Euer Vater, Prinzessin«, wiederholte Rufus, als spräche er zu einer Idiotin. »Wie geht es Eurem Vater? Ihr sprecht doch Französisch?«

Mary versuchte zu sprechen. Aber wenn sie jetzt den Mund öffnete, würde sie entweder schluchzen oder schreien.

Rufus wandte sich Stephen zu.

»Ist sie dumm? Ist sie nicht richtig im Kopf? Ich würde Euch nicht mit einer verheiraten, die Euch blöde Kinder gebiert.«

»Sie ist geistig gesund, Sire, sie ist nur übermüdet, und ich denke, auch beunruhigt.«

Mary wagte nicht, vom Boden aufzuschauen. Ein paar Tränen stahlen sich über ihre Wangen.

»Dann muss ich Eurem Urteil vertrauen, denn es ist ja immer überlegt. Schickt sie weg. Schickt sie in das Gemach, das sie mit ein paar der anderen Ladys teilen wird, die sich hier aufhalten. Wir müssen miteinander reden. Nach so vielen Jahren haben wir vieles zu besprechen.«

Stephen verbeugte sich, noch immer fest Marys Arm haltend.

»Sire.«

Sie entfernten sich. Mary bekam kaum mit, wie sie durch den Raum und zur Tür hinaus geleitet wurde. Sie bewegte sich wie die geistig Umnachtete, die zu sein sie der König beschuldigt hatte. Draußen angekommen, holte sie erst einmal Luft.

Stephen sprach leise mit einem der Bewaffneten. Allmählich konnte Mary wieder normal und klar sehen. Ihre Brüste hoben und senkten sich schneller als sonst. Sie protestierte nicht, als Stephen wieder ihre Hand ergriff, und sie ignorierte ihn, als er sie mit einem langen, fragenden Blick betrachtete, während sie dem Soldaten die Treppe hinauf folgten.

»Mademoiselle?«

Sie biss die Zähne zusammen und schwieg. Sie atmete nicht mehr.

Auch Stephen verstummte. Der Wachmann erklärte ihnen freundlich, dies sei Marys Gemach, und öffnete eine Tür. Mary löste sich von Stephen und ging hinein. Er folgte ihr, wie sie es erwartet hatte, und der Soldat entfernte sich.

Endlich waren sie allein.

»Mary«, begann Stephen.

Sie schrie. Während sie schrie und schrie und schrie, ein Schrei aus Wut und Qual, schlug sie ihm mit der offenen Hand mit aller Kraft ins Gesicht, dass es im Raum widerhallte.

»Verschwinde!«, brüllte Mary. »Verschwinde aus meinem Leben!«

12

Im ersten Augenblick erstarrte Stephen.

Auch Mary stand wie versteinert.

Das Geräusch ihres Schlages schien im Raum nachzuhallen.

Dann wandelte sich seine Fassungslosigkeit in Zorn. »Mary!«, herrschte er sie an und trat auf sie zu.

»Nein!«, brüllte sie und riss wie um sich zu schützen die Arme hoch. Ihre Abwehrhaltung setzte ein heftiges Schluchzen frei.

Stephen hielt inne. Er hatte ihre Nervosität schon gespürt, als sie in den Burghof gekommen waren. Seither schien sie sich ständig verschlimmert zu haben. Er bedauerte sehr, dass er sich beim König so hatte verhalten müssen. Doch er kannte Rufus und wusste, dass er keine andere Wahl gehabt hatte. Er war Mary nicht böse, dass sie ihn geschlagen hatte.

»Mary, ich muss Euch mein Verhalten im Gemach des Königs erklären.«

»Nein!«

Sie wich vor ihm zurück, bis sie mit dem Fuß an eines der drei Betten stieß. Dann sprang sie sofort zur Seite und drückte sich an die Wand – weiter konnte sie sich nicht von ihm entfernen.

»Mary«, wiederholte Stephen und zwang sich, ruhig zu bleiben. Er redete mit ihr wie mit einer gebrechlichen oder verwirrten Person. »Ich konnte den König nicht wissen lassen, wie sehr mich unsere Verbindung freut. Ihr müsst mir vertrauen. Im Lauf der Zeit werde ich Euch das alles erklären – wenn Ihr Euch mit dem Gedanken an unsere Verbindung angefreundet habt, wenn Ihr loyal zu mir steht.«

»Ich werde mich nie damit anfreunden, ich werde nie loyal sein!«

Stephen zuckte zusammen.

»Wie ich Euch hasse!«, schrie Mary und schluchzte erneut. »Lieber Gott, wir werden wirklich verheiratet!«

Stephen stutzte und fragte sich, ob sie nun tatsächlich verrückt wurde. »Natürlich werden wir wirklich verheiratet. Das wurde schon vor Tagen beschlossen.«

Sie stöhnte.

Er fühlte sich hilflos, denn er verstand überhaupt nicht, was in ihr vor sich ging.

»Ihr seid verwirrt. Wenn Ihr Euch beruhigt habt ...«

Ihr wildes, von Tränen halb ersticktes Lachen unterbrach ihn.

»Natürlich bin ich verwirrt! Wollt Ihr mich dafür tadeln, Sir Normanne? Wie würde es Euch denn gefallen, hier eingesperrt zu werden?«

Er stand reglos, ausdruckslos da. Sie weinte leise, eine ganze Weile lang.

»Ihr seid keine Gefangene, Demoiselle«, sagte er endlich mit harschem Ton. »Ihr seid meine Braut und werdet bald meine Gemahlin sein.«

Er hatte es kaum gesagt, als sie das Gesicht in den Händen verbarg. Ihre Schultern bebten. Dieses Mal war ihr Schluchzen deutlich vernehmbar.

Offenbar steigerte sie sich bei dem Gedanken an die Heirat in diese Hysterie hinein. Er begriff nicht, weshalb diese Krise erst jetzt gekommen war und nicht schon früher, und konnte nur raten, dass die Demütigung ihrer Person vor dem König der Grund dafür war. Stephen stand unbeweglich da, von Schuld zerrissen. Schuld nicht nur wegen der Krise, die er bei ihr ausgelöst hatte, sondern auch, weil er sie gegen ihren Willen zu dieser Heirat zwang – eine Tatsache, die er nicht länger ignorieren konnte. Unterschied er sich überhaupt in irgendeiner Weise von William Rufus?

Nie in seinem Leben war er so entsetzt gewesen wie damals. Aber Rufus hatte ihm weder Ehrbarkeit noch Macht noch eine Heirat angeboten, erinnerte er sich. Rufus hatte ihn benutzen, missbrauchen wollen. Dennoch erschreckten ihn die Parallelen.

Aber er war hilflos, ein Gefangener seiner Lust und seines Ehrgeizes. Er konnte und wollte sie nicht freigeben.

»Ihr seid keine Gefangene«, wiederholte er, aber ob er damit sie oder sich selbst überzeugen wollte, wagte er sich nicht zu fragen. »Ihr werdet meine Gemahlin sein. Alles, was mir gehört, wird auch Euch gehören.«

Sie ließ die Hände sinken, ihr Gesicht war tränenüberströmt, ihre Augen funkelten vor Zorn.

»Ihr habt nichts, was ich haben möchte!«

Sie hatte ihn so gereizt, wie nur eine Frau einen Mann reizen konnte.

»Zwingt mich nicht zu beweisen, wie falsch Eure Behauptung ist.« Er beugte sich über sie. »Im Bett seid Ihr nicht so unwillig.«

Sie würgte.

»Nicht im Bett, nein. Ihr seid ein Teufel, der mich dort verhext hat. Ansonsten aber widersetze ich mich, das werdet Ihr nie vergessen können!«

Er konnte nicht von ihr ablassen, so sehr er es auch wollte; ihr Hass hielt ihn fest.

»Unwillig, treulos, das spielt kaum eine Rolle«, erklärte er düster. Es gab kein Zurück. »Wir werden heiraten, so wie es Euer Vater und ich geplant haben.«

»Sprecht nicht von Malcolm«, schrie sie.

Diese Bemerkung gab Stephen einen Hinweis auf den Grund ihrer unbegreiflichen Wut. Er war entsetzt.

»Mary, seid Ihr zornig auf Malcolm?«

»Ich hasse Euch!«, schrie sie.

Plötzlich stürzte sie auf ihn zu. Stephen fing sie ab und stolperte dabei rückwärts. Sie schlug mit den Fäusten auf ihn ein, er fiel auf das Bett und versuchte, sie trotz ihrer wilden Schläge zu umarmen. Wütend darüber, dass sie ihm nichts anhaben konnte, zerkratzte sie ihm das Gesicht. Stephen hatte keine andere Wahl, als sie auf das Bett zu werfen. Mary rollte sich zu einer Kugel zusammen und blieb stöhnend liegen.

Er vergaß die kleine Schramme. Wie konnte er nicht zu ihr gehen, trotz der Hassgefühle, die sie für ihn hegte? Er setzte sich neben sie, nahm sie in die Arme und strich ihr über das Haar, während sie sich an seiner Brust ausweinte. Wie konnte er sie trösten? Gott verdamme Malcolm Canmore und ihn!

Sobald Mary merkte, dass er sie festhielt, versteifte sie sich erst und sprang dann auf wie eine Furie.

»Ihr seid schuld!«

Abgesehen davon, dass er etwas zitterte, bewegte er sich nicht. Er wollte sich verteidigen, doch dann dachte er daran, dass er sie entführt und verführt hatte, und schwieg. Selbst wenn er es wagte, sich zu verteidigen, würde er damit nur noch mehr Schuld auf ihren Vater schieben, und das wollte er nicht.

Mary zeigte mit dem Finger auf ihn.

»Ihr habt das alles zu verantworten! Ihr seid zwischen uns getreten! Ihr habt Malcolm und mich entzweit! *Ihr seid an allem schuld!*«

Wie sehr sie ihn hasste.

Der Gedanke ging ihm durch den Kopf, dass er insgeheim etwas ganz anderes gewünscht hatte als eine Heirat voller Ablehnung oder Feindseligkeit. Er hatte sich Wärme und liebevollen Beistand ersehnt, fröhliches Lachen und wahre Loyalität. Kummer durchdrang seine Brust, Kummer um seinetwillen und seiner Braut wegen.

Er stand langsam wieder auf. Seine Hände waren zu Fäusten geballt; er musste sich Mühe geben, sie zu öffnen.

»Es tut mir leid, dass Ihr mir die gesamte Schuld an dieser

Sache zuschreibt«, sagte er steif. »Aber vielleicht habt Ihr recht. Denn ich will Euch heiraten, und ich werde es tun, auch wenn Ihr mich noch so hasst.«

Mary würgte in haltloser Verzweiflung.

Er knirschte vor Anspannung mit den Zähnen. Seine Brust schmerzte. Ohne einen Blick zurück öffnete er die Tür und verschwand im Saal.

Sobald er gegangen war, ließ sich Mary auf das Bett fallen. Sie merkte, dass sie nicht mehr weinen konnte. Sie spürte einen pochenden Schmerz. Am liebsten hätte sie auf das Bett eingeschlagen, die Laken zerrissen, sich selbst zerrissen. Sie wollte gegen diese Ungerechtigkeit aufbegehren. In diesem Moment fühlte sie sich wie eine Wahnsinnige, gefangen im Horror eines Irrsinns, der der Realität trotzte.

Viele Minuten verstrichen. Minuten, in denen sie ruhiger und gefasster wurde. Minuten, in denen sie aufhörte zu denken und stattdessen in einen betäubungsähnlichen Zustand verfiel. Allmählich überkam sie ein Gefühl des Unbehagens. Sie spürte Augen auf sich gerichtet. Kalte, hasserfüllte, entschlossene Augen. Sie bemerkte, dass sie beobachtet wurde.

Sie fuhr auf, denn die Frau, die in der Türöffnung stand, sie mit unverhohlener Freude beobachtete und sich an ihrer Qual weidete, war die letzte Person, die Mary im Moment zu sehen wünschte. Es war die überaus schöne Schwarzhaarige, die Stephen erst vor einer Stunde so vertraulich begrüßt hatte; es war seine normannische Geliebte.

Sie starrten einander an.

Der Blick der anderen glitt voller Verachtung über Mary.

»Erzählt mir nicht, dass Ihr dieses Gemach mit mir teilt!«

Mary setzte sich auf, das Kinn nach vorn gereckt. Sie war sich ihrer Verletzlichkeit sehr bewusst, und auch der Tatsache, dass sie von dieser Frau, von Stephens schöner, sinnlicher Ex-Geliebten, in einem Augenblick äußerster Schwäche überrascht worden war.

»Das tue ich in der Tat«, entgegnete sie ruhig und versuchte, ihre Bestürzung zu verbergen.

Die Frau trat in den Raum und begann, darin herumzuspazieren.

»So – sie zwingen Euch also, Stephen zu heiraten.«

»Wie es scheint, wisst Ihr, wer ich bin«, entgegnete Mary kurz angebunden und stand auf. »Aber Ihr müsst Euch noch vorstellen.«

Die Schwarzhaarige lächelte verzerrt.

»Ich bin Lady Beaufort«, sagte sie. »Adele Beaufort. Die Frau, die Stephen heiraten sollte.«

Mary konnte ihren Schock nicht verbergen. Sie hatte in völliger Fehleinschätzung diese Frau für seine Geliebte gehalten. Sie war also nicht seine Buhle, sondern eine der größten Erbinnen Englands. Marys Bestürzung wuchs. Sie hatte Adele für seine Mätresse gehalten, weil ihr – und sein – Benehmen angedeutet hatten, dass sie miteinander intim seien. Das Wissen, dass Adele eine Edelfrau und eine große Erbin war, wirkte ernüchternd. Mary sagte sich zwar, das spiele keine Rolle, weil sie im Rang schließlich weit über Adele stand, die keine Rivalin für sie war. Und doch beschlich sie das Gefühl, als seien sie genau das: erbitterte Rivalinnen.

»Er heiratet Euch nur wegen des Bündnisses, das Ihr ihm einbringt«, sagte Adele mit zusammengekniffenen Augen.

Sie hatte die Tür geschlossen; nun strich sie über ihr fantastisches, türkisfarbenes Gewand, über ihre sinnlichen Hüften. Es war eine provokative Geste, mit der sie ihre Kurven gegen Marys schlanken, knabenhaften Körper ins Spiel brachte.

»So wie er Euch wegen Eures Reichtums heiraten wollte«, gab sie zurück.

Es klang nicht überzeugt. Diese Frau hatte, was alle Männer mochten; nur zu gut konnte sich Mary an Stephens Worte beim König erinnern. Vielleicht hatte dieser sogar Adele Beaufort gemeint, als er sagte, Stephen habe »reife und üppige Frauen« bevorzugt. Aber natürlich war ihr das gleichgültig. Sie hasste ihn ohnehin.

»Wegen meines Reichtums, ja, und wegen vieler anderer Dinge«, sagte Adele mit belegter Stimme.

Mary konnte sich Stephen und Adele in einer leidenschaftlichen Umarmung vorstellen und spürte sofort ihren Hass auf diese Frau hochsteigen. Wie konnte das sein? Wie Adele ganz richtig gesagt hatte, wurde sie gezwungen, Stephen zu heiraten. Er hatte sie nicht nur beleidigt, sondern es auch unterlassen, sie in der Öffentlichkeit zu verteidigen. Und was noch viel, viel schlimmer war, sie verachtete ihn dafür, dass er ihre Beziehung zu ihrem Vater zerstört hatte, dass er ihr Leben zerstört hatte. Dennoch begann sich Mary an intime Momente mit Stephen zu erinnern, Momente überwältigender, unkontrollierbarer Leidenschaft. Hatte er Adele ebenso berührt, wie er sie berührt hatte?

Adele trat vor sie, und ihre Blicke trafen sich. Sie überragte Mary beträchtlich, doch diese ließ sich von der Größe der anderen nicht einschüchtern.

»Ich kann Euch helfen.«

Mary fuhr zusammen.

Adele drehte sich auf einmal um und ging zur Tür, riss sie auf und schaute auf den Flur. Niemand belauschte sie. Sie schloss die Tür und lehnte sich dagegen. Ihre Augen leuchteten wie Onyx in der Sonne.

»Ich kann Euch helfen«, wiederholte sie mit leiser, angespannter Stimme.

»Ich verstehe nicht«, sagte Mary langsam, doch in Wirklichkeit hatte sie bereits weit vorausgedacht und begann ungläubig zu begreifen, worauf Adele Beaufort abzielte.

»Ihr wollt ihn nicht heiraten.«

Mary nickte und starrte der anderen Frau in die Augen.

Auf Adeles Miene entfaltete sich langsam ein verführerisches Lächeln.

»Möchtet Ihr fliehen?«

Mary zögerte. Sie sah zwei miteinander rivalisierende Bilder vor sich: das hassverzerrte Gesicht ihres Vaters und Stephens verführerische und vielversprechende Miene. Sie schüttelte die trügerischen Bilder ab.

»Ja.«

»Dann werde ich das arrangieren.«

Stephen ließ Mary in dem Gemach zurück, das sie mit anderen Frauen teilen sollte, und ging nach unten. Er weigerte sich, mit irgendjemandem in Augenkontakt zu treten, denn er wollte in kein Gespräch hineingezogen werden. Er brauchte dringend frische Luft. Und er musste dringend nachdenken.

»Stephen!«

Die Stimme seines Bruders ließ ihn innehalten. Er sah Geoffrey den großen Saal durchqueren; offensichtlich kam er gerade aus den königlichen Gemächern. Als er sich näherte, bemerkte Stephen, dass er krampfhaft die Zähne zusammenbiss.

»Ich habe gehört, du bist mit der Prinzessin angekommen«, begann Geoffrey.

Stephen wollte nicht über Mary reden, nicht jetzt, nicht, nachdem sie die Art und das Ausmaß ihrer Gefühle für ihn offenbart hatte.

»Ja.«

»Wohin gehst du?«

»Irgendwohin. Vielleicht reite ich ein wenig aus. Möchtest du mitkommen?«

Geoffrey lachte kurz und hart. Sein Gesicht verzog sich zu einem bösen Grinsen.

»Ich habe ebenso wenig wie du Lust, hier herumzulungern!«

Doch als Stephen sich anschickte, weiterzugehen, hielt er ihn mit entschiedener Miene am Arm fest. »Hast du einen Wachposten bei ihr gelassen?«

Es war keine Frage, wen er meinte. Stephen errötete; eine solche Gedankenlosigkeit war nicht typisch für ihn.

»Nein.«

»Deine Heirat ist das Gespräch des gesamten Tower.« Geoffreys Stimme war ein drängendes Flüstern. »Vielen gefällt das gar nicht. Viele haben Angst. Vor allem Beaufort, Montgomery und Duncan. Du kannst sie hier nicht unbewacht allein lassen. Ich habe nicht den geringsten Zweifel, dass eine der Parteien die Allianz beenden will. Was wäre da einfacher, als Mary etwas anzutun?«

Stephen war wütend auf sich selbst.

»Oder sie zu töten«, sagte er grimmig. »Beim Blute unseres Herrn, sie hat mich so durcheinandergebracht, dass ich ohne einen Gedanken an ihr Wohlergehen weggegangen bin – dabei weiß ich sehr wohl, was du meinst. Ich bin ja schließlich nicht zu meinem Vergnügen mit ihr an den Hof gekommen, Geoff.«

»Komm.« Geoffrey ergriff seinen Arm. »Beim Hereinkommen habe ich unten Brand gesehen; er kann die Bewachung übernehmen, bis du jemand anderen schickst.«

Sie stiegen die schmale Treppe hinab und fanden Brand im unteren Saal mit einigen anderen zum Haus gehörenden Rittern; er vertrieb sich die Zeit, wie er es gewohnt war, wenn er nicht auf dem Land war und Aufstände niederschlug oder sonst wie für seinen König kämpfte. Seine Miene hellte sich auf, als er sie sah, und wurde ernst, als Stephen ihm seine Bitte vortrug.

»Hab keine Angst«, beruhigte er seinen ältesten Bruder. »Ich stelle mich vor ihre Tür, bis du zurückkommst. In Wirklichkeit hasse ich es, die Zeit am Hof zu vertrödeln – ich kämpfe viel lieber.«

Stephen und Geoffrey verließen die Burg.

»Er ist noch jung«, meinte Stephen. »In ein paar Jahren wird er den Krieg ermüdend finden.«

Geoffreys Miene verdüsterte sich.

»Mir scheint, meine Schlachten haben eben erst begonnen.«

Auf der offenen Fläche vor der Burg hielten sie an, ohne die Bediensteten, Ritter und Höflinge zu beachten, die um sie herum kamen und gingen.

»Was ist passiert?«

»Rufus forderte mich auf herzukommen, wie du weißt. Aber als ich dann hier war, ließ er mich drei Tage lang warten.« Geoffreys blaue Augen blitzten hart. »Es gefällt ihm, mit seinen Untertanen zu spielen; es gefällt ihm, seine Macht zu missbrauchen!«

»Hast du dich schließlich mit ihm getroffen?«

»Gerade war ich bei ihm.« Geoffrey blickte Stephen eindringlich an. »Er ist eine halbe Stunde lang über Erzbischof Anselm hergezogen. Es scheint, dass Rufus, nachdem er dem Tode nahe war und sich davon wieder erholte, nun plötzlich Streit mit ihm hat. Ich habe schon vermutet, dass Anselm ein Fanatiker ist, und was er diese Woche getan hat, bestätigt meinen Verdacht.«

»Darf ich fragen, worüber sie streiten?«

Geoffrey lachte bitter.

»Sie streiten über einen kleinen Teil der Zeremonie für die Priesterweihe, einen Teil, den der König als sein Recht bezeichnet, den die Kirche natürlich für sich beansprucht.«

»Und danach war er mit den Vorwürfen gegen Anselm fertig?«

»Wie ich mir schon dachte, wollte er genau wissen, wie viele Ritter das Bistum der Krone schuldet.«

»Hat er gesagt, warum?«

»Nein, aber er deutete an, dass er seine Vasallen bald in Anspruch nehmen würde.« Geoffrey verzog das Gesicht. »Rufus hat mir gesagt, falls Anselm sich weigern sollte, die Ritter ins Feld zu schicken, erwarte er, dass ich es tue.«

Stephen blickte Geoffrey betroffen an, während ihm langsam das wahre Ausmaß der prekären Lage seines Bruders klar wurde. Schließlich fragte er: »Sag mir, Geoff. Wem würdest du dich widersetzen? Deinem Erzbischof oder deinem König?«

Geoffrey richtete die strahlend blauen Augen auf den fernen Horizont, als würde er eine Antwort von Gott erwarten.

»Ich weiß es nicht.«

Stephen schwieg. Er fühlte mit seinem Bruder, dessen Schlachten so groß und endlos waren wie seine eigenen.

Geoffrey zögerte.

»Stephen, er kann jetzt nicht einmal daran denken, in die Normandie zu gehen.«

Stephen zuckte zusammen. Ein sehr fremdes Gefühl von Furcht überkam ihn und ließ ihn bis auf die Knochen frösteln.

»Die Beziehungen zu seinem Bruder Robert sind im Moment friedlich. Ich habe das Gefühl, Bruder, dass Rufus trotz deiner Heirat mit der schottischen Prinzessin auf Verrat sinnt. Ich denke, er will vielleicht nach wie vor Carlisle einnehmen.« Geoffrey legte eine Hand auf Stephens Schulter. »Ich weiß, falls er das tun sollte, wird es für dich und Mary nicht leicht«, sagte er mitfühlend.

Stephen war sprachlos. Die Worte seines Bruders waren eine krasse Untertreibung. Sollte Rufus seine Vasallen zusammenrufen, um gegen Carlisle zu ziehen, dann würde er Folge leisten müssen. Mary hasste ihn schon jetzt. Schon jetzt hatte seine Ehe kaum eine Chance, mehr zu werden als ein Burgfrieden, in dem unter der Oberfläche Feindseligkeit gärte. Wenn England auf Carlisle marschierte, dann würde jegliche Chance auf ein Glück mit Mary mit dem ersten Schwertstreich zerfallen.

Mary wusste, dass sie nicht feige sein durfte. Rufus' offene Verachtung hatte sie überrascht. Nun, da ihr bekannt war, wie er zu ihr stand, und sie Zeit gehabt hatte, darüber nachzudenken, vermutete sie, es habe mit seiner Abneigung gegen ihren Vater und seiner Vorliebe für Knaben zu tun. Nun war sie gerüstet, und dieses Mal würde sie nicht als die Dumme erscheinen.

Stephen holte sie ab, um sie zu einem späten Abendessen zu begleiten. Sie tauschten kaum Höflichkeiten aus. Kurz bevor sie den unteren Treppenabsatz erreichten, verließ Mary ein Teil ihres Muts. Sie hörte laute, betrunkene Männerstimmen und ordinäres Gelächter, und alles, was ihr je über die Dekadenz an Rufus' Hof zu Ohren gekommen war, kam ihr schlagartig wieder in den Sinn. Ausschweifungen und Gelage waren hier an der Tagesordnung. Mary fühlte sich entsetzlich alleingelassen.

Sie merkte nicht, dass sie stehen geblieben war, und erschrak, als Stephen eine Hand an ihre Taille legte. Seinen suchenden Blick erwiderte sie nur kurz und wandte sich wieder ab. Sie fragte sich, was er tun würde, wenn er von ihrem Plan wüsste, mit Adele Beauforts Hilfe zu fliehen.

Es saßen an die hundert Lords und Ladys mit ihrem König zu Tisch. Zahllose Köstlichkeiten wurden gereicht, und hinter den Speisenden boten Hofnarren und ein fahrender Sänger Unterhaltung. Stephen führte Mary am unteren Ende der Tafel vorbei zum Podium, auf dem der König saß.

Rufus hatte gelacht, doch nun erstarb seine fröhliche Miene. Er blickte düster – nicht auf Mary, sondern auf Stephen.

Mary sah in Stephens Gesicht. Seine Miene war ausdruckslos, undeutbar.

»Kommt, kommt, setzt Euch zu mir«, rief Rufus, erneut lächelnd. »Wir müssen unser Gespräch zu Ende führen, lieber Stephen.«

Sie nahmen ihre Ehrenplätze auf dem Podium ein. Der König saß zu Marys linker Seite. Mary hasste ihn so sehr, dass sie sich vor Anspannung versteifte, wenngleich sie wusste, dass sie ihre Gefühle verbergen musste. Eine Verärgerung des König von England war das Letzte, was sie sich erlauben durfte, während sie faktisch eine Gefangene in seiner Burg war.

Stephen saß rechts neben ihr. Er hatte nichts zu ihr gesagt, seit er sie zu Tisch geleitet hatte, und nun begann er, auf die freundlichen Fragen des Königs einzugehen. Er saß unangenehm dicht bei ihr – sein Schenkel berührte den ihren vom Knie bis fast zur Hüfte. Mary wollte nichts mit ihm zu tun haben, aber der Tisch war überfüllt; sie würde seine unangenehme Nähe bis zum Ende des Mahls ertragen müssen.

Mit der Zeit bemerkte sie die vielen gespannten und neugierigen Blicke, die auf sie gerichtet waren. Sie fühlte sich zur Schau gestellt. Ihre Wangen wurden heiß.

Sie war kein Ehrengast, und jeder wusste es, ging es ihr bitter durch den Kopf.

Sie war eine Gefangene und eine heidnische Schottin. Die normannischen Lords und Ladys begafften sie, als sei sie ein Drache und würde Feuer spucken.

Dann sah sie Adele Beaufort. Sie saß gleich unterhalb des Podiums und ignorierte Mary, warf jedoch immer wieder einen lüsternen Blick auf Stephen. Der Gedanke an ihren Plan, der im Detail noch nicht feststand, verursachte Mary Unbehagen, denn falls alles gut ging, würde Adele eines Tages Stephens Gemahlin werden.

Die Erbin von Essex saß zwischen zwei Männern, die Mary früher am Tage schon einmal gesehen hatte. Sie waren in den Privatgemächern des Königs gewesen, als sie das demütigende Vorstellungsgespräch über sich ergehen lassen musste. Der eine war groß und hatte kastanienbraunes Haar, und aus irgendeinem Grund kam er Mary vertraut vor, wiewohl sie sicher war, dass sie sich nie getroffen hatten.

Stephen sprach noch immer nicht mit ihr. Der König erläuterte gerade seine Probleme mit Kent. Mary hörte nicht zu, das Thema interessierte sie nicht. Stephen bot ihr von seinem Wein an, ohne die Aufmerksamkeit von Rufus abzuwenden.

Mary konnte nichts trinken. Sie wünschte sich weit weg und sehnte das Ende des Mahls herbei.

»Gefällt Euch der Hof meines Bruders nicht, Prinzessin?«

Prinz Henry lenkte ihre Aufmerksamkeit auf sich; er saß neben Rufus und lächelte ihr zu. Er erinnerte sie an einen abwartenden Wolf, der bald über sein unglückliches Opfer herfallen würde.

»Oh doch, natürlich gefällt er mir, Sir«, antwortete Mary mit einem zaghaften Lächeln. »Wie könnte es anders sein? Ich meine, ich bin hier mit meinem *Geliebten*, und wir werden von seinem *großen* König geehrt. In der Tat, ich bin überwältigt.«

Ihr Ton war mehr oder weniger arglos, doch ihre Augen funkelten.

Prinz Henry starrte sie an, sein Lächeln war verschwunden. Er erahnte ihren Sarkasmus, und genau das hatte Mary gewollt. Leider war Stephen nicht so mit dem König ins Gespräch vertieft, wie sie gedacht hatte; auch er hatte sie gehört. Ihm war absolut klar, wie ihre Bemerkung gemeint war, und er legte warnend eine Hand auf ihre. Mary erwiderte diese Geste mit Kuhaugen und einem spröden Lächeln.

»Und was denkt ihr über London?«, fragte Henry, nun mit gekrümmter Haltung, wenngleich messerscharfem Blick.

»So eine große Stadt, wie könnte ich da nicht beeindruckt sein? In der Tat, ihr Normannen seid wirklich außergewöhnlich. Eure Taten erregen Bewunderung. *Alle* eure Taten.« Mary konnte sich nicht mehr bremsen. »Schließlich erfordert es großen Mut von euch Normannen, eine gefangene Schottin vor den Altar zu zwingen, nicht wahr?«

Stephen und Henry erstarrten.

Mary zitterte.

Sie hatte es geschafft, Stephen wütend zu machen, wenngleich Henry eher belustigt schien.

»Ich denke, mit Mut hat das wenig zu tun.« Henry senkte den Blick. Als er wieder aufschaute, lächelte er erneut, und

Mary merkte, wie sie sich anspannte. »Wollt Ihr nicht Euren lieben Bruder kennenlernen, Prinzessin?«, fragte er gedehnt.

»Meinen Bruder?« Marys Fassung war schlagartig dahin.

»Oh, verzeiht mir, was für ein dummer Versprecher! Ich meinte natürlich Euren Halbbruder, Duncan, den lieben Freund *meines* Bruders!« Henry zeigte lachend auf den Mann mit den kastanienbraunen Haaren neben Adele, der ihr irgendwie vertraut vorgekommen war.

Mary zuckte zusammen. Natürlich befand sich Duncan bei Hofe – man hatte ihn vor fast zwanzig Jahren als Geisel hierher gebracht! Duncan war das älteste Kind ihres Vaters aus dessen erster Ehe. In der Tat musste er etwa so alt wie Rufus sein. Das gemeinsame Aufwachsen erklärte auch, weshalb sie so gute Freunde geworden waren. Und dass sie so gute Freunde waren, bot die Erklärung dafür, warum er als einer der drei Höflinge am Nachmittag so intim mit dem König zusammengewesen war. Mary spürte Aufregung in sich aufsteigen. Sie war nicht mehr allein.

Duncan stand langsam auf und verbeugte sich leicht.

»Endlich«, sagte er, »endlich treffen wir uns. Ich bin überwältigt, Schwester.«

Jetzt erkannte Mary ihn. Seine Ähnlichkeit mit ihrem Vater war nicht zu leugnen. Seine Worte und sein Ton waren zwar etwas gequält, doch sein Lächeln war warm. Mary erwiderte es. Sie hatte einen wahren Verbündeten am Hof gefunden, einen echten Verbündeten unter so vielen Feinden, ihren fast vergessenen Halbbruder.

»Komm, Schwester«, sagte er und kam ihr mit ausgestreckten Armen entgegen. »Ein Kuss zwischen lange getrennten Geschwistern.«

Er beobachtete sie.

Mary hatte den Ehrenplatz auf dem Podium neben dem König erhalten, und Stephen de Warenne saß zu ihrer Rechten. Anders als am Nachmittag, als sie verschmutzt von dem langen Ritt erschienen war, trug sie nun in einer Zurschaustellung von königlicher Abkunft und Reichtum ihren feinsten Staat. Das goldene, an Saum und Ärmeln türkis und blau bestickte Obergewand ließ ihren Teint strahlend zur Geltung kommen, während ein mit zahlreichen Edelsteinen verzierter goldener Gürtel und ihr mit Saphiren besetztes Diadem ihren Status und ihren Reichtum betonten. Heute konnte man sie für nichts anderes halten als für eine Prinzessin.

Er beobachtete sie. Sie schien ihren Bräutigam zu hassen, und auch ihren Aufenthalt im Tower. Sie konnte ihr Missfallen nicht verbergen, und darüber war Stephen de Warenne wohl kaum erfreut. Ihr scharfer Verstand war so offenkundig wie ihr tollkühner Mut.

Ja, sie war Malcolms Tochter, dem Verhalten, wenn auch nicht dem Aussehen nach. Äußerlich ähnelte sie eindeutig Königin Margaret.

Rufus hatte sie knabenhaft genannt. Sie war klein, aber knabenhaft wohl kaum; eine derart schöne Frau konnte man nicht als knabenhaft bezeichnen. Er bezweifelte, dass ihr Bräutigam sie so sah.

Er musterte Stephen de Warenne. Den ganzen Abend lang schon hörte de Warenne dem König zu und sprach nur, wenn es notwendig war. Er hatte nicht ein einziges Mal gelächelt. Rufus kümmerte das nicht. Er war lebhaft wie nie zuvor; er hatte sich noch nie so gut gefühlt. Und er war kaum betrunken.

Stephen de Warennes Blick traf seinen. Duncan wandte sich ab; ein Angstschauder lief ihm über den Rücken. Er hatte de Warenne nie gemocht. Sie kannten sich seit vielen Jahren; obwohl sie altersmäßig ein Jahrzehnt auseinanderlagen, kannten sie einander nur zu gut. Duncan hatte de Warenne immer um dessen Männlichkeit beneidet. Nun, während er ihn auf dem Platz auf dem Podium beobachtete, den normalerweise er einnahm, war er mehr als nur neidisch. Er fühlte sich bedroht. Er sagte sich zwar, dass Stephen de Warenne nicht lange am Hof bleiben würde, aber das tröstete ihn nicht.

Überhaupt nicht. Bis zur Hochzeit waren es noch drei Wochen, und drei Wochen waren eine gefährlich lange Zeit.

Noch etwas anderes ärgerte Duncan. De Warenne hatte nie versucht, die Verachtung, die er für ihn empfand, zu verbergen. Bis heute wusste Duncan nicht, ob diese Verachtung darauf beruhte, dass er Rufus' sexuelle Vorliebe teilte, oder ob sie mit seiner politischen Duldsamkeit zusammenhing. Er hatte immer geargwöhnt, dass de Warenne die Wahrheit kannte – dass er tat, was immer er tun musste, um seine weitreichenden Ambitionen voranzutreiben.

Die Angst, die de Warenne in ihm hervorrief, verstärkte seinen Zorn. Wie Duncan ihn verachtete. Aber er hasste ihn nicht so sehr wie seine Braut, denn Mary war sein eigen Fleisch und Blut.

Duncan konnte nicht anders, er musste den Blick wieder auf Mary richten. Sie war im Kreis der Familie aufgewachsen, wie er es gerne getan hätte. Er konnte sie nicht ansehen, ohne an ihren Vater zu denken, den er mehr verachtete als jeden anderen Menschen. Der glanzvolle Malcolm Canmore. Der heldenhafte schottische König. Der Vater, der seinen ältesten Sohn Wilhelm dem Eroberer überlassen hatte, als Geisel und Garant für sein Wohlverhalten – und dann seinen Eid wieder und wieder brach, ohne an seinen dadurch gefährdeten Sohn zu denken. Die Tatsache, dass er überlebte, hatte Duncan schon von klein auf nur seiner eigenen Klugheit zu verdanken.

Malcolms Ruhmestage schienen gezählt. Er war alt, und eines nicht zu fernen Tages, so hoffte Duncan, würde er einen seiner Feinde unterschätzen und einem tödlichen Streich zum Opfer fallen. Dann war der Thron von Schottland frei, und Duncan wollte derjenige sein, der ihn bestieg.

Daran würde er sich von niemandem hindern lassen, schon gar nicht von seiner Schwester und ihrem Gemahl.

Northumberland war stets der Krone treu gewesen, Northumberland hatte immer eine entscheidende Rolle bei der Niederschlagung von Aufständen gespielt; es war noch nie zuvor mit seinem Feind, mit Schottland, verbündet gewesen. Duncan war klug genug zu sehen, was seine Ambitionen eventuell gefährden konnte. Northumberland mochte weiterhin fest auf der Seite von William Rufus stehen und damit auf seiner – aber was, wenn es nicht so bleiben sollte? Der furchterregende Ehrgeiz der de Warennes war gut bekannt. Was, wenn sie sich dafür entschieden, den von Malcolm favorisierten Thronfolger zu unterstützen, seinen ältesten Sohn Edward aus zweiter Ehe? Oder wenn sie versuchen sollten, einen der ihren auf den Thron zu bringen? Marys ungeborener Sohn hatte ebenso viel Anspruch auf Schottland wie jeder andere.

Dass diese Heirat in drei Wochen zustande kommen würde, stand außer Frage. Es sei denn, ein Unfall ...

13

Stephen ging zwischen den Verkaufsständen und Marktbuden in Cheapside spazieren. Ab und zu wurde er von den Händlern angesprochen, die einen wohlhabenden Lord und potenziellen Kunden natürlich sofort erkannten.

Seit seiner Ankunft mit Mary am Hof waren einige Tage vergangen, aber nur wenig hatte sich verändert. Sie machte aus ihrer Feindseligkeit gegen ihn, die Heirat und den König kein Geheimnis. Sein Mitgefühl für ihr Leid war verflogen; seine Verärgerung drohte, sich zu einem richtigen Zorn zu entwickeln. Welche Frau begehrte dagegen auf, sich in ihr Schicksal zu fügen? Nur Mary konnte so kühn und entschlossen sein.

Ihre Verbindung war noch immer das Hauptgesprächsthema im Tower. Wilde Spekulationen kursierten. Stephen wusste, dass die Lords und Ladys des Hofes von ihm erwarteten, Mary gefügig zu machen, und zwar bald, selbst wenn das bedeutete, sie für ihren Trotz mit Prügeln zu bestrafen. Man begann allmählich, sich über seine Beziehung zu dieser schwierigen Braut lustig zu machen.

Stephen hatte jedoch nicht vor, sie zu schlagen. So viel Angst und Beklommenheit sie auch in ihm hervorrief, er fand ihr erstaunliches Ehrgefühl bewundernswert. Wenn er es je schaffte, ihre Loyalität zu erringen, konnte er sich in der Tat glücklich preisen.

Doch er gab sich keinen falschen Hoffnungen hin. Er hielt es inzwischen für unwahrscheinlich, dies jemals zu erleben.

Für einen kleinen Moment war er sogar verbittert. Eine Frau wie Mary könnte sein Leben so viel einfacher machen. Warum verfolgte ihn das Bild von ihr, wie sie ihn lächelnd und mit ausgebreiteten Armen auf den Stufen von Alnwick erwartete?

Er sagte sich, dass er allmählich zu einem nachgiebigen, schwachen Tölpel mutierte. Er war ein kampfgestählter Ritter; eines Tages würde er ein ranghoher Graf sein, einer der größten Lords im ganzen Reich. Er verließ sich auf seine eigene Stärke, seit er sechs war; er würde sich auf diese Stärke verlassen können, bis er sechzig war. Wenn seine Gemahlin ihm den Beistand verweigerte, sollte er sich darüber keine Gedanken machen.

Er wollte nicht weichherzig werden in dieser Welt, in der nur die Starken überlebten. Es tat nicht gut, sie inständig anzuflehen. Als er mit Adele Beaufort verlobt gewesen war, hatte er an sie auch nicht auf eine so dumme Art und Weise gedacht. Tatsächlich hatte er überhaupt nicht an sie gedacht, sondern nur an ihre Mitgift.

Ebenso wenig hatte Adele Beaufort diese Art von Lust in ihm geweckt, von der er ständig geplagt wurde. Marys bloße Gegenwart schien heftiges Verlangen in ihm auszulösen. Damit fertig zu werden war nicht leicht, aber er würde dieses Verlangen weiterhin ignorieren, heute Nacht und morgen und viele weitere Nächte lang.

Auf eines konnte er sich jedenfalls freuen. Einmal verheiratet, mochte seine Gemahlin wenig Erquickung für ihn außerhalb des Bettes bedeuten, aber im Bett übertraf sie seine kühnsten Erwartungen.

Nein, er würde sie nicht schlagen. Er würde sie mit Freundlichkeit umwerben, wie man einen wilden Falken zähmte. Heute würde er ihr ein Geschenk kaufen und ihr ein Friedensangebot unterbreiten. Diese Auseinandersetzung währte lange genug.

Während er zwischen den Händlern herumspazierte, spürte er den Impuls, mehrere Dinge für seine Braut zu erstehen. Unter anderem ein fein geschnitztes Holzkästchen, das so klein war, dass es eigentlich keinen praktischen Nutzen hatte, sowie eine Brosche mit einem großen, fast herzförmigen Granat und eine Elle feine Wolle aus Flandern in einem herrlichen Rot. Zweckmäßigkeit entschied; er kaufte die Wolle und stellte sich Mary damit bekleidet vor.

Aber als es an der Zeit war, zu gehen, machte er, anstatt auf sein Pferd zu steigen, kehrt und kaufte auch noch das Kästchen und die Brosche.

Stephen kehrte zum Tower zurück; er hatte mehrere Stunden bei den Händlern verbracht. Er eilte die Treppe hinauf zu dem Gemach, das Mary mit einigen anderen Frauen teilte, und malte sich ihre Überraschung und ihre Freude über die schönen Geschenke aus.

Rufus ließ Mary Tag und Nacht von einem seiner Gefolgsleute bewachen. Stephen hatte zusätzlich einen seiner Männer vor ihrer Tür postiert. Er nickte beiden zu und klopfte an. Mary öffnete selbst. Stephen sah überrascht, dass sie mit Adele Beaufort zusammen war; sie saß auf einem der drei Betten. Mary errötete vor Schuldgefühl, als sie ihn erblickte. Was führte sie im Schilde? Oder war es Kummer, was er in ihren grünen Augen sah?

»Ihr scheint bestürzt, mich zu sehen, Demoiselle.«

»Natürlich bin ich bestürzt«, erwiderte sie, einmal mehr versuchend, ihn zu verärgern. »Ich habe es sehr genossen, meinen Schatten eine Weile los zu sein.«

Seit sie am Hof waren, hatte er sie kaum aus den Augen gelassen; nachts schlief er sogar auf einem Strohlager im Flur unweit ihrer Tür.

»Ich kann mir Eure Freude gut vorstellen.« Er ergriff ihren Arm. Mary verspannte sich und atmete heftig. Der Kontakt versetzte auch ihm einen Stoß; schon wieder wurde er steif vor Lust, die er erst in der Hochzeitsnacht würde stillen können. »Was verbergt Ihr vor mir, Mary?«

Sie vermied es, ihn anzusehen.

»Nichts. Ich ... ich bin müde. Bitte –«

Adele kam an die Tür, provokativ die Hüften schwingend.

»Guten Tag, Mylord«, murmelte sie mit belegter Stimme. Stephen erwiderte ihr Lächeln nicht. Um Gottes willen, konnte es sein, dass die beiden gegen ihn konspirierten? All seine Instinkte sagten ihm, dass es so war.

Adele legte kühn eine Hand auf seinen Ärmel.

»Ich habe Eurer Braut die Feierlichkeiten erklärt. Sie ist mit unseren normannischen Bräuchen nicht vertraut.«

Stephen starrte auf Adele, die seinen Blick auf verführerische Art erwiderte.

»Wie edelmütig Ihr seid, Lady Beaufort.«

Adele zuckte die Achseln, nahm endlich die Hand von seinem Ärmel und wandte sich Mary zu.

»Ich denke, Lord Stephen möchte mit Euch allein sein, Prinzessin. Vielleicht können wir unser Gespräch ein andermal weiterführen.«

Mary blickte von Stephen zu Adele und wieder zurück.

»Ja. Ich danke Euch.«

Adele verließ den Raum, nicht ohne dabei Stephen zu streifen. Als er Mary anblickte, bemerkte er, dass sie sehr unglücklich war – sogar zornig.

»Wie interessant. Ihr beide seid ja sehr rasch Freundinnen geworden.«

Mary erbleichte, fasste sich jedoch rasch wieder.

»Aber wir sind wohl kaum so gut befreundet wie Ihr und sie!«

Stephen ergriff ihre Hand und drückte sie wesentlich fester, als er beabsichtigt hatte.

»Eifersüchtig, *chère?*«

»Natürlich nicht!«

Sie versuchte vergebens, sich von ihm loszureißen.

Stephen war nur einen Herzschlag davon entfernt, sie noch enger an sich zu ziehen, damit sie das volle Ausmaß seiner Frustration begreifen könnte. Ihr Blick wanderte über seine sichtlich prallen Lenden, die seine Tunika nicht verbergen konnte, und das erregte ihn noch mehr. Er ließ sie los. Er hatte kein Verlangen, sich mit etwas zu quälen, worauf er noch drei Wochen lang würde warten müssen.

»Was verbergt Ihr vor mir, Demoiselle?«

Sie erbleichte erneut.

»Gar nichts! Adele hat die Wahrheit gesagt. Sie war so freundlich, mich auf die Hochzeitsfeier vorzubereiten.« Tränen hatten sich in den Augen seiner Braut gesammelt.

»Ich habe fast zehn Jahre im Haushalt des Königs gelebt«, erwiderte er. »Ich erkenne eine Intrige sofort, wenn ich damit konfrontiert werde. Adele Beaufort ist wie die meisten Ladys hier, eitel, selbstsüchtig und ehrgeizig bis ins Mark. Was heckt ihr beiden aus, Mary?«

Mary schwieg verbissen, doch er sah ihr an, dass sich ihre Gedanken überschlugen.

Als sie zu sprechen begann, wusste er sofort, dass sie log, und obwohl er nichts anderes erwartet hatte, ließ seine Enttäuschung einen schlechten Geschmack in seinem Mund zurück.

»Ich bin nun fast eine Woche in diesem luftlosen Grab eingesperrt. Eine einzige Schottin unter hundert Normannen. Aber Ihr missgönnt mir meine einzige Freundin. Ihr könnt uns nicht auseinanderreißen!«

»Sie hat kein freundliches Wesen, Demoiselle. Sie schließt nur Freundschaft, wenn sie daraus Gewinn ziehen kann. Denkt an meine Worte, Mary. Wenn Ihr sie für eine Freundin haltet, täuscht Ihr Euch. Tatsächlich gibt es in einem Leben wie diesem überhaupt keine Freundschaft.«

Sie blickte ihn mit großen Augen an, trotzig, verängstigt, zitternd.

»Was immer Ihr plant«, sagte er schroff, »ich schlage vor, Ihr hört damit auf, sofort.«

»Eure Fantasie geht mit Euch durch«, wandte sie gepresst ein. »Wir haben kein Komplott geschmiedet.«

»Ich denke, das werden wir bald sehen«, entgegnete er bestimmt. »Habt Ihr Interesse, mit mir zu Mittag zu essen?«

»Nein«, antwortete sie. »Nein, ich habe starke Kopfschmerzen, ich kann nicht.«

Er nahm ihre Absage nicht mit Gleichmut entgegen, seine Miene zeigte Verärgerung und Zorn. Mary zog den Kopf ein und wollte sich entfernen, doch er hielt sie an der Schulter fest.

»Wartet.«

Er gab einem seiner Männer, der mit ihm heraufgekommen war, ein Zeichen. Daraufhin trat dieser mit der sorgfältig in billiges, farbloses Leinen verpackten Wolle aus Flandern vor. Stephen ließ die Mundwinkel hängen; ihr das Geschenk auf diese Weise zu übergeben, erfreute ihn in keiner Weise.

»Was ist das?«, flüsterte Mary mit großen Augen.

»Für Euch, Mademoiselle«, sagte er kurz angebunden und nickte zum Abschied. »Ich hoffe, Eure Migräne geht schnell vorüber.«

Er merkte, dass er ihr die beiden anderen Geschenke nicht überreichen konnte. Offenbar war der Krieg noch nicht beendet.

Geoffrey schritt durch den großen Saal, das Gesicht von Zorn entstellt. Zorn, den er unter allen Umständen verbergen musste.

Zum dritten Mal in drei Wochen hatte er eine königliche Vorladung erhalten. Doch dieses Mal musste er nicht warten. Dieses Mal war die Vorladung von Rufus' Schergen überbracht worden. Sie hatten ihn eiligst nach London eskortiert und begleiteten ihn sogar bis vor die Tür.

Die vor den königlichen Gemächern postierten Wachleute traten zur Seite. Geoffrey wurde sofort hineingeführt; erst dann wichen die beiden Ritter von seiner Seite.

Er stockte beinahe, als er den Raum durchquerte und vor Rufus trat, der auf einem Thron saß, welcher exakt jenem draußen im Saal glich. Denn bei ihm standen drei Männer:

Duncan, Montgomery und sein eigener Vater, Rolfe de Warenne.

Der Graf von Northumberland warf ihm einen warnenden Blick zu.

»Es freut Uns sehr, lieber Geoffrey, dass Ihr so rasch zu Uns gekommen seid«, begann Rufus.

Geoffreys Gedanken rasten. Er konnte sich keinen anderen Grund für diese Vorladung denken als den, auf die Probe gestellt zu werden. Der König wollte die Ritter einfordern, die Geoffrey im schuldete.

Geoffrey kniete kurz nieder und erhob sich auf eine Geste des Königs.

»Sire?«

»Die Zeit ist gekommen, Eure Wahl zu treffen«, sagte Rufus mit einem Lächeln, als habe er ihn eben nach dem Wetter gefragt.

Geoffreys Herz klopfte heftig, doch er fasste sich rasch wieder.

»Wollt Ihr Eurem König die Treue schwören, Erzdiakon? Vor diesen drei Männern und mit Gott als Unserem Zeugen?«

Geoffrey erbleichte.

Er hatte sich geirrt.

Der König forderte nicht nur Dienste.

Er forderte weit mehr: dass Geoffrey ihm vor Zeugen den Lehnseid schwor. Seit einiger Zeit forderten verschiedene Kirchenmänner, kein Kleriker solle dem König die Treue schwören, da sie einzig und allein Gott verpflichtet seien und damit dem Papst. Diese Reformer verweigerten den Schwur bei ihrer Amtseinsetzung und wurden dabei von Rom ermutigt. Und diese geistlichen Würdenträger sprachen dem König zudem die Macht ab, Kleriker zu ernennen und ins Amt einzusetzen. Rufus folgte in dieser Hinsicht bislang dem Vorbild seines Vaters; er forderte seine Rechte über die Kirche und übte sie aus, wenn es notwendig war; etwa, als er Anselm zum Erzbischof von Canterbury ernannt hatte. Und nun forderte er dieses Recht bei Geoffrey ein.

»Wann soll dieser Akt stattfinden?«, fragte Geoffrey. Sein Mund war trocken; er befeuchtete sich die Lippen. Und er schwitzte.

»Heute. Hier. Jetzt.«

Geoffrey musste sich zu klaren Gedanken zwingen. Sich aus diesem neuen Dilemma herauszumanövrieren blieb keine Zeit. Der König forderte den Lehnseid sofort.

Normalerweise war ein Erzdiakon kein bedeutender geistlicher Würdenträger. Geoffrey aber war durch die Leitung von Canterbury seit Lanfrancs Tod zu einer beispiellosen Macht- und Vorrangstellung aufgestiegen. In den vergangenen vier Jahren hatte er in Abwesenheit eines Erzbischofs als Regent dieses Erzbistums die Krone direkt bekämpft. Und Rufus trieb diesen Kampf nun auf die Spitze. Denn Geoffrey hatte nur die Wahl, ja oder nein zu sagen, und er hegte kaum einen Zweifel, dass eine Weigerung ihn auf direktem Wege in die Verliese des Towers bringen würde. Rufus hatte Männern, die sich ihm entgegenstellten, schon weitaus Schlimmeres angetan.

»Ihr zögert«, sagte Rufus, und sein Lächeln wurde zur Fratze. »Seid Ihr also einer von diesen Fanatikern?«

Geoffreys Gesichtsmuskeln verkrampften sich.

»Ich bin kein Fanatiker.« Er zwang sich zu einem Lächeln. »Wie Ihr wünscht, Eure Majestät.«

Er ging auf die Knie.

Jemand keuchte, vielleicht Montgomery.

Geoffrey war kein Fanatiker, aber er war ein Mann der Kirche. Er unterstützte die meisten der vorgeschlagenen Reformen, er unterstützte die Rechte der Kirche gegen die Ansprüche des Königs, und er würde dies auch weiterhin tun. Doch die vergangenen vier Jahre hatten gezeigt, dass er den Herrscher nicht in einem offenen Krieg besiegen konnte. Was hatten all seine Bemühungen bisher erbracht? Die letzte Abrechnung des Königs hatte zu einer neuerlichen Plünderung des Bistums in der Größenordnung von mehreren tausend Pfund geführt.

Es war an der Zeit, dass er seine Taktik änderte. Konnte er nicht ein Verbündeter der Krone werden und gleichzeitig heimlich weiter die Interessen Gottes und der Kirche unterstützen?

»Wie klug Ihr entschieden habt«, murmelte Rufus und fuhr dann plötzlich mit schneidend scharfer Stimme fort: »Also, bringen wir die Sache hinter uns!«

Vor den versammelten Zeugen schwor Geoffrey seinem Lehnsherrn König William Rufus von England Gehorsam und Unterstützung in jeder Hinsicht und für alle Zeit. Im Gegenzug überraschte dieser ihn damit, dass er ihm ein kleines, aber außerordentlich reiches Lehen weiter im Süden zuteilte. Geoffrey küsste das Knie des Königs und durfte sich wieder erheben.

Ihre Blicke trafen sich. Rufus' Befriedigung war nicht zu verkennen.

»Zeigt, dass Ihr das Vertrauen, das ich in Euch setze, rechtfertigt, und Ihr werdet es weit bringen«, sagte er.

Geoffrey war klar, was er damit meinte. Die Prüfung war noch nicht beendet. Sollte er sich weiterhin dem Willen des Königs unterordnen, dann konnte er noch mehr für sich gewinnen.

Da er nur Erzdiakon war, dachte Rufus wahrscheinlich an eine Berufung in ein höheres Amt. Doch Geoffrey fühlte keine Begeisterung. Vielmehr zog sich sein Inneres krampfhaft zusammen. Er spürte für einen Augenblick lang eine abgrundtiefe Verzweiflung.

Wenn der König die Wahrheit sagte, dann würde die Wahl, die er eben getroffen hatte, nichts sein im Vergleich zu jener, die er bald würde treffen müssen.

Rolfe kam und ergriff mit einem beruhigenden, wenn auch nicht überschwänglichen Lächeln seinen Arm. Als sich

Geoffrey zum Gehen anschickte, rief der König: »Wartet, lieber Erzdiakon, wartet!«

Langsam drehte sich Geoffrey um.

Rufus lächelte.

»Ich fürchte, Eure Arbeit hat noch nicht einmal richtig begonnen. Ihr wisst ja, dass mir Anselm erst heute Morgen die Gefolgschaft verweigert hat. Er wird die Ritter, die das Bistum mir schuldet, nicht aufbringen. Er sagt, er weigere sich, mit der Macht von Canterbury meinen verdammten Ehrgeiz zu unterstützen!« Rufus' nächste Worte klangen wie eine Frage. »Aber Ihr werdet mir natürlich die geschuldeten Vasallen bringen.«

Das war die erste Probe. Geoffrey gönnte sich dieses Mal keine Pause, was immer auch kommen mochte. »Wann – und wohin?«, fragte er.

»In zwei Wochen rücken wir gegen Carlisle vor.«

Geoffrey wurde fast schwindlig. Sein Vater neben ihm starrte schockiert auf den König. Dann tauschten Vater und Sohn, die einander so ähnlich sahen, alarmierte Blicke aus.

Rufus grinste und rieb sich erfreut die Hände.

»Malcolm wird von unseren Plänen total überrascht sein, so wenige Tage vor der Hochzeit seiner Tochter mit unserem lieben Stephen.« Er triumphierte. »Es kann gar nicht schiefgehen. Endlich ist der Schotte dem Untergang geweiht.«

Mary konnte nicht schlafen. Beim Abendessen hatte Adele ihr das verabredete Zeichen gegeben. Sie war verzweifelt. Hätte sie es gewagt, sich genauer mit dem zu befassen, was in ihr vorging, dann wäre sie wahrscheinlich darauf gekommen, dass sie ihrem Verlobten gar nicht wirklich entfliehen mochte.

Aber sie musste es tun. Sie musste sich dieser verhassten Heirat entziehen. Wie konnte sie ihn heiraten, nach all dem, was geschehen war?

Hatte er nicht ihr Leben zerstört?

Sie rollte sich auf die Seite. Eben hatte die Glocke zum Morgengebet geläutet; bald würde der Himmel grau werden, bald musste sie ihren Versuch, allem zu entkommen, was ihr verhasst war, in Angriff nehmen. Aus unerfindlichem Grund wollte ein Schluchzen aus ihrer Brust emporsteigen. Sie schluckte es hinunter. Einmal mehr kam ihr der Gedanke an die wunderschöne rote Wolle in den Sinn, die Stephen ihr geschenkt hatte.

Sein Page hatte sie davon in Kenntnis gesetzt, dass sein Lord den ganzen Weg bis nach Cheapside geritten und die Wolle dort persönlich ausgesucht hatte.

Mary drehte sich auf den Bauch. Sie war verlegen, denn sie konnte sich nicht erklären, weshalb er ihr dieses Geschenk machte, nachdem sie ihm ihren ganzen Hass ins Gesicht geschleudert hatte. Sie fühlte sich elend. Denn heute Abend würde sie sich mit Verrat und Treulosigkeit revanchieren.

Sein dunkles Bild tauchte vor ihr auf. Seine noch dunkleren Worte, als er ihr sagte, sie solle sich vor Adele in Acht nehmen, es gäbe keine Freunde. Er war ein einsamer Mann. Wie klar sie das nun erkannte. Er brauchte ganz gewiss eine Freundin, eine Gefährtin, ein Gemahlin.

Aber sie würde es nicht sein. Er hatte ihr Leben ruiniert. Das hatte er getan, und Mary war sicher, sie würde es ihm niemals verzeihen können.

Ihre Schläfen pochten, wie so oft, seit sie sich am Hof befand und seit ganz offensichtlich geworden war, dass ihr Vater keine List im Sinn hatte, sondern ein wirkliches Bündnis. Mary schloss die Augen. Noch immer drängten Tränen daraus hervor. Auch wenn sie fliehen wollte, was würde ihr widerfahren, wenn sie zu Hause ankam? Würde Malcolm sie willkommen heißen – oder sie gar zurückschicken?

Wenn er der Mann war, für den sie ihn hielt, würde er sie mit offenen Armen empfangen und stolz darauf sein, wie sie den normannischen Feind getäuscht hatte. Bestimmt war er dazu gezwungen worden, sie im Stich zu lassen. Mary hatte lang und breit darüber nachgedacht und nicht einen Vorteil gefunden, den ihre Heirat Schottland bringen konnte – außer Frieden. Und Malcolm wollte keinen Frieden; er war erpicht darauf, seine Grenzen zu erweitern, bis Schottland wieder seine einstige Größe erreicht hatte.

Mary war sich nicht sicher, ob sie ihr Vorhaben zu Ende führen konnte. Sie dachte immer wieder an Malcolms Worte an jenem Tag im Moor.

»Mackinnon bringt mir weitgehende Unterstützung. Was bringt Ihr mir?«

Und ständig sah sie Stephen, wie zuletzt am gestrigen Nachmittag, seine düstere, enttäuschte Miene, als sie es nicht fertigbrachte, ihm für sein Geschenk zu danken.

»Mary«, flüsterte Adele ihr ins Ohr. »Auf, auf, Ihr müsst gehen!«

Nun blieb keine Zeit mehr, es sich anders zu überlegen. Mary schlüpfte zitternd aus dem Bett. Ihr Blick traf Adeles. Die schwarzen Augen der Erbin glänzten siegesgewiss. Bald würde sie Stephen für sich haben – wie sie es wollte.

Stephen de Warenne stellte die größte Bedrohung für den Komplott dar, den Adele ausgeheckt hatte. Er war zu klug, er ahnte, was im Gange war.

Beim Abendessen war Mary Adeles Rat gefolgt und hatte einige Tropfen Mohnextrakt in seinen Wein gegossen. Stephen trank einige Becher des damit versetzten Burgunders, und Mary hatte beobachtet, wie er immer schläfriger wurde. Als sie ihn an der Tür ihres Gemachs zurückließ, hatte er sie aus trüben Augen angeblinzelt. Sie hegte keinerlei Zweifel daran, dass er im Augenblick und noch mehrere Stunden lang tief schlief.

Adele stieß Mary in die Seite. Mary konnte sich nicht länger aufhalten. Draußen vor dem schmalen Fenster mit dem teuren Glas war die Nacht bereits dem ersten Grau des Morgens gewichen. Sie schlüpfte rasch in ihre Kleider. Adele kroch wieder in ihr Bett, beobachtete sie jedoch genau. Die anderen Frauen im Raum schliefen fest; es war so still, dass Mary ihren schnellen Atem hörte. Rasch zog sie ihre Schuhe an und stahl schlechten Gewissens einen Umhang von einer der Frauen.

Adele winkte ihr wütend zu, endlich zu gehen.

Das erste Tageslicht drang in den Raum, als Mary die Tür hinter sich schloss. Den Wachen sagte sie, sie müsse die Toilette aufsuchen, und zitterte dabei, als würde sie frieren, um den Umhang zu erklären. Ihr Blick fiel auf Stephen. In der Ecke, in der er sein Lager zurechtgemacht hatte, war es sehr dunkel, sodass sie ihn nicht richtig sehen konnte, doch er schnarchte nicht einmal. Wenigstens seinetwegen brauchte sie sich keine Gedanken zu machen; er stand unter dem Einfluss des Schlafmittels. Mit flatternden Nerven folgte sie einer der Wachen den dunklen, leeren Flur entlang.

Sie schlüpfte in die Toilette, den Gestank ignorierend, und wartete. Da kam ihr der Gedanke, dass sie Stephen nie mehr wiedersehen würde – es sei denn, Malcolm schickte sie zurück.

Was tat sie!

Ein dumpfes Geräusch ließ sie aufschrecken. Sie stahl sich hinaus. Der Wachmann lag wie tot auf dem Boden, ein Maskierter stand über ihn gebeugt. Der Mann gestikulierte ungeduldig und eilte dann ihr voraus die Hintertreppe hinunter.

Mary betete, der Wachmann möge nicht ihretwegen zu Tode gekommen sein, und folgte dem von Adele angeheuerten Maskierten die Treppe hinunter.

Durch die Küche gelangte sie ins Freie. Um ihr Gesicht einigermaßen zu verbergen, zog sie die Kapuze des Umhangs über den Kopf; dann begann sie zu rennen.

Falls jemand sie auf ihrem Weg über den Burghof zu dem ihr angewiesenen Stall sah, beachtete man sie nicht weiter. Mit dem Umhang und der Kapuze konnte sie eine beliebige Frau sein. Die Wachen hatten zweifelsohne schon viele

Frauen gesehen, die um diese Zeit heimlich zu oder von verbotenen Treffen geeilt waren.

Mary lief um den Stall herum und schlüpfte durch eine Tür in der dicken Burgmauer, eilte eine steile Steintreppe hinunter, über einen schmalen Korridor, trat durch eine weitere Tür und stand außerhalb der Mauern auf einem Kai. Sie hatte es geschafft.

Warum verspürte sie kein Triumphgefühl?

Es wurde langsam hell. Die aufgehende Sonne erschien als ein unscharfer, aprikosenfarbener Ball am Horizont. Es war bitterkalt, und als Mary nach dem Ruderer Ausschau hielt und ihn nicht vorfand, fühlte sie für einen Augenblick etwas wie Freude in sich hochsteigen. Dann sah sie ein kleines Boot auf den Anlegeplatz zuhalten, und ihr Herz begann wild zu hämmern. Das war es. Wenn sie fliehen wollte, dann musste sie es jetzt tun.

Sie blieb am Rand des Kais stehen, zitternd wegen der bedeutsamen Entscheidung, die sie treffen musste – eine Entscheidung, die sie längst getroffen zu haben glaubte. Doch dem war nicht so, das merkte sie in diesem Augenblick. Zaudern und Widerwillen erfüllten sie. Sie trat näher an den Rand des Kais, die Fäuste geballt, und betete um Rat und Hilfe. Stephens Bild tauchte vor ihrem inneren Auge auf. Plötzlich wollte sie nicht mehr weg von ihm. Innerhalb von zwei Wochen war er zum Mittelpunkt ihres Lebens geworden.

Das Ruderboot kam langsam näher. Mary begann zu weinen. Zuerst merkte sie es gar nicht, doch dann spürte sie die nassen Tränen auf ihren Wangen. War er wirklich schuld an allem, was passiert war?

Sie presste eine Faust auf den Mund, um nicht mit einem schluchzenden Laut die Wachen auf der Burgmauer auf sich aufmerksam zu machen. Sie war es gewesen, die wider besseres Wissen Liddel verkleidet verlassen hatte, um sich heimlich mit Doug zu treffen. Sie war es gewesen, die Stephen ihre Identität nicht hatte preisgeben wollen und stattdessen ihre

Tugend geopfert hatte. Und lieber, guter Gott, es war Malcolm gewesen, der sie Stephen übergeben hatte, ohne ihr auch nur ein Wort des Trostes zu spenden und ohne abzuwarten, ob sie wirklich schwanger war oder nicht.

Stephen verdiente also kaum den Tadel, mit dem sie ihn überhäuft hatte. Es war einfach nur leichter gewesen, ihm die Schuld zu geben als sich selbst oder Malcolm.

Mary bedeckte das Gesicht mit den Händen. Auf einmal quälte ihr Gewissen sie entsetzlich. *Sie war nichts weiter als ein politisches Opfer.* Mit erschreckender Klarheit erkannte sie nun, dass sie zwar fliehen, aber nicht nach Hause zurückkehren konnte. Sie würde nie wieder nach Hause zurück können. Sie hatte kein Zuhause mehr. Von Kummer verzehrt, hörte sie den Mann nicht, der sich ihr von hinten näherte. Gerade als sich die Sonne leuchtendgelb über den nebligen Horizont erhob, spürte sie eine Hand auf ihrer Schulter.

Im ersten Moment dachte sie, es sei Stephen, der ihr trotz der Betäubung durch den Mohnextrakt gefolgt sei und nun ihre Flucht vereitle. Sie drehte sich um, nicht um ihre Unschuld zu beteuern, sondern mit offenen Armen, voller Erleichterung.

Ein maskierter Mann schob sie gewaltsam rückwärts.

Mary schrie, als sie fiel; sie hatte das Gefühl, die Zeit stünde still. In diesem endlosen Moment erkannte sie mit Entsetzen, dass sie in die Themse gestoßen worden war und wahrscheinlich ertrinken würde.

Dann spritzte das Wasser auf, und sie ging unter. Zuerst konnte sie sich vor Verblüffung nicht bewegen. Es war eisig kalt. Ein heftiges Verlangen zu überleben riss sie aus ihrer Starre, aber der Umhang und ihre Gewänder hatten sich um ihre Gliedmaßen gewickelt. Panik überfiel sie, denn nun merkte sie plötzlich, dass ihr die Luft ausging. Sie versuchte, um sich zu schlagen, doch dadurch wickelte sich ihre Kleidung nur noch fester um sie, und sie sank noch rascher in die Tiefe.

Lieber Gott, sie war im Begriff zu sterben. Sie war im Begriff zu sterben, ohne die, die sie liebte, noch einmal wiederzusehen, ohne sich verabschieden zu können. Vertraute Gesichter tauchten vor ihrem inneren Auge auf: ihre Mutter, ihre Brüder, ihre kleine Schwester Maude. Malcolm. Trauer erfüllte ihr Herz. Und Stephen, der Gedanke an Stephen, den sie so schmerzlich verraten hatte.

Mary wollte nicht sterben. Sie war zu jung, um zu sterben. Sie hatte noch nicht genug gelebt. Sie erkannte, dass sie an der Schwelle zu einem völlig neuen Leben gestanden hatte, als Stephens Gemahlin. Plötzlich wusste sie mit glühender Leidenschaft, dass sie leben musste, um dieses Leben auszukosten.

Aber sie sank tiefer und tiefer. Sie begann zu husten. Wasser drang in ihre Lunge; sie würgte. Ihr Körper pochte schmerzhaft unter dem Druck, den der Fluss auf ihn ausübte, ihr Brustkorb fühlte sich an, als würde er explodieren.

Scherben aus Licht splitterten in ihrem Hirn, und kurz bevor Schwärze sie umfing, wusste Mary, dass es zu spät war.

14

Stephen sah den maskierten Mann, der Mary in die Themse stieß.

Er hatte nicht von dem Wein mit dem Mohnextrakt getrunken. Da er dem, was seine Braut mit Adele im Sinn hatte, von Anfang misstraute, hatte er sie genau beobachtet und mitbekommen, wie sie den Wein versetzt hatte. Also hatte er lediglich vorgegeben, einige Becher zu trinken. Seine Wut wurde zumindest etwas gedämpft, als er am Geruch erkannte, dass sie nicht vorhatte, ihn zu vergiften, sondern »nur« zu betäuben.

Er hatte simuliert, die Wirkung des Schlafmittels zu spüren, und auf Marys nächsten Schritt gewartet. Bald schon wurde klar, dass sie zu fliehen gedachte. Als sie den Tower verließ, folgte er ihr und versteckte sich in dem schattigen Durchlass der äußeren Burgmauer. Er konnte das Ausmaß ihres Trotzes kaum fassen.

Und nun verflog alle Wut im Nu. Mit einem Schrei katapultierte sich Stephen aus dem Durchlass, als der schwarze Fluss Mary verschlang.

Am Dock hielt er inne, legte sein Schwertgehenk ab und suchte die sich kräuselnde Wasseroberfläche ab in der Hoffnung, Mary werde wieder auftauchen. Dann riss er sich die Tunika vom Leib und zog die Stiefel aus. Noch immer keine Spur von Mary.

An der Stelle, wo sie untergegangen war, sah das Wasser wieder glatt aus.

Sein Herz pochte schmerzhaft, doch er achtete nicht darauf und sprang.

Weniger als eine halbe Minute war verstrichen, seit sie verschwunden war. Er sank weiter und weiter in die dunkle Tiefe, ohne jedoch eine Spur von ihr zu entdecken.

Die Schubkraft seines Sprungs war verbraucht. Stephen schwamm mit wilder Entschlossenheit weiter, er paddelte und wühlte mit den Armen wie ein Besessener. Seine Brust begann zu brennen. Wo war Mary?

Er weigerte sich, aufzugeben.

Er konnte es nicht.

Wenn er aufgab, würde sie sterben.

Schmerzen begannen ihn zu quälen, drohten, ihn zu überwältigen. Stephen zwang seinen Kopf zu funktionieren – er durfte sein Ziel nicht aus den Augen verlieren, er musste Mary finden! Er schlug kreisförmig um sich, zwang seinen Körper, noch tiefer zu tauchen; Lichter begannen, in seinem Kopf zu explodieren. Panik befiel ihn, eine vernunftlose Angst. Sein Überlebensinstinkt, der Drang, diesen Wahnsinn zu beenden und auf der Stelle zur Oberfläche zu schwimmen, kämpfte gegen die Entschlossenheit an, sie zu finden. Denn er *musste* sie finden.

Er konnte nicht ohne sie leben. Wie sehr er sie brauchte – es schien plötzlich alles so klar.

Ihm ging die Luft aus.

Würde er heute, jetzt, mit ihr sterben?

Ein helles, weißes Licht verzehrte sein Gehirn und mit ihm den Schmerz. Seine Finger berührten Stoff.

Stephen begann zu würgen. Aber er hatte bereits eine Handvoll Seidenstoff in der Faust. Einen Augenblick später hielt er Mary im Arm. Mit wilden Tritten und unter Zuhilfenahme des freien Arms ruderte er nach oben, weiter und weiter durch die dunkle, schwere, mörderische Flut. Er schwor sich, dass sie es schaffen würden.

Sein Kopf stieß durch die Wasseroberfläche. Stephen japste nach Luft und sah wie durch einen Schleier, dass vom Kai aus Männer riefen, zu undeutlich, um sie zu erkennen. Mary trieb leblos in seinen Armen. Sein Sehvermögen wurde besser, doch gleichzeitig packte ihn nacktes Entsetzen: Ihr Gesicht war blau und eingefallen, leblos.

»Stephen!«, rief eine Stimme. Brand. Im nächsten Augenblick war sein Bruder neben ihm im Wasser, übernahm Mary und schwamm mit ihr ans Ufer. Stephen folgte. Zahlreiche Arme griffen nach ihm und zogen ihn auf das hölzerne Dock.

Er schüttelte die Männer ab und kroch zu Mary. Sie lag auf dem Rücken und atmete nicht.

»Stephen«, keuchte Brand und ergriff seinen Arm. Mitleid lag in seinem Ton.

Gewaltsam schüttelte Stephen ihn ab. Er drehte Mary auf den Bauch, klopfte ihr auf den Rücken. Wasser kam aus ihrem Mund. Er klopfte weiter auf sie ein, und immer mehr Wasser quoll aus ihr heraus.

Er drehte sie wieder auf den Rücken.

»Atme!«, schrie er, »atme, Mary, bitte!«

Sie war reglos, eine Tote.

Brand ergriff ihn erneut von hinten.

»Stephen ... sie ist tot.«

»Nein!«, brüllte er.

In diesem Augenblick wusste er nichts, außer, dass niemand, nicht einmal Gott, ihn um seine Frau bringen würde. Sie brauchte Luft. Also würde er ihr die seine geben.

Er beugte sich über sie, legte seine Lippen über ihren Mund und öffnete ihn. Wieder und wieder presste er seinen Atem in sie hinein. Er meinte zu bemerken, dass ihr Körper etwas bebte, und eine ungezähmte Hoffnung durchflutete ihn.

»Stephen, hör auf!«, rief Brand schließlich gequält über ihm.

Stephen hörte ihn nicht. Er legte die Hände auf Marys Brustkorb und drückte, während er gleichzeitig weiter seinen Atem in ihre Lunge presste. Er fand einen Rhythmus, der in etwa seiner natürlichen Atmung entsprach.

Mary schien unter seiner Wange warm zu werden.

Er hielt inne, nahm ihr Gesicht in die Hände und blickte

sie flehentlich an. Sie schien nicht mehr so blau zu sein, sie schien sich zu bewegen ... Lieber Gott, sie atmete!

Mit einem Schrei, der wie ein Schluchzen klang, brach Stephen neben ihr zusammen.

»Sie atmet!«, rief jemand. »De Warenne hat sie ins Leben zurückgeholt!«

Stephen legte die Arme über die Augen, damit niemand sein Weinen sah. Er konnte die Flut der Tränen nicht aufhalten. Siebzehn Jahre lang hatte er nicht mehr geweint. Es war erstaunlich, denn er hatte gedacht, er hätte das Weinen verlernt.

»Holt einen Doktor und Felle«, ordnete Brand an.

Kurz darauf merkte Stephen, dass sein Bruder eine Tunika um seinen fast nackten Körper wickelte. Er war bis auf die Hose entkleidet und zitterte. Doch er ignorierte Brands Protest, warf die Tunika ab und setzte sich auf. Auch Mary war zugedeckt worden. Er zog sie in seine Arme und stand mit Hilfe seines Bruders auf. Mary lebte zwar, aber sie atmete kaum und war bleich wie ein Gespenst.

»Bring mir ein Pferd«, sagte er zu Brand. »Und dann schickst du den Doktor nach Graystone.«

Stephen legte Mary auf sein Bett, zog ihr rasch und geschickt die durchnässten Kleider aus, wickelte sie in mehrere Wolldecken und breitete einen schweren Fuchspelz über sie. Sie war kreidebleich, und von Zeit zu Zeit lief ein Schauder durch ihren Körper. Noch immer war sie ohne Bewusstsein.

Ohne zu zögern zog er seine nasse Unterwäsche aus und kroch zu ihr in das Bett. Er schloss sie in die Arme, legte die Beine um sie und begann, ihre eisigen Hände zu massieren.

Nicht zum erstenmal betrachtete er Mary mit Bitterkeit, Zorn und Furcht in seinen Zügen. Wie, fragte er sich verzweifelt, wie konnte sie ihn nur so sehr hassen? Hätte er sie nicht gekannt, so wäre ihm all dies womöglich wie ein böser Traum erschienen. Es war unglaublich, dass eine Frau zu solchen Maßnahmen greifen würde, um ihrer Heirat zu entgehen. Und wer, wer hatte es gewagt, ihr das Leben nehmen zu wollen? Wer stand hinter dem maskierten Mörder?

»Sie versuchte zu entkommen«, sagte Stephen einige Zeit später unten im Saal. Alle Männer der de Warennes waren versammelt, sogar Geoffrey war gekommen, der eigentlich geplant hatte, am Morgen zurück nach Canterbury zu reisen. »Aber ihr Plan schlug leider fehl. Denn während sie auf das Boot wartete, stieß sie ein maskierter Mann in den Fluss.«

Ein grimmiges Schweigen folgte seinem Bericht. Schließlich ergriff Rolfe das Wort.

»Wir müssen sie sorgfältig beobachten und sicherstellen, dass sie nicht noch einmal so eine Dummheit begeht. Und da der Mordversuch fehlschlug, müssen wir natürlich auf der Hut sein, dass es nicht zu einem weiteren Anschlag kommt.«

Stephen setzte sich erschöpft an den langen Tisch und stützte den Kopf in die Hände.

»Ich glaube, Adele Beaufort hat mit dem Fluchtplan zu tun.«

»Adele Beaufort?«, fragte Geoffrey mit hochgezogenen Brauen. »Glaubst du das wirklich?«

»Sie wird sich wohl kaum darüber freuen, dass ich Mary heirate«, meinte Stephen und blickte auf.

Geoffrey schwieg.

Brand hüstelte.

»Ich sage das nicht gerne, aber sie war heute Morgen da.«

»Was?«

»Ich kehrte nach einer, äh, sagen wir, kurzweiligen Nacht zum Tower zurück. Ich hörte Schreie und wollte sehen, was passiert war. Völlig schockiert musste ich hören, du seiest in die Themse gesprungen – vor mehreren Minuten. Während ich darauf wartete, dass du wieder auftauchtest, sah ich aus dem Augenwinkel Adele. Ich glaube, auch sie war entsetzt.

Sie versteckte sich im Schatten der Burgmauer. Als sie mich sah, lief sie weg.«

»Sie ist bestimmt keine Mörderin«, meinte Geoffrey gepresst.

»Es gibt andere, die bei der Sache womöglich eine Hand im Spiel hatten«, gab Rolfe zu bedenken. »Duncan, Montgomery und Roger Beaufort sind alle sehr gegen die bevorstehende Verbindung. Aber Spekulationen führen uns zu nichts. Wir müssen versuchen, handfeste Informationen zu bekommen, nackte Tatsachen. Wenn wir einen der gedungenen Helfer ausfindig machen, können wir ihn sicher zum Reden bringen.«

»Die Helfer sind mittlerweile längst auf dem Kanal in Richtung Frankreich unterwegs«, meinte Brand. »Jedenfalls, wenn sie klug sind.«

»Solche Leute sind in der Regel nicht die Schlauesten«, hielt Rolfe sarkastisch dagegen. »Lasst uns unsere bevorstehenden Vorhaben zu Ende führen. Schon bald werden hässliche Gerüchte die Runde machen; wir müssen sie im Keim ersticken. Ich werde verbreiten, dass Mary entführt und in den Fluss geworfen wurde. Und ich werde klarstellen, dass Northumberland über diese Tat sehr ungehalten ist. Dann wird es sich jeder potenzielle Mörder genau überlegen, bevor er erneut zuschlägt.«

»Sie wird Graystone bis zur Trauung nicht mehr verlassen«, erklärte Stephen plötzlich mit hartem Ton und eisigem Blick. »Und wenn der König persönlich versucht, Mary über diese Schwelle zu schleifen, dann werde ich ihm und seinen Männern mit gezogenem Schwert gegenübertreten.«

Im ersten Moment starrten ihn alle verdutzt an. Denn ein derartiger Widerstand, wenn es denn dazu kommen sollte, würde nichts weniger als Verrat bedeuten.

Rolfe trat zu seinem erstgeborenen Sohn und legte einen Arm um seine Schulter.

»Du bist aufgewühlt. Wir können den König leichter

durch Überredung für unsere Sache gewinnen als mit unseren Schwertern. Komm, Stephen …«

Stephen erhob sich.

»Sie wird das Gut nicht verlassen, Vater«, erklärte er kategorisch.

Vater und Sohn musterten einander. Schließlich ergriff Rolfe das Wort.

»Ich stimme mit dir überein, Stephen – wir sind Verbündete, keine Feinde. Auch ich möchte, dass sie hierbleibt, bis ihr verheiratet seid. Lass mich darüber mit dem König sprechen. Und ich werde seine Zustimmung einholen, die Trauung vorzuziehen.«

»Wie wollt Ihr das erreichen?«, fragte Stephen spitz. »Ich jedenfalls zweifle daran, dass Rufus nun, da er seinen Plan, Carlisle einzunehmen, offengelegt hat, noch beabsichtigt, die Hochzeit überhaupt stattfinden zu lassen!«

»Unglücklicherweise ist Rufus häufig nicht zu durchschauen. Aber nachdem er es liebt, seine Feinde zu reizen, kann ich ihm vielleicht einreden, dass Malcolm doppelt aufgestachelt sein wird, wenn seine Tochter mit dir verheiratet wird, *bevor* wir Carlisle einnehmen.«

Stephens Miene war eisern.

»Er ist ein Schwachkopf! Diese Verbindung verheißt Frieden. Er wird alles zerstören, was wir bisher erreicht haben, und wofür? Wofür? Für ein bisschen mehr Land? Um Herr über einen Haufen sich gegenseitig befehdender Clans zu sein? Um Malcolm zu einem unversöhnlichen Gegner zu machen?«

Rolfe berührte seine Schulter.

»Hab keine Angst. Es vergeht kein Tag, an dem ich nicht mit Engelszungen versuche, ihn von seinem blutigen Plan abzubringen.«

Er klopfte seinem Sohn beruhigend auf die Schulter und wandte sich dann Brand zu. »Komm, wir gehen zurück an den Hof. Ich werde Rufus alles, was vorgefallen ist, berichten und beginnen, auf eine Vorverlegung der Hochzeit hinzuarbeiten.«

Nachdem sie fort waren, schritt Stephen leise auf und ab und warf immer wieder einen Blick auf die Treppe.

»Wo bleibt der Doktor? Er ist schon eine Viertelstunde da oben.«

Geoffrey trat zu ihm.

»Ich bin sicher, dass alles gut wird, Stephen.«

Stephen blickte gequält auf seinen Bruder.

»Sie wäre fast gestorben.«

»Aber sie ist es nicht. Brand hat uns erzählt, was passierte. Du hast sie wieder ins Leben zurückgeholt, Bruder.« Geoffrey zögerte. »Eines Tages wird sie dir dankbar sein, ich bin sicher.«

»Ich will ihre Dankbarkeit nicht«, erwiderte Stephen, ohne nachzudenken. Dann errötete er vor Wut. »Was bin ich nur für ein Trottel! Es ist hoffnungslos! Sie verachtet mich, und nach unserer Hochzeit – wenn es überhaupt so weit kommt – wird sie mich noch mehr hassen, weil wir gegen ihr Land und ihre Leute Krieg führen!«

Geoffrey zögerte. Seine Miene war ernst, denn jegliche Erwiderung seinerseits konnte wohl kaum etwas ausrichten.

»Ich werde für euch beide beten, Stephen. Vielleicht kommt es beizeiten zum Frieden, sowohl an der Grenze als auch für dich und deine Braut.«

Stephen schien zu daran zweifeln.

Dann wandten sich die beiden Männer dem Doktor zu, der in diesem Augenblick den Saal betrat.

»Mylords, ich habe gute Nachrichten«, begann er.

»Ist sie wohlauf?«

»Sie hat sehr gelitten, aber ich finde nichts bei ihr außer einer extremen Schwäche, was verständlich ist. Ich verordne eine Diät aus rohen Eiern und Ochsenblut, die besonders dafür geeignet ist, die Gesundheit des Herzens wiederherzustellen. Ich gehe davon aus, dass sie bei Befolgung meiner Ratschläge in ein, zwei Tagen wieder in guter Verfassung sein wird.«

Geoffrey nickte. Stephen fragte knapp: »Wie geht es ihr im Augenblick?«

»Sie schläft, aber es ist ein heilsamer Schlaf. Und darf ich vorschlagen, Lord, dass auch Ihr Euch zur Ruhe begebt?«

Stephen stimmte zu und dankte dem Doktor. Dann ging er langsam die Treppe hinauf. Endlich erlaubte er sich, das volle Ausmaß seiner Erschöpfung zu spüren. Seine Miene wurde hart. Mary war am Leben, sie war nicht gestorben ... Gott sei Dank ... und wenn Rolfe weiter seinen gewohnten Einfluss ausübte, würden sie nicht in drei Wochen, sondern schon innerhalb von Tagen getraut werden.

Aber was dann?

Geoffrey fragte sich, wie es wohl wäre, eine Frau so sehr zu lieben, dass er sein Leben bereitwillig aufs Spiel setzen würde, um das ihre zu retten. Kurz, ganz kurz nur, gab er sich der Versuchung hin und stellte sich eine solche Leidenschaft vor, eine solche Liebe, solche Freundschaft, solche Träume.

Das Geräusch von Reitern, die sich im Galopp näherten, unterbrach seine Gedanken. Geoffrey lauschte. Es war noch nicht einmal die siebte Stunde. Rolfe und Brand hatten sich eben erst verabschiedet, und er fragte sich, ob es möglich sei, dass Rufus so schnell von Marys Verbleib erfahren hatte.

Er trat ans Fenster und sah die fünf Reiter im kühnen Blau und Gold von Essex in den Hof kommen. Dann versteifte er sich. In ihrer Mitte befand sich Adele Beaufort.

Auf ihr Klopfen hin öffnete er. Sie trug einen pelzbesetzten Umhang; ihre Wangen waren vom Wind gerötet. Sie warf Geoffrey einen starren Blick zu, er musterte sie ernst und dachte dabei an ihr bisher einzige Begegnung. Der Moment zog sich zwischen ihnen in die Länge.

»Was bringt Euch nach Graystone, Lady Beaufort?«,

fragte er schließlich. »Doch sicher nicht das Bedürfnis eines morgendlichen Ausritts?«

Sie zog sich die Kapuze vom Kopf und ließ ihre schwarze Lockenpracht über den Rücken wallen.

»Was glaubt Ihr wohl, Lord de Warenne?«, fragte sie kühl zurück, ignorierte ihn dann und schritt energisch in den Saal, nicht ohne seinen Schenkel zu streifen.

Geoffrey folgte ihr und beobachtete, wie sie in der Mitte des Raums stehen blieb und zur Treppe schaute. Er verschränkte die Arme, und sie richtete den Blick fragend auf ihn.

»Nun? Ist Stephen hier?«

»Er schläft.«

Sie zögerte und studierte ihn genau. »Und Mary?«

Ein kurzes, gequältes Lächeln erschien in Geoffreys Zügen. »Aha, nun kommen wir zum Anlass dieses Besuches.«

Sie richtete sich steif auf.

»Die ganze Welt weiß, dass die Prinzessin beinahe ertrunken wäre. Hat sie … überlebt?«

»Sie ist sehr lebendig.«

Adele wandte sich ab, jedoch zu spät, als dass er ihre Bestürzung nicht bemerkt hätte.

Geoffrey packte rasch ihren Arm und drehte sie zu sich. Sie schrie auf. Er hatte noch nie eine Frau misshandelt und schämte sich innerlich, doch Adele war schließlich nicht wie jede andere Frau.

»Wie besorgt Ihr seid, Lady Beaufort!«

Sie funkelte ihn wütend an, wehrte sich jedoch nicht. Ihre großen Brüste hoben und senkten sich heftig.

»Habt Ihr den Mörder gedungen?«, fragte Geoffrey und schüttelte sie grob. »Wart Ihr es?«

»Nein!«

»Seid Ihr nicht nur eine Verführerin, sondern auch eine Mörderin?«, fragte er weiter und schüttelte sie erneut.

»Nein!«

Er glaubte ihr und ließ sie erleichtert los.

Sie rieb sich den Arm und starrte ihn aus schwarzen Augen an.

»Ich gebe zu, ich würde mir wünschen, dass Mary nicht hier wäre, aber sie hatte vor zu fliehen – nicht zu ertrinken!«

»Habt Ihr Anteil an dem Fluchtplan?«

Sie zögerte nur kurz.

»Sie bat mich, ihr zu helfen. Und, könnt Ihr mir das verübeln?«, stieß sie hervor. »Könnt Ihr mir das verübeln?«

Er blickte sie stumm an.

Tränen traten ihr in die Augen.

»Stephen war zwei Jahre lang mein; zwei lange Jahre wusste die ganze Welt, dass *ich* Northumberland gehörte! Und was jetzt? Was jetzt! Jetzt bin ich eine Zielscheibe des Spotts mit lächerlichen Zukunftsaussichten.«

Geoffrey wurde weicher.

»Ihr leidet sicherlich nicht an einem Mangel an Freiern, Lady Beaufort.«

»Aber keiner ist Stephen de Warenne, der Erbe des Grafen von Northumberland!«

Er verstand ihren Ehrgeiz nur zu gut; er glich sehr seinem eigenen.

»Ich bin sicher, Ihr werdet eine gute Partie machen.«

»Gut, ja«, konterte sie bitter. »Aber mächtig? Nein.«

Er bemerkte nicht, dass er näher an sie herangetreten war.

»Ist es der Verlust Northumberlands, der Euch so zu Tränen rührt – oder der meines Bruders?«

Sie blinzelte. »Warum fragt Ihr das?«

Sein Kinn war hart, wie auch der Rest seines Körpers, einschließlich seiner Lenden.

»Ich muss es wissen.«

Sie blickte ihm in die Augen.

»Ihr begehrt mich, nicht wahr?«

Er schluckte.

O Gott, und wie er sie begehrte!

»Schon der bloße Wunsch ist Verfehlung.«

»Nein«, hauchte sie und trat noch näher. »Es ist keine Verfehlung – für uns ist es das einzig Richtige!«

Plötzlich, er wusste nicht wie, hielt er ihr Gesicht in seinen Händen.

»Hat es Euch nach Stephen ebenso gelüstet wie nach mir?«

»Nein! Niemals!«, rief sie halblaut. »Wie sehr wünschte ich, Ihr wärt der Älteste. Irgendwie würde ich Mary loswerden, denn ich würde Euch niemals ihr überlassen. Und dann würde ich Euch heiraten, Euch! Und Ihr würdet es nicht bereuen.«

»Ihr geht zu weit.« Doch er ließ ihr schönes Gesicht nicht los. Der Gedanke ging ihm durch den Kopf, dass sie zu einem Mord fähig sein könnte. Doch es war nur ein kurzer Gedanke, denn eine dunkle, eine sehr tief verborgene Angst, eine böse Vorahnung, überwältigte ihn.

Adele war nicht wie die Witwe Tam. Ihre Anziehungskraft war weit größer, weit gefährlicher. Und mit dieser Verlockung gingen bedrohliche Komplikationen einher. Komplikationen, die er spürte, aber noch nicht verstehen konnte.

»Gebt zu, dass Ihr mich begehrt«, flüsterte Adele.

Geoffrey blickte in ihr nach oben gewandtes, zwischen seinen großen Händen ruhendes Gesicht. Seine Daumen glitten sanft an ihrem Kinn entlang, streichelten die seidene Haut. Sie war die reine Sünde. Er wollte mit ihr sündigen.

»Ich begehre Euch.«

»Ich begehre Euch, lieber Gott, so sehr! So schlimm ist es nachts, dass ich …« Sie verstummte, ihre vollen Lippen öffneten sich und erwarteten bebend seinen Kuss.

Er war wie hypnotisiert.

»Sag es mir«, flüsterte er heiser.

Sie drückte seine Hand und führte sie zwischen ihren Körpern nach unten. Geoffrey erstarrte. Sie drückte seine Hand noch tiefer, gegen die Wölbung ihrer Weiblichkeit. Er spürte ihr Blut gegen seine Hand pochen.

»Nachts berühre ich mich hier und träume, dass du es bist.

Wenn ich schreie, dann ist es dein Name, den ich auf den Lippen trage.«

Er stöhnte. Seine Hand umfasste ihr Geschlecht aus eigenem Antrieb, die dünne Seide ignorierend, die sie umhüllte. Er stellte sich vor, was sie mit sich machte, was er mit ihr tun könnte. Zum erstenmal wurde ihm das Ausmaß seiner tiefen Lust gewahr. Er wollte es mit ihr treiben, in willenloser, animalischer Raserei. Die Wucht seiner Fleischeslust schockierte ihn. Nur einmal wollte er alle Gedanken fahren und seinen Körper tun lassen, was dieser wollte. Er wollte mit ihr in die äußerste Verderbtheit versinken.

Nur ein einziges Mal.

Er war nur ein Mann, und ein schwacher obendrein. Sie würde nicht die erste Frau sein, die er sich genommen hatte, aber sie mochte sehr wohl die letzte sein. Denn falls er bald seine Ernennung erhalten sollte, wie es der König angedeutet hatte, würde er sein endgültiges Gelübde ablegen und sich unwiderruflich Gott anbefehlen müssen. Ein Gelübde, das er niemals brechen würde.

Geoffrey ergriff ihre Hand. Sie bekam große Augen. Sein Mund verzog sich zu einem bitteren Lächeln.

»Lass uns zusammen sündigen, Adele. Heute. Auf der Stelle.«

Sie schnappte nach Luft. Er zog sie mit sich durch den Saal und nach draußen. Adele musste rennen, um mit ihm Schritt halten zu können, als sie den Hof überquerten und die Ställe passierten. Er konnte an nichts anderes mehr denken als an die Frau an seiner Seite und an sein unheilvolles Vorhaben.

»Wohin führst du mich?«, rief sie heiser.

»In den Wald«, erwiderte er knapp, keuchend. Sein unregelmäßiger Atem hatte jedoch wenig mit dem raschen Tempo zu tun, das er vorlegte.

Endlich waren sie von dichtem Gebüsch und Bäumen geschützt. Geoffrey wandte sich ihr zu. Sie zog bereits an seinem geflochtenen Gürtel und ließ ihn dann zu Boden fallen;

das daran hängende goldene Kreuz glänzte zwischen dem bunten Herbstlaub. Er nahm den Blick nicht von ihrem Gesicht. Sie schien wie hypnotisiert zu sein. Er streifte seine Roben ab. Adele wimmerte, als sie ihn erblickte.

»Lady Beaufort?«, fragte er, seine Ungeduld mit übermenschlicher Anstrengung unterdrückend. »Eure Kleidung. Ich will Euch nackt.«

Sie erwachte zum Leben. Ihr verruchtes Lachen erklang, während sie sich ihrer Gewänder entledigte. Geoffrey stutzte, als er sah, dass sie kein Hemd trug. Sie lachte erneut, zeigte sich hoch erhobenen Hauptes, breitschultrig und mit vollen Brüsten, das schwarze Haar im Winde wehend. Sie war stolz auf ihre Nacktheit und ohne Scham.

Adele streckte die Arme nach ihm aus.

»Komm«, flüsterte sie. »Wir fangen gerade erst an, du und ich. Ich war mir nie einer Sache sicherer. Du bist hart, gequält. Komm zu mir, Mylord, lass mich deine Qual lindern.«

Er zog sie zu sich. Ihre Münder trafen sich zu einer wilden, köstlichen Vereinigung, dann entzog sie ihm ihre Lippen. Noch ehe er protestieren konnte, glitt sie an seinem Körper abwärts. Auf den Knien züngelte sie an seinem Nabel und rieb ihre Brüste gegen sein Geschlecht. Dann senkte sie den Kopf noch tiefer.

Geoffrey war endlich jeglichen Gedankens entledigt. Mit einem Stöhnen, das nichts als pure Lust war, legte er sie nach einer Weile auf den Rücken.

»Jetzt komme ich dran«, krächzte er mit einem kehligen Lachen.

Er spreizte ihre Schenkel weit, spreizte ihre heißen, feuchten Lippen und revanchierte sich für das, was sie mit ihm getan hatte. Sie schrie auf und vergrub die Finger in seinem Haar, doch er hörte nicht auf. Er hatte nur noch ein Ziel – Diener der animalischen Triebe zu sein und sich zusammen mit ihr zu versklaven.

Als er sich auf sie schob, schluchzte sie. Mit einem wilden

Schrei drang er in sie ein. Sie schrie erneut auf, ihre Fingernägel kratzten seinen Rücken hinunter.

Viel später lagen sie ermattet nebeneinander im Gras. Die Sonne war hoch in den Himmel gestiegen und begann soeben ihren Abstieg. Sie waren erschöpft und verausgabt, regungslos.

Irgendwann stützte sich Adele auf einen Ellbogen auf. Gierig inspizierte sie jeden Zentimeter seines makellosen Körpers. Er hatte einen Arm über das Gesicht gelegt, sodass sie nicht wusste, ob er schlief oder nur ruhte. Sie seufzte. Noch nie hatte sie ein Mann zu solchen Höhen der Ekstase getrieben.

Dann lächelte sie. Dies war erst der Anfang. Dessen war sie so sicher, wie sie sich in ihrem Leben noch nie einer Sache sicher gewesen war. Dies war erst der Anfang für sie beide. Nun konnte sie froh sein, dass er ein Kirchenmann war. Denn selbst wenn sie eines Tages heiratete, was sie sicher tun musste: Er würde nie einer anderen gehören. Er würde nur ihr gehören. Das war ein Versprechen, das sie sich beiden gab.

15

Duncan war äußerst schlecht gelaunt. Wer war ihm bei Mary zuvorgekommen und hatte den Anschlag auf ihr Leben dann auch noch so gründlich verpfuscht?

Bei den Lords und Ladys am Hof machte der Klatsch schon seit Sonnenaufgang die Runde. Die einen sagten, die Prinzessin habe versucht, aus dem Tower zu fliehen, andere, sie sei entführt worden.

Aber aus welchem Grund sie sich auch immer außerhalb der Mauern befunden hatte, alle waren sich darüber einig, dass kein Mensch ohne einen kräftigen Schubs in die Themse fallen konnte.

Offenbar hatte niemand gesehen, wie es passierte. Duncan hatte diskret die Wachmänner befragt, doch sie hatten nur Stephens entschlossene Rettung der Prinzessin aus den dunklen Tiefen des Flusses beobachtet und wie er sie auf unglaubliche Art und Weise vom Tod ins Leben zurückholte.

Duncan war fuchsteufelswild. War denn dieser de Warenne immer zur rechten Zeit am rechten Ort? Wäre der Bastard nicht im Morgengrauen am Kai gewesen, dann wäre Mary jetzt tot, und er, Duncan, würde sich nicht die Schuld an einer Bluttat aufbürden müssen.

Wie alle anderen konnte sich natürlich auch Duncan leicht ausrechnen, wem am meisten daran lag, die Verbindung zwischen Schottland und Northumberland zu verhindern. Die nächste Frage war, würde die andere Partei – oder Parteien – es erneut versuchen, und dann mit Erfolg?

Er bezweifelte es. Die de Warennes waren auf der Hut. Kein Mörder würde ab jetzt die geringste Chance bekommen, Mary ins Jenseits zu befördern. Duncan war also zu

Recht wütend. Denn das galt auch für ihn. Und er war nicht so dumm zu versuchen, Mary unter diesen Umständen zu ermorden.

Nein, er musste seinen Plan hintanstellen, wenigstens vor der Hochzeit, wenigstens für den Moment. Vielleicht musste er sogar andere Mittel anwenden.

Doch sein Ziel blieb dasselbe. Er konnte eine Verbindung zwischen seiner kleinen Schwester und Stephen de Warenne nicht zulassen.

Als Erstes nahm Mary die Stimmen wahr. Leises Gemurmel, schwach, kaum hörbar. Sie glaubte zu träumen. Dann merkte sie, dass das raue, hohle Gefühl in ihrer Lunge kein Traum sein konnte. Die Stimmen wurden lauter, voneinander unterscheidbar. Plötzlich erkannte Mary den markanten Tonfall der Gräfin von Northumberland und die hohe Kinderstimme ihrer Tochter Isobel und kehrte in die Gegenwart zurück. Ihr Verstand erwachte.

Sie wäre beinahe ertrunken. Mary versteifte sich, sie gewahrte nur am Rande, dass Menschen über sie gebeugt waren. Empfindungen überfluteten sie: Wie sie in die nasse, düstere Schwärze hinabgezogen wurde, wie Panik ihre Brust erfüllte, ihre Lunge brannte, brannte, brannte …

Oh, lieber Gott, sie hatte versucht zu fliehen, aber stattdessen war sie in die Themse gestoßen worden – und wäre fast gestorben.

Jemand hatte versucht, sie zu ermorden.

»Mutter, Mutter, sie ist wach!«, rief Isobel aufgeregt.

»Könnt Ihr mich hören?«, fragte die Gräfin leise.

Wieso war sie nicht tot?

Mit erschreckender Klarheit erinnerte sich Mary an ihre letzten Gedanken, bevor sie das Bewusstsein verlor.

Dann fiel ihr alles wieder ein. Die Szene war deutlich, glasklar: Stephen, der sie im Fluss im Arm hielt, während sie dahintrieb wie eine Tote, dann Brand, der sie ans Ufer brachte.

Mary öffnete weit die Augen. Wie konnte sie eine solche Erinnerung haben? Die Perspektive erschien ihr ganz verkehrt – als befände sie sich weit über den Dingen und blicke auf das einzigartige, seltsame Schauspiel hinab.

Aber es war kein Schauspiel gewesen. Mary war sicher, dass das, was sie gesehen hatte, wirklich geschehen war. Denn nun entfaltete sich die Szene wie bei den Darbietungen, die von fahrenden Schauspielern vorgeführt wurden, mit erschreckender Intensität und verblüffender Schnelligkeit. Brand, der sie auf das Dock legte, Stephen, der aus dem Wasser gezogen wurde. Dann war er über ihr und klopfte auf ihren Rücken. Drehte sie um, bat sie zu atmen. Und dann atmete er die Luft aus seiner Lunge in die ihre. Die Erinnerung wurde dunkler, die Bilder begannen zu verschwimmen. Mary konnte noch deutlich hören, wie Brand zu Stephen sagte, sie sei tot. Danach vernahm sie nichts mehr, die Erinnerung wich einer bleiernen Schwärze, einem Nichts.

Die Gräfin lächelte.

»Hallo, Prinzessin. Wir haben darauf gehofft, dass Ihr bald aufwachen würdet.«

Mary blinzelte.

Hatte sie sich wirklich selbst an der Schwelle zum Tod gesehen? War ihre Seele vielleicht schon auf dem Weg in den Himmel gewesen? Hatte Stephen sie irgendwie zurückgeholt?

»Ihr wärt beinahe gestorben, Lady Mary«, rief Isobel. Sie ergriff ihre Hände und drückte sie mit offenkundiger Freude darüber, dass Mary tatsächlich am Leben war.

»Ich wäre beinahe gestorben«, wiederholte Mary.

»Isobel, überanstrenge die Prinzessin nicht«, mahnte Lady Ceidre ernst.

Doch Mary setzte sich auf und hielt Isobels Hände fest.

»Hat Stephen mich gerettet? Hat Stephen in meinen Mund geatmet?«

Die Gräfin und Isobel waren verblüfft.

»Aber – wie könnt Ihr das denn wissen?«, fragte Ceidre verwundert. »Stephen sagte, Ihr wärt bewusstlos gewesen, ohne Atmung, beinahe tot.«

Mary sank auf das Bett zurück, ihr Herz pochte. Sie schloss die Augen. Heiße Tränen brannten unter ihren Lidern.

Sie war fast gestorben.

Stephen hatte sie gerettet. Stephen hatte ihr das Leben zurückgegeben.

Und so wenig sie sich selbst die seltsame Erinnerung daran erklären konnte, wie er sie auf dem Dock wiederbelebt hatte, so wenig konnte sie sie ihnen erklären. Nur eines war klar: Dass sie lebte, war ein Wunder. Sie schuldete Stephen weit mehr als nur Dank.

»Isobel, bring mir ein Hemd und ein Gewand«, sagte die Gräfin. Isobel beeilte sich zu gehorchen. »Hebt die Arme hoch, Liebes, ich helfe Euch beim Anziehen.«

Mary gehorchte. Während Stephens Mutter ihr beim Ankleiden half, dachte sie daran, wie sie versucht hatte, ihn zu betäuben. Entweder war er ein Übermensch, oder er hatte ihren Plan durchschaut. Nun war es leicht, sich dafür, dass sie ihn hintergangen hatte, schrecklich zu fühlen. Wie konnte sie so etwas nur tun?

»Geht es Euch gut, Mary?«, fragte die Gräfin besorgt.

Mary erstarrte, sie fand keine Worte. Im Türrahmen stand der Mann, dem ihre Gedanken galten.

Ein trübes Licht fiel durch die Fenster des Gemachs und umhüllte Stephen; sie konnte seine Miene nicht erkennen. Marys Herz donnerte. Sie verspürte den Drang, ihn zu rufen, ihn zu begrüßen, ihm zu danken, ihm ein namenloses Gefühl mitzuteilen, das sie nicht zu benennen wagte. Doch sie tat nichts. Sie fiel nur auf ihr Kissen zurück und beobachtete ihn.

Er kam durch den kleinen Raum auf das Bett zu.

»Guten Tag, Mademoiselle.«

Mary wusste, sie musste diesem Mann danken und sich für

ihren entsetzlichen Verrat bei ihm entschuldigen. Aber sie konnte noch immer nicht sprechen.

Ebenso wenig konnte sie den Blick von ihm wenden; in der Tat bemerkte sie nicht einmal mehr die Anwesenheit der Gräfin und Isobels.

Schließlich sagte er: »Wir haben darauf gewartet, dass Ihr aufwacht.«

Mary befeuchtete sich die trockenen Lippen.

»Hier«, sagte Isobel und reichte ihr sofort einen Becher Wasser. »Trinkt, Lady.«

Die Gräfin richtete sich auf. »Komm, Isobel, Stephen möchte mit seiner Braut ein wenig allein sein.«

Mary hörte diese Worte kaum, sie sah nicht einmal, wie die Gräfin mit ihrer Tochter das Zimmer verließ. Sie hatte nur Augen für Stephen. Er war ernst, sie war ängstlich und stumm.

Einen Augenblick später saß Stephen auf dem Bett, und Mary lag in seinen Armen.

Es war so natürlich, sich an ihn zu schmiegen. Er gab ihr Stärke und Sicherheit, Macht und Verlässlichkeit, er war das Leben. Die Intensität und die Vielzahl ihrer Gefühle machten sie fast wahnsinnig. Wie sicher sie sich fühlte, wie aufgehoben, wie gut. Das Leder seines gefütterten Wamses lag weich an ihrer Wange. Sie hielten einander lange fest, ohne sich zu bewegen oder zu sprechen.

Bis er ihr ins Ohr flüsterte: »Ich bin jedenfalls mehr als froh, Euch wach zu sehen.«

Mary drehte langsam den Kopf, damit sie ihn anschauen konnte.

War es möglich? Konnte dieser Mann nach allem, was sie zusammen durchlitten hatten, immer noch Zärtlichkeit für sie empfinden? Nach allem, was sie getan hatte? Hatte er nicht sein Leben für sie aufs Spiel gesetzt?

Sie erinnerte sich an seine Verzweiflung, daran, wie er wieder Leben in ihren Körper eingehaucht hatte.

Und er blickte mit unerschütterlicher Intensität in ihre Augen, als wolle er in ihre Seele schauen.

Marys Brust wurde eng; sie merkte, dass sie seinem Blick offen begegnete.

Und sie spürte ein überwältigendes Bedürfnis, sich ihm voll und ganz zu öffnen.

»Wie geht es Euch?«

Sein Ton schwankte etwas, im Gegensatz zu seinem starken, unbeirrbaren Blick. Mary meinte, in seinen Augen Tränen zu erkennen, doch sie konnten wohl nur von einem Staubkorn herrühren.

»Ich freue mich, am Leben zu sein, Mylord. Ich – ich habe Euch zu danken.«

Sie spürte, wie sich sein gesamter Körper anspannte, und er bewegte den Mund näher an ihren. Als er sprach, wurde ihr Körper lebendig, sein Atem strich über sie hinweg, und ein Kribbeln lief über ihren Rücken.

»Ich hätte gern mehr als einen Dank von Euch.«

Mary keuchte heiser. »W-was möchtet Ihr denn von mir, Mylord?«

»Wisst Ihr das wirklich nicht?«

Die vielen Möglichkeiten machten Mary schwindlig. Sie fühlte sich schwach und wusste nicht recht, was eigentlich zwischen ihnen vor sich ging.

»Ihr – ihr habt mehr als meinen Dank«, hörte sie sich sagen.

Er musterte sie durchdringend.

»Werdet Ihr Euch nun endlich mir beugen, Mary?«

Sie zitterte. Welches Band, welchen Pakt waren sie im Begriff zu schmieden? Verstand er ihr Versprechen, verstand sie es?

»Ihr habt mir das Leben gerettet. Ich wäre beinahe gestorben. Wenn Ihr nicht gewesen wärt …«

Sie schrie auf, nicht imstande, weiterzusprechen.

Sein Griff wurde fester.

»Ihr habt nichts mehr zu befürchten, Mademoiselle«, sagte er. »Kein Unheil wird über Euch kommen; darauf habt Ihr mein Wort.«

Mary klammerte sich an sein Lederwams. Sie standen am Beginn eines neuen und großen Einvernehmens, und sie war zugleich furchtsam und erfreut.

»Stephen«, flüsterte sie, wohl wissend, dass sie ihn noch nie bei seinem Vornamen genannt hatte, »es tut mir leid. Es tut mir leid, dass ich Euch hintergangen habe. Ich werde so etwas nie wieder tun, Mylord«, fuhr sie voller Inbrunst fort. *»Ich gebe Euch mein Wort darauf.«*

Er verhielt sich für einen Augenblick ganz still; es schien, als atmete er nicht einmal. Sein Blick war sehr dunkel und sehr wild geworden.

»Wenn Ihr die Wahrheit sagt, Mary, dann würde mich das sehr freuen.«

»Das tue ich«, flüsterte sie.

Seine Miene hellte sich auf, sie wurde irgendwie fragend und triumphierend zugleich. »Ihr kommt also willentlich als meine Gemahlin zu mir?«

Ihre Blicke trafen sich erneut. Trotz ihrer Schwäche spürte Mary ein kribbelndes Begehren in ihrem Bauch.

»Stephen«, hauchte sie. Eine Woge des Gefühls überwältigte sie, die so stark war, dass Mary fast erneut das Bewusstsein verlor. Sie erkannte voller Bestürzung, dass sie diesen Mann liebte. Doch einen Herzschlag später war sie überhaupt nicht mehr bestürzt.

»Ja«, sagte sie leise.

Seine Augen weiteten sich. Dann beugte er sich über sie und küsste sie zärtlich; doch schon im nächsten Moment hatte sein Kuss nicht mehr viel Zärtliches an sich. Mary machte es nichts aus.

Sie liebte ihn. Sie erwiderte seinen Kuss.

Begierig fanden sich ihre Zungen. Mary zog Stephen zu sich herunter, das Gefühl, ihn, seine unmissverständliche Reaktion auf ihre Einladung, zu spüren, wühlte sie auf. Er schmiegte sich beunruhigend lang und hart an ihren Schenkel. Sie wimmerte. Sie war fast gestorben, und nun, nun war sie überwältigt von dem Verlangen, ihn tief in sich aufzunehmen, voller Hingabe und Ekstase aufzuschreien und seinen Samen zum Leben zu erwecken. Nie schien irgendetwas von größerer Bedeutung gewesen zu sein.

Es war Stephen, der den Kuss unterbrach. Er hob keuchend den Kopf an, seine Stirn war gerunzelt, seine Miene verbissen.

»Mary? Wenn wir nicht sofort aufhören ...«

»Nein!«, schrie sie und drehte ihren Körper, sodass sein Geschlecht das ihre berührte. »Nein, Mylord, Ihr habt mein Leben gerettet – lasst mich nun Euch Leben geben.«

Stephen hielt inne, doch nur für einen Augenblick. Dann rollte er sich auf sie, seine Hand strich über ihren Bauch hinab, streichelte sie. Mary stöhnte vor Lust, sie bewegte sich unter ihm und atmete schwer.

Ihre Tunika war im Weg. Mit einem wilden, halblauten Schrei schob sie ihre Röcke bis über die Taille und presste Stephens Hand fest auf ihren Unterleib. Er war verblüfft, seine Augen leuchteten.

»Für Euch, Mylord«, flüsterte Mary. Sie wusste, dass sie in diesem Augenblick nur mehr ihre Sinnlichkeit lebte und nicht anders konnte. »Nur für Euch, Mylord.«

Er schrie auf, und im nächsten Moment nahm er sie in Besitz.

Mary schluchzte ihre Freude, heulte ihre Ekstase heraus. Stephen keuchte, bewegte sich wie besessen, streichelte sie wieder und wieder, bis Mary eine zweite, noch größere Ekstase erlebte als zuvor.

Mit einem heiseren Schrei kam er schließlich zum Höhepunkt. Das rasende Pochen ihrer Herzen vermengte sich mit ihren rasselnden Atemgeräuschen.

Mary seufzte.

»Ich mag Euer Lächeln, Mademoiselle«, flüsterte Stephen. Mary fragte sich, ob sie so liebestrunken aussah, wie sie sich fühlte.

»Wir werden mehr als gut miteinander auskommen, du und ich«, murmelte Stephen.

Mary horchte auf. Seine Worte waren sehr bestimmt, als seien sie eine Herausforderung oder ein Versprechen. Sie setzte sich auf und betrachtete sein dunkles, schönes Gesicht. Er war plötzlich so melancholisch, als sei er unsicher.

»So sei es«, flüsterte sie, aber mit einem Mal war sie wehmütig und ängstlich und sich plötzlich mehr als je zuvor der unglaublichen Geschichte bewusst, die zwischen ihnen stand. Einer Vergangenheit, die viel weiter zurückreichte als nur die wenigen Wochen, seit er sie gefangen genommen hatte; die aus zahllosen Schlachten bestand, in denen ihre Väter in tödlicher Absicht die Klingen gekreuzt hatten, und in der sie selbst viele verräterische Akte gegen ihn verübt hatte.

In diesem Augenblick sehnte sich Mary sehr nach jener Art von Beziehung, die er eben angesprochen hatte, einer Beziehung, die weit erfolgreicher war als die meisten anderen, die ohne Komplikationen auskam, ehrlich und ganz und gar wirklich. Eine Art von Beziehung, gegen die sich für sie jedoch Geschichte und Umstände verschworen hatten.

Eine solche Verkettung von Umständen verhieß nichts Gutes für sie. Aber es war zu spät. Mary erkannte, dass sie ihr Herz kühn vergeben hatte und dass es ihr nie mehr gehören würde. Das ließ sie verzweifeln. Denn nicht nur Geschichte und Gegenwart hatten sich gegen sie verschworen, sondern auch viele rachsüchtige und skrupellose Menschen. Und selbst wenn ihm etwas an ihr lag, woran sie nun in der Tat immer mehr glaubte, was konnte die Zukunft schon für sie bereithalten?

Sie ergriff seine Hand.

»Jemand hat versucht, mich zu töten.«

»Ich weiß.«

Noch bevor er seine Erwiderung ausgesprochen hatte, kam Mary plötzlich der Gedanke, dass Adele Beaufort diesen Anschlag auf ihr Leben in die Wege geleitet hatte. Niemand sonst hatte gewusst, dass Mary um diese Zeit am Kai sein würde.

»Was ist los?«

Sie blickte ihm entsetzt in die Augen.

»Mylord«, flüsterte sie, »nur eine Person wusste von meinem Plan, zu fliehen!«

»Adele Beaufort?«

Mary fühlte sich krank.

Sie nickte stumm.

»Adele hatte bei der Vorbereitung deiner Flucht Helfer. Wir können nicht sicher sein, dass sie auch hinter dem Mordanschlag steckt. Es gibt viele, die gegen uns sind, Mary.«

Mary war den Tränen nahe gewesen; nun zuckte sie zusammen.

»Wer? Wer ist gegen unsere Verbindung, Stephen?«

»Musst du das wissen?«

Wut flammte in ihr auf. »Ich möchte wissen, wer mein Freund und wer mein Feind ist, ja!«

»Adeles Bruder ist wütend darüber, dass sie verschmäht wurde. Montgomery befürchtet, dass Northumberlands Macht jene von Shrewsbury übertreffen wird. Und Duncan ...«

»Duncan! Er würde niemals versuchen, mir etwas anzutun. Er ist mein Bruder!«

»Er ist dein Halbbruder, den du gerade erst kennengelernt hast. Er liebt nur sich selbst und seinen Ehrgeiz, Mary.«

»Vielleicht hat er Ehrgeiz, aber das bedeutet nicht, dass er mir etwas antun würde.«

Schon dieser Gedanke war absurd für sie – und erschreckend.

»Sein Ehrgeiz ist es, Schottland zu regieren und dort König zu sein.«

»Nein! Er kann nicht danach trachten, meinen Vater abzusetzen.«

»So dumm ist er nicht. Aber er hofft darauf, deinem Vater auf den Thron zu folgen. Warum wäre er sonst all die Jahre am Hof geblieben und hätte Rufus gedient wie ein Sklave? Außerdem ist er Rufus' Wunschkandidat.«

Mary starrte ins Leere. Schließlich schüttelte sie den Kopf, unfähig zu entscheiden, wie viel sie diesem Mann, ihrem künftigen Gemahl, von dem sagen sollte, was sie wusste. Sie war sich darüber im Klaren, dass sogar jetzt, kurz nachdem sie ihre wahren Gefühle für ihn entdeckt hatte, die Politik sie beide bedrohte.

»Nein. Schottlands nächster König wird Edward sein. Das hat Vater so entschieden, und so muss es sein.«

Stephen betrachtete sie.

»Und Malcolm kann sich nicht irren?«

Mary fuhr auf.

»Reden wir nicht über Malcolm!«, sagte sie in scharfem Ton.

»Warum nicht, Mary? Hat er immer recht?« Plötzlich hatte sich auch Stephens Ton verändert, plötzlich klang er verärgert.

Marys Herz schlug zu heftig; sie schüttelte den Kopf und weigerte sich zu antworten.

Sie konnte nicht.

Stephen stand auf.

»Wir können kein Risiko mehr eingehen, Mary. Deshalb wirst du in den nächsten Tagen in Graystone bleiben; hier bist du bis zu unserer Hochzeit sicher.«

»In den nächsten Tagen? Aber wir heiraten erst in drei Wochen!«

»Nein«, widersprach Stephen und beugte sich über sie. »Unser Hochzeitstag wird vorverlegt.«

»Vorverlegt?«

»Der König hat bereits zugestimmt. Angesichts dessen,

was vorgefallen ist, wäre es höchst unklug, den Termin noch hinauszuzögern. Sobald du in der Lage bist, das Ehegelübde abzulegen, werden wir heiraten.«

Mary blickte ihn aus großen Augen an. Ihr Herz schlug vor Freude einen Purzelbaum, sie musste lächeln. In ein paar Tagen würden sie heiraten, in ein paar Tagen würde sie seine Gemahlin sein!

Erst als Stephen gegangen war, bemerkte sie, dass seine Reaktion eine ganz andere gewesen war als ihre. Er hatte nicht gelächelt, als er ihr die unerwartete Nachricht mitteilte. Er war vielmehr grimmig und beunruhigt gewesen, als würde er in unmittelbarer Zukunft eine Katastrophe erwarten.

»Sobald sie in der Lage ist, das Ehegelübde abzulegen.«

»Richtig, lieber Bruder, sobald Prinzessin Mary gesund genug ist, die Messe durchzustehen und ihr Gelübde abzulegen, werden sie heiraten.« Rufus lächelte bitter. »Gibt es einen Grund dafür, dass dich diese Eile verärgern sollte, mein lieber Henry?«

Prinz Henry war wütend.

»Ihr wisst, dass ich gegen diese Verbindung bin; das habe ich von Anfang an klar gesagt. Ich hoffe noch immer darauf, dass Ihr Vernunft annehmt und sie verbietet.«

»Was glaubst du denn, warum ich ihr überhaupt zugestimmt habe?«

»Ich habe nicht die geringste Ahnung.«

»Damit Malcolm beruhigt ist, wenn sich unsere Armeen auf ihn stürzen.« Rufus grinste. »Mir ist der Gedanke gekommen, dass er nach der Hochzeit noch argloser sein wird.«

»Ihr habt Euch selbst übertroffen, Bruder«, sagte Henry leise, aber ärgerlich. »Was werdet Ihr tun, Mylord, wenn der Tag kommt, an dem Northumberland sich auf die Seite Schottlands stellt – gegen Euch?«

»Dieser Tag wird niemals kommen.«

»Ihr seid verrückt! Wegen einiger wertloser Berge gebt Ihr de Warenne genügend Macht, dass er Euch groß machen oder auch ruinieren kann!«

Henry ging erregt im Zimmer auf und ab. In Augenblicken wie diesem wusste er mit absoluter Sicherheit, dass er englischer Monarch sein sollte. Niemals würde er einem einzelnen Adeligen eine solche Macht in die Hand geben. Niemals würde er einem seiner Vasallen eine solche Machtfülle anvertrauen. Angesichts der Dummheit seines Bruders konnte er nur bedauern, dass Mary nicht ertrunken war.

»Wer hat versucht, sie zu ermorden?«

»Ich weiß es nicht. Warst du es nicht, Henry?«, fragte Rufus schmeichelnd.

Eine neuerliche Welle des Zorns rötete Henrys Gesicht.

»Wenn ich hinter diesem Anschlag stünde, dann würde sie jetzt nicht mehr leben, dessen könnt Ihr sicher sein!«

Rufus erhob sich, trat ans Fenster und blickte auf London hinaus.

»Ich glaube dir.«

»War es also versuchter Mord?«

»Im Gegensatz zu manchem Klatsch, der nun grassiert, war es das.«

Plötzlich lächelte Henry.

»Ist sie wirklich vor de Warenne weggelaufen?«

»Findest du das amüsant?«

»Sehr sogar.« Er lachte. »Bei Gott, ich wette, Stephen war außer sich. Dieser kleine Fratz wagt es, sich gegen ihn zu stellen. Ich wünschte, ich könnte bei einem ihrer privaten Gespräche dabei sein!«

»Hmm. Ich denke, du würdest dich vor allem für diesen kleinen Fratz interessieren.«

Henry musterte seinen Bruder.

»Wenn ich einer derartigen Versuchung ausgesetzt würde, würde ich mich nicht verweigern. Und wenn de Warenne Euch nur die kleinste Ermutigung gäbe, dann würdet Ihr auch ganz schnell in sein Bett springen, nicht wahr, Eure Majestät?«

Nun war es an Rufus, wütend zu werden.

»Vielleicht wenn er ein Knabe wäre, aber so ein Mann ist ja wohl kaum attraktiv. Kaum attraktiv!«, wiederholte der König schroff.

Doch er belog damit nicht nur seinen Bruder, sondern auch sich selbst. Unerwiderte Lust war etwas Gefährliches, vor allem nach so vielen Jahren.

»Vielleicht ist Stephen Euch ja so zugetan, dass er Euch so dankt, wie Ihr es möchtet«, meinte Henry und schritt lachend zur Tür. »Aber ich glaube es nicht, Will. Ich glaube es nicht!«

Mit einer spöttischen Verbeugung ging er hinaus.

Rufus stand mit geballten Fäusten da und blickte seinem Bruder nach.

Wäre Henry nicht ein so wertvoller militärischer Verbündeter mit einem ganzen Heer normannischer Söldner, die ihm absolut gehorchten, er würde ihn ins Verlies bringen lassen und den Schlüssel wegwerfen. Manchmal hasste er seinen Bruder so sehr, dass er wirklich versucht war, es zu tun. Doch das war für die Verfolgung seines Ziels nicht sachdienlich. Er würde ihn also so gut es ging zu seinem Vorteil ausnutzen und dabei sorgfältig darauf achten, dass er Henry einen guten Schritt voraus war.

Rufus verstand seinen Bruder weit besser, als dieser glaubte. Der Grund, weshalb Henry so wütend über eine Verbindung war, die ihn jetzt ja kaum betraf, lag darin, dass ihm nach dem englischen Thron gelüstete. Doch den würde er natürlich nie besteigen.

Adele Beaufort lag bäuchlings in ihrem Bett, unbedeckt, die Arme um ein Kissen geschlungen, nur mit einem kurzen, dünnen Baumwollhemd bekleidet. Sie befand sich allein im Gemach, die anderen Ladys waren alle beim Abendessen im

Saal. Ihre Augen waren geschlossen, doch sie schlief nicht, und ihr Atem ging unregelmäßig.

Die Szene mit Geoffrey de Warenne ging ihr immer wieder durch den Kopf, und jedes Mal schien ihr Entschluss fester zu werden. Nie hatte sie sich so sehr nach einem Mann gesehnt wie nach ihm. In den letzten Tagen ignorierte er sie, er tat, als würde sie gar nicht existieren, als habe der Nachmittag, den sie in solcher Hingabe verbracht hatten, niemals stattgefunden. Aber es hatte ihn gegeben, und sie wollte ihn, Geoffrey, wieder haben, und zwar bald. Sie musste ihn wieder haben.

Adele stöhnte leise und umklammerte das Kissen fester. Ihre Lust drohte, sie zu verzehren. Er war hier, im Tower, genau in diesem Augenblick befand er sich unten mit allen anderen beim Essen. Sie zog ein Knie an und wälzte sich im Bett, sodass ihr Po entblößt wurde.

Alles, was er mit ihr und was sie mit ihm gemacht hatte an jenem Nachmittag, ging ihr durch den Kopf. Sie ächzte, dieses Verlangen war einfach nicht auszuhalten.

Nach einer solchen Begegnung, dachte sie, würde kein anderer Mann sie jemals wieder wirklich befriedigen können.

Sie hörte Tritte und wurde still. Es waren schwere, männliche Schritte, die vor ihrer Tür verstummten. Sie ließ die Augen geschlossen, doch das heiße Pochen in ihrem Körper wurde noch stärker.

Adele stellte sich vor, Geoffrey würde eintreten, seine Hände würden über ihren Rücken streichen, fest ihren Po umfassen, und dann …

Die Tür ging ohne ein Klopfen auf. Adele drückte das Kissen noch fester; sie wusste, dass er auf sie starrte.

Langsam schloss er die Tür.

»Wer macht dich denn gar so heiß, du kleine Metze?«

Adele stöhnte, die einzige Erwiderung, zu der sie fähig war, nicht imstande, die Qual länger zu ertragen.

Er trat zu ihr.

»Wer?«, fragte er vom Fuß des Bettes aus. »Wer bringt dich dazu, dass du dich allein im Bett krümmst und windest? Brauchst du mich überhaupt, Adele?«

»Bitte«, flüsterte sie und hasste dabei sich selbst ebenso sehr wie ihn.

Sie hörte, wie er sich auszog.

»Bitte«, wiederholte sie fast bettelnd.

Er lachte. Das Bett gab unter seinem Gewicht nach, als er sich zwischen ihre Schenkel kniete, an ihnen in die Höhe strich und dann ihren Po umfasste.

Adele stockte der Atem.

»Wer ist es, hm?« Jetzt wurde er ärgerlich; er fasste sie so grob an, dass sie aufschrie. »Wer ist es, verdammt nochmal?«

Adele machte die Beine breit.

»Geoffrey de Warenne«, keuchte sie.

Mit einem wüsten Laut stürzte er sich auf sie. Adele biss sich auf die Zunge, um nicht zu schreien, und hatte sofort einen heftigen Höhepunkt. Er kam kurz danach und ließ sich auf sie sinken.

Sie schob ihn von sich und sprang auf. Mit einem Schritt war sie bei ihrer Tunika, zog sich an und starrte zornig auf den Mann in ihrem Bett.

»Verschwinde!«

Roger Beaufort setzte sich träge auf.

»Ich habe die Tür verschlossen.« Er grinste spöttisch. »Ist das der Dank, den du mir zeigst, Liebling?«

»Hinaus!«, wiederholte sie wütend. Sie hasste ihn, sie hatte ihn immer gehasst, denn er war es gewesen, der ihnen beiden die Tiefen ihrer Unmoral aufgezeigt hatte – vor langer Zeit.

Beaufort stand auf, kleidete sich langsam an und schlenderte an ihr vorbei.

»Du wirst dich nie ändern«, murmelte er ihr ins Ohr. »Und de Warenne spielt nur mit dir – denn er besitzt Tugendhaftigkeit, etwas, von dem du nicht die geringste Ahnung hast.«

»Und du wohl schon?«, gab sie voller Sarkasmus zurück. »Sag mir, Roger, wann hast du beschlossen, Mary umzubringen? Wäre es nicht genug für uns beide gewesen, wenn sie geflohen wäre?«

Er erbleichte. Dann zog er grob ihr Gesicht vor das seine.

»Wenn du mich verrätst, liebes Schwesterchen, dann werde ich dich bis über die Ohren mit in die Sache hineinziehen. Wenn ich falle, dann fällst auch du.«

Adele riss sich von ihm los. »Hinaus!«

Sein Lächeln war eine hässliche Fratze.

»Vielleicht rede ich sogar mit dem guten Erzdiakon. Ich glaube, nicht einmal dein Körper wäre noch attraktiv für ihn, wenn er glauben würde, dass du eines Mordes fähig bist.«

»Hinaus!«

16

Mary befand sich in höchster Anspannung. Malcolm und Margaret waren gestern in London eingetroffen; morgen sollte sie getraut werden. Stephen hatte vorgeschlagen, sie solle ihre Eltern im Tower des Königs besuchen, und da sie dies nicht abschlagen konnte, waren sie nun auf dem Weg dorthin. Fast hätte Mary sich geweigert. Sie wollte Malcolm nicht gegenübertreten, nicht jetzt, am Tag vor ihrer Hochzeit.

Drei Tage waren seit dem Zwischenfall vergangen, eine kurze Spanne, in der sie jedoch glücklich gewesen war. Obwohl Stephen viel Zeit bei Hofe verbrachte, hatte er sie täglich besucht. Sie sprachen nicht darüber, was an jenem Tag geschehen war, an dem sie ihre Verbindung erneuert hatten, doch Mary glaubte, dass sie ein neues und wundervolles Verständnis füreinander erlangt hatten. Sie vertraute ihm – wie konnte sie auch nicht?

Brand hatte ihr bei einem Besuch erzählt, wie Stephen sein Leben riskiert hatte, um sie aus dem Fluss zu retten. Er hatte sein Leben für sie aufs Spiel gesetzt und ihr dann ihr Leben zurückgegeben. O ja, sie vertraute ihm absolut.

Und sie hatte nicht geheuchelt, als sie ihm versprach, dass sie ihn nie mehr hintergehen würde. Sie erinnerte sich daran, wie sehr ihn ihr Versprechen bewegt hatte, und war sicher, dass auch er ihr vertraute.

Sie hatte Angst davor, ihrer Familie auch nur einen kurzen Besuch abzustatten. Sie fürchtete sich davor, was dabei geschehen, was sie dabei in Erfahrung bringen könnte.

Während sie sich dem Tower näherten – und ihren Eltern –, erkannte Mary, dass Stephen wohl dachte, er würde ihr einen großen Gefallen erweisen, dass er sie zu Malcolm und Margaret brachte. Da Mary ihren eigenen Gefühlen nicht ins Gesicht sehen wollte, konnte sie ihm ihr Widerstreben nicht erklären. Aber mit jedem Schritt, den sie dem Tower näher kamen, schlug ihr Herz heftiger, und ihr Magen zog sich zu einem Knoten zusammen.

Sie hatte erfahren, dass ihr Vater mit einem ziemlich großen Heer vor den Toren Londons angekommen war. Doch man hatte ihm nur mit einigen Dutzend Männern Einlass gewährt, und diese hatten innerhalb des Towers ihre Waffen abgeben müssen. Bei seinem erbittertsten Feind ging William Rufus kein Risiko ein.

Mary machte sich Sorgen, als sie London durchquerten. Sie kannte ihren Vater gut. Zweifellos war er wütend darüber, dass man ihn zwang, seine Männer samt Waffen zurückzulassen. Sie wusste, wie rasch er zuschlagen konnte, wenn er in Wut geriet. Würde Malcolm die Verbindung, oder gar die Hochzeit, in letzter Minute verhindern?

Mary verspürte Angst. Wie sehr hatte sie sich verändert. Sie wollte, dass nichts ihrer Heirat in die Quere kam, nicht einmal Malcolm. Er war unbarmherzig mit seinen Feinden, und es gab keinen Zweifel, dass er Northumberland nach wie vor hasste – und Stephen ebenso.

Der King's Tower kam in Sicht. Er überragte die Mauern der Festung und spiegelte sich im Wasser der Themse. Mary hatte die Vorhänge der Sänfte offen gelassen. Sie begann zu zittern. Stephen ritt vor ihr auf seinem braunen Streitross, gefolgt vom Standartenträger mit der roten Rose von Northumberland. Eine Anzahl schwer bewaffneter Ritter eskortierte sie.

Sobald sie die Zugbrücke überschritten hatten und im Burghof angelangt waren, begleitete sie eine bewaffnete königliche Eskorte zum Wohnturm. Stephen half Mary aus der Sänfte, nunmehr nicht nur von seinen eigenen Männern umgeben, sondern auch von jenen des Königs. In genau der gleichen Situation war Mary schon einmal gewesen. Auch nun fühlte sie sich verängstigt und ohnmächtig. Sie ließ Stephens Hand nicht los, und er drückte tröstlich die ihre. Natürlich würde der König ihre Heirat nicht verhindern, das würde er nicht wagen.

Auf dem Weg die Treppe zum Wohnturm hinauf fragte sich Mary, ob sie den englischen Hof immer fürchten und ihm gegenüber Ablehnung empfinden würde, ob sie sich hier stets wie eine Fremde unter Feinden fühlen würde. Es war ein weiterer ernüchternder Gedanke, obwohl sie am Vorabend ihrer Hochzeit doch eigentlich nur Aufregung und Freude empfinden wollte.

Sie betraten den großen Saal, und die Gespräche verstummten allmählich. Die Lords und Ladys, an denen sie vorüberschritten, drehten sich nach ihnen um, aller Augen leuchteten erwartungsvoll.

Mary bedauerte es, jemals einen Fluchtversuch unternommen zu haben. Es konnte Stephen nicht gefallen, dass ihr Widerstand so öffentlich geworden war. Sie zweifelte nicht daran, dass seine kurzzeitige Demütigung vielen der missgünstigen Lords sehr gefallen hatte.

Während sie den Saal durchquerten, warf Mary einen Blick auf ihn. Er trug den Kopf hoch, seine Miene war unergründlich. Sie meinte, jemanden kichern und Stephens Namen erwähnen zu hören, doch als sie in die Menge blickte, konnte sie keinen Täter ausmachen.

Mit der Zeit, dachte sie leidenschaftlich, würde die ganze Welt von ihrer Liebe und Loyalität zu Stephen erfahren. Sie würde alles wiedergutmachen.

Sie gingen direkt zu den königlichen Gemächern im zweiten Stock. Beim Eintreten sahen sie, dass Malcolm, Margaret und drei von Marys Brüdern bereits warteten. Ihre Eltern unterhielten sich unweit des Podiums, auf dem Rufus auf seinem Thron saß, ziemlich steif mit dem Grafen und der Gräfin von Northumberland. Mary war überrascht, zwischen

Edward und Edgar Doug Mackinnon auszumachen, und als er sie sah, wandte er rasch den Blick ab.

Es entsetzte sie, dass er gekommen war. Sie konnte sich nicht vorstellen, weshalb er ihre Eltern begleitet hatte. Dann fiel ihr auf, dass sie seit ihrer Gefangennahme nicht einmal mehr an ihn gedacht hatte. Wie hatte sie jemals glauben können, in ihn verliebt zu sein? Und wie sollte sie ihm jetzt gegenübertreten?

Mary blickte verstohlen zu Stephen, doch seine Miene zeigte keine Regung. Sie merkte, dass er nicht wusste, wer Doug war, und das erleichterte sie unglaublich. Inzwischen kannte sie ihn gut genug, um zu wissen, dass er nicht darüber erfreut sein würde, Dougs Bekanntschaft zu machen.

Ihre Eltern sahen sie. Mary blieb stehen. Abgesehen von einem kurzen ersten Blick hatte sie es bisher vermieden, ihren Vater anzusehen. Bei ihrer Mutter, die den Tränen nahe schien, schaffte sie ein Lächeln. Ihren Vater ignorierte sie. Sie konnte ihm nicht in die Augen schauen.

Stephen und Mary begrüßten den König.

»Es freut mich, Euch bei so gutem Befinden zu sehen, Prinzessin«, sagte Rufus überschwänglich, mit geröteten Wangen und nach Wein riechend. Etwas Hämisches lag in seinem Blick. »Ihr seht nicht aus, als ob Ihr dem Tode nahe gewesen wärt.«

»Ich habe mich erholt, Sire.«

»Das freut Uns außerordentlich.« Doch Rufus war kaum an ihr interessiert. Er lächelte Stephen zu.

Stephen erwiderte diese freundliche Geste nicht.

»Sire«, sagte er nur knapp.

Mary blickte auf den Mann, den sie liebte, und dann auf den König. Stephens Miene war unergründlich, die des Königs hingegen angeregt, seine Augen funkelten. Mary konnte den Blick nicht von William Rufus wenden. Wie gut sie einen solchen Gesichtsausdruck nun deuten konnte.

Lieber Gott, der König ist verliebt in Stephen!

Schließlich bemerkte Rufus, wie sie ihn anstarrte. Sein Lächeln verschwand, sein Blick wurde kalt.

»Euer Vater erwartet Eure Begrüßung, Prinzessin.«

Mary wandte sich ab, doch ihre Entdeckung schockierte sie noch immer. Sie hatte nicht den leisesten Zweifel an ihrer Richtigkeit.

Es blieb ihr keine andere Wahl, als Malcolm anzusehen. Er lächelte ihr zu, wie er es immer getan hatte, und ihr Herz wand sich schmerzlich. Tränen traten ihr in die Augen. Sein Blick war warm, liebevoll. Es schien, als habe der schreckliche Augenblick im Moor nie stattgefunden, als habe es nie diesen Zeitpunkt gegeben, an dem über sie verhandelt wurde wie über eine ungeliebte Leibeigene. Es schien, als würde er sich freuen, sie zu sehen.

»V-vater«, stieß sie hervor.

»Tochter! Wie schön du bist, so wie stets. Geht es dir gut?«

Mary nickte. Bebend betrachtete sie ihren Vater und wünschte sich verzweifelt, er möge sie in seine Arme schließen. Natürlich war Malcolm kein Mann, der seine Zuneigung in derart überschwänglicher Weise zur Schau gestellt hätte, und sie erwartete auch nicht wirklich, dass er das tun würde.

In diesem Augenblick wurde Mary klar, dass sie ihren Vater liebte und ihn immer lieben würde. Und sie wusste, dass auch er sie liebte. Er hatte sie aus politischen Gründen an Stephen gegeben, doch das war das Schicksal jeder Braut. Sie hatte nie erwartet, aus Liebe zu heiraten. Nur dank einer Laune des Schicksals tat sie es nun doch. Ihr Gefühl des Verrats an jenem Tag im Moor war nur auf Äußerlichkeiten gegründet. Es hatte den Anschein gehabt, als sei Malcolm harsch und an ihrem Wohlergehen nicht interessiert. Das schien ihr angesichts seiner jetzigen Freundlichkeit nichtig zu sein. Vielleicht war er so hart gewesen, weil er mit dem Feind verhandelt hatte, und nicht nur mit seinem Feind, sondern mit dem Mann, der seine Tochter entführt und entehrt hatte.

Mary konnte es nicht wissen. Es spielte auch keine Rolle. Sie liebte ihn, und sie verzieh ihm von ganzem Herzen.

Sie wandte sich ihrer Mutter zu, die sie mit ausgebreiteten Armen erwartete. Mit einem heftigen Schluchzen stürzte sie sich in Margarets liebevolle, vertraute und tröstende Umarmung und ließ sich von ihr wiegen, als sei sie wieder ein Baby. Danach lächelte sie aus tränenverschleierten Augen zu ihr auf und sah, dass auch ihre Mutter weinte.

»Jetzt wirst du also verheiratet«, flüsterte Margaret. »Mein kleines Biest wird endlich verheiratet.«

»Ich bin glücklich, Mutter.«

»Oh, Gott sei Dank!«

Sie umarmten sich noch einmal. Dann bestürmte Edgar sie und wollte wissen, wie es ihr ginge. Als beinahe Gleichaltrige waren sie als Kinder unzertrennlich gewesen, und von allen ihren Brüdern fühlte sie sich ihm am meisten verbunden. Er war unglücklich über ihre Verlobung, sorgte sich um sie und erinnerte sie erneut an die politischen Gegebenheiten.

Sie blickte zu Edward, dem ältesten und pragmatischsten ihrer Brüder. An ihn hatte sie sich immer gewandt, wenn sie Hilfe und Rat gesucht hatte. Wie oft hatte er sie vor den Folgen ihrer Kinderstreiche bewahrt, sie getröstet, wenn sie bekümmert war, sie verteidigt, wenn sie angegriffen wurde. Auch er wirkte betrübt. Und Edmund machte aus seiner Verstimmung erst recht keinen Hehl.

Mary war bestürzt. Und plötzlich spürte sie hinter ihrem Rücken eine knisternde Spannung. Sie drehte sich um und sah Malcolm und Stephen, die sich kurz angebunden und kaum höflich begrüßten. Ihr Mut sank.

Sie verachteten einander so sehr. Es herrschte kein Einvernehmen zwischen ihrem Vater und ihrem Verlobten, nur harte, hasserfüllte Höflichkeit – wenn überhaupt das.

Sie erinnerte sich plötzlich an jenen kalten, weißen Wintertag in Abernathy, an die öde Landschaft und die kahlen Bäume, den schneidenden Wind. Stephen, der hart und stolz hinter Rufus stand, während Malcolm dem König von England auf gebeugtem Knie Gefolgschaft schwor. Malcolms Gesicht war eine Maske des Hasses und der Wut gewesen.

Nichts hatte sich verändert, höchstens, dass Stephen ihren Vater nun ebenso leidenschaftlich hasste.

Mary sagte sich, dass sie Stephen und Malcolm zusammenbringen konnte – sie konnte es. Früher einmal hätte sie eine solche Möglichkeit nicht einmal erwogen. Nun musste sie dem Frieden Leben einhauchen. Sicher konnte jeder, der es wollte, die Notwendigkeit einer Verbindung zwischen ihrer und Stephens Familie erkennen. In den letzten zwei Generationen hatte es so viel Blutvergießen gegeben; war es nicht an der Zeit für einen dauerhaften Frieden?

Mary war entschlossen. Denn sie hatte das entsetzliche Gefühl, dass sie es sein würde, die den Preis des Krieges würde zahlen müssen – sie und Stephen.

Margaret streichelte lächelnd ihre Wange und unterbrach ihre Gedanken.

»Komm. Wir haben die Erlaubnis, in den nächsten Raum zu gehen.«

Überrascht blickte Mary zu Stephen; er nickte. Da wurde ihr klar, dass nur sie und ihre Mutter nach nebenan gehen würden. Sicher wollte Margaret ihrer Tochter am Vorabend der Hochzeit einige mütterliche Ratschläge mit auf den Weg geben.

Mary mied Dougs Blick, als sie an ihm vorbeigingen. Seine verzweifelte Entschlossenheit, die sie deutlich spürte, machte sie beklommen. Hatte sie nicht genug um die Ohren? Noch mehr konnte sie nicht ertragen, nicht heute!

Im Nebenraum angelangt, kam Margaret sofort auf den Punkt.

»Bist du wohlauf, Liebes?«

»Es geht mir gut, Mutter.«

»Bekommst du ein Kind?«

Mary errötete beschämt.

»Ich weiß es noch nicht. Mutter – vergib mir.« Margarets Lächeln war zärtlich und verzeihend.

»Das kann ich nicht, meine Liebste«, sagte sie. »Nur Gott kann dir vergeben – Gott und du selbst.«

»Ich liebe ihn, Mutter«, sagte Mary beinahe schüchtern.

Margaret brach in Tränen aus und ergriff Marys Hände.

»Wie glücklich ich bin! Oh, es ist so selten, zu heiraten und die Liebe zu finden!«

»Du liebst Vater.«

»Ja, ich liebe ihn.« Margaret umfasste Marys Kinn. »Muss ich dich an deine Pflichten erinnern? Als gute, christliche Ehefrau?«

»Ich verspreche, Gehorsam zu üben, Mutter. Vor Stephen und vor Gott.«

»Vergiss auch nicht deine Pflichten jenen gegenüber, die auf dich angewiesen sind, Mary. Und vergiss nicht, dass du verantwortlich bist für alle, die für deinen Lord arbeiten, Vasallen wie Hörige. Und vernachlässige nicht die Armen und die Kranken, meine Liebe.«

»Das werde ich nicht, Mutter.«

Margaret wurde milder.

»Soweit ich sehen kann, ist Stephen de Warenne ein guter Mann.«

Mary war erleichtert.

»Das ist wahr! Mutter, wenn du nur Vater überzeugen könntest, dass Stephen nicht der leibhaftige Teufel ist und dass unsere Familien Verbündete sind und keine Feinde!«

»Es ist schwer, Malcolm in Staatsangelegenheiten zu beeinflussen, Liebes«, erwiderte Margaret freundlich. »Du weißt, dass ich mich da nicht gerne einmische. Aber ich werde es versuchen.«

»Vielen Dank«, sagte Mary ergriffen.

Sie unterhielten sich noch einige Zeit und kehrten dann in das andere Zimmer zurück. Mary stellte enttäuscht fest, dass Stephen gegangen war. Sie wandte sich ihren Brüdern zu, froh darüber, mit ihnen plaudern zu können; nach ihrer Hochzeit würde sie dafür vielleicht keine Gelegenheit mehr haben.

Doch Edmund zischte ihr ins Ohr: »Und, hast du schon seinen Kleinen im Bauch, Schwesterchen?«

Sie wandte sich ab.

»Das ist eine ehrliche und wichtige Frage«, fuhr Edmund fort und starrte sie an.

»Scher dich zum Teufel«, flüsterte sie wütend und drehte ihm den Rücken zu.

Edward packte ihn am Arm.

»Du Flegel! Kannst du sie nicht wenigstens fragen, wie es ihr geht?«

»Ich sehe doch, dass es ihr gut geht«, gab Edmund gereizt zurück.

»Fangt keinen Streit an, nicht jetzt, nicht hier«, murmelte Mary ärgerlich.

Sie hatte oft genug Frieden zwischen ihren Brüdern gestiftet, und unter ihrem unnachgiebigen Blick lenkten sie schließlich ein.

»Mary?«

Sie erstarrte, denn sie erkannte die drängende, fordernde Stimme sofort. Widerwillig drehte sie sich zu Doug um, den sie eigentlich hatte meiden wollen. Er ergriff sie an den Armen, als ob sie allein seien.

»Doug ...«

»Wir müssen miteinander reden!«

Sie war fassungslos. Seine Miene war eindringlich und angespannt, das wilde, verzweifelte Funkeln in seinen Augen unverkennbar.

»Was ist los? Ist etwas passiert?«

Während sie sprach, blickte sie rasch um sich, um sicherzugehen, dass Stephen nicht zurückgekommen war und sah, dass Doug sie berührte. Erleichtert befreite sie sich aus seinem Griff.

»Ich musste deinen Vater bitten, ihn begleiten zu dürfen, Mary«, sagte Doug leise.

»Ich verstehe nicht, warum du überhaupt gekommen bist.«

Er schien verwirrt.

»Warum ich gekommen bin? Um dich zu sehen, natürlich!«

Mary bekam große Augen. War es möglich, dass er sie noch immer liebte?

»Mary, geht es dir gut?«

»Sehr gut.«

»Hat er dir etwas angetan?«, fragte Doug fordernd.

Mary fragte sich, ob er hören wollte, dass Stephen sie benutzt hatte.

»Nein, er hat mir nichts angetan.«

Dougs Gesicht rötete sich.

Er ergriff erneut ihre Arme und beugte sich zu ihr. Mary wurde nervös.

»Bekommst du ein Kind von ihm, Mary?«

Sie befeuchtete sich die Lippen.

»Ich weiß es nicht.«

Sie war krebsrot.

Er verzog das Gesicht.

Mary machte sich darauf gefasst, dass er sie ausschelten würde, doch er tat es nicht.

»Das ist mir gleichgültig«, sagte er stattdessen. »Es macht mir nichts aus, wenn du von ihm ein Kind bekommst.«

Mary war so überrascht, dass ihr die Worte fehlten.

»Liebst du mich noch?«, fragte er sie eindringlich.

»Doug!«

»Mary, wir können fliehen. Wir können heute Nacht fliehen, nach Frankreich. Wir können heiraten, und ich ziehe das Kind auf, als wäre es mein eigenes. Es ist nicht zu spät!«

Mary starrte ihn entgeistert an.

»Sag einfach nur ja«, rief Doug, »und ich gebe dir noch

heute Abend Bescheid. Ich habe einen Plan, Mary, es wird klappen!«

»Doug«, flüsterte sie entsetzt.

Er liebte sie immer noch so sehr, dass er ihr den Verlust ihrer Unschuld verzieh und das Kind eines anderen Mannes akzeptierte, was ohnehin schon überwältigend war. Doch sein Vorschlag war sogar noch schockierender.

»Du musst verrückt sein! Ich kann doch nicht mit dir weglaufen, ich kann nicht!«

»Mary, überlege es dir.«

»Da gibt es nichts zu überlegen. Es ist vereinbart, dass ich Stephen heiraten werde.«

Doug erbleichte.

Mary wusste, weshalb, und wirbelte herum.

Stephen lächelte ihnen eisig zu.

17

Man musste Doug Respekt zollen, dass er vor Stephens unerbittlichem Blick nicht zurückschreckte.

»Wollt Ihr mir meine Braut streitig machen, Mackinnon?«, fragte Stephen.

Doug straffte die Schultern.

»Sie wäre nicht Eure Braut, de Warenne, wenn Ihr sie nicht entführt und entehrt hättet.«

Mary zuckte zusammen und wurde so bleich wie Doug, denn sie erwartete, dass Stephen so grausam sein würde, die Wahrheit über ihre Rolle in dieser Entführung zu enthüllen.

Doch Stephen lächelte nur säuerlich.

»Das ist alles vergangen und vorbei, nicht wahr? Und morgen wird sie meine Gemahlin werden. Also, macht Euch das klar, Mackinnon, dass Mary keinen anderen Freier hat als mich.«

Mary war unglaublich erleichtert, dass er ihr eine solche Demütigung erspart hatte. Sie wagte allerdings nicht, sich einzumischen. Und das erwies sich als Fehler.

Dougs braune Augen blitzten.

»Ihr könnt sie heiraten, de Warenne, aber Ihr könnt uns nicht nehmen, was nur Mary und mir gehört!«

Stephen schwieg. Seine Augen verdunkelten sich.

»Und was wäre das, Mackinnon?«, fragte er dann.

Doug lächelte; nun war es an ihm, mit Kälte, ja Triumph, zu reagieren.

»Liebe.«

Mary schloss die Augen und unterdrückte ein Stöhnen. Sie fühlte mit Doug. Er liebte sie noch immer und glaubte, sie würde auch ihn lieben. Sie war bestürzt. Sie hätte ihm ohne

Umschweife sagen sollen, dass ihr Herz einem anderen gehörte. Und sie fürchtete Stephens Reaktion; sicher würde er fürchterlich toben vor Wut.

Doch er zuckte lediglich lachend die Achseln.

»Liebe ist für Narren wie dich, Junge, nicht für einen Mann wie mich.« Dann wandte er sich mit einem eisigen Blick Mary zu. »Es ist Zeit für uns, nach Graystone zurückzukehren, Demoiselle.«

Mary wusste, dass er zornig auf sie war. Tränen glitzerten in ihren Augen, sowohl wegen der Ungerechtigkeit als auch Dougs wegen. Sie berührte seinen Arm.

»Morgen werden Stephen und ich heiraten, Doug, so wie unsere Väter es bestimmt haben. Bitte, bitte, gib uns deinen Segen.«

Doug starrte ihr stumm mit einem flehentlichen Blick in die Augen. Marys Mut sank. Glaubte er noch immer, sie zur Flucht überreden zu können?

»Doug?«

»Verlange nicht das Unmögliche von mir, Mary«, erwiderte er steif und stolzierte mit geballten Fäusten davon.

Stephen ergriff ihren Arm.

»Du bist inzwischen sicher erschöpft.«

»Stephen ...« Mary sträubte sich und blickte ihm in die Augen.

Er grinste hämisch.

»Was wirst du nun sagen, Mary, um mich zu beschwichtigen? Dass du ihn nicht liebst? Mach dir nichts vor – vielleicht liebst du ihn ja wirklich. Mir ist das gleichgültig, so lange du in *meiner* Burg wohnst, *mein* Bett wärmst und *meine* Kinder austrägst.«

Am liebsten hätte Mary geweint. Er verstand sie überhaupt nicht.

Es war ein schöner Tag zum Heiraten.

Der Himmel hatte sich aufgeklart und der Wintersonne

Platz geschaffen, und die Kälte der letzten Woche hatte nachgelassen; es war sonnig und warm. Mary bemerkte es kaum. Sie war sehr nervös, schon seit dem Vorabend, denn bald würde sie Stephen de Warennes Ring tragen, bald würde sie seine offizielle Gemahlin sein. Sie war gespannt, aber sie konnte nicht umhin, auch Angst zu fühlen. Sie war im Begriff, einen Fremden zu heiraten, sich für den Rest ihres Lebens mit ihm zu verbinden; und sie war im Begriff, den Erzfeind ihrer Familie zu ehelichen. Einmal geknüpft, konnte dieses Band nicht mehr gelöst werden; sie würden Mann und Frau bleiben, bis der Tod sie schied, allen Umständen zum Trotz. Wenn es in der Zukunft zum Krieg kam, wie würde sie überleben?

Ihre Knie schmerzten. Die Messe dauerte endlos lange, doch Mary, bemerkte Erzbischof Anselm, der sie zelebrierte, kaum. Sie kniete neben Stephen. Er hielt sich still wie eine Statue; seit er auf die Knie gesunken war, hatte er sich kein einziges Mal mehr bewegt. Selbst jetzt, als sie leicht den Kopf drehte, damit sie sein hartes Profil sehen konnte, blieb er reglos. Er hatte sie nicht angeschaut, seit sie am Arm ihres Vaters durch den Kirchenraum auf ihn zu gekommen war.

Er war noch immer wegen ihres Gesprächs mit Doug verärgert, doch hätte er alles gehört, dann hätte er auch mitbekommen, dass sie sich geweigert hatte, mit dem Schotten zu fliehen. Seit er sie gestern vom Tower wegbrachte, hatten sie kaum miteinander gesprochen. Mary fühlte die Anspannung. Sie würden diesen kleinen Konflikt natürlich überstehen, aber es war eine ungute Art, ein Eheleben zu beginnen – mit einem kalten, distanzierten Bräutigam und der Bedrohung eines nie endenden Krieges.

Der Erzbischof bat sie, sich zu erheben und sich die Hände zu reichen. Mary wurde aus ihren Gedanken wieder in die Gegenwart versetzt. Ihre Knie waren steif, und sie begrüßte Stephens Hilfe beim Aufstehen. Sie versuchte, ihm in die Augen zu sehen, und hatte endlich Erfolg. Ihre Blicke blieben aufeinandergerichtet. Welch grundlose Eifersucht er auch immer fühlen mochte, wenn sich ihre Blicke trafen, dann geschah etwas Lebenssprühendes und Kraftvolles zwischen ihnen, etwas Aufregendes.

Mary verspürte den Drang, sich ihm zu offenbaren, ihm zu sagen, dass sie ihm eine gute, pflichtbewusste und loyale Gemahlin sein würde, dass er ihr vertrauen könne und dass sie ihr Bestes tun werde, um sein Leben zu erleichtern. Sein Blick hatte etwas Abwägendes. Marys Herz schmerzte. Sie würde ihre rechte Hand dafür geben, dass er ihr voll vertraute und sie auf immer und ewig liebte.

Die Gelübde wurden gesprochen, und schließlich schob Stephen ihr seinen Ring auf den Finger. Der Erzbischof segnete lächelnd das Paar, und Stephen beugte sich zu seiner Braut, um sie zu küssen.

Mary reckte sich ihm entgegen, sie war wie benommen, als seine Lippen die ihren streiften. Stephen bewegte sich gleich wieder zurück; offenbar beabsichtigte er nur einen kurzen, zeremoniellen Kuss. Mary, die auf den Zehenspitzen stand und sich vornüber beugte, wankte gegen ihn.

Er stützte sie. Mary errötete vor Verlegenheit. Doch nun war sein Blick freundlich.

»Es freut mich, dass Ihr meine Küsse so gerne habt, Madame«, murmelte er. »Ihr werdet im Laufe unseres Lebens noch viele mehr und wesentlich beherztere bekommen.«

Mary sah ihm in die Augen, ihr Puls raste vor Aufregung.

Er schritt mit ihr das lange Kirchenschiff hinunter. Die Menge, alle hohen normannischen und englischen Adligen des Landes, brach in Freudenrufe aus. Als sie aus der Kirche traten, regneten Getreidekörner auf sie nieder. Mary lachte, und als die Körner immer mehr wurden, gluckste zu ihrer Überraschung auch Stephen.

»Mit so vielen Samen kann unsere Verbindung nur sehr fruchtbar werden«, meinte er.

Er hielt noch immer ihre Hand. Marys Lachen erstarb.

Aufrichtige Freude hatte seine trübsinnige Miene aufgehellt und ihr Herz hüpfen lassen.

»Das hoffe ich, Mylord«, sagte sie ernst.

Sein Lächeln verschwand.

»Schließlich«, meinte Mary schelmisch, »hatte meine Mutter sechs Söhne und zwei Töchter. Würde Euch das nicht reichen?«

Doch Stephen blieb ernst.

»Schenke mir einen Sohn, Mary, nur einen Sohn, und ich gebe dir alles, was dein Herz begehrt.«

Die Hochzeitsfeier fand im Tower statt. Der große Saal war überfüllt mit vornehmen Gästen und stickig warm. Mary und Stephen saßen allein auf dem Podium, direkt unterhalb von ihnen hatte auf der einen Seite des langen Tisches König Rufus Platz genommen, auf der anderen Northumberland. Malcolm war der Platz nach den de Warennes zugewiesen worden, eine vorsätzliche Beleidigung.

Geoffrey hatte keinen Appetit. Er fragte sich, weshalb sein König den Brautvater so gezielt demütigte, warum Rufus nicht aufhören konnte, Malcolm zu provozieren. Zum Glück trug der Schotte keine Waffen und würde es nicht wagen, in seinem Zorn loszuschlagen. Um die Ehe nun doch zu zerstören, war es sowieso zu spät.

Allerdings nicht zu spät, um ihr Schaden zuzufügen, dachte Geoffrey grimmig in dem Wissen, dass sie in einigen Tagen gegen Carlisle aufbrechen würden.

Er stand auf, den fragenden Blick seines Vaters ignorierend. Er wollte den Brautleuten nicht länger zusehen, die sich gegenseitig fütterten und sich schmachtende Blicke zuwarfen. Er war nicht eifersüchtig, aber neidisch – und er hatte kein Recht auf solche Gefühle.

Hatte er seine Wahl nicht überlegt getroffen?

Geoffrey ging zwischen den Hofnarren hindurch, die ihre Kunststücke vorführten, vorbei an den tanzenden Mädchen, und wäre fast über ein dressiertes Hündchen gestolpert. Er fand eine leere Ecke, etwas vom Trubel der Festlichkeiten entfernt. Die Schulter an die Wand gelehnt, wanderte sein Blick nach einiger Zeit wieder zum Brautpaar zurück. Stephen flüsterte Mary etwas ins Ohr. Sie errötete und warf ihrem Gemahl einen überaus kecken Blick zu.

Geoffreys Brust schmerzte.

Wie würde es sein, eine solche Gemahlin zu haben?

Er zwang sich wegzusehen, zornig auf sich selbst, und schaute den tanzenden Mädchen zu. Sie provozierten und neckten. Er fand sie attraktiv, wie jeder Mann; sie waren spärlich bekleidet, dunkelhäutig, exotisch. Dann sah er plötzlich, wie sich Adele Beaufort von ihrem Platz erhob, und verlor das Interesse an den tanzenden Mädchen. Als sich Adele in die Menge der Tanzenden begab, verlor er sie kurz aus den Augen.

Ein einziger Nachmittag konnte nicht die vielen Monate der Enthaltsamkeit wettmachen. Doch wenn er es wagte, die Qual, die er mit sich herumschleppte, zu benennen, würde er womöglich darauf kommen, dass die klaffende Wunde, die sein Rendezvous hinterlassen hatte, niemals durch sexuelle Maßlosigkeit geheilt werden konnte.

Geoffrey hasste sich nicht. Aber er verzweifelte. Seine weltlichen Neigungen waren noch immer mächtiger als seine gottgefälligen. Aber war das nicht immer so gewesen?

Von seinem dreizehnten Lebensjahr an war er für drei lange Jahre im Kloster gewesen, und als Novize hatte er unter anderem auch das Keuschheitsgelübde abgelegt. Aber er war jung und sein Blut heiß gewesen; er hatte es nicht geschafft, sich seinem Gelübde entsprechend zu verhalten – er wollte es nicht. Im Kloster gab es zum Glück keine Möglichkeiten, dem schönen Geschlecht nachzustellen, doch nachts, allein in seinem Bett, hatte er sich dem einsamsten, niedrigsten sexuellen Akt hingegeben, dem ein Mann frönen konnte. Und die wenigen Male, die er das Kloster im kirchlichen Auftrag verlassen hatte, immer mit Lanfranc, hatte er sich nachts davongestohlen und jeden Rock gelüftet, den er hatte finden können. Die daraus resultierende Schuld war ein schweres Kreuz zu tragen gewesen, und zudem war sich Geoffrey immer sicher, dass sein Mentor von seinen nächtlichen Exkursionen wusste. Doch Lanfranc hatte den Glauben an ihn nie verloren, und irgendwie hielt Geoffrey auch selbst den Glauben an sich aufrecht.

Inzwischen verfügte er über die Willenskraft eines Mannes, die wesentlich stärker war als die eines halbwüchsigen Jungen, und enthielt sich über lange Perioden. Bis sein fleischliches Verlangen sämtliche gottgefälligen Vorsätze überrannte. Aber – er war noch nicht zum Priester geweiht. Die meisten Erzdiakone waren geweihte Priester. Erst recht natürlich alle Bischöfe, auch wenn die Weihe nicht mehr war als ein feierlicher Akt.

Wenn eine solche Ernennung kam, würde ein lebenslanger Ehrgeiz von ihm befriedigt.

Wenn eine solche Ernennung kam, würde es kein Zurück mehr geben.

Er hatte die Priesterweihe hinausgezögert, weil er wusste, wenn er die dazu gehörigen Gelübde ablegte, wenn er ein Stellvertreter Gottes auf Erden wurde, dann war für ihn ein Leben in Enthaltsamkeit unabdingbar. Im Gegensatz zu anderen Kirchenmännern, die Gelübde ablegten und dann brachen – manchmal in einem Atemzug –, konnte und wollte er dies nicht tun.

Er war zu diesem letzten Schritt, zu dieser letzten Verpflichtung nicht bereit. Vielleicht würde er nie dazu bereit sein. Oder vielleicht hatte er Angst vor einem derartigen Gelübde, Angst, dass er letztendlich vor Gott und sich selbst fehlen würde.

Wie alle de Warennes konnte auch Geoffrey ein Scheitern nicht tolerieren. Es war nicht akzeptabel, unmöglich.

Er bemerkte, dass Adele den Saal verließ. Er befahl sich,

zum Tisch zurückzukehren. Wohin sie ging – oder auch zu wem –, hatte ihn nicht zu interessieren.

Aber er fühlte einen Schmerz, einen Schmerz in seiner Brust, den er mit dem Verlangen in seinen Lenden vereinen wollte. Er folgte ihr.

Weit musste er nicht gehen. Am Treppenabsatz unterhalb des Saals fand er sie, wie sie zum Fenster hinausblickte. Ihre Schultern bebten. Geoffrey war bestürzt, als er merkte, dass sie weinte. Er trat näher, bis er sie fast berührte.

»Lady Beaufort?«

Sie fuhr zusammen, drehte sich um und blinzelte wütend mit den dichten, schwarzen Wimpern. Überrascht stellte er fest, dass ihr Gesicht gramzerfurcht war.

»Ihr habt mich erschreckt!«

»Das war nicht meine Absicht.«

Er war versucht, ihre Wange zu berühren, doch sie wich zurück, bevor er dieser Verlockung erliegen konnte, und straffte die Schultern.

»Warum weint Ihr?«, fragte Geoffrey.

Wie gut er sie verstand. Sie hasste es, von ihm in einem Moment der Schwäche angetroffen zu werden.

»Der König gibt mich Henry Ferrars«, antwortete sie schluchzend.

Geoffrey zögerte; doch da ihre Pein nicht gespielt war, nahm er sie in die Arme. Natürlich war Ferrars nicht mit Stephen vergleichbar. Der König hatte seine Loyalität mit einem riesigen Lehen in Tutberry belohnt, und er war ein hervorragender Soldat, aber von niederem Stand.

»Er ist ein guter Mann, Adele. Ich kann mir durchaus vorstellen, dass er Euch liebt – wenn nicht schon jetzt, dann bald.« Er hielt sie fast behutsam. An diese Rolle war er nicht gewöhnt.

Adele drückte ihn von sich und blickte ihn bestürzt an. Ihre Nasenflügel bebten.

»Es ist mir gleichgültig, was er fühlt! Der König hat mich

beleidigt, und das nur wegen meines verdammten Bruders, Roger! Und Stephen und Mary machen sich lustig über mich mit der öffentlichen Zurschaustellung ihrer Liebeslust!«

»Lady Beaufort«, erwiderte Geoffrey und versuchte alles, um nicht zu zittern, so sehr war sich sein Körper des ihren bewusst, »niemand würde sich über Euch lustig machen.«

Sie bewegte sich nicht. In diesem Augenblick veränderte sich ihr Ausdruck, und sie wurde sich seiner Person und seiner wachsenden Lust bewusst.

»Ihr habt mich gemieden«, flüsterte sie und legte die Hände auf seine Schultern.

»Ja, das ist richtig.«

»Weshalb?«

»Das könnt Ihr nicht verstehen.«

Und Geoffrey bedauerte, sie berührt zu haben, denn er wusste, dass er kurz davor war, sich seiner Lust zu ergeben – und gleichzeitig bedauerte er es ganz und gar nicht. Wie konnte er diesen Kampf überleben, dem er sich auf ewig stellen musste, der weit wichtiger war als jeder andere, der Kampf um seine Seele? Wenn er auch nur ein Quäntchen Gottgefälligkeit in sich hatte, würde er zurückweichen. Er bewegte sich nicht.

Adele packte ihn fest an den Schultern.

»Warum seid Ihr so nett zu mir?«

»Ihr wart betrübt.«

Sie blinzelte, um neuerliche Tränen zurückzuhalten.

»Niemals war irgendjemand nett zu mir, mein ganzes Leben lang nicht. Ist das nicht komisch?«

»Ihr übertreibt, Lady Beaufort.«

»Nein.« Sie schüttelte heftig den Kopf. »Meinen Eltern war ich gleichgültig, weil ich nicht der Junge war, den sie unbedingt haben wollten. Dann starb mein Vater, als ich noch ganz klein war, und meine Mutter wurde William Beaufort gegeben. Mit zehn Jahren war ich Waise. Das habt Ihr nicht gewusst? Beaufort und meine Mutter wurden bei einem

Überfall von Rebellen im Norden getötet. Mein *Stiefbruder,*« sie spuckte das Wort förmlich aus, »ist zwei Jahre lang nicht gekommen, um nach mir zu sehen, und er war mein Vormund. Und dann, dann wollte er nur das Eine.« Ihr Mund verformte sich zu einer hässlichen, dünnen Linie. »Sprecht also nicht über Dinge, von denen Ihr nichts wisst! Ich übertreibe nicht.«

»Es tut mir leid«, sagte er, zog sie an sich und küsste sie wie eine Geliebte, mit vollkommener Aufmerksamkeit.

Zunächst war dieser Kuss ein bedächtiges Hin und Her, doch dann veränderte er sich plötzlich. Ihre Zungen stießen aufeinander, spielten miteinander. Adele wich keuchend zurück.

»Ich dachte, Ihr seid hart und gefährlich. Ich hielt Euch nicht für nett.«

»Im Augenblick bin ich auch nicht nett, Lady Beaufort.« Seine blauen Augen sprühten.

Ihre Blicke trafen sich.

»Im Moment möchte ich auch nicht, dass Ihr nett seid, Mylord.«

»Dann lasst uns die Hochzeit miteinander feiern«, sagte Geoffrey.

Doch schon während er sie erneut küsste, wusste er, dass er so nur das Begehren in seinen Lenden lindern konnte, nicht den Schmerz in seiner Brust. Er wusste, dass danach seine innere Leere weitaus größer sein würde als zuvor.

Stephen behandelte Mary wie eine Geliebte. Sie teilten das Brautbier miteinander, und jeder Bissen, der über ihre Lippen ging, war sorgfältig von ihrem Gemahl ausgewählt und wurde ihr auch von ihm gereicht. Für Worte war keine Zeit; tatsächlich hätte Mary keine Worte gefunden, wenn sie es denn versucht hätte. Es war eine Zeit hoher Achtsamkeit und langer, behutsamer Blicke. Mary wusste, dass Stephen ebenso wie sie an die bevorstehende Nacht dachte.

Das reichhaltige Hochzeitsmahl hatte sich über Stunden hingezogen, doch den Brautleuten war es sehr kurzweilig vorgekommen, nicht zuletzt, weil es eine Menge Unterhaltung gegeben hatte. Tänzerinnen, Hofnarren, Jongleure, dressierte Hunde, Spielleute und ein Affenmann waren aufgetreten. Nun vergnügte sich die Menge mit Zuckerwerk, Konfekt, Met und Wein und Tänzen. Stephen warf Mary einen so offenkundig lüsternen Blick zu, dass sie zu beben begann. Sicher würden sie gleich gehen können ...

»Dürfte ich mit meiner Tochter sprechen und ihr alles Gute wünschen?«

Mary blickte auf und sah Malcolm, der ihr und Stephen zulächelte.

Stephen erhob sich, gelassen schmunzelnd.

»Selbstverständlich.«

Sein Blick streichelte Mary.

»Ich bin im einigen Minuten zurück, Madame.«

Marys Brust schnürte sich zusammen, ihr Herz pochte. Er küsste zärtlich ihre Hand.

Sobald Stephen das Podium verlassen hatte und im Saal von Gratulanten umlagert wurde, nahm Malcolm seinen Platz ein und legte einen Arm um Mary. Sie schob ihre wenig vornehmen Gedanken entschlossen beiseite. Es begeisterte sie, dass ihr Vater sich zu ihr setzte und ihr alles Gute wünschte.

»Du scheinst dich über diese Verbindung sehr zu freuen, meine Tochter.«

»O ja, Vater. Obwohl ich zuerst dagegen angekämpft habe und enttäuscht war, habe ich Stephen inzwischen mit ganzem Herzen akzeptiert.«

»Es ist gut, dass du akzeptierst, was du akzeptieren musst, Mary«, fuhr er nunmehr ernst fort und musterte sie genau.

Mary wurde nervös, sie hatte eine böse Vorahnung. Der Blick ihres Vaters gefiel ihr nicht.

»Vater? Ist es möglich, dass es jetzt, da Stephen und ich

verheiratet sind, zu einem echten Frieden an der Grenze kommt?«

Seine Miene wurde steinhart.

»Wie rasch du vergisst!«

»Was vergisst?«, fragte sie. »Tod und Blutvergießen?«

»Wie rasch du vergisst, wer du bist, Mary.«

»Bin ich denn nicht Stephens Gemahlin?«

»Du bist meine Tochter. Und du wirst immer meine Tochter bleiben, das kann sich nie ändern.«

Hätte er genau diese Worte in einem anderen Zusammenhang und auf andere Art und Weise gesprochen, dann hätte Mary sich gefreut. Nun aber fühlte sie sich zum Zerreißen angespannt.

»Natürlich, Vater. Das kann sich nie ändern.«

»Du bist Schottlands Tochter.«

Mary hielt sich am Tisch fest; das Atmen fiel ihr schwer.

»Ja, auch das bin ich.«

Malcolm lächelte, doch sein Blick blieb ernst.

»Ich bin auf dich angewiesen, Mary.«

»Auf mich angewiesen?«, wiederholte sie. Ein hohles Gefühl entstand in ihrem Herzen, in ihrem Innersten.

»Ich bin auf deine Loyalität angewiesen.«

»Was sagst du da?«, rief sie und sprang entsetzt auf.

Auch Malcolm erhob sich. »Was ich sage, ist, dass du Schottland gehörst, bevor du den de Warennes gehörst.«

Marys Fingernägel krallten sich in die Tischplatte. Das konnte nicht wahr sein, es konnte einfach nicht sein! So etwas konnte ihr Vater nicht sagen – und bestimmt würde er nicht auf diese Weise fortfahren!

»Natürlich musst du eine gute, pflichtgetreue Gemahlin sein. Aber du darfst mich nicht im Stich lassen, du darfst Schottland nicht im Stich lassen.«

Tränen nahmen ihr die Sicht. Sie konnte nicht mehr sprechen, nicht einmal widersprechen, so sehr war sie von Entsetzen und Verzweiflung erfüllt.

»Du musst für mich spionieren, Mary«, fuhr Malcolm in eindringlichem Ton fort. Seine Augen funkelten.

Mary fühlte sich einer Ohnmacht nahe. »Du verlangst von mir, meinen Gemahl und die seinen zu bespitzeln?«

»Du musst! Denn es hat sich nichts geändert. Die Normannen hassen mich, und ich hasse sie. Northumberland bedrängt mich noch immer, Rufus will nach wie vor schottischen Boden. Du darfst nicht vergessen, wer du bist. Du bist zu allererst eine schottische Prinzessin und erst an zweiter Stelle de Warennes Gemahlin. Eine bessere Gelegenheit wird sich niemals bieten. Was glaubst du, weshalb ich dir erlaubt habe, ihn zu heiraten?«

Mary konnte ihren Vater nicht einen Moment länger ansehen, und das nicht wegen der Tränen, die ihre Augen füllten.

»Das ist meine Hochzeit!«, flüsterte sie.

»Und du bist eine wunderschöne Braut«, sagte Malcolm und klopfte ihr anerkennend auf die Schulter. »Trockne deine Tränen, dein Bräutigam kommt zu dir. Aber vergiss nicht, wer du bist, Mary, und was deine Pflicht ist.«

TEIL 3

In die Finsternis

18

Drei Tage später kehrten sie nach Alnwick zurück.

Die Stunden seit ihrer Hochzeit waren in einem Taumel aus leidenschaftlicher Liebe und übersättigter Glückseligkeit wie im Flug vergangen. Die Frischvermählten hatten ihr Bettgemach nicht verlassen. Mary fand keine Zeit zum Nachdenken – und wollte es auch gar nicht.

Stephen war ein fordernder Liebhaber, heiß und unersättlich, jedoch nie selbstsüchtig oder grausam. Hinsichtlich der Leidenschaft, die er bei ihr weckte, war sie ihm durchaus ebenbürtig. Sie hatte nicht den Willen, ihm etwas abzuschlagen, und lernte rasch, wie sie ihn verführen konnte.

Wenn sie nicht schon schwanger gewesen war, dann, so dachte sie, musste sie es nach diesen zwei Tagen sein.

Alnwick ragte vor ihnen auf. Im Verlauf der tagelangen Reise war die kalte, beängstigende und unwillkommene Realität wieder ins Bewusstsein gerückt. Unter normalen Umständen – wenn Stephen kein de Warenne und sie nicht eine schottische Prinzessin gewesen wäre – wäre sie voller Erwartung zu ihrem neuen Heim und ihrem neuen Leben als seine Gemahlin gereist.

Unter anderen Umständen wäre sie mit Eifer und Aufregung erfüllt gewesen, die Zukunft hätte rosig und verheißungsvoll ausgesehen.

Aber die Umstände waren nun einmal, wie sie waren. Ihr Gemahl war Northumberlands Erbe und sie Malcolms Tochter. Böse Vorahnungen quälten Mary.

Wie sehr wollte sie das Leben, das nun ihr und Stephen gehörte, beginnen; wie sehr fürchtete sie sich vor dem, was die Zukunft bringen würde. Nun, im Lichte eines neuen Tages, verfolgten sie Malcolms Worte. Sie erinnerten sie in grausamer Weise daran, dass ihre Ehe allein durch ihrer beider Herkunft zum Scheitern verdammt schien.

Ihr war nicht ein ruhiger Moment geblieben, um über das nachzudenken, was ihr Vater ihr bei der Hochzeit gesagt hatte. Die heutige lange Reisestrecke aber verleitete dazu, seinen Gedanken nachzuhängen, was sie bisher verzweifelt zu vermeiden versuchte.

Das ging jetzt nicht mehr.

Malcolm hatte von ihr verlangt, für ihn zu spionieren. Ihren Gemahl auszuhorchen.

Mary fühlte sich immer noch geschockt von seinem Ansinnen.

Der Grund für seine Zustimmung zu der Ehe war von Anfang an nur gewesen, sie in Northumberland als Spionin einführen zu können.

Mary war nicht nur schockiert, sie war am Boden zerstört, und sie war wütend.

War das der Mann, den sie ein Leben lang geliebt und verehrt hatte? Der Mann, der über ihre bubenhaften Possen gelacht hatte, während ihre Mutter sie ausschalt? Der Mann, der so stolz auf ihre Klugheit und, als sie älter wurde, auf ihre Schönheit gewesen war? War das der große König von Schottland?

Wie konnte er ihr so etwas antun?

Dass sie ihr Land und ihresgleichen nach wie vor liebte, stand außerfrage, ihre Heirat konnte daran nichts ändern. Und sie wollte Schottland als Ganzes erhalten und unabhängig sehen. Sie wünschte keinesfalls, dass Northumberland weiterhin über die Grenzen in das Land einfiel.

Sie musste sich weigern zu tun, was ihr Vater von ihr forderte. Sie hatte ihr Gelübde vor Gott gegeben, und sie beabsichtigte, es zu erfüllen. Ihre Verpflichtung galt zuerst und vor allem anderen ihrem Gemahl, vor ihrer Pflicht gegenüber ihrem Vater oder ihrem Land. Aber lieber, gnädiger Jesus, nun, da sie Malcolms Absichten voll begriff, nun, da sie wusste, dass es keine Allianz geben würde, wie würde sie überleben? Wie würde ihre Ehe dieses Desaster überstehen?

Offensichtlich plante Malcolm Verrat an Northumberland, an ihrem Gemahl. Es war nur eine Frage der Zeit, wann der derzeitige Frieden zerbrechen würde. Obwohl sie Stephen die Treue geschworen hatte – wie würde sie sich fühlen, wenn er gegen ihren Vater ins Feld zog? Oh, warum konnte nicht Frieden herrschen!

Mary war verzweifelt, sie spürte bittere Galle im Mund. Malcolms schrecklichen Forderungen wollten ihr nicht aus dem Sinn gehen.

Wie konnte er glauben, er könne sie einfach benutzen und dadurch ihre Chance auf Glück zerstören?

»Wir sind zu Hause, Mary«, sagte Stephen leise und durchbrach damit ihre schweren Gedanken.

Obwohl sehr mit sich selbst beschäftigt, war Mary sich der Gegenwart Stephens den ganzen Tag lang bewusst gewesen. Er ritt an ihrer Seite, ohne viel zu sagen. Und er kam ihr ebenfalls vergrämt vor. Es war, als wüsste er um die verrückten Kreise, in denen ihre Gedanken sich bewegten, als wüsste er, was Malcolm von ihr verlangt hatte.

Sie betrachtete ihn und rief sich in Erinnerung, wie wundersam und herrlich die letzten Tage gewesen waren. Obwohl sie wahrscheinlich ein Dutzend Mal körperliche Freuden mit ihm geteilt und mehrmals in seinen Armen geschlafen hatte, war er für sie noch immer ein Fremder. Mary zwang sich zu einem Lächeln. Sie durfte sich nicht anmerken lassen, wie beunruhigt sie war. Sie wollte nicht, dass er ihren inneren Aufruhr mitbekam. Und er durfte um Gottes willen nicht erfahren, was Malcolm von ihr verlangt hatte.

»Zu Hause«, wiederholte sie, und Schmerz überschattete jegliche Freude, die sie unter anderen Umständen vielleicht gefühlt hätte. Sie wandte sich ihrem Gemahl zu, und starke, drängende Gefühle überkamen sie. »Ich werde dir eine gute Gemahlin sein, Stephen, das verspreche ich dir.« Sie schauderte.

Er musterte sie besorgt, als würde er spüren, dass hinter ihren Worten etwas anderes stand.

»Bekümmert dich etwas, Mary?«

Sie schüttelte den Kopf, nicht imstande, noch weiter zu sprechen, und blickte auf die uneinnehmbare Burg Alnwick.

Es war ein grauer Tag, und die schweren Wolken am Himmel ließen die dunklen Steine der Mauern und des Wohnturms schwarz und bedrückend erscheinen. Mary wusste, dass es in Wirklichkeit nur ihre Gedanken waren, die ihr neues Zuhause in einem düsteren Licht erscheinen ließen. Es war kein Omen, das eine dunkle, tragische Zukunft vorhersagte.

Im Burghof wurde Stephen von Neale Baldwin empfangen, der ihn rasch in eine Diskussion über aktuelle Ereignisse in Alnwick verwickelte.

Mary entschuldigte sich, Stephens Blick bemerkend, der auf ihr ruhte, sogar während Neale ihm berichtete, dass Dutzende Schafe einer Krankheit zum Opfer gefallen seien. Sie zog sich rasch und gefolgt von einigen Bediensteten in den Wohnturm zurück.

Sie ging nach oben in das Gemach, das sie benutzen würden, solange der Graf und die Gräfin noch in London weilten. Als Erstes ordnete sie an, Stephens Habseligkeiten auszupacken, ließ ein Feuer entfachen und gewürzten Wein bringen. Auch ein Bad ließ sie für ihn richten, und dann eilte sie in die Küche, um zu sehen, was zum Abendessen vorbereitet wurde.

Natürlich hatte ihre späte Ankunft ein Chaos ausgelöst, doch Mary beruhigte den besorgten Koch und half ihm, ein rasches und dennoch ansprechendes Mahl zusammenzustellen. Auf dem Weg aus der Küche hinaus beauftragte sie eine

Magd, in die Binsen im Saal frische Kräuter einzustreuen, und beeilte sich, nach oben zu gehen.

Sie war außer Atem. Das Bad, eine große Kupferwanne, wurde mit dampfend heißem Wasser aufgefüllt, das zwei Knechte Eimer für Eimer von nach oben trugen. Mary sah sich im Raum um, stellte fest, dass das Feuer lodernd brannte, der Wein bereitstand und für ihren Gemahl frische Kleidung hergerichtet war. Sie lächelte zufrieden. Ehefrau zu sein, war keine leichte Sache und keine Rolle, nach der sie sich je gesehnt oder auf die sie sich vorbereitet hatte. Doch nun war sie froh über das Vorbild ihrer Mutter. Sie fragte sich, was sie noch tun konnte, um ihrem Gemahl zu gefallen, und bemerkte ihn plötzlich, wie er etwas gedankenverloren in der Tür stand.

Sein freundlicher Blick, der leicht schiefe, ein Lächeln andeutende Mund und seine kraftvolle Präsenz ließen Mary erröten.

Sie begrüßte ihn mit einem kleinen Knicks und spürte, wie sich ihr Herzschlag beschleunigte.

Nach der langen Reise und der Eile, mit der sie sich um sein Wohlergehen gekümmert hatte, musste sie schrecklich aussehen, dachte sie bei sich, gar nicht wie eine Prinzessin, sondern eher wie eine der Dienstmägde.

Hastig versuchte sie, ein paar Haarsträhnen unter ihren Schleier zurückzustecken. Stephen trat in den Raum und legte sein Schwertgehenk ab; Mary beeilte sich, es ihm abzunehmen.

Ein breites Grinsen erschien in seinem Gesicht. »Ihr könnt nicht mit meinem Schwert umgehen, Madame, nicht jemand, der so klein ist wie Ihr.«

Er legte die lange, schwere Waffe auf eine Truhe in Reichweite des Betts.

»Kann ich das nicht, Mylord?«

Er betrachtete sie überrascht.

Mary konnte selbst nicht glauben, was sie gesagt hatte,

doch sie hielt seinem Blick stand und fügte heiser hinzu: »Habe ich es nicht gekonnt, Mylord?«

»Doch, Madame, geradezu meisterhaft, wenn ich das so sagen darf.«

Mary stockte der Atem.

«Ich fürchte, Ihr habt mich zur Kühnheit verleitet.«

»Ich mag Eure Kühnheit, Madame, zumindest jene, über die wir gerade sprechen.« Er sah sich im Zimmer um, das nun nicht mehr kalt und dunkel war, und richtete dann langsam einen leidenschaftlichen Blick auf Mary. »Vielleicht hätte ich Euch schon früher zu meiner Gemahlin machen sollen.«

Mary lächelte glücklich. »Es freut mich, wenn Ihr an mir Gefallen findet, Mylord.«

»Ich bin mehr als erfreut, Mary.«

Es war nicht misszuverstehen, was er meinte; sie kannte das Glühen in seinen Augen inzwischen gut genug.

Ihre Stimme war heiser geworden.

»Gibt es noch etwas, das ich für Euch tun kann, Mylord?«

Er blickte sie durchdringend an. »Ihr könnt mir beim Entkleiden helfen«, antwortete er und setzte sich, um die schmutzigen Stiefel auszuziehen.

Obwohl sie gerade zwei lange Tage und drei noch längere Nächte mit ihrem Gemahl im Bett verbracht und ihn auf jede erdenkliche Art erfreut hatte, die er sich vorstellen konnte, sowie auf so manche Art, die sie sich ausgedacht hatte, überkam Mary ein seltsames Durcheinander aus Nervosität und Freude darüber, dass sie eine so einfache, einer Ehefrau gebührende Aufgabe erfüllen konnte, wie ihm beim Ausziehen und bei seinem Bad zu helfen. Natürlich hatte sie eine sehr genaue Vorstellung davon, wie dieses Bad enden würde, und war voller Vorfreude.

Sie beeilte sich, ihm beim Ablegen seiner Gürtel und Tuniken zu helfen. Während ihre Hände über seinen Körper glitten, ging ihr Puls schneller; niemals würde sie seinem Anblick oder dem Berühren seines Körpers gegenüber gleichgültig werden.

Seine breiten Schultern, die kräftige, männliche Brust und sein flacher Bauch boten sich ihrem unersättlichen Blick dar, bei jeder seiner Bewegungen konnte sie das Spiel seiner starken Muskeln beobachten.

»Ihr seid ein schöner Mann, Mylord«, hörte sie sich sagen.

Stephen, nur noch mit Hose, Unterhose und Strumpfbändern bekleidet, drehte sich zu ihr um.

»Es freut mich, dass Ihr so denkt, Madame.«

Ihr Herz schlug schneller. Sie kniete sich neben ihn und versuchte, ihm die Strumpfbänder abzunehmen. Der erregte Zustand ihres Gemahls war unübersehbar. Seine Hose und Unterhose glitten zu Boden.

Noch immer kniend, blickte Mary zu ihm auf. Seine Augen ruhten unverwandt auf ihr, dann reichte er ihr eine Hand. Mary stand auf und fand sich in seinen Armen wieder.

»Auch Ihr gefallt mir sehr, meine Gemahlin«, sagte er leise. Sie errötete vor Entzücken.

»Wollt Ihr nicht Euer Bad nehmen?«, fragte sie so gleichgültig, wie sie konnte.

»Mein Bad, und Euch.« Stephen seufzte. »Ich weiß nicht, wie Ihr es schafft, mich dauernd so zu erregen, Madame, aber Ihr tut es. Ein Mann meines Alters sollte längst ausgelaugt sein. Habt Ihr mir einen Trank verabreicht, von dem ich nichts weiß?«

»Nein«, antwortete Mary lächelnd. »Ein Liebestrank würde uns zweifellos beide umbringen.«

Stephen grinste amüsiert, und dieses Grinsen raubte Mary den Atem.

Normalerweise war sein Blick hart und ernst, doch sein Lächeln verlieh seinem Gesicht eine weiche, maskuline Schönheit.

Er stieg in die Wanne und machte es sich darin bequem.

Mary nahm den Waschlappen zur Hand und betrachtete Stephen. Ihre Hand zitterte ein wenig.

»Tut einfach, was Euch gefällt«, murmelte er.

Im Versuch, ihrem Gemahl bei dessen Bad zu assistieren und seine Einladung nicht so wörtlich zu nehmen, wie sie es gerne getan hätte, begann Mary, ihm den Rücken zu waschen. Stephen seufzte zufrieden. Als sie damit fertig war, drehte sich Stephen halb um. Seine Augen funkelten wie schwarze Diamanten. Mary versuchte, nicht zu zittern. Und sie versuchte, den Blick nicht auf das Wasser zu richten, das seine Hüften umspielte und den Teil seines Körpers, der so deutlich lockte.

Stephen lehnte sich zurück. Sie kniete sich neben ihn, ließ den Lappen fallen und seifte seine Brust mit bloßen Händen ein. Als sie mit kreisförmigen Bewegungen seinen harten, flachen Bauch erreichte, schloss Stephen die Augen, biss die Zähne zusammen und beherrschte sich. Mary blickte nach unten und ließ endlich alle Zurückhaltung fahren. Stephen stöhnte. Mary nahm die Hand nicht weg. Ihr Mund war an seinem Ohr.

»Wünscht Ihr sonst noch etwas von mir, Mylord?«

Er lachte leise und rau. Ehe sie sich versah, war er auf den Beinen, Wasser spritzte im ganzen Gemach umher, und im nächsten Augenblick lag Mary rücklings auf dem Bett, und er kniete über ihr, schob ihr die Röcke bis zu den Hüften nach oben und presste sich heiß und lang an ihren Unterleib.

»Wer neckt nun wen, Madame?«, murmelte er.

Mary konnte nichts erwidern, sie war außerstande zu sprechen. Sie umklammerte seine Schultern, bis sich ihre Nägel in sein Fleisch gruben; nun konnte sie tun, was sie wollte, jeden Anschein des schicklichem Benehmens einer Ehefrau aufgeben und die sinnliche, unersättliche, wolllüstige Frau sein, die er in ihr geweckt hatte. Keuchend lag sie unter ihm und breitete in fast verzweifelter Erwartung die Beine aus. Stephen lachte in männlicher Begeisterung auf und nahm sie,

Mary schrie auf vor Lust, und innerhalb von Sekunden warfen sie sich in unbekümmertem, hingebungsvollem Liebesspiel im Bett hin und her.

Auch wenn Mary spät zum Abendessen nach unten kam, war es ein Erfolg. Im Saal angekommen, bemerkte sie, dass Stephen entspannt und guter Dinge war und sie mit leuchtenden Augen empfing.

Sie errötete, und ein rascher Blick sagte ihr, dass die Bewaffneten unterhalb des Podiums wissend und nachsichtig schmunzelten. Sie stellte sich vor, dass die Männer genau wussten, weshalb die Lady spät zum Essen erschien, denn Stephen wirkte so gesättigt und befriedigt, dass man seinen Zustand nicht missdeuten konnte. Mary konnte nur hoffen, dass ihre Ausstrahlung weniger eindeutig war.

Und falls sie es nicht war, falls die glühende Liebe, die sie vom Scheitel bis zur Sohle spürte, erkennbar war, sollte es ihr auch recht sein. Sie wollte sich nicht länger ihren verdrießlichen Gedanken über Malcolm und seine Forderung hingeben. Das war einfach zwecklos. Sie hatte ihre Entscheidung getroffen, und sie hatte richtig entschieden. Und falls sie dafür noch einen weiteren Beweis gebraucht hätte, dann hätte sie ihn nun gefunden, als sie ihren Platz neben Stephen einnahm.

Eine einzelne, rote Rose, in voller Blüte.

Mary hielt verblüfft inne.

Verwirrt sah sie Stephen an, der ihr träge zulächelte. In seinem Blick lag ein Versprechen, das weit mehr verhieß als nur sexuelles Begehren.

»Wie habt Ihr die gefunden?«, fragte sie, ohne nachzudenken.

»Ein seltene Erscheinung, nicht wahr? Eine Rose im Winter. Für Euch, Madame, ein Geschenk von mir.«

Am liebsten hätte Mary vor Freude geweint. Sie setzte sich, ohne jedoch die Rose zu berühren. Er hatte den Stiel kurz geschnitten, und so sah sie fast genau so aus wie die Rose auf seinem Schild, bis hin zu den kräftigen, spitzen Dornen.

»Meine Mutter züchtet Rosen; ich kann nur vermuten, dass das warme Wetter der letzten Woche manche Pflanzen dazu gebracht hat, so früh aufzublühen.«

Mary wollte nicht einfach albern losheulen. Was hatte das zu bedeuten?

Sie betrachtete Stephen voller Entschlossenheit, wollte herausfinden, was er ihr mit dieser überaus romantischen Geste zu sagen gedachte, einer Geste, die sie ihm im Traum nicht zugetraut hätte.

»Stephen, du hast den Stiel abgeschnitten. Diese Rose – sie sieht genau aus wie jene auf deinem Wappen.«

Er lächelte erfreut. »So ist es, Madame. Ich hatte gehofft, Ihr würdet es bemerken.«

»Kannst du mir dein Wappen erklären?«

Er beugte sich zu ihr, sein Blick liebkoste ihr Gesicht.

»Das bedrohlich schwarze Feld, auf dem alles andere ruht«, begann er eindringlich, »steht für Macht, Mary, und ist eine Warnung an jeden, der gegen uns zu Felde ziehen möchte.«

Mary schauderte.

»Das weiße Feld darüber bedeutet Reinheit, das goldene Adel und Größe.«

»Und – die Rose?«

»Die rote Rose verkörpert Leidenschaft, Madame. Es überrascht mich, dass Ihr das fragt.«

Mary errötete.

Ihr Herz schlug heftig.

Macht, Reinheit, Adel – Leidenschaft.

»Die de Warennes sind bekannt für ihre Macht, ihre Ehre, ihre Noblesse und ihre große Leidenschaft für alles, was ihnen heilig ist«, erklärte Stephen mit angespannter, leiser Stimme und blickte ihr dabei in die Augen.

Mary war hingerissen. Sie wusste, dass sie sowohl seine

Worte richtig verstand als auch, weshalb er ihr die Rose geschenkt hatte.

Er schenkte ihr sich selbst.

»Stephen ... vielen Dank.«

Sie konnte den Blick lange nicht von ihm abwenden. Dann griff sie nach der Rose, doch er hielt rasch ihre Hand zurück. »Ihr müsst Euch in Acht nehmen«, murmelte er, »damit Ihr Euch nicht an den Dornen verletzt.«

Morgens waren Stephen und sein Verwalter meistens im Saal mit geschäftlichen Dingen befasst, heute jedoch starrte er mit leerem Blick ins Feuer. Mary ging ihren Pflichten als Burgherrin nach; sie war mit dem Brotmeister in der Vorratskammer, und auch seine Gefolgsleute waren mit ihren unterschiedlichen Pflichten beschäftigt. Er hatte einen raren Augenblick nur für sich.

Ein anhaltender Schmerz im Kopf plagte ihn, ein Pochen, das ihm nicht fremd war. Schon seit Jahren kannte er diesen Schmerz, der ihn immer in schwierigen Zeiten heimsuchte.

Er war seit ein paar Tagen verheiratet, und alle seine Erwartungen waren übertroffen worden. Hätte er sich nicht besser gekannt, er hätte sich für einen romantischen Narren gehalten, so sehr erfreute ihn seine Braut, so sehr liebte er sie. Er konnte kaum glauben, dass er eine rote Rose gefunden und ihr geschenkt hatte. Und sie verstand die Bedeutung dieser Rose vollkommen. Sie war davon sehr angetan gewesen, das hatte er ihr angesehen.

Er sollte also rundum glücklich sein. Aber stattdessen quälten ihn die schlimmsten Kopfschmerzen seines Lebens.

Denn eine schreckliche Frage blieb. Hatte Rolfe es geschafft, den König von seinem Vorhaben abzubringen, Malcolm zu hintergehen und Carlisle einzunehmen? Oder war Rufus im Begriff, gegen die Heimat seiner, Stephens, Braut und ihre Familie einen Krieg anzuzetteln?

Jesus, wie würde sie reagieren, wenn er gegen Malcolm in

die Schlacht zog? Könnte sie verstehen, dass er seine Pflicht gegenüber seinem König erfüllte? Würde sie ihn unterstützen, so wie es ihre Pflicht war?

Seine Gemahlin. Seit Mary nach dem Anschlag auf ihr Leben aus der Ohnmacht erwacht war, hatte sich ihre Beziehung verändert. Es stand außer Frage, dass sie ihr Schicksal akzeptiert hatte, dass sie am Tag ihrer Hochzeit freiwillig als seine Ehefrau zu ihm gekommen war. Ihren Pflichten in Alnwick kam sie mit großer Freude nach, und er merkte sehr deutlich, dass sie ihm gefallen wollte. Darüber war er bei Gott hoch erfreut. Aber besaß er wirklich ihre volle Loyalität?

Mary war einer der stolzesten, entschlossensten Menschen, die er je getroffen hatte. Konnte sie, dieses »kleine Biest«, das gegen ihn gekämpft und ihm bei jeder Gelegenheit getrotzt hatte, bis jemand tatsächlich versuchte, sie zu ermorden, konnte sie sich bezüglich ihrer Treue und Ergebenheit wirklich so schnell und vollständig ändern? War sie im Herzen seine Gemahlin, so wie er nun mit ganzem Herzens ihr Gemahl war?

Er wusste es nicht.

Er fürchtete sich vor dieser Erkenntnis.

Und er fürchtete sich vor dem, was die nächsten Tage bringen würden.

Am folgenden Nachmittag trafen der Graf und die Gräfin von Northumberland in Alnwick ein. Isobel und Geoffrey begleiteten sie.

Stephen war nicht in der Burg, als sie ankamen, deshalb ging Mary in den Hof, um ihre Schwiegereltern gebührend zu empfangen. Warme, herzliche Begrüßungen wurden ausgetauscht. Mary merkte mit großer Freude, dass sie von der Familie ihres Gemahls nicht nur akzeptiert, sondern wirklich geliebt wurde.

Danach eilte sie nach oben und kümmerte sich darum,

dass ihre und Stephens Habseligkeiten aus dem großen Gemach entfernt wurden. Rufe vom Wachturm, gefolgt vom Geräusch einer Reiterschar auf der Zugbrücke und im Burghof kündeten von Stephens Rückkehr an. Mit froher Miene trat Mary an den Fensterschlitz und beobachtete, wie ihr Gemahl von seinem Streitross glitt und die Zügel seinem Knappen überreichte. Er war bis zu den Knien voller Schmutz; in den letzten Tagen hatte es unaufhörlich geregnet. Stephen würde dringend ein Bad benötigen, doch sie war sicher, dass er dies bis nach dem Abendessen aufschieben würde, denn bestimmt wollte er zuerst die Gesellschaft seiner Familie genießen.

Etwas später, nachdem sie sichergestellt hatte, dass das Schlafgemach für den Grafen und seine Gemahlin vorbereitet war, ging Mary nach unten. Als sie sich dem Saal näherte, bemerkte sie, dass der Graf und seine Söhne in eine angestrengte, aber nur halblaut geführte Diskussion vertieft waren.

Beim Hinuntergehen hatte sie nicht eine einzige weibliche Stimme gehört, deshalb kam sie sich ein wenig wie ein Eindringling vor und verlangsamte ihre Schritte.

Gerade als sie um die Ecke bog, hörte sie Geoffrey sagen, die Befestigungen von Carlisle seien alt und baufällig und müssten repariert werden.

Mary konnte nur erahnen, dass es sich bei dem Thema, mit dem sich die drei Männer am Tisch bei ihrem Eintreten beschäftigten, um Carlisle handelte. Sie verstummten sofort. Mary hielt inne. Ihr Lächeln erstarb, der Gruß, der ihr auf der Zunge gelegen hatte, war vergessen. Die drei de Warennes blickten alle unverwandt und ernst auf sie. Man empfand sie ganz offenbar als störend, und ebenso offensichtlich war, dass sie das Gespräch der Männer nicht mitbekommen sollte.

Zum ersten Mal seit ihrer Hochzeit fühlte sich Mary nicht als die Herrin von Alnwick und Stephens Gemahlin, sondern als schottischer Eindringling. Sie brachte ein steifes, auf ihren Gemahl gerichtetes Lächeln zustande.

»Guten Tag, Mylord.«

Stephen erhob sich. Sein Vater hinter ihm nippte an einem Becher Ale, Geoffrey trommelte ungeduldig mit den Fingern auf die Tischplatte. Stephen trat zu ihr, allerdings nicht, um sie zu begrüßen.

»Meine Mutter und Isobel sind in den Gemächern oben. Willst du nicht zu ihnen gehen?«

Mary presste die Lippen zusammen, ihr Herz schmerzte. Auch er sah also ihr plötzliches Auftauchen als ein unwillkommenes Eindringen; er verwies sie des Saals. Ein heißer, bitterer Zorn stieg in ihr auf, als sie in das schöne Gesicht ihres Gemahls blickte.

Er vertraute ihr nicht.

Er vertraute ihr nicht, und sie sprachen über die Verteidigungsanlagen von Carlisle.

Nein, das konnte nicht sein.

Sie starrte ihn entgeistert an, auf ein Zeichen wartend, irgendein Zeichen, dass dieses vertrauliche Treffen nicht das war, als was es erschien. Doch er wiederholte lediglich seinen kaum verhüllten Befehl: »Wollt Ihr nicht zu meiner Mutter nach oben gehen, Madame?«

Sie hatte in den letzten Tagen alles getan, um ihm zu gefallen, hatte ihm jeden Wunsch von den Augen abgelesen, ihm alles so leicht und angenehm wie möglich gemacht und öffentlich geschworen, ihm zu gehorchen und ihn zu unterstützen, aber er vertraute ihr noch immer nicht. Mary fühlte sich elend.

Er vertraute ihr nicht, und sie sprachen über Carlisle!

Mit einem kurzen Nicken, nicht in der Lage zu sprechen und erfüllt von Angst, machte Mary auf dem Absatz kehrt und lief hinaus.

Die Gräfin blickte betroffen von ihrer Stickerei auf, als Mary eintrat. Isobel stürzte mit einem Freudenschrei auf sie zu und begann, ihr den neuesten Klatsch vom Königshof in London zu erzählen. Mary nickte und gab vor zuzuhören, doch stattdessen versuchte sie sich einzureden, dass alles gar nicht so schlimm sei, wie es ihr erschien, dass sie voreilige Schlüsse zog und dass sich ihr Gemahl, wenn er sie aus dem Raum schickte, damit er mit den anderen Männern sprechen konnte, nicht anders verhielt als die meisten Männer. Doch ihre stummen Worte klangen hohl; sie glaubte sich selbst nicht.

Carlisle. Was hatten sie vor? Konnten sie einen Krieg planen, wirklich und wahrhaftig?

Das ist nicht möglich, beschwor sie sich. Erst heute im Morgengrauen hatte Stephen sie, nachdem sie sich geliebt hatten, so zärtlich in den Armen gehalten, und sein schläfriges Lächeln hatte von nichts als Liebe gesprochen. Er hatte ihr die Rose geschenkt, sein Versprechen ewiger Liebe – zumindest hatte sie das gedacht. Wenn er sie auch nur ein bisschen liebte, dann würde er nicht wegen Carlisle gegen ihre Familie in den Krieg ziehen.

Sie musste seine Pläne aufdecken. Aber wie konnte sie lauschen, ohne die Gräfin argwöhnisch zu machen? Mary blickte auf Stephens Mutter und errötete schuldbewusst, denn Lady Ceidre betrachtete sie traurig, ohne Nadel und Faden Beachtung zu schenken – als würde sie begreifen, was Mary vorhatte. Sie fühlte sich wie eine gemeine Verräterin, doch sie sagte sich, dass sie niemanden verriet. Sie wollte lediglich in Erfahrung bringen, ob ihr Gemahl plante, gegen ihre Leute Krieg zu führen oder nicht. Und das musste sie wissen.

Er muss mich doch ein bisschen lieben, dachte sie verzweifelt. *Nur ein bisschen.* Und dann würde es keinen Krieg geben.

Stephen würde sich weigern, daran teilzunehmen.

»Entschuldigt mich, Madame«, sagte sie zu der Gräfin, »ich fühle mich nicht sehr gut. Ich denke, ich gehe nach oben und lege mich hin.« Wie sie es hasste, ihre Schwiegermutter zu täuschen!

»Soll ich Euch etwas bringen lassen?«, fragte Lady Ceidre und erhob sich, Mary eingehend und besorgt betrachtend.

Mary hatte keinen Appetit; sie lehnte dankend ab und verließ nervös den Raum.

Da sich das Frauengemach direkt zum Saal hin öffnete, unterbrach sie das Gespräch der Männer erneut. Sobald sie sie sahen, verstummten sie sofort. Mary ignorierte sie, obwohl ihr Gesicht vor Demütigung brannte, und verließ eilig den Raum. Erst als sie die halbe Treppe hinaufgegangen war und hörte, dass das Gespräch fortgesetzt wurde, blieb sie stehen und presste sich zitternd an die Wand.

Tränen standen in ihren Augen. Sie war frisch verheiratet und liebte ihren Gemahl, und dennoch war sie im Begriff, ihm nachzuspionieren.

Sie konnte die drei nicht gut verstehen, deshalb schlich sie langsam und vorsichtig wieder die Treppe hinunter. Unten angekommen, konnte sie nicht weitergehen, ohne entdeckt zu werden.

Aber von hier aus war jedes Wort zu verstehen, und sie sprachen über exakt das, was sie befürchtet hatte – einen Angriff auf Carlisle.

»Er zieht jeden Ritter ein, den ich aufbieten kann«, sagte Geoffrey soeben.

»Wie stehst du mit Anselm?«, fragte Stephen mit seltsam hohler Stimme.

»Wir sind Feinde. Er ist wesentlich fanatischer, als ich jemals gedacht hätte«, antwortete Geoffrey grimmig. »Aber Rufus braucht Canterbury mehr denn je. Meine Spione berichten, dass Prinz Henry über deine Heirat so wütend ist, dass er sich weigert, sich an dieser Sache zu beteiligen. Während ich mich an den Bettelstab bringe, um diese Männer aufzubieten, da die Kassen von Canterbury leer sind.«

»Deine Pflicht ist eindeutig. Und auch wenn du dabei verarmst, vergiss nicht, wie nahe du daran bist, deine wahre Belohnung zu erhalten«, erklärte Rolfe bestimmt. »Kein Preis ist zu hoch, wenn du dafür eine Ernennung vom König bekommst.«

Geoffrey erwiderte nichts darauf.

»Mach dir nichts vor«, fuhr Rolfe fort. »Henry will sich nur deshalb nichts zuschulden kommen lassen, damit er sich die Nase bei einer anderen Gelegenheit blutig schlagen kann. Ist es nicht besser für uns alle, gemeinsam zu kämpfen – und gemeinsam geschwächt zu werden? Wer könnte besser als Nächster in die Bresche springen als der ach so schlaue Prinz?«

»Hoffen wir, dass Carlisle schnell fällt, damit wir nicht zu viele Verluste erleiden und ich nicht unnötig Geld verliere«, sagte Geoffrey nach einer Pause bitter. »Und dass es Henry erspart bleibt, in irgendeine Bresche zu springen.«

Schließlich sprach Stephen wieder.

»Der Regen arbeitet gegen uns«, sagte er. »Wir sind sehr auf unsere berittenen Kämpfer angewiesen, und im Schlamm haben die Pferde Schwierigkeiten.«

»Mir wäre eine solche Aktion vor einem Monat lieber gewesen, wenn wir uns denn schon beteiligen müssen, aber nun haben wir keine große Wahl mehr«, erklärte Rolfe. »Der König hat sich entschlossen. Er ist nicht umzustimmen.«

»Ja«, pflichtete Stephen bei, »Rufus hat sich schon vor langer Zeit dazu entschlossen, und nichts und niemand wird ihn davon abhalten können.«

»Wenigstens überraschen wir Malcolm«, bemerkte Geoffrey, erneut voller Bitterkeit. »Schließlich hast du eben erst seine Tochter geheiratet.«

»Ja«, sagte Stephen, »wir werden Malcolm definitiv überraschen.«

Mary würgte es.

Er hatte die Worte seinen Bruders so leidenschaftslos wiederholt. Wie konnte Stephen nur so sachlich sein, so völlig emotionslos, wenn sie über einen Verrat an ihrem Land, ihren Leute, ihren Verwandten sprachen?

Die volle Bedeutung dessen, was sie gehört hatte, traf sie wie ein Faustschlag.

Ihre Ehe war nichts als eine Farce, dachte sie bitter. Sie war nicht seine geliebte Gemahlin, sondern lediglich Geliebte und Dienstmagd in einer Person. Er machte sich absolut nichts aus ihr, sonst hätte er doch wenigstens ein klein wenig Bedauern darüber ausgedrückt, dass er das mit ihrem Vater getroffene Bündnis brach!

Mary wollte weinen, sie wollte brüllen und schreien. Ihre Ehe bedeutete ihm, vom politischen Nutzen abgesehen, wenig oder nichts – und sie zweifelsohne noch weniger. Keuchend klammerte sie sich ans Treppengeländer und versuchte, nicht zu heulen.

Es war sinnlos, noch länger zu lauschen, beschloss sie und zwang sich, Vernunft anzunehmen. Nicht zuletzt, weil es im Saal nun still war.

Sie hatte erfahren, was sie erfahren wollte. Wie sehr es schmerzte. Es war so schwer, nicht loszuweinen. Sie stellte sich vor, dass die Männer nun alle mit der bevorstehenden Schlacht beschäftigt sein würden. Verflucht sollten sie alle sein! Auch und vor allem Stephen, ihr Gemahl! Mary schickte sich an hinaufzugehen.

In ihrem Zorn rutschte sie nach ein paar Stufen aus und schrie vor Schreck auf. Entsetzt und überzeugt, dass man sie im Saal gehört hatte, erstarrte sie, bevor sie sich aufrappelte, um zu fliehen.

Doch zu spät!

Ihr Gemahl war schneller, wesentlich schneller, als sie.

Mary erkannte den Griff seiner Hand und seine Stärke sofort. Er zog sie am Genick hoch, wirbelte sie herum und ließ sie fallen. Sie strauchelte, ebenso sehr wegen der Kraft, mit der er sie packte, wie auch wegen seiner bestürzten, ungläubigen Miene.

In diesem Moment war ihr alles gleichgültig; sie war zu empört, um sich Gedanken zu machen.

»Der Teufel soll dich holen!«, zischte sie, bedauerte ihre Worte jedoch sofort.

Aus seinem Schock wurde Zorn. Sie machte kehrt und rannte los.

Die Ungeheuerlichkeit dessen, was sie getan hatte, traf Mary wie ein Schlag. Sie hatte ihren Gemahl belauscht und, schlimmer noch, sich dabei erwischen lassen und sich quasi als Spionin präsentiert. Sie schrie auf, als sie Stephens Schritte hinter sich auf der Treppe hörte. Entsetzt lief sie in ihr gemeinsames Gemach, ihm gerade noch einen Schritt voraus, und wollte die Tür verschließen – aber wieder war es zu spät, er stand bereits auf der Schwelle und stieß die Tür mit einem mächtigen Stoß auf, als sei sie aus dünnem Buchenholz und nicht aus schwerer, dreilagiger Eiche.

Mary wich vor ihm zurück. Tränen benetzten ihre Wangen.

Stephen überragte sie, die Augen geweitet, die Miene eisern und am ganzen Körper zitternd vor Wut.

»Du spionierst mir nach – deinem eigenen Gemahl?«

»Du führst Krieg gegen mein Volk?«, gab sie zurück.

Stephen starrte sie stumm an.

»Wie kannst du nur?«, schrie Mary. Ihr Herz raste. »Wie kannst du nur jetzt in den Krieg ziehen?«

»Du zweifelst an mir?«, fragte er schließlich leise und gepresst. Seine Kiefernmuskeln traten hervor, so fest biss er die Zähne zusammen. »Ihr klagt mich an? Ich tue meine Pflicht, Madame, so wie Ihr die Eure tut!«

Mary erwiderte nichts. Sie bebte.

»Madame«, fuhr er sehr steif fort, und nun bebte auch er. »Der Krieg ist nicht Eure Angelegenheit. Ihr habt Euch nur um eines zu kümmern, und das ist mein Wohlergehen.«

»Ja, dein Wohlergehen ist meine Angelegenheit«, sagte

Mary mit schwankender Stimme. »Aber wenn ihr gegen meine Familie, meine Heimat in den Krieg zieht – dann wird dieser Krieg zu meiner Angelegenheit! Und verlange nicht von mir, unbeteiligt zu bleiben!«

»Das verlange ich nicht. Aber ich frage dich: Habe ich deine Loyalität, Mary?«

»Ziehst du in den Krieg gegen Schottland, Stephen?«, fragte sie zurück. »Tust du das?«

»Du hast mir keine Antwort gegeben, Mary.« Seine Miene, seine Haltung, sein Ton, alles signalisierte jetzt Gefahr.

»Du mir auch nicht«, flüsterte Mary gepeinigt. Sie presste die Hände gegen die Brust, an ihr schmerzendes Herz.

»Antworte mir, Mary!«, forderte Stephen.

»Ja«, sagte sie, so wie wohl ein Höriger antwortete, dessen Willen man gebrochen hatte. »Ja.«

»Belügst du mich?« Sein Ton wurde höher, der Blick wilder. »Hast du nicht gelauscht?«

»Doch.« Sie schloss die Augen, nur für einen Moment.

»Wie könnt Ihr eine loyale Gemahlin sein, Madame, wenn Ihr mir nachspioniert?«

Sie antwortete nicht.

»Antwortet mir!«, brüllte er und erhob seine Hand. Mary zuckte zusammen. Er hielt mitten im Schlag inne, packte sie stattdessen an den Schultern und schüttelte sie. Mary hatte Angst; sie wusste, dass er jeden Augenblick brutal werden konnte. »Du spionierst in meinem eigenen Haus hinter mir her! Ist das keine Treulosigkeit?«

»Ich hasse dich«, flüsterte Mary.

Sie merkte, dass sie weinte. Nur Stunden zuvor hatte sie in seinen Armen gelegen, nur Stunden zuvor war sie voller Liebe für diesen Mann gewesen. Für diesen Mann, der sich überhaupt nichts aus ihr machte.

Er zog sie an sich, und sie standen sich einen Moment lang Auge in Auge gegenüber.

»Jetzt kommen wir also zur Wahrheit!«

»Die Wahrheit ist«, entgegnete sie, »dass du nicht anders bist als mein Vater. Du heiratest mich, um mich zu benutzen, damit ich dir bei deinem schmutzigen Verrat helfe.«

Er warf sie auf das Bett.

Mary krümmte sich in Erwartung seiner Schläge zusammen. Doch sie kamen nicht.

Stephens Hände zwangen sie rau und hart auf den Rücken, sodass sie keine andere Wahl hatte, als ihn anzusehen. Er beugte sich über sie.

»Mein Verrat? Mein Verrat? Ihr wagt es noch immer, mich zu beschuldigen? Ich möchte, dass Ihr Euren Verrat erklärt, Madame Gemahlin! Erklärt Euch, jetzt, sofort!«

Mary wusste nicht, was sie zu ihrer Verteidigung hätte vorbringen können; sie hatte gar nicht den Wunsch, sich zu verteidigen, nicht gegen ihn, nicht jetzt.

»Wo ist dieser kluge Verstand nun? Wollt Ihr nicht wenigsten die Anklage zurückweisen?«

Mary wischte sich mit der Hand über die Augen und schwieg verbissen.

Stephen drückte sie auf das Bett. »Ihr seid meine Gemahlin, Madame, *meine Gemahlin!* Wir haben unser Gelöbnis vor Gott abgelegt. *Was ist nun mit Eurem Gelöbnis, Madame?*«

Er war so wütend, dass sie keine Wahl hatte als zu antworten. »Ihr werdet mir nicht glauben, wenn ich Euch die Wahrheit sage.«

»Oho! Und welche Wahrheit wirst du mir jetzt auftischen, Mary?« Er richtete sich etwas auf. »Dass du mich liebst? Dass du mich nie verraten würdest?«, schrie er.

Mary zitterte; es schien unmöglich, dass sie noch vor so kurzer Zeit geglaubt hatte, in diesen Mann verliebt zu sein. Sie setzte sich auf und umklammerte mit beiden Fäusten die Bettdecke.

»Warum hast du spioniert?« Er stieß die Worte mühsam hervor.

»Um deine Absichten zu erfahren!« Wieder traten ihr Tränen in die Augen. »Und wie niederträchtig diese Absichten sind!«

»Um meine Absichten zu erfahren.« Stephens freudloses Lachen war hart und knirschend. »Und um Malcolm zu warnen. Um Malcolm vor mir zu warnen. Um mich zu verraten.«

»Nein!«

Einen Moment lang starrte er sie nur schweigend an.

»Nenne mir einen Grund, Mary. Nenne mir einen Grund, warum ich dir glauben sollte.«

Mary keuchte.

»Habe ich dir in den letzten Tagen nicht genug Grund gegeben, mir zu vertrauen?«

»Du erwartest von mir, dir zu vertrauen«, rief er ungläubig. »Vom ersten Augenblick an hast du ständig versucht, mich zu hintergehen. Es braucht mehr als ein paar Tage gemeinsamer Lust, Mary, um dir zu vertrauen. Oder hältst du mich für einen schwachen, liebestrunkenen Narren?«

Mary zuckte zusammen. Wie verletzend seine Worte waren. Sie hatte in diesen letzten Tagen mehr gesehen als »gemeinsame Lust«; sie hatte sie als den Beginn eines gemeinsamen Lebens gesehen. Tränen rannen ihr ungehemmt über die Wangen. Ihr Gemahl war eine gefühllose Bestie. Wie hatte sie nur jemals anders über ihn denken können?

Schließlich erwiderte sie seinen kalten, starren Blick.

»Heimtücke gebiert Heimtücke, nicht wahr?«, sagte sie bitter.

Stephen handelte so schnell, dass Mary keine Zeit hatte, um zu reagieren. Er zwang sie auf die Knie und drückte sie an seinen Körper.

»Ich bin so zornig, dass ich die Kontrolle über mich verliere, wenn ich so weitermache, Mary. Wenn das geschieht, solltest du lieber nicht in meiner Nähe sein. Du würdest es nicht überleben.«

Das bezweifelte Mary nicht. Sie spürte, wie er vor Wut

bebte. Ihre Gesichter waren fast auf gleicher Höhe. Seine schwarzen Augen funkelten vor Zorn. Unter diesen Umständen flößte er ihr Angst ein. Sein fester Griff tat ihr weh, doch dieser physische Schmerz war leichter zu ertragen als der andere. Der Schmerz in ihrem Herzen drohte sie zu ersticken.

»Wenn dir etwas an mir läge, würdest du das nicht tun.«

»Wenn mir etwas an dir läge, Mary, wäre alles verloren, was mir lieb ist. Das ist doch klar! Und selbst dann könntest du mich nicht von der heiligen Pflicht für meinen König abbringen.«

Er biss die Zähne zusammen, und ihre Blicke begegneten sich. »Niemals könnte ich eine treulose Frau lieben.«

Mary schwieg. Sein Blick weckte in ihr der Wunsch, ihm zu sagen, dass sie nicht treulos war. Sie wollte darauf bestehen, dass sie nicht bereit gewesen war, ihn zu hintergehen. Es schien ihr fast, als würde er auf ein solches Dementi warten, doch sicher lag sie falsch. Sicher gab es keinen Hinweis darauf, dass er sie lieben würde, wenn sie loyal zu ihm stünde. Sein Benehmen, seine Worte, als er ihr die rote Rose gegeben hatte, gingen ihr vehement durch den Kopf. Sie begann zu weinen.

»Stephen …«

Sein Lächeln war verzerrt, und er hob die Hand, noch ehe sie beginnen konnte – sie wusste gar nicht, womit eigentlich. »Genug. Hör auf zu weinen, auf der Stelle. Deine Taten untermauern deine Schuld mehr als alle Worte oder Tränen deine Unschuld.«

»Nein«, flüsterte Mary, den zermürbenden Schmerz ihres Kummers spürend. Ihr schoss durch den Kopf, dass sie nun nichts mehr erwarten konnte als eine Zukunft voller Elend, wie sie es vorausgesehen hatte. Es sei denn, sie beendeten dies sofort. Aber lieber Gott, wie?

Er wandte sich von ihr ab und ging. Ihre Ehe war zerbrochen, ihre Liebe in den Staub getreten. Sie starrte ihm nach, fühlte einen Drang, ihm nachzulaufen. Sie sollte ihn nicht so gehen lassen. Doch dann dachte Mary wieder an das, was er vorhatte, und Bitterkeit schnürte ihr die Kehle zu; sie konnte nicht hinter ihm herlaufen, konnte ihn nicht zurückrufen.

In der Tür blieb er stehen, ohne sich zu ihr umzudrehen. Er schien auf etwas zu warten. Mary sagte sich, sie müsse sprechen, bevor es zu spät sei, bevor ihre Ehe für immer zerstört war. Sie öffnete den Mund, aber es kamen keine Worte.

Er straffte die Schultern.

»Ich bin ein Trottel«, sagte er barsch – und war fort.

»Nein!«, schrie Mary. Nun begriff sie, dass es trotz seiner Heimtücke und seines Verrats nicht so enden durfte. Sie sprang vom Bett und rannte hinter ihm her, hinunter in den Saal. »Stephen! Stephen!«

Aber es war zu spät. Es kam keine Antwort, er war fort. Mary sank zu Boden, von bitteren Tränen und Kummer überwältigt.

19

Mary war für ihren Verrat mit Zimmerarrest bestraft worden. Anfangs hatte ihr das nichts ausgemacht, doch diese Gleichgültigkeit verlor sich rasch. Als ihre Tränen schließlich abklangen, merkte sie, dass es bereits dunkel geworden war, dass der Steinboden unter ihrem Körper schrecklich kalt und sie bis auf die Knochen durchgefroren war. Sie zitterte. Obwohl sie von dem Streit erschöpft und aufgewühlt war, rappelte sie sich auf.

Sie blickte sich in dem kleinen, von Dunkelheit eingehüllten Gemach um. Kein Feuer knisterte im Kamin, keine Kerze brannte, und wenn sie auch nicht hungrig war, so hatte sie doch Durst. Aber es gab keinen Krug mit Wasser. Am liebsten hätte sie ihren Kummer mit einem Becher gewürzten Weines ertränkt. Aber ebenso gut hätte sie Stephen bitten können, zurückzukommen und sie auf Knien um Verzeihung zu bitten.

Mary trat an das Bett, plötzlich erkennend, was ihr Eingesperrtsein wirklich bedeutete. Ihr Gemahl konnte sie sehr wohl leiden lassen, indem er ihr Kälte zumutete und die üblichen Erquickungen wie Nahrung und Wasser entzog. Das konnte sie überleben. Sie fragte sich jedoch, ob sie die Demütigung überstehen würde, die mit ihrer Bestrafung einherging. Schließlich würde jeder in Alnwick bald darüber Bescheid wissen. Inzwischen wussten sicher schon Stephens Familie und sein Gefolge, dass er ihr diesen Arrest auferlegt hatte. Ihr Fehlen beim Abendessen konnte auf jeden Fall nicht unbemerkt geblieben sein. Und Stephen hatte keinen Anlass, den Grund dafür zu verhehlen. Ihre Wangen röteten sich.

Sie war nicht die erste Ehefrau, die solchermaßen beschämt wurde, doch das hatte nichts zu bedeuten. Aber sie hätte nie erwartet, dass es in ihrer Ehe mit Stephen so weit kommen würde! Morgen, wenn er aufbrach, um gegen Schottland in den Krieg zu ziehen, würde ganz Alnwick wissen, dass die neue Burgherrin in ihrem Gemach eingesperrt war. Mary schlang die Arme um sich und fragte sich, wie sie seiner Familie gegenübertreten würde, ja selbst den niedersten Bediensteten.

Es erschien ihr nicht fair. Sie hatte gelauscht, und vielleicht war das falsch gewesen, aber sie hatte nie vorgehabt, ihn zu verraten. Während er sie sehr wohl hintergangen hatte, indem er sie heiratete, obwohl er eigentlich gegen ihre Familie Krieg führen wollte!

Dennoch – sie hatte gelobt, ihn zu ehren und ihm zu gehorchen, und sie wollte dieses Gelübde nicht brechen. Vielleicht würden sie sich von dieser schrecklichen Zeit nie mehr erholen, vielleicht würden sie nie mehr die Freude wiedererlangen, die sie kurze Zeit ausgekostet hatten, doch sie war ungeachtet aller Umstände seine Gemahlin, bis Gott es für richtig befand, sie zu trennen.

Langsam ging sie auf das Bett zu, sie bewegte sich wie eine alte Frau, nicht wegen ihres schmerzenden Körpers, sondern wegen der drückenden Last ihres Kummers.

Zum Glück hatte sie wenigstens eine Decke und ein Fell gegen die Kälte der Nacht. Sie rollte sich darunter zusammen, konnte jedoch nicht einschlafen, so sehr sie das mit dem Schlaf einhergehende Vergessen auch willkommen geheißen hätte. Sie wollte ihrem Gram entfliehen. Oh, wie sehr sie sich wünschte, alles hinter sich lassen zu können! Doch der Streit mit ihrem Gemahl ging ihr nicht aus dem Kopf. Sie spürte kaum mehr Kraft in sich, nicht genug zumindest, um weiterhin aufgebracht und zornig zu sein; nur Trübsal, Schmerz und Verzweiflung wetteiferten in ihrem Herzen.

Geräusche erreichten ihr Ohr, Laute drangen in ihre quälenden Gedanken; tiefe, männliche Stimmen, die von draußen kamen, von den Mauern. Offenbar waren die Gefolgsleute von Alnwick mit ungewöhnlichen nächtlichen Verrichtungen befasst.

Sie wagte sich nicht vorzustellen, worum es sich handeln könnte. Sie war zu müde. Doch sie merkte, dass sie versuchte, die Stimme ihres Gemahls aus den vielen anderen herauszuhören. Wahrscheinlich war es besser, dass es ihr nicht gelang. Schließlich hatte ihr vorheriger Lauschversuch schon Schlimmes bewirkt.

Sie fragte sich, ob Stephen das Ende ihrer Beziehung überhaupt bedauerte, ob es auch ihn schmerzte.

Im Morgengrauen erwachte Mary. Sie hatte so tief geschlafen, dass sie im ersten Moment verwirrt nach Stephens großem, warmem Körper neben sich suchte. Doch schon bald gewahrte sie die Geräusche aus dem Burghof, die sie aufgeweckt hatten, und setzte sich auf. Stephen lag nicht neben ihr; gestern Abend hatte er sie des Verrats bezichtigt und ihr als Bestrafung Arrest auferlegt. Ihr Magen krampfte sich zusammen, als sie sich wieder an seine wütende Miene erinnerte. Gestern Abend hatte er seinen Verrat zugegeben. Und draußen hörte sie das aufgeregte Stimmengewirr vieler Männer, stampfende und scharrende Hufe und das Schnauben von Pferden und dazu das Klappern von Sporen und Geschirren, das Ächzen von Leder und Waffengeklirr.

Krieg. Zogen sie heute in den Krieg, in den Krieg gegen ihr Volk?

Mary glitt vom Bett. Sie begann zu zittern, als ihre Füße auf den kalten Steinboden trafen, und trat ans Fenster. Was sie sah, ließ ihren letzten Mut sinken.

An die fünfzig Ritter, alle bewaffnet mit Streitkolben und Schild, Schwert und Lanze und in voller Rüstung, saßen gerade auf. In ihrer Mitte wehte das dreifarbige Banner mit der riesigen roten Rose. Mary schauderte, doch dieses Mal hatte ihre Reaktion wenig mit der Kälte im Raum zu tun. Sie wusste, dass die Streitmacht, die sie vor sich sah, nichts war im Vergleich zu der, die die de Warennes letztlich auf das Schlachtfeld bringen würden. Northumberland hatte Hunderte von Vasallen. Wenn es der Graf für richtig hielt, konnte er an die vierhundert Mann ins Feld führen. Mary wusste das, weil Malcolm ihr es einmal erzählt hatte.

Sie blickte auf das kleine Heer hinunter und fühlte Tränen aufsteigen.

Verzweiflung nagte an ihrem ohnehin gebrochenen Herzen. Sie hatte eine Armee vor sich, die im Begriff war, gegen ihre eigenen Leute ins Feld zu ziehen. Wie konnte er ihr das nur antun?

Diese Heirat war Wahnsinn gewesen, von Anfang an zum Scheitern verurteilt.

Doch sie dachte auch an die letzten Tage, an Stephens warmherzige Blicke, an sein leichtes Lächeln und wie er sie ansah, wenn er Absichten gehabt hatte. Und sie dachte daran, wie er ihr die Rose geschenkt hatte.

Mary schluckte schwer. Ihr Blick glitt über die Menge unter ihr, und sie suchte zunächst unbewusst, dann mit Vorsatz, ihren Gemahl. Sie fand ihn rasch, denn mit seiner Größe überragte er die Männer um ihn herum, obwohl er noch zu Fuß war. Eine Träne stahl sich aus ihrem Auge. Er ritt fort, um gegen ihr Volk zu kämpfen; vielleicht würde er sogar mit ihren Verwandten die Klingen kreuzen. Mary schlang die Arme um sich, von Qual erfüllt. Sie fragte sich, ob sie ihm das je würde verzeihen wollen.

Aber sie konnte den Blick nicht von ihm abwenden. Er hatte den Helm noch nicht aufgesetzt, sein Gesicht war noch ganz zu sehen, doch aus dieser Entfernung erkannte sie nur, dass seine Miene ernst und grimmig wirkte. Bestimmt spürte er, wie sie ihn beobachtete. Bestimmt wusste er, dass sie ihn beobachtete. Konnte er nicht einmal heraufschauen, nur ein einziges Mal?

Überrascht stellte Mary fest, dass sie trotz ihres schrecklichen Streits gestern noch etwas für ihn empfand. Eine Art Zärtlichkeit. In dieser Situation konnte sie es einfach nicht verleugnen. Schließlich zog er in den Krieg. Er kam ihr irgendwie unsterblich vor, was er natürlich nicht war. Ein Kämpfer konnte in jeder Schlacht zu Tode kommen, und sogar in einem Turnier. Was, wenn er heute verwundet oder gar getötet wurde? Der Gedanke war entsetzlich, er machte sie krank. Spontan lehnte sie sich über den steinernen Sims vor und rief: »Stephen! Stephen!«

Er hörte sie nicht, denn er war mit seinem Knappen in ein Gespräch verwickelt. Mary war bestürzt. Sie atmete schwer, ihr Herz schlug so heftig, dass es wehtat. Sie konnte ihn nicht einfach so ziehen lassen. Wie falsch war es gestern Abend von ihr gewesen, ihn gehen zu lassen! Sie musste seine Aufmerksamkeit unbedingt auf sich ziehen. »Stephen!«, rief sie noch einmal, »Stephen!«

Jetzt hörte er sie und blieb wie angewurzelt stehen. Dann schaute er langsam zu ihr herauf.

Über die Entfernung hefteten sich ihre Blicke aufeinander. Mary wusste nicht, was sie ihm sagen sollte. Sie wollte sagen, dass ihr leidtat, was geschehen war, aber was genau sie bedauerte, das wusste sie nicht – vielleicht die Pattsituation, in die sie sich durch ihr gegenseitiges Misstrauen gebracht hatten; vielleicht auch die Umstände, in denen sie lebten.

Dennoch war sie zornig und entsetzt darüber, wie leicht er gegen ihren Vater ins Feld zog, nur Tage nach ihrer Hochzeit. Sein Verbrechen war so groß, dass sie bezweifelte, ob sie es je würde vergessen können. Und sie bezweifelte, ob sie das, woran sie sich erfreut hatten, je wiederfinden würden, und ob es eine Zukunft für sie gab. Aber er war ihr Gemahl. Vielleicht trug sie sogar sein Kind unter dem Herzen, eine Möglichkeit, die mit jedem neuen Tag wuchs. Sie wollte nicht, dass er starb. Lieber Gott, das durfte nicht passieren.

»Gott sei mit dir«, flüsterte sie schließlich, wissend, dass er sie nicht hören konnte, und dass es ihm wahrscheinlich gleichgültig sein würde, selbst wenn er erriet, was sie sagte.

Stephen wandte sich ab. Mary wünschte, sie hätte sein Gesicht deutlicher sehen, ihm in die Augen schauen, einen Blick in seine Seele tun können. Zu spät kam der Wunsch, den Streit zu vermeiden, seinen Ärger zu zerstreuen, mehr Zeit darauf zu verwenden, seine falschen Anschuldigungen zurückzuweisen, ihn von ihrer Unschuld zu überzeugen. Und sie wünschte sich, sie hätte ihn nicht des Verrats bezichtigt, und dass sie die letzte Nacht anders verbracht hätte. Nicht allein, frierend und erschöpft, gefühlsmäßig ausgelaugt und körperlich angestrengt, sondern mit ihm zusammen, so wie es zuvor gewesen war.

Sie schaute ihm zu, wie er den Helm aufsetzte. Der normannische Helm mit seinem Nasenteil verwandelte ihn sofort, er ließ ihn drohend und Furcht einflößend aussehen. Stephen stieg auf sein Streitross. Ihr Atem stockte. In voller Rüstung und waffenstrotzend auf seinem Pferd war er nicht zu erkennen; so erschien er ihr als Fremder und Feind. Ein Drang zu weinen überkam sie.

Die Ritter formierten sich. Mary hörte das harte Geräusch beim Hochziehen des Fallgitters und das Ächzen der hölzernen Zugbrücke, die abgesenkt wurde. Das Atmen und das Sehen fielen ihr schwer.

Sie beobachtete durch einen plötzlichen Nebel, der von der Feuchtigkeit in ihren Augen herrührte, wie Stephen an die Spitze einer der Kolonnen ritt und die Truppe sich dann in Bewegung setzte.

Sie schaute zu, wie Stephen den Burghof verließ und schnell durch das Vorwerk der Burg ritt; dann war er ihrem Blick entschwunden. Trotzdem schaute sie weiter hinunter, bis alle Männer die Burg verlassen hatten und der große Hof still und leer war, bis sie hörte, wie das Fallgitter mit einem widerhallenden Laut wieder geschlossen wurde. Sie sah auf den weiten, verlassenen Hof, und erst als Bedienstete kamen, um erneut ihren Arbeiten nachzugehen, wandte sie sich ab und legte sich ins Bett.

Sie war vor Kälte wie taub. Zuvor hatte sie das kaum bemerkt, doch nun zitterte sie so heftig, dass ihre Zähne klapperten. Sie verkroch sich unter der Decke und erinnerte sich an Stephen so, wie sie ihn zuletzt gesehen hatte. Ihre Gefühle drängten in ihr Bewusstsein, und sie waren fern von jedem Hass.

Mary erkannte, dass sie viel nachzudenken hatte in der Zeit, die ihr blieb, bis Stephen wieder zurückkehrte.

Drei Tage später, als sich die Abenddämmerung über das Land breitete, stand Stephen im Eingang des Zeltes, das er mit seinem Vater teilte, am Rand des großen, schlammigen Schlachtfeldes. Einst war dieses Land sattgrün und makellos gewesen; nun war es mit gebrochenen und verbeulten Metallteilen und Wollfetzen übersät; tote Pferde lagen als verwesende Kadaver herum, über denen sich gierige Geier zankten, und auch mehrere menschliche Leichen mussten noch entfernt werden. Über allem hing der durchdringende Geruch des Todes.

Stephen trat hinaus. Laute aus dem provisorischen Lager drangen zu ihm herüber, meist müdes Lachen, dazwischen aber auch weibliche Stimmen von den vielen Huren, die immer nach dem Krieg auftauchten, um sich ein paar Münzen zu verdienen und die Blutgier der Männer zu mildern. Stephen war sehr müde und über und über schmutzig, und da er auch keine Lust zu reden hatte, war er froh über die Ruhe.

Er war zum ersten Mal seit Beginn der Kampfhandlungen allein, und nun bahnte er sich seinen Weg über das blutige Schlachtfeld und ging weiter, bis er es ein Stück hinter sich gelassen hatte. Am Ufer eines Bachs legte er eine Pause ein und zog zuerst die Stiefel und dann seine gesamte Kleidung aus. Splitternackt watete er in das kalte Wasser und tauchte schließlich mit dem ganzen Körper ein.

Zitternd und keuchend kam er wieder an die Oberfläche, aber er hatte noch nicht genug. Nichts war je genug, dachte er, um nach einer Schlacht Körper und Seele zu reinigen, und so tauchte er noch einmal unter.

Es war eine lange, zwei Tage andauernde Schlacht gewesen, aber Carlisle war gefallen, wie es nicht anders zu erwarten gewesen war.

Carlisle war eine große Stadt und wurde nur von einer einzigen Festung bewacht, die vor einigen Jahrzehnten in großer Hast erbaut worden war. Die Mauern darum herum waren noch immer die ursprüngliche Holzkonstruktion. Eine solche Bauweise verlangte im Normalfall den Einsatz von Feuer, doch der endlose Regen der vergangenen Monate hatte ein anderes Vorgehen erforderlich gemacht, bei dem Katapult und Rammbock zum Einsatz gekommen waren. Die morschen Wände, die schon vor Jahren hätten ersetzt werden müssen, waren im Nu gefallen, die Festung innerhalb einer Stunde gestürmt.

Der wirkliche Kampf hatte erst danach begonnen, als die Lords der Gegend zur Verteidigung ihres Gebiets anrückten. Doch bis zum Einbruch der Nacht waren auch sie geschlagen, nachdem ihre Zahl zuvor stark dezimiert worden war. Als Nächstes war im Morgengrauen Malcolms Heer erschienen und in dem Bestreben, Carlisle zurückzugewinnen, sofort zum Angriff übergegangen; zu diesem Zeitpunkt jedoch hatten die Normannen bereits die strategisch wichtigen Positionen besetzt und damit alles unter Kontrolle.

Malcolm hatte sich davon allerdings nicht abhalten lassen, und so hatte das wilde Gemetzel noch einen Tag länger gedauert.

Als sich die schottische Armee endlich – und mit allem Grund, denn ihre Sache war verloren – zurückzog, sah Stephen Malcolm in den Steigbügeln stehen und drohend die Faust gegen ihn schütteln. Es war klar, dass Canmore ihn verfluchte und Rache schwor.

Stephen seufzte, aber seine Zähne klapperten so sehr, dass es mehr wie ein Stöhnen klang. Eilends zog er die frischen Kleider an, die er mitgebracht hatte. Er wollte nicht an Malcolm in seiner Niederlage und seiner Wut denken, denn sonst musste er an seine Gemahlin denken. *Seine Gemahlin.* Er wollte sie aus seinen Gedanken verbannen. In der Tat hatte er jeden Gedanken an sie vermieden, seit er sie auf ihr Zimmer verwiesen hatte.

Eine neue Härte war in sein Herz gekommen, und auch Verbitterung, die von der schrecklichen Ernüchterung herrührte. Einer Ernüchterung, die für einen Mann seines Alters und seiner Erfahrung eigentlich zu früh kam. Stephen wusste, dass er ein Narr war, doch dieses Wissen beschwichtigte ihn nicht.

In den Tagen nach ihrer Hochzeit hatte Mary ihn überrascht. Das hinterlistige, kluge kleine Biest hatte sich über Nacht in eine zärtliche Ehefrau verwandelt. Sie war mit einer Leichtigkeit zur perfekten Gemahlin geworden, als habe sie sich ihr ganzes Leben lang nach genau dieser Rolle gesehnt. Stephen wusste, dass das nicht die Wahrheit sein konnte. Seine Gemahlin war keine gewöhnliche Frau und auch keine gewöhnliche Prinzessin; die Rolle, nach der sie sich sehnte, konnte fraglos nur einem Mann zustehen. Denn Mary wäre viel lieber am Verhandlungstisch gesessen als am Spinnrad – zumindest hatte er das gedacht. Aber sobald sie verheiratet waren, schien es, als würde nichts anderes für sie von Bedeutung sein als eben dies, als sei dies ihr einziger, ihr großer Traum.

Seine Miene wurde mürrisch. Wieder schoss ein Schmerz in seine Brust, und dieses verderbte, aufwühlende Gefühl des Verrats. Es war alles eine Illusion gewesen, die nun gründlich zerstört war.

Hatte er nicht gewusst, dass es dazu kommen würde?

Hatte er nicht gewusst, dass sie, vor die Wahl gestellt, sich für Malcolm entscheiden würde?

Stephen fühlte keine Schuld und kein Bedauern mehr. Er hatte seine Pflicht getan, so wie er sie immer tun musste. Seine persönlichen Gefühle durften niemals die Loyalität zu seinem König beeinträchtigen. Irgendwie freute er sich, dass es so weit gekommen war. Durch die hinterhältige Invasion des Königs in Carlisle hatte Mary ihr wahres Gesicht gezeigt, eine Verräterin in seinen eigenen Reihen.

Das tat sehr, sehr weh.

Kurzzeitig war er von ihr überwältigt gewesen; er hatte geglaubt, ihre Ehe würde alle Erwartungen übertreffen. Kurzzeitig hatte er die hasserfüllte Geschichte vergessen, die ihnen gemeinsam war. Wie sehr sie ihm in diesen wenigen Tagen gefallen hatte! Jedes Detail hatte er in sich aufgenommen, das sie in sein Leben brachte, jede noch so kleine oder große Anstrengung ihrerseits, sein Leben angenehmer zu machen. Er war überaus angetan und in geradezu absurder Weise dankbar dafür gewesen. Es hatte den Anschein gehabt, als würde sie an dem, was sie für ihn tat, und an der Lust, die sie ihm bereitete, Freude finden. Es hatte den Anschein gehabt, als sei sie ihm wirklich zugetan. Es hatte fast den Anschein gehabt, als liebte sie ihn.

Stephen lachte laut heraus, es war ein bitteres, selbstironisches Lachen. Vielleicht war er der schwache, liebestrunkene Narr, für den sie ihn gehalten hatte. Seine Gemahlin liebte ihn nicht.

Es war alles ein Trick von ihr gewesen; eine andere Erklärung gab es nicht. Sich um seine Kleidung und seine Mahlzeiten zu kümmern, ja sogar seine Launen vorauszusehen, sich mit der Leidenschaft einer Dirne zu ihm zu legen und ihn dann auszuspionieren, wenn er in einer Besprechung wegen des Krieges saß – das konnte nur bedeuten, dass sie ihr Tun als seine Gemahlin nicht ernst gemeint hatte.

Er schritt über das stinkende Schlachtfeld und betrat sein Zelt. Es war dieser Akt der Täuschung, seine perfekte Gemahlin zu spielen, der ihn verfolgte. Das, und nicht etwa der

Akt des Verrats, das Ausspionieren seiner Person und seiner Familie, war der Grund für seine eisige Wut.

Er hätte es wissen müssen. Mary hatte ihn wiederholt belogen, vom ersten Moment an, und von eben diesem Moment an war sie in ihrer Treue zu ihrem Land und ihren Leuten unerschütterlich gewesen. Er hätte wissen müssen, dass sie sich nicht ändern würde, dass sie ihre Haltung gar nicht ändern konnte, dass aus dem Biest niemals eine liebevolle und zärtliche Gemahlin werden konnte. Er hätte wissen müssen, dass es ein abscheulicher Akt war. Hätte sie ihm nach der Hochzeit weiterhin öffentlich die Stirn geboten und dann zu spionieren gewagt, dann hätte er ihr vielleicht verziehen. Das hätte er zumindest verstanden, ja, er hätte es womöglich sogar respektiert. Doch sie hatte sich auf ein gefährliches Spiel mit ihm und seinen Gefühlen eingelassen, und das war unverzeihlich.

Nun, da er Bescheid wusste, würde er natürlich vorsichtiger sein. Sie würde keine Gelegenheit bekommen, noch einmal zu spionieren oder gar Schlimmeres zu treiben. Sie würde seine Gemahlin bleiben, seinen Haushalt führen und sich um seine Bedürfnisse kümmern. Er würde ihr Kinder schenken; sie würde sie austragen und aufziehen. Ja, sie würde seine Gemahlin sein in ihrem Tun – aber nicht auf andere Weise, nicht in seinem Herzen. Niemals konnte eine solche Frau einen Platz in seinem Herzen bekommen. Und das Schlimmste war, dass er sich gerade, bevor er ihre Täuschung und ihre Heimtücke entdeckte, in sie verliebt hatte.

Stephen wusste, dass er diese Nacht kaum Schlaf finden konnte. Nun, da der Krieg ihn nicht mehr so beschäftigte, würde es unmöglich sein, seine verräterische Gemahlin aus seinen Gedanken zu verdrängen. Hätte sie nur geleugnet, was sie getan hatte. Hätte sie nur …

Er war ein Mann, der sich mit der Wirklichkeit befasste; er durfte sich nicht nach Illusionen sehnen. Morgen würde er nach Alnwick zurückkehren. Einst war dieser Gedanke mit Freude und Erleichterung verbunden gewesen, doch diese Zeiten schienen endgültig vorbei zu sein. Er legte sich in voller Kleidung auf sein Lager und dachte an die Begrüßung, die ihn morgen erwartete, an seine Heimkehr zu einer Frau, die wegen ihrer Stellung in seinem Haus ein gefährlicherer Gegner war als alle, denen er je auf dem Schlachtfeld gegenübergestanden hatte. Gott, er war müde. Der Politik und der Intrigen so überdrüssig. Wie sehr sehnte er sich danach, in offene Arme heimkehren zu können. Stattdessen würde er nach Alnwick zurückkehren, wo Mary ihn erwartete, seine wunderschöne, verräterische Gemahlin.

Er presste die Wange ins Stroh. Ein Kloß stieg plötzlich in seiner Kehle hoch. Lieber Gott, wenn er der Wahrheit ins Gesicht sah, dann musste er zugeben, dass er sich wieder wie ein sechsjähriger Knabe fühlte, allein und verlassen und sich seinem ersten bitteren Verrat stellend.

20

Mary saß auf dem Bett und ließ die Beine baumeln, ihr Rücken war gerade, und die Hände ruhten in ihrem Schoß. Die Haare hatte sie so gut es ging mit den Fingern durchgekämmt, neu geflochten und dann den Schleier wieder angelegt. Leider hatte sie kein frisches Kleid zum Anziehen, aber mit dem Wasser, das ihr täglich gebracht wurde, hatte sie sich etwas waschen können.

Sie hoffte, einigermaßen gut auszusehen, und versuchte, gefasst und würdevoll zu erscheinen. Für den Fall, dass Stephen direkt zu ihr kommen sollte.

Er war vor einigen Minuten mit seinen Männern in den Burghof geritten, so laut und ausgelassen, dass man sie nicht hatte überhören können; dazu waren Hornsignale, fröhliche Stimmen und sogar Gelächter erklungen. Mary hatte auf Stephens Rückkehr gewartet und auch bald damit gerechnet, doch nun war ihre erste Reaktion Entsetzen. Sie verstand sehr gut, was der fröhliche Tumult bedeutete: Die Ritter kamen als Sieger zurück. Carlisle war gefallen.

Wie sollte sie darüber *nicht* traurig sein? Sie wusste, dass dies erst der Beginn war. Selbst wenn sich die Normannen mit dieser Erweiterung ihres Territoriums zufriedengaben, konnte das nicht das Ende sein. Malcolm hatte ohnehin nie vorgehabt, den Frieden einzuhalten, und nun würde er nach Rache dürsten. Und dieses Mal war er zweifellos doppelt wütend, denn einer der Männer, die ihn hintergangen hatten, war der Gemahl seiner Tochter und darüber hinaus auch noch sein Erzfeind.

Sie wollte nicht mehr über Carlisle und die politische Zukunft nachdenken. Nicht, wenn soeben ihr Gemahl heimgekehrt war. Nicht, wenn er, vielleicht schon jetzt, die Treppe herauf- und auf ihr Gemach zukam. Es war schwer, langsam und gleichmäßig zu atmen und ruhig zu bleiben. Was würde bei ihrem Wiedersehen geschehen? Mary zitterte.

Es war eine halbe Woche her, seit er sie in ihrem Zimmer eingeschlossen hatte, seit sie und Stephen so heftig gestritten hatten. Mary wusste, dass er unverletzt war, denn sie hatte sich nicht zurückhalten können und die Rückkehr der Kämpfer vom Fensterschlitz aus beobachtet. Stephen war ihr sofort aufgefallen, wie er groß und aufrecht auf seinem Streitross saß, voller Schmutz und den Helm in der Armbeuge tragend. Wäre er verwundet worden, dann hätte er nicht so reiten können.

Sie verspürte eine gewisse Erleichterung.

Lange Stunden hatte sie über ihre Gefühle für ihren Gemahl nachgedacht, über ihre vergangene Beziehung und über die Zukunft, die vor ihnen lag. Mary hätte nie geglaubt, dass sie solch einen Mann lieben könnte, aber so sehr es auch schmerzte, sie tat es. Es gefiel ihr nicht, dass sie ihn liebte; wie auch? Nur wegen seiner Gier und seines skrupellosen Ehrgeizes hatte er ihren Vater und ihre Familie hintergangen. Und er hatte sie und ihre Ehe verraten. Das war unverzeihlich. Aber sie würde ihm verzeihen.

Ihr Verzeihen hatte weniger mit Liebe zu tun als mit praktischen Überlegungen. Denn ihre Ehe war unauflöslich, selbst wenn sie ihn hasste, selbst wenn sie ihm nie verzieh, selbst wenn sie sich ihm verweigerte, bis er ihr Gewalt antat, und sich ihm widersetzte, bis er sie schlug. Aber sie liebte ihn, Gott möge ihr beistehen. Deshalb verzieh Mary ihm alles, und sie konnte nur hoffen, dass ihre vernünftige Reaktion auf den Wahnsinn der Situation in naher Zukunft eine Milderung seiner Stimmung und seiner Gefühle bewirken würde.

Weiter denken wollte sie gar nicht. Sie wollte das Ausmaß ihrer Wünsche, ihrer Bedürfnisse und ihrer heimlichen Sehnsüchte gar nicht erforschen. Ein stabiler Friede mit ihrem Gatten genügte ihr. Sie würde ihr Bestes tun, weiterhin für sein Wohlergehen zu sorgen, und vielleicht konnte er eines Tages ihre Loyalität anerkennen. Vielleicht war es ihm möglich, im Lauf der Zeit zu vergessen, dass sie ihn ausspioniert hatte. Vielleicht würde er ihr eines Tages ihre Unschuld glauben. Sie musste danach trachten, ihn von ihrer Unschuld zu überzeugen, denn bisher hatte sie das noch nicht einmal versucht.

Mary zuckte zusammen, als plötzlich die schwere Tür ihres Gemachs aufgeschlossen wurde. Eine schiere Ewigkeit verstrich, bis endlich geöffnet wurde, und Enttäuschung überkam sie, als statt ihres Gemahls ein Knecht auf der Schwelle erschien. Sie blinzelte eine Träne zurück und sah mit Erstaunen, dass eine große, kupferne Wanne in den Raum gebracht wurde – und hinter den Dienern kam Stephen mit Eimern voll dampfenden Wassers.

Mary erstarrte. Sie betrachtete ihn unsicher. Er sah sie nicht an und kam mit müden, langsamen Schritten in den Raum, während sein Knappe ihm bereits beim Ablegen der Rüstung half. Seine Erschöpfung rang ihr eine Reaktion ab, die sie sich angesichts des Widerwillens, den er ihr gegenüber zuletzt gezeigt hatte, lieber erspart hätte. Aber sie konnte nicht anders; ihr Impuls war, auf ihn zuzueilen, ihm zu helfen und ihn zu besänftigen.

Sie tat es nicht.

Mary merkte, dass sie kaum atmete und ihr Herz viel zu schnell schlug. Sie holte tief Luft, um sich zu fassen. Stephen legte die Lederweste ab, die er unter dem Brustpanzer trug, und schließlich blickte er sie doch an.

»Guten Tag, Madame.«

»Guten Tag, Mylord«, hauchte sie.

Es herrschte Schweigen. Der Page half ihrem Gemahl beim Entkleiden, eine Aufgabe, die eigentlich ihr zufiel. Stephen kehrte ihr den Rücken zu. Sie wusste sehr gut, dass er kein

Schamgefühl kannte, also war dies eine offenkundige Zurückweisung – eine kleine, aber nicht von der Hand zu weisende Geste, und sie tat weh. Die Wanne war gefüllt, die Diener verschwanden.

Stephen stieg in sein Bad, den Blick von ihr abgewandt, ein weiteres Zeichen, dass noch lange nicht alles gut war. Dann sagte er zu dem jungen Knappen, er könne gehen. Der Knabe gehorchte, und sie waren allein.

Mary war unsicher, Stephen offenbar ruhig und überlegt. Sie glaubte nicht, dass er vergessen und verziehen hatte. Dass er ihr den Rücken zuwandte, nicht einmal, sondern zweimal, war bezeichnend. Vielleicht war es eine Warnung, ein Signal an sie, auf Distanz zu bleiben.

Mary dachte an das letzte Mal, als sie ihm beim Baden geholfen hatte, und ein hoffnungsloses, heftiges Sehnen überkam sie. Sicher würde sich eine derartig offen gezeigte Leidenschaft, ein solch schamloses, beiderseitiges Begehren nicht mehr wiederholen.

»Soll ich Euch helfen, Mylord?«

Stephen war dabei, sich mit Schwamm, Seife und Wasser zu reinigen.

Er sah sie nicht an, als er ihr antwortete.

»Vielleicht ein andermal«, sagte er müde.

Mary konnte sich nicht bewegen. Sie hatte ihn also nicht falsch verstanden. Es war nichts vergessen, nichts verziehen. Fast hätte sie geschluchzt; sie schaffte es gerade noch, ihre Verzweiflung im Zaum zu halten. Dieser Mann war von dem warmherzigen, leidenschaftlichen Liebhaber, der er vor ihrem Streit gewesen war, so weit entfernt, wie er nur sein konnte.

Ihre Unsicherheit überspielend, ging sie zum Feuer und stocherte darin herum, um wenigstens einen Teil ihres Ärgers und ihrer Enttäuschung loszuwerden. Er hatte also beschlossen, sie zu meiden. Aber für wie lange? Sie rief sich ins Gedächtnis, was auf dem Spiel stand – nicht weniger als ihrer beider Zukunft –, und sagte sich, dass es in dieser Weise nicht weitergehen konnte. Sie konnte nicht zulassen, dass die Situation so blieb.

Stephen beendete sein Bad und stieg aus der Wanne. Mary drehte sich zitternd um. Ohne sie eines Blickes zu würdigen, wickelte er ein Tuch um seinen mächtigen, nackten Körper und trocknete sich ab.

Wortlos begann er, sich anzuziehen. Mary hatte Angst, auf ihn zuzugehen und ihm zu helfen; sicher würde er sie erneut zurückweisen. Doch sie konnte dieses Schweigen nicht mehr ertragen.

»Werdet Ihr mich nun bis ans Ende unserer Tage meiden, Mylord?«

»Euch meiden?« Stephen wandte sich zu ihr um. »Ich habe nicht vor, Euch zu meiden, Madame. Aber wenn Ihr glaubt, von mir herzlich begrüßt zu werden, dann habt Ihr Euch getäuscht.«

Sie hob stolz den Kopf, ihre Nasenflügel bebten.

»Ihr seid noch immer zornig.«

Er lachte harsch.

»Ich bin noch immer zornig. Aber habt keine Angst. Ich habe mich vollständig im Griff.« Sein Blick war jetzt offen, so offen, dass sie den Zorn darin sehen konnte, und er war hart und kalt.

»Ich werde bestraft. Aber ich rechtfertige mich nicht.« Zu wissen, dass sie sich keines Verrats schuldig gemacht hatte, machte es schwer fortzufahren. »Es tut mir leid.«

Er starrte sie ungläubig an.

»Wie aufrichtig Ihr scheint!«

»Es tut mir wirklich leid!«, rief Mary. »Stephen, ich schwöre Euch, dass ich nie im Sinn hatte, Euch an meinen Vater zu verraten.«

Er legte den Kopf schief. »Meint Ihr nicht, dass dieses Eingeständnis etwas zum falschen Zeitpunkt kommt?«

»Das mag sein, aber es ist die Wahrheit.«

»Ich bezweifle, dass Ihr die Bedeutung des Wortes ›Wahrheit‹ begreift, Madame.«

Mary atmete schwer.

»Ihr seid grausam!«

»Wieso wollt Ihr mich ausgerechnet jetzt überzeugen? Habt Ihr etwa nicht gelauscht?«

»Doch, aber …«

»Verschwört Ihr Euch von Neuem gegen mich? Versucht Ihr, mich gütlich zu stimmen, um danach einen neuen Schlag gegen mich zu führen?«

»Nein!«

»Wenn ich Euer Bedauern für aufrichtig hielte, wäre das genug – mehr als echte Reue könnte ich nicht verlangen. Aber keine Rechtfertigung, aufrichtig oder nicht, reicht aus, um mein Bedauern und meinen Zorn zu zerstreuen. Ich nehme Verrat nicht auf die leichte Schulter, nicht von meiner Gemahlin, niemals von meiner Gemahlin.«

»Aber ich schwöre, dass ich die Wahrheit sage – ich hatte nie Verrat im Sinn!«

»So wie Ihr vor Gott geschworen habt, mich zu ehren und mir zu gehorchen?« Er erhob seine Hand; seine Augen blitzten warnend, gefährlich.

Mary konnte nicht nachgeben.

»Ich habe mein Gelöbnis nicht gebrochen.«

»Es reicht, Madame«, erklärte Stephen gepresst.

Er starrte sie an. Mary bemerkte, dass sie ihn durch einen Schleier von Tränen sah. Sie kämpfte um Fassung.

»Euer Arrest ist beendet, falls das irgendeine Hilfe ist«, sagte Stephen. »Ich erwarte, dass Ihr beim Abendessen zugegen seid. Mein Bad ist noch warm. Wollt Ihr es nicht nutzen?«

»Wie mildtätig Ihr seid!«

Er ballte die Fäuste, und seine Miene verdüsterte sich weiter. »Ich war einmal sehr mildtätig Euch gegenüber, habt Ihr das bereits vergessen? Ihr habt Glück, Madame, äußerstes

Glück, dass ich Eure Bestrafung beende, leicht wie sie war, und dass ich beabsichtige, Euch als meine Gemahlin zu behalten, obwohl Ihr falsch und hinterlistig seid.«

Marys Protest kam rasch, und sie konnte ihre Verbitterung nicht verbergen. »Ihr habt keine andere Wahl, Mylord, und das wisst Ihr auch. Wir wurden vor Gottes Angesicht zu Mann und Frau erklärt, bis dass der Tod uns scheidet.«

»Es gibt viele Wege, eine Ehe wie diese zu beenden«, bemerkte Stephen scharf.

Mary war bestürzt. Sicher verstand sie ihn falsch. Er konnte sie doch nicht mit dem Tode bedrohen? »W-wie meint Ihr das, Mylord?«, fragte sie verängstigt.

»Ich schlage vor, dass Ihr Vorsicht walten lasst, Madame, wenn Ihr mit mir gut auskommen wollt.«

»Ihr wollt die Ehe doch nicht für ungültig erklären lassen?«, fragte sie entsetzt.

»Habe ich das gesagt? Nein, Madame, das würde ich niemals tun. Ihr müsst mir einen Erben geben; muss ich Euch daran erinnern?«

Mary begegnete seinem kühlen Blick.

Dann lächelte er, doch es war kein erfreutes Lächeln. »Sollte es zu einem weiteren Verrat kommen, Madame, so werde ich Euch in die Verbannung schicken. Wenn ich edelmütig bin, wäre das nach Tetly, das ist eines meiner Güter an der Küste; anderenfalls in ein Kloster in Frankreich.«

Mary erbleichte.

»Und – wenn ich inzwischen Euren Erben unter dem Herzen trage?«

Stephens Lächeln war kalt und kurz. »Das würde nichts ändern, Madame; jeden Tag bekommen verbannte Frauen Kinder, wie Ihr wohl wisst.« Er machte auf dem Absatz kehrt. »Lasst uns nicht warten.« Damit schloss er die Tür hinter sich.

Im ersten Moment stand Mary ganz still da. Dann nahm sie seinen Helm von der Truhe neben ihr und schleuderte ihn voller Wut an die Tür. Schließlich sank sie auf die Truhe, auf der seine Kleider und die Rüstung lagen, und warf alles auf den Boden. Sie bebte.

Lieber Gott. Sie sah sich nur mehr um Haaresbreite entfernt von einem Schicksal, das fast so schlimm war wie der Tod und womöglich ebenso unwiderruflich. Verbannung. Er hatte keine Gefühle mehr für sie, er würde sie augenblicklich fortschicken.

Auch das schien nun vollkommen klar. Mary hätte am liebsten geweint.

Sie fasste sich um den Bauch. Er hatte gesagt, er würde sie sogar verbannen, wenn sie schwanger sei. Ein Beweis dafür, dass er nach wie vor einen Erben von ihr erwartete. Sie war froh, nichts gesagt zu haben. Wahrscheinlich war sie schwanger, denn diesen Monat hatte sie keine Regel gehabt. Sie hütete dieses Geheimnis, denn es konnte sich durchaus als die letzte Waffe erweisen – falls sie jemals wagte, sie einzusetzen.

Aus diesem Grund sagte sie ihm nicht, was er so gerne von ihr hören würde. Und diese Zurückhaltung hatte nichts mit lächerlicher Romantik zu tun. Vor allem nun, nach dieser letzten Stunde, konnte sie nicht mehr so dumm sein zu glauben, dass es zwischen ihnen noch einmal zu einer Zeit der Entspannung kommen würde, zu einer Zeit des Lichts und des Lachens, einer Zeit, in der sie ihm eine solch freudige Nachricht in Liebe überbringen konnte anstatt in einem unerklärten Krieg.

Beim Abendessen erfuhr Mary Einzelheiten über die Ereignisse in Carlisle. Die Gräfin wollte über alles genau in Kenntnis gesetzt werden, und so stellte sie zahllose genaue und gezielte Fragen. Der Graf war im Norden geblieben, um die Ordnung wiederherzustellen, Geoffrey war nach Canterbury zurückgekehrt, doch Brand hatte auf dem Rückweg nach London mit seinen Männern in Alnwick für die Nacht Station gemacht. Es war jedoch Stephen, der die Fragen seiner

Mutter in einem ruhigen und leidenschaftslosen Ton beantwortete. Aber wie leicht fiel es ihm, vom Triumph über ihr Land und ihr Volk zu berichten!

Mary hörte schweigend zu. Nach der vorhergehenden katastrophalen Begegnung mit ihrem Gemahl war sie mürrisch und wachsam.

Vom schnellen Fall Carlisles zu hören konnte diese Stimmung sicher nicht bessern.

Außerdem war es das erstemal seit ihrer Bestrafung, dass Mary abgesehen von Stephen jemanden zu sehen bekam. Sie hatte sich des heimlichen Lauschens schuldig gemacht, nicht aber der Spionage. Dennoch fürchtete sie sich davor, der Gräfin ins Gesicht zu schauen. Sie wusste, wie klug diese Frau war, wie sehr sie ihren Gemahl und Alnwick liebte, das einst ein sächsisches Lehnsgut ihres Vaters gewesen war. Mary stellte sich vor, dass Lady Ceidre wütend auf sie war und entsetzlich enttäuscht.

Umso mehr überraschte es sie, als die Gräfin sie freundlich ansprach.

»Ich bin sicher, dass das schwierig für Euch ist, Mary.«

Mary blickte auf und sah der Gräfin endlich in die Augen. »Entschuldigung, Madame?«

»Wie schwierig muss es für Euch sein, mit meinem Sohn verheiratet zu sein, einem Normannen, der gegen Euer Land Krieg führt – und gegen Eure Familie.«

Mary erbleichte. Sie spürte die Augen aller an dem langen Tisch unterhalb des Podiums auf sich gerichtet, und auch die ihres Gemahls, der neben ihr auf dem Podium saß. Doch die Gräfin war aufrichtig mitfühlend, dessen war sich Mary sicher. Aber wie konnte das sein?

»Ja«, krächzte sie schließlich. »Es ist sehr schwierig, sehr beunruhigend.« Zu ihrem Entsetzen stahl sich eine Träne aus ihrem Auge.

Die Gräfin saß an Stephens anderer Seite; nun beugte sie sich vor und streichelte Marys Hand.

»Stephen hat es Euch wahrscheinlich nicht gesagt, Mary, aber alle aus Eurer Familie sind wohlauf.«

Mary sog die Luft ein.

Natürlich hatte sie sich Sorgen gemacht, dass vielleicht einer ihrer Brüder oder ihr Vater verwundet oder gar getötet worden war. Es schien, dass ihr Malcolm, trotz seiner Skrupellosigkeit, nicht gleichgültig sein konnte; er würde eben immer ihr Vater bleiben. Unfähig, ihre Stimme nicht übereifernd klingen zu lassen, schaute sie zum erstenmal, seit sie ihr Gemach verlassen hatte, zu ihrem Gemahl und fragte: »Seid Ihr dessen sicher?«

»So sicher, wie man sein kann. Ich glaube, Edgar wurde verwundet, aber ich sah ihn bis zum Ende kämpfen; es kann also nicht schlimm gewesen sein.«

»Edgar!« Mary tat das Herz weh. »Seid Ihr sicher, dass es nichts Schlimmes ist?«

Stephen nickte und beobachtete sie stumm.

Mary seufzte erleichtert, doch sie zitterte. Ihr wurde klar, dass ihre derzeitige Lage wesentlich beklagenswerter sein könnte. Sie und Stephen mochten in einer Sackgasse stecken, doch der Tod eines Menschen, den sie liebte, hätte die Situation noch um vieles verschlimmern können. Mary betete stumm, dass das nie geschehen möge. Doch wenn sich Northumberlands und Malcolms Streitkräfte ständig bekriegten, war so etwas dann nicht unvermeidlich? Eine schreckliche Vorahnung erfüllte sie.

»Für mich war es früher auch nicht leicht«, sagte die Gräfin.

Als Mary wieder zu ihr blickte, konnte sie nicht umhin, auch Stephen anzusehen, der nun grimmig auf seinen Becher Wein starrte. Hatte sie ihn schon wieder verärgert?

Voller Neugier wandte sie sich seiner Mutter zu.

»Weil Ihr Sächsin seid?«

»Ich bin nicht nur Sächsin, sondern ein uneheliches Kind meines Vaters«, räumte Lady Ceidre freimütig ein. »Und

Rolfe, das habt Ihr sicherlich gehört, war einer der engsten Vertrauten des Eroberers. Die Kluft zwischen uns hätte also nicht größer sein können, vor allem, da ihm persönlich die Aufgabe übertragen worden war, den Norden in die Knie zu zwingen. Wenngleich Wilhelm die Politik bestimmte, war sie dennoch grausam und brutal. Als ich meinen Gemahl kennenlernte, befahl er, ein kleines Dorf niederzubrennen, weil es sächsischen Bogenschützen Unterschlupf gewährt hatte, die seine Männer überfallen hatten. Er ließ alles komplett vernichten, sogar das Getreide, was bedeutete, dass die Menschen im Winter nicht nur frieren, sondern auch hungern mussten. Ich bat ihn um Gnade, doch er blieb unnachgiebig. Ich habe ihn sehr dafür gehasst.«

Mary war verblüfft. »Aber – wenn Ihr ihn so gehasst habt, wie habt Ihr ihn dann so lieben gelernt, wie Ihr es heute tut?« Während sie auf eine Antwort der Gräfin wartete, spürte sie überdeutlich Stephen, der neben ihr saß.

Nur ein paar Zentimeter trennten ihre Körper; es war also unmöglich, sich seiner nicht bewusst und durch seine Nähe nicht beunruhigt zu sein, doch er bewegte sich nicht und atmete kaum, so interessiert verfolgte er das Gespräch zwischen ihr und seiner Mutter. Zumindest hatte es diesen Anschein.

»Na ja,« Lady Ceidre lächelte etwas, »er ist ein sehr gut aussehender Mann, nicht wahr? Das konnte mir nicht verborgen bleiben. Und wie Ihr wisst, ist mein Gemahl ein guter Mensch. Er gehorchte seinem König, nicht mehr und nicht weniger, und das müssen wir schließlich alle tun. Obwohl ich heimlich meine aufständischen Brüder unterstützte, verliebte ich mich in ihn. Was die Sache noch schlimmer machte: Bald darauf wurde er mit meiner Schwester Alice verheiratet, der ehelichen Tochter meines Vaters. Wir waren von Anfang an Feinde, aber wir verliebten uns trotzdem ineinander.«

Für einen Moment verlor sie sich offenbar in der Vergangenheit, plötzlich wirkte ihr Gesicht jung, und ihre Augen glänzten.

Sie seufzte.

»Es war nicht leicht. Ich hinterging ihn wieder und wieder in dem Glauben, das sei meine Pflicht. Er war so wütend. Aber ... die Zeit heilt alle Wunden, Mary. Sie hat auch die unseren geheilt. Und als die Wunden nicht mehr so schmerzten, war die Liebe immer noch da, stärker als zuvor.«

Mary fragte sich, was mit Alice geschehen war, der ersten Gemahlin des Grafen. Offenbar war sie frühzeitig gestorben, sodass der Graf dann seine Liebe hatte heiraten können.

»Es ist eine traurige Geschichte«, sagte sie, sich dessen wohl bewusst, dass Stephen ihr aufmerksam zuhörte, »aber eine sehr schöne.«

»Ich habe großes Glück gehabt«, fuhr Ceidre freundlich lächelnd fort. »Und Ihr ebenfalls, meine Liebe, auch wenn Ihr es noch nicht wisst. Manchmal ist der Weg zum Glück lang und entbehrungsreich, doch die Mühsal des Weges macht die Belohnung am Ende um so vieles größer.«

Mary blickte auf das Schneidebrett, das sie sich mit ihrem Gemahl geteilt hatte. Sie hatten es zwar gemeinsam benutzt, und er hatte ihre Portionen für sie ausgewählt, wie es sein sollte, doch in seinem Tun hatte keine Wärme, keine Liebe gelegen. Es war nur höfliche Pflichterfüllung gewesen, nicht mehr. Mary fühlte sich von der törichten Romantik, die sie zu vermeiden suchte, überwältigt. Wie sehr sehnte sie sich nach der Art von Liebe, die die Gräfin mit ihrem Gemahl gefunden hatte, einer Liebe, die stark genug war, selbst schlimmste Zeiten zu überdauern – die groß genug war für die Ewigkeit.

Es war ungewöhnlich still im Saal. Mary merkte, dass die Gefolgsleute unten am Tisch jedem Wort der Gräfin gelauscht hatten – und auch den ihren. Sie blickte plötzlich auf, wissend, was alle, die Gräfin eingeschlossen, dachten. Alle waren von ihrer Schuld überzeugt. Alle meinten, dass sie ebenso wie Lady Ceidre töricht aber vorsätzlich ihren Gemahl verraten hatte. In einer Liebesgeschichte, die mit vollem Magen und in einer von gutem Wein beeinflussten Stimmung erzählt wurde, war das akzeptabel, ja sogar romantisch; in der Realität jedoch nicht. Sie blickte der Gräfin in die Augen.

»Ich habe meinen Gemahl nicht verraten, Madame«, sagte sie zu ihr, doch alle hörten es. »Ich würde mein Ehegelübde niemals brechen.«

Stephen vermied es, sich für die Nachtruhe zurückzuziehen, obwohl er so erschöpft war, dass er spürte, wie seine Lider mit jeder Minute schwerer wurden. Er saß im großen Saal vor dem verlöschenden Feuer, die vielen Gefolgsleute schliefen auf ihren Lagern, und seine Mutter, seine Schwester und auch seine Gemahlin waren längst zu Bett gegangen. Er aber starrte noch immer in die Glut und beobachtete jede gelegentlich aufflackernde Flamme. Marys vehemente Verneinung jeglicher Falschheit von ihrer Seite ging ihm im Kopf herum.

Die Tür öffnete sich mit einem ächzenden Geräusch, fiel schwer wieder zu und ließ Stephen aufschrecken. Brand kam in den Saal geschlendert.

»Was? Du bist noch auf?« Er trat näher.

Weshalb er so spät noch auf den Beinen war, ließ sich unschwer erraten. Er wirkte rundum zufrieden, und als er sich zu seinem Bruder setzte, bemerkte Stephen, dass seine Haare zerwühlt und voller Stroh waren.

»Wenn ich so eine Braut hätte, würde ich nicht hier herumsitzen«, meinte Brand grinsend.

»Vielleicht ist genau das mein Problem.«

Brands Lächeln erstarb. »Was ist los mit dir, Stephen? Man sieht dir an, dass du sehr unglücklich bist.«

»Das fragst du noch?« Er hörte, wie verbittert er klang, und beschloss, sich mehr zusammenzureißen.

»Ich weiß, dass du nicht gern in den Krieg gegen Schottland gezogen bist«, sagte Brand langsam. »Aber du hattest keine Wahl. Das versteht sie doch sicher.«

»Sie versteht mich nicht – ebenso wenig wie ich sie.« Stephen erhob sich, wandte seinem Bruder jedoch den Rücken zu. Brand sagte nichts, und so drehte er sich wieder etwas um. »Sag mir, Bruder, was hältst du von meiner Gemahlin?«

Brand wurde vorsichtig.

»Eine gute Frage.«

»Kommt sie einem nicht vor wie ein Engel? Schön, vollkommen und unschuldig?«

»Ja.«

Stephen lachte kurz.

»Nichts an ihr ist vollkommen oder unschuldig.«

Brand stand auf. »Stephen, ich weiß, was passiert ist. Geoffrey hat es mir erzählt.«

»Dann weißt du ja, dass sie eine kleine Lügnerin ist.«

Brand zögerte. »Es ist gut, dass du herausgefunden hast, auf welcher Seite sie wirklich steht. Und nun vergiss es. Lass dir von ihr einen Erben geben, und wenn sie es wagt, ihr Verhalten zu wiederholen, dann verbanne sie, so wie du es musst.«

»Bei dir klingt das alles sehr simpel.« Stephen blickte Brand mit einem höhnischen Lächeln ins Gesicht. »Ich fürchte, ich werde sie nur sehr widerstrebend in die Verbannung schicken, falls es dazu wirklich kommt.«

Brand war überrascht. »Aber das musst du tun, Stephen. Diesmal hatte ihre Heimtücke keine Folgen, aber was wäre gewesen, wenn sie es geschafft hätte, Malcolm zu warnen? Dann wären jetzt viele Normannen tot, vielleicht sogar du oder ich.«

Stephens Miene war zornig. »Glaubst du, das weiß ich nicht? Ich weiß es nur zu gut!«

»Dann denke immer daran und vergiss es nicht«, warnte ihn Brand ernst und ergriff seine Schulter. »Es ist spät. Ich weiß, wie dein Übel zu heilen ist. Geh zu deiner schönen Braut und zeuge diesen Erben. Ich garantiere dir, das wird dir helfen.« Er grinste breit.

Stephen beobachtete ihn, wie er zu seinem Lager ging. Er konnte seinem Bruder nicht offenbaren, dass er im Saal blieb, weil er Angst hatte. Enthaltsamkeit im Hinblick auf seine Gemahlin kam nicht infrage. Zumindest nicht, bis sie empfangen und ihm einen Erben geboren hatte. So gesehen hatte er die Absicht, Mary zu nehmen, wann immer ihm danach war. Was er ja auch musste, wenn er einen Erben zeugen wollte. Aber wie konnte er sich unter Kontrolle halten? Er fürchtete, trotz ihres Verrats von zügelloser Leidenschaft überwältigt zu werden. Und wenn das der Fall war, würde Mary dies sofort erkennen und die Oberhand gewinnen.

Jeder seiner Instinkte warnte ihn wie auf dem Turnierplatz oder im Krieg. Zweifellos würde er ein gefährliches Territorium betreten, wenn er sich in ihr Bett legte. Er würde ihr eine immense Macht über ihn geben, eine Macht, die er ihr nicht anzuvertrauen wagte.

Und leere Drohungen bezüglich einer Verbannung würde sie auch bald erkennen. Mary war viel zu klug. Wenn sie einen Grund dafür lieferte, dann musste er tun, was zu tun war, dann musste er sie fortschicken, auch wenn ihm das noch so zuwider war.

Andernfalls würde Mary sein Ruin werden.

Stephen wandte sich rasch um. Er war kein Feigling. Aber vor der eigenen Gemahlin Angst zu haben, das war der Gipfel der Feigheit. Er hatte immer getan, was er tun musste. Wenn sie ihm einen Grund dafür gab, würde er sie sofort in die Verbannung schicken. Und er würde sich im Bett beherrschen, damit sie nicht merkte, wie sehr er mittlerweile von ihr besessen war. Hatte er denn nicht vor langer, langer Zeit, als junge Geisel am Königshof, gelernt, seine Gefühle zu verdrängen? Damals war das eine Überlebenstaktik gewesen. Und vielleicht würde es das auch jetzt wieder sein.

Mary gab nicht vor zu schlafen. Wie üblich lag sie nackt unter den Decken und Fellen ihres Betts, das Haar offen, unbedeckt und gebürstet. Es glänzte im flackernden Feuer des Kamins. Auf Stephens Vorschlag hin hatte sie vor dem Abendessen gebadet, wenngleich nicht in seinem Bad. Auch das Haar hatte sie gewaschen, im Gedanken daran, wie sehr Stephen es einmal bewundert hatte.

Sie hielt ein Kissen in den Armen und dachte voller Bangen an Stephen. Würde er heute Nacht mit ihr schlafen? Würde er versuchen, sie zu lieben? Sie glaubte nicht, dass er die Unannehmlichkeit auf sich nehmen würde, auf einem Lager unten im Saal zu übernachten, auch wenn er sie noch so sehr meiden wollte. Beim Essen hatte er sie mit Beiläufigkeit behandelt, was sie als Zeichen dafür nahm, dass er in der Tat heute Nacht das Bett mit ihr teilen wollte. Aber ob er sie berühren würde, war damit natürlich noch nicht beantwortet.

Wie froh sie war, ihm noch nicht erzählt zu haben, dass sie empfangen hatte. Denn sonst hätte er jeden Grund gehabt, sie zu meiden und seine Lust womöglich woanders auszuleben. Allein der Gedanke, dass er zu einer anderen Frau gehen könnte, ließ Mary erstarren. Sie glaubte, fast alles tolerieren zu können, nicht aber das. Nicht seine Untreue.

Ihre Gedanken wanderten zu Stephens Mutter, und sie wurde wehmütig. Sie konnte sich gut vorstellen, wie sich Lady Ceidre als junge Frau gefühlt haben musste – der Vater tot, die Brüder vertrieben und im Untergrund ihren Aufstand planend, und dann hatte sie sich in den Feind verliebt, in einen Mann, der noch dazu mit ihrer Schwester verheiratet war. Eine tragische, scheinbar aussichtslose Geschichte. Und dennoch war es zu einer wunderbaren Lösung gekommen.

Aus dem unehelichen sächsischen Mädchen war die Gräfin von Northumberland geworden, die Gemahlin ihres Liebhabers, die Mutter dreier starker Söhne und einer wunderschönen Tochter, und sie war mächtig und elegant und beliebt.

Auch Mary wünschte sich eine solche Zukunft. Selbst wenn es verrückt erschien. Es würde ja schon reichen, dachte sie, in Stephens Gunst zu stehen. Nie würde sie diese Art von Liebe von ihm bekommen. Aber – ihr Herz machte einen Sprung – sie würden Kinder haben. Oder zumindest eines. Vielleicht würde ihrer beider Liebe zu diesem Kind sie einander wieder näher bringen, vielleicht würde er sie eines Tages wirklich mögen.

Aber konnte das genug sein?

Als sie Stephens Schritte hörte, hielt sie die Luft an. Alle Hoffung, alle Überlegungen bezüglich ihrer möglichen Zukunft verließen sie in diesem Augenblick. Sie lag starr, reglos, wagte nicht zu atmen. Die Tür öffnete und schloss sich mit einem leisen Ächzen. Marys Schultern waren so verkrampft, dass es schmerzte. Sie hörte, wie er sich entkleidete. Zuerst das Schwertgehenk, das laut klapperte, als er es ablegte. Weitere Gürtel fielen offenbar achtlos zu Boden. Dann war das leise Rascheln von Stoff zu hören, als er seine Tuniken ablegte. Sie konnte ihn sich vorstellen, wie er barbrüstig in Stiefeln und Hosen dastand. Die Stiefel fielen mit dumpfen Lauten auf den Boden, noch einmal war das aufreizende Rascheln von Stoff zu vernehmen.

Was bin ich nur für eine Frau?, fragte sich Mary, als er neben ihr ins Bett schlüpfte. Er berührte sie nicht, doch sie konnte sich nicht entspannen. Sie war sich seiner zu sehr bewusst, ihr Körper pulsierte. Wie konnte er eine solche Wirkung auf sie haben? Ihr Leben war ein Scherbenhaufen, es musste dringend in Ordnung gebracht werden, doch das war ihr gleichgültig. Sie lag nur steif da und hoffte darauf, dass er sie berührte. Gleichzeitig wusste sie, dass er es nicht tun würde.

So war es. Lange, langsame, quälende Minuten verstrichen. Mary fragte sich, ob er dachte, dass sie schlafe. Sie glaubte nicht, dass er ihr Beachtung schenken würde, nicht unter den gegebenen Umständen. Es wurde ihr klar, dass er nicht beabsichtigte, sie zu berühren. Er mied sie, seinen zuvor geäußerten Worten zum Trotz. Lieber Gott, wenn sie nicht wenigstens Leidenschaft miteinander teilten, dann hielt sie gar nichts mehr zusammen, dann gab es keine Hoffnung mehr! Und alles verzweifelte Wünschen würde ihn nicht dazu bewegen, sich ihr zuzuwenden!

Mary war fassungslos. Konnte sie ihm praktisch über Nacht vollkommen gleichgültig geworden sein? Konnte die Heimtücke, die er empfand, das leuchtende Feuer ihrer Leidenschaft zum Erlöschen gebracht haben?

Sie überlegte in wahnwitziger Eile. Leidenschaft war die uralte Waffe der Frauen. Für Frauen konnte Leidenschaft ein Neuanfang sein oder zumindest eine Form der Intimität, vielleicht die einzige, die sie teilen konnten. Und Verführung war eine zeitlose Methode der Wiedergutmachung. Stephen würde sich ihr doch nicht verweigern, oder? Konnte sie ihn nicht verführen?

In einer Mischung aus Verzweiflung und Tapferkeit wandte sich Mary ihm zu. Er lag auf der Seite, das Gesicht von ihr abgewandt. Mary fürchtete seine Zurückweisung, aber sie berührte trotzdem seine Schulter.

Er war steif wie ein Brett.

»Was tut Ihr?«, brummte er.

Mary wusste nichts zu sagen, und so ließ sie ihre Hand über seinen massigen Bizeps gleiten, presste dann ihren Körper an seinen, ihre Brüste an seinen Rücken, die Hüften an seinen Po. Und sie berührte mit den Lippen die empfindliche Stelle in seinem Nacken, gleich unterhalb seines Ohrs.

Er zuckte zusammen. »Hört auf, Madame. Ich warne Euch!«

Seine Stimme war rau. Mary erstarrte und fragte sich, ob sein Ton von Ärger herrührte – oder von Verlangen.

»Stephen, ich bin deine Frau.«

Er erwiderte nichts. Doch sie hörte seinen harschen, ungleichmäßigen Atem.

Mary drückte sich noch fester an ihn, sie wollte ihm sagen, dass sie ihn liebte, sie ließ ihre Hand über seine Brust und seinen Bauch gleiten – und ihr Atem stockte. Er war prall, glatt und erregt. Freude überkam sie. Trotz der Kluft zwischen ihnen begehrte er sie – und wie.

»Stephen«, flüsterte sie, aber es klang wie ein Stöhnen, und während sie sprach, legte sie die Finger um ihn. Er sog lang und kräftig die Luft ein.

»Du bist eine Hexe!«, zischte er durch die zusammengepressten Zähne.

Sie merkte, dass er gegen sie ankämpfte, doch sie verstand nicht, warum. »Nein, ich bin deine Gemahlin«, erwiderte sie. Ihre eigene Erregung machte sie unvorstellbar kühn. Sie liebkoste ihn so, wie er es ihr gezeigt hatte. Er keuchte vor unterdrückter Lust.

Mary begann zu beben.

»Bitte, Stephen, schlafe mit mir, Liebster, bitte.«

»Der Teufel soll dich holen!«, fluchte er. Doch er drehte sich um, und schon im nächsten Moment lag er auf ihr. Mary umarmte ihn fest und breitete die Schenkel aus, um ihn in sich aufzunehmen, aber er verharrte regungslos auf ihr.

Ihre Blicke trafen sich. Er wirkte gequält.

»Warum kämpfst du gegen dich an?«, fragte sie weinerlich. »Warum gegen mich? Komm doch, Liebling, bitte!«

Stephen bewegte sich. Wortlos drang er in sie ein, so weit es ging. Mary keuchte vor Lust. Er zog sich langsam zurück, sein ganzer Körper bebte, als er sich drosselte, und dann schob er sich sehr, sehr langsam erneut in sie.

Mary weinte. Nie hatte sie solche Lust erlebt. Doch sie spürte, dass er sich eine unerklärliche Kontrolle auferlegte. Warum?

»Stephen«, keuchte sie, »ich kann das ... nicht ... aushalten.«

Er stöhnte, seine Beherrschung war dahin. Mary schrie auf, als er sich zu bewegen begann, schnell und hart und gedankenvergessen. Sie warf den Kopf zurück, sie schluchzte vor intensiver Lust und erkannte instinktiv, dass sie gewonnen hatte, wenngleich sie den Preis dafür kaum verstand.

Stephen hielt inne, um sie zu küssen. Sie weinte. Er küsste sie mit offenem Mund, heiß und verschlingend, und wenn er außerhalb des Betts nichts für sie empfand, so empfand er hier alles. Sein Kuss brachte sie zu einem erneuten schillernden Höhepunkt, der sie beide überraschte.

Ein langes, tiefes Brummen stieg aus Stephens Brust auf. Er zwang sich, noch tiefer in sie einzudringen, er liebte sie, als sei er besessen, ein Sklave seiner Lust. Trotzdem hieß Mary ihn weiter willkommen.

Ihre Leidenschaft geriet außer Kontrolle. Die Liebenden wälzten sich auf dem Bett, fielen beinahe zu Boden. Er ging auf die Knie; sie tat es ihm nach. Wieder küssten sie sich; ihre Zungen wiederholten, was ihre Körper eben getan hatten. Geschmeidig drehte Stephen sie um. Sie hielt sich an der Kopfseite des Betts fest; seine Hände liebkosten ihre nasse, angeschwollene Weiblichkeit. Er flüsterte ihr ins Ohr, zuerst eine Zärtlichkeit, dann etwas schrecklich Anschauliches.

Das war zu viel für Mary. Als er sie erneut nahm, schrie sie besinnungslos, ekstatisch, übermannt von gewaltiger Lust.

Danach lag sie ermattet neben ihm und lächelte. Es gab also doch noch Hoffnung.

»Bitte, wende dich nicht von mir ab, Stephen.«

Stephen lag auf dem Rücken, die Decken bis zur Hüfte hochgezogen, einen Arm über das Gesicht gelegt. Vor einer Weile war er wieder zur Besinnung gekommen, doch es widerstrebte ihm, den Arm von den Augen zu nehmen und Mary anzusehen. Er wusste ohnehin, dass sie seine Miene nicht deuten konnte. Hatte er nicht schon genug von sich preisgegeben? Er bedauerte jeden Augenblick der vergangenen Stunde, so wie ein Säufer das Ale der letzten Nacht verfluchte, im sicheren Wissen, dass sich dieses selbstzerstörerische Verhalten nicht vermeiden ließ und dass es sich wiederholen würde.

Langsam nahm er den Arm vom Gesicht. Mary setzte sich schamlos neben ihm im Bett auf, ihre kleinen Brüste waren nackt, die kleinen Brustwarzen steif von der Kälte, ihre Haare, goldglänzend vom Schein des Feuers, umspielten die Schultern. Sie sah so zufrieden aus wie ein Kätzchen, das den Milchtopf ausgeleckt hatte. Der Ton, in dem sie ihn angesprochen hatte, war schlicht gewesen; ihr Lächeln war es nicht. Es kam ihm verfänglich, einladend und befriedigt vor – alles in einem.

Stephen verfluchte sich selbst. Bei ihrem Anblick, ihrer Miene und dem Wissen darum, wie gut sie zusammenpassten, regten sich sogar jetzt noch seine Gelüste. Seine Bedenken waren gerechtfertigt gewesen, seine Leidenschaft grenzenlos. Sie wusste es und schien davon mehr als angetan. In der Tat war die Frau, die neben im saß, so hinreißend, dass er sich am liebsten gleich wieder auf sie gestürzt hätte. Doch er wusste nur zu gut, dass sie nichts an sich hatte, wovon er sich hinreißen lassen sollte.

»Ihr wirkt erfreut, Madame«, sagte er frostig.

»Das bin ich«, erwiderte sie schelmisch, immer noch lächelnd. »Ihr habt mich erfreut.«

Stephen setzte sich auf; neben ihm wirkte sie winzig.

»Ich schlafe nicht mit Euch, um Euch zu erfreuen.«

»Nein, Ihr habt es vorgezogen zu leiden, anstatt Euch mir zuzuwenden. Weshalb? Wegen eines falschen Stolzes?«

»Ihr stellt zu viele Fragen, Madame. Ich bin Euer Lord. Ich brauche Euch nicht zu antworten.«

Das verletzte sie. »Wir haben soeben eine große Leidenschaft miteinander geteilt, aber Ihr wollt so tun, als sei nichts gewesen, nicht wahr? Damit Ihr mich weiterhin eines Verrats bezichtigen könnt, den ich nicht begangen habe, ich schwöre es!«

»Wir haben nichts weiter geteilt als Lust«, entgegnete er schroff und sagte sich, dass er ihr nicht glauben dürfe, unter keinen Umständen.

Die Fakten waren klar. Er wäre verrückt, würde er ihr entgegen den Tatsachen Glauben schenken.

Sie schien verärgert.

»Mylord«, sagte sie in gespielt freundlichem Ton, »ich möchte Euch wissen lassen, dass ich mehr als einmal Männer und Frauen bei der Liebe gesehen habe. Und ich versichere Euch, was sie getrieben haben, war nichts – nichts! – im Vergleich zu uns! Ihr haltet mich doch nicht für eine Närrin?«

»Ihr habt Männer und Frauen bei der Liebe beobachtet?«, wiederholte er.

Seine Ungläubigkeit schlug plötzlich in eine nicht zu unterdrückende Erheiterung um. Natürlich hatte Mary das getan; schließlich war ihre Neugierde unbezähmbar.

»Madame, Ihr sagt mir, Ihr habt Liebespaare beobachtet, und Ihr errötet nicht einmal dabei?«

»Na ja, ich habe sechs Brüder, Stephen, da war es mir unmöglich, mich zurückzuhalten. Ich habe mich gewundert, warum sie so hinter den Frauen her waren. Und um es ehrlich zu sagen, als ich dann einmal bei einem Akt zuschaute, fand ich es amüsant, sonst nichts.«

Er lachte unwillkürlich auf. Es fiel ihm nur zu leicht, sich Mary vorzustellen, wie sie, hinter einem Gebüsch versteckt, ein Liebespaar beobachtete. Mary lachte mit ihm, doch als er es merkte, wurde er sofort wieder ernst. Dann warf sie ihm zu seinem Entsetzen einen langen, kühnen Blick zu.

»Ich hielt das alles für amüsant, all das Fummeln und Keuchen – bis Ihr mir beigebracht habt, dass es ganz und gar nicht erheiternd ist.«

Er zwang sich, den Blick von ihren Augen abzuwenden, denn seine Männlichkeit regte sich schon wieder. »Ihr mögt glauben, was immer Ihr wollt, Madame, und wenn Ihr meint, dass unsere Leidenschaft etwas Besonderes ist, dann glaubt Ihr das eben. Aber ich will einen Sohn. Ich will einen Sohn von Euch, je eher, desto lieber. Das ist im Grunde alles.«

Mary blickte ihn unverwandt an. Dann wagte sie ein neuerliches, dieses Mal ziemlich selbstgefälliges, Lächeln.

»Wenn Ihr das sagt, Mylord, wenn Ihr das sagt.«

An diesem Morgen weckte sie ihn mit ihren Händen und ihrem Mund, und danach wagte sie es, ihn einmal mehr mit ihrem liebreizenden Lachen herauszufordern.

Mary wusste, dass sie unglaubliches Glück hatte. Aus irgendeinem Grund hatte das Schicksal beschlossen, es gut mit ihr zu meinen. Denn sie und Stephen, so schien es, waren auf einem guten Weg zu einer handfesten Aussöhnung.

Nachts liebte er sie, und seine Leidenschaft strafte seine lächerlichen Worte Lügen. Er konnte die Finger nicht von ihr lassen, er ergötzte sich an ihrem Körper; ihre Leidenschaft war unleugbar und alles andere als alltäglich. Nachts, in ihrem Gemach, in ihrem Bett, genoss Mary großartige Lust, höchstes Vertrauen und süße Hoffnung.

Tagsüber war er höflich, und sie erwiderte dies in gleicher Weise. Sie war klug genug zu wissen, dass er weder verziehen noch vergessen hatte; er vertraute ihr nach wie vor nicht. Doch er behandelte sie so, wie die meisten anständigen Männer ihre Gemahlinnen behandelten. Und das war für den Moment genug.

Es war der Anfang, den sie gebraucht und nach dem sie sich gesehnt hatte. Mit der Zeit wagte sie auf einen innigen Blick zu hoffen, einen warmherzigen, verweilenden Blick, einen, wie sie schon einmal bekommen hatte. Mit der Zeit würde er ihr vielleicht sogar wieder Geschenke machen, weitere Beweise der Anerkennung, vielleicht sogar seiner Liebe. Vielleicht konnte sie sogar auf eine neue Rose hoffen.

Mehrere Tage vergingen. Mary hatte keine Eile. So lange Stephen sie nachts mit Leidenschaft überhäufte, so lange sie sich tagsüber höflich austauschten, war ihre Ehe auf dem Wege der Besserung.

Der kleine Makel bei all dem bestand in ihrer Schwangerschaft. Sie hatte es ihm noch nicht gesagt. Sie fürchtete sich davor, weil sie es zum einen hasste, unehrlich zu sein. Zum anderen, weil sie zu wissen glaubte, wie er reagieren würde, wenn er die Wahrheit erfuhr. Dieses Mal würde er sie zu Recht eines Betruges bezichtigen. Natürlich würde sie es ihm bald sagen müssen, aber einen Monat wollte sie damit noch warten. Ihre Regel war immer unzuverlässig gewesen, deshalb würde er nicht in der Lage sein, sie des Betrugs zu beschuldigen – auch wenn es das war, aber Mary hatte keine andere Wahl. Noch stand ihre Ehe nicht auf einer festen Basis.

Mary war entschlossen, ihre Leidenschaft aufrechtzuerhalten, denn sie war die einzige Form der Intimität, die sie teilten. Sie spürte, dass Stephen, sobald er von ihrer Schwangerschaft erfuhr, aufhören würde, mit ihr zu schlafen. Denn so sehr er sich an ihrem Körper erfreute, widerstrebte es ihm, zu kapitulieren, das wusste sie. Er war noch nicht bereit zuzugeben, dass er sie brauchte. Und Mary wollte ihm keinen Grund dafür liefern, ihrem Bett fernzubleiben und seine Freuden anderswo zu finden.

Da sich alles so gut entwickelte, war Mary umso überraschter, als Stephen sie am Vormittag in der Küche aufsuchte. Soweit sie wusste, hatte er diesen Ort noch nie in seinem Leben betreten. Als sie ihn erblickte, blieb sie ebenso wie die Köche und Mägde wie angewurzelt stehen. Seine Miene war düster und grimmig. Mary schwante Böses. Sie drückte die Fleischpastete, die sie gerade begutachtet hatte, einer Magd in die Hand und eilte zu ihrem Gemahl.

»Mylord? Was ist los?«

Sein Lächeln war eine Farce; es drückte bestenfalls Widerwillen aus. Er ergriff ihren Arm und führte sie hinaus.

»Ihr habt einen Besucher, Madame.«

»Einen Besucher?« Mary war überrascht. »Und wen?« Er lächelte erneut, dieses Mal sehr unfreundlich.

»Euren Bruder Edward.«

Mary erbleichte. »Edward?«

Aus Stephens Lächeln war ein Knurren geworden.

»Warum seid Ihr denn überrascht, meine Liebe? Habt Ihr diesen Besuch nicht erwartet?«

Alle ihre Schlichtungsversuche waren in höchster Gefahr, sie wusste es. Stephen sah sie an, als sei sie eine widerliche Verräterin.

»Nein!«, schrie sie und packte ihn am Ärmel. »Nein! Nein! Ich habe Edward nicht herbestellt! Ich weiß nicht, was das zu bedeuten hat!«

»Wenn Ihr ihn nicht herbestellt habt, und wenn Ihr nicht wisst, was das bedeutet«, erwiderte Stephen eisig, »dann werdet Ihr es sicher in kürzester Zeit erfahren. Er erwartet Euch im Saal, Madame Gemahlin.«

21

Stephen führte sie aus der Küche hinaus und über den Hinterhof zum Wohnturm. Mary musste sich anstrengen, um mit seinen langen, entschlossenen Schritten mitzuhalten. Er hielt sie fest an der Hand und duldete keinen Widerstand. Es war keine Frage, dass er verärgert war und das Schlimmste dachte.

»Stephen! Bitte, hör auf!«

An der Hintertür, die sonst nur von Bediensteten benutzt wurde, blieben sie stehen. Mary war verzweifelt, sie konnte ihr Unglück nicht begreifen. Edward hätte keinen ungünstigeren Zeitpunkt wählen können. Warum hatte er nicht erst nächsten oder übernächsten Monat kommen können, wenn Stephen von ihrer Unschuld überzeugt war, oder wenn zumindest ihr Lauschen so weit zurücklag, dass kaum jemand mehr daran dachte? Mary hielt ihre Hoffnung nicht für unangebracht, denn sie glaubte, in etwa einem Monat würde Stephen so weit sein, dass sie danach nicht mehr nur heiße Leidenschaft miteinander teilen, sondern sich auch vertrauen würden.

»Wollt Ihr Euren Bruder nicht begrüßen, Madame?«

»Nein!« Das Wort war aus ihrem Mund, noch ehe Mary es gedacht hatte. Und im selben Augenblick wusste sie, dass sie sich weigern könnte, Edward zu empfangen, und dadurch einen großen Teil von Stephens Vertrauen wiedergewinnen konnte. Sie sollte sich weigern, ihn zu sehen. Wenn sie sich von ihrer Familie abwandte, vor allem jetzt und auf eine derart auffällige Weise, dann musste Stephen akzeptieren, dass ihr Loyalität nun ihm gehörte.

Aber sie brachte es nicht fertig. Ihr ganzes Wesen sträubte

sich dagegen. Sie hatte sich keines Verrats schuldig gemacht, sie war ihrem Ehemann die beste Gemahlin, die sie sein konnte, und sie wollte die Bande zu ihrer Familie nicht zerschneiden, weder jetzt noch in Zukunft. Sie würde es nicht tun.

Außerdem überbrachte Edward sicherlich Neuigkeiten von ihrer Familie. Nach der Schlacht von Carlisle und so viel neu entflammter Feindseligkeit zwischen ihrer und Stephens Familie, von den praktisch täglich vorkommenden sporadischen Übergriffen ganz zu schweigen, hatte es zwischen ihr und Schottland keine Verbindung mehr gegeben.

»Ihr wollt nicht mit Edward sprechen?«, fragte Stephen mit zusammengekniffenen Augen.

Umsonst kämpfte Mary gegen ihre Tränen an. Eine dunkle Ahnung überkam sie, dass sie diesen Tag bald verwünschen würde.

»Doch, ich muss mit ihm reden«, sagte sie entschlossen und mit dennoch gebrochener Stimme.

Stephens Lächeln verschwand.

»Nach Euch, Madame Gemahlin«, meinte er mit einer gespielt gefälligen Geste.

Sein Ton war spöttisch, bitter. Mary blickte ihm in die Augen.

»Glaubt nicht das Schlimmste. Bitte. Mylord, ich werde Euch nicht hintergehen.«

»Das werden wir ja sehen, nicht wahr?«, erwiderte er kühl.

Seine Bemerkung verärgerte Mary. Wie schnell er mit falschen Anschuldigungen bei der Hand war! Sie ignorierte ihn und eilte ihm voraus in den Saal.

Er war leer, ein seltenes Vorkommnis. Bis auf ihren Bruder natürlich, der zusammen mit Fergus, einem der nächsten Verwandten ihres Vaters, an dem langen Tisch saß. Trotz ihrer schwierigen Lage spürte Mary Freude in sich aufsteigen. Wie sehr liebte sie Edward, und wie lange hatte sie ihn nicht mehr gesehen! Mary schüttelte die Hand ihres Gemahls ab und warf sich ihrem ältesten Bruder in die Arme.

Sie weinte ein wenig an seiner Brust. Edward liebte sie. Schon seit sie laufen gelernt hatte, war er immer da gewesen, um sie vor den Folgen ihrer mutwilligen Streiche zu bewahren, und später, um ihren Mangel an Beherrschtheit zu rechtfertigen. Er war nicht nur ihr älterer Bruder und so etwas wie ein Held für sie, sondern er war ihr lieber, lieber Freund, den sie sehr vermisst hatte und verzweifelt brauchte. Schließlich überließ Edward sie Fergus für eine ungestüme Umarmung. Als der große, rothaarige Mann sie wieder losließ, musste sie sich noch einmal die Tränen abwischen. Irgendwie war sie erfreut und traurig gleichzeitig.

»Wie du glühst, kleine Schwester«, sagte Edward leise und taxierte sie von oben bis unten. Wenn er lächelte, war er einer der schönsten Männer, die sie kannte. Seine Zähne waren blendend weiß, seine Haut sonnengebräunt, die Haare so dunkelbraun, dass sie einem manchmal schwarz vorkamen. »Die Ehe muss dir guttun.«

Mary musste beinahe lachen. Noch vor ein paar Tagen hätte sie dem voll zugestimmt. Dann merkte sie, dass Stephen hinter ihr stand und schweigend zuhörte und beobachtete.

»Ich bereue es nicht, verheiratet zu sein.« Das war die Wahrheit. Sie hoffte, dass Stephen das begriff.

Er warf ihr einen entschieden feindseligen Blick zu. Fast wäre Mary vor ihm zurückgewichen. Mit einem spöttischen Grinsen bemerkte er: »Viel Spaß mit Euren Besuchern, Madame. Da Ihr zweifellos ein wenig mit ihnen allein sein wollt, werde ich mich um meine Angelegenheiten kümmern.«

Er ging. Mary vergaß ihren Bruder und rannte ihm nach.

»Wartet, Mylord!« Sie holte ihn ein. »Stephen, was machst du? Warum willst du mich mit Ed allein lassen? Warum bleibst du nicht bei uns?«, fragte sie leise.

»Vertraust du dir nicht, Mary?«

Sie zuckte zusammen. »Willst du mich prüfen?«

»Ich überlasse dich einfach nur dir selbst«, sagte er und schritt kraftvoll an ihr vorüber. Die schwere Eingangstür des Wohnturms fiel hinter ihm ins Schloss.

Mary bebte. Lieber Gott, Stephen vertraute ihr absolut nicht, und hätte er ihr nicht gerade gesagt, warum er sie allein ließ, sie hätte ihn für verrückt gehalten. Aber er war nicht verrückt.

Denn anstatt sich mit ihr und ihrem Bruder zusammenzusetzen und ihr keine Gelegenheit für jeglichen Verrat zu geben, gestand er ihr kalt und vorsätzlich zu, Ränke gegen ihn zu schmieden, falls sie es wollte.

»Er scheint sich über meinen Besuch nicht sehr zu freuen«, seufzte Edward. »Als wir uns umarmten, schaute er drein, als wollte er uns gleich ermorden. Und leider kann ich nicht glauben, dass der Grund dafür falsche Eifersucht war.«

»Nein, er ist bestimmt nicht eifersüchtig auf dich, Ed«, stieß Mary hervor.

»Geht es dir wirklich gut, Mary?«, fragte Edward.

Fergus blickte düster.

»Natürlich nicht«, brummte er mit seinem starken Akzent. »Sie ist mit dem Teufel persönlich verheiratet, und voller Hass ist er auch noch. Wir sollten das Mädel mit nach Hause nehmen, Ed.«

»Nein!«, rief Mary, entsetzt über diesen Gedanken. »So schlecht ist er nicht, Fergus, wirklich.« Sie atmete tief durch, um sich wieder zu fassen. »Ich bin nur überrascht, dass er uns allein lässt.«

Doch ihre Überraschung hielt nicht lange an. Hatte er etwa einen Trick vor, damit sie ihre Absichten zu erkennen gab? Sicher würde er sie nie allein lassen, um Ränke gegen ihn zu schmieden. Er musste also Spione haben. Und – ihr Herz schlug schneller – da sie nichts dergleichen im Sinn hatte, würden seine Spione auch nichts berichten können.

»Mary?« Edward ergriff ihren Arm. »Tut es dir wirklich nicht leid, mit ihm verheiratet zu sein?« Seine Stimme war so leise, dass ein Spion ihn nicht verstanden hätte. Auch Edward war raffiniert.

»Nein, Ed, ich bereue es nicht, Stephens Gemahlin zu sein.« Sie sprach normal. Sollten die Spione sie nur hören, dachte sie mit plötzlicher Befriedigung. »Aber es ist nicht leicht. Weißt du, ich bemühe mich sehr, das Vertrauen meines Gemahls zu gewinnen. Er hat mich des Verrats beschuldigt, weil er mich einmal dabei ertappte, wie ich ihn belauschte.«

Edward wurde bleich. »Mary, du hast auf Vater gehört? Du würdest deinen eigenen Gemahl ausspionieren?«

»Nein! Nein! Vater hat dir also gesagt, dass er das von mir verlangte? Ich würde das niemals tun! Aber ich war eben neugierig, und du weißt ja, wie ich dann bin.« Sie spürte heiße Tränen aufsteigen. »Wie sehr ich mein törichtes Tun bedaure. Wir hatten gerade entdeckt, wie schön die Ehe sein kann, als Stephen mich beim Lauschen erwischte. Das macht uns jetzt noch immer zu schaffen; Stephen war schon kurz davor, mir zu verzeihen, vielleicht sogar, meine Unschuld zu erkennen, und nun seid ihr gekommen. Ich freue mich wirklich, dich zu sehen, glaube mir, aber nun hält mich Stephen erneut für eine Verräterin. Denn er meint, du bist gekommen, um von mir Informationen zu erlangen oder dich mit mir gegen ihn zu verschwören.«

Edward führte sie mit einem Seufzer zum Tisch.

»Das tut mir leid. In Wahrheit hat mich Malcolm geschickt, um herauszufinden, weshalb du ihn nicht vor der Invasion gewarnt hast. Es freut mich, ihm sagen zu können, dass du nicht beabsichtigst, dein Ehegelübde zu brechen. In der Tat habe ich ihm das schon einmal gesagt, schließlich kenne ich dich ja.«

Mary umarmte ihren Bruder. »Danke, Ed.« Sie wollte ihn fragen, wie ihr Vater so etwas Schreckliches von ihr verlangen konnte, doch dieses Thema war mit zu viel Schmerz verbunden, und so unterließ sie es.

Stattdessen dachte sie an ihren Gemahl und stellte sich den Bericht vor, den seine Spione ihm bringen würden. Ihre Stimmung besserte sich beträchtlich.

»Nein, keine Politik mehr. Geht es Edgar gut? Ich habe gehört, er wurde in Carlisle verwundet.«

Edward und Fergus blieben zum Essen. Mary freute sich darüber; sie lachte wiederholt. Hatte dieser Besuch als katastrophaler Schlag für ihre Ehe begonnen, so war daraus nun ein wahrer Segen geworden! Denn seine Spione würden Stephen das Gespräch zwischen ihr und ihrem Bruder in allen Einzelheiten berichten, und dann würde er wissen, dass sie nicht spioniert hatte und das auch nie tun würde.

Aber offensichtlich musste Stephen erst noch mit seinen Spionen sprechen, denn beim Mittagessen schien er nicht gerade gut gelaunt zu sein. Er ignorierte Mary, und jedes Mal, wenn sie lauthals lachte, presste er die Lippen zusammen. Sie machte sich nichts daraus. Bald, sehr bald, würde er die Wahrheit erfahren, und dann würde er sich wohl kaum mehr so ablehnend verhalten.

Anfangs herrschte zwischen Stephen und seinem Gast eine große Spannung. Dies war nicht sein erstes Zusammentreffen mit Edward; die beiden hatten bereits vor und während der Hochzeit am Hof in London miteinander gesprochen. Mary erinnerte sich vage daran, dass sie damals ganz gut miteinander ausgekommen waren. Nun jedoch, so bald nach Carlisle, war Edward grimmig und zurückhaltend, Stephen verstimmt und grübelnd. Da Marys Versuche, eine Unterhaltung in Gang zu bringen, von ihrem Gemahl schroff zurückgewiesen wurden, fiel es der Gräfin zu, die Wogen zu glätten.

Und Lady Ceidre beherrschte es meisterhaft, verfeindete Parteien miteinander ins Gespräch zu bringen. Rasch verwickelte sie Edward und Stephen in eine unverfängliche Konversation, und schon bald war die unangenehme Spannung verflogen. Es zeigte sich sogar, dass die beiden Männer sich mochten, ungeachtet der Schlacht von Carlisle und trotz der von Kriegen und politischen Intrigen strotzenden Geschichte, die wie ein klaffender Abgrund zwischen ihnen lag. Ihre Unterhaltung wurde zunehmend freundlicher, und dem Beispiel der Gräfin folgend, mieden sie sorgfältig jegliche politischen Themen.

Mary beobachtete ihren Bruder und ihren Gemahl mit wachsender Freude. Eines Tages, daran hatte sie keinen Zweifel, würde Edward König von Schottland sein, und das würde sich für Northumberland sehr positiv auswirken. Da Edward nicht so sehr auf das Kämpfen versessen war wie ihr Vater – er war nicht weniger tapfer, aber in seinem Wesen friedfertiger und weniger streitsüchtig als Malcolm –, würden die ständigen Zwistigkeiten im Grenzland weniger werden und vielleicht ganz aufhören. Mary konnte sich eine Zeit vorstellen, in der Frieden das Land regierte, sie konnte sich sogar weitere Mahlzeiten wie diese vorstellen, mit ihrem Bruder und Stephen freundlich an einem Tisch vereint.

Nach dem Essen verabschiedeten sich Edward und Fergus. Sie waren mit einer beträchtlichen Streitmacht nach Alnwick gekommen, und ihre Männer hatten die ganze Zeit über vor den Mauern auf sie gewartet. Mary schaute ihnen von der Brustwehr aus nach und fühlte dabei gleichzeitig große Hoffnung und unerträgliche Trauer. Sie fragte sich, wann sie Edward wiedersehen würde. Sie fragte sich, ob ihre Träume wirklich einmal wahr würden.

Spät am Abend ging Mary rastlos im Schlafgemach auf und ab, bis Stephen endlich kam. Er war nach dem Mittagessen verschwunden, und sie hatte ihn seither nicht mehr gesehen. Den ganzen Nachmittag und Abend hatte sie gespannt auf diesen Moment gewartet. Nun wusste Stephen, dass sie unschuldig war, endlich stand ihre unwiderrufliche Entlastung bevor.

Er schien überrascht, sie wach vorzufinden. Dann glitt sein kühler Blick an ihr vorüber, und er begann, sich auszuziehen.

Mary war verblüfft. Wollte er nicht mit ihr reden? Oder hatte er so viel Stolz, dass er nicht zugeben konnte, falsch gelegen zu haben? Oder bedeutete sie ihm nichts mehr? Nein, das war unmöglich!

»Mylord? Darf ich Euch helfen?« Sie sprang auf.

Er sah sie nicht an.

»Ich schaffe es schon alleine«, sagte er und nahm ihre Hände von seinem Gürtel. »Geh zu Bett.«

Mary erstarrte. *Irgendetwas stimmte nicht.*

»Stephen?« Sie legte eine Hand auf seinen Rücken. Er hatte sein Unterkleid noch an, doch er wandte sich rasch von ihr ab, sodass ihre Hand von seinem Körper glitt.

»Lass mich in Ruhe, Mary.«

»Was – was ist los?«

»Was los ist?« Er lachte rau. »Nichts, liebe Gemahlin, gar nichts.«

»Hast du denn nicht mit deinen Spionen gesprochen?«, fragte Mary unumwunden.

Er blickte sie an und ließ sein Unterkleid zu Boden fallen. Der Schein des Feuers spielte über seine breite, muskulöse Brust.

»Meine Spione?«

Mary begann der Mut zu verlassen.

»Hattest du keine Spione, die mein Gespräch mit Edward heute belauscht haben?«

»Nein, Mary, ich hatte keine Spione.«

Mary war so bestürzt und enttäuscht, dass sie keine Worte fand. Ihre Augen füllten sich mit Tränen.

»Wie erschöpft du bist.«

Er setzte sich und zog die Stiefel aus.

»Warum nicht?«, flüsterte sie. Ihre Sicht war so von Tränen verschleiert, dass sie seine Züge kaum erkennen konnte. »Warum nicht?«

»Aus genau dem Grund, dass Ihr Spione dabei haben wolltet, Madame.« Er stand nackt auf und ging an ihr vorbei zum Bett. »Meine Spione hätten nichts von Bedeutung gehört, denn Ihr hättet nichts gesagt außer solchen Dingen, die Ihr sie hören und an mich berichten lassen wolltet.«

Mary war entgeistert. Unwillkürlich wich sie vor ihm zurück. Den ganzen Tag lang hatte sie sich fast ekstatisch gefühlt und in dem Glauben gewähnt, dass endlich ihre Unschuld erwiesen werde; sie hatte von der Freude geträumt, die nun wieder in ihr Leben einkehren würde, und davon, wie Stephen sie in den Armen halten würde, von den Zärtlichkeiten, die er ihr ins Ohr flüstern würde. Nun fühlte sie sich übel und elend und wie im Abgrund der Hölle.

»So habe ich niemals gedacht«, flüsterte sie. Aber hatte sie das in gewisser Weise nicht doch? Hatte sie nicht bei jedem Wort, das sie sprach, an seine Spione gedacht?

»Na komm, Mary, ein kluger Kopf wie du? Ich würde doch meine Zeit nicht darauf verschwenden, dir nachzuspionieren, wenn du ohnehin damit rechnest!« Sein Blick war kurz, aber brennend heiß. Dann stieg er ins Bett.

Mary starrte mit leerem Blick ins Feuer.

»Ich bin nicht so gerissen«, flüsterte sie schließlich.

Sie drehte sich zu ihrem Gemahl um, der auf dem Rücken ausgestreckt lag, die Augen geschlossen, als würde er schlafen. Sie war wütend.

Sie sprang auf das Bett, auf ihn, schlug mit den Fäusten auf ihn ein. Er packte sie sofort und hielt sie fest.

»Was soll das?«, fragte er mit düsterer Miene.

»Ich hasse dich!«, schrie sie, und in diesem Moment war es die Wahrheit. »Ich habe mich so angestrengt …«

Er hob sie auf die Knie, sodass ihre Gesichter auf gleicher Höhe waren.

»Du hast dich so angestrengt, Mary? Wobei? Mich mit deinem süßen Körper so zu manipulieren, dass ich dir vertraue, dass ich die Vergangenheit vergesse?«

»Nein!« Vergeblich versuchte sie, sich seinem Griff zu entwinden. »Ich habe mich so angestrengt, dich davon zu überzeugen, dass ich mein Eheversprechen niemals brechen würde!«

»Wenn das nur wahr wäre.« Stephen ließ sie los. »Wenn das nur wahr wäre.«

»Es ist wahr, verdammt! Ich habe gelauscht, weil ich Schottin bin und weil es offensichtlich war, dass du einen Verrat an Schottland plantest! Das gebe ich zu! Aber ich habe nicht versucht, Malcolm zu warnen, und ich hatte das auch gar nicht vor!«

»Du siehst aus wie ein Racheengel.« Stephen berührte flüchtig ihr Haar. »Ein Mann wäre verrückt, wenn er dir misstraute.«

Sie schwieg ungläubig.

Er lächelte, als wäre er gezwungen, eine widerliche Medizin zu schlucken.

»Ein Mann wäre auch verrückt, wenn er dir glaubte.«

»Das ist nicht fair!«

»Warum sollte dir dein Ehegelübde so viel bedeuten, Mary? Wo du doch dein ganzes Leben lang mich, die Normannen und England gehasst hast?«

Mary überlegte, bevor sie ihm antwortete, denn diese Antwort war ein schmerzliches und riskantes Unterfangen.

»Ich habe die Normannen gehasst, ja – aber nicht dich.«

Er musterte sie.

Sie errötete und hoffte, dass er es nicht bemerkte. Wenn sie nur nicht so stolz wäre. Ihr Stolz war in diesem Moment nicht hilfreich.

»Ich habe Euch nie gehasst, Mylord«, flüsterte sie.

Und sie dachte an das erste Mal, als sie ihn gesehen hatte, daran, wie mächtig und unbesiegbar er ihr erschienen war, wie stolz, wie edel, wie kraftvoll und männlich. Schon damals, vor zwei Jahren in Abernathy, hatte sie sich in ihn verliebt.

Endlich fand Stephen seine Sprache wieder, doch sein Ton war spöttisch.

»Kommt nun das große Geständnis, dass du mich liebst?«

Mary schluckte. »Du machst es so schwer.«

Er blickte sie stumm an.

»Du verdienst meine Liebe nicht«, sagte sie nach einer langen Pause.

Seine grausamen Zweifel, sein Spott machten es ihr unmöglich, ihm die ganze Wahrheit über ihre Gefühle für ihn zu erzählen. Dass ihre Liebe für ihn so verboten war, dass ihr nichts anderes übrig geblieben war, als sie hinter einer Mauer aus Hass zu verstecken. Sie wischte sich eine Träne von der Wange.

»Und zweifellos habe ich sie auch nicht«, erwiderte er sarkastisch.

Mary wandte sich ab.

Stephen packte sie. Ihr Atem stockte, als er sie auf den Rücken warf, unter sich. Seine Augen blitzten.

»Ihr lasst Euch auf gefährliche Spiele ein, Madame.«

Sie schüttelte den Kopf, unfähig zu sprechen. Er war wütend, sie fürchtete sich. Aber dennoch war sie plötzlich erregt und atemlos und sich dessen bewusst, dass sie unter ihm lag, ihm völlig ausgeliefert.

»Wenn Ihr mich liebt«, sagte er mit tiefer, heiserer Stimme, »dann würde ich vorschlagen, Ihr beweist es mir.«

Mary schwitzte. Sie leckte sich die Lippen. »Habe ich das denn noch nicht bewiesen, Mylord?« Ihre Stimme war belegt und kaum erkennbar.

Sein Lächeln erinnerte an ein zähnefletschendes Tier.

»Im Bett wirst du mir deine Liebe nie beweisen, Mary. Das meine ich nicht.«

Sie musterten einander. Die erste Erregung war vorüber. Mary begriff, und ihr Mut sank.

Dann wandte sich Stephen von ihr ab und berührte sie in dieser Nacht nicht mehr.

Am folgenden Tag erschien Prinz Henry in Alnwick. Er war nicht allein, sondern in Begleitung eines kompletten Truppenkontingents. Seine zahlreichen Männer lagerten vor den Mauern der Burg; sie bevölkerten das Moor, so weit der Blick reichte. Die Landschaft verwandelte sich in ein provisorisches Dorf. Aus Angst, vergewaltigt zu werden, versteckten sich die einheimischen Mädchen. Die Bauern der Gegend schluckten ihren Gram darüber hinunter, dass – auf Stephens Befehl hin wie auch ohne diesen – ihr Vieh geschlachtet wurde, um die vielen Soldaten zu ernähren. Es hatte tagelang geregnet, doch nun klärte sich das Wetter auf, was die rastlosen Söldner, die von der unfreundlichen englischen Witterung genug hatten, sehr freute. Turnierkämpfe wurden ausgetragen, auf Mädchen Jagd gemacht und alles getan, damit sich die Männer amüsierten.

Mary war froh, dass sie nur eine Nacht bleiben wollten. Eine der Küchenmägde war den Soldaten in die Hände gefallen; Mary hatte ihre brutale Grausamkeit direkt mitbekommen und das arme, weinende Mädchen versorgt. Die Neigungen frisch aus der Schlacht kommender Soldaten waren ihr zwar nicht fremd, doch Henrys Söldner waren schlimmer als alle, die sie bislang erlebt hatte.

Obwohl sie von den Ereignissen der Nacht zuvor noch sehr beunruhigt war, obwohl sie zornig genug war, um Stephen ignorieren zu wollen, so wie er sie nun ignorierte, konnte sie den Mund nicht halten. Sie suchte ihn auf, um gegen die Präsenz der undisziplinierten Normannen vehement zu protestieren und um herauszufinden, weshalb sie überhaupt im Norden waren.

»Es ist nur für diesen Tag und diese Nacht«, sagte Stephen. »Henry konnte sie nicht zurückhalten, selbst wenn er es gewollt hätte.«

»Aber Ihr erlaubt Euren Männern nicht, das Land zu verwüsten und zu vergewaltigen und zu verstümmeln, wie es ihnen gefällt!«, brauste Mary auf. Bebend vor Zorn funkelte sie ihren Gemahl an, einem Zorn, der von weit mehr ausgelöst wurde als von dem Thema, über das sie gerade sprachen.

»Meine Männer sind keine Söldner«, erklärte Stephen, und dann schickte er sie fort, bevor sie ihm weitere Fragen stellen konnte.

Mary hatte nicht erwartet, dass Stephen in der Lage sein würde, diesen Missstand zu beseitigen. Sie würde nicht mehr protestieren und ihre Leute schützen, so gut sie eben konnte. Sie befahl den Wachen, allen Einheimischen als Schutz vor den normannischen Rittern Zugang zum Burghof zu gewähren. Dabei war sie sich der Ironie ihres Vorgehens wohl bewusst. Stephen sah sie als Außenseiterin, doch sie hatte seine Heimat und deren Menschen bereits ins Herz geschlossen und betrachtete es als ihre Pflicht, Alnwick und seinen Untertanen beizustehen. Ihr Gemahl würde es hoffentlich nicht bemerken, und falls doch, würde er, so glaubte sie, zumindest nicht so barbarisch sein, ihre Anordnungen zurückzunehmen.

Aber was in Gottes Namen machte der Prinz hier? Es wurde zwar gemunkelt, er gehe nach Carlisle, um die derzeitige Garnison dort zu entlasten, doch Mary hatte schreckliche Angst, dass seine Anwesenheit wesentlich mehr bedeutete als das.

Henry machte sie nervös. Tatsächlich machte er sie weit nervöser als seine marodierenden Truppen. Sie traute ihm nicht. Er hatte scharfe, unruhige Augen, Augen, die viel zu viel sahen. Doch Mary war klug genug, ihm gegenüber freundlich zu sein.

Er saß mit ihr, Stephen und der Gräfin auf dem Podium, zwischen ihrem Gemahl und ihrer Schwiegermutter. Mary war froh, dass Stephen sie wenigstens mit seiner Körpergröße vor Henry abschirmte. Wenn er sich zu lange in ihrer Nähe befand, würde er bestimmt mitbekommen, dass etwas nicht stimmte.

Sie hatte in der letzten Nacht kaum geschlafen. Nachdem

sich Stephen von ihr abgewandt hatte, unternahm sie einen vergeblichen Versuch, ihn zu verführen. Sie wusste instinktiv, dass sie das verlorene Terrain dieses Tages zurückerlangen musste – Terrain, das sie während der vergangenen Woche mühsam erobert hatte. Sie konnte nicht zulassen, dass es mit ihrer Ehe weiter bergab ging. Doch er hatte sie harsch abblitzen lassen.

Seine unverhüllte Zurückweisung, die er nicht einmal höflich bemäntelt hatte, war der letzte Schlag gewesen. Sie war im Bett neben ihm in sich zusammengesunken und hatte sich zum erstenmal in ihrem Leben besiegt gefühlt.

Heute Morgen hatte sie in Isobels Spiegel die dunklen Ringe unter ihren Augen gesehen. Ein trauriger Anblick. Und nun streifte Henrys forscher Blick sie ständig. Das war äußerst unangenehm. Mary vermutete, dass er sie begehrenswert fand. Sie glaubte, dass er unanständige Gedanken hegte, wenn er sie ansah. Sie wollte nicht herumraten, aber da Stephen sie so gründlich in die Kunst der Liebe eingeweiht hatte, konnte sie sich nur zu gut vorstellen, welcher Art seine Gedanken waren.

Beim Abendessen sprachen sie wenig. Henry erklärte offen, er werde die Truppen in Carlisle ablösen; danach wolle er auf seine Güter in der Normandie zurückkehren. Mary interessierte sich nicht sonderlich dafür, was in der Normandie vor sich ging, solange es nicht Northumberland oder Schottland betraf. Doch wie jedermann wusste auch sie, dass William Rufus das Herzogtum Normandie seines Bruders Robert begehrte und wahrscheinlich eines Tages in den Krieg ziehen würde, um es an sich zu reißen. Würde der Prinz dann wieder für einen der Brüder Partei ergreifen? Und wenn ja, wen würde er dieses Mal unterstützen?

Nach dem Essen gab es die übliche Unterhaltung, ein fahrender Sänger, ein Barde, Jongleure, ein Hofnarr. Mary entschuldigte sich frühzeitig wegen ihrer Müdigkeit. Doch anstatt zu Bett zu gehen, ging sie auf die Brustwehr, um etwas frische Luft zu schnappen. Wahrscheinlich gab es morgen wieder Regen; zumindest schien der wolkenverhangene Himmel dies anzudeuten.

Die Wachleute murmelten eine höfliche Begrüßung und ließen sie dann in Ruhe. Mary hatte einen pelzgefütterten Umhang angelegt, wickelte sich darin ein und blickte auf die zahlreichen über das Moor verstreuten Lagerfeuer hinaus. Gelächter und Gesang, auch von Frauen, und die traurige, langsame Melodie eines Saiteninstruments drangen an ihr Ohr. Sie hatte es nicht eilig damit, in das Gemach zu gehen, das sie mit Stephen teilte. Wahrscheinlich würde er lange aufbleiben, mit Henry plaudern und Pläne schmieden. Die beiden kamen sehr gut miteinander zurecht; sie schienen alte Freunde zu sein. Weshalb, das konnte sie jedoch nicht verstehen.

Henry besaß eine gewisse Anziehungskraft, aber anders als Stephen hatte er etwas Skrupelloses an sich, das sie ängstigte. Wie Stephen war auch er mächtig; aber er war der jüngste Sohn, und der Eroberer hatte ihm außer großem Reichtum nichts vermacht. Henry hatte sich genommen, was er brauchte, und inzwischen verfügte er über eine Macht, die eines Prinzen würdig war. Vielleicht war Stephens Freundschaft mit ihm mehr politischer als persönlicher Natur. Aber unglücklicherweise glaubte Mary das nicht.

Mary wollte nicht über Stephen nachdenken. Nicht, wenn sie es vermeiden konnte. Sie schaute lieber über das nachtschwarze Moor, die raue Landschaft, die spärlich von den zahllosen kleinen Feuern erleuchtet wurde. Ihr Herz schnürte sich zusammen. Sie merkte, dass sie nach Norden blickte, Richtung Schottland, aber sie hatte kein Heimweh. Sie hatte lange kein Heimweh gefühlt.

Was ist mit mir geschehen?, fragte sie sich. Ich liebe mein Land, aber es ist nicht mehr meine Heimat. Wie konnte das so schnell geschehen? Alnwick ist mein Zuhause. Heute wollte ich die Männer dafür umbringen, dass sie einer meiner Hörigen etwas angetan haben – *meiner* Hörigen. Lieber Gott, vielleicht verwandle ich mich in eine Engländerin.

Aber wäre das so schlimm? Ihr Schicksal war Northumberland; eines Tages würde sie hier Gräfin sein. Und sie war ohnehin eine halbe Engländerin, ein Umstand, den sie die meiste Zeit ihres Lebens ignoriert hatte. Ihre Mutter war die Enkelin eines sächsischen Königs. Mary lächelte traurig. Sie hatte sich immer absolut als Schottin gefühlt und tat das nach wie vor, aber irgendwie hatte sie nicht nur gelernt, ihre Ehe und ihr neues Zuhause zu akzeptieren. Irgendwie war sie diesem Ort und seinen Menschen gegenüber wirklich loyal geworden, ja, sie hatte Land und Leute lieb gewonnen. Zudem wurde sie von allen akzeptiert, vom größten Vasallen wie vom niedrigsten Bediensteten.

Nein, dachte sie dann schnell und mit einem heftigen, stechenden Schmerz, nicht von allen. Ihr Lord akzeptierte sie nicht, er sah in ihr noch immer die Außenseiterin, schlimmer noch – eine schändliche Verräterin.

In einem einzigen Augenblick war ihre Ehe erneut zerbrochen. Sie hatte ihm sogar wortreich mitgeteilt, dass sie ihn liebe. Und er hatte sie ausgelacht, sie verspottet und sie wortreich der Lüge bezichtigt. Mary hätte ihn gern gehasst. Aber sie konnte es nicht.

Eine Hand legte sich von hinten auf ihre Schulter. Mary fuhr entsetzt zusammen. Henry lächelte ihr zu.

»Ich wollte Euch nicht erschrecken.«

Ihr Blick schweifte rasch an Henry vorbei, aber ihr Gemahl begleitete ihn nicht. Sie war mit dem Prinzen allein. Für einen kurzen Moment spürte Mary, wie eisige Panik sie erfasste.

Nein, dachte sie wirr, sie waren nicht allein – auch die Wachen befanden sich auf der Brustwehr. Sie erblickte die beiden Männer und verspürte eine gewisse Erleichterung.

Henry erriet ihre Gefühle.

»Keine Angst, Mylady, Euer Ruf ist nicht gefährdet. Wir

stehen unter Aufsicht.« Wie gewöhnlich lag ein trockener Spott in seinem Ton.

Mary brachte ein Lächeln zustande.

»Ich habe keine Angst, Mylord. Warum sollte ich?«

Henry lächelte ebenfalls und lehnte sich an die Mauer, ihr gegenüber, den Blick auf sie geheftet. Mary verspannte sich, das Glühen in seinen Augen gefiel ihr nicht.

»Stellt Euch meine Überraschung vor«, sagte er leise, »ich gehe einen Moment an die frische Luft und finde Euch hier.«

Es war ein unglücklicher Zufall, doch das sagte Mary nicht. Sie zog den Umhang noch fester um sich.

»Ist Stephen zu Bett gegangen?«

»Nein«, murmelte Henry mit einem Lächeln, das wahrscheinlich schon manches Frauenherz hatte schneller schlagen lassen, »er ist unten und beobachtet das Kaminfeuer.«

»Vielleicht sollte ich zu ihm gehen.« Falls Mary Zweifel gehabt haben sollte, vertrieb Henrys Lächeln sie nun alle. Er fand sie tatsächlich attraktiv, und er verhielt sich wie ein Raubtier auf der Pirsch. Sie glaubte sich nicht in wirklicher Gefahr, nicht hier, in der Burg ihres Gemahls, aber sie mochte nicht, wie er sie ansah. Ihr missfiel sein Benehmen, es war nicht nur raubtierhaft, sondern auch vergnügt. Er hatte seinen Spaß daran, mit ihr zu spielen. Sie wollte an ihm vorbeigehen, doch er hielt sie fest.

»Habt Ihr Angst vor mir, Mary?«, fragte er mit siegesgewisser, belustigter Miene.

»*Lady* Mary«, korrigierte sie ihn atemlos.

Er ließ sie nicht los. Sie konnte es nicht glauben. Aber sie tat, als sei nichts Ungehöriges im Gange.

»Nein, weshalb sollte ich?«

»Ich glaube, Ihr verstellt Euch.« Er lachte belustigt auf und musterte sie genau. »Ihr habt anscheinend schlecht geschlafen. Ist alles in Ordnung?«

»Natürlich!«, log sie und versuchte, sich aus seinem Griff zu lösen, doch er gab nicht nach.

Sie spielten ein sorgfältig inszeniertes Spiel. Mary wollte nicht offen protestieren. Im Augenblick versteckten sie sich beide hinter Schicklichkeit und Anstand. Henry beherrschte die Regeln perfekt und war sich auch ihrer Angst vor dem Rückzug bewusst. Er schützte Höflichkeit vor, tat, als liege seine Hand ganz zufällig auf ihrer, obwohl seine Absicht ganz und gar nichts mit Zufall zu tun hatte. Er wusste, dass sie ihn nicht auffordern würde, sie loszulassen und dadurch diesen Austausch von Höflichkeiten als eine Heuchelei zu entlarven, die sie beide offener Feindseligkeit ausgesetzt hätte.

»Als ich Euch das letzte Mal sah, Mary, habt Ihr gestrahlt. Selten habe ich eine schönere Frau gesehen. Es war klar, dass die Ehe – und Stephen – Euch guttat.«

Mary konnte nicht lächeln. Er sprach in der Vergangenheitsform.

»Wie erschöpft Ihr hingegen nun erscheint. Wie besorgt. Gefällt Euch Stephen nicht mehr?«

Mary konnte sich nicht mehr länger zurückhalten.

»Was für eine Frage! Natürlich gefällt er mir!«

Henry lachte.

»Ich meine nicht im Bett, meine Liebe. Schaut nicht so schockiert. Ich kenne Stephen schon seit unserer Kindheit, er war sechs, ich nur ein Jahr älter. Wir haben uns schon öfter zusammen mit Mädchen vergnügt. Ich weiß also, wozu er fähig ist.«

Mary gab jede Rücksicht auf.

Sie riss sich von ihm los.

»Wie könnt Ihr es wagen!«, zischte sie. Jetzt wusste sie, dass Henry sich vorgestellt hatte, wie Stephen sie liebte, und das löste Wut, Entsetzen und Empörung in ihr aus. Sie kam sich vor, als wäre er tatsächlich in ihrem Gemach gewesen und habe sie und Stephen beobachtet. »Wie könnt Ihr es wagen, in unsere Privatsphäre einzudringen!«

»Habe ich das getan?« Er lachte noch immer und spielte den Unschuldigen. »Was habe ich denn getan, Mary? Ist es, weil ich Stephen gut kenne? Weil ich ihn in mancher Hinsicht sogar besser kenne als Ihr?«

Mary sagte nichts, aber sie kochte vor Wut.

»Hat er Euch verziehen, Mary? Wird er es tun? Ich glaube nicht.« Er grinste. »Ihr wart töricht, ebenso wie er. Ich kann nicht glauben, dass er Euch erlaubte, mit Eurem Bruder allein zu sein. Das braucht Euch nicht zu überraschen. Ich weiß alles, was in diesem Reich von Bedeutung ist.«

»Habt Ihr bei uns einen Spion?« Mary stockte der Atem.

»Alle großen Männer haben überall Spione, Mary; das wisst Ihr doch sicher. Hat Euer Vater nicht Euch?«

Mary versuchte, ihn zu schlagen, doch er hielt ihren Arm fest, und plötzlich fiel ihr Umhang zu Boden, sie wurde an die raue Steinmauer gedrückt – und Henrys Körper presste sich an ihren.

»Lasst mich sofort los. Stephen wird Euch töten!«

Sie schrie jedoch nicht. Sie sah, dass die Wachen auf der anderen Seite der Brustwehr waren, ihnen den Rücken zukehrten und nichts merkten. Was Henry ganz offenbar wusste.

»Oder ich töte ihn.« Henry lachte. Mary war entsetzt. »Aber ich werde ihm von unserem Tête-à-Tête nichts sagen, wenn Ihr es nicht tut.«

Mary starrte in sein schönes Gesicht, seine funkelnden Augen. Sie wollte spucken und kratzen, aber er hielt sie fest. Sie wusste, dass sie nichts sagen würde, weil Henry der Bruder des Königs und zudem ein furchtloser Ritter war. Sie wollte nicht das Risiko eingehen, dass er ihren Gemahl tötete.

»Beruhigt Euch«, sagte Henry mit belegter Stimme. »Ihr seid eine Schönheit, sicher, aber in Wahrheit schütze ich nur Stephen – und meine eigenen Interessen. Ich habe keine Absicht, Euch zu vergewaltigen, meine Süße, auch wenn ich Euch noch so gern unter mir spüren würde. Sicher ist es Euer Körper, der Stephen seine Pflichten gegenüber sich und seinem Land vergessen lässt. Ich gebe zu, dass ich mehr als neugierig bin. Nun, eine Einladung wäre etwas anderes. Die würde ich sofort annehmen.«

Henry richtete sich auf und ließ sie los.

Mary stand noch immer mit dem Rücken zur Wand und er vor ihr. Sie bebte, so stark war ihr Wunsch, ihn zu schlagen.

»Niemals werdet Ihr eine Einladung irgendeiner Art von mir bekommen!« Doch ihre Tapferkeit war gespielt; sie bebte vor Furcht. Wären die Wachen nicht da gewesen, Henry hätte sie ohne Weiteres vergewaltigen können; sie hätte ihn nicht abzuhalten vermocht. Sie traute ihm ein solches Verhalten ohne Weiteres zu.

»Ich weiß, dass sich hinter diesem zerbrechlichen, scheinbar unschuldigen Äußeren eine echte Frau versteckt; das habe ich schon bei unserer ersten Begegnung gespürt. Ihr könnt nicht ohne einen Mann auskommen. Und Stephen wird Eure Heimtücke nicht lange ertragen. Eines Tages werdet Ihr einen fatalen Fehler begehen, Mary. Fatal. Er wird Euch nie vergeben, und er wird Euch wegschicken, wie er es bereits hätte tun sollen. Aber habt keine Angst. Ich werde Euch nicht vergessen. Selbst wenn Ihr in ein Kloster eingesperrt seid, werde ich Euch nicht vergessen.«

Mary rührte sich nicht. Henrys Selbstvertrauen und Arroganz waren furchterregend. Die Absicht hinter seinen Worten war nicht misszuverstehen. Wenn Stephen sie verbannte – und er glaubte, das würde bald geschehen –, dann würde er da sein, um ihren Kummer zu lindern – auf körperlichem Gebiet. Sie schauderte. Gott stehe ihr bei; wenn sie je fortgeschickt würde, dann stünde Henry bald vor ihrer Tür, daran hatte sie keinen Zweifel.

»Ich werde ihn nie verraten.«

Henry betrachtete sie stumm. Dann sagte er: »Wie seltsam, ich glaube Euch beinahe.«

»Er irrt. Ich habe ihn nicht verraten, und ich werde es auch nicht tun. Niemals.«

»Nein? Vielleicht habe ich Euch falsch beurteilt. Vielleicht müsst Ihr Euren Gemahl erst noch verraten, meine Freundin. Aber was, wenn ich Euch den wahren Grund für meinen heutigen Besuch in Alnwick mitteile?«

Marys Herz begann furchtsam zu schlagen.

»Welchen wahren Grund? Sicher sucht Ihr nur ein Bett und ein Dach über dem Kopf – nichts weiter!«

Henry lachte. »Ich weiß, dass Ihr so naiv nicht seid! Ich habe es Stephen bereits gesagt, und nun sage ich es Euch, eine Nachricht, die er zweifellos für sich behalten wird. Euer Vater, Euer erlauchter Sire, stellt das größte Heer auf, das Schottland je gesehen hat.«

Mary versuchte zu sprechen, doch ihr versagte die Stimme. Sie musste erst schlucken und sich die Lippen befeuchten.

»Weshalb?«, krächzte sie. Aber sie wusste es bereits.

»Um sich zu rächen, natürlich. Genauer gesagt, Malcolm hat geschworen, England in die Knie zu zwingen, und seine Invasion in Northumberland steht unmittelbar bevor.«

22

Mary floh. Sie meinte, Henrys leises Lachen hinter sich zu hören, doch in ihrem Schock war sie sich nicht sicher. In ihrer Eile stolperte sie kurz vor dem Ende der steilen Wendeltreppe und fiel hin, aber zum Glück verletzte sie sich nicht, sondern kam mit dem Schrecken davon.

Sie hielt sich den Bauch. Lieber Gott, was tat sie nur? Sie musste auf sich achtgeben! Wenn sie durch ihre eigene Unachtsamkeit ihr Baby verlöre, würde sie sich das nie verzeihen können. Um des Kindes willen musste sie vorsichtig sein.

Mary stand auf. Ihr schwirrte der Kopf, doch sie zwang sich nachzudenken. Sie zweifelte Henrys Worte nicht an, auch wenn sie das gerne getan hätte. Sie kannte ihren Vater; er hatte ein Vergehen nie ungestraft durchgehen lassen. Mary stöhnte. Man musste ihm Einhalt gebieten! Sie konnte sich nur zu gut vorstellen, was ein richtiger Krieg für sie alle bedeuten würde, für Schotten, Normannen, Malcolm, Stephen, sie selbst.

»Mary?«

Beim Klang der Stimme ihres Gemahls fuhr Mary zusammen. Er stand, eine Wachskerze hochhaltend, in dem schmalen, dunklen Korridor. Mary bemerkte, dass sie sich an der Wand festhielt und sich noch nicht von der Treppe wegbewegt hatte. Nun starrte sie auf Stephen, als sei er ein Fremder.

»Geht es dir gut? Bist du hingefallen?«

Er trat rasch zu ihr.

Offensichtlich war er besorgt. Mit einem leisen Aufschrei flüchtete sie sich in seine Arme. Nicht nur, dass er sich um sie sorgte, sie brauchte ihn! Sie brauchte ihn in dieser dunklen, furchterregenden Zeit als Verbündeten, sie brauchte Trost und Hoffnung, sie brauchte seine Stärke. Zu ihrer Bestürzung hielt Stephen sie nicht fest. Mit grimmiger Miene schob er sie entschlossen von sich, als wolle er sie nicht anfassen.

»Bist du gefallen?«, wiederholte er. »Bist du verletzt?«

»Nein«, sagte sie und ballte die Fäuste, damit sie nicht noch einmal nach ihm greifen würde. Er mochte besorgt sein, aber er hatte ihr nicht verziehen, und Edwards Besuch war ihm offenbar noch zu frisch im Gedächtnis. »Ist es wahr, dass Malcolm einen Krieg plant? Plant er, schon sehr bald in Northumberland einzufallen?«

Stephens Blick verfinsterte sich. »Und wie, wenn ich fragen darf, hast du von diesen Dingen erfahren?«

Sie war sicher gewesen, dass Henry die Wahrheit gesagt hatte, aber trotzdem schrie sie gequält auf, als Stephen es bestätigte. Doch sein bitterer Sarkasmus entging ihr nicht.

»Ich habe nicht spioniert!«, rief sie zitternd. »Dein guter Freund Henry hat es mir gesagt. Stell dir das vor!«

Mary drückte sich von der Mauer ab und stapfte an Stephen vorbei, doch er packte sie sofort am Arm und brachte sie in ihr Gemach. Dort angekommen, stellte sie sich vor das wärmende Feuer und wandte ihm den Rücken zu.

Sie wusste, dass er sie beobachtete. Schließlich drehte sie sich um und begegnete seinem durchdringenden Blick.

»Henry hat es mir gesagt«, wiederholte sie. »Er ist noch immer auf der Brustwehr. Frag ihn, wenn du mir nicht glaubst!«

»Dieses Mal glaube ich dir«, erwiderte Stephen ruhig. »Henry hält sich für einen Puppenspieler, er meint, bei allen um ihn herum die Fäden zu ziehen. Aber im Gegensatz zum Marionettenspieler kann er nie ganz sicher sein, was seine Puppen tun. Ich glaube, daraus gewinnt er die größte Freude.«

»Und er ist dein Freund?«

»So sehr, wie jemand, der nicht zu Familie gehört, ein Freund sein kann«, sagte Stephen. »Henry gefällt es, Probleme zu machen. Ich denke, er hat heute Abend schon genug Übel verursacht. Und was nun? Wirst du nun schreien und kreischen und mich darum bitten, diesen Zusammenstoß zu vermeiden?«

»Wenn mein Vater dein Land überfällt, musst du verteidigen, was dein ist. Eure Heere werden direkt aufeinandertreffen.« Mary zitterte; sie stellte sich vor, wie zwei gigantische Armeen aufeinander einstürmten, sie hörte das harte Klirren von Metall auf Metall, die Schreie von Qual und Tod.

»Ja.«

Plötzlich erstarrte sie. Eine schreckliche Befürchtung, die Vorahnung einer Katastrophe, von Tod, befiel sie. Wer? Wer würde es sein? Nicht Stephen! Bitte, lieber Gott, nicht Stephen. Sie schluckte schwer.

»Aber es muss nicht so weit kommen. Es ist noch nicht zu spät. Malcolm ist noch nicht ins Land eingedrungen. Bitte, Stephen, du musst zu ihm gehen!«

»Du würdest mich unmittelbar vor Ausbruch eines Krieges dem Feind in den Rachen werfen?«

Mary stürzte auf ihren Gemahl zu und ergriff seine Hände. »Dieser Krieg muss nicht sein!«

Er schüttelte sie ab. »Bist du verrückt? Oder hältst du mich für verrückt?«

»Du verstehst mich nicht«, rief sie. Ihr Verstand raste, ihr Puls hämmerte in den Ohren. Wenn sie musste, dann würde sie auch betteln, auf Händen und Füßen, denn es ging einfach um zu viel. Dem Krieg zwischen ihrem Vater und ihrem Gemahl musste Einhalt geboten werden, sie konnte das nicht ertragen. Sie spürte noch immer diese Vorahnung, an die sie voll und ganz glaubte, so stark war sie. Jemand würde sterben, jemand, den sie sehr liebte – sie wusste es, sie spürte es –, aber nicht, wenn diese entsetzliche Konfrontation vermieden werden konnte.

»Und ob ich Euch verstehe, Madame«, sagte Stephen eisig. Mary zuckte zusammen. »Du glaubst doch wohl nicht, ich würde dich in eine Falle schicken?«

»Könntest du ein derart verräterisches Biest sein?«

Mary trat zurück. »Nein, Stephen, du hast mich nicht verstanden, wieder einmal.« Ihre Stimme zitterte. Aber sie begriff, weshalb er so dachte: Weil sie sich gestern privat mit Edward getroffen hatte.

»Welche Geschichte willst du mir jetzt auftischen?«

»Du musst mit meinem Vater verhandeln«, schrie sie schon fast hysterisch. »Siehst du das denn nicht? Worte, Stephen, Worte könnten die Waffenruhe wiederherstellen, die Katastrophe abwenden!«

»Ich glaube nicht, dass du so naiv bist, Mary, wirklich zu denken, du könntest mich zu deinem Vater schicken, um mit ihm über Frieden zu sprechen. Du schickst mich in meinen Tod oder in lebenslängliche Kerkerhaft. Das gefällt mir nicht!«

Seine letzten Worte waren ein tiefes Knurren. Mary hatte ihm in einer bittenden Geste die Hände entgegengestreckt; er schob sie beiseite.

Seine schwarzen Augen funkelten wütend.

»Nein«, flüsterte Mary. »Ich meine es wirklich ernst.«

»Du meinst das ernst? Du erwartest von mir zu glauben, dass dir das ernst ist? Du hast mich seit unserer ersten Begegnung bekämpft und alles an mir verachtet, vor allem meinen Namen und mein Land. Du hast unsere Ehe bis zuletzt bekämpft. Schon ein paar Tage nach unserem Ehegelübde hast du es gebrochen.« Sein Lächeln war kalt. »Und gestern war dein Bruder hier.«

Mary sank zu Boden, und Stephen baute sich drohend über ihr auf, seine Miene zeigte eine kaum mehr zurückgehaltene Wut.

»Nein!«, schrie sie.

Doch sie erkannte, wie es für ihn aussehen musste. Edwards Besuch zum falschen Zeitpunkt war der Todesstoß. Stephen konnte nicht glauben, dass dieser Besuch harmlos war. Nicht, wenn sich ein Krieg zusammenbraute, nicht so bald nach der Niederlage von Carlisle, und nicht nach ihrem angeblichen Verrat.

In seiner Vorstellung war dieser Besuch kein bloßer Zufall, sondern Absicht. Wie sehr musste ihr Bitten wie eine List wirken, wie eine Falle.

»Nein, Stephen, so ist es nicht.«

Stephen richtete sich auf. »Ich bin Eurer Spiele überdrüssig, Madame«, erklärte er sehr kalt. »Hört mir gut zu. Morgen ziehe ich in den Krieg. Das ist unumgänglich.«

»Stephen, bitte! Dieses Mal musst du mir vertrauen!«

Er drehte ihr den Rücken zu und verließ das Gemach. Als Mary am nächsten Morgen nach einer langen, schlaflosen Nacht aufstand, war er noch immer nicht zurückgekehrt. Viele Wochen sollten vergehen, bevor sie ihn wiedersah.

Mary wagte nicht, daran zu denken, wo Stephen in jener Nacht geschlafen hatte. Stattdessen grübelte sie über den Krieg nach, der bald über das Land kommen würde. Viermal war Malcolm in England, in das Gebiet der de Warennes, eingefallen, und viermal war er besiegt und gezwungen worden, dem englischen König die Lehnstreue zu schwören. Mary sah keinen Grund zu glauben, dass es dieses Mal anders kommen würde. Trotzdem standen die Vorzeichen anders. Denn dieses Mal befand sie sich auf der anderen Seite der Grenzlinie.

Dieses Mal würde sie nicht mit ihrer Mutter in Edinburgh auf Neuigkeiten warten und mit ganzem Herzen für einen schottischen Sieg beten. Dieses Mal würde jeder Sieg eine Tragödie für sie bedeuten. Sollte ihr Vater wie durch ein Wunder gewinnen, dann wäre Stephen der Verlierer. Wie sollte sie sich darüber freuen können? Doch wenn Malcolm wieder verlor, würde sie ebenso weinen. Niemals würde eine Niederlage Schottlands sie ungerührt lassen. Es würde in diesem Krieg einen Sieger geben, aber es würde nicht Mary sein; sie hatte schon jetzt verloren.

Nein, dachte sie resolut. Sie hatte noch nicht verloren. Nicht, wenn sie die Dinge selbst in die Hand nahm.

Vielleicht war es letzten Endes falsch gewesen, Stephen zu drängen, Malcolm aufzusuchen und um Frieden zu bitten. Trotz der Ehe waren die beiden schließlich Feinde. Aber was, wenn sie, Mary, Malcolms eigene Tochter, an Stephens Stelle ging?

Eine lähmende Erregung überkam sie, und mit ihr Angst.

Es wäre das größte Wagnis ihres Lebens, das wusste sie nur zu gut. Selbst wenn Stephen Alnwick noch nicht verlassen hätte, könnte sie ihn nicht um seine Erlaubnis fragen. Er würde ihr ihre aufrichtige Absicht nicht glauben, sondern wieder Verrat wittern. Deshalb musste sie Alnwick ohne sein Wissen verlassen.

Mary wollte sich nicht vorstellen, was geschehen könnte, wenn sie zu Malcolm ging und ihn dann nicht überzeugen konnte, seine Armeen zur Umkehr zu bewegen. Der Gedanke war zu erschreckend.

Ich muss verrückt sein, dachte sie, als sie ihre Flucht plante.

Wer bin ich denn zu glauben, ich könnte einen Krieg zwischen zwei großen Häusern abwenden?

Aber sie würde nicht mehr in Frieden leben können, wenn sie es nicht versuchte. Sie sehnte sich nach Frieden wie nie zuvor. Nach Frieden im Land und nach Frieden für sie und Stephen.

Als Mary vom Bett aufstand, waren Stephen und alle Männer der de Warennes fort. Der Aufbruch der Kämpfer im Morgengrauen hatte sie geweckt. Wieder war offenkundig gewesen, dass sie in den Krieg zogen. Dieses Mal waren es jedoch relativ wenige – viele Bewaffnete blieben zurück. Um Alnwick zu verteidigen? Mary wusste, dass es eine andere Erklärung nicht geben konnte. Dennoch glaubte sie es nicht.

Hielten der Graf und Stephen eine Belagerung auch nur im Entferntesten für möglich?

Es musste so sein, wenn sie die Burg von gut vierzig Leuten bewacht zurückließen.

Mary war entsetzt. Nicht wegen ihrer Feigheit, sondern weil es ihr schwerfiel, sich vorzustellen, dass ihr Vater die Burg ihres Gemahls belagerte, wenn seine eigene Tochter sich dort befand.

Sie durfte nicht an so etwas Schreckliches denken. Stattdessen überlegte sie schnell, dass Stephens rascher Aufbruch nur bedeuten konnte, dass am Abend zuvor Reiter ausgesandt worden sein mussten, die die Vasallen zum Kriegsdienst zusammenriefen. Das hieß, dass Malcolms Invasion unmittelbar bevorstand und sie keine Zeit verlieren durfte.

Henry war wie geplant nach Carlisle weitergezogen. Mary verstand die wahre Absicht dahinter. Es ging nicht darum, die Truppen abzulösen, sondern sie zu verstärken und auf die Schlacht vorzubereiten. Wie konnte Malcolm glauben, eine solche Armee zu besiegen? Warum konnte er seine große Entschlossenheit nicht der Sache des Friedens widmen statt dem Krieg?

Weitere düstere Ahnungen drohten Mary zu überwältigen, deshalb wandte sie ihre Gedanken lieber der unmittelbar vor ihr liegenden Aufgabe zu. Sie beschloss, die Burg als Bauernjunge verkleidet zu verlassen und im Dorf nach Möglichkeit einen Esel oder ein Pferd zu stehlen. Als junger Bursche würde sie weitaus weniger Probleme haben, wenn sie alleine unterwegs war. Sobald es ihr sicher erschien, würde sie sich zu erkennen geben und ein gutes Pferd und eine schottische Eskorte bekommen.

Alnwick war überaus geschäftig, als Mary die Treppe herunterkam und den großen Saal betrat. Die hektische Betriebsamkeit erhöhte ihre Befürchtungen und bestärkte sie in ihrem Entschluss. Es wurden fieberhaft Vorbereitungen für eine eventuelle Belagerung getroffen. Der Graf hatte also nicht nur viele kampferprobte Ritter zur Verteidigung zurückgelassen, sondern auch befohlen, die Burg auf das Schlimmste vorzubereiten. Mary schauderte. Soweit sie wusste, galt Alnwick als uneinnehmbar. Doch der Graf war ein erfahrener Befehlshaber und ein hervorragender Stratege. Offenbar würde der Krieg, der nun drohte, ein Ausmaß annehmen, das sie noch nicht erlebt hatte.

Atemlos und in dem Wissen, dass sie es irgendwie schaffen musste, Malcolm von seinem Vorhaben abzubringen, hoffte Mary, unbemerkt durch den Saal und nach draußen zu gelangen. Das sollte aufgrund des herrschenden Tumults nicht allzu schwierig sein. Doch die Gräfin sah sie sofort und winkte sie zu sich.

Ihr Widerstreben verbergend, kam sie Lady Ceidres Aufforderung nach.

»Gut, dass Ihr so früh auf seid«, begann die Lady unumwunden, »es gibt so vieles zu tun. Ihr kümmert Euch darum, alles zusammenzutragen, was für die Verwundeten gebraucht wird. Wenn es zu einer Belagerung kommt, werden wir viele Opfer zu beklagen haben.« Die Gräfin zählte rasch eine Liste von Vorräten auf, die in den Wohnturm geschafft werden sollten.

Mary hörte zu und nickte, wohl wissend, dass sie keine sauberen Leintücher, muffiges Brot oder sonst etwas zusammentragen würde. Sie fühlte sich deshalb wie eine Verräterin. Doch wenn es ihr gelang, Malcolm umzustimmen, würde sie nicht als Verräterin dastehen, sondern als Heldin gelten.

Der Gedanke verschlug ihr die Sprache.

Sie würde eine Heldin sein, eine Retterin, *die* Retterin, und sich dann endlich auch Stephen gegenüber als loyal erweisen.

Der Gedanke, endlich und vollständig ihre Unschuld darlegen zu können, faszinierte Mary so sehr, dass sie kaum wahrnahm, wie die Gräfin sie mit einem leichten Klopfen auf die Schulter aufforderte, ihre Aufgabe in Angriff zu nehmen.

Mary hatte den perfekten Vorwand erhalten, den Turm zu verlassen. Sie eilte in den Burghof, wo Bedienstete hin und her hasteten und riesige Fässer mit Trinkwasser sowie Säcke mit Getreide und getrockneten Lebensmitteln hereinschleppten. Andere schafften Fässer voll Öl an die Mauern, das im Falle einer Erstürmung erhitzt und von der Brustwehr aus auf die Angreifer ausgeschüttet werden würde.

Niemand achtete auf Mary. Wahrscheinlich hätte sie einfach aus dem Hof hinaus und über die Zugbrücke spazieren können, die wegen des steten Flusses von Fußgängern und Fahrzeugen heruntergelassen worden war. Aber es stand zu viel für sie auf dem Spiel, als dass sie riskieren konnte, erkannt und aufgehalten zu werden.

Mary eilte an die Rückseite des Wohnturms, wo sich die Küche und die Vorratskammern befanden und wo für gewöhnlich einige junge Burschen ihrer Körpergröße arbeiteten.

Einer von ihnen brachte gerade einen Sack Mehl in die Küche. Mary nahm ihn beiseite, gab ihm ein Geldstück, was ihn überaus erfreute, und einen Umhang, um sich zu bedecken. Er versicherte ihr, es werde kein Problem für ihn sein, sich andere Sachen zum Anziehen zu besorgen. Mary nahm alles, was er trug, an sich, seine Holzschuhe, die Hose, die raue Wolltunika, seinen aus Schnüren geflochtenen Gürtel und, das wichtigste, seinen löchrigen, mit einer Kapuze versehenen Umhang.

Die Kleidungsstücke unter den Arm geklemmt, suchte sie einen Ort, an dem sie sich umziehen konnte, und ein leerer Karren kam ihr dazu gerade recht, so dachte sie zumindest.

Sie hatte ihre Verkleidung gerade vollendet und verbarg ihre Sachen sorgfältig unter ein paar leeren Säcken, als sie plötzlich Isobel hörte: »Was tut Ihr denn da, Lady Mary?«

Mary blieb fast das Herz stehen. Sie richtete sich mit hochrotem Gesicht auf; Isobel starrte sie mit großen Augen an.

»Der Umhang ist zu groß«, bemerkte sie.

Mary ergriff das Mädchen an der Hand und zog es in den Schatten des Karrens. Ihr Herz schlug wie wild. Was für eine vernünftige Erklärung konnte sie der klugen Kleinen für ihre groteske Kleidung bieten? Sie konnte Isobel nur die Wahrheit anvertrauen, aber sie musste den Abenteuersinn des Kindes ansprechen.

»Aus der Entfernung«, fragte sie leise, »sehe ich da aus wie ein Junge?«

Isobel trat zurück und betrachtete sie genau. »Vielleicht wenn Ihr Euch Gesicht und Hände schmutzig macht. Was macht Ihr denn da?«

Mary zog sie wieder zu sich.

»Isobel, ich brauche deine Hilfe. Du musst mir versprechen, nichts zu verraten.«

Plötzlich wurde Isobels Miene anklagend. »Ihr habt Euch verkleidet, damit Ihr weglaufen könnt!«

»Ja, aber nicht aus dem Grund, den du meinst!«

Isobel erbleichte. »Ihr wollt von uns allen weglaufen, von Stephen, jetzt? Uns verlassen? Ich dachte, Ihr seid eine Freundin!«

»Bitte, hör mir zu!« Mary war verzweifelt. »Ich laufe nicht weg!«

Isobel blickte sie erwartungsvoll an.

»Ich will zu meinem Vater gehen und ihn bitten, mit diesem Krieg aufzuhören!«

Jetzt schien Isobel schockiert. »Und Stephen weiß nichts davon?

»Nein. Er ist aufgebrochen, noch ehe mir dieser Gedanke überhaupt gekommen ist. Aber selbst wenn er es wüsste, würde er mich nicht gehen lassen. Ein Mann erlaubt seiner Frau nicht, sich in solche Dinge einzumischen.«

Sie erzählte der Kleinen nicht, dass ihr Bruder ihr nicht vertraute und ebenso wie Isobel glauben würde, dass sie fliehen wollte.

Isobels Augen glühten, und sie lächelte gespannt.

»Wenn Ihr Malcolm umstimmen könnt, oh, dann werden die Barden Geschichten über Euch erzählen, und die fahrenden Sänger werden Euch besingen. Dann werden sie nicht mehr nur Eure Schönheit preisen, sondern auch Euren Mut. Und Stephen – er wird dann nicht mehr zornig auf Euch sein. Er wird Euch wieder lieben!«

Mary schwieg.

Die Worte des Kindes gingen ihr zu Herzen, Worte, die ihre eigenen Hoffnungen ganz genau wiedergaben. Wie viel wusste Isobel? Wichtiger noch, wie viel konnte Isobel begreifen? Es schien, als würde sie Marys schwierige Lage bestens verstehen. Wie konnte so ein junges Mädchen schon so klug sein?

»Dann hilfst du mir also, indem du nichts verrätst?«

Isobel musterte sie fragend.

»Und Ihr kommt bestimmt wieder?«

»Natürlich.« Mary sah, dass Isobel so unsicher war, dass sie zögerte. »Ich liebe Stephen, Isobel.«

Jetzt funkelten Isobels Augen begeistert.

»Ich werde Euch helfen. Ich werde Euch helfen, diesen Krieg aufzuhalten, und ich werde Euch helfen, Stephens Liebe wiederzugewinnen!«

Am Abend desselben Tages, bei Einbruch der Dämmerung, wurde Mary auf ihrem Weg zum Lager des schottischen Heeres von einem Reiter um die feindlichen Linien – die ihres Gemahls – herumeskortiert.

Jamie, der Schotte, der sie begleitete, war ein starker junger Mann, der ihr bereitwillig seine Hilfe anbot, sobald sie sich ihm und seiner Familie auf deren kleinem Bauernhof am Ostrand der Cheviot Hills zu erkennen gegeben hatte. Es war kein Geheimnis, dass Malcolms riesige Armee auf der Ebene nördlich von Liddel lagerte, und auch nicht, dass die normannischen Heere an den sanften Abhängen südlich von Carlisle kampierten.

Von dem Bauernhof aus waren sie auf Wildwechseln direkt nach Westen in die Hügel geritten und dann bald nach Süden abgebogen. Sie mussten vorsichtig sein. Die beiden Armeen hatten sich fest verschanzt und waren meilenweit südlich von ihnen, aber bewaffnete Normannen und Engländer, Vasallen oder Verbündete von Marys Gemahl, ritten noch über das Land, um sich Stephen anzuschließen. Deshalb wagten sie nicht, die alte Römerstraße zu benutzen, sondern folgten Pfaden auf den Hügeln oberhalb der Straße. Zweimal mussten Mary und Jamie ihre alten Rösser zum Galopp antreiben und sich in einem Wäldchen oder einem tief eingeschnittenen Wasserlauf verstecken. Furchtsam kauerten sie sich neben ihren Pferden zusammen, als die schwer bewaffneten normannischen Ritter auf ihren großen Streitrössern auf der Straße unterhalb bedrohlich und gefährlich nahe an ihnen vorüberzogen.

Hatte Mary anfangs nicht gewusst, wie tollkühn ihr Plan war, so wusste sie es nun. Wenn sie von einem dieser Ritter erwischt worden wäre, hätte keiner ihr geglaubt, Stephens Gemahlin zu sein.

Über ihr und Jamies Schicksal in seinem solchen Fall nachzudenken war geradezu unerträglich.

Die Ironie der Situation konnte größer nicht sein. Stephens Truppen waren nun der Feind, obwohl sie ihn so sehr liebte.

Als die Sonne bereits tief stand und das Licht fahl und grau wurde, war es an der Zeit, die alte Römerstraße hinter sich zu lassen. Der Fluss Tyne wandte sich nach Süden und die beiden Reiter nach Westen, weg von der Straße und hinein in den Wald, nunmehr ernstlich auf der Suche nach Malcolms Lager. Carlisle lag nur mehr wenige Meilen vor ihnen.

Jamie war ein heller Kopf; er hatte es den ganzen Tag über geschafft, Mary von der Gefahr, in der sie sich befanden, abzulenken. Doch nun verschwand sein zahnlückiges Grinsen, und obwohl es kalt war, stand ihm Schweiß auf der Stirn. Und Mary erging es nicht anders; ihr Herz pochte furchtsam.

Die schottische Armee war nicht weit weg, ebenso wenig die der Normannen, und zweifellos würden die ganze Nacht über viele Patrouillen unterwegs sein. Sie hatten mittlerweile beide große Angst davor, von normannischen Wachen erwischt zu werden.

Mary und Jamie befürchteten eine schlimme Wendung des Schicksals. Ihre Mission würde scheitern, wenn man sie jetzt gefangen nahm, dem Erfolg zum Greifen nahe.

Zehn Minuten, nachdem sie die Straße verlassen hatten, wurden sie von einer Patrouille angesprochen. Ihr rauer Hochlanddialekt entlarvte die Männer jedoch sofort als Schotten, und Jamie und Mary lachten erleichtert auf. Lieber Gott, sie hatten es geschafft! Irgendwie waren sie an Hunderten normannischen Truppen vorbeigekommen, waren ihren Wachen entgangen und hatten sicheres schottisches Terrain erreicht!

Trotz ihrer Verkleidung wurde Mary sofort erkannt, nachdem sie ihren Umhang abgelegt hatte, noch ehe sie überhaupt ihren Namen nennen konnte. Die großen, stämmigen Schotten in ihren Trachten konnten nicht glauben, Mary hier zu sehen.

Keiner fragte sie, was sie wolle, doch die anfängliche Fassungslosigkeit der Männer wich rasch vergnügt grinsenden Mienen. Mary wusste, was sie dachten. Sie dachten, sie käme nach Hause und würde ihren Gemahl im Stich lassen.

Rasch brach die Nacht herein, doch Mary sah noch genug, um von der Größe von Malcolms Lager schockiert zu sein. Jamie hatte damit geprahlt, obwohl er lediglich Gerüchte gehört hatte, und sie hatte ihm nicht geglaubt. Nun wandte sie sich an einen der kräftigen Männer, die neben ihrem müden Ackergaul einherschritten.

»Er muss an die fünfhundert Leute versammelt haben, ein Dutzend Clans! Ich sehe die Farben der Douglas, der Macdonalds und sogar der Fergusons! Die haben uns nie unterstützt, so lange ich zurückdenken kann!«

Der große Schotte, mit dem sie sprach, grinste ihr schalkhaft zu.

»Er hat sich eben mächtig angestrengt, Mädel. Dieses Mal gewinnt er, da könnt Ihr sicher sein.«

Dessen war sich Mary nicht sicher, doch nach einer Niederlage sah es nicht unbedingt aus. Was, fragte sie sich, hatte Malcolm den Clans geboten, um ihre Unterstützung zu gewinnen? Und was um Himmels willen würde geschehen, wenn diese große schottische Armee auf die der Normannen traf? Angst stieg in ihr hoch. Das Gemetzel würde entsetzlich sein, der Verlust an Menschenleben unvorstellbar. Nun verstand sie, weshalb sich Alnwick auf eine Belagerung vorbereitete. Malcolms Truppen waren zahlreich und gefährlich genug, um ein derart furchterregendes Ereignis möglich erscheinen zu lassen.

Eigentlich war nicht die Zeit, an sich selbst zu denken, doch Mary konnte nicht umhin, plötzlich einen Kloß im Hals zu spüren. Sie stellte sich vor, zusammen mit den anderen Frauen in Alnwick zu sitzen, während der Turm beschossen und die Mauern mit schweren Rammböcken bestürmt wurden.

Würde es dazu kommen, wenn sie es nicht schaffte, Malcolm vom Krieg abzubringen? Würde ihr Vater versuchen, Alnwick, das Zuhause ihres Gemahls, zu zerstören, selbst wenn sie innerhalb der Mauern weilte?

Sie durfte sich nicht so bedrückenden Gedanken hingeben. Mary blinzelte und blickte auf die zahllosen Zelte, die sich vor ihr über die sanften grünen Hügel verteilten. Malcolms Lager stand auf einer kleinen Erhebung; es war nicht größer oder prachtvoller als die anderen, und Mary erkannte ihn sofort. Er kauerte vor seinem Lagerfeuer, umgeben von vielen mächtigen Lords und dazu Edward, Edmund und Edgar. Mary vergaß ihre Begleiter und drängte das alte Pferd vorwärts. Edgar entdeckte sie als Erster. Er starrte sie zuerst schockiert an, dann kam er mit einem Freudenschrei auf sie zugerannt. Mary stieg ab und sank in seine Arme. Sie war froh zu sehen, dass er sie beide wieder gebrauchen konnte.

Er umarmte sie jedoch nicht, sondern schüttelte sie heftig. »Bei allen Heiligen! Was machst du hier, Mary? Warum bist du nicht bei deinem Gemahl?«

»Ich freue mich auch sehr, dich zu sehen«, konterte sie verdrießlich und umarmte ihn. Aber er schob sie von sich weg; Edgar hatte seine Zuneigung nie zur Schau gestellt, da er dies als unmännlich erachtete.

»Ich hoffe, du hast einen guten Grund, um hier zu sein und nicht in Alnwick, wo du hingehörst!«, sagte er missbilligend.

Sie betrachtete sein junges, ernstes Gesicht. Edgar war ihr gegenüber nie ablehnend gewesen; sie hatten ihr ganzes Leben lang zusammen der Autorität getrotzt und sich gegenseitig verteidigt. Mary erkannte, dass auch er womöglich dachte, sie würde Stephen verraten.

»Ich bin nur gekommen, um mit Vater zu sprechen. Ich will so schnell wie möglich nach Alnwick zurückkehren.«

Er blickte sie mit offenem Mund an. Seine Miene war so bubenhaft, so sehr wie der junge Edgar, dass Mary lächeln musste.

Er wollte etwas sagen, doch nun kamen ihm Edward und Edmund zuvor.

»Mary?« Auch Edward war skeptisch. «Wie zum Teufel kommst du denn hierher?«

»Wichtiger noch, *weshalb* ist sie hier?«, fügte Edmund hinzu.

Mary bemerkte Edwards sorgenvolle Miene und Edmunds Misstrauen. »Ich muss mit Vater reden.«

»Bringst du eine Nachricht von deinem Gemahl?«, fragte Edmund argwöhnisch. »Versteckt sich der mächtige Bastard jetzt hinter einem Weiberrock?«

Mary ballte wütend die Fäuste.

»Er würde sich niemals verstecken, vor niemandem, und schon gar nicht vor solchen Kerlen wie euch!«

»Jetzt zeigst du dein wahres Gesicht, Schwester«, knurrte Edmund.

Sie errötete.

Ihre Verteidigung Stephens war spontan gewesen, und durchaus nicht diplomatisch. »Ich bringe keine Nachricht von Stephen. Er weiß nicht, dass ich hier bin.«

Edmund zog zweifelnd eine Braue hoch. Edwards Blick war besorgt. »Lieber Gott, Mary, was soll das? Du hättest nicht kommen dürfen. Heute gab es schon die ersten Scharmützel; wir haben bereits drei Männer verloren, und die Schlacht hat noch gar nicht begonnen. Du hättest in eines verwickelt werden können!«

»Ich musste kommen«, erklärte Mary stoisch. »Ich muss mit Vater sprechen.«

»Und was ist so wichtig, dass du den ganzen Weg hierher geritten bist, um mich zu sehen, ohne die Erlaubnis deines Gemahls?«, fragte Malcolm.

Mary wirbelte herum. Er stand hinter ihr, seine Miene steinern und kalt wie seine Stimme. Noch nie hatte er so mit ihr gesprochen. Ihr freudiger Begrüßungsschrei erstarb auf den Lippen, sie hielt abrupt vor ihm inne.

»Vater?«

»Ich habe dich etwas gefragt.«

Mary straffte die Schultern. »Können wir unter vier Augen miteinander reden?«

Was war los? *Was lief falsch?*

»Weshalb? Hast du vor deinen Brüdern etwas zu verbergen?«

»Warum redest du so abweisend mit mir?«, fragte Mary zitternd. »Du tust, als wärst du verärgert – als würdest du mich hassen.«

»Ich bin verärgert!«, brüllte Malcolm; seine tiefe Stimme hallte durch die Nacht. Männer vor anderen Zelten und Feuern drehten sich zu ihnen um. »Du hast mir nicht gehorcht, und das habe ich nicht vergessen. Habe ich dir etwa nicht erklärt, warum ich dir erlaubte, diesen Bastard zu heiraten? Ich hätte dich auch nach Frankreich schicken können. Ich hätte dich auch mit einem alten, armen Lord aus dem Norden verheiraten können. Aber das war die perfekte Gelegenheit, meine eigene Tochter mit einem von ihnen zu verheiraten, mitten unter sie zu bringen.«

Mary erstarrte zur Salzsäule.

»Du hast mich nicht vor der Invasion von Carlisle gewarnt. Wegen deines Verrats ist Carlisle verloren!«

Mary rang nach Atem. Sie fühlte sich kurz vor einer Ohnmacht.

Am liebsten wäre sie auf der Stelle tot umgefallen.

»Sag, was du sagen musst, und mach schnell!«, herrschte Malcolm sie an. »Ich habe keine Zeit zu vertrödeln. Aber falls du gekommen sein solltest, um eine Nachricht von deinem Gemahl zu überbringen, wie Edmund meinte, dann mach dir erst gar nicht Mühe. Zwischen uns gibt es nichts mehr zu bereden. Die Zeit der Worte ist vorüber. Die Zeit der Schwerter ist angebrochen.«

»Ich habe dich nicht verraten«, brachte Mary endlich hervor. Die Dunkelheit nahm ihr die Sicht – oder waren es Tränen? »Ich habe ein Gelübde abgelegt, Vater, das Gelübde, meinem Gemahl zu gehorchen. Es war falsch von dir, von mir zu fordern, es zu brechen. Und es war noch falscher von dir, der Heirat zuzustimmen in dem Gedanken, mich zu deiner Spionin machen zu wollen.«

Malcolm erhob seine Hand. Mary schrie auf. Edward und Edgar sprangen auf ihren Vater zu und hielten ihn zurück, bevor er Mary niederschlagen konnte. Doch er kam wieder zur Besinnung und ließ die Faust keuchend sinken.

»Du bist nicht mehr meine Tochter!«, erklärte er barsch.

»Vater!«, rief Mary entsetzt.

»Hast du gehört?«, schrie Malcolm. »Du bist nicht mehr meine Tochter!«

»*Aber ich liebe dich!*«

Malcolm ignorierte sie. »Meine Tochter ist ein tapferes schottisches Mädchen«, knurrte er wutentbrannt, »nicht so eine wie du. Du bist nicht meine Tochter!«

Sie hatte geweint, lautlos, doch nun hörten die Tränen erstaunlicherweise auf. Sie richtete sich auf, straffte die Schultern. Innerlich fühlte sie sich tot. Tot – oder alt, unglaublich alt. Doch ihr Verstand arbeitete. Und vor sich sah sie das Bild ihres mächtigen Gemahls. Es war unrecht von ihrem Vater, sie zu verstoßen, aber das spielte im Augenblick keine Rolle. Sie gehörte einem anderen, sie gehörte Stephen de Warenne.

»Ich habe vor Gott gelobt«, flüsterte Mary. Sie hörte sich selbst und war überrascht, dass sie so ruhig und würdevoll klingen konnte, obwohl sie innerlich so niedergeschlagen und zerrissen war.

»Gelöbnisse dem Feind gegenüber muss man brechen. Ganz besonders solche, die man einem Kerl wie Stephen de Warenne macht.« Malcolm bemühte sich um Fassung. Sein Gesicht war hochrot. Er beugte sich über die Tochter, die er soeben verstoßen hatte. »Nun, Madame, was habt Ihr zu sagen? Sprecht schnell und verschwindet dann!«

Mary hob stolz das Kinn.

»Ich bin gekommen, um dich zu bitten, diesen Wahnsinn zu beenden. Bitte, zieh dich zurück. Zieh dich zurück, bevor Hunderte von Männern sterben, bevor diese Grenze von unschuldigem Blut überflutet wird.«

Malcolm reagierte mit Misstrauen.

»Dein Gemahl hat dich geschickt. Ist er am Ende doch ein Feigling? Hat er Angst, mir auf dem Schlachtfeld gegenüberzutreten?« Malcolm lachte. »Er weiß, dass ich dieses Mal nicht verlieren kann! Dieses Mal werde ich siegen! Noch nie hat es ein solches schottisches Heer gegeben, der Sieg ist unser!«

»Aber zu welchem Preis?«, flüsterte Mary.

»Kein Preis ist zu hoch!«, schrie Malcolm.

Mary wandte sich ab. Silberne Tränen rannen über ihre

Wangen. Jemand, Edward, legte einen Arm um sie und führte sie weg. Mary sagte sich, sie dürfe nicht weinen. Sie war damit gescheitert, einen Krieg abzuwenden. Es war schierer Wahnsinn gewesen zu glauben, sie könne Malcolm überreden. Stephen. Wie sehr sie ihn brauchte, Stephen! *Sie musste sofort nach Hause zurückkehren.* Sie musste zurück, bevor er herausfand, dass sie Alnwick verlassen hatte. Bevor er das Schlimmste dachte.

»Ich breche auf, Ed«, sagte Mary einige Zeit später mit brüchiger Stimme. Ihr Lächeln war so traurig, dass es Tränen in Edwards blaue Augen trieb. »Es war verrückt von mir zu glauben, ich könne ihn von seinem Kurs abbringen. Kannst du mir ein frisches Pferd und eine Eskorte besorgen?«

Edward blickte ihr in die Augen und ergriff zärtlich ihre Hände.

»Mary, er meint es nicht so. Er kann nicht verstehen, oder akzeptieren, dass deine Loyalität in erster Linie de Warenne gilt. Aber mit der Zeit kommt er darüber hinweg.«

Sie sah ihn aus tränenlosen Augen an.

»Er hat mich verstoßen.«

Edward sog die Luft ein. Ihr zu klarer Blick und ihre fast tonlose Stimme quälten ihn mehr als jedes Schreien und Weinen. Aber er kannte seine tapfere kleine Schwester. Zu solch hysterischem Verhalten würde sie sich nie herablassen. Plötzlich kam ihm in den Sinn, dass er sie eigentlich kaum mehr kannte. Als sie sich aus Liddel hinausgestohlen hatte, um sich heimlich mit Doug Mackinnon zu treffen, war sie noch ein unbekümmertes Kind gewesen. Nun stand ihm eine tapfere Frau gegenüber, eine Frau mit gebrochenem Herzen, das sie zu verbergen suchte – eine tapfere, eine einzigartige Frau.

»Er wird seine Meinung ändern. Ich bin mir sicher.« Edward bemühte sich sorgfältig darum, dass sie ihm nicht in die Augen schauen konnte, denn er war sich seiner Worte alles andere als sicher.

Mary schürzte die Lippen und sagte erst einmal nichts. Dann meinte sie: »Ich kenne ihn nicht, oder?«

Erward tätschelte ihren Arm. »Du hast ihn immer als einen mächtigen Gott gesehen, aber in Wirklichkeit ist Malcolm eben auch nur ein Mensch. Er ist kein schlechter Mann, Mary, aber er hat seine Fehler, wie wir alle.«

Sie blickte ihn an und schluckte schwer.

»Wenn du weinst, geht es dir danach besser«, sagte Edward und schloss sie in seine Arme.

Doch sie schob ihn weg.

»Nein. Ich weine nicht.« Sie schniefte einmal. »Das spielt keine Rolle. Alles, was eine Rolle spielt, ist, dass ich gescheitert bin. Es wird zu einem schrecklichen Krieg kommen. Menschen werden sterben. Vielleicht sogar ...« Sie schluckte erneut.

»Bitte, Gott«, flüsterte sie, »nicht Stephen.«

Edward ergriff ihre Hände. »Er ist ein großer Ritter, Mary; hab keine Angst um ihn.«

»Doch.« Sie blickte ihn zitternd an. »Und was kommt danach? Es gibt keine Hoffnung auf Frieden zwischen unseren Familien, Ed, nicht mehr, sobald dieser Krieg beginnt.«

»Ich glaube an die Zukunft, Mary«, sagte Edward. »Ich glaube, dass wir, die Söhne, die Fehler der Väter wiedergutmachen und uns der Vergangenheit stellen müssen.«

»Was sagst du da? Du glaubst, eines Tages, wenn du König bist, wird dieser blutige Grenzkrieg enden?«

»Das glaube ich.«

Mary musterte Edward und ergriff dann fest seine Hände.

»Du weißt etwas, das ich nicht weiß! Ich sehe es dir an! Was ist es?«

»Es gibt Hoffnung«, sagte Edward nach kurzem Zögern. »Es gibt Hoffnung, wenn Stephen sein Wort hält. Tut er das?«

»Ja.«

»Ich glaube es auch.«

»Was hat er dir versprochen, Ed?«, fragte Mary gespannt.

»Eines Tages, wenn die Zeit reif ist, wird Stephen mein Streben nach dem schottischen Thron unterstützen.« Nach einer Pause fügte er hinzu: »So Gott will.«

Mary war sprachlos.

Edward tätschelte lächelnd ihre Hand.

»Du kannst dich also besser fühlen, meine kleine Schwester. Noch ist nicht alles verloren. Dein Gemahl und ich werden Verbündete werden. Wenn es soweit ist.«

»Wann wurde dieses Bündnis geschlossen?«, rief Mary. »Und wieso hat mir niemand etwas davon gesagt?«

Edward lachte. »Das ist meine Mary! Meine Liebe, warum in Gottes Namen sollte man dir etwas von einer Abmachung sagen, die zwei Männer heimlich miteinander eingehen?«

»Weiß Malcolm davon?«

»Er weiß Bescheid, glaubt aber nicht, dass Stephen sein Wort halten wird, und er ist wegen Carlisle zu sehr erzürnt, um sich viel um die Zukunft zu scheren.« Edwards Ton war melancholisch, traurig. »Es war dein Brautpreis, Mary.«

»Oh Gott!« Mary stöhnte und bedeckte das Geicht mit den Händen.

»Was ist los?«, fragte Edward sofort besorgt. Normalerweise war Mary unbeugsam, doch heute spürte er, dass sie davon weit entfernt war. Ihre Zerbrechlichkeit erschreckte ihn.

»Ich verstand, dass ich ein politisches Opfer war«, flüsterte sie schließlich weinend. »Aber für dich, für dich hätte es mir nichts ausgemacht. Ich wünschte nur, ich hätte die Wahrheit früher erfahren. Nun ändert sie nichts mehr.«

Edward wusste nicht, was er sagen sollte. Das geheime Bündnis änderte nichts daran, dass Malcolm seine Tochter grausam verstoßen hatte. Ein Akt, den rückgängig zu machen er sich halsstarrig weigern würde. Zumindest befürchtete Edward dies. Wenn Malcolm einen Groll hegte, dann war er kaum vernünftig.

»Du liebst deinen Gemahl, und darauf kommt es an, Mary.«

Sie sah ihn mit leuchtenden Augen an.

»Er wird es tun, das weißt du.« Wieder schluckte sie, und Tränen stiegen ihr in die Augen.

»Was beunruhigt dich so, Mary? Es ist nicht nur Vater, nicht wahr?«

»Ich muss nach Hause.« Ihre Stimme war sehr hoch. »Ich muss sofort nach Hause, bevor es zu spät ist.«

»Mary«, begann er, unsicher, wie er fortfahren sollte.

Sie unterbrach ihn, ihre Finger umklammerten seine Hand.

»Kannst du das Pferd und die Eskorte arrangieren, Ed? *Ich muss sofort aufbrechen!*«

»Mary, ich kann nicht.«

»Was?«

»Hör mir zu«, drängte er sie. Mary war bleich vor Schreck. Hätte er sie ins Gesicht geschlagen, es hätte nicht schlimmer sein können. »Du bist ein immenses Risiko eingegangen, als du hierher kamst, auf einem Ackergaul und nur in Begleitung eines Bauernjungen, der keine Waffe hat außer einem rostigen Messer. Beim Blute unseres Herrn, Mary!«

»Ich musste es versuchen«, entgegnete Mary schwach.

Edward merkte, dass sie zu zittern begann.

»Es ist zu gefährlich, im Augenblick zurückzureiten, Mary. Selbst wenn ich dich mit fünfzig Mann zurückschickte. Denn morgen in aller Frühe beginnt die Schlacht.« Er zögerte nur ein wenig, aber Mary war so außer sich, dass sie es nicht bemerkte.

Er beschloss, nichts über Malcolms Pläne bezüglich Alnwick zu sagen, aber er würde sie nicht dorthin schicken, nicht im Moment. »Du musst mir vertrauen. Es ist zu gefährlich, und ich werde dich nicht zurückschicken.«

»Ich verstehe«, sagte Mary schwach. Ihre Stimme war kaum hörbar. Edward befürchtete, sie könnte in Ohnmacht fallen – etwas, das er bei seiner jungenhaften Schwester nie für möglich gehalten hätte. Doch sie wurde nicht ohnmächtig. Sie wankte nur etwas. »Ich verstehe«, wiederholte Mary und versuchte vergeblich zu lächeln. »Es ist nur eine Verzögerung. Wenn alles vorbei ist, werde ich nach Hause gehen.«

»Ja«, stimmte Edward zu. Doch er blickte sie seltsam an, das Herz tat ihm weh, obwohl er wusste, dass es richtig war. »Wenn alles vorbei ist, kannst du nach Hause gehen, Mary.« Und er zitterte, unfähig, nicht traurig zu sein. Mary gehörte nicht mehr zu Schottland.

»Ich bin plötzlich sehr müde. Soll ich in deinem Zelt schlafen?«

»Guter Gott, nein! Ich fürchte, du wirst diese Nacht nicht schlafen, Mary. Ich werde dir nicht erlauben, in unserem Lager zu bleiben. Ich schicke dich nach Edinburgh, da bist du sicher.«

Mary wurde kreidebleich.

In derselben Nacht, nur ein paar Meilen entfernt, doch um einige Stunden später, lag Stephen auf seinem Lager und konnte nicht schlafen. Bald würde es dämmern. Doch er war eben erst zu Bett gegangen, denn er hatte an einem Kriegsrat teilgenommen. Auch sein Vater und seine Brüder waren dabei gewesen, dazu ein Dutzend ranghohe Männer, die die normannischen Truppen anführten. Rolfes Kriegslisten erwiesen sich wie immer als unentbehrlich, Geoffrey befehligte die Truppen von Canterbury und Brand fungierte als Führer der königlichen Truppen. Auch Prinz Henry hatte teilgenommen, denn er war überredet worden, seine normannischen Söldner im Namen seines Bruders, des Königs, ins Feld zu führen. Und der König, selbst ein kluger Feldherr, war gekommen, um sie in dieser Zeit des Krieges zu befehligen.

Jeder wusste, dass die Armee, auf die sie am Morgen stoßen würden, weit größer war als jede, die Malcolm je aufgestellt hatte. Der kommende Krieg würde der blutigste seit Jahren werden, und vielleicht, wenn auch nur vielleicht, würden sie dieses Mal keinen Sieg davontragen.

Stephen fragte sich, ob der Frieden an der Grenze, den er

sich so sehr wünschte, je durchsetzbar sein würde. Es sah nicht danach aus, es schien eher ein Traum zu sein. Er bedauerte das unendlich.

Aber dieses Mal mischte sich ein Gefühl der Bitternis mit dem Bedauern.

Denn nur, wenn echter Friede im Land herrschte, dann könnte es auch zwischen ihm und seiner Gemahlin zu einem echten Frieden kommen.

Stephen war ärgerlich. Eigentlich sollte ihre Beziehung mit Krieg und Frieden nichts zu tun haben. Sie schuldete ihm Loyalität und Liebe, ob er in der Schlacht kämpfte oder nicht, und ungeachtet dessen, gegen wen. Und da er eine so große Last schultern musste, brauchte er sie. Noch nie zuvor in seinem Leben hatte er sich zugestanden, jemanden so sehr zu brauchen, ein derartiges Bedürfnis einzuräumen. Er war ein sterblicher Mensch und nicht unbesiegbar. Er brauchte seine Gemahlin, die in allen Angelegenheiten an seiner Seite stand und zu ihm hielt. Aber sie stand nicht an seiner Seite, sie stand hinter ihm, mit einem Dolch, der auf ihn gerichtet war.

Mary hatte versucht, ihn zum Feind zu schicken, in eine Falle. Es würde mehr als ein Leben brauchen, um das zu vergessen.

Er bedauerte, sich in sie verliebt zu haben. Er bedauerte, sie noch immer zu lieben.

Wie hatte es in seinem Leben so weit kommen können?

Er war wohl kaum stark, aber das war sein Geheimnis. Er war schwach, verliebt in eine Frau, die mehrmals versucht hatte, ihn zu täuschen, zu überlisten und zu verraten. Wie konnte es der Liebe wegen so viel Schmerz geben? Wie konnte er dieser Qual sein restliches Leben lang standhalten?

Wenn sie nur ... Er war kein Mann, der seine Zeit mit müßigen Träumereien vergeudete, doch dieser quälende Satz ging ihm ständig durch den Kopf.

Wenn sie nur so wäre, wie sie sich den Anschein gab.

Er könnte ihr alles vergeben, wenn er ihr nur vertrauen konnte.

Aber das war unmöglich.

Stephen lachte laut auf, es klang gequält und zerriss die Stille der Nacht. Gestern Abend hätte er ihr beinahe geglaubt.

Er hatte ihr glauben wollen. Und deshalb war Mary so extrem gefährlich geworden.

Er hatte ihr aufrichtig glauben wollen.

Für einen Moment hatte er ihr sogar geglaubt.

Das war Wahnsinn.

Und er wünschte sich noch immer, ihr glauben zu können.

Stephen schloss die Augen. Vielleicht, wenn auch nur vielleicht, sollte er die winzige Möglichkeit ins Auge fassen, dass Marys Worte gestern Abend ehrlich gewesen waren. Er wusste, dass Mary Malcolm nur so sah, wie eine Tochter ihren Vater sehen sollte, als einen Helden, nicht als den Mann, der er wirklich war. Sie hatte keine Ahnung davon, dass ihr Vater ein skrupelloser Lügner und ein ehrgeiziger Betrüger war. Sie konnte nicht wissen, dass er sein Wort so oft brach, wie der Wind die Richtung wechselte. Sie konnte nicht wissen, dass Malcolm Krieg und Rache viel mehr liebte, als er den Frieden jemals lieben konnte.

Stephen konnte in diesem Fall nicht herzlos sein. Er hoffte, der Tag, an dem sie die Wahrheit erfuhr, werde nie kommen.

Und natürlich respektierte Stephen Malcolm, auch wenn er ihn genau kannte. Malcolm war ein gefährlicher Gegner, ein kluger Mann und ein starker Heerführer. Wäre er nicht skrupellos, unehrlich und auf seinen Vorteil bedacht, er hätte die sich ewig bekriegenden schottischen Clans nie zu einer Nation vereinen und sie dann fünfunddreißig Jahre lang beherrschen können. Als König hatte Malcolm nicht seinesgleichen.

Aber ein solcher Regent würde niemals auf den Wunsch seiner Tochter nach Frieden hören, schon gar nicht, wenn dieser Wunsch aus dem Munde seines eingeschworenen Feindes kam.

Stephen ballte die Fäuste. Hier lag die wirkliche Gefahr, die Mary für ihn darstellte. Er war nicht so dumm zu glauben, dass sie ihn bitten wollte, Malcolm zu überzeugen, Frieden zu schließen; er wusste es mit jedem Atemzug, den er tat. Und doch lag er nachts wach, ihrer Anziehungskraft unterworfen, sogar wenn er ihr fern war. Er schien nur einen Herzschlag davon entfernt, das Beste und nicht das Schlimmste von ihr zu glauben.

Wenn er so weitermachte, dann würde sie sicher eines Tages sein Ende bedeuten.

Stephen stand auf und ging hinaus. Die Nacht war sehr kalt, sein Atem bildete kleine Wölkchen, doch er begrüßte diese Kälte.

Wolken standen am Himmel; morgen konnte es sehr wohl schneien statt regnen. Er rieb sich die Hände, um sie zu wärmen. Er wollte nicht mehr an Mary denken. Es tat einfach zu weh.

Er stand reglos und lauschte. Irgendjemand kam auf ihn zu – sein Vater. Es war noch zu früh für Rolfe, um schon auf den Beinen zu sein; er war ein alter Kämpfer, einer, der vor einer Schlacht ohne Probleme tiefen Schlaf fand. Er konnte also nur schlechte Nachrichten bringen.

Rolfe blieb stehen.

»Ich habe gerade einen Boten aus Alnwick empfangen.«

Stephen biss die Zähne zusammen. Es konnte nichts mit seiner Gemahlin zu tun haben, sagte er sich. Es konnte einfach nichts mit ihr zu tun haben.

Das durfte nicht sein.

»Deine Gemahlin ist verschwunden.«

»Verschwunden?«

Rolfe erklärte, dass Mary als Bauernjunge verkleidet heimlich Alnwick verlassen hatte. Stephen war so schockiert, dass er nicht weiter zuhören konnte. Er taumelte, und sein

Vater versuchte, ihn zu stützen. Aber Stephen bemerkte Rolfe gar nicht.

Sie hatte ihn verlassen.

Mary war geflohen, zu ihrer Familie, nach Schottland. Am Vorabend des Krieges hatte sie ihn verlassen, ihre Heimtücke einmal mehr und endgültig bewiesen.

Seine Gemahlin hatte ihn verlassen.

In seinem Herzen erstarb etwas, und dann erwachte etwas Anderes, etwas Machtvolles und Verzehrendes, zum Leben.

»Stephen?«, fragte Rolfe.

Er antwortete nicht. Er konnte nicht antworten.

Stephen spürte die Wut in sich wachsen, und er hieß sie willkommen.

23

Mary ritt in Windeseile nach Edinburgh. Die Nacht war schwarz und eiskalt, es roch nach Schnee. Die Pferde stießen kleine Dampfwolken aus. Die Eskorte legte ein unbarmherziges Tempo vor; die Männer strapazierten die Tiere mit einem permanenten Galopp, als sei die normannische Armee hinter ihnen her, obwohl beide Heere längst weit hinter ihnen lagen. Mary vermutete, sie hatten Anweisung, sie so schnell wie möglich in Sicherheit zu bringen und sich dann sofort wieder ihren Truppen anzuschließen. Doch das war ihr gleichgültig. Denn mit jedem donnernden Hufschlag, der sie dem Ort ihrer Kindheit näher brachte, kam sie auch ihrem Verhängnis einen Schritt näher.

Sie war vor Erschöpfung wie betäubt, weil sie schon den ganzen Tag und den größten Teil der Nacht im Sattel verbracht hatte, aber nicht so erschöpft, dass sie nicht den herzzerreißenden Schmerz spürte, der von der grausamen Zurückweisung ihres Vaters herrührte. Aber auch das schien kaum eine Rolle zu spielen angesichts der Tatsache, dass man ihr die Verfügungsgewalt über ihr eigenes Leben entriss und sie mit gebrochenem Herzen ins Unglück stürzte. Man schickte sie nach Edinburgh. Aber sie sollte nach Alnwick unterwegs sein, wo sie hingehörte. Alnwick war ihr Zuhause. Sie sollte dort sein, wenn Stephen aus dem Krieg zurückkehrte. Stattdessen wurde sie ins Herz von Schottland zurückbefördert, in die Hochburg von Stephens Feinden. Feinden, mit denen er sich bald in einer tödlichen Schlacht messen würde.

Dieses Mal, dachte sie, konnte er es nicht verstehen; dieses Mal, sie wusste es, konnte er ihr nicht vergeben.

Sie wollte nicht nach Norden reiten. Während sie weiter und weiter galoppierten und ihre schweißbedeckten Pferde an den Rand der Erschöpfung trieben, verspürte Mary ständig den Drang, plötzlich auszuscheren und heimwärts zu fliehen. Doch das war Wahnsinn. Vielleicht würde sie es gerade noch schaffen, der Eskorte zu entkommen, aber ihr armes Pferd würde niemals imstande sein, den ganzen Weg bis Alnwick durchzuhalten. Selbst wenn – es hätte Selbstmord bedeutet, mitten durch das Kampfgebiet zu reiten.

Im Morgengrauen, zur selben Zeit, als weiter im Süden die Hörner zur Schlacht riefen, als die ersten Schwerter aufeinanderkrachten und die Sonne gerade den aschgrauen Himmel mit ersten Strahlen geisterhaft weißen Lichts durchbrach, kam Edinburgh in Sicht. Die dunkle, fast schwarze Stadt aus verwittertem Holz und uraltem Stein thronte auf demselben jäh abfallenden Hügel wie die Burg, einem steil aufragenden Felshügel, der Stadt und Feste seit undenklichen Zeiten vor allen potenziellen Eindringlingen beschützt hatte. Über dem Ort ragte die Festung des Königs von Schottland in den Himmel, so dunkel und schwarz wie die Felseninsel, auf der sie erbaut war. Wieder wurde Mary von einer Vorahnung des Untergangs befallen.

Sie galoppierten durch den Ort, vorbei an einer alten Frau, die einen Karren mit Feuerholz schob, vorbei an zwei Jungen, die gesalzene Heringe verkauften, vorbei an einem Rudel streunender Hunde, und den steilen, gefrorenen Weg hinauf zur Burg. Das Tor wurde geöffnet, und im nächsten Moment befand sich Mary innerhalb der Mauern, die für sie eigentlich vertraut und tröstlich sein sollten. Stattdessen kribbelte ihre Haut alarmiert, sobald das Fallgitter hinter ihnen heruntergelassen wurde. Sie konnte nicht umhin, sich wie in einem Gefängnis eingeschlossen zu fühlen.

Dies war kein Gefängnis, dies war ihr Zuhause, sagte sie sich, doch sie konnte ihre trüben Gedanken nicht vertreiben. Mary glitt von ihrem Pferd; sie konnte kaum stehen. Sie dankte den beiden stämmigen Männern, die sie eskortiert hatten. Nach ihrer Mutter musste sie nicht fragen; um diese Zeit war Margaret noch in der Frühmesse. Mary eilte zur Kapelle, so schnell ihre Müdigkeit es ihr erlaubte.

Nun endlich war der Anblick, der sich ihr bot, tröstlich. Angesichts der schlanken, eleganten Gestalt Margarets, die in ein stummes Gebet versunken vor dem Altar kniete – die Messe war offenbar bereits vorüber –, blieb Mary plötzlich stehen. Sie hielt den Atem an und fühlte sich gefährlich den Tränen nahe.

Wenn sie jetzt jemanden brauchte, dachte sie, dann ihre Mutter.

Sie musste ihr einfach alles erzählen: Wie Stephen ihr misstraute, wie sie Alnwick verlassen hatte in der Hoffnung, einen Krieg zu vermeiden, wie sehr ihre Ehe in Gefahr war. Auch über das schreckliche Gespräch mit ihrem Vater musste sie ihrer Mutter berichten. Und von ihrem Kind würde sie ihr erzählen.

Mary wischte sich eine vereinzelte Träne von der Wange, ging impulsiv auf ihre Mutter zu und sank neben ihr nieder. Margaret ließ sich von ihr nicht stören, doch das hatte Mary nicht anders erwartet. Dem Beispiel ihrer Mutter folgend, neigte sie das Haupt zum Gebet.

Sie betete für ein schnelles Ende des Krieges und für einen dauernden Frieden. Sie betete für eine unversehrte Heimkehr ihres Vaters und ihrer Brüder, und sie betete für eine unversehrte Heimkehr Stephens.

Sie wischte sich eine Träne weg und zögerte. Es erschien ihr nicht recht, Gott um Hilfe bei ihren eigenen Problemen zu bitten. Schließlich war sie bisher nie fromm und gehorsam gewesen. Aber irgendwie stellte sie sich Gott mildtätig und verständnisvoll vor, nicht als ein Wesen, mit dem man um gutes Verhalten feilschte.

Sie atmete tief durch und sprach dann die wichtigste aller ihrer Bitten aus: »Lieber Gott, bitte mach, dass Stephen die

Wahrheit erkennt.« Dann fügte sie hinzu: »Und bitte mach, dass er mich liebt.«

Mary blieb noch eine ganze Zeitlang knien, in selige Gedankenleere versunken, plötzlich einer Last ledig und beinahe erleichtert. Nun erst merkte sie, dass sie noch nie in ihrem Leben so erschöpft gewesen war. Ihr Körper schmerzte von den endlosen Stunden im Sattel, und ihr Verstand war wie betäubt. Dann bemerkte sie, wie ihre Mutter sich erhob, und stand ebenfalls auf, doch ihre Muskeln sträubten sich gegen jede Bewegung.

In diesem Moment sah sie ihre Mutter zum ersten Mal richtig an. Margaret hatte dunkle Ringe um die Augen, als habe sie viele Nächte lang nicht geschlafen und als drückten die Sorgen sie nieder. Mary stockte der Atem, denn ihre Mutter war offenbar nicht nur erschöpft, sondern auch dünner als je zuvor und so bleich im Gesicht, dass Mary sich fragte, ob sie krank gewesen sei.

»Mutter.« Mary umarmte sie. »Warst du krank?«

»Nein.« Margarets Stimme stockte. »Was tust du hier?«

»Ich habe eine schreckliche Dummheit begangen«, gestand Mary. »Ich habe versucht, Vater von diesem Krieg abzubringen. Und Edward dachte, es sei zu gefährlich für mich, nach Alnwick zurückzukehren; deshalb hat er mich hierher geschickt.«

Margaret ergriff ihre Hand.

»Nun, ich freue mich, dich zu sehen, Liebes. Dieses Mal, allein mit meinen Frauen und ständig auf Nachricht wartend – ich kann es nicht ertragen.« Zurückgehaltene Tränen funkelten in Margarets Augen; ihre Hand zitterte.

»Mutter, was ist los?« Wenn Margaret nicht krank gewesen war, dann war sie es jetzt. Oder sie war sehr, sehr beunruhigt.

Ihr Mund zuckte.

»Ich werde dieses Gefühl nicht los, das ich schon seit Tagen habe, das Gefühl einer schrecklichen Katastrophe. Ich hatte noch nie im Leben solche Angst.« Sie schloss kurz die Augen. »Ich habe solche Angst um Malcolm und meine Jungen.«

Mary drückte Margarets Hand, doch auch ihr Herz schlug heftig, und sie spürte Furcht in sich hochsteigen. Hatte sie nicht dieselbe Vorahnung gehabt?

»Es wird ihnen nichts zustoßen, Mutter«, sagte sie. »Malcolm ist der größte Kriegsherr des Landes, er ist unbesiegbar; das weißt du doch. Und meine Brüder geraten alle nach ihm. Hab keine Angst. Du machst dir unnötig Sorgen.«

»Wenn du nur recht hast«, brachte Margaret hervor.

So hatte Mary ihre Mutter noch nie erlebt. Königin Margaret war eigentlich ein ruhiger Mensch, ausgeglichen und heiter; es entsprach nicht ihrem Wesen, derart von Ängsten und Sorgen geplagt zu sein. Mary hatte sich von ihrer Last befreien und ihrer Mutter alles beichten wollen, doch nun konnte sie das nicht tun, sie musste es auf später verschieben.

Wenn der Krieg vorbei ist und Vater und die Jungen auf dem Heimweg sind, dann werde ich noch alle Zeit der Welt haben, ihr von meinen Problemen zu berichten, sagte sie sich.

Sie warf Margaret ein gezwungenes Lächeln zu.

»Lass uns zusammen frühstücken, Mutter. Ich weiß nicht, wie es dir geht, aber ich bin am Verhungern.«

Margaret saß den ganzen Tag in ihrem Sessel am Feuer, teilnahmslos mit einer feinen Stickerei beschäftigt und auf Nachricht über den Ausgang der ersten Schlacht wartend. Und als diese Nachricht am späteren Abend inmitten eines leichten Schneegestöbers endlich eintraf, war sie erfreulich, zumindest für die Schotten.

Die schottische Armee hatte zwar Carlisle nicht zurückerobern können, doch das schien nun nicht mehr von Bedeutung. Denn während Schotten und Normannen in Cumbria in heftige Kämpfe verwickelt waren, hatte Malcolm persönlich eine weitere Streitmacht um Carlisle herum ins westliche

Northumberland geführt – ins Herz des Lehens. Alnwick wurde belagert.

Unter den Bediensteten und den Frauen im Saal herrschte große Freude. Nur Margaret lächelte nicht ein einziges Mal; ihr Gesicht blieb eine Maske der Angst. Und Mary war so schockiert, dass sie einer Ohnmacht nahe in einen Sessel sank.

Alnwick wurde belagert.

Ihr erster Gedanke galt Isobel und der Gräfin.

Lieber Gott, mach, dass sie wohlauf sind!

Mary schloss gequält die Augen. Die Gräfin war eine starke, entschlossene Frau. Wenn jemand Alnwick in der Zeit der Belagerung zusammenhalten konnte, dann sie. Mary spürte genau, wem ihre Sympathie galt. Ihr Herz schlug nicht für die Angreifer, sondern nur für die Belagerten. Nur für die de Warennes.

Die volle Bedeutung dessen, was geschah, traf sie wie ein Fausthieb. Malcolm, ihr Vater, hatte Alnwick angegriffen, das Heim seiner eigenen Tochter. Seine Rache kannte keine Grenzen.

Aber sie war nicht mehr seine Tochter, nicht wahr? Er hatte sie verstoßen.

Mary blickte auf den Boten, einen kleinen, stämmigen Mann, der trotz seiner Müdigkeit zu hochgestimmt war, um sich hinzusetzen. Er versicherte Margaret, dass Malcolm und ihre Söhne alle wohlauf seien. Mary wandte sich an ihn.

»Ist es möglich, dass sie Alnwick einnehmen können?«

Der Mann blickte sie mit blitzenden Augen an.

»Das ist nur eine Frage der Zeit.«

»Aber ihr habt keine Zeit. Wenn mein Gemahl erfährt, dass seine Heimat bedroht ist, wird er mit seinen Männern nach Alnwick reiten, um es zu retten.«

Der Mann stellte sich ihr breitbeinig und kampfbereit gegenüber und blickte ihr direkt in die Augen.

»Aber Euer Gemahl, Lady de Warenne, ist derzeit in eine

heftige Schlacht verwickelt, aus der er sich nicht einfach entfernen kann. Und wenn nicht jemand in Alnwick das Wagnis auf sich nimmt, sich an der Armee Eures Vaters vorbeizuschmuggeln in der Hoffnung, de Warenne eine Botschaft mit der Bitte um Rettung zu schicken, wird es lange dauern, bis jemand von der Belagerung erfährt.« Er lächelte. »Es läuft genau, wie Malcolm es geplant hat.«

Mary war bestürzt. Doch der Bote hatte recht. Stephen war mitten in der Schlacht, und niemand in Alnwick würde eine Möglichkeit haben, ihm eine Nachricht zukommen zu lassen. Wäre Mary nicht schon gesessen, sie wäre zweifelsohne zusammengebrochen.

Wie schlau Malcolm war.

Wut regte sich in ihr.

Plötzlich wurde ihr die Stille im Saal bewusst. Die Augen aller Anwesenden ruhten auf ihr, ausgenommen die ihrer Mutter, die blindlings ins Feuer blickte. Sie starrten sie mit Abscheu und voller Anklage an. Mary sprang auf und verließ fluchtartig den Raum.

In der Nacht begann es heftig zu schneien, und der Wind heulte so laut, dass an Schlaf nicht zu denken war. Mary lauschte den unheimlichen, entsetzlichen Geräuschen und versuchte, nicht daran zu denken, was mit ihrer Familie und ihrem Zuhause geschah. Sie dachte an ihre Mutter, die unzweifelhaft vor Sorge und Unruhe krank war; sie dachte an ihre Brüder, die in der Schlacht kämpften, vielleicht sogar an der Belagerung teilnahmen.

Sie versuchte, nicht an ihren Vater zu denken, doch das war unmöglich. Er hatte sie verstoßen, er hatte Alnwick angegriffen. Eine Woge des Hasses überkam sie, doch dann war dieses Gefühl wieder verschwunden, und sie fühlte sich nur schwach und erschöpft und wie betäubt.

Wahrscheinlich wusste Stephen noch gar nicht, dass sie aus Alnwick geflohen war. Doch das konnte sie kaum erleichtern. Ohne seine Zustimmung zu fliehen war ein riesiger Fehler gewesen. Ihre Mission war gescheitert, und wenn er erfuhr, was sie getan hatte, würde er einmal mehr überzeugt sein, dass sie ihn verraten wollte. Nach Edwards Besuch in Alnwick würde er annehmen, dass ihre Flucht arrangiert worden war; er würde glauben, sie sei vor ihm zu seinem Feind geflohen. Doch die große Ironie war, dass sie bei ihrer Flucht mit der unerbittlichen Wahrheit konfrontiert worden war. So sehr sie ihre Verwandten und ihr Land liebte, so sehr sie Schottland liebte, ihr Zuhause war Alnwick, und ihre Loyalität galt der roten Rose von Northumberland.

Mary wusste, dass ihr nacktes Leben davon abhing, Stephen von ihrer Unschuld zu überzeugen. Je mehr Zeit verstrich, desto mehr würde er überzeugt davon sein, dass sie vor ihm geflohen war. Trotz seines Misstrauens liebte sie ihn von ganzem Herzen, sie gehörte zu ihm und würde immer zu ihm gehören, und sie wollte bei ihm sein so wie zuvor. Wenn er sie in die Verbannung schickte, könnte sie das nicht ertragen.

Nur zu klar erinnerte sie sich jetzt daran, dass er ihr genau damit gedroht hatte. Sie musste sofort nach Hause zurückkehren, aber wie? Wie lange würde dieser Krieg noch dauern? Wenn Malcolm sich durchsetzen konnte, dachte sie plötzlich voller Entsetzen, dann würde der Kampf nie aufhören. Stephen, sein Vater und die anderen Normannen würden bis zum Tod kämpfen, um die Zerstörung von Alnwick zu rächen.

Mary setzte sich auf. Sie zitterte. Sie konnte nur auf ein baldiges Ende des Krieges hoffen, und das bedeutete, auf Malcolms Niederlage zu hoffen.

Nach seiner schrecklichen Zurückweisung schuldete sie ihm keine Loyalität mehr, doch sie brachte es nicht übers Herz, sich seinen Sturz zu wünschen. Zu lange war sie seine Tochter gewesen.

Sie lauschte dem Heulen und Pfeifen des Windes. Draußen war alles weiß vom Schnee. War sie verrückt genug, sich ein

Pferd zu nehmen und allein nach Alnwick zurückzureiten? Liebte sie Stephen genug, um ihr Leben für ihn zu riskieren?

Mary schluckte. Sie war nicht so verrückt, in einen Schneesturm hineinzureiten und den Tod zu riskieren. Aber sie liebte Stephen genug, um für ihn ihr Leben aufs Spiel zu setzen, wenn es denn sein musste. Die Zeit dafür war noch nicht reif, und hoffentlich würde es nie so weit kommen. Doch sie wusste nun, dass sie nicht müßig dasitzen und auf einen Waffenstillstand warten konnte, um dann nach Hause zurückzukehren – wenn eine Waffenruhe überhaupt im Bereich des Möglichen lag. Sie würde warten, bis der Schneesturm aufhörte und die Straßen wieder passierbar waren. Wenn der Krieg dann noch nicht vorüber war, würde sie sich auf den Heimweg machen. Und nichts und niemand würde sie aufhalten.

Als sie endlich, nach getroffener Entscheidung, einnickte, ging es ihr besser, sie verspürte sogar so etwas wie Hoffnung. Doch als sie am nächsten Morgen aufwachte, zweifelte sie, ob ein baldiger Aufbruch möglich war. Der Schneesturm und der starke Wind hatten aufgehört, aber die Welt war unter einer tiefen weißen Decke versunken. Noch schlimmer war, dass Margarets Dienstmädchen ihr mitteilte, ihre Mutter habe wieder eine vollkommen schlaflose Nacht verbracht. Sie sei um Mitternacht in die Kapelle gegangen und dort bis zum Morgengrauen geblieben, und zum Frühstück habe sie nichts zu sich genommen außer etwas Wasser und zwei Bissen Brot.

Inzwischen wusste Mary, dass Margaret seit fast zwei Wochen, seit Malcolms Aufbruch aus Edinburgh, kaum geschlafen und gegessen hatte. Die Königin wurde von ihren eigenen schrecklichen Dämonen heimgesucht. Und nichts, was Mary tat oder sagte, konnte sie davon überzeugen, Nahrung zu sich zu nehmen oder Ruhe zu suchen. Mary dachte sogar daran, sie mithilfe von Kräutern zum Schlafen zu bringen.

Der zweite Tag zog sich endlos dahin. Während Margaret

wieder ihren Platz am Feuer einnahm und nähte, konnte Mary nichts anders tun, als ständig auf und ab zu laufen. Sie wusste, dass sie damit die anderen Frauen fast verrückt machte, doch sie wagten nicht, etwas zu sagen. Der Vormittag verging quälend langsam; es wurde Mittag. Niemand brachte einen Bissen hinunter. Der Nachmittag verstrich; die Dämmerung brach an, und noch immer kam keine Nachricht. Offenbar hatte der heftige Schneefall alle Boten mit den Neuigkeiten vom zweiten Tag der Kämpfe aufgehalten. Der Nachthimmel hob sich schwarz gegen die winterweiße Landschaft und den eisverkrusteten See unterhalb der Burg ab. Dann endlich traf ein Bote ein.

»Lasst ihn kommen«, sagte Margaret. Sie war so weiß wie der Schnee draußen auf den Bäumen.

Mary trat unwillkürlich an die Seite ihrer Mutter und legte ihr tröstend eine Hand auf die Schulter. Eine große Angst stieg in ihr empor. Sie hätte Margaret zwingen sollen, mittags etwas zu essen.

Der Bote trat ein und schüttelte sich den nassen Schnee vom Umhang. Es war ein junger Mann, seine Stiefel waren von gefrorenem Schmutz bedeckt, ein Arm war verbunden, das Leinen dunkelrot von Blut. Er war fahl im Gesicht und wirkte erschöpft. Schon beim ersten Blick auf ihn wurde Mary absolut still. Es war klar, dass die Schotten an diesem Tag eine schreckliche Niederlage erlitten haben mussten.

»Der König ist tot«, sagte der Mann.

Mary wusste, dass sie sich verhört hatte. Sie wollte protestieren – sicher hatte sie ihn nicht richtig verstanden.

»Malcolm ist tot«, wiederholte er, und dieses Mal erstickte ein Schluchzen beinahe seine Worte.

»Nein«, widersprach sie ungläubig. »Das kann nicht …«

Ein dumpfer Laut unterbrach sie. Mary zuckte zusammen, und dann sah sie Margaret auf dem Boden liegen, die Augen geschlossen, das Gesicht leblos und bleich wie der Tod.

»Mutter!«

Alle Frauen eilten zur Königin. Mary hielt das Gesicht ihrer Mutter in den Händen und spürte den flachen Atem; sie presste ein Ohr auf ihre Brust und hörte den schwachen, aber stetigen Herzschlag. Tränen der Erleichterung stiegen ihr in die Augen.

Sie blickte auf.

»Bringt eiskalte Tücher, damit sie wieder zum Leben erwacht. Schnell! Sie ist nur durch den Schock ohnmächtig geworden.«

Während einige Frauen eilends ihrem Befehl nachkamen, versuchte Mary vorsichtig, ihre Mutter wiederzubeleben. Sie schüttelte sie und redete mit ihr, doch Margaret wollte nicht zu sich kommen. Marys Verzweiflung wuchs. Sie war sich Margarets eigenartigen Zustands und ihrer schlechten Gesundheit sehr bewusst. Ihre anfängliche Erleichterung verschwand. In dieser Verfassung war Margaret allzu anfällig. Schließlich schlug sie ihr mit der flachen Hand ins Gesicht. Margaret öffnete die Augen.

»Gott sei Dank!«, rief Mary.

Margaret blickte ihre Tochter an, ihre Augen füllten sich mit Tränen, die sich über ihre Wangen ergossen. Sie schloss die Lider, weinte heftig und kauerte sich zusammen, ohne einen Laut von sich zu geben.

Mary nahm ihre Mutter in die Arme, bleich vor Schrecken, und wiegte sie zärtlich, während Margaret weiter weinte.

»Bringt mir Wein und Baldrian«, sagte Mary mit einer Ruhe, die sie innerlich nicht fühlte. »Und holt zwei Männer; wir müssen die Königin zu Bett bringen.«

Ein oder zwei Stunden später, Mary wusste es nicht genau, öffnete Margaret die Augen.

»Ich wusste es«, sagte sie heiser, in kaum hörbaren Worten.

Mary war um ihre Mutter so besorgt gewesen, dass sie keine Zeit gefunden hatte, über die Nachricht vom Tod ihres Vaters nachzudenken. Nun ergriff sie Margarets Hände und beugte sich über sie.

»Mutter, du musst stark sein. Du musst etwas von der Schleimsuppe essen, die Jeanne für dich gekocht hat. Bitte.«

»Ich muss beten«, sagte Margaret schwach. »Hilf mir auf. Ich muss für die Seele deines Vaters beten.«

Mary erkannte, dass ihre Mutter in die Kapelle gehen wollte.

»Nein«, erklärte sie bestimmt. »Pater Joseph kommt hierher. Er ist schon unten.«

Margaret sank auf die Kissen zurück, die Augen geschlossen, ihre Lippen bewegten sich in stummem Gebet. Mary eilte zur Tür, vor der Margarets Hofdamen warteten, die ihre Königin wie jeder, der sie kannte, liebten und die nun bleich und verängstigt waren. Auf Marys Bitte hin beeilte sich Lady Matilda, den Priester zu holen.

Dann ging sie zu ihrer Mutter zurück und ließ sich neben dem Bett auf die Knie sinken. Sie kämpfte dagegen an, über Malcolms durch die Armee ihres Gemahls herbeigeführten Tod nachzudenken. Sie konnte es nicht. Sie durfte es nicht. Sie musste sich jetzt um ihre Mutter kümmern, und deshalb stellte sie ihre Gedanken mit eisernem Willen ab.

Der Priester kam; auch er war ein lebenslanger Freund und Mentor der Königin. Mary stand auf, als Pater Joseph an das Bett trat. Margaret öffnete die Augen.

»Hat er die letzte Ölung bekommen?«

Mary sah die bittere Wahrheit im Blick des Priesters, als er Margaret belog, um ihre Unruhe zu besänftigen.

Während Margaret leise mit dem Priester betete, verließ Mary unauffällig den Raum. Draußen lehnte sie sich an die Mauer. Die Frauen ihrer Mutter umringten sie und bombardierten sie mit geflüsterten Fragen.

Mary löste sich von ihnen, obgleich sie wusste, dass die Besorgnis der Ladys echt war und jede einzelne von ihnen Todesangst um ihre Königin ausstand. Sie konnte keine Fragen beantworten. Sie ließ die Frauen einfach stehen und rannte nach unten.

Der junge Mann, der die Nachricht von Malcolms Tod überbracht hatte, saß im großen Saal am Tisch und aß heißhungrig. Mary setzte sich neben ihn auf die Bank. Der Anblick von Essen verursachte ihr Übelkeit.

»Wie kann das wahr sein?«, stieß sie heiser hervor. »Wie kann es sein, dass Malcolm tot ist?«

Der junge Mann schob sein Schneidebrett beiseite. Seine blauen Augen füllten sich mit Tränen.

»Malcolms Armee wurde hinterrücks angegriffen. Dabei wurde er von seinen Männern abgeschnitten. Das hätte nie passieren dürfen.« Der Bote wandte den Blick von ihr ab.

Mary packte ihn mit einer Kraft am Arm, die zu besitzen sie nicht mehr geglaubt hatte.

»*Welche Armee?*«

»Die von Northumberland.«

Mary fühlte sich schwindlig; der Tisch drehte sich vor ihren Augen.

Hatte Stephen den Angriff befehligt, der zu Malcolms Tod geführt hatte?

»Prinzessin«, sagte der Bote heiser, »es gibt noch mehr zu berichten.«

Mary rieb sich die Augen, um wieder klar zu sehen. Der Tisch hörte auf, sich zu drehen, aber dafür war nun ihre ganze Welt verschwommen.

»Nein«, sagte sie. »Nicht noch mehr.«

Der Mann befeuchtete sich die Lippen.

»Edward wurde verwundet.«

»Nein!« Mary hielt sich am Tisch fest, um nicht umzukippen. »Er ist doch nicht ...«

»Es sieht nicht gut aus. Aber als ich losritt, lebte er.«

»Er wird überleben«, sagte Mary voller Gewissheit. Sie schloss die Augen, nun benommen vor Erleichterung. »Kein verdammter Normanne kann Ed töten«, flüsterte sie, gegen ein plötzliches Beben ihres ganzen Körpers ankämpfend. Sie durfte jetzt nicht hysterisch werden. »Und – Alnwick?«

»Wir wurden nach Cumbria zurückgedrängt. Das Glück hat sich gewendet. Wir sind fast wieder da, wo wir angefangen haben«, sagte der Junge grimmig. »Die Schlacht geht noch immer um Carlisle. Aber ohne Malcolm, ohne Edward ...«

Mary schloss die Augen. »Edmund ist ein großer Krieger. Und die anderen Heerführer ...«

»Die Clanoberhäupter bekämpfen sich alle gegenseitig, Prinzessin; nur Malcolm war stark genug, sie zusammenzuhalten.« Er zögerte. »Nicht alle von ihnen vertrauen Edmund.«

Darauf wusste Mary keine Antwort. Der Charakter ihres Bruders war nicht der beste. Aber wenn Edward verwundet und Malcolm tot war ... Sie schob diesen Gedanken sofort beiseite. Sie wollte nicht über ihren Vater nachdenken, sie wollte es nicht. Lieber betete sie für Ed.

Und sie durfte jetzt auch nicht an Stephen denken. Nicht wenn seine Männer ihren Vater getötet und ihren Bruder verwundet hatten.

Sie durfte es nicht.

»Mutter, bitte, trink etwas davon. Das ist dein eigenes, besonderes Rezept«, bat Mary.

Margaret antwortete nicht, es war, als würde sie Mary gar nicht hören. Nach Pater Josephs Aufbruch vor vielen Stunden war sie in einen betäubungsähnlichen Zustand gefallen, aus dem man sie jedoch nicht wecken konnte; es war also kein gewöhnlicher Schlaf. Hätte Mary nicht bemerkt, dass ihre Mutter noch atmete, wenn auch sehr schwach, sie hätte geglaubt, sie sei tot.

Mary war außer sich. Sie hatte seit Tagen nicht geschlafen, und sie wagte nicht, ihre Mutter zu verlassen, nicht wenn es aussah, als würde Margaret vor ihren Augen sterben. Mary war entschlossen, sie nicht sterben zu lassen. Sie konnte es nicht zulassen, aber was konnte sie tun?

Sie nahm die eisigen Hände ihrer Mutter und rieb sie zwischen den ihren.

Ein scharfes Klopfen an der Tür lenkte sie ab; es war wie eine kleine Erleichterung. Als Edgar den Raum betrat, erstarrte sie. Sie hatte ihn vor drei Nächten zum letzten Mal gesehen, direkt vor der ersten Schlacht um Carlisle.

Er war nicht wiederzuerkennen. Edgar war bleich und erschöpft, mit dunklen Ringen unter den Augen; er sah aus wie ein verbrauchter Mann mittleren Alters, nicht wie ein Siebzehnjähriger. Sein Blick glitt kurz über Mary und blieb an ihrer Mutter haften.

»Das verstehe ich nicht«, sagte er mit heiserer Stimme. »Unten haben sie mir gesagt, sie sei an der Schwelle des Todes.«

Mary erhob sich, ihre Knie waren steif und schmerzten schrecklich vom stundenlangen Knien an der Seite ihrer Mutter. Ihr ganzer Körper tat ihr weh, doch das war nichts im Vergleich zu dem Schmerz in ihrer Brust.

»Sie hat die Nachricht von Malcolms Tod nicht verkraftet«, sagte sie mit bebender Stimme.

Edgars Anblick drohte ihre mühsam aufrechterhaltene Kontrolle ins Schwanken zu bringen. Sie atmete tief durch, um sich zu fassen.

»Als ich hier ankam, war sie in einem erschreckenden Zustand. Sie hatte tagelang nicht gegessen und geschlafen und war vor Sorge krank geworden. Es scheint«, sagte sie, und ihre Stimme stockte, »dass sie eine Vorahnung von Malcolms Tod hatte.«

Tränen glänzten in Edgars Augen.

»Er ist einen Heldentod gestorben, so wie er es sich gewünscht hat, wie alle Männer zu sterben hoffen – inmitten der Schlacht, stolz und tapfer.«

Mary schlang schaudernd die Arme um sich. Sie durfte

jetzt nicht an Malcolm denken. Morgen, wenn es Margaret besser ging, dann konnte sie sich ihrem Gram hingeben.

Edgar unterbrach ihre Gedanken.

»Edward ist tot.«

Mary schrie auf.

Edgar eilte zu ihr und schloss sie in die Arme. Mary drückte fest die Augen zu. Heiße Tränen sammelten sich unter ihren Lidern, doch sie weigerte sich, sie zu öffnen und die Flut loszulassen.

Edward, nicht Edward, ihr ältester Bruder, ihr lieber Freund, ihr Held!

Sie glaubte es nicht, sie konnte es nicht glauben!

Edgar flüsterte ihr tröstend ins Ohr, streichelte ihr über den Rücken. Edgar, der sie nie umarmt oder offen seine Liebe für sie gezeigt hatte. Edgar, der gestern noch ein Junge von siebzehn Jahren gewesen und heute ein Mann von fünfzig geworden war.

»Die Wunde war tödlich. Er hat zu viel Blut verloren. Er starb im Schlaf, Gott sei Dank, ohne Schmerzen.«

Edward war tot.

«Ich kann nicht«, begann Mary mit heiserer Stimme.

Plötzlich schob sich Edgar von Mary weg.

»Dein Gemahl führt sie an«, stieß er hervor.

Mary richtete sich auf.

»Er ist unbesiegbar! Er hat sich weit in unsere Reihen vorgeschoben, mehrmals und ganz allein, hat sich wieder und wieder unseren Männern ausgesetzt – aber keiner kann sich ihm nähern, ohne seinem Schwert zum Opfer zu fallen. Er schlägt jeden nieder, der sich ihm in den Weg stellt. Sie sagen, er sei besessen; entweder das, oder er ist der Tod selbst!« Mary war steif, bewegungslos. Irgendwie hatte Stephen von ihrer Flucht erfahren, daran bestand kein Zweifel. Stephen war nicht vom Teufel besessen, sondern von einem übermenschlichen Zorn. Sie fröstelte vor Angst.

Edgar zog sie am Arm.

»Er hat geschworen, einen Pfad der Zerstörung bis zu deiner Tür zu schlagen, Mary. Er hat einen der Gefangenen entlassen, um uns diese Nachricht zu überbringen. Seine genauen Worte sind, dass er dich zurückhaben will, nicht trotz, sondern wegen deines Verrats.«

Mary begann zu zittern.

»Er will mich bestrafen«, flüsterte sie.

»Ich stelle mir eher vor, dass er dich töten will«, erwiderte Edgar. »Ich habe in Alnwick kurz sein Gesicht zu sehen bekommen, und sogar ich war darüber entsetzt.«

Mary wimmerte. Sie hatte Stephen in seinem Zorn erlebt. Konnte er sie so sehr hassen, dass er sie töten wollte? Konnte er sie sich tot wünschen?

Zwei Tage später starb Margaret.

Mary war wie betäubt, schockiert, erschöpft. Sie merkte, dass sie noch immer neben ihrer Mutter kniete und ihre steifen Hände hielt. Wie lange kniete sie schon so? Sie zwang ihren Körper, ihrem Verstand zu gehorchen, und schaffte es, sich langsam und unbeholfen aufzurappeln.

Qualvolles Wehklagen erfüllte seit einiger Zeit den Raum. Es war die schottische Art, laut und offen und ohne Zurückhaltung zu trauern. Mary hörte Margarets Hofdamen, die draußen vor der Tür hysterisch jammerten, sie hörte die Männer und Frauen unten im Saal, die ebenfalls klagten und weinten, und die Menschen draußen auf dem Burghof. Immer wieder gingen die Wellen des herzzerreißenden gemeinschaftlichen Trauerns über sie hinweg, bis der Schmerz, den sie ausdrückten, schließlich Marys Schock durchdrang.

Sie spürte, wie sich in ihrer Brust eine riesige Blase sammelte, immer größer wurde und ihr die Luft nahm. Sie keuchte und würgte.

Tot. Mary stockte der Atem.

Tot.

Gott, dieses Wort war so endgültig. Sie blickte zu Margaret, die im Tod so gelassen wirkte wie sie es im Leben gewesen war.

Tot!

Es schien nicht möglich.

Nicht Margaret, nicht Mutter!

Auch Mary wollte wehklagen, sie wollte schreien und jammern und sich die Haare raufen wie die Frauen im Saal. Aber sie tat es nicht. Sie musste ihren Kummer noch ein bisschen länger im Zaum halten. Sie musste an ihre Brüder denken. Sie würden sie brauchen, um sie durch diese schreckliche Zeit des Verlusts zu begleiten.

Plötzlich stockte Mary der Atem.

»Mutter, ich liebe dich so sehr!«, stieß sie hervor. Es schien einfach nicht möglich. Margaret war tot! Margaret, ihre liebe Mutter, war tot, Malcolm war tot, und Edward war tot! Das war nicht fair. Sie konnte es nicht ertragen, sie konnte es nicht.

Blind drehte sie sich im Kreis, auf der Suche nach Trost, den es nicht gab. Schließlich drückte sie eine Wange an die kalte Steinwand, presste den Körper daran. Und begann zu weinen.

Sie weinte und weinte, dann schlug sie auf die Mauer ein, bis ihre Hände blutig waren, und schrie ihren Kummer heraus. Jetzt hasste sie ihn, für seine Mitschuld an ihren Toden, an ihrer Ermordung. Sie hasste ihren Gemahl. Sie waren alle tot, Malcolm, Margaret, Edward, und es war für immer – sie würde sie alle nie wiedersehen.

Schließlich konnte sie nicht mehr weinen. Sie lag völlig entkräftet auf dem Boden. Gott, sie war so müde! Sie konnte sich kaum aufsetzen. So konnte sie nicht weitermachen. Nicht wenn sie dermaßen erschöpft war. Sie zweifelte, ob sie überhaupt in der Lage sein würde zu laufen.

Doch dann befahl ihr der Verstand zu überlegen. Sie solle an die große Gefahr denken, die Edinburgh drohte, eine Gefahr, die nicht nur sie bedrohte, sondern auch ihre Brüder, ja sogar ganz Schottland. Mary wischte die letzten Spuren ihrer Tränen ab. Sie hatte keine Zeit für Tränen. Zu viel stand auf dem Spiel. Es ging um Menschenleben; es ging um ein Königreich.

Malcolm war tot, Schottland ein Königreich ohne König. Der Sitz des Königtums war Edinburgh, und bald würden die stärksten Clans des Landes über die Stadt herfallen in der Hoffnung, die Macht an sich reißen zu können. Schon jetzt musste ein Dutzend der großen Oberhäupter in einem wahnwitzigen Wettrennen um die Krone nach Edinburgh unterwegs sein.

Ihre Brüder hatten alle legitime Ansprüche auf die Krone. Um Edmund machte sie sich keine Sorgen – er konnte und würde sich zweifellos um sich selbst kümmern –, und Ethelred war als Mann Gottes sicher. Doch ihr oblag die Verantwortung für den Schutz ihrer drei anderen Brüder, von denen jeder eine reelle Bedrohung für Schottlands nächsten König darstellte.

Der Gedanke, dass diese Verantwortung eigentlich Edgar zufiel, da er älter war als sie, kam Mary nicht.

Sie zwang sich aufzustehen. Sie bewegte sich wie eine sehr alte Frau. Dann hielt sie inne. Sie bemerkte, dass sich die Geräusche, die in das Gemach drangen, verändert hatten. Während sie sich anstrengte zu begreifen, was sie hörte, spürte sie eine heftige Angst in sich aufsteigen. Es klang wie ferner Donner, doch der Himmel war blau und wolkenlos. Marys Atem stockte.

Was sie durch das lautstarke Klagen in der Burg hörte, war kein ferner Donner, sondern es war das polternde Geräusch einer riesigen Armee, die sich der Stadt näherte. Lieber Gott, so schnell! Gab es denn gar keine ruhige Minute mehr?

Und dann stürmte Edgar in den Raum. Mary hörte ihm bleich vor Entsetzen zu, als er erzählte, Donald Bane sei zum Nachfolger Malcolms ernannt worden, und dass Edmund sie verraten und sich ihrem Onkel angeschlossen habe, um sich des Throns zu bemächtigen. Draußen wurde der Donner derweil lauter.

Einen Moment lang starrten Mary und Edgar einander an. Mary wusste nicht, was zu tun war; Edmund würde unter diesen Umständen so skrupellos sein wie irgendein Fremder – wenn nicht noch schlimmer.

Dann richtete sie sich auf.

»Trommle die Brüder zusammen! Sofort! Bring einen Wagen für …« Sie blickte zu Margaret; ihre schwer erkämpfte Kontrolle entglitt ihr, sie schluckte schwer. »Für die Königin. Wir begraben sie in der Abtei in Dunfermline, dort können wir Zuflucht suchen. Beeil dich!«

Edgar machte auf dem Absatz kehrt und ging. Mary konnte nicht aufhören zu zittern; sie umklammerte das Betpult, um nicht zusammenzubrechen. Kummer, Angst und eine unglaubliche Erschöpfung überwältigten sie, lähmten sie.

Es erforderte große Überwindung, doch Mary ging zu ihrer Mutter und bedeckte sie mit einem Tuch. Edgar kam zurück, warf ihr einen langen Blick zu, und dann trat er neben ihre tote Mutter und hob sie ohne große Mühe auf die Arme.

Mary bemühte sich, mit ihm Schritt zu halten.

»Wie konnte Edmund uns im Stich lassen?«

»Er gehört nicht mehr zu unserer Familie!«, stieß Edgar hervor, während sie die Treppe hinunter und in den Burghof hasteten, wo das Sonnenlicht so grell war, dass sie wie geblendet waren. Ihre Brüder waren bereits alle aufgesessen, bis auf Edmund natürlich, den Verräter. Der zweitjüngste, Alexander, versuchte, den weinenden kleinen Davie zu trösten. Edgar legte Margaret in den von Pferden gezogenen Wagen.

In diesem Augenblick bemerkte Mary, dass über dem Burghof eine unheimliche Ruhe lag. Alles Klagegeschrei hatte aufgehört, und alle anderen Laute waren ebenfalls erstorben. Es herrschte eine unnatürliche, beängstigende Stille.

Mary wusste, dass sie auf etwas lauschte, doch sie wusste nicht, worauf. Dann bemerkte sie es plötzlich – das ominöse Donnern der sich nähernden Armee hatte aufgehört.

Mary schrie auf, als Edgar sie auf ein Pferd hob und dann selbst aufsaß. Die Armee hatte angehalten, um sich für den Angriff zu positionieren.

»Es ist Donald Bane, nicht wahr?«

Edgar trieb sein Pferd neben ihres. »Nein.«

Mary erstarrte. »Wer dann?«

Er warf einen langen, düsteren Blick auf sie, und sie wusste es. In diesem Augenblick fühlte sie alles: Liebe, Hass, Furcht, Entsetzen.

»Es ist der Bastard von Northumberland!«, fauchte Edgar. »Der Bastard hat seine Armee bis nach Edinburgh geführt. Fordert er den Thron für sich selbst?«

Mary war einer Ohnmacht nahe.

»Nein«, flüsterte sie. »Er fordert mich.«

TEIL 4

Verbannt

24

Die Abtei Dunfermline lag nicht weit von Edinburgh auf einem Hügel jenseits des Firth of Forth. Sie war von dicken Steinmauern mittlerer Höhe umgeben, die hauptsächlich als Einfriedung dienten, und wiewohl sie durchaus ein Hindernis für Vagabunden und Gesetzlose darstellten, konnten sie keinen Schutz gegen eine herannahende Armee bieten. Doch genau das war es, was in diesem Augenblick auf das Kloster zukam, dachte der Abt bedrückt.

Hundert bewaffnete Ritter, von denen die meisten über der Rüstung einen schweren Umhang trugen, um die Kälte abzuwehren, säumten den schneebedeckten Hügel. Die Sonne schimmerte auf hundert Schilden und hundert Helmen, und hundert riesige Streitrösser scharrten auf dem verschneiten Boden und warfen dunklen Schmutz auf. Ein schwarz-weiß-goldenes Banner wehte in der vorderen Reihe, in seiner Mitte prangte eine kurzstielige, blutrote Rose, die rote Rose von Northumberland. Als wäre das nicht genug, um die Knie des Abts butterweich werden zu lassen, blickte der Anführer dieser Normannen von seinem großen Pferd herab dem Abt nun auch noch direkt ins Gesicht. Und sogar dieser Ritter selbst war ein Riese, der sicher schon einen imposanten Eindruck machte, wenn er nur vor einem stand. Er hatte den Helm abgenommen, und so konnte der Abt seine Gesichtszüge gut erkennen. Sie wirkten fast noch erschreckender als die große Machtdemonstration angesichts der fehlenden Befestigungen der Abtei. Sie waren starr und furchterregend kalt.

Der Abt von Dunfermline hatte beschlossen, seinen Besucher möglichst tapfer zu begrüßen; er hatte die schmale Seitentür in der Klostermauer geöffnet und war hinausgetreten.

Dieser Durchgang bot genug Platz für einen Mann zu Fuß, ohne Rüstung und schwere Waffen, aber nicht für Ritter auf ihren Pferden. Für einen Reitertrupp würde er die beiden vorderen Tore entriegeln müssen. Er schlang den Umhang fester um seinen dünnen Körper, obwohl er die Kälte kaum spürte. Denn er hatte die vorderen Tore in voller Absicht geschlossen gelassen. Allerdings war er sich sehr wohl dessen bewusst, dass er keine Mittel hatte, diesen Mann davon abzuhalten das Kloster gegen seinen Willen zu betreten.

»Was ist Euer Wunsch, Mylord?«

»Ihr beherbergt Prinzessin Mary. Ihr werdet sie sofort freigeben.«

Der Abt hatte Angst. Nicht um sich selbst oder das Kloster, nicht um seine Mönche und Nonnen, sondern um die junge Frau, die mitten in der Nacht und bei schneidender Kälte gekommen war, um für sich und ihre Brüder Schutz zu suchen. Er konnte sich nur zu gut vorstellen, was der Ritter mit der sehr schönen und sehr gequälten Prinzessin anstellen würde, und er hatte nicht die Absicht, ihm nachzugeben. Er sprach ein kurzes, stummes Gebet. Gottes Hilfe würde er nun gewiss brauchen.

»Sir, Ihr wisst, dass dies ein Haus des Herrn ist. Sie hat hier Zuflucht gesucht. Ich kann Euch nicht gestatten, den Schutz dieses Heiligtums zu missachten.«

Das eisige Lächeln des Ritters ließ seine Zähne blitzen.

»Mein verehrter Abt, ich ziehe es vor, das Haus Gottes nicht zu schänden, aber wenn es sein muss, tue ich es.«

Es war, wie er befürchtet hatte. Der Abt schauderte; er wusste, dass dieser Lord keine leere Drohung aussprach.

»Ich kann Euch den Zutritt nicht erlauben, Sir.«

»Seid Ihr Euch klar darüber, verehrter Abt, dass sie meine Gemahlin ist?«

Der Abt schluckte. Natürlich wusste er das.

»Dennoch, Sir, ist dies eine Frage der Pflicht vor Gott. Ich kann Euch den Zutritt nicht erlauben, Sir.«

Wieder blitzten die weißen Zähne des Ritters, allerdings nicht wegen eines Lächelns.

»Ich werde gewaltsam eindringen.«

Der Abt hob das Kinn, biss die Zähne zusammen und blieb unbewegt stehen.

Stephen erhob eine Hand, und zwei Reiter lösten sich aus der Truppe.

»Stürmt das Tor«, befahl er.

Geoffreys Pferd stand neben Stephens. Sein Gesicht war aschfahl. Doch er sagte nichts.

Die beiden Ritter preschten mit angelegten Lanzen auf das Tor zu. Das Holz krachte und ächzte, doch die eisernen Riegel hielten stand. Erst der zweite Angriff war erfolgreich; mit quietschenden Angeln flog das Tor auf.

Der Abt musterte Lord de Warenne. Sein Gesicht war hager und eingefallen, als habe er tagelang nicht geschlafen, doch seine Augen funkelten vor Erwartung – vor wütender, hasserfüllter Erwartung. Kein Mensch konnte einer Bestie mehr gleichen. Wieder erhob er in einer kurzen Bewegung die Hand und lenkte sein Streitross vorwärts. Ein Dutzend seiner Männer folgten ihm in das Kloster.

Im Hof glitt Stephen vom Pferd. Sein Blick erfasste die Kirche mit dem lang gestreckten Hauptschiff am nördlichen Ende des Gebäudekomplexes. Der Altarraum befand sich auf der Ostseite, Jerusalem zugewandt. Die restlichen Gebäude wie den rechtwinklig angelegten Kreuzgang, in dem die Mönche zwischen den Säulen arbeiteten und sich ergingen, das Stift, das Refektorium, den Schlafsaal, würdigte Stephen nicht eines einzigen Blickes.

»Lass niemanden entkommen«, wies er Geoffrey an.

Er selbst schritt über den gefrorenen Hof direkt auf die Kirche zu, trat ein und wartete, bis sich seine Augen an das Dunkel gewöhnt hatten.

In der Mitte des Hauptschiffs stand Edgar, die Hand an den Schwertknauf gelegt; hinter ihm in ähnlicher Pose seine jüngeren Brüder Alexander und Davie. Aus dem Schatten der Bankreihen trat Ethelred, unbewaffnet und in seiner Ordenstracht, und stellte sich neben Edgar auf. Mary war nirgendwo zu sehen.

»Ihr werdet in der Hölle enden, Mylord«, sagte Ethelred ruhig. »Das ist es nicht wert.«

»Wo ist sie?«, fragte Stephen kalt.

»Sie ist fort«, knurrte Edgar. »Sie wird nie mehr zu Euch zurückkehren, nie mehr!«

Stephens Brust hob sich schwer, so groß war sein Zorn.

»Wo ist sie hin, Edgar? Antwortet mir, sonst muss ich es aus Euch herausschneiden.« Auch er hatte die Hand ans Schwert gelegt. Und er meinte jedes Wort so, wie er es sagte. Seine Selbstbeherrschung war so gering, dass er sie im Falle einer Weigerung sofort verlieren und Marys Bruder verstümmeln würde, um in Erfahrung zu bringen, wo sie sich aufhielt.

Ethelred trat vor.

»Ich werde Euch nicht erlauben, diese Kirche mit Blut und Kampf zu beflecken. Sie ist nicht fort.« Er warf Edgar einen düsteren Blick zu. »Mary ist im Schlafsaal. Sie hat sich geweigert, den Schutz des Allerheiligsten in Anspruch zu nehmen, Mylord. Bedenkt das.«

Stephens Lächeln war furchterregend.

Und es war ihm vollkommen gleichgültig, weshalb sie sich geweigert hatte, ihren Brüdern in den Altarraum zu folgen. Er ging hinaus, über den Klosterhof und auf eine Tür zu. Dahinter befand sich ein langer, schmaler Gang, über den man die Zellen der Mönche erreichte. Stephen schritt ihn entlang, öffnete jede Tür und warf einen Blick in jeden der kärglichen Räume. Sie waren alle leer.

Doch nachdem er flüchtig in ungefähr zwei Dutzend Zellen geschaut und das Ende des Gangs erreicht hatte, fand er sie.

Sie stand in der allerletzten Kammer, an die Wand gedrückt, den Blick auf die Schwelle gerichtet, und erwartete ihn.

Stephen war so voller Wut, dass er kaum atmen konnte. Einen langen Moment stand er reglos da. Dann befahl er ihr in gezwungener Ruhe, still zu sein, denn wenn sie jetzt nur ein Wort der Erklärung anbrachte, noch eine gottverdammte Lüge, dann, er wusste es, würde er seine Beherrschung vollends verlieren und sie töten.

Aber so viel war einfach nicht zu erhoffen. Mary zitterte, und sie war so weiß wie der Schnee draußen auf den kahlen Eichen, aber sie redete.

»Mylord«, begann sie heiser, »bitte, bitte hört mir …«

Er hatte es gewusst, seine Beherrschung war am Ende. Mit einem Laut wie der Knall einer Peitsche traf seine flache Hand ihr Gesicht. Mary taumelte keuchend und mit einem dumpfen Geräusch an die Wand zurück und sank dann zu Boden.

Stephen wandte sich von ihr ab, schnaubend, bebend. Er hasste sich selbst – aber nicht so sehr, wie er sie hasste.

»Ich will«, sagte er, als er endlich sprechen konnte, »von Euch nicht eine einzige Lüge mehr zu hören bekommen. Es gibt nicht ein Wort, das Ihr sagen könntet und das ich hören möchte.«

Mary setzte sich auf dem kalten Steinboden auf. Die Zelle schien sich um sie zu drehen, und mit ihr Stephens riesige, machtvolle Gestalt. Furcht ergriff sie. Irgendwo im Hinterkopf fragte sie sich, ob er ihr den Kiefer gebrochen hatte – es fühlte sich so an. Und sie fragte sich, ob es nun wirklich aus war zwischen ihnen.

Stephen drehte sich wieder um.

»Ich habe Euch gewarnt. Nein, wagt es nicht zu sprechen! Wenn ich sage, ich will nichts von Euch hören, dann meine ich das auch. Ich bringe Euch nach Tetly.«

Mary blinzelte. Der Schmerz, der sie durchströmte, veränderte sich, er veränderte sein Wesen. Stephen schickte sie in die Verbannung. Zumindest würde er sie nicht töten; sie war nicht sicher gewesen, was sie bei ihrem Wiedersehen zu erwarten hatte. Es hatte sie all ihren Mut gekostet, in der kleinen Zelle zu bleiben, anstatt sich im Altarraum zu verstecken. Er würde sie nicht töten, aber das bedeutete für sie keine Erleichterung. Die Verbannung war ein Schicksal schlimmer als der Tod. Denn bedeutete sie nicht den Tod ihrer Ehe?

Und er würde sie nichts zu ihrer Verteidigung vorbringen lassen. Mary wollte sprechen, sie musste sprechen. Doch nun hatte sie solche Angst vor ihm. Davor, dass er erneut die Beherrschung verlieren, zuschlagen und sie und das Kind töten würde, selbst wenn er es gar nicht wollte. Oder vielleicht schlummerte genau diese Absicht in seiner Brust, dunkel und tödlich und drohend, und wartete auf den geringsten Anlass, einen Anlass, den ihre verzweifelten Worte liefern würden.

Mary begann zu weinen, wie schon so oft in den letzten Tagen.

Eine Flut von Bildern raste durch ihren Kopf. Malcolm, der ihr kalt und wütend erklärte, dass sie nicht mehr seine Tochter sei. Edward, der sie wegführte, umarmte, tröstete. Ihre Mutter, die in Edinburgh in der Kapelle kniete und betete.

Sie waren alle tot. Es war zu viel, als dass sie es ertragen konnte, und nun kam auch noch dies hinzu.

Ihr Gemahl, der Vater ihres ungeborenen Kindes, ein Mann, den sie kurze Zeit gehasst hatte und noch immer hassen sollte, aber nicht konnte, dieser Mann hasste sie. Er hasste sie genug, um sie fortzuschicken, zweifellos für immer. Und wenn sie nicht aufpasste, konnte sein Hass ihn sogar dazu bewegen, sie und ihr gemeinsames Kind zu ermorden.

»Eure Tränen berühren mich nicht«, erklärte Stephen kalt. »Ihr werdet mich nie wieder berühren.«

Mary wollte ihm von dem Kind erzählen. Wenn sie ihm von dem Leben berichtete, das in ihr gedieh, würde er sich vielleicht erweichen lassen, sie vielleicht sogar wieder lieben. In ihrer verzweifelten Lage würde sie alles tun, nur damit er sie wieder liebte. Doch er sagte: »Sobald Ihr meinen Erben ausgetragen habt, werde ich Euch nach Frankreich verbannen.«

Mary war vor Bestürzung wie gelähmt. Wenn sie ihm einen Sohn schenkte, würde er sie nach Frankreich schicken. Und das, sie wusste es, würde unwiderruflich sein. Einmal nach Frankreich abgeschoben, würde sie nie mehr in der Lage sein, ihn zu erreichen. Sie wäre nie in der Lage, seine Meinung zu ändern – denn sie würde ihn nie wiedersehen.

Einen Moment lang fühlte sie sich so elend, dass sie glaubte, sie müsse sich übergeben.

Stephen schritt auf die Tür zu, blieb auf einmal stehen und drehte sich halb zu ihr um.

»Ich bin zu zornig, um auch nur daran zu denken, mich irgendwann in nächster Zeit wieder zu Euch zu legen. Aber Ihr seid noch jung. Und mein Zorn wird sich verringern. Wenn mich das Bedürfnis überkommt, werde ich Euch aufsuchen. Ich werde meinen Sohn bekommen.« Er blickte ihr ins Gesicht; seine Augen waren voller Abscheu.

Mary wimmerte, sie hatte die Augen fest geschlossen.

Und dann würde er sie fortschicken, und es wäre wirklich und wahrhaftig vorbei für sie.

Stephen noch hinzu: »Und sobald ich meinen Sohn habe, wird auch das nicht mehr notwendig sein.«

Mary beobachtete, wie er kehrt machte und wegging. Dann glitt sie stöhnend zu Boden. Sie spürte ihr geschundenes Gesicht nicht mehr, nur die Pein in ihrer Brust, die Qual in ihrem zertrümmerten und zerrissenen Herzen.

Geoffrey kam, um Mary nach draußen zu bringen. Sie bemerkte, dass ihr Anblick ihn entsetzte. Eine Seite ihres Kiefers war bereits geschwollen und verfärbt; bald würde ihr Gesicht dunkelblau anlaufen.

Seine Miene war anfänglich streng gewesen; nun hellte sie sich etwas auf.

»Seid Ihr verletzt?«, fragte er und ergriff ihren Arm.

Mary sah ihn an, und wieder füllten sich ihre Augen mit Tränen.

»Nein, Sir. Aber ich werde nie mehr gesund sein.«

Geoffrey war verbittert.

»Er wird das nie vergessen, Mary, aber mit der Zeit wird er ein wenig weicher werden; mit der Zeit, glaube ich, wird er verzeihen.«

Mary schloss für einen Moment die Augen.

»Wie sehr ich wünschte, Euch glauben zu können.« Sie blickte Geoffrey an. »Ich bin nicht von ihm weggelaufen, Mylord. Ich wollte nur den Krieg beenden. Ich dachte, Vater würde meiner Bitte entsprechen.« Tränen flossen. »Ich liebe Stephen.« Mit großer Mühe schaffte sie es, ihre tobenden Gefühle zu bändigen. »Nach alledem liebe ich ihn noch immer. Ich liebe ihn schon seit Langem, seit Abernathy.«

Geoffrey fühlte sich unbehaglich, angespannt.

»Vielleicht solltet Ihr das *ihm* sagen, Mary.«

»Wie denn? Er glaubt mir kein Wort. Und jetzt ist er so wütend, dass ich Angst vor ihm habe. Ich habe nicht nur Angst, mit ihm zu reden, ich habe Angst, mich in seine Nähe zu begeben.«

»Ihr müsst etwas Zeit verstreichen lassen. Wenn Ihr Stephen das nächste Mal seht, könnt Ihr sicher mit ihm sprechen, ohne seine Brutalität fürchten zu müssen. Er ist nicht so.«

»Natürlich«, sagte Mary teilnahmslos. Wieder ging eine Woge der Qual über sie hinweg. Würde sie die nächsten Minuten überstehen können, geschweige denn die nächsten Tage?

Wenn sie Stephen zurückhaben wollte, dann musste sie es. Sie konnte sich nicht vorstellen, wann sie ihn wiedersehen würde. Sie würde weit mehr als die nächsten Tage überstehen müssen. Vielleicht musste sie viele Monate durchhalten, bis sie eine Gelegenheit bekam, ihn wiederzusehen, ihm gegenüberzutreten, sich zu verteidigen und ihn wieder an ihre Seite zu bringen.

Und wenn bis zu ihrem erneuten Zusammentreffen mehr als ein oder zwei Monate vergingen, wäre ihre Schwangerschaft nicht mehr zu leugnen. Zweifellos würde er dann wütend auf sie sein, weil sie ihm nichts gesagt hatte. Aber wenn sie es ihm nun offenbarte, würde er sie fortschicken und sie dann nicht einmal in der Verbannung »aufsuchen«. Mary wusste, dass die einzige Hoffnung auf Rettung ihrer Beziehung einmal mehr nur in ihrem gegenseitigen Begehren lag. Falls dieses Begehren seinerseits überhaupt noch existierte. Dessen war sie sich nicht sicher.

Sie fühlte sich erschöpft: von dem Zusammentreffen mit ihrem Gemahl, dem Verlust ihrer Eltern und ihres Bruders, der Sorge um ihre Mutter, Margarets Tod, dem Gespräch mit ihrem Vater und ihrer verrückten Flucht aus Alnwick. Sie war sicher, dass sie nicht mehr in der Lage sein würde, noch mehr auszuhalten.

Geoffrey brachte sie hinaus. Sie musste kämpfen, um ihre Gefühle im Zaum zu halten. Auch wenn sie jeden Grund zum Weinen hatte, wollte sie nicht vor Stephens Bruder, seinen Männern, den Mönchen und dem guten Abt einen Anfall bekommen, wenn er sie mit Gewalt aus dem Kloster führte. Ihr Stolz war alles, was ihr noch geblieben war.

Doch dann regte sich etwas in ihrem Bauch und ließ sie den Atem anhalten. Wie unrecht sie hatte – schließlich war da noch das Kind.

Als sie sich in Begleitung des Erzdiakons näherte, wandten die Ritter den Blick ab. Geoffrey half ihr auf sein Pferd und saß hinter ihr auf. Mary trocknete sich die feuchten Augen. Ihr Blick traf Stephen. Rasch, kalt, wandte auch er sich von ihr ab.

Wie sehr er sie hasste.

Dann sah Mary ihre drei Brüder, Edgar, Alexander und Davie, auf Pferden inmitten der normannischen Ritter.

»Was tun sie hier?«, fragte sie kurz.

»Sie sind im Kloster nicht sicher, Mary«, erklärte Geoffrey.

»Natürlich sind sie dort sicher!«

»Ist Stephen nicht eben eingedrungen, um Euch herauszuholen?«

Mary schwieg. Ihr Blick schwenkte auf Stephens breiten Rücken. Wenn er eine Abtei betreten und Gottes Gesetz brechen konnte, dann konnte das auch ihr Onkel Donald oder, Gott bewahre, ihr Bruder Edmund. Sie schauderte. Sie hatten die Macht an dem Tag ergriffen, an dem sie und die Jungen aus Edinburgh geflohen waren. Noch in derselben Nacht war die Nachricht eingetroffen. Sie durfte nicht daran denken, dass Donald Bane oder Edmund versuchen könnten, ihren Brüdern etwas anzutun, um sich den Thron zu sichern.

»Wohin bringt Stephen sie?«, fragte sie leise.

»Nach Alnwick, zumindest vorerst.«

Mary war erleichtert. In Alnwick würden ihre Brüder in Sicherheit sein. Zumindest für einige Zeit musste sie sich um sie also keine Gedanken machen.

Die Truppe verließ das Kloster mit Stephen an der Spitze, Mary saß hinter Geoffrey, und ihre Brüder, Gefangene nun, ritten in der Mitte. Trotz ihrer Erschöpfung erkannte Mary, dass sie nun geduldig sein musste, obwohl das nicht ihrem Wesen entsprach.

Was immer ihr Los und das ihrer Brüder sein würde, für den Moment war alles außerhalb ihrer Kontrolle. Nun war die Zeit des Abwartens gekommen. Wenn ihr das auch schwerfiel, so erkannte sie doch, dass sie dringend eine Ruhepause brauchte. Und wie es aussah, verschaffte Stephen ihr ungewollt eine solche, indem er sie nach Tetly verbannte.

Ihr Exil begann unheilvoll. Nicht lange, nachdem sie den Fluss Tweed überquert und Northumberland betreten hatten, spalteten sich Stephens Truppen auf. Geoffrey drehte mit zwei Dutzend Soldaten und Mary nach Osten ab; Stephen und der Rest der Männer ritten mit den drei Brüdern in südlicher Richtung weiter nach Alnwick.

Mary musste den Abschied kurz halten. Sie umarmte Edgar, Alexander und Davie und ermahnte sie, sich nicht über sie oder sonst irgendetwas Gedanken zu machen.

»Am Ende wird alles gut, das verspreche ich euch«, sagte sie mit gespielter Überzeugung. Natürlich war ihre Gewissheit eine Lüge, denn in Wirklichkeit war sie von Furcht und Zweifeln erfüllt. Um die Sache noch schlimmer zu machen, blickten ihre Brüder nicht nur so zweifelnd, wie sie sich fühlte, sondern sie gab sich beim Abschied auch noch heißen, sorgenvollen Tränen hin.

Von Stephen verabschiedete sie sich nicht. Dazu bot er ihr keine Gelegenheit. Er entfernte sich von der Abschiedsszene und blieb auf seinem Pferd sitzen, Mary den Rücken zugewandt. Keine Geste hätte beredter sein können. Als Mary wieder aufsaß, wusste sie, dass Stephen sie kraft seines eisernen Willens aus seinem Herzen verbannt hatte.

Am späten Nachmittag wandten sie sich direkt nach Osten und erreichten schließlich Tetly. Marys Lebensmut sank noch tiefer, als sie die einsame Burg zum ersten Mal sah. Sie lag auf einer entlegenen, kahlen Klippe, dort, wo der Fluss Tyne ins Meer mündete. Ein gewundener, gefährlicher Pfad führte zum rostigen Tor. Eine solche Lage machte eine Invasion und Belagerung unmöglich.

Später erfuhr Mary, dass die Position von Tetly aus exakt diesem Grund gewählt worden war, und aus demselben Grund war die Burg längst bedeutungslos geworden und wurde nicht mehr genutzt.

Eine Zugbrücke war nicht notwendig. Das Fallgitter öffnete sich direkt auf die steile, gefurchte Straße. Offenbar hatte Stephen ein paar Bedienstete, einen Verwalter und eine Kastellanin vorausgeschickt, denn das mit Eisenspitzen versehene, wegen des seltenen Gebrauchs schwergängige Tor wurde sofort hochgezogen. Durch dunkle Steinmauern gelangten sie in einen kleinen, ebenfalls dunklen Burghof. Der Boden bestand aus gefrorenem Schlamm. Mary sah sich verzweifelt um. Die wenigen äußeren Gebäude sahen sich längst dem Verfall preisgegeben. Wände bröckelten, Dächer waren eingestürzt. Die Stallungen schienen nicht benutzbar. Sie sah, dass ein neuer Anbau errichtet worden war und als Stall für Pferde und zur Unterbringung einiger Schweine diente.

Mary wandte sich dem Wohngebäude zu. Es war nicht mehr als ein einzelner, schwarzer Turm, der die Rückwand der Klippe zuwandte, nach drei Seiten hin exponiert und ständig starkem Wind ausgesetzt. An den Eingangsstufen standen ihre Bediensteten: zwei Mägde, ein junger Höriger, ein alter Verwalter und eine rundliche, besorgt aussehende Kastellanin.

Sie zog ihren Umhang fester um sich. Es war eisig kalt hier draußen auf der Klippe, über die der Wind pfiff, doch ihr Tun war eher auf ihre tiefe Bestürzung zurückzuführen als auf die schneidende Kälte. Hier sollte sie also leben. Wie lange? Und wie lange würde es dauern, bis Stephen kam, um sie »aufzusuchen«? Als Geoffrey ihr beim Absitzen half, klammerte sich Mary von Panik ergriffen an seine Hand.

»Ihr reist doch nicht gleich wieder ab, oder?«, weinte sie.

Seine Miene war düster.

»Ich habe Erzbischof Anselm eine Mitteilung gesandt, dass ich aufgehalten werde. Ich bleibe ein paar Tage, Mary, um einige Reparaturen durchführen zu lassen und sicherzustellen, dass Ihr Euch eingewöhnt und es bequem habt.«

»Bequem?« Mary war verbittert.

»Tetly hat schon bessere Tage gesehen, das ist wahr, aber es wird Euch an nichts fehlen. Das verspreche ich Euch.«

Geoffreys Worte erwiesen sich als größtenteils richtig. Man hatte Tetly vor ihrer Ankunft gut ausgestattet. Offenbar war Stephen vorbereitet gewesen, als er ihr sein Urteil überbracht hatte. Der Verwalter war tüchtig und versuchte, ihr zu gefallen. Die Kastellanin indessen hatte Mitleid mit ihr. Marys Räume wurden stets von einem großen Feuer gewärmt, um die andauernde Kälte abzuhalten. An Essen und Trinken gab es alles, was sie sich wünschte. Mary hatte zwar keinen Appetit, dazu war sie zu sehr vom Leid überwältigt, doch im Gedanken an das Kind aß sie mehr als üblich.

Geoffrey blieb eine Woche, und Mary war ihm dankbar dafür. Tagsüber half sie der Kastellanin. Sie hatte sonst nichts zu tun und war entschlossen, sich zu beschäftigen, um nicht an die Tragödie denken zu müssen, die sie ereilt hatte. Es wäre leicht gewesen, um ihre Eltern, ihren Bruder und um ihrer selbst willen zu trauern. Abends unterhielt sie sich mit Geoffrey am Feuer. Hätte er nur bleiben können. Er war freundlich und aufmerksam. Aber sobald der Stall instand gesetzt war, brach er auf. Und Mary blieb nichts anderes übrig, als die Abende und Nächte allein durchzustehen.

Die Nächte waren es, die ihre geistige Verfassung bedrohten. Der Wind heulte wie ein Todesbote und machte das Einschlafen, gelinde gesagt, schwierig. Wenn sie dann schlief, war sie ruhelos und wachte häufig auf. Sehnsüchte quälten sie, unerreichbare Träume. Sie vermisste Edward und Margaret schrecklich und konnte es nicht fassen, sie nie mehr wiederzusehen. Und sie wünschte sich verzweifelt, dass die letzten Gespräche mit ihrem Vater niemals stattgefunden hätten. Mary war bis in ihr innerstes Wesen erschüttert.

Plötzlich war Malcolm in ihrer Erinnerung ein Fremder, nicht mehr der wunderbare Vater-König, der er für sie immer gewesen war. Sie wollte sich so an ihn erinnern, wie sie ihn ihr Leben lang gekannt, nicht so, wie sie ihn zuletzt gesehen hatte. Sie wünschte sich trotz seiner grausamen Worte seine Liebe, und obwohl er sie benutzt und verstoßen hatte. Sie wollte sich so gern dieser Liebe sicher sein und würde nun nie mehr die Wahrheit erfahren.

Ein verzweifeltes Verlangen nach Stephen erfüllte sie.

Nicht nach dem kalten, hasserfüllten Mann, der er geworden war, sondern nach dem feurigen Liebhaber, dem respektvollen Gemahl, dem gerechten und ehrbaren Menschen. Sie brauchte ihn. Nie hatte sie ihn mehr gebraucht. Aber er würde kommen, wenn es *ihm* passte, nicht ihr, und auch nur, um sie zu benutzen.

Die Tage verstrichen eintönig. Der Januar ging in den Februar über. Ein Schneesturm folgte dem anderen; der Wind hörte nie auf. Mary hasste Tetly. Manchmal hasste sie Stephen. Ihn zu hassen, fiel ihr leichter, als ihn zu lieben, und bei Gott, sie hatte Grund, ihn zu hassen. Aber die Wutanfälle dauerten nie lange. Und ihnen folgte immer ein unkontrollierbares Sehnen.

Mary freute sich auf das Kind, das sie erwartete.

Ihr Körper hatte sich verändert. Angezogen war nur die Fülle ihrer Brüste ersichtlich, doch in nacktem Zustand freute sie sich über ihren kleinen Bauch.

Wenigstens hatte sie dieses Baby, dachte sie. Schon jetzt liebte sie ihr Kind über alles. Schon jetzt fühlte sie sich fürsorglich und mütterlich. Sie war nicht verrückt, aber da sie so einsam war, hatte sie begonnen, mit ihrem Kind zu sprechen, und manchmal sang sie ihm alte gälische Wiegenlieder vor. Dann blickten die Bediensteten sie ängstlich an, und die Kastellanin empfand Furcht und Mitleid.

Sie wussten, dass Mary schwanger war, denn sie versuchte nicht, ihren Zustand zu verbergen. Wenn die Bediensteten sahen, wie sie mit sich flüsterte, mit dem Baby, bekreuzigten sie sich oder machten alte heidnische Zeichen und hasteten davon. Mary war es gleichgültig, was sie dachten. Hätte sie sein Kind nicht in sich getragen, sie hätte womöglich alle Hoffnung verloren, und ihren Verstand dazu.

Jegliches Zeitgefühl kam ihr abhanden. Doch irgendwann hörte es auf zu schneien. Es war, so sagte die Kastellanin, ein besonders frostiger Winter gewesen. Nun blies nur der stetige Wind, und eines Nachmittags drang die Sonne durch die tief hängenden, dicken Wolken. Und eines Tages, als Mary im Burghof etwas frische Luft schnappte, sah sie frisches grünes Gras aus der Erde sprießen.

Sie blickte zum Himmel hinauf. Er war bleich, verwaschen-blau, aber immerhin blau, und die Sonne strahlte leuchtend gelb. Mary lächelte. Es war März, und plötzlich konnte sie den Frühling riechen. Sie atmete tief ein. In diesem Augenblick ließ ihre Schwermut nach. Sie hatte einen langen, dunklen und trübseligen Winter überlebt, und mit einem Mal spürte sie wieder Hoffnung. Der Frühling bedeutete Erneuerung und Wiedergeburt. Wenigstens konnte sie sich nun auf angenehme Tage freuen, und mit dem Herannahen des Sommers auf die Geburt ihres Kindes. Bei diesem Gedanken hüpfte ihr das Herz in der Brust.

Und es konnte nun nicht mehr lange hin sein, bis Stephen kam.

»Reiter, Mylady!«

Mary blickte vom Podium auf, wo sie allein beim Mittagessen saß. Sie legte das Messer beiseite.

»Reiter?«

»Sie sind noch zu weit weg, um sie zu erkennen, aber es ist ein ganz ordentliches Kontingent, mit einem Banner, Mylady«, sagte der Mann. Er war gerade von dem einzigen Wachturm gelaufen gekommen und noch außer Atem.

Mary bewegte sich nicht, aber ihr Herz donnerte so stark, dass sie sich einer Ohnmacht nahe fühlte. Stephen. Sie wusste es. Oh Gott, sie wusste es. Hochstimmung ergriff sie, Aufregung und Furcht. Oh Gott, sie musste alles richtig machen! Sie musste ihn zurückgewinnen!

Mary sprang auf. Sie war im fünften Monat schwanger, aber weil sie sehr klein war, sah man ihr das, wenn sie bekleidet war, noch nicht wirklich an. Natürlich würde er sofort bemerken, dass sie Gewicht zugelegt hatte; ihr Gesicht war voller, ihre Brüste schwerer. Plötzlich hatte Mary doppelt Angst. Was, wenn sie nicht mehr so hübsch war wie früher?

Sie rannte in ihr Gemach hinauf, um ihre Kleidung zu überprüfen und sämtliche Haarsträhnen unter den Schleier zu stecken. Dann ließ ein Gedanke sie erstarren. Stephen hatte ihr Haar immer sehr geliebt. Verheiratete Frauen trugen es zwar nicht offen, aber nun, da sie keine gute Figur mehr hatte, gereichte es ihr zur Zierde. Mary zögerte ... Sie würde es offen tragen. Mit klopfendem Herzen und zitternden Händen öffnete sie ihr Haar und flocht die Zöpfe auf. Üppig und goldglänzend fiel es ihr bis über die Hüften. Wenn sie sich einer Sache sicher war, dann der, dass ihr Haar nie schöner ausgesehen hatte. Mit zitternden Händen bürstete sie es rasch aus.

Sie war inzwischen so nervös, dass sie sich krank fühlte. Die Männer waren bereits unten im Saal zu hören. Mary versuchte, sich mit tiefen Atemzügen zu beruhigen. Oh Gott. Was, wenn er sie immer noch hasste?

An der Tür ihres Gemachs sprach sie ein kurzes Gebet. Dann straffte sie die Schultern und hielt den Kopf hoch. Sie öffnete die schwere Tür, hielt inne und ging dann gemessenen Schrittes die Treppe hinunter.

Am Eingang zum Saal blieb Mary stehen. Ihre Augen weiteten sich ungläubig. Am Tisch saß ein Mann, aber es war nicht Stephen, sondern Prinz Henry, der sich auf dem Podium räkelte, als sei er der Herr von Tetly. Und als er sie sah, lächelte er, und in diesem Lächeln lag all sein Vorsatz. Wie er in jener dunklen, einsamen Nacht auf der Burgmauer von Alnwick versprochen hatte, war er gekommen.

Mary starrte wie gebannt auf ihn. Henry starrte zurück. Er reagierte amüsiert auf ihren Schock; sein Blick wanderte von ihrem Gesicht über die Haare und dann ihren Körper hinab und traf schließlich wieder den ihren.

»Wie schön Ihr seid«, bemerkte er.

Marys Herz schlingerte vor Furcht.

Seine Augen hefteten sich auf ihre üppigen Brüste, über die sich der Stoff ihrer Tunika spannte.

»Wirklich, Ihr wart noch nie so schön, Mary«, sagte der Prinz.

Ihr sank der Mut. Doch dann kam Leben in sie, und sie bedauerte die Dummheit, ihr Haar geöffnet zu haben. Aber nun war es zu spät. Bleich, verschreckt und entschlossen, Henry wieder fortzuschicken, sobald sie in Erfahrung gebracht hatte, wo Stephen war und was er tat, trat sie langsam vor.

»Guten Tag, Mylord«, sagte sie mit einem leichten Knicks. »Das ist eine Überraschung.«

Er winkte sie zu sich, ergriff ihre Hand und half ihr auf das Podium. Mary entzog ihm die Hand sofort. Und wieder schaute er amüsiert.

»Warum habe ich Euch überrascht?«, fragte er. »Habe ich nicht gesagt, ich würde Euch in der Verbannung besuchen?«

Eine neuerliche Furcht überkam Mary, doch sie setzte sich mit gespielter Gelassenheit zu ihm.

»Es ist sehr freundlich von Euch, mich in dieser einsamen Zeit zu besuchen«, sagte sie und schenkte ihm Wein nach. »Aber es fällt mir schwer zu glauben, dass Freundlichkeit Euer einziges Motiv ist. Tetly liegt abseits jeglicher Reiserouten.«

»In der Tat, es ist isoliert und gottverlassen. Was für ein schrecklicher Ort! Aber Euch scheint es bestens zu gehen. Ihr strahlt, Mary. Seid Ihr so glücklich, von Eurem Gemahl getrennt zu sein?« Henry nippte an seinem Wein, ohne sie aus den Augen zu lassen.

Mary sah ihn direkt an.

»Ich bin über die Trennung von Stephen nicht glücklich, Mylord. Ich liebe ihn. Ich sehne mich nach dem Tag, an dem er mir vergibt und mich wieder an seine Seite ruft.«

Henry lächelte.

»Ich glaube nicht, dass dieser Tag jemals kommt, Mary.

Ihr habt ihn verraten, und er ist kein Mann, der seinen Feinden verzeiht.«

»Ich bin nicht sein Feind. Ich bin seine Gemahlin.«

»Eine gefährliche Kombination. Eine tödliche Kombination, wie er sehr wohl weiß.«

Mary wandte verärgert den Blick ab und zwang sich, ruhig zu bleiben. Dies war ihr erster Besucher seit dem Winter, und sie war entschlossen, etwas über Stephen, ihre Brüder und Schottland zu erfahren. Sie hatte in diesen letzten Monaten absolut keine Nachrichten erhalten.

»Wie geht es ihm?«

»Es geht ihm gut.«

Das war nichtssagend. »Und ... meinen Brüdern?«

»Auch ihnen geht es gut. Sie genießen William Rufus' Gastfreundschaft. Edmund freut sich natürlich über den Thron von Schottland, mit Eurem Onkel Donald Bane.«

Mary erwiderte nichts, denn die Nachricht, dass ihre Brüder Gefangene des Königs waren, konnte kaum überraschen.

Henry beobachtete sie.

»Ihr seid so still. Wusstet Ihr, dass auch Stephen dort ist? Er hat den größten Teil des Winters bei Hofe verbracht.«

Mary konnte es kaum glauben. Stephen hasste den Königshof. Ihre Brüder waren dorthin befohlen worden, und zweifellos hatte er sie begleitet, aber sie konnte nicht verstehen, weshalb er geblieben war.

»Was macht Stephen dort?«, fragte sie vorsichtig.

Mary hatte in den vergangenen Monaten alles daran gesetzt, nicht daran zu denken, was ihr Gemahl im Hinblick auf seine sehr männlichen Bedürfnisse unternahm, während er ihr fern war. Und sie hatte damit Erfolg gehabt – bis zu diesem Augenblick. Bei Hofe gab es so viele schöne Frauen mit der Moral von Huren. Mary dachte, wenn er zu einer Prostituierten ginge, könnte sie das ertragen. Prostituierte waren schmutzig und hässlich; wenn ein Mann eine solche Frau aufsuchte, hatte das nichts Persönliches. Doch der Gedanke, dass er mit einer schönen Lady ins Bett ging, war zu viel für sie, und wenn er sich schon so lange bei Hofe befand, würde er sicher keine Huren aufsuchen.

»In den langen Wintermonaten gibt es in Alnwick nicht viel zu tun, wie Ihr sicher wisst. Ich stelle mir vor, er amüsiert sich mit allen möglichen Intrigen«, sagte Henry unumwunden.

Mary betrachtete ihn. Er war grausam. Sie wusste, dass er keine politischen Intrigen meinte. Und plötzlich hatte sie genug.

Sie war Stephens Gemahlin. Diese Trennung dauerte schon viel zu lange an. Wenn Stephen sich eine andere Frau als Geliebte genommen hatte, würde sie ihm eine Szene machen, wie er es noch nie erlebt hatte. Sie konnte sich ihn im Bett mit Adele Beaufort vorstellen. Ein entsetzlicher Gedanke. Sie war seine Gemahlin. Wenn er Bedürfnisse hatte, konnte er sie gefälligst bei ihr stillen.

»Was ist mit Adele Beaufort?«

»Sie hat im Februar Ferrars geheiratet«, erzählte Henry grinsend. »Nicht, dass sie das von ihren verruchten Absichten abgebracht hätte.« Sein Grinsen wurde noch breiter. »Auch sie hat den Hof nicht verlassen.«

Marys Busen wogte. Spielte Henry darauf an, dass Adele und Stephen ihre Beziehung wieder aufgenommen hatten? Sie beugte sich spontan nach vorn.

»Nehmt mich mit, wenn Ihr abreist. Ich will zum Königshof, damit ich wieder bei meinem Gemahl sein kann.«

Henry bekam große Augen, dann lachte er. »Ihr seid unglaublich! Ich kann Euch nicht mitnehmen, Mary, auch wenn es fast wert wäre, Stephens Gesicht zu sehen, wenn Ihr bei Hofe erscheinen würdet. Er hat Euch verbannt, und zwar mit Recht. Wenn ich Euer Gemahl wäre, hätte ich Euch für den Rest Eurer Tage in ein Kloster gesteckt.«

»Aber Ihr seid nicht mein Gemahl, nicht wahr?«, konterte Mary scharf.

»Nein.« Henry beugte sich zu ihr. »Und Euer Gemahl ist nicht hier.« Er lächelte. »Der Winter muss lang und hart für Euch gewesen sein.«

»Nicht so lang und hart, wie Ihr es gerne hättet«, erwiderte Mary eisig. »Ich bin an Euren Aufmerksamkeiten nicht interessiert, Mylord. Trotz allem, was geschehen ist, liebe ich meinen Gemahl und bleibe ihm treu.«

»Sogar wenn ich Euch sage, dass er Euch nicht treu ist?«

Gott, wie sehr diese direkten Worte schmerzten.

»Sogar dann.«

»Ich glaube, ich muss Euch bewundern, Madame«, erklärte Henry und lehnte sich mit einem Seufzer zurück. Doch seine Augen glühten.

In dieser Nacht konnte Mary nicht schlafen, weil ihr Henrys Worte ständig im Kopf herumgingen. Stephens Untreue tat ihr schrecklich weh. Ständig stellte sie sich ihn mit der schönen, unmoralischen Adele Beaufort vor, die nun wohl Adele Ferrars hieß.

Mary suchte nach einer Möglichkeit, aus Tetly zu fliehen und an den Königshof zu kommen, um ihren Gemahl und ihre Position als seine Ehefrau einzufordern. Aber eine Flucht aus Tetly schien unmöglich. Der einzige Weg hinaus führte durch das vordere Tor, und dieses zu durchschreiten, war ihr ausdrücklich verboten. Wäre Henry mit einem Wagen angekommen, so hätte sie versucht, sich bei seiner Abreise darauf zu verstecken, doch er hatte keinen dabei. Mary warf sich in ihrem Bett hin und her und drehte sich schließlich auf die Seite. Das Einzige, was sie tun konnte, war, Henry einen Brief mitzugeben; gewiss würde der Prinz für sie ein Schreiben überbringen.

Plötzlich versteifte sie sich. Durch den Lärm des brüllenden Windes und den fernen Donner der Brandung meinte sie das Knarren einer Holztür gehört zu haben. Das einzige andere Gemach in diesem obersten Stockwerk war von Henry belegt, der aber inzwischen sicher längst schlief. Sie lauschte angestrengt und meinte das Geräusch noch einmal wahrzunehmen. Henry schlief bestimmt, und sonst gab es niemanden, der hier oben herumschleichen konnte. Ihr Puls raste. Aber als der Wind schließlich für einen Moment ruhiger wurde, als nur mehr das leise Rauschen der Wellen zu hören war, die weit unterhalb der Klippe an den Strand rollten, hörte sie nichts mehr.

Allerdings nur für einen Augenblick. Im nächsten war Henry mit einem leisen Lachen hinter ihr ins Bett geglitten, presste seinen erregten Körper an ihren und hielt sie fest. Mary stockte vor Entsetzen der Atem.

»Sei nicht überrascht, Süße«, murmelte Henry und rieb seinen prallen Unterleib an ihrem Po. Mit einer Hand liebkoste er ihre vollen Brüste. »Ich weiß, dass du dich nach einem Mann verzehren musst.«

Mary konnte nichts erwidern. Gott sei Dank hatte er sich nicht ausgezogen, sie aber war splitternackt. Und – guter Gott – es war so lange her, dass sie die Berührung eines Mannes gespürt hatte. Ihr Körper war so ausgehungert, dass Henrys Berührung ihren Puls hochschnellen ließ. Sie liebte Stephen, aber auch Henry war ein potenter Mann, und ihr Körper wusste das.

»Du bist heiß«, sagte Henry mit belegter Stimme, drückte sanft ihren Busen und spielte mit einer Brustwarze. »Gott, ich wusste es.« Er küsste sie in den Nacken.

Mary kam endlich wieder zu Verstand.

»Hinaus aus meinem Bett! Hinaus aus meinem Bett, sofort!«

»Du willst es doch«, erwiderte er, sich langsam an ihr reibend.

Mary schloss die Augen und wünschte sich, Stephen würde bei ihr liegen. Im nächsten Atemzug verfluchte sie ihn dafür, dass er sie verbannt und damit zugelassen hatte, dass sie in eine solche Situation geriet. Dann atmete sie tief durch – und rammte mit aller Macht einen Ellbogen in Henrys Brustkorb.

Er schnappte nach Luft. Mary rappelte sich auf Hände und Knie auf. Henry gab einen zornigen Laut von sich und warf sie heftig auf den Bauch.

Mary schrie auf, als er sich auf sie wälzte und an seiner Hose zu nesteln begann.

»Das Baby, verdammt! Ihr werdet mein Kind verletzen!«

Henry erstarrte. Im nächsten Moment hatte er von ihr abgelassen, seine Hand lag auf ihrem hervortretenden Bauch, und er verharrte reglos.

Dann setzte er sich auf.

»Beim Blute unseres Herrn!«, murmelte er, sichtlich ergriffen.

Mary postierte sich vor dem Kamin und schaute wild um sich auf der Suche nach einer Waffe. Ihr Blick fiel auf den Schürhaken; sie packte ihn und hielt ihn drohend hoch.

Henry starrte sie entgeistert an – zuerst in ihre Augen, dann auf ihren runden Bauch, auf das V zwischen ihren Beinen und schließlich auf ihre bebenden Brüste. Er setzte sich auf.

»Das ist nicht notwendig«, bemerkte er trocken. »Eine Vergewaltigung lag nie in meiner Absicht.«

»Nein?«, fragte Mary mit hoher, überkippender Stimme. Sie begann zu zittern. Es war ihr gleichgültig, was er sagte. Der Prinz hatte sie fast überwältigt.

Seine Antwort war, das Bett zu verlassen und eine Kerze zu entzünden.

In ihrem Schein betrachtete er Mary erneut.

»Stephen weiß nichts davon.«

Seine Stimme hatte sich verändert, sie war nicht mehr herb, sondern kalt und hart, die Stimme eines verärgerten Aristokraten.

Mary bemerkte, dass sie nackt war. Sie legte den Feuerhaken nieder, wickelte rasch eines der auf dem Bett liegenden

Felle um sich und zwang sich, ruhig zu werden und dem Prinzen mit Vorsicht zu begegnen.

»Nein, Stephen weiß nichts davon.«

»Ist es von ihm?«

Mary schnaubte ärgerlich.

»Jawohl, Mylord, es ist von Stephen!«, zischte sie. »Ich habe nie mit einem anderen Mann geschlafen und werde es auch nie tun.« Plötzlich trübten Tränen ihr die Sicht. »Gleichgültig, wie groß mein körperliches Verlangen ist.«

Henry blickte düster.

»Er hat das Recht, es zu erfahren.«

Dem stimmte Mary zwar zu, aber dennoch erschrak sie über diesen Gedanken. Ihre einzige Hoffnung, Stephen zu sehen, gründete sich auf seinem Glauben, dass sie kein Kind erwartete. Dass er kommen würde, um sie zu schwängern. Natürlich würde sich das, was mit Henry geschehen war, mit ihm wiederholen. Sobald er ihr die Tunika auszog, würde er sehen, dass sie bereits schwanger war – wenn er nicht schon vorher darauf gekommen wäre. Aber wenigstens würde er bei ihr sein. Sie musste ihn vor sich haben; es war ihre einzige Chance, ihre Beziehung wieder in Ordnung zu bringen. Aber wenn Henry ihm sagte, dass sie bereits in anderen Umständen war, würde er sie nach Frankreich schicken, wie er es versprochen hatte.

Ein entsetzlicher Gedanke beschäftigte Mary, eine Szene, die weit schlimmer war als alles, was ihr bereits widerfahren war: dass sie ihr Kind bekam, es ihr weggenommen und sie für immer in ein Kloster in der Fremde eingeschlossen wurde.

»Ihr dürft es ihm nicht sagen!«

»Ich werde es ihm sagen. Er muss Bescheid wissen!«

»Was für ein feiner Freund Ihr doch seid!«, fauchte Mary. Tränen traten ihr in die Augen. Sie hasste es zu betteln, aber sie musste es tun. »Bitte, lasst mich es ihm sagen.«

»Wann denn? Wenn das Kind auf der Welt ist?«, fragte Henry sarkastisch.

»Nein.« Sie merkte, dass sich die Lösung ihres Problems, die Antwort auf ihre Gebete, soeben ergeben hatte. »Ich habe Euch zuvor schon gebeten, aber aus einem anderen Grund. Nun bitte ich Euch noch einmal. *Nehmt mich mit.* Ich werde es ihm sagen, sobald ich ihn sehe. Bitte. Das ist mein gutes Recht.«

Henry starrte sie an. Mary konnte nicht ausmachen, was in seinem Kopf vorging; seine Augen waren dunkel und unergründlich. Schließlich nickte er.

Mary war vor Erleichterung wie benommen. Sie würde an den Königshof gehen, zu Stephen. Um ihm von ihrem Kind zu berichten und um ihr Leben zu kämpfen.

TEIL 5

Das Versprechen der Rose

25

Adele hatte Geoffrey de Warenne seit ihrer Hochzeit mit Henry Ferrars nicht mehr gesehen, aber heute würde sie ihm begegnen.

Ihre Sänfte hatte angehalten. Da Adele mit offenen Vorhängen gereist war, sah sie, dass ihr Ziel erreicht war. Obwohl von zwei Dutzend der besten Ritter ihres Gemahls umringt, erblickte sie vor einem sehr blauen Himmel und nur einige Schritte vor sich die hoch aufragende Kathedrale von Canterbury.

Sie hatte Geoffrey entsetzlich lange nicht gesehen. Am ersten Februar hatte sie geheiratet, und heute war der erste April. Eine schreckliche Vergeudung von Zeit – ihr Gemahl hatte sich in den letzten Wochen in Tutberry vergraben, viele Meilen im Westen von Essex, wo sie untätig, einsam und zunehmend verzweifelt gewesen war. Sie hatte Geoffrey zahllose Sendschreiben geschickt, aber er war nicht gekommen.

Adele machte keine Anstalten, ihre Sänfte zu verlassen. So viele hitzigen Gefühle wallten in ihr, dass sie sich nicht bewegen konnte, noch nicht. Sie war wütend, wütend über seine offensichtliche Zurückweisung, und sie hatte Angst.

Sie, die begehrteste Frau des ganzen Reiches, hatte Angst, dass der Erzdiakon ihrer überdrüssig geworden war.

Ihre Affäre erwies sich von Anfang an als schwierig. Nach der Heirat seines Bruders hatte Geoffrey sie einige Tage lang besucht, bis er zur Invasion von Carlisle gerufen wurde. Doch danach war er nicht zu ihr zurückgekehrt, wie Adele es erwartete. Endlos lange hoffte sie darauf, dass ihr Geliebter erschien, aber er kam nicht.

Adele begann, ihm Nachrichten zu schicken, in denen sie

ihn zuerst zu überreden versuchte, später bedrängte und ihm schließlich befahl zu kommen. Die Erwiderungen waren kurz und knapp.

Seine Geschäfte hielten ihn auf; sie müsse sich ihren eigenen Interessen widmen.

Adele hatte nicht nur Angst, dass er ihrer überdrüssig geworden war; sie war wütend. Es schien ihr klar, dass er ihr andeuten wollte, sich einen anderen Liebhaber zu suchen. Aber sie konnte für keinen anderen Mann auch nur das geringste Interesse aufbringen. Wichtiger noch, sie war verletzt – doch dieses Gefühl zu erkennen, weigerte sie sich.

In der Zwischenzeit rückte der Termin ihrer Heirat mit Ferrars immer näher, der um einiges älter war als sie. Und dann, gerade zwei Wochen vor dem Ereignis, das sie so fürchtete, sandte Geoffrey ihr eine Nachricht und verlangte ein Treffen. Zehn endlos lange Wochen waren vergangen, seit sie sich zuletzt gesehen hatten, und sein Tonfall war dringend. Adele konnte sich vorstellen, was ihn zu solcher Dringlichkeit bewegte. Sie beabsichtigte, sich ihm zu verweigern, ihn zu necken und zu quälen – kurz, sie wollte ihn für seine Achtlosigkeit bestrafen. Aber als er schließlich kam, fielen sie übereinander her wie zwei tollwütige Tiere. Innerhalb von Sekunden hatte er ihr mit seinem Dolch die Kleider vom Leib geschnitten und sie genommen. Sie kamen beide sofort zum Höhepunkt, aber Geoffrey ließ nicht von ihr ab; er nahm sie wieder und wieder. Wie immer war er meisterhaft und unersättlich; danach war Adele zum erstenmal in ihrem Leben erschöpft gewesen. Aber auch auf ganz hinterhältige Weise erfreut.

Es konnte also kaum vorbei sein mit ihnen.

Noch erfreuter war sie, als Geoffrey auch am nächsten Tag zu ihr kam, und jeden Tag die nächsten zwei Wochen lang. Am Vorabend ihrer Hochzeit lag sie in seinen kräftigen Armen, befriedigt und nichts bereuend.

Sie wusste, dass er unglücklich war. Sie sah es in jeder Linie seines Gesichts, sie sah es in seinen Augen. Adele war begeistert.

Er liebt mich, dachte sie überglücklich, und es bricht ihm das Herz, dass ich einen anderen heirate.

Am nächsten Tag sprach sie ihr Ehegelübde, schwor, ihren neuen Gemahl zu ehren und ihm zu gehorchen und sittsam zu sein. Geoffrey besuchte die Messe, aber nicht das Hochzeitsfest. Er verließ die Feier früh und weigerte sich, sie auch nur einmal anzublicken. Seither hatte sie ihn nicht mehr gesehen.

Adele war noch immer zornig darüber, dass sie an Henry Ferrars vergeben worden war. Wie gut er als Feldherr war oder wie treu er zum König oder davor zu dessen Vater gehalten hatte, interessierte sie nicht im Geringsten. Für sie war Ferrars ein Emporkömmling von niederer Geburt, und nichts würde das jemals ändern.

Adeles neuer Gemahl gab sich leidenschaftlich. Sie wusste, dass ihn diese Ehe so sehr erfreute, wie sie Adele zuwider war. Sie wusste auch, dass sie ihn betörte, dass er sie vielleicht sogar liebte.

Adele hatte nicht vor, sich ihm zu widersetzen oder sich ihm zu verweigern, gleichgültig, ob sie ihn mochte oder nicht. Dumm war sie nie gewesen. Wenn ihr das Schicksal bestimmte, Lady Ferrars zu sein, dann würde sie ihr Bestes tun, um sicherzustellen, dass ihr Gemahl sie anbetete. Und wiewohl ihr Mann ein mächtiger Ritter war – wenn es um Adele ging, war es mit seiner Macht nicht weit her. Innerhalb von nur zwei Wochen hatte sie ihn um den kleinen Finger gewickelt. Er mochte in der Lage sein, Freund und Feind gegeneinander auszuspielen, aber bei seiner neuen Gemahlin hatte er diesbezüglich keine Chance.

Ganz im Gegensatz zum Erzdiakon von Canterbury, den Adele kaum manipulieren konnte – wenn überhaupt. Aber nun, nun sollte sich das ändern.

Adele begehrte Geoffrey verzweifelt. Sie musste ihn unbedingt sehen. Sie schien sich absolut sicher, dass sie ohne ihn nicht leben konnte. Er war für sie zur Obsession geworden. Anstatt sich einen Liebhaber zu nehmen, befriedigte sie sich selbst und dachte dabei an ihn. Sobald sie in seinen Armen lag, würde sie wissen, dass ihre Ängste töricht und unangebracht waren. Er liebte sie; dessen war sie sich sicher. Und da er nicht zu ihr kommen wollte, war sie nun wagemutig geworden und einfach zu ihm gekommen.

Außerdem musste sie ihm etwas mitteilen, etwas, das ihre Beziehung für immer verändern würde, etwas, das keinen Aufschub duldete. Und danach würde Geoffrey nicht mehr, nie mehr, in der Lage sein, sich ihr zu entziehen. Nach diesem Tag würde das Band zwischen ihnen nie mehr gelöst werden können.

Geoffrey war fassungslos. Über den langen Tisch voller Schriftrollen hinweg blickte er auf den jungen Diakon, der in der Türöffnung stand. Sie befanden sich in einem der Räume der Kathedrale von Canterbury.

»Wie bitte?«

»Eine Lady Ferrars ist hier, Mylord, und sie möchte mit Euch sprechen.«

Geoffrey setzte sich auf. Er konnte es nicht glauben und war wütend, aber zum Glück befand sich Anselm in London. Lieber Gott, hatte sie nicht verstanden, was seine Weigerung, zu ihr zu kommen, bedeutete?

Es war nicht etwa so, dass seine Lust erstorben wäre. Aber sie war nun verheiratet, und Geoffrey wollte keinem Ehemann Hörner aufsetzen, schon gar nicht einem, den er zufällig auch noch respektierte. Andere Männer mochten diesbezüglich keine Skrupel haben, aber Geoffrey war nicht wie andere Männer – er war nie so gewesen. In der Tat bedeutete der neue Umstand ihres Ehestandes, dass er in seinem privaten Krieg gegen sich selbst endlich gesiegt hatte.

»Lasst sie ein«, sagte er gereizt.

Adele schritt majestätisch in den Raum. Geoffreys Körper spannte sich an. Sie trug einen roten Wollumhang, die kräftige Farbe kleidete sie hervorragend. Seiner unerschütterlichen Entschlossenheit zum Trotz musste er sich eingestehen, dass sie hinreißend aussah.

»Mylord«, flüsterte sie und machte einen Knicks.

Geoffrey murmelte eine unsinnige Begrüßung, doch er berührte sie nicht, um ihr aufzuhelfen. Der Diakon war bedauerlicherweise gegangen, sie waren also allein.

»Lady Ferrars, wie ich sehe, bekommt Euch der Ehestand sehr gut«, sagte Geoffrey rasch. Je eher sie wieder verschwand, desto besser. Er traute sich selbst überhaupt nicht.

Adeles Blick wurde düster, und ihr erotisches Lächeln erstarb.

»Aber natürlich«, brachte sie hervor.

»Und wie geht es dem werten Gemahl?«

Ihre Augen funkelten. Sie warf einen gezielten Blick auf die offene Tür, doch Geoffrey ignorierte ihn.

»Henry ist in Tutberry«, sagte sie schließlich. »Schon seit mehreren Wochen.«

»Das habe ich gehört«, meinte Geoffrey sarkastisch. Adele hatte ihm ein Dutzend Nachrichten geschickt, in denen sie jedes Mal darauf hingewiesen hatte, dass sie einsam sei. »Wie kann ich Euch helfen, Lady Ferrars?«

Sie musterte ihn mit wortloser Eindringlichkeit.

»Ich bin auf dem Weg zum Anwesen meines Bruders in Kent. Ich möchte hier die Nacht verbringen, Mylord.«

Geoffrey wurde wütend. Eine solche Bitte war nicht ungewöhnlich und konnte nicht abgeschlagen werden, denn Reisende bekamen in jedem Kloster, das an ihrem Weg lag, immer ein Bett und eine Mahlzeit. Und St. Augustin befand sich gleich gegenüber.

»Ihr sprecht mit dem Falschen, Lady«, murmelte er. »Der Abt wird Euch gerne aufnehmen.«

Aber was gedachte Adele mit diesem Versuch zu erreichen?

Sie würde sich nicht bei Nacht und Nebel aus dem Kloster stehlen können – oder hoffte sie auf ein nachmittägliches Rendezvous auf einer Waldlichtung? So wie er sie kannte, hielt er das für absolut möglich.

All seinen Vorsätzen zum Trotz erregte ihn schon der bloße Gedanke an ein solches Rendezvous ungeheuerlich.

»Ich bin sehr müde«, sagte Adele. »Ich wollte eigentlich erst hierher kommen und mich ausruhen.«

Geoffrey sprach möglichst wenig, damit seine Stimme nicht seine Erregung verriet.

»Natürlich, Lady Ferrars, wie Ihr wünscht.«

Ihre Augen blitzten zornig.

»In der Tat fühle ich mich nicht wohl. Ich denke, ich muss womöglich einige Tage bleiben, ehe ich meine Reise nach Süden fortsetzen kann.«

Geoffrey wollte gerade eine Bemerkung machen, doch dann sah er, was sie tat. Sie hatte eine Hand unter dem Umhang auf ihrem Bauch. Sie streichelte sich.

Leise, einen durchdringenden Blick in seine Augen gerichtet, sagte sie: »Vielleicht sollte ich überhaupt nicht reisen.«

Es stand ihm nicht an zu fragen, jedenfalls nicht, solange sie so formell miteinander Umgang pflegten, doch ihre Geste war unmissverständlich. Geoffrey schritt rasch zur Tür und schloss sie. Dann sah er Adele ungläubig an.

»Wenn Ihr schwanger seid, Lady Ferrars, dann solltet Ihr in der Tat nicht reisen.«

»Dann habe ich wohl einen Fehler gemacht«, sagte sie mit belegter Stimme. Doch sie lächelte triumphierend.

Geoffrey erstarrte. Adele erwartete ein Kind.

War es von ihm?

Plötzlich wankte sie.

»Ich fühle mich ziemlich schwach«, murmelte sie.

Geoffrey fing sie auf, bevor sie in Ohnmacht fiel. Sie lehnte schwer auf seinem Arm. Einen Herzschlag später hatte sie sich in seiner Umarmung gedreht und lächelte zu ihm auf.

»Endlich!«, hauchte sie ohne jeglichen Versuch, ihre Erregung zu verbergen.

Einen Augenblick lang wanderte sein Blick von ihrem sinnlichen Mund zu ihrem wogenden Busen. Ihr Umhang hatte sich geöffnet, und da sie unter der feinen Seidentunika nichts trug, waren ihre großen, steifen Brustwarzen und ihre ganze wollüstige Gestalt deutlich erkennbar. Geoffrey bemerkte jedoch kein Anzeichen einer Schwangerschaft.

»Seid Ihr schwanger?«, fragte er und ließ sie abrupt los.

Sie lag ihm sofort wieder in den Armen.

»Wir müssen uns sehen!«

Geoffrey ergriff ihre Handgelenke und schob sie von sich.

»Nein, Adele, es ist aus.«

Sie schnaubte und wand sich heftig.

»Ich werde dich töten.«

Er presste sie an die Wand; sie kämpfte wie wild und fauchte wie eine Katze. Schließlich bezwang er sie, doch er freute sich nicht darüber, denn sie hatte dabei seine erregte Männlichkeit gespürt und lachte triumphierend.

»Du brauchst mich, Liebling, du kannst es nicht leugnen!«

Geoffrey wollte nicht grausam sein, aber sie hatte mit ihm gespielt, als sie von einem Kind geredet hatte, und das konnte er nicht zulassen.

»Ich will nur den Körper einer Frau, Adele, und das muss nicht der deine sein.«

Sie schnaufte wütend.

»Und ich habe nur deine große Männlichkeit vermisst, du Bastard«, schrie sie.

Geoffrey war zu aufgedreht, um zu lachen.

»Wie damenhaft du dich immer ausdrückst, Adele.«

Sie keuchte. Dann schlang sie die Arme um ihn, stöhnte, presste ihren bebenden Körper an seinen.

»Nein, Geoff, du weißt, dass das nicht stimmt. Natürlich habe ich dich vermisst«, murmelte sie heiser. »Du bist der einzige Mann für mich, ich schwöre es dir.«

»Ich bezweifle es«, erwiderte er bitter und löste sich aus ihrer Umarmung. Er wollte nicht, dass sie von jemandem überrascht wurden, allein und in einer Umarmung. Die Folgen würden unabsehbar sein. Vor allem zurzeit, wenn seine Spione recht hatten.

Adele pirschte sich wie eine zu allem entschlossene Tigerin an ihn heran, und einer ihrer langen Fingernägel glitt über seine Wange.

»Keiner ist so gut wie du.«

»Es ist vorbei, Adele, vorbei.«

Sie fauchte angewidert. Er ergriff ihren Arm, bevor sie ihn kratzen konnte.

»Gibt es eine andere? Wer ist sie?«, schrie Adele.

»Es gibt keine andere.«

»Das glaube ich dir nicht!« Plötzlich packte sie ihn fest zwischen den Beinen. »Oder vielleicht doch.«

Er schlug ihre Hand weg.

»Offenbar bist du weder müde noch krank. Ich werde dich ins Kloster bringen lassen. Wenn du eine Szene machst, Adele, werden wir beide einen schrecklichen Preis zu zahlen haben. Akzeptiere, dass es aus ist.«

»Nein. Es wird nie vorbei sein!« Sie lächelte, sie strahlte vor Triumph.

Eine düstere Ahnung erfasste Geoffrey; die Haut in seinem Nacken kribbelte.

»Du bist doch schwanger, habe ich recht?«

Sie lachte auf, es war ein halb ersticktes, halb triumphierendes Lachen.

»Es wird ein Junge. Letzte Woche hat es mir eine Zigeunerin geweissagt.« Den Blick auf Geoffrey gerichtet, fuhr sie fort: »Henry wird sich überaus freuen.«

Geoffreys Miene war versteinert, nur seine Nasenflügel bebten. Sein Ton klang gefährlich.

»Könnte es von mir sein?«

Sie lachte entzückt und zuckte die Achseln.

Er ging auf sie los. Sie hatte sich umgedreht, als wollte sie gehen, doch er wirbelte sie herum.

»*Von wem ist es?*«

»Was bekomme ich, wenn ich es dir sage?«, fragte sie geziert.

Er hatte noch nie eine Frau geschlagen. Jetzt hätte er es beinahe getan.

»Wann kommt das Kind, Adele? Antworte mir, bevor ich dich in die Hölle verdamme!«

Sie erbleichte. »In sieben Monaten.«

Geoffrey rechnete rasch nach. »Also könnte es von Ferrars sein oder von mir.«

Adele beobachtete ihn argwöhnisch und aufgeregt.

Geoffrey entfernte sich von ihr, die Schultern steif, die Augen eisig-blau. Er zitterte.

War er der Vater?

Adele lächelte.

Geoffrey hatte keine Kinder. Das war nicht überraschend angesichts der Tatsache, dass er, wenngleich er kaum zölibatär lebte, gegen seine starke Sexualität ankämpfte, so gut er konnte.

Dennoch war er schon mit dreizehn Jahren zum ersten Mal mit einer Frau zusammen gewesen. Hätte er also inzwischen nicht schon längst ein Kind zeugen können?

Vielleicht, dachte er kurz, war er gar nicht zeugungsfähig. Darüber hatte er noch nie nachgedacht. In seiner Position würde ein Kind eine peinliche Verpflichtung darstellen. Ein Kind konnte alles zunichte machen, wofür er gearbeitet hatte, es konnte seine Zukunft zerstören.

Aber ... lieber Gott, wie sehr er sich nach einem Kind sehnte!

Lieber, lieber Gott, wie sehr hoffte er, das Baby, das Adele unter dem Herzen trug, möge seines sein!

Trotz der Tatsache, dass er das Kind niemals öffentlich als seines anerkennen konnte, und trotz der Konsequenzen, die vielleicht auf ihn zukamen, falls die Wahrheit ans Licht käme – er wünschte sich, dass dieses Kind seines wäre.

Er blickte Adele an. Sie lächelte zufrieden und hochmütig. Er war wütend.

»Es wird dir leidtun, wenn du weiter mit mir spielst, Adele.«

Ihr Lächeln verschwand.

»Es ist deines. Ich weiß es.«

»Woher willst du das so sicher wissen? Ich war zwei Wochen lang jeden Tag in deinem Bett, aber unmittelbar danach hast du Ferrars geheiratet. Wie kannst du da sicher sein?«

»Ich bin es eben.«

Geoffrey war nicht so dumm, ihr einfach zu glauben. Es war unmöglich, dass sie so sicher sein konnte. Also konnte er oder auch Ferrars der Vater sein. Der Geburtstermin sagte gar nichts aus, schließlich konnte ein Kind etwas zu früh oder etwas zu spät kommen.

Und da Ferrars ebenso blond war wie er, würde auch das nichts beweisen. Es sei denn, das Aussehen des Kindes war unverkennbar – und bis dahin, bis es ins Erwachsenenalter kam, würden noch Jahre vergehen.

Adele stand hinter ihm und legte ihm eine Hand auf die Schulter.

»Du bist der Vater«, sagte sie verführerisch. »Ich bin mir sicher. Nur dein Samen konnte so machtvoll und potent sein, wie du es eben bist.«

Geoffrey hörte sie kaum. In diesem Moment wusste er, dass er die Wahrheit wahrscheinlich nie erfahren würde. Und in diesem Moment wusste er ebenso, dass ihn dieses Kind für immer an Adele binden würde, auf eine Art und Weise, die weit wichtiger war, als es bloße Lust jemals sein konnte. Ihm schwindelte.

Für einen Moment, einen Moment des Irrsinns, und obwohl er wusste, was für eine Frau Adele war, begehrte er sie als seine Gemahlin.

»Ich lasse dich zum Abt bringen. Wenn du willst, gebe ich dir ein kurzes Schreiben für ihn mit.«

»Geoffrey!«

Sein Blick war dunkel, unergründlich.

»Das Kind ändert nichts, Adele. Es ist aus.«

»Aber ich liebe dich!«, rief Adele. Sie errötete, die verräterische Farbe, die ihre Worte als die Wahrheit erkennen ließ.

»Das tut mir leid«, erwiderte Geoffrey. »Das tut mir aufrichtig leid, mehr, als du je ermessen kannst.«

Adele war keine Frau, die sich den Tränen hingab. Es war Jahre her, seit sie zum letzten Mal aus Kummer geweint hatte; damals war sie ein Kind von zehn Jahren gewesen, dessen Eltern Gesetzlose getötet und sie zur Waise gemacht hatten. Sie weinte nicht, als ihr Stiefbruder Roger Beaufort sie zwei Jahre später verführte, eine Verführung, bei der ihr haltloser Körper begierig mitgemacht hatte. Aber in jener Nacht, allein auf einem harten Lager im Kloster St. Augustin, weinte sie untröstlich.

Nun, da sie die Worte ausgesprochen hatte, kannte sie die Wahrheit. Sie liebte ihn. Er war machtvoll, rein und gut – anders als sie. Er war die pure Verkörperung von Männlichkeit, und trotz seines Verstoßes gegen das Zölibat war er auf eine Weise tugendhaft, die Adele kaum verstehen konnte, aber irgendwie bewunderte.

Zum ersten Mal in ihrem Leben wünschte sich Adele, eine sittsame Frau zu sein. Sie wünschte, eine andere Frau zu sein, eine Frau, die Geoffrey de Warennes würdig war, eine Frau, die er nicht nur im Bett haben wollte, sondern als seine Gemahlin. Zum ersten Mal bedauerte sie ihren Charakter, ihre Affären, alles. Ihn hingegen konnte sie nicht bedauern.

Sie wusste, dass ihr Kind von ihm war. Es konnte nicht von Henry sein; jeder ihrer Instinkte sagte ihr das. Es musste seines sein! Wenn nicht, dann hatte sie ihn wahrhaftig verloren.

Plötzlich waren Adeles Augen trocken. Die vergangenen

sechs Jahre seit dem Tod ihrer Eltern hatte sie allein gelebt, intrigierend, um zu überleben, um gut zu leben. Sie hatte in all dieser Zeit kaum eine Schlacht verloren – und sie würde auch diese gewinnen.

Die Nachricht von dem Kind ließ Geoffrey nicht kalt. Adele war entschlossen. Diese Trennung konnte nicht endgültig sein. Sie wollte Geoffrey zurück.

Er gehörte ihr.

Es hatte Zeit, beschloss sie schließlich und wischte sich die letzte Träne von der Wange. Wie sie schon vor Langem für sich entschieden hatte, war seine Berufung zum Kirchendienst eine glückliche Fügung, denn so hatte sie nichts von einer anderen Frau zu befürchten. Und seine Standhaftigkeit fürchtete sie nicht. Er begehrte sie noch immer, und Verführung war ihre große Stärke. Morgen würde sie es erneut versuchen. Und wenn nicht morgen, dann am Tag darauf.

Sie würde niemals aufgeben.

Der junge Diakon führte Adele in das Zimmer, in dem Geoffrey arbeitete. Obwohl man sie angekündigt hatte, rührte er sich nicht vom Fleck. Er stand an einem der offenen Fenster im vollen Licht der Sonne. Sein schönes, goldenes Profil war steinern und gramzerfurcht.

Adele erschrak. Irgendetwas lag schrecklich im Argen.

Geoffrey wandte sich zu ihr um. Sein Blick war seltsam matt.

»Was nun, Adele?«

Er schien erschöpft, und sie hätte ihn gerne in die Arme geschlossen. Dann bemerkte sie, dass er eine Schriftrolle in der Hand hielt. Das Siegel darauf war erbrochen. Und es war unverkennbar das des Königs.

Adele spannte sich an. Geoffrey hatte also eine erneute Vorladung des Königs erhalten. Und da sie wusste, wie sehr er sich in vielen Dingen, die Kirche und Krone betrafen, gegen Rufus gestellt hatte, bekam sie es mit der Angst zu tun.

Wie oft hatte sie ihn warnen und ihm sagen wollen, er solle seinen verrückten Krieg gegen die Krone beenden, und sich dann doch zurückgehalten, weil sie ihm die Tiefe ihrer Leidenschaft für ihn nicht offenbaren wollte!

»Geoffrey, welche Nachricht hast du erhalten?«

Er schürzte leicht die Lippen.

»Nun, ich habe bekommen, wovon ich immer geträumt habe.«

Sein Ton war seltsam spöttisch. Adeles Nackenhaare stellten sich auf.

»Liebling«, flüsterte sie, die offene Tür vergessend, »was ist passiert?«

Seine Augen glänzten, und seine Miene veränderte sich. Er reckte das Kinn, als sei eine Schwelle überschritten, eine Entscheidung getroffen worden.

»Der König hat mich zum Bischof von Ely ernannt.«

Adele stockte der Atem. Sie konnte es kaum fassen.

»Zum Bischof von Ely!«, rief sie. »Mein Gott, das ist doch wunderbar!«

Geoffrey sagte nichts; er stand nur groß, aufrecht und still da, die Augen leuchtend, jedoch unergründlich.

»Aber du und der König, ihr ringt seit vier Jahren miteinander, seit Lanfrancs Tod«, sagte Adele und runzelte die Stirn. »Wieso beruft Rufus dann dich in eine derartig herausragende Position mit so viel Macht?«

»Verstehst du das denn nicht?«, fragte er trocken zurück. »Ich werde gekauft, Adele. Der König entfernt einen Stachel, den Stachel einer dornigen Rose, aus seinem Fleisch.«

Adele musterte Geoffrey, diesen stolzen, kalten und unbeugsamen Mann, und schauderte. Sie hatte mehr als nur Angst. Sie kannte ihn. Vom nächsten Bischof von Ely verlangte der König unerschütterliche Loyalität, und Geoffrey war nicht die Sorte Mann, die sich auf Kompromisse einließ. Er fühlte sich einzig und allein der Kirche verpflichtet.

Adeles Angst wuchs. Der subtile Krieg, den Geoffrey und

der König bisher miteinander ausfochten, war nichts im Vergleich zu dem, was kommen würde, wenn Geoffrey in seiner neuen Position seinen gegenwärtigen Kurs weiterverfolgte. Das war Selbstmord.

»Wenn diese Ernennung ausgesprochen ist, darfst du dir keine Dummheiten mehr erlauben. Du musst deine dickköpfigen Auseinandersetzungen mit der Krone beenden.«

Geoffrey betrachtete sie.

»Was? Kann es sein, dass du am Ende doch etwas für mich übrig hast, abgesehen vom Bett?«

Adele zuckte zusammen, sein Ton erschreckte sie. Sie konnte nicht umhin, auf die offene Tür zu blicken, doch dort gab es keine Lauscher. Dennoch, nie zuvor war Geoffrey so leichtsinnig gewesen.

»Natürlich.«

Seine hochgezogene Augenbraue deutete seine überaus große Skepsis an.

Adele wurde noch ängstlicher.

»Geoffrey, was ist mit dir? Lieber Gott, du hast gerade eine große Ehre vom König empfangen, eine Ernennung, für die andere sterben, betrügen, stehlen und lügen würden – und du hast sie mit ehrlichen Mitteln erlangt. Dennoch scheinst du dich kaum darüber zu freuen.«

»Ich freue mich.« Er lächelte, doch es war kein fröhliches Lächeln. »Wie sollte ich mich nicht freuen?«

Plötzlich kam Adele der Gedanke, dass seine Ernennung unter Umständen verhindert werden konnte, denn Geoffrey hatte viele Feinde. Das hatte er selbst gesagt.

»Deine Ernennung wird durchgehen, oder etwa nicht?«

»Und ob. Ich bekam heute Morgen noch eine Nachricht, von Anselm; er kommt morgen zurück, um mich zum Priester zu weihen. Er sagt mir seine volle Unterstützung zu, was bedeutet, dass meine Wahl durch das Domkapitel sicher ist. Die Investitur ist dann eine reine Formsache.«

Trotzdem konnte Adele nicht leichter durchatmen. Seine

Ernennung begeisterte sie – Gott, wie gut sie zu ihm passte –, aber er hatte sich schon jetzt verändert. Sie war außer sich vor Freude und gleichzeitig entsetzt. Denn er schien so zurückhaltend, reserviert, distanziert.

Die Ausstrahlung der Macht, die sie von Anfang bei ihm gespürt hatte, verstärkte sich, sie ging in kühlen Wellen von ihm aus.

Adele zitterte. Geoffrey de Warenne blickte sie von der anderen Seite des Raums aus an, in seiner langen, dunklen Robe mit dem schweren Goldkreuz, auffallend männlich, mit unglaublicher Potenz, blond, blauäugig und schön. Sie bebte. Er war einer der bedeutendsten geistlichen Würdenträger des Reiches und einer der mächtigsten Vasallen des Königs. Er war der Bischof von Ely, und er war noch nicht einmal ganz dreiundzwanzig.

Sogar sie beugte sich in Ehrfurcht vor ihm.

26

Nach all der Zeit wollte Mary Stephen nicht wieder bei Hofe begegnen und auch nicht, dass bei ihrem Treffen viele Leute dabei sein würden. Prinz Henry brachte sie in Graystone bis zur Tür. Mary dankte ihm höflich für seine Bemühungen und lud ihn dann ebenso höflich ein einzutreten. Er grinste.

»Das möchte ich um nichts auf der Welt versäumen, Mary.«

Eigentlich hatte sie gehofft, er würde dankend ablehnen, deshalb ärgerte sie sich. Vor allem, weil er sich gar nicht erst bemühte, seine Vorfreude auf das Spektakel zu verbergen, das mit Sicherheit folgen würde. Mary hatte auch ohne den rätselhaften Prinzen genügend Sorgen.

Ihre Tapferkeit war vorgetäuscht. Das Herz schlug ihr bis zum Hals, und sie fühlte sich krank. Es hatte einige Tage gedauert, nach London zu kommen. Wegen ihres Zustands war sie in einer Sänfte gereist und hatte in dieser Zeit weder gegessen noch geschlafen. Angst verzehrte sie. So vieles stand auf dem Spiel, ihre ganze Zukunft.

Stephens Reaktion auf ihr Erscheinen konnte sie sich gut vorstellen. Im besten Fall würde er ihr befehlen, nach Tetly zurückzukehren; schlimmstenfalls würde er toben, weil sie sich ihm erneut widersetzt hatte.

Aber sie hatte nicht die geringste Ahnung, wie er auf die Nachricht von ihrer Schwangerschaft reagieren würde. Sie hatte zwar gute Gründe, weshalb sie ihm diese Neuigkeit bisher vorenthalten hatte, doch er würde das wohl ganz anders sehen. Sie bedauerte ihr Täuschungsmanöver mit jedem Atemzug mehr. Was ein Augenblick der Freude sein sollte, war von Anfang an von Angst und Furcht belastet.

Mary zog ihren Umhang und die Kutte darüber fester um sich und schritt mit dem Prinzen an ihrer Seite zur Eingangstür. Es war spät am Tag, die Dämmerung brach rasch herein, und die Chancen standen gut, dass Stephen hier sein würde. Die große Truppe, mit der Henry reiste, hatte Unruhe hervorgerufen, als sie auf der Wiese jenseits der Straße haltmachte, sodass ihr Eintreffen keine Überraschung mehr sein konnte. Der Graf von Northumberland erwartete sie bereits in der Türöffnung und lächelte Henry zu.

Dann schwenkte sein Blick auf Mary und wurde ernst und fragend. Obwohl sie hoffte, ihr Gesicht – ihre Identität – möglichst lange verbergen zu können, hegte sie den Verdacht, dass ihre geringe Körpergröße sie rasch verraten würde.

»Was führt Euch zu uns, Henry?«, fragte Rolfe.

»Ich bringe eine Überraschung«, antwortete Henry glucksend.

Mary folgte den beiden Männern hinein. Ihr Herz pochte; am liebsten hätte sie sich in Luft aufgelöst. Denn ihnen gegenüber, den breiten Rücken der Feuerstelle zugewandt, stand Stephen de Warenne.

»Eine Überraschung?«, fragte Rolfe skeptisch.

Henry lachte nur.

Stephen starrte sie an.

Mary zuckte zusammen. Er wusste Bescheid. Seine Miene spiegelte den Kampf zwischen Ungläubigkeit und Wut wider. Er hatte sie sofort erkannt.

»Du bringst sie hierher?«, fragte er Henry ungläubig. Doch sein harter Blick blieb auf Mary gerichtet.

Mary schob die Kapuze zurück. Sie war verzweifelt.

»Stephen, es war meine Idee.«

Entweder ignorierte Stephen sie, oder er hatte sie nicht gehört. Er wandte sich erneut an den Prinzen.

»Du bringst sie hierher, obwohl du weißt, was ich ihr gegenüber fühle?«

»Sie hat einen sehr triftigen Grund, dich zu besuchen«, bemerkte Henry trocken.

Stephen trat vor, Zorn verhärtete seine Züge.

»Ich habe Euch aus einem ganz bestimmten Grund in Tetly zurückgelassen, Madame. Ihr habt doch sicher nicht vergessen, weshalb?«, donnerte er mit lauter Stimme durch den Raum.

Mary schaffte es, sich zu behaupten.

»Genug ist genug, Stephen«, sagte sie und kämpfte gegen die Tränen an. »Können wir bitte unter vier Augen miteinander sprechen?«

»Ich habe Euch nichts zu sagen«, erklärte Stephen kalt. »Ihr kehrt sofort nach Tetly zurück, noch in dieser Minute!«

»Nein«, flüsterte Mary verzweifelt.

»Stephen, du solltest dir besser anhören, was sie zu sagen hat«, warf Henry in aller Ruhe ein, wenngleich der Befehlston in seiner Stimme nicht zu überhören war.

Stephen wandte sich seinem Freund zu, nun auch wütend auf ihn, doch seinen Zorn mit sichtlicher Mühe beherrschend. Dann packte er Mary am Arm. Er scherte sich nicht darum, freundlich zu sein, und tat ihr weh. Mary schrie auf. Stephen zog sie bis zur Treppe.

»Behandle sie rücksichtsvoll, Stephen!«, rief Henry in scharfem Ton.

Stephen hielt nicht inne, doch er lockerte seinen Griff, schob sie vor sich die Treppe hinauf in das erste Gemach hinein und schloss mit lautem Knall die Tür.

Nervös trat Mary von ihm zurück.

»Deine Tränen rühren mich nicht«, begann er.

Mary wischte sich die Augen.

»Willst du mir denn nie vergeben?«

»Nein.«

Mary schluchzte wehmütig und zog den Umhang aus.

»Der Teufel soll dich holen«, flüsterte sie.

»Du wirst dick«, sagte Stephen schroff.

Mary blickte ihn an, spannte das Gewand über ihren Bauch und drehte sich seitwärts, damit er keinen Zweifel mehr haben konnte. Stephen bekam große Augen.

»Frag nicht! Wenn du es wagst zu fragen, werde ich dich töten! Das Kind ist deines. Ich habe mit keinem anderen Mann geschlafen und werde es auch niemals tun«, weinte Mary.

Stephen regte sich nicht, und er sprach nicht. Er schien dazu nicht in der Lage, sondern starrte nur schockiert auf ihren gewölbten Bauch.

Schließlich ließ Mary die Hände sinken und setzte sich erschöpft auf das Bett.

»Es kommt im Juli, glaube ich.«

Endlich fasste sich Stephen. Doch seine Stimme war noch immer seltsam heiser, als er sprach. »Das bedeutet, du hast schon bald empfangen, nachdem wir uns kennenlernten. Noch vor unserer Hochzeit. Und du hast es die ganze Zeit über gewusst.«

Sie blickte ihm direkt ins Gesicht. Dieses Mal würde sie sich nicht mehr einschüchtern lassen.

»Ich habe es gewusst, sobald es einer Frau mit einer unregelmäßigen Periode möglich war. Ich wollte es dir vor dem Krieg sagen. Ich wollte diese besondere Nachricht für einen besonderen Zeitpunkt aufsparen.«

Tränen trübten ihren Blick.

»Ich wollte dir diese Nachricht als ein Geschenk der Liebe in einem Moment der Liebe mitteilen. Wie dumm ich doch war!«

»Und in Dunfermline hast du mir auch nichts gesagt«, murmelte Stephen, nunmehr bleich. Sie erinnerten sich beide daran, wie er sie im Kloster in seiner Wut zu Boden geschlagen hatte.

»Ich wusste, du würdest entzückt sein, einen weiteren Grund zu finden, mir eine Schuld zuzuschieben; mich der Untreue anzuklagen. Also habe ich es dir nicht gesagt. Du hast klar gemacht, dass du mich fortschicken würdest, um das Kind zu bekommen – das konnte ich nicht akzeptieren.«

»Und wann, bitte, wolltest du es mir überhaupt sagen?« Sein Ton wurde gefährlich.

»Du hattest versprochen, nach Tetly zu kommen, um mich zu besuchen.« Mary blickte ihn aus großen Augen an, in denen ihre Verletzung geschrieben stand. »Aber du bist nie gekommen.«

Stephen blieb stumm.

Sie ballte die Fäuste, ein lange verborgener Zorn brach aus ihr heraus.

»Habt Ihr Euch gut amüsiert bei Hofe, Mylord? Ist eine andere Frau der Grund, dass Ihr nicht zu mir gekommen seid? Eure neueste Geliebte vielleicht?«

»Deine Fragen sind unverschämt«, erwiderte Stephen leise.

Mary kämpfte mit den Tränen.

»Manchmal«, flüsterte sie, »manchmal hasse ich dich. Und das ist eine Erleichterung.«

»Das ist mir gleichgültig.« Er baute sich in voller Größe vor ihr auf. »Weißt du, Mary, ich freue mich, dass du empfangen hast, aber das ist auch alles. Es ändert nichts an dem, was du getan hast oder was du bist. Sobald du dich von den Strapazen der Reise erholt hast, schicke ich dich nach Tetly zurück. *Es hat sich nichts geändert.*«

Mary schluckte schwer und bedeckte das Gesicht mit den Händen. Sein Verhalten entsprach ihren schlimmsten Befürchtungen. Stephen hatte nicht vergessen, er hatte nicht verziehen. Ihr Kind sollte in der Verbannung zur Welt kommen.

Langsam schritt er zur Tür und blieb an der Schwelle stehen, ohne sich zu ihr umzudrehen.

Mary schaute auf.

»Stephen«, flüsterte sie bittend.

Er blickte zu ihr zurück, wenn auch widerstrebend.

»Nimm mich zurück. Ich liebe dich. Ich brauche dich. Ich vermisse dich so sehr.«

Er biss heftig die Zähne zusammen. Dann machte er kehrt und verließ den Raum.

Das ganze Haus schlief.

Bis auf Stephen, der wusste, dass er diese Nacht kein Auge zutun würde. Er stand allein, gequält, im Saal vor dem erlöschenden Feuer.

Es war nicht leicht gewesen, diese letzten Monate. Er hasste den Königshof, doch nachdem er Malcolms drei Söhne Rufus übergeben hatte, beschloss er zu bleiben. Es war eine kalte, berechnende Entscheidung gewesen. Obwohl er sich verpflichtet fühlte, sicherzustellen, dass die drei Jungen gut versorgt wurden, wollte er in erster Linie so weit wie möglich von seiner verräterischen Gemahlin entfernt sein.

Doch auch die Distanz, die sie trennte, konnte die Erinnerungen nicht auslöschen. Sie blieb stets in seinen Gedanken; er konnte sie nicht abschütteln, so sehr er es auch versuchte. Er wachte auf und sah ihr Bild vor sich, manchmal vergnügt, manchmal ernst, manchmal lüstern und verführerisch. Er ging mit ihrem Bild vor Augen zu Bett. Sie verfolgte ihn weit mehr, als ein Geist es je gekonnt hätte.

Stephen starrte ins Feuer, aber er sah nur Mary. Mary, seine Gemahlin, die noch schöner geworden war, als hätte sie während des langen Winters in ihrer Verbannung überhaupt nicht gelitten.

Wunderschön und schwanger. Er konnte den Ansturm erstickender Gefühle nicht unterdrücken. Lieber Gott, er hatte sie tatsächlich vermisst.

Er hatte in den letzten Monaten geglaubt, sie zu hassen, und zugelassen, dass ihn dieser Hass verzehrte; er hatte ihn genährt, ja sogar genossen. Er wusste, er würde ihr nie verzeihen können, dass sie ihn in Zeiten des Krieges verlassen und ihre Loyalität ihrem Zuhause und ihren Verwandten gegolten hatte. Der Hass war ihm so willkommen, weil er den Schmerz erleichterte. Einen Schmerz, den er unter keinen Umständen zulassen durfte.

Aber er fühlte ihn dennoch. Auch der Schmerz verzehrte ihn.

Er hatte sich selbst belogen, denn er hasste sie nicht.

Er hatte ihr das größte Geschenk gemacht, das er machen konnte, an jenem Tag, als er ihr die rote Rose gab; er hatte ihr seine unsterbliche Liebe geschenkt.

Hätte er sie nur wieder zurücknehmen können. Aber er konnte es nicht. Ein Mann wie er liebte nur einmal und für immer.

So konnte es nicht weitergehen. Stephen schritt auf und ab. Er musste verrückt sein. Heute Nacht war er mit Gefühlen konfrontiert, die er nicht wahrhaben, geschweige denn empfinden wollte, aber er wurde sie einfach nicht los. Seltsamerweise wollte er sie nicht einmal wirklich loswerden.

Wie ein Mann eine Frau vermissen konnte, die einen solchen Verrat begangen hatte, das entbehrte jeder Logik. Ein Mann wie er, mit einem solch eisernen Willen, liebte eine solche Frau, eine Verräterin. Das spottete jeder Vernunft.

Nun begriff er das größte Geheimnis des Universums, wenn auch zu spät. Wie offensichtlich und wie unergründlich es doch war. Die Liebe hatte niemals etwas mit Vernunft zu tun; schon ihre Definition schloss das aus. Die Liebe gründete nicht auf der Macht des Geistes, sondern auf der Macht des Herzens.

Er durfte seiner obsessiven Liebe, seinem obsessiven Bedürfnis nach ihr nicht nachgeben. Er durfte sich seinem obsessiven Begehren nicht hingeben.

Wenn er seinem Verlangen nachgab, würde er verlieren – nicht nur die Schlacht, sondern den ganzen Krieg. Das wusste er nur zu gut.

Denn keine andere Frau konnte ihm Befriedigung verschaffen; das hatte er in den vergangenen Monaten der Trennung festgestellt. Es hatte ein paar andere Frauen gegeben; Frauen, an deren Gesichter er sich nicht erinnerte und deren Namen er vergessen hatte, doch es waren kurze, unpersönliche Begegnungen gewesen, lediglich Ventile für seine körperliche Lust. Überhaupt nichts im Vergleich zum Zusammensein mit Mary.

Stephen schloss die Augen. Er sehnte sich so nach ihr. Gerade jetzt, wo er Bescheid wusste, war er hart wie ein Stein und sehnte sich verzweifelt nach der Erleichterung, die nur sie ihm verschaffen konnte. Er sehnte sich verzweifelt nach körperlicher Erleichterung und nach so viel mehr. Sehnte er sich in Wirklichkeit nicht nach ihrer Liebe? Einer Liebe, die sie ihm nie schenken würde.

Er würde nicht zu ihr gehen, er würde es nicht tun.

Denn wenn er es tat, und wenn auch nur ein einziges Mal, würde er verloren sein.

Die Versuchung war unermesslich groß.

Sie hatte sich nicht verändert – er wiederholte diese Worte wie eine lebensrettende Litanei immer wieder –, und deshalb konnte er sie nicht wieder in sein Bett nehmen … und in sein Leben. Sie war zu gefährlich. Sie hatte Macht über ihn. Auch das hatte sich nicht verändert.

Er wusste, dass er die richtige Entscheidung getroffen hatte. Sobald ein Arzt sie für gesund erklärte, würde er sie nach Tetly zurückschicken. Das war seine einzige Hoffnung.

Das einzige Problem war, er wusste nicht, wie er ihr fernbleiben konnte, nun, da er sie wiedergesehen hatte, nun, da sie in seinem Haus war, nur die Treppe hoch, in seinem Bett.

Während Stephen in Graystone vor dem Feuer auf und ab schritt, lümmelte Henry im großen Saal des Tower in einem Lehnstuhl auf dem Podium herum. Der Saal war ein Chaos. Es war ein langer Abend mit viel Unterhaltung und Festivitäten geworden. Die meisten Gäste räkelten sich betrunken auf den Bänken des endlos langen Tisches, ein paar kopulierten ungeniert in dunklen Ecken mit Bediensteten, und so mancher lag einfach auf dem Boden und schnarchte.

Neben Henry saß sein Bruder, der König, vor einem von vielen Krügen Wein und beendete gerade die Schilderung seines neuesten Vorhabens. William Rufus hatte beschlossen, es sei nun an der Zeit, seinen geliebten Freund Duncan auf den Thron Schottlands zu setzen.

Henry zog eine Augenbraue hoch.

»Ganz unter uns, lieber Bruder, nur ganz unter uns, glaubst du wirklich, wenn du es schaffst, Duncan auf den Thron zu bringen, dass du ihn dann noch unter Kontrolle hast?«

Rufus grinste und winkte matt ab.

»Du musst die Wahrheit wissen, mein lieber Bruder. Duncan liebt mich.«

Wieder zog Henry eine Braue nach oben. »Wollen wir hoffen, dass das wahr ist.« Er grinste. »Was für eine glückliche Fügung. Er schmachtet nach dir, und du nach einem anderen.«

Jetzt grinste Rufus nicht mehr. Er warf seinem Bruder einen hässlichen Blick zu.

Henry lachte.

»Das wird interessant, nicht wahr, zu sehen, wie Stephen jetzt seine Gemahlin behandelt, wo sie zurückgekommen ist? Noch dazu, wo sie schwanger ist.«

Nun war es an Rufus, zu lächeln. »Er ist nicht mehr in sie verliebt. Er verachtet sie. Er kann es nicht einmal ertragen, von ihr zu sprechen. Aber natürlich, ich wusste, dass er bald genug von ihr haben würde. Er hat sich noch nie längere Zeit für eine Frau interessiert.«

»Glück für dich«, murmelte Henry. »Jedenfalls musst du das denken.«

Aber Rufus hatte ihn nicht gehört. »Also, was hältst du von meinen Plänen?«

»Ich denke, es ist nicht gerade einfach, einen König zu stürzen – und sogar noch schwerer, einen an der Macht zu halten.«

»Donald Bane ist schwerlich Schottlands König. Viele mögen ihn nicht. Und Edmund, der an seiner Seite regiert, auch nicht.«

»Und du hast Duncan über all die Jahre versprochen, seine kühnsten Träume wahr werden zu lassen.«

»Ernsthaft habe ich ihm nie etwas versprochen«, erwiderte Rufus scharf. »Du zweifelst daran, dass ich ihn unter Kontrolle halten kann?«

»Duncan ist sehr ehrgeizig und Malcolm sehr ähnlich, ebenso skrupellos und entschlossen. Er ist schon mehr als dreißig Jahre auf die Krone seines Vaters aus. Er wird nicht so leicht zu manipulieren sein, wie du es gerne hättest. Wenn du eine Marionette brauchst, warum nimmst du nicht den jungen Edgar? Sein Anspruch ist legitim. Und er ist jung genug, dass du ihn dir zurechtbiegen kannst.«

»Da bin ich anderer Meinung.« Plötzlich schien Rufus nicht mehr betrunken zu sein. Er musterte seinen Bruder mit einer unfreundlichen Miene. »Er ist zu jung, er würde zu viel Unterstützung brauchen, und er könnte sich sehr wohl Stephen zuwenden statt mir. Nein, ich ziehe bei Weitem Duncan vor, der mir immer treu ergeben war. Kann ich auf dich zählen, lieber Bruder?«

Henry lehnte sich in seinem Stuhl zurück. Er hatte keine Lust, seine Armee in einen weiteren Krieg in Schottland zu verwickeln, der nur die Position seines Bruders in England stärken und ihm erlauben würde, sich auf die Rückgewinnung des Herzogtums Normandie zu konzentrieren.

»Ich brauche nicht mehr Silber oder Land.«

»Jeder braucht mehr Silber und Land.«

»Hast du nicht viele Adelige hinter dir? Hast du nicht den großen Graf von Northumberland in der Tasche? Stephens Sohn, falls es denn ein Junge wird, ist Malcolms Enkel. Sicher streben sie eine für beide Seiten vorteilhafte Beziehung mit Schottland an. Und Duncan wird der Onkel des Kindes sein. Da wirst du doch mich nicht brauchen!«

Rufus blickte finster.

»Wie du sagtest, ist es nicht leicht, einen König zu stürzen. Du musst mir helfen, Henry. Ich werde dich fürstlich belohnen. Vielleicht hole ich die andere schottische Prinzessin aus dem Kloster und gebe sie dir.«

»Jetzt, wo Malcolm tot ist, sehe ich kaum, wieso eine solche Liaison mich interessieren sollte«, gab Henry zurück. »Schon gar nicht mit Duncan auf dem Thron.«

»Dann sag mir, was dich interessiert.«

»Ich werde darüber nachdenken«, sagte Henry. »Gründlich.« Doch sein Entschluss war bereits gefasst, und seine Antwort war nein. Sollten sich doch die anderen Adligen in diesem Krieg schwächen, sollten sie ihre eigene Zerstörung vorbereiten. Wenn alles vorüber war, würde seine Armee die stärkste im Reich sein. Es machte Henry nichts aus, auf die Verwirklichung seiner Träume hinzuwarten, selbst wenn es noch ein paar Jahre dauern sollte. Geduld war seine Stärke. Begehrte er die Krone seines Bruders nicht schon sein ganzes Leben lang?

Mary hatte gut geschlafen, aber nun war sie hellwach. Sie wusste jedoch nicht, was sie aufgeweckt hatte, ein Geräusch vielleicht oder auch ein Traum. Sie lag auf der Seite und blickte in das Feuer, das noch immer im Kamin brannte. Sofort fiel ihr wieder ein, wo sie sich befand. In Graystone, in Stephens Gemach, in seinem Bett.

Sehnsucht überkam sie.

Dann hörte sie, wie sich die Tür zu ihrem Gemach schloss. Mary setzte sich auf. Ein Mann stand im Schatten vor ihr, reglos, vom Dunkel verborgen. Aber sie wusste, es war Stephen. Und es konnte nur einen Grund geben, weshalb er gekommen war.

»*Stephen.*«

Er bewegte sich nicht, und als er sprach, war seine Stimme leise und rau.

»Ich sehne mich nach dir, Mary, so wie sich ein Trunkenbold nach Wein sehnt.«

Tränen traten ihr in die Augen; sie ergriff die Bettdecke.

»Ich sehne mich auch nach dir, Stephen.«

Er trat näher, in den Schein des Feuers. Mary sah das Funkeln in seinen Augen und gab einen leisen Freudenschrei von sich. Es war ihr gleichgültig, dass er nur zu ihr kam, um sein Begehren zu stillen. Sie streckte ihm die Arme entgegen.

Stephen war mit einem Schritt bei ihr. Sobald sich ihre Hände berührten, entbrannte in ihren Körpern wildes Verlangen. Für einen kurzen Moment hielt Mary sein Gesicht in ihren Händen, sein wunderschönes, geliebtes Gesicht, und ergötzte sich an dem Hunger, den sie in seinen Augen sah. Stephen erwiderte ihren Blick; ein wortloses, knisterndes Verstehen entstand zwischen ihnen. Und dann küsste er sie.

Er nahm sie in die Arme, drückte sie auf das Bett und bedeckte ihre Lippen mit seinem Mund. Es war ein offener, nasser, wilder Kuss. Marys Seelenlage und ihre Begierde entsprachen der seinen genau, und sie begegnete ihm mit derselben Leidenschaft. Erst nach langer Zeit trennten sich ihre Lippen wieder, und sie rangen beide heftig um Atem.

Mary weinte beinahe. Es war ihr gleichgültig, was er sagte; von nun an waren seine Leugnungen gegenstandslos. Ein Mann, der so küsste, wurde von weit mehr verzehrt als von bloßem Begehren. Darauf hätte sie ihre Zukunft verwettet, ja sogar ihre kühnsten Träume.

Sie küssten sich erneut, dieses Mal aber nicht sehr lange; sie waren einfach zu ungeduldig für ein solches Vorspiel. Stephen hielt nur inne, um seine Hände über die Wölbungen ihrer Brüste wandern zu lassen, dabei zärtliche Worte zu flüstern und ehrerbietig ihren runden Bauch zu berühren. Dann lag sie auf der Seite, und er drang tief in sie ein.

Mary rief seinen Namen. Sie liebte ihn so sehr. Sie sagte es ihm. Sie war außer sich, vollkommen ausgelassen schrie sie ihre Lust hinaus, dass es die ganze Welt hören konnte, stolz und ohne sich zu kümmern, ob die Welt es hörte.

Stephen nahm sie, als hätte er seit langer Zeit keine Frau mehr gehabt. Er hielt nichts zurück. Und als er zum Höhepunkt kam, schrie auch er ihren Namen heraus. Nicht einmal, sondern viele Male.

Mary vergrub sich in seinen Armen. Hier war ihr Platz, hier gehörte sie hin. Sie liebte Stephen so sehr, dass es sie körperlich schmerzte.

Heiße Tränen stiegen in ihr auf, trotz ihres tiefsten Glücks, wieder mit Stephen zusammenzusein.

Sie wollte nicht weinen.

Nicht hier, nicht jetzt.

Sie war glücklich.

Stephen war zu ihr zurückgekommen. Sie war glücklich. Doch sie hatte alle Selbstbeherrschung fahren lassen, als sie ihn in ihre Arme geschlossen hatte. Nackte, machtvolle Gefühle, sorglich so lange verborgen, waren entblößt und aufgedeckt, alle Barrieren und Schutzschilde unbarmherzig niedergerissen worden. Mary schluchzte.

»Mary?«, fragte Stephen.

Dieses eine Wort von ihm, ihr Name, löste den Knoten. Und sobald sie richtig weinte, merkte sie, dass sie nicht mehr aufhören konnte.

Stephen wiegte sie in den Armen, seine Miene war angespannt.

»Weine doch nicht«, flüsterte er verzweifelt.

»T-tut mir l-leid«, stieß sie hervor und weinte noch stärker.

»Es war eine Lüge«, sagte Stephen heiser. »Natürlich berühren mich deine Tränen. Mary, ich schicke dich nicht wieder zurück.«

Er würde sie nicht zurückschicken. Der lange Winter ihrer Verbannung war ein für allemal vorüber. Stephen war wirklich zu ihr zurückgekehrt. Reine Freude vermischte sich mit dem Schmerz, von dem sie geglaubt hatte, er sei fest an irgendeinem Ort endgültig begraben, einem Ort, den sie vielleicht nie mehr sehen würde.

Denn so viel Schmerz wütete in ihrer Brust, als sie schluchzend in Stephens Armen lag. Der Schmerz über den Verlust derer, die sie geliebt hatte, der Schmerz über die Verstoßung durch ihren Vater, der Schmerz über ihre Verbannung.

»Warum weinst du denn so?«, fragte er harsch. »Es tut mir leid, wirklich leid, wenn ich dir so wehgetan habe.«

Sie klammerte sich fest an ihn. Es dauerte lange, bis sie sich wieder gefasst hatte.

»Ich habe meine Mutter, meinen Vater, meinen Bruder verloren und beinahe auch dich. Und du fragst, warum ich weine?«

Stephen schwieg im Versuch, stark zu sein, doch in Wirklichkeit war auch er aufgelöst. Er streichelte sie einfach und hielt sie weiter fest. Dann sagte er mit rauer Stimme: »Es tut mir leid, Mary. Es tut mir leid um Malcolm und Margaret und Edward. Ich wollte dich bestrafen, aber ich wollte niemals, dass du durch den Verlust derer leiden musst, die du liebst. Es hat mir immer leidgetan – nur waren die Umstände nicht so, dass ich es dir hätte sagen können.«

Sie musste es ihm sagen.

»Malcolm hat mich verstoßen. Als ich zu ihm ging und ihn bat, den Krieg zu beenden, da sagte er zu mir …« Sie konnte den Satz nicht beenden, sank an Stephens Brust und klammerte sich an ihn wie an einen Rettungsanker.

«Was hat er zu dir gesagt?«, stieß Stephen aschfahl hervor.

»Dass ich nicht mehr seine Tochter bin. Dass seine Tochter eine tapfere Schottin ist, nicht eine wie ich!«

Stephen verfluchte Malcolm, hielt seine Gemahlin fest und wiegte sie.

»Du bist eine tapfere Schottin, Mary, die tapferste, die ich je kennengelernt habe.« Er zog ihr tränenbenetztes Gesicht zu seinem empor. »Bist du wirklich zu ihm gegangen und hast ihn gebeten, den Krieg zu beenden?«

Mary blickte ihm in die Augen. »Ich bin nicht vor dir weggelaufen. Das schwöre ich dir, Stephen.«

Stephen presste ihren Kopf an seine Brust und schloss die Augen. Er wollte ihr glauben. Er mutmaßte, dass es wirklich so gewesen sein konnte. Wenn eine Frau den Wagemut und die Dreistigkeit besaß, einem König gegenüberzutreten und ihn von einem Krieg abhalten zu wollen, dann Mary.

Und hatte er eine Wahl? Er hatte sie so lange bekämpft, er konnte einfach nicht mehr so weitermachen. Er hatte so lange gegen seine Liebe angekämpft, aber nun hatte er sie erkannt, und auch, dass sie ihn nie in Ruhe lassen würde. Er durfte nicht die Ursache dafür sein, dass sie so leiden musste. Sie brauchte ihn. Sie hätte ihn schon längst gebraucht. Und er war nicht für sie da gewesen.

Der Gedanke verursachte Stephen Übelkeit. Lieber Gott, wenn er gewusst hätte, wie sehr er ihr wehtat, er hätte sie niemals fortgeschickt. Hätte er gewusst, wie sehr sie litt, er wäre sofort zu ihr gegangen.

»Das spielt keine Rolle«, sagte er schließlich. »Wichtig ist nur, dass du meine Gemahlin bist und mein Kind im Leib trägst, und dass ich nicht von dir getrennt leben kann.«

Mary starrte erstaunt auf ihn. »Du kannst nicht getrennt von mir leben?«

»Nicht glücklich.«

»Stephen«, flüsterte sie. »Heißt das, du willst die Vergangenheit vergessen?«

»Ich bin kein Mann, der leicht vergisst«, sagte Stephen ehrlich, ernst. »Aber ich gebe uns eine dritte Chance. Mit dem heutigen Tag fangen wir noch einmal neu an, Mary.«

Mary blinzelte zu ihm auf, ihre Tränen versiegten endlich. Es schien ein Wunder zu geschehen. Es war, als würde Stephen sie heilen. Die Qual, der spürbare körperliche Schmerz, der ihre Brust versengt hatte, schrumpfte zu einem dumpfen

Pochen, mit dem sie leben konnte. Tief aus ihrer Seele stieg echte Freude empor, eine Freude, die sich anschickte, ihren Kummer zu dämpfen.

Stephen blickte sie unverwandt an.

»Versprich mir, hier und jetzt, beim Leben des Kindes, dass du unsere Ehe nicht noch einmal in Gefahr bringen wirst. Ich muss glauben, dass ich dir vertrauen kann, Mary.«

»Du kannst mir vertrauen. Ich werde dir nie wieder den Gehorsam verweigern, Stephen«, versprach Mary.

Und endlich entspannte sich Stephens Miene. Sein Mund zuckte.

»Ich wage nicht, auf solchen Respekt zu hoffen, Madame. Mit Sorgfalt und Umsicht zu handeln ist genug.«

Und Mary lächelte breit und schmiegte sich an ihn. Sie hatte gewonnen. Stephen gehörte wieder ihr.

27

Rufus war gerade von einer erfolgreichen Jagd zurückgekehrt und bester Laune. Als er von seinen Privatgemächern in den großen Saal herunterkam, legte er einen Arm um Duncan an seiner Seite.

»Der heutige Tag war zweifellos ein gutes Omen«, sagte er zu seinem langjährigen Freund. »Bald werden wir noch weitaus größere Beute machen.«

»Ich zähle darauf«, meinte Duncan kurz angebunden. Zurzeit brachte er kaum ein Lächeln auf die Lippen, so angespannt und ängstlich war er. Der König hatte seine Pläne ihm gegenüber nur angedeutet, doch Duncan hatte genügend Gerede mitbekommen, um zu wissen, dass bald, sehr bald, eine große englisch-normannische Armee nach Norden marschieren würde, um Donald Bane und Edmund zu entthronen. Er hoffte auf die Position an der Spitze dieser Armee und auf den Thron von Schottland.

Rufus schlenderte durch den mit Höflingen überfüllten Saal und blieb immer wieder stehen, um ein paar Worte mit seinen Günstlingen zu wechseln.

Dann bekam er große Augen, und seine Stimmung hob sich merklich, denn an einem Tisch gleich unterhalb des Podiums entdeckte er ein geliebtes und vertrautes Gesicht, ein Gesicht, das er selten sah.

Obwohl Stephen seit Neujahr, als er Malcolm Canmores drei Söhne an den Hof gebracht hatte, in London war, kam er nur selten in den Tower, nur, wenn seine Anwesenheit nötig war oder wenn er einbestellt wurde.

Rufus blickte einen Herzschlag länger als notwendig auf sein schönes Profil. Dann löste er den Blick widerstrebend vom Erben von Northumberland und schritt durch die Menge, die unverzüglich zurückwich und verstummte.

»Setz dich zu mir«, sagte er freundlich zu Duncan. Zusammen stiegen sie auf die Empore. Dann wanderte Rufus' Blick unbeirrt wieder zu Stephen, und nun erstarb sein Lächeln sofort.

Stephen reichte seiner Gemahlin gerade einen Bissen Lammfleisch.

Das war natürlich nichts weiter als eine höfliche Geste. Doch die Art und Weise, wie er sie dabei anblickte, wie seine Augen leuchteten und seine Nasenflügel bebten, das alles war ganz und gar nicht höflich. Vielmehr konnte Rufus sogar aus dieser Entfernung erkennen, wie erregt Stephen war.

Er blickte zu Mary. Ihr Gesicht war voll, ihre Brüste abstoßend groß. Wenn sie aufstand, würde sie bestimmt watscheln wie eine Ente. Eine Frau in ihrem Zustand sollte man nicht in die Öffentlichkeit lassen, dachte Rufus, erbost darüber, dass er so etwas in seinem Saal tolerieren musste. Nicht nur das, er wusste auch ohne jeden Zweifel, dass Stephen mit ihr ins Bett gegangen war, seit sein verdammter blöder Bruder sie nach London gebracht hatte, und dass er es wieder tun würde. Seiner Miene nach zu urteilen würde er sie wahrscheinlich gleich wieder beackern, sobald sie den Tisch verließen.

Duncan folgte seinem Blick.

»Erstaunlich, diese Macht, die meine kleine Halbschwester über diesen Mann hat. Erstaunlich – und gefährlich.«

Rufus wandte sich ihm zu.

»Sie stellt in der Tat eine Bedrohung für dich dar, lieber Duncan.«

»Wir haben noch nie darüber gesprochen, wir zwei beide, Sire. Aber glaubt Ihr, dass de Warenne Schottland an sich reißen will?«

Rufus zuckte die Achseln. Eigentlich war er beinahe sicher, dass de Warenne das nicht wollte, aber er, Rufus, verfolgte ein Interesse, das er befriedigt wissen wollte. »Er kann den Thron niemals für sich beanspruchen, mein Freund, aber welcher Mann möchte nicht seinen Sohn gekrönt sehen? De Warenne ist wie sein Vater, extrem ehrgeizig und zu allem entschlossen.« Rufus vollendete seinen Gedankengang absichtlich nicht.

»Vielleicht stirbt er ja, dieser elende Balg, den sie in sich trägt.«

Rufus legte beruhigend eine Hand auf Duncans Arm.

»Wir brauchen Stephen, Duncan; vergiss das nie. Er muss uns dabei helfen, Schottland für dich zu gewinnen.«

Duncan errötete vor Freude darüber, den König so offen über seinen größten Traum sprechen zu hören. Und seine Gedanken preschten voraus. Wagte er es, die Bedrohung, die Mary und ihr Kind für ihn und seinen Ehrgeiz darstellten, zu beseitigen? Er fürchtete ihr Kind mehr als ihre drei jungen Brüder und mehr, als er sie selbst je gefürchtet hatte. Er konnte sich nur zu gut vorstellen, dass sich Stephen zum Regenten ernannte.

»Beim Arrangieren dieser Ehe habe ich mich eindeutig geirrt«, murmelte Rufus halblaut. »Vielleicht ergibt sich eine Gelegenheit, diese Sache wieder ins Lot zu bringen. Vielleicht, wenn du sicher auf dem Thron ...« Rufus beendete den Satz nicht.

Duncan sagte nichts.

Rufus rief laut nach Wein.

Das Mahl wurde fortgesetzt, als sei der Pakt nie geschlossen worden. Doch Duncan hatte soeben die königliche Bewilligung bekommen, um zu tun, was er tun musste, damit Stephen de Warennes Bindungen an den schottischen Thron ein für alle Mal durchtrennt wurden.

»Warum kehren wir so plötzlich nach Alnwick zurück?«, fragte Mary, als Stephen seinem Knappen auftrug, sofort alles für die Abreise vorzubereiten. Der Junge verließ eilends den Raum. »Was ist passiert, dass wir noch heute abreisen müssen?« Ihre Stimme klang ungewöhnlich hoch.

Es war Anfang Mai. Mary war vier Wochen lang bei Hofe gewesen, aber sie fühlte sich nicht gelangweilt. Sie war zu sehr damit beschäftigt, den Körper, das Lächeln, die Freundlichkeit ihres Gemahls wiederzuentdecken.

Stephen drehte sich langsam zu ihr um. »Mir ist es lieber, du bekommst das Kind in Alnwick, Mary. Und da ich unbedingt nach Hause muss, ist es ideal für mich, dich nach Northumberland zu eskortieren.«

»Aber Ihr habt meine Frage nicht beantwortet, Mylord!«, rief Mary panisch. Panisch, weil am Hof Gerüchte kursierten, die wohl oder übel auch sie mitbekommen hatte. Gerüchte, so hatte ihr Edgar verbittert erzählt, dass Rufus versuchen würde, Duncan auf Schottlands Thron zu setzen. Aber diese Gerüchte konnten nicht wahr sein.

»Willst du denn nicht nach Hause? Willst du das Kind mitten im Hochsommer in London bekommen? Zu dieser Jahreszeit ist die Stadt nicht so angenehm.«

Nach Hause.

Mary probierte das Wort in ihrem Kopf. Bei dem Gedanken, nach Alnwick zurückzukehren und das Kind dort auf die Welt zu bringen, wurde ihr warm ums Herz. Aber ... das war nur die halbe Wahrheit. Sonst würden sie nicht so überstürzt aufbrechen.

»Ich werde das Kind bekommen, wo immer du willst«, antwortete Mary entschieden. »Alnwick ist mir sehr recht, Stephen, natürlich. Aber würdest du meine Frage beantworten?«

Er war sehr ernst. »Ich muss in den Krieg, Mary.«

Mary schrie auf. Sie hatte es gewusst. Irgendein sechster Sinn hatte ihr gesagt, dass an diesen verdammten Gerüchten etwas daran war, und dass Stephen an der Spitze der Armee stehen würde, die in Schottland eindringen sollte, um ihren Onkel und ihren verräterischen Bruder zu entthronen.

Sie konnte nicht glauben, dass Stephen den Eid brechen würde, den er ihrem Vater gegeben hatte – dafür zu sorgen, dass sein ältester Sohn auf den Thron kam. Edmund hatte die Familie verraten, und Ethelred war Priester, also war die Reihe an Edgar. Edgar musste Schottlands nächster König werden!

Und als sei dieser grässliche Umstand nicht genug, wurde sie auch noch von Angst verzehrt. Es war erst sechs Monate her, seit sie ihre Eltern und einen Bruder in einem Krieg verloren hatte, und ihre Trauer darüber war noch nicht vorüber. Tatsächlich wachte sie manchmal morgens aus tröstlichen Träumen auf, in denen sie alle zusammen waren und ihr Tod vergessen schien. An solchen Morgen erwartete sie, dass ihre Mutter lächelnd an ihrem Bett stand, und der dunkelste, kummervollste Moment war der, wenn ihr Kopf klar wurde und die raue Wirklichkeit sie wieder einholte. Dass ihre Mutter, ihr Bruder, ihr Vater nie mehr bei ihr sein würden.

Deshalb konnte sie nun nicht anders, als um Stephen Angst zu haben. Sie hatte ihre Liebsten in einem Krieg verloren, sie konnte den Gedanken nicht ertragen, im nächsten Stephen zu verlieren. Sie würde nicht imstande sein, ohne ihn zu leben.

»Geh nicht«, hörte sie sich sagen.

Stephens Miene wurde hart.

»Sprich nicht wie eine Närrin.«

Mary schloss die Augen. »Wie kannst du das nur tun?«

»Der König ist entschlossen, Donald Bane zu entthronen.«

Mary blickte ihn durch einen Tränenschleier hindurch an. »Du verachtest deinen König. Musst du ihm immer Gefolgschaft leisten?«

Stephens Ton war scharf wie die Klinge eines Schwerts. »Madame, ich bin sein Vasall, und so, wie Ihr geschworen habt, mich zu unterstützen und mir Gefolgschaft zu leisten, habe ich geschworen, ihn zu unterstützen und ihm Gefolgschaft zu leisten!«

Sie ließ ihren Gemahl stehen, wohl wissend, dass sie ihn noch mehr verärgerte, wenn sie ihm mit so offenkundigem Missfallen den Rücken zukehrte, und sie hörte auch sein Fauchen, aber es war ihr gleichgültig. Ihr wachsender Bauch schwächte sie inzwischen ein wenig; unbewusst rieb sie sich die schmerzenden Muskeln im Rücken. Sie blickte aus dem Fenster und bemerkte desinteressiert die Fülle der blauen Wiesenblumen. Sie war sich sehr wohl dessen bewusst, dass sie vorsichtig sein musste. Dass sie sich nicht in die Angelegenheiten ihres Gemahls einmischen durfte. Das hätte ihre Ehe schon einmal beinahe zerstört.

»Möchtest du wirklich, dass ich meinem König den Gehorsam verweigere, Mary, dem ich kniend die Lehnstreue geschworen habe?«, fragte Stephen knapp.

Mary konnte nicht lügen.

»Du hältst deinen Eid deinem König gegenüber aufrecht, aber was ist mit dem Eid, den du meinem Vater geleistet hast – meinem König?«

»Wie bitte?« Stephen war zugleich wütend und fassungslos.

Mary sog die Luft ein. »Was ist mit deinem Versprechen, deinem unter Eid geleisteten Versprechen, Edward auf den schottischen Thron zu bringen?«

Er starrte sie entgeistert an.

»Dieses Versprechen wirst du doch bestimmt erfüllen!«, schrie Mary. »Du hast doch sicher vor, Edgar zum Thron zu verhelfen und nicht Duncan!«

Er kam auf sie zu, blieb jedoch in der Mitte des Raums mit drohender Miene stehen. »*Habe ich mich bei unserer Versöhnung nicht klar ausgedrückt?*«

Mary hob das Kinn. Sie war zu weit gegangen, und sie wusste es, aber sie konnte nicht zurück. Das Schicksal ihrer drei Brüder hing an seinem seidenen Faden. Sie mochten als adelige Gäste behandelt werden, aber sie waren königliche Gefangene, weiter nichts. Sie hatten keinen Titel, kein Vermögen, nicht ein einziges Lehen, nichts als das, was sie auf dem Leib trugen, und dazu Rufus' Wohlwollen und Stephens Versprechen.

»Doch, das hast du«, flüsterte sie. »Aber ich bin deine Gemahlin. Deine Belange sind auch meine. Ich will dich nicht verärgern, aber wir müssen …«

»Wir?«

Tränen stiegen Mary in die Augen.

»Es gibt kein Wir – nicht in der Politik.«

Sie hielt die Tränen zurück und sagte sich, es sei wegen des Kindes, dass sie in letzter Zeit so häufig weinte.

»Was ist mit Edgar?«, hörte sie sich flüstern.

Stephens Miene war hart und finster.

»Ich will gar nicht wissen, wie du mein geheimstes Versprechen herausgefunden hast, Mary.«

»Edward hat es mir gesagt«, flüsterte sie, »in der Nacht vor seinem Tod.«

Diese Bemerkung veränderte seine Miene schlagartig.

»Edward wäre ein großer König geworden«, murmelte er.

»Edgar wird ein großer König!«

»Ihr mischt Euch in gefährlicher Weise in die Angelegenheiten von Männern ein, Madame.«

»Könnt Ihr es rechtfertigen«, schrie Mary ihn verwegen an, »ein Ungeheuer zu entthronen, um ein anderes zu krönen, Mylord? Könnt Ihr das?«

Stephen war zuerst fassungslos und dann wütend.

»Du wagst es, mein Handeln infrage zu stellen? Meine Integrität?«

»Aber ich bin deine Gemahlin! Wenn du mir vertrauen würdest …«

Sie brach ab. Was konnte sie schon sagen? Er vertraute ihr seine Geheimnisse nicht an. Hatte er nicht gesagt, er würde ihren Verrat nie vergessen? Die alte Wunde brach wieder auf, sie schwärte, denn sie war nie geheilt, sondern lediglich notdürftig verdeckt worden. Mary hatte gedacht, sie könne sie für immer dort in ihrer Hülle belassen; offenbar hatte sie sich geirrt.

»Ihr seid meine Gemahlin, und ich schlage vor, Ihr benehmt Euch dementsprechend, Madame, wenn Ihr diese Ehe nicht ruinieren wollt.« Stephen schritt steif zur Tür und schloss sie hinter sich, ohne Mary noch eines Blicks zu würdigen.

Sobald er fort war, ging sie zur Tür und knallte sie noch einmal hinter ihm zu, so fest sie konnte. Dann überließ sie sich ihren Tränen.

Was für eine Ehe führten sie überhaupt? Zum Teufel mit ihm! Was war er nur für ein dickköpfiger, arroganter Mann! Sie hatte ein Recht darauf, zu wissen, was er vorhatte. Da ihre Eltern tot waren, unterstanden ihre Brüder ihrer Verantwortung. Die einzige Hoffnung lag darin, dass Edgar eines Tages den Thron bestieg. Obwohl es ihren Brüdern freistand, London zu verlassen, wagten sie es nicht, die Zuflucht aufzugeben, die Rufus ihnen gewährte. Oft genug schon hatte der Zwist um Schottlands Thron zu Mord und Totschlag geführt; das Land besaß eine lange und blutige Geschichte. Donald Bane hatte ihren Brüdern bereits eine Einladung geschickt, der sie nicht nachzukommen wagten. Denn zweifelsohne würden sie im Augenblick ihrer Ankunft in Schottland lebenslängliche Gefangene werden oder aber innerhalb kürzester Zeit tot sein.

Edgar hatte also kaum eine andere Wahl, als in London am Hof zu bleiben und sich beim König lieb Kind zu machen in der Hoffnung, dass Rufus ihn eines Tages in seinem Streben nach dem Thron Schottlands unterstützen würde. Seine wie auch die Zukunft seiner mit ihm verbündeten Brüder hing von Rufus' gutem Willen ab. Wenn Edgar eines Tages König wurde, dann wurden auch sie durch das Erbrecht große Lords.

Mary wollte nicht mit ihrem Gemahl streiten. In den letzten Wochen hatten sie sich eines großartigen Friedens erfreut, wie sie ihn am liebsten ihr Leben lang gehabt hätte. Aber sie war keine duckmäuserische Frau, die man unwissend halten konnte, und dennoch hatte er sich geweigert, sie in seine Angelegenheiten miteinzubeziehen. Wohin sollte das führen?

Vielleicht, und wenn die Sache, um die es ging, ihr nicht so sehr am Herzen läge, würde es keine Rolle spielen. Aber ihre Brüder waren ihre Sache – mehr als die Stephens. Sie hatte also jedes Recht, ihren Gemahl zu einer Lösung zu drängen, welche die Zukunft ihrer Brüder sicherstellte. Warum konnte er das nicht verstehen?

Weil er mir immer noch nicht vertraut, dachte sie trübsinnig. Wenn er mir vertrauen würde, wäre ich seine engste Verbündete, und er würde alle seine Geheimnisse freiwillig mit mir teilen.

Mary wollte seine engste Verbündete sein. Sie wollte das mehr als alles andere, abgesehen von seiner Liebe. Sie war verzweifelt. Wenn Stephen die Vergangenheit nicht vergessen konnte, würde es nie so weit kommen.

Es klopfte, und eine Magd trat ein. Die junge Frau zögerte, als sie die gequälte Verfassung ihrer Herrin bemerkte; sicher hatte sie einiges oder gar den ganzen Streit mit Stephen mitbekommen.

»Mylady? Ich komme, um Euch beim Packen zu helfen.«

»Bitte.« Mary bedeutete ihr, anzufangen. Langsam, mit schmerzendem Rücken, konzentrierte sie sich auf die unmittelbar bevorstehende Aufgabe. Doch der Aussicht, nach Hause zu kommen, war jede Freude genommen.

Stephen und Mary sprachen nur miteinander, um einen Anschein unpersönlicher Höflichkeit zu wahren. Obwohl er mit der Heimkehr nach Alnwick den Plan verfolgte, Truppen aufzustellen und seine Vasallen rasch zum Feldzug zusammenzurufen, behielt er während der Reise ein Tempo bei, das auf den Zustand seiner Gemahlin Rücksicht nahm, sodass es mehrere Tage dauerte, bis sie ihr Ziel erreicht hatten. Mary konnte es ihm dennoch nicht danken; sie war zu sehr beunruhigt. Sie kümmerte sich um ihren Gemahl, wie es von ihr erwartet wurde, doch die schöne Kameradschaftlichkeit zwischen ihnen, die Wärme und die Lust, waren verschwunden. Stephen gab sich steif und formell, er war eindeutig nicht weniger verärgert als sie. Eine wachsende Spannung belastete ihre Beziehung.

Stephen blieb nicht einmal eine Nacht in Alnwick. Er lieferte Mary an den Eingangsstufen des Wohnturms ab, während er auf ein frisches Pferd wartete.

»Ich sage Euch adieu, Madame. Leider kann ich überhaupt nicht bleiben.« Plötzlich wurden seine Züge weicher. »Ich würde es aber gerne, wenn ich könnte, Madame«, sagte er leise, den Blick fest auf sie gerichtet, »und diesen dummen Krieg ein für alle Mal beenden.«

Fast hätte Mary ihn angefleht, sie nicht zu verlassen. Sie verstand, was er meinte. Er wollte sie lieben und ihr mit seinem Körper zeigen, dass er der Herr war. Aber wenn er dies tat, würde er dabei auch zugleich seine Versklavung zugeben. Im Bett waren sie gleich. Im Bett gab er sich ihr ganz hin, ohne Zurückhaltung. Mary wusste, dass sie außerhalb des Betts nie eine derartige Gleichheit erreichen würden – das war eine lächerliche Vorstellung –, aber eines Tages, nahm sie sich vor, würde er sich auch willentlich ganz ihr hingeben, jenseits aller Leidenschaft.

Er missdeutete ihre Miene. Seine Züge waren von Besorgnis getrübt. »Mach dir keine Sorgen, Mary. Meine Mutter hat mir versichert, dass sie bis zur Niederkunft bei dir bleiben wird. Sie wird in einer Woche hier eintreffen. Auch wenn ich nicht bald zurückkehren sollte, wirst du nicht allein sein.« Mary war bestürzt.

»Glaubst du denn, du wirst so lange weg sein?«

»Ich weiß es nicht. Wenn Duncan die Macht übernimmt, kann man ihn nicht allein lassen, bis seine Position gesichert ist.«

Mary fasste sich. »Ich habe keine Angst«, log sie. Sie wollte Stephen nicht mit der unnötigen Sorge um sie in den Krieg schicken. Schließlich hatten alle Frauen, die sie kannte, Angst vor einer Geburt. Zu viele starben dabei. Auch sie würde keine Ausnahme sein, doch bislang hatte sie sich ihrer Furcht nicht gestellt, und jetzt, bei ihrem Abschied, würde sie es auch nicht tun.

»Dann bist du tapferer, als ich dachte, Mary. Du bist wirklich ein tapferes schottisches Mädchen.«

Mary betrachtete ihren schönen Gemahl, und ihr Herz machte einen Sprung. Er hatte Angst, und er war besorgt um sie, und sein Lob tat ihr nach den schrecklichen Worten, mit denen Malcolm sie beleidigt hatte, umso mehr gut. Ihre Liebe drohte, sie zu überwältigen, ihre Knie gaben nach. Lieber Gott, sie wollte nicht, dass er in den Krieg zog, vor allem nicht aus einem Grund wie diesem. Aber sie musste so tapfer sein, wie Stephen sie sah.

»Glückliche Reise, Mylord. Ich weiß, Ihr werdet siegen.«

Er beugte sich von seinem Pferd herab und blickte ihr in die Augen. »Und werdet Ihr darüber erfreut sein?«

Mary atmete tief, zögerte jedoch nicht mehr. Es war ihre Aufgabe, ihn zu unterstützen.

»Ja.« Sie kämpfte gegen plötzliche Tränen an und versicherte sich, dass sie ihre Brüder deshalb nicht im Stich ließ. »Wenn Ihr siegt, Mylord, werde ich erfreut sein.«

Stephen blickte sie unverwandt an.

Es war schwer, zu weinen und gleichzeitig zu lächeln, aber Mary schaffte es.

»Vielen Dank, Madame Gemahlin«, sagte Stephen. Auch seine Augen waren verdächtig feucht geworden.

Mitte Mai marschierte die Armee endlich mit Ziel Stirling ab und traf unterwegs auf wenig Widerstand. Als sich ihr schließlich doch eine feindliche Streitmacht entgegenstellte, befanden sich die Normannen schon unweit der königlichen

Burg. Die Schlacht war überraschend kurz, die schottischen Kräfte nicht geordnet; ihnen mangelte es an einem Oberkommando. Donald Bane und Edmund flohen, sobald die Niederlage absehbar war. In der letzten Maiwoche marschierte ein siegreiches normannisches Heer in Stirling ein, mit Duncan an der Spitze. Er wurde noch am selben Nachmittag gekrönt.

Die Nachricht von dem großen Ereignis erreichte Alnwick am folgenden Tag. Es herrschte großer Jubel in der Burg, doch Mary brachte es nicht über sich, an der spontanen Feier teilzunehmen. Sie verließ das Fest und zog sich in ihr Gemach zurück, wo sie aus dem Fensterschlitz schaute. Es gelang ihr nicht, Stephens Handeln gutzuheißen, auch wenn sie noch so entschlossen war, loyal zu ihm zu halten.

Sie dachte an ihre drei Brüder, denen nichts anderes übrig blieb, als in London auszuharren, und wurde von einer unerträglichen Trauer überwältigt. Was würde nun mit ihnen geschehen? Jemand, vielleicht sogar Duncan selbst, hatte versucht, sie, Mary, zu ermorden, und im Vergleich zu den dreien stellte sie wirklich keine Bedrohung dar. Eines Tages würde einer ihrer Brüder Schottlands Thron beanspruchen, eine Armee aufstellen und versuchen, ihn mit Gewalt zu erringen. Wie sehr sie sich um sie ängstigte! Alle standen sie Duncans lebenslang verfolgten, ehrgeizigen Zielen im Weg.

Am nächsten Tag erhielt Mary von Stephen die Nachricht, dass er nicht sofort zurückkehren, sondern einige Wochen mit seiner Armee in Stirling bleiben werde, wie er es angekündigt hatte. Offenbar war Duncans Position nicht allzu sicher. Das ermutigte Mary zwar, doch wirklich froh konnte sie trotzdem nicht sein. Sie war noch immer entschlossen, loyal zu Stephen zu halten, obwohl sie nicht mit ihm übereinstimmte und sich große Sorgen um das Schicksal ihrer Brüder machte. Und sie vermisste Stephen verzweifelt. Je näher sie der Zeit der Niederkunft kam, desto mehr sehnte sie sich danach, dass er nach Hause kam, zu ihr.

Kein Tag konnte für einen Ausflug besser sein, dachte Mary aufgeregt. Es war warm und angenehm, die Sonne lachte vom Himmel, und Häher lärmten in den Baumkronen. Die Gräfin und Isobel ritten auf Zeltern neben ihrer Sänfte; zwei Ritter und zwei Mägde begleiteten sie. Mary mutmaßte, dass die Gräfin sie mit dieser kleinen Exkursion von ihrer zunehmenden Langeweile und Furcht ablenken wollte. Die Schwangerschaft zog sich scheinbar endlos hin, und Marys Angst vor der Geburt nahm zu. Sie sehnte die Entbindung ebenso sehr herbei, wie sie sich davor fürchtete.

Innerhalb von ein paar Minuten erreichten sie das Dorf gleich unterhalb von Alnwick. Mary bestand darauf, zu laufen, sie wollte ein wenig den geschäftigen sommerlichen Marktplatz erkunden. Außerdem plante sie, ein paar Schmuckstücke zu kaufen, und in der Sänfte konnte sie sich zwischen den Ständen und Händlern nicht frei bewegen. Auch für Stephen wollte sie etwas erstehen, ein Geschenk, das ihm sagen würde, wie sehr sie ihn vermisste, wie sehr sie ihn liebte. Doch so weit sollte es nicht kommen.

Denn als sie mit der Gräfin und Isobel langsam auf einen Stand zuschlenderte, um sich Stoffe anzuschauen, rempelte jemand Lady Ceidre kräftig an.

Mary sah es und war entsetzt, denn der Schurke hatte die Gräfin vorsätzlich gestoßen. Ceidre taumelte gegen den Tisch eines Händlers, sodass er umkippte und sämtliche Waren auf dem Boden landeten, was zu einem Aufschrei führte. Im selben Augenblick jedoch riss der Täter Mary grob an sich, presste eine Hand auf ihren Mund und erstickte ihren Schrei.

Dann trug er sie rasch aus der tumultartigen Szene fort. Mary begriff, was er vorhatte, und begann, sich zu wehren, doch schon im nächsten Moment hatte er sie auf ein wartendes Pferd geworfen und saß hinter ihr auf. Mary schrie.

Die Gräfin, die schließlich merkte, was geschah, schrie ebenfalls, und die beiden Ritter zogen ihre Schwerter.

Entsetzt, nicht ihretwegen, sondern wegen des Babys, klammerte sich Mary an der Mähne des scheuenden Tiers fest. Ein zweiter Reiter, der plötzlich aus dem Gemenge auftauchte, schloss sich in hartem Galopp ihnen an. Käufer und Verkäufer sprangen zur Seite, als sie durch den Markt preschten, Stände und Karren und alles andere umrissen, was sich ihnen in den Weg stellte.

Mary hielt sich verzweifelt fest und blickte bestürzt über ihre Schulter. Sie sah die Gräfin zu Fuß hinter ihnen herlaufen, aber es war hoffnungslos. Der Lärm war ohrenbetäubend, doch Mary glaubte, jemanden schreien zu hören: »Sie haben die Gemahlin Seiner Lordschaft geraubt!« Dann tauchten die beiden Ritter aus der Menge auf und rannten zu ihren Rössern.

Mary sank gegen den Hals des Pferds; sie begann zu zittern. *Lieber Gott, heilige Mutter Maria, sie wurde entführt!* Eiskalt, voller Berechnung entführt! Wohin brachten sie sie? Wer steckte dahinter? Und wie, lieber Gott, wie würden sie und ihr Baby dies überstehen?

28

Stephen tobte.

»Was meinst du damit, dass du keine Gefahr darin sahst, sie auf einen Ausflug mitzunehmen?«, brüllte er.

Die Gräfin schreckte vor ihm zurück.

»Sie hatte sich so darauf gefreut ...«

Zweifel verzerrten seine Gesichtszüge. Er konnte nicht sprechen. Rolfe trat zwischen seinen Sohn und seine Gemahlin.

»Deine Mutter ist todkrank vor Sorge. Diese Entführung war nicht ihre Schuld!«, erklärte der Graf barsch. »Wenn man jemandem eine Schuld zuweisen kann, dann Will und Ranulph.«

Stephen biss die Zähne zusammen. Was sein Vater sagte, war offensichtlich, doch er konnte und wollte seiner Mutter nicht verzeihen. Er hatte ausdrücklich angeordnet, dass Mary innerhalb der Burg zu bleiben hatte. Kalt wandte er sich von Ceidre ab, ihre Verfassung missachtend. Lieber Gott, wenn Mary etwas zustieß ...

Blankes Entsetzen hatte ihn erfasst. Nie in seinem Leben hatte er solche Angst gehabt. Sie war irgendwo da draußen, mit ihren Entführern, vielleicht verletzt und mit Schmerzen. Oder Schlimmeres. Er riss sich zusammen.

Er hatte jetzt keine Zeit, alle Möglichkeiten zu durchdenken, er musste handeln. Stephen wandte den starren Blick auf die beiden Ritter, die bei ihrem Auftrag, Mary zu beschützen, gescheitert waren.

»Erzählt mir noch einmal genau, was passiert ist.«

Die Kunde von Marys Entführung hatte Stephen vor fünf oder sechs Stunden in Edinburgh erreicht, wo Duncan jetzt

Hof hielt. Um Mitternacht war er vom Boten seiner Mutter wachgerüttelt worden. Er war sofort nach Alnwick aufgebrochen und hatte nur eine Pause eingelegt, um seinen Vater über den Vorfall zu informieren. Rolfe hatte sofort beschlossen, ihn zu begleiten. Der neue König von Schottland, dem die Nachricht ebenfalls umgehend überbracht wurde, hatte ihnen alles Gute gewünscht.

Nun brach der Tag an. Stephen hatte sein Pferd praktisch zu Tode geritten, um so schnell wie möglich nach Hause zu kommen; er war erst vor einigen Augenblicken eingetroffen. Mary war am Nachmittag des vorherigen Tages entführt worden. Zwei Reiter hatten sie im wahrsten Sinne des Wortes aus der Mitte ihrer beiden Wachen geraubt. Seine Männer verfolgten die beiden bis in den Wald, verloren dort aber ihre Spur.

»Mylord, sie waren angezogen wie gewöhnliche Freie, aber sie sind geritten wie erfahrene Ritter«, erklärte Will. »Es steht außer Frage, dass die ganze Sache nicht erst gestern geplant wurde. Ich denke, die Männer haben nur auf eine Gelegenheit gelauert, bei der sie Ihre Ladyschaft ergreifen konnten.«

Stephen wusste bereits, dass es keine gewöhnliche Entführung war. Kein gewöhnlicher Rüpel würde es wagen, seine Gemahlin zu entführen, oder war überhaupt fähig, so eine Tat unter den Augen seiner Vasallen zu vollbringen. Tatsache war, dass einer seiner Feinde Mary entführt hatte – und Stephen konnte sich nichts anderes vorstellen, als dass dies ein Akt der Rache war. Wieder fühlte er sich elend vor Furcht.

Jegliches Leugnen oder Beteuern war zwecklos. Er liebte seine Frau bis zur Grenze des Wahnsinns und würde alles tun, um sie zurückzubekommen. Und wenn er sie wiederhatte, würde er ihr alle Wünsche erfüllen – er würde ihr nichts abschlagen.

Aber im Augenblick konnte er kaum etwas anderes tun als auf der Suche nach ihr eine blutige Spur quer durch das Land zu ziehen. Sobald er herausbekam, welcher Verrückte für die Entführung seiner Gemahlin verantwortlich war, würden alle, die im Gebiet dieses Lords lebten, leiden wie nie zuvor. Er würde keine Gnade walten lassen. Im Geiste ging Stephen jene durch, die ihn genug hassten, um ein solches Wagnis auf sich zu nehmen. Er hatte ein halbes Dutzend Todfeinde, aber keiner von ihnen, so dachte er, war dumm genug, eine solch unglaubliche Tat zu begehen.

»Wir reiten zum Wald zurück, dahin, wo sie zum letzten Mal gesehen wurden. Will, Ranulph, ihr führt uns«, befahl Stephen knapp.

Zusammen mit zwei Dutzend Bewaffneten ritt er gleich nach Sonnenaufgang los. Doch am Ende des Tages hatten sie noch immer nichts erreicht. Die Spur verlor sich an einem Bach, in den die Entführer hineingeritten waren. Von dieser Stelle an konnten Stephen und seine Männer kein einziges Zeichen mehr von ihnen entdecken. Mary war spurlos verschwunden.

Mary wusste, dass sie nach Norden unterwegs waren, Richtung Schottland. Trotz ihres Entsetzens brachte sie es fertig, folgerichtig zu denken. Ihr Verstand war alles, was ihr blieb, und sie wusste, dass sie versuchen musste, diesen nicht auch noch zu verlieren.

Die Schotten waren ihr Volk. Wer von ihnen würde so etwas tun und sie entführen? Oder war das Ganze eine List? War ihr Ziel nur deshalb Schottland, weil Stephen nie darauf kommen würde, dort nach ihr zu suchen?

Stephen.

Ihr Herz zog sich schmerzlich zusammen bei dem Gedanken daran, was er durchmachen musste – und bei dem Gedanken, dass sie ihn womöglich nie mehr wiedersehen würde. »Stephen«, flüsterte sie, ohne zu merken, dass jeder es hören konnte, »ich brauche dich, ich brauche dich so sehr, bitte hilf mir jetzt!«

Sie benutzten nicht die alte Römerstraße, sondern folgten einem Wildwechsel nach dem anderen durch die Berge, durch Gelände, mit dem niemand anderer als ein Schotte vertraut sein konnte. Die Reiter hielten zweimal an; einmal, um ihre Tiere zu tränken und Mary von dem einen auf das andere umzusetzen, und einmal an einer kleinen, offenbar verlassenen Hütte, wo sie die Pferde gegen zwei frische austauschten, die dort bereitstanden. Sobald Mary wieder etwas Mut gefasst hatte, fragte sie die beiden Männer, wer sie beauftragt hatte und wohin sie sie brachten, doch sie weigerten sich, mit ihr zu sprechen.

Sie ritten bis in die Nacht hinein. Mary verfiel in einen unruhigen Schlaf, in dem sie von Stephen träumte und ihn bat, zu kommen und sie zu retten. Auch von der Geburt des Babys träumte sie. Es war ein Junge; sie hielt ihn zärtlich, und er lag so klein und wehrlos in ihren Armen. Doch es war kein schöner Traum, denn sie kämpfte, um das Kind gegen eine unsichtbare Bedrohung zu beschützen. Als sie wieder erwachte, hatte sie noch mehr Angst als vorher.

Die Nacht war pechschwarz, und Mary konnte nicht ausmachen, wo sie sich befanden oder wohin sie ritten. Die beiden Männer ließen ihre Pferde nun in lebhaftem Schritt laufen.

»Wo sind wir?«, fragte sie mit ausgetrocknetem Mund.

Der Mann, mit dem sie im Sattel saß, reichte ihr einen Lederbeutel mit verdünntem Ale, und sie trank dankbar. »Nicht weit von Edinburgh, Mädel.«

Mary erstarrte. Ihr Herz begann, heftig zu hämmern. Edinburgh? Das war in einer weit zurückliegenden Vergangenheit einmal ihr Zuhause gewesen. Jetzt residierte dort Duncan, der neue schottische König. Er mochte ihr Halbbruder sein, aber sie fühlte sich dennoch schwach vor Furcht.

Sie ahnte nun, dass Duncan hinter dieser Entführung steckte. Sie hatte keine Ahnung, was ihr Schicksal sein würde. Wenn er sie töten wollte, hätte er das bereits getan.

Was hatte er also mit ihr vor? Ängstlich umklammerte Mary ihren Bauch und betete, sie möge das Glück haben, Stephen am schottischen Hof vorzufinden.

Die Männer brachten Mary in die Burg. Es war mitten in der Nacht zu einer Zeit, in der Reisende höchst selten unterwegs und auf jeden Fall verdächtig waren. Und es war klar, dass sie erwartet wurden, denn als einer der beiden Reiter ein Losungswort rief, wurden die schweren Tore sofort geöffnet und ihnen Einlass gewährt. Sie ritten rasch zum Wohnturm, wo an den Eingangsstufen bereits ein Ritter und eine Magd auf sie warteten.

Mary wurde vom Pferd gehoben. Nach der langen Strapaze konnte sie kaum mehr laufen, deshalb nahm sie der Ritter auf seine Arme und trug sie hinein. Sie kannte den Mann nicht. Er brachte sie nach oben in ein kleines Gemach, das sich bis vor nicht allzu langer Zeit ihre drei Brüder geteilt hatten.

Sie war dankbar für das Bett, doch das war alles. Eine Hand an die pochende Stirn gelegt, das Baby spürend, das gegen ihre Bauchdecke trat, und der ganze Körper steif und schmerzend, schaute sie dem Ritter nach, der ohne ein Wort den Raum verließ. Mary wandte sich der Magd zu, einer dünnen, älteren Frau, die gerade mit dem Feuer beschäftigt war. Selbst im Juni waren die Nächte in Edinburgh kühl. Dann kam die Frau zu ihr ans Bett.

»Ich bringe Euch etwas Warmes zu essen, Mistress, und ein gutes Ale. Es dauert nicht lange.«

Mary war zu erschöpft, um sich zu bewegen; sie lag absolut reglos da.

»Ich will mit meinem Bruder sprechen.«

»Eurem Bruder?«

»Meinem Bruder Duncan.«

»Du meinst deinen Halbbruder, den König, nicht wahr, Liebes?«, fragte Duncan von der Schwelle aus.

Mary erschrak. Sie versuchte, sich aufzusetzen, doch ein Krampf fuhr in ihren Bauch und warf sie wieder auf das Kissen zurück. Sie keuchte schwer.

Duncan trat näher und blickte eisig auf sie herab.

»Ich denke, du solltest dich ausruhen, liebe Schwester, wenn du deinen Balg nicht zu früh bekommen willst.«

Furcht befiel Mary. Sie wusste, was ein solcher Schmerz unter Umständen bedeuten konnte – dass das Baby früher kommen wollte. Zu früh geborene Babys überlebten nur selten, und sie war wahrscheinlich drei, vier Wochen vor der Zeit. Mary schloss die Augen, gegen Furcht und Panik ankämpfend.

»Das ist schon wesentlich vernünftiger«, sagte Duncan über ihr. »Obwohl ich nicht recht weiß, wie mir mein Neffe lieber ist, lebendig oder tot.«

Marys Augen öffneten sich; Hass überwältigte sie.

»Wenn du meinem Kind etwas antust …«

»Dann was? Tust du mir dann etwas an?«

»Stephen wird dich umbringen!«

Duncan lachte.

»Und wie will er das tun, Mary? Ich bin der König. Königsmörder werden enthauptet und ihre Köpfe auf Piken gespießt, sodass alle sie sehen und gewarnt sind.«

Mary versuchte, nicht hysterisch zu werden. Sie musste gegen die entsetzliche Vorstellung ankämpfen, Stephens Kopf solchermaßen zur Schau gestellt zu sehen, und dabei wurde ihr übel. Duncan hatte recht, Stephen würde ihn nicht töten.

»Was willst du?«, schrie sie ängstlich und hielt sich schützend den Bauch. »Was hast du mit mir und meinem Baby vor?«

»Das wird alles sehr einfach und sehr kultiviert ablaufen«, erwiderte Duncan in aller Ruhe. »Du hast wirklich keinen Grund, beunruhigt zu sein.«

Mary hörte nur mit halbem Ohr zu; sie wartete voller Angst auf einen weiteren Krampf, ein Zeichen der Furcht des Babys. Doch es kam keiner, und sie beruhigte sich ein wenig.

»Du bedrohst mein Kind. Ich habe allen Grund, beunruhigt zu sein.«

Duncan betrachtete sie.

»Ich habe nicht vor, deinem Kleinen etwas anzutun. Wenn ihm etwas zustößt, dann deinetwegen, nicht meinetwegen.«

Mary wollte ihm glauben. Sie konnte nicht erkennen, ob er die Wahrheit sagte oder nicht. Sie fuhr sich mit der Zunge über die trockenen, aufgesprungenen Lippen. »Wenn du uns nichts antun willst, warum hast du uns dann entführt?«

»Ist dir das nicht klar? Ich traue deinem Gemahl nicht, Mary; tatsächlich gibt es hier in Schottland viele, die ihm misstrauen, viele, die deine Heirat mit ihm beunruhigt. Im Moment hat er nur in England Macht, aber wenn dein Kind einmal geboren ist, wer weiß, was dann passiert?«

Mary starrte ihn mit großen Augen an; nun begriff sie. Duncan hatte Angst vor ihrem Kind. Blitzschnell wurde ihr klar, warum ihr Kind ihn mehr ängstigte als ihre Brüder. Ihre Brüder hatten keine Unterstützung. Doch ihrem ungeborenen Sohn stand die gesamte und geballte Macht Northumberlands zu seiner Verfügung – er würde Stephens Erbe sein. Wenn ihr Kind ein Junge war, dann wäre er zudem Malcolms Enkel und damit vielleicht eines Tages selbst ein Anwärter auf den Thron sein.

Duncan sah, dass sie verstanden hatte.

»Das ist der Punkt bei dem Ganzen, liebe Schwester. Ich brauche Macht über deinen Gemahl, damit ich Einfluss auf ihn ausüben kann. Ich will, dass er mich weiterhin unterstützt – so lange ich lebe.«

Eine große Angst hatte Mary ergriffen. Sie schaffte es, sich aufzusetzen.

»Du hast mir nicht geantwortet«, stieß sie hervor.

»Oh, doch. Weißt du, wenn du mein Gast bist – du und dein Kind –, dann wird Stephen es nicht wagen, sich mir entgegenzustellen.«

Mary erbleichte.

»Du willst mich, uns, als Geiseln nehmen? Wie lange soll das so gehen?«

»Auf ewig.«

Mary begann zu keuchen. »Du bist verrückt!«

Doch sie wusste, dass er das nicht war. Er war ganz im Gegenteil sehr klug. Hätte er sie getötet, dann hätte Stephen ihn verfolgt und ihn unerbittlich bekämpft. Aber wenn sie und ihr Kind Duncans Geiseln waren, würde er keine andere Wahl haben, als ihn zu unterstützen.

Nun schien Duncan verärgert.

»Wenn ich verrückt bin, dann war der große Eroberer wohl auch verrückt, was? Schließlich hat Malcolm mich dem Eroberer als Geisel übergeben, als ich noch ein kleiner Junge war; ich musste als Garant für sein Wohlverhalten herhalten. Geholfen hat das nichts! Denn mein Wohlergehen war Malcolm gleichgültig; er brach seinen Eid auf König Wilhelm, so oft es ihm passte. Ich kann froh sein, dass ich noch lebe! Ich kann sogar froh sein, dass ich überhaupt nach Hause gekommen bin, nach zweiundzwanzig gottverdammten Jahren!«

Mary starrte ihn entgeistert an.

»Du wirst deinen Balg hier bekommen, und du wirst hier leben, solange ich es als notwendig erachte«, erklärte Duncan eisig. »Vielleicht wird dein Wert eines Tages sinken, und ich werde dir erlauben zu gehen. Aber das Kind wird bleiben – vorausgesetzt, es ist ein Junge.« Er lächelte. »So wie ich gezwungen war, an Wilhelms Hof zu bleiben. Warum bist du denn so blass? Edinburgh ist dein Zuhause, und der Balg ist zu einem Viertel Schotte. Wenn du dir das überlegst, dann ist es doch wirklich kein hartes Los. Leiden wirst du nur, wenn du dich als Geisel betrachtest anstatt als Gast.«

»Stephen wird das nicht zulassen«, murmelte Mary. »Er wird sich an den König wenden. Rufus wird dich zwingen, mich an Stephen zurückzugeben, du wirst sehen.«

»Nein, meine Liebe, du hast unrecht. Rufus hat eingesehen, dass er sich irrte, als er deiner Ehe mit de Warenne zustimmte. Tatsächlich hat er mir erst vor Kurzem freie Hand gegeben, mit dir und dem Kind zu machen, was mir beliebt.«

Mary wusste, dass sie rasch wieder zu Kräften kommen musste. Die Zeit arbeitete gegen sie, denn in etwa einem Monat würde ihr Kind auf die Welt kommen. Die nächsten Tage verbrachte sie im Bett, um sich von dem langen, beschwerlichen Ritt nach Schottland zu erholen. Sie aß gut und viel, trank große Mengen Wasser und mied Ale und Wein, weil diese Getränke ihren Hang zur Lethargie bestärkten. Zweimal am Tag stand sie auf, um sich im Burghof Bewegung zu verschaffen, die Steifheit aus ihren Gliedern zu vertreiben und ihren Körper zu kräftigen. Und sie plante ihre Flucht.

Sie würde fliehen. Das stand außer Frage. Nie war Marys Entschlossenheit größer gewesen.

Sie hatte ausfindig gemacht, dass Stephen über ihren Aufenthaltsort nicht informiert war; Duncan hatte ihr gesagt, er habe keine Eile damit, ihn diesbezüglich zu unterrichten. Seine Belustigung dabei war mehr als deutlich gewesen. Dafür hasste Mary ihn noch mehr, denn es war klar, dass er Freude daran hatte, ihren Gemahl zu quälen. Stephen war sicher sehr besorgt um sie und sehnte sich danach, zu erfahren, dass sie wohlauf war. Doch Duncan dachte zumindest vorerst nicht daran, ihm eine Nachricht zukommen zu lassen.

Aber selbst wenn Stephen über ihren Aufenthalt Bescheid wusste, war es zweifelhaft, ob er sie freibekommen würde. Mary ging nicht davon aus, dass Duncan gelogen hatte, als er ihr sagte, dass der König nicht auf ihrer Seite stehe und er mit dessen Einverständnis gehandelt habe. Sie erinnerte sich nur zu gut und mit Schaudern an ihre letzte Begegnung mit Rufus; er hatte sie mit unverhülltem Hass angestarrt.

Vielleicht bestand eine geringe Chance, dass Rolfe und Stephen Rufus überreden konnten, Duncan zu befehlen, sie freizulassen, doch das reichte Mary nicht. Sie hatte nicht den geringsten Zweifel daran, dass sie in diesem Fall gezwungen würde, ihr Kind als Faustpfand für Stephens fortgesetzte Unterstützung Duncans zurückzulassen, ebenso wie Malcolm seinerzeit Duncan dem Eroberer hatte überlassen müssen. Kinder wurden ständig als Geiseln missbraucht. Doch die Vorstellung, ihr Baby im Stich zu lassen, war so entsetzlich wie der Tod selbst.

Diese Vorstellung war ein Grund mehr, die Flucht zu wagen. Und zwar sofort, noch bevor das Kind geboren wurde.

Mary war keine Närrin. Sie wusste, dass ihr Zustand eine Flucht nicht gerade erleichtern würde. Aber mit einem Neugeborenen würde es noch weitaus schwieriger, wenn nicht schlechterdings unmöglich sein. Sie wusste auch, dass sie damit ihr Leben und das des Kindes aufs Spiel setzte. Doch sie war entschlossen, sie beide unbeschadet durch dieses Martyrium zu bringen. Mary glaubte daran, dass ihre felsenfeste Entschlossenheit und ihre Liebe zu ihrem Kind und ihrem Gemahl ihr helfen würden. Nichts und niemand konnte sie davon abhalten, wieder mit Stephen zusammenzusein, ihr Kind in seinem Beisein zu gebären und es mit ihm zusammen aufzuziehen.

Mary musste nicht erst planen. Sie war in Edinburgh groß geworden, und sie kannte jede Ecke und jeden Winkel der Burg besser als irgendjemand sonst, vielleicht mit Ausnahme ihrer Brüder. Duncan, ein Fremder in seinem neuen Zuhause, und seine Soldaten, von denen die Hälfte normannische Söldner waren, konnten nichts über die Geheimnisse der Burg wissen. Typisch für Bauwerke dieser Art war, dass sie im Hinblick auf eine mögliche feindliche Belagerung errichtet wurden. So gab es unter anderem eine Geheimtür zu einem Tunnel, durch den sich die Bewohner unter den Ringmauern hindurch in Sicherheit bringen konnten.

Mary wartete eine Woche. In der achten Nacht nach ihrer Ankunft in Edinburgh wusste sie, dass die Zeit gekommen war. Sie wurde allmählich unbeholfen und watschelte schon fast mehr als sie ging, aber ihre Kraft war so weit als möglich wiederhergestellt. Sie konnte nur beten, dass ihr Bauch sie in dieser Nacht nicht zu langsam machen würde.

Vor ihrem Gemach war keine Wache postiert. Offenbar glaubte niemand daran, dass eine Frau in ihren Umständen einen Fluchtversuch unternehmen würde. Allerdings schlief ihre Magd auf einem Lager im Flur, nicht weit von Marys Tür entfernt. Mary wollte ihr auf keinen Fall etwas zuleide tun; die alte Frau war immer nett zu ihr gewesen. Stattdessen rief sie laut nach ihr, sobald im Saal endlich alles still und sie sicher war, dass Duncan sich mit seiner neuesten Liebschaft vergnügte. Als Eiric zu ihr geeilt kam, gab sich Mary reumütig.

»Es tut mir leid, Eiric, ich weiß, es ist spät, aber ich kann nicht schlafen. Ich fürchte, das Baby will immer noch wachsen, denn ich habe einen Bärenhunger! Bitte, bring mir aus der Küche Rinderbrühe, warmes Brot, eine Lammpastete und etwas von dem Lachs, den wir heute Mittag gegessen haben.«

Eiric blieb der Mund offen stehen.

»Mylady, Ihr werdet krank!«

»Ich habe Hunger«, beharrte Mary. »Geh, Eiric, aber sieh zu, dass der Lachs gut aufgewärmt ist, denn wenn ich kalten Fisch esse, wird mir bestimmt übel.«

Eiric ging ohne einen weiteren Protest. Einen Moment lang war Mary entzückt. Zur Zubereitung dieser Mahlzeit würde die Magd noch weitere Frauen aufwecken müssen. Mary wusste, dass die alte Frau alles aufwärmen musste, und da die Feuer in der Küche mittlerweile erloschen waren, würde das eine ganze Weile dauern. Mary mutmaßte, dass sie wahrscheinlich eine Stunde oder mehr Vorsprung vor Duncan und seinen Männern bekäme.

Aber sie hatte nicht mit den Hunden gerechnet.

Die Nacht war sternenklar. Als Mary aus dem Tunnel ins Freie trat, fühlte sie sich erst einmal in Hochstimmung. Sie würde keine der Kerzen brauchen, die sie mitgenommen hatte, denn der Halbmond und der Sternenhimmel gaben genug Licht. Und da sie den Tunnel als Kind oft benutzt hatte, wusste sie genau, wo sie sich befand. Bislang war ihre Flucht geradezu unglaublich leicht gewesen.

Aber im nächsten Augenblick hörte sie das erste, einsame Heulen, und damit war ihr Hochgefühl schlagartig verschwunden.

Mary stand am Waldrand. Ihr Plan war gewesen, direkt in den Ort zu laufen und dort ein Pferd zu stehlen. Jetzt blieb sie wie angewurzelt stehen. Bei dem vereinzelten, wolfsähnlichen Geheul gerann ihr das Blut in den Adern, und ihre Nackenhaare stellten sich auf. Bitte, lieber Gott, betete sie stumm, lass es einen wilden Wolf sein.

Und dann begann das Gebell.

Mary schrie vor Entsetzen beinahe auf. Duncan hatte ein Rudel Wolfshunde losgelassen; sie wurde schon jetzt verfolgt. Keine Viertelstunde war vergangen, seit sie Eiric in die Küche geschickt hatte. Die Magd musste kurz darauf noch einmal zu ihrem Gemach zurückgekommen sein – Mary hatte nicht daran gedacht, dass sie das tun könnte. Sie hob ihre Röcke und begann zu laufen, so schnell ihr Zustand es erlaubte.

Sie überlegte krampfhaft, welche Möglichkeiten ihr blieben. Sie hatte sich darauf verlassen, eine Stunde oder mehr Vorsprung vor ihren Verfolgern zu haben. Jetzt aber hatte sie fast gar keinen Vorteil mehr. Ursprünglich wollte sie im Ort ein Pferd suchen und wie der Wind nach Northumberland reiten.

Jetzt, überlegte sie, könnte sie ein Boot stehlen und über den Firth of Forth ins Benediktinerkloster Dunfermline rudern.

Aber bei keinem dieser Pläne bestand nun mehr eine Hoffnung auf Erfolg. Die Hunde heulten wie besessen. Sie hatten den Burghof verlassen und mussten noch Marys Geruch aufnehmen, aber das würde nicht allzu lange dauern. Mary glaubte nicht, dass sie es bis in den Ort schaffen würde, um dort ein Boot aufzutreiben, und schon gar nicht bis zum Firth of Forth.

Sie machte kehrt und floh von Angst gepackt in den Wald. Wie konnte sie Duncans Männern und den Hunden entkommen, wenn sie zu Fuß flüchtete? Sie hatte eine einzige, winzige Chance auf Erfolg – wenn sie denselben Trick versuchte, mit dem ihre Entführer Stephens Männer abgeschüttelt hatten.

Sträucher, Farne und Dornen schlugen an ihre Beine und Hüften, rissen ihr die Haut auf. Mary ignorierte es. Sie rannte einen Wildwechsel entlang, den sie seit ihrer Kindheit bestens kannte und schon häufig benutzt hatte. Das Gebell blieb etwas zurück. Gott sei Dank, die Hunde waren in die falsche Richtung gelaufen.

Mary verlangsamte ihren Schritt. Ihr Herz hämmerte wie wild, sie bekam kaum Luft. Seitenstechen plagte sie, sie musste für einen Moment anhalten und verschnaufen. Aber sie wusste, sie konnte jetzt nicht lange stehen bleiben. Die Hunde konnten jeden Augenblick ihren Geruch aufnehmen, und dann würden sie innerhalb von Minuten da sein.

Mary wartete noch einen Herzschlag lang, um sicherzugehen, dass es nur ein Krampf war und nicht mehr. Dann begann sie, eine steile Böschung hinunterzuklettern.

Sie strauchelte und stolperte, fiel schließlich auf den Hintern und rutschte das letzte Stück. Der Boden war sehr feucht, doch darauf war sie gefasst gewesen. Am Grund der Schlucht angekommen, war sie schon wieder außer Atem. Wie sollte sie fliehen, wenn sie nicht mehr als ein paar Schritte laufen konnte, ohne gleich jämmerlich japsen zu müssen?

Ihr Plan hatte sich in Luft aufgelöst. Ohne ein Pferd würde sie es nie bis Northumberland schaffen. Ihr Wille allein war nicht stark genug, um sie nach Hause zu bringen; sie brauchte körperliche Stärke – körperliche Kraft, die sie einfach nicht besaß.

Mary stand auf. Die Hunde hörten sich auf einmal lauter, näher an.

An ihrem Gebell erkannte sie jedoch, dass die Meute ihre Spur noch nicht gefunden hatte. Aber zweifellos hatten die Hundeführer die Richtung gewechselt und kamen nun um die Burg herum auf sie zu. Es war nur eine Frage der Zeit, bis die Wolfshunde ihren Geruch aufspüren würden – und damit sie.

Mary hob die Röcke hoch und watete in den reißenden Bach hinein. Das Wasser so kalt, dass sie aufschrie. Als Kind hatte sie in diesem Bach oft gespielt, aber nur in den wärmsten Monaten August und September, denn er kam aus den fernen Bergen und war stets eisig kalt. Sie fragte sich, ob es ihr Schicksal sei, sich entweder im Wasser den Tod zu holen oder bei lebendigem Leib aufgefressen zu werden.

Mary schauderte, hob die Röcke noch höher und wankte noch weiter in den Bach hinein. Er war nicht tief, das Wasser reichte ihr nur bis an die Oberschenkel. Sie hatte ihr Ziel erreicht – aber was nun?

In diesem Augenblick lächelte Gott auf sie herab und schenkte ihr eine Eingebung. Mary begann, gegen die Strömung anzugehen, den Bachlauf aufwärts zu waten. Duncan dachte sicher, dass sie nach Süden fliehen wollte, heimwärts. Und obwohl sie nirgendwo lieber gewesen wäre als in Alnwick, wäre es Wahnsinn gewesen, ihr Zuhause zu Fuß erreichen zu wollen. Wenn Duncan ihre Spur am Bach verlor, würde er versuchen, schlauer als sie zu sein und seine Hunde nach Süden schicken in der Hoffnung, Marys Spur dort irgendwo wieder aufnehmen zu können. Aber sie ging nicht nach Süden, und so würden sie ihre Spur nicht finden.

Sie kam nur langsam und mit großen Schwierigkeiten voran, und jeder Atemzug fiel ihr schwer. Immer wieder musste sie stehen bleiben und warten, bis sich ihr rasender Puls etwas beruhigt hatte. Nach einer Weile spürte sie die Kälte des Wassers nicht mehr, denn sie war bereits so durchgefroren, dass sie wie betäubt war.

Mary wusste nicht, wie viel Zeit vergangen oder wie weit sie gekommen war, als sie plötzlich erneut die Hunde hörte. Sie erstarrte vor Schreck. Das Wasser umspülte sie heftig, sie musste sich anstrengen, das Gleichgewicht zu halten. Das hysterische Gebell erfüllte die Nacht, es war nun ziemlich laut. Die Meute musste bereits in der Nähe sein. Mary krümmte sich vor Furcht zusammen. Die Hunde hatten ihre Spur gefunden!

Sie blickte panisch um sich und versuchte festzustellen, wo sie sich befand. Es war hoffnungslos. Wie betäubt vor Kälte und Angst und so unbarmherzig gehetzt, erkannte sie keinen Baum, keinen Felsen, nichts. Sie watete noch ein Stück weiter und stieg dann auf dem jenseitigen Ufer aus dem Bach. Wieder an Land versuchte sie, durch das Blätterdach des Waldes einen Stern zu erkennen, um sich zu orientieren.

Der Polarstern wies ihr den Weg. Mary biss entschlossen die Zähne zusammen und kämpfte sich weiter vorwärts. Sie strauchelte und wäre beinahe gestürzt. Ihre Hände waren aufgerissen von den vielen Bäumen und Felsbrocken, an denen sie sich während der Flucht durch den Wald festgehalten hatte. Noch schlimmer war, dass ihre Schuhsohlen in dem steinigen Bachbett Löcher bekommen hatten, doch sie konnte sich jetzt nicht davon aufhalten lassen, dass jeder Schritt höllisch schmerzte. Die Hunde bellten und jaulten und knurrten und kläfften, sie waren noch näher gekommen und fingen schon an, miteinander zu raufen. Mary begann zu rennen. Es konnte nicht so weit sein, sagte sie sich, es konnten nur ein paar Meilen sein – bitte, lieber Gott.

Mary war bis auf die Haut durchnässt, sie zitterte heftig und war am Ende ihrer Kräfte. Mit blutigen Fäusten hämmerte sie an die Wand und schrie. Aber sie war so schwach und ihre

Stimme einfach nicht mehr laut genug; die Wachen auf dem Turm hörten sie nicht. Dann merkte sie plötzlich, dass sie die Hunde nicht mehr hörte – und zwar offenbar schon seit einer ganzen Weile.

Aber sie spürte keine Erleichterung, kein Gefühl des Triumphs oder eines Sieges. Sie spürte nichts als Kälte bis auf die Knochen, entsetzliche Schmerzen und schiere Verzweiflung.

»Bitte«, flüsterte sie leise schluchzend und sank zu Boden. »Bitte, lasst mich hinein, bitte.« Sie kauerte sich zusammen, und dann verließen sie ihre letzten Kräfte, und sie glitt in eine dunkle Ohnmacht.

Als der Morgen anbrach, bemerkte eine der Wachen auf dem Turm die zusammengekauerte Person direkt vor der Zugbrücke.

»Bestimmt eine Bettlerin«, sagte der Mann zu sich und kümmerte sich nicht weiter darum.

Doch der Burgherr hatte beschlossen, an diesem Tag zur Jagd zu gehen und seine administrativen Aufgaben seinem Verwalter übertragen, damit er gleich bei Sonnenaufgang aufbrechen konnte. Das Fallgitter wurde hochgezogen, die Zugbrücke heruntergelassen. Ein Dutzend Schotten ritten mit lautem Hufgetrappel hinter ihrem jungen Lord über die Brücke.

Einer seiner Cousins bemerkte sie sofort.

»Doug, es sieht so aus, als hätten wir eine Bettlerhure vor der Tür liegen.«

Doug Mackinnon zuckte die Achseln und ritt weiter. Doch dann sah er eine Strähne goldblondes Haar, Haar, das er nur von einer Frau kannte. Er wirbelte sein Pferd herum.

»Nein, das ist unmöglich«, sagte er zu sich. Er ritt zu dem armseligen Häuflein Mensch und stieg ab, das schallende Gelächter und die groben Bemerkungen seiner Männer ignorierend.

Plötzlich schlug ihm das Herz bis zum Hals. Er drehte das arme Ding zu sich und bekam vor Schreck große Augen. Doug nahm Mary auf die Arme. Als sich ihr Umhang öffnete und er ihren dicken Bauch sah, schrie er auf.

»Sofort einen Doktor!«, befahl er in Panik. »Und eine Hebamme. Und ... schickt eine Nachricht an Stephen de Warenne.«

Dann machte er kehrt und lief mit Mary auf den Armen zur Burg zurück.

Mary wachte auf, weil jemand ihr heiße Brühe einflößte. Der Raum drehte sich vor ihren Augen, und ab und zu zitterte sie noch immer krampfartig, obwohl ein Feuer wohlige Wärme verbreitete und sie in viele Decken eingehüllt war. In ihrem Inneren wühlte ein Schmerz. Sie erbleichte und erstickte einen Schrei.

»Mein Herz«, murmelte eine bekannte Stimme, »jetzt wird alles gut.«

Mary blinzelte. Allmählich konnte sie wieder deutlich sehen. Der Mann, der bei ihr auf dem Bett saß und ihre Hand hielt, wurde erkennbar. Überrascht stellte sie fest, dass es Doug Mackinnon war, und war erst einmal verwirrt.

»Ich habe dich vor dem Wachturm auf dem Boden liegend gefunden«, sagte Doug leise und streichelte ihr Haar. »Es ist vorüber, Mary. Was immer dir passiert ist, es ist jetzt vorbei.«

Einen entsetzlichen Augenblick lang erinnerte sich Mary daran, dass sie vor Duncan und seinen Wolfshunden geflohen war. Sie schrie auf.

»Duncan hat mich entführt. Er hatte mich gefangen genommen, Doug.« Tränen füllten ihre Augen, und sie wollte seine Hände ergreifen, doch ihre Hände waren verbunden. Ihre Stimme war so heiser, dass man sie kaum hörte; Doug musste sich zu ihr beugen, um sie zu verstehen. »Er wollte mein Kind für immer als Geisel behalten, um sich Stephens Unterstützung zu sichern. Mein eigener Bruder!«

»Dieser Bastard«, fauchte Doug. Aber die Nachricht erleichterte ihn. Er hatte kürzlich ein Gerücht gehört, das besagte, Stephen de Warenne würde auf der Suche nach seiner Gemahlin das ganze Land auf den Kopf stellen. Wie viele andere hatte auch Doug mitbekommen, dass Mary in dem Krieg letzten November um der Sache Schottlands willen zum Feind übergelaufen war. Er war deshalb sehr beunruhigt gewesen, hatte er doch geglaubt, sie habe ihren Gemahl so gehasst, dass sie erneut vor ihm geflohen sei, denn das war der naheliegende Schluss gewesen, den er daraus gezogen hatte.

Doug konnte nicht anders, als Mary zu lieben, und auch wenn sie mit einem anderen verheiratet war, wollte er sie nicht unglücklich sehen. Und der Zustand, in dem sie sich befand, als er sie entdeckte, hatte ihn noch mehr beunruhigt, weil er dachte, wenn sie in diesem Zustand floh, dann müsse ihre Ehe gänzlich unerträglich sein. Umso mehr war er nun erleichtert, als er die Wahrheit zu hören bekam.

Aber vielleicht war Doug insgeheim auch etwas bestürzt. Er bemerkte kaum, dass er Marys Haar liebkoste. Ihr Anblick, hochschwanger und so schwach, weinend in seinem Bett, reichte aus, um das alte Sehnen wieder in ihm wachzurufen, auch wenn er noch so sehr versuchte, solche Gefühle zu ignorieren.

Er schob derart störende Gedanken sofort beiseite. Er war zornig auf Duncan und würde diesen König niemals unterstützen, den er wie viele Schotten mehr als Engländer empfand und der ohnehin nichts weiter war als die Marionette von William Rufus.

»Wo ist Stephen?«, fragte Mary. »Ich brauche ihn so sehr. O Gott, ich brauche ihn so sehr!« Ein neuerlicher Schmerz fuhr durch ihren Körper und ließ sie aufschreien.

Doug spürte ein Stechen tief in seinem Herzen, und in diesem Augenblick erkannte er, dass er, so edelmütig und selbstlos er auch hatte sein wollen, in seinem Innersten immer noch

Hoffnung gehegt hatte. Und dass diese Hoffnung nun endgültig und unwiderruflich nichtig geworden war durch Marys offenkundige Liebe für ihren Gemahl.

»Stephen«, flüsterte sie noch einmal, doch sie blickte dabei nicht auf Doug, sondern hinter ihn.

»Ich bin hier«, sagte Stephen von der Türöffnung aus.

Doug wirbelte herum und erbleichte. Doch Stephen registrierte ihn nicht, er hatte nur Augen für Mary. Mit langen, resoluten Schritten kam er auf sie zu, sein verschmutzter Umhang wirbelte um ihn herum.

Mary lachte und schluchzte zugleich und streckte ihm die Arme entgegen. Stephen sank neben sie auf das Bett, wo zuvor Doug gesessen hatte, und zog sie zärtlich in seine Arme.

Mary weinte.

Auch Stephen weinte, wenngleich unhörbar.

Doug verließ leise den Raum.

»Du bist gekommen«, brachte Mary endlich hervor und klammerte sich an ihn.

»Aber nicht früh genug«, sagte Stephen heiser.

Er hatte einen starken Bart, seine Augen waren blutunterlaufen und hatten Schatten, Zeugnis dafür, dass er in den letzten beiden Wochen nicht mehr als ein paar Stunden geschlafen hatte.

Er hielt ihr von Sträuchern und Ästen zerkratztes Gesicht zwischen den Händen.

»Es war Duncan, ich hätte es wissen müssen.«

»W-wie lange hast du schon da gestanden?«, fragte Mary etwas beklommen.

»Lange genug, um zu wissen, dass Doug Mackinnon dich noch immer liebt. Aber auch lange genug, um zu wissen, dass du mich liebst.«

Mary sank an seine Brust, von Erschöpfung und Erleichterung überwältigt. Er hielt sie fest, streichelte sie, und seine lautlosen Tränen vermischten sich mit ihren.

»Wie, Mary?«, fragte er schließlich, als er wieder sprechen

konnte. Sein Ton war so von Gram gezeichnet wie seine Miene. »Wie bist du entkommen?«

»Durch einen Geheimtunnel, den ich seit meiner Kindheit kenne«, erklärte Mary. »A-aber Duncan hatte Hunde. Ich musste vor den Hunden davonlaufen.«

Stephen schlang erneut die Arme um sie, wesentlich zärtlicher, als er es wollte, und streichelte sie mit seinen großen Händen.

»Nie mehr, meine Liebe, nie mehr wird dir so etwas Schlimmes widerfahren. Es ist mir einmal nicht gelungen, dich zu beschützen, aber von heute an wirst du immer sicher sein, Mary, das schwöre ich dir.«

»Du brauchst dir keine Schuld zu geben«, erwiderte sie gerührt. Dann erbleichte sie und weinte erneut.

»Das Kind?«, fragte Stephen drängend und blickte ihr in die Augen.

Mary nickte stumm, nicht imstande zu sprechen.

Stephen bettete sie vorsichtig auf den Rücken.

»Du darfst dich nicht durch zu viel Reden verausgaben. Du musst deine Kräfte sparen für den Fall, dass das Baby früher kommen will.«

Mary blickte aus großen Augen zu ihm hinauf. Als der Krampf vorüber war, fragte sie erstaunt: »Warum hast du denn geweint?«

Stephen brachte ein leichtes Lächeln zustande.

»Ist das denn nicht offensichtlich? Du bist mein Leben, und ich hätte dich beinahe verloren.« Er senkte die Stimme und streichelte ihre Wange. »Ich habe Euch doch schon einmal gesagt, dass ich ohne Euch nicht leben kann, Madame.«

Tränen füllten Marys Augen. »Ich liebe dich auch, Stephen. Ich habe dich immer geliebt.«

Stephen musste erneut gegen unmännliche Tränen ankämpfen. So verlegen wie begeistert schalt er sie: »Wirklich, Madame, Ihr geht zu weit. *Immer?*«

»Seit ich dich zum ersten Mal gesehen habe«, flüsterte

Mary. Dann erbleichte sie von Neuem, schrie auf und schlug mit ihren bandagierten Händen auf Stephens Hände ein.

Als der Krampf vorüber und Mary wieder ruhig geworden war, zwang sich Stephen zu einem Lächeln.

»Als du mich zum ersten Mal sahst, hasst du mich gehasst, meine Liebe, weißt du das nicht mehr?« Er versuchte, sie von dem Schmerz abzulenken.

Qualvolle Tränen füllten Marys Augen, doch sie schüttelte vehement den Kopf. Ein weiterer Krampf ging vorüber, und sie atmete erleichtert auf.

»Nein, S-sir, ich muss Euch korrigieren. E-es ist nämlich so, dass ich Euch das erste Mal vor fast drei Jahren sah, in Abernathy, als Ihr hinter König Rufus standet und mein Vater kniend Gefolgschaft schwor.«

Stephen war bestürzt. »Du warst damals in Abernathy?«

Sie lächelte.

»Ich ritt mit Edgar, als sein Knappe verkleidet.«

»Du kleines Biest«, sagte Stephen leise. »Dieser hübsche Junge, der mich dauernd anstarrte, das warst also du!«

»D-du hast mich gesehen?«

Er errötete tatsächlich.

»Ich habe dich gesehen. Und mir war höchst unwohl, weil ich dachte, ich würde mich zu einem Knaben hingezogen fühlen.«

»Oh, Stephen!« Sie blickten einander an, und jeder fragte sich insgeheim, ob ihre Liebe an jenem seltsamen Wintertag geboren worden war, und entschied für sich, dass es wohl so gewesen sein musste.

Stephen küsste sie zärtlich auf den Mund. »Genug geredet, mein Herz. Du brauchst jetzt Ruhe.« Er lächelte, und seine Miene war auffallend liebevoll.

Doch Marys Freude erstarb. Sie stöhnte lang und leise, ihr Gesicht wurde weiß wie der Tod, und für einen langen Moment war sie von einem heftigen Schmerz zerrüttet, der nur langsam wieder abklang.

»S-stephen«, sagte sie erstickt, »bitte hol die Hebamme her.«

Nun wurde Stephen kreideweiß. »Warte, bis ich wieder da bin, Mary. Nur dieses eine Mal, überstürze nichts!«

Aber wieder einmal hatte Mary keine Geduld – oder war es das Kind? Als Stephen mit der Hebamme zurückkam, hörte er die wimmernden Schreie eines Babys. Sein Herz schlug schneller, Ungläubigkeit stand ihm ins Gesicht geschrieben. Aber irgendwie fand er es auch spaßig, schließlich war er nur ein paar Minuten weggewesen.

Mary lag schlaff auf dem Bett, doch als sie ihn sah, lächelte sie. Die Decken waren beiseitegeschoben, und zwischen ihren Beinen lag ein winziges, neugeborenes Baby.

Stephen sah das Blut, und da er noch nie eine Geburt miterlebt hatte, glaubte er zunächst, er würde seine Gemahlin verlieren. Er stürzte auf sie zu. Als sie leise und vergnügt lachte, blickte er sie verwirrt an. Sie schlang ihren Arm um seinen.

»Ich habe heimlich geschaut, Mylord. Es ist ein Junge.«

Sie wandte sich an die Hebamme, die bereits die Nabelschnur durchtrennt hatte und den kleinen Wurm einwickelte. »Zeigt Seiner Lordschaft seinen Sohn.«

Die Frau drehte sich lächelnd zu Stephen um und hielt das winzige Baby hoch. »Hat alle Finger und Zehen dran, Eure Lordschaft, und ein großer Junge ist er auch, wenn man bedenkt, dass er ein bisschen früh dran ist. Und jetzt ist er auch noch hellwach!«

Stephen war bestürzt. »Mein Sohn?«

»Dein Sohn«, antwortete Mary glücklich und zog damit seinen verwirrten Blick auf sich. »Ein starker, tapferer Kerl, begierig darauf, auf die Welt zu kommen und seinen Vater zu begrüßen. Gebt ihm das Baby, Mistress.«

Ehe Stephen einen Einwand erheben konnte, hatte er das Kind, das gerade in die großen Hände seines hünenhaften

Vaters passte, schon auf dem Arm. Er war überrascht zu sehen, dass die Augen des Kleinen tatsächlich weit geöffnet und auf ihn gerichtet waren.

»Oh, er schaut mich an«, murmelte er, und neue, unbekannte Gefühle überkamen ihn. Dann lächelte er zärtlich. »Seht, Madame, wie aufmerksam er ist.«

»Wie sein Vater«, sagte Mary leise. »Ganz wie sein Vater.«

Und Stephen lächelte ihr zu, von Stolz übermannt. »Dafür, Madame, werde ich Euch jeden Eurer Träume erfüllen.«

Mary legte den Kopf schief. »Meine schönsten Träume sind schon erfüllt, Stephen, denn ich habe das Baby, und ich habe dich. Was sonst könnte ich mir noch wünschen?«

Aber natürlich gab es noch etwas.

Mary erholte sich in Kinross. Stephen blieb bei ihr und überließ seine Geschäfte dem Verwalter und dem Kastellan von Alnwick. Einen Monat nach der Geburt des Kindes, das sie nach Marys Bruder Edward nannten, kehrten sie nach Hause zurück.

Als sie sich dem hoch aufragenden Turm näherten, merkte Mary, dass etwas im Gange war. Stephen ritt neben ihrer Sänfte, und jedes Mal, wenn er sie und seinen Sohn ansah, lag in seinem Blick noch etwas anderes als die zärtliche Wärme, die sie inzwischen schon erwartete. Das Funkeln in seinen Augen war zugleich zufrieden und geheimnisvoll; sie konnte seine genaue Bedeutung nicht entschlüsseln. Aber irgendetwas führte ihr Gemahl im Schilde, und das bereitete ihr eine ungeheure Freude.

Am Wohnturm wurden sie von der gesamten Familie willkommen geheißen. Mary war aufgeregt, als Stephen ihr aus der Sänfte half, während eine Amme den kleinen Ned hielt. Der Graf und die Gräfin eilten zu ihr, küssten und umarmten sie und sagten ihr, wie glücklich sie seien, dass sie sicher und wohlbehalten nach Hause gekommen sei. Dann nahm der Bischof von Ely sie in seine Arme und flüsterte ihr ins

Ohr, er werde den Knaben taufen; niemand sonst dürfe diese Ehre widerfahren. Brand küsste sie ungeniert auf den Mund, und Isobel war ganz aus dem Häuschen wegen des Babys.

Und während dieses ganzen Tumults weinte Mary vor Freude, denn hinter Stephens Familie standen Edgar, Alexander und Davie. Sie breitete die Arme aus, und die drei stürzten mit Jubelgeschrei auf sie zu. Natürlich weigerten sie sich, sie zu umarmen. Edgar hob sie hoch und wirbelte sie herum; Alexander klopfte ihr auf die Schulter, und Davie verlangte, Ned halten zu dürfen. Umgeben von ihren Brüdern und stolz ihren Sohn haltend, blickte Mary auf ihren Gemahl. Er lächelte ihr zu, und sie lächelte zurück.

Mary war erschöpft. Sie zog sich in das Gemach zurück, das sie mit Stephen teilte, und war froh, für eine Minute allein zu sein. Ihr Kopf war voller wunderbarer, festlicher Bilder von ihrer und Stephens Familie, wie sie sich beim Festmahl unten im Saal vergnügt hatten. Es war wirklich eine wunderschöne Heimkehr gewesen.

Sie legte das schlafende Baby in die Wiege neben dem Bett. Tränen traten ihr in die Augen. Sie fühlte sich überwältigt von der Liebe zu ihrem Sohn und zu ihrem lieben, ihrem geliebten Gemahl.

Jetzt wusste sie, dass dieser Besuch weit mehr war als nur ein Familientreffen. Sie hatte sehr wohl bemerkt, wie brüderlich sich Stephen gegenüber Edgar, Alexander und Davie verhalten hatte, und war dankbar dafür. An diesem Tag war eine Botschaft übermittelt worden: Stephen hatte die Verantwortung für das Wohlergehen ihrer Brüder übernommen. Und nun war ihr, ohne dass man es ihr sagen musste, klar, dass sie es in der Tat versäumt hatte, ihm zu vertrauen. In ihrem Herzen wusste sie, irgendwann würde die Zeit kommen, wenn Stephen sein Versprechen gegenüber Malcolm erfüllen würde: Eines Tages würde er Edgar auf den schottischen Thron setzen. Sie hatte keinen Zweifel daran.

Dann bemerkte sie, dass sie nicht allein war. Sie drehte sich um und blieb reglos stehen.

In der Türöffnung stand Stephen, eine Rose in der Hand. Eine einzige, vollkommene, kurzstielige Rose.

Mary trat zu ihm, beinahe ängstlich, sie zu berühren, ihn zu berühren. Dieser große, machtvolle Mann, der ihr eine rote Rose zum Geschenk machte – es war ein Anblick, der zu schön war.

»Stephen«, flüsterte sie, und dieses Mal war ihre Liebe so groß, so überwältigend, dass es beinahe schmerzte. Nun verstand sie, dass es ohne Schmerz nie eine so große, so wunderbare und verzehrende Liebe geben konnte.

»Sie wird dich nicht mehr stechen, mein Herz«, sagte er leise, »denn ihre Dornen sind entfernt.«

Durch den Schleier ihrer Tränen hindurch lächelnd, nahm Mary überwältigt die Rose in Empfang.

»Ich halte immer mein Wort«, sagte Stephen.

Sie drückte die Rose an ihre Brust. »Ich weiß.«

»Ich habe vor, mein Versprechen gegenüber deinem Vater zu erfüllen, Mary. Eines Tages wird Edgar Schottlands König sein.«

»Ich weiß auch das.« Sie begann zu weinen. Stephen vertraute ihr, und das war das größte Geschenk, das er ihr neben seiner Liebe machen konnte, und er machte es ihr vorbehaltlos, seit er nach Kinross gekommen war.

»Ich gehöre dir, Mary«, sagte er feierlich.

»Ich weiß auch das«, flüsterte sie. Macht, Reinheit, Adel und Leidenschaft – das Versprechen der Rose. Sie stellte sich auf die Zehenspitzen und küsste ihn. »Vielen Dank, Mylord.«

Und er schloss sie in seine Arme.

Anmerkungen der Autorin

Chronologie der historischen Ereignisse

1058 bis 1093 Malcolm III. (Malcolm Canmore), König von Schottland

1066 bis 1087 William I. (Wilhelm der Eroberer), König von England und Herzog der Normandie

1070 Lanfranc wird zum Erzbischof von Canterbury ernannt.

1072 Malcolm III. wird gezwungen, Wilhelm dem Eroberer in Abernathy die Lehnstreue zu schwören; Duncan wird als Friedenspfand an den englischen Hof geschickt.

1079 Malcolm III. fällt in England ein, schafft es nicht, seine Grenze nach Süden vorzuschieben und wird erneut zum Lehenseid gezwungen.

1087 bis 1100 William II. (Rufus der Rote), König von England

1088 Aufstand normannischer Barone unter Führung von Odo von Bayeux, dem Grafen von Kent; er wird niedergeschlagen, Odo verbannt, seine Ländereien eingezogen.

1089 Tod Lanfrancs, der Stuhl des Erzbistums Canterbury bleibt vier Jahre lang vakant.

1089 William II. erhebt Anspruch auf die Normandie und führt dort mit einigem Erfolg einen Feldzug durch.

1091 Malcolm III. wird gezwungen, William II. in Abernathy die Lehenstreue zu schwören.

1092 William II. erobert Carlisle und vertreibt den lokalen Herrscher.

1093 Anselm von Bec wird Erzbischof von Canterbury.

13. November 1093 Malcolm III. wird von den Streitkräften des Grafen von Northumberland bei Alnwick getötet; Edward wird tödlich verwundet.

16. November 1093 Königin Margaret stirbt in der Burg von Edinburgh. Donald Bane greift Edinburgh Castle an; seine Neffen fliehen, nehmen ihre tote Mutter mit, begraben sie in Dunfermline und begeben sich dann an den Hof von William II.

Mai 1094 Ein anglo-normannisches Heer entthront Donald Bane und Edmund; Duncan wird König von Schottland. Sein Halbbruder Edgar ist einer der Unterzeichner der Krönungsurkunde.

November 1094 Duncan II. wird gestürzt und von Donald Bane und Edmund ermordet.

1094 bis 1097 Donald Bane und Edmund teilen sich den schottischen Thron.

1095 Robert, Herzog der Normandie, begibt sich auf einen Kreuzzug und verpfändet die Normandie an William II.

Herbst 1097 Edgar wird zum König von Schottland gekrönt.

1097 bis 1106 Edgar (der Friedfertige), König von Schottland

1100 William II. stirbt bei einem Jagdunfall oder wird ermordet. Prinz Henry (Henry Beauclerc) bemächtigt sich am selben Tag der Staatskasse; drei Tage später wird er in Westminster gekrönt; einige Monate später heiratet er Matilde (Maude), die Tochter von Malcolm III. und Margaret, und holt sie dafür aus einem Kloster.

1100 bis 1135 Henry I., König von England

1106 Henry I. fällt in der Normandie ein und siegt bei Tinchebrai; er vereint das Königreich England und das Herzogtum Normandie; sein Bruder Robert wird für den Rest seines Lebens gefangen gesetzt.

1106 bis 1124 Alexander I., König von Schottland

1124 bis 1153 David I., König von Schottland

Dies ist ein Roman, und ich habe die obigen Ereignisse und die historischen Charaktere, die sie bewegten, mit großer Freiheit und viel Freude interpretiert. Soweit es ging, habe ich mich an die chronologische Abfolge gehalten, doch der geneigte Leser mag bemerken, dass etwa Carlisle im Jahr 1092 und nicht 1093 erobert wurde. Ferner war Edinburgh nicht der offizielle Sitz der schottischen Könige, doch ich habe es dazu gemacht, weil die Geschichte zeigt, dass Mary und ihre Brüder im November 1093 nach dem Tod von Malcolm, Margaret und Edward von dort flohen. Ich hoffe, meine Leser werden mir Irrtümer, die mir unterlaufen sind, verzeihen.

Die Daten zu dieser Periode, wenn es überhaupt welche gibt, sind sehr widersprüchlich.

Ein Wort zur Kirche im elften Jahrhundert. Sie war damals wohl kaum so starr festgefügt wie heute. Über viele religiöse Angelegenheiten übte der König große Macht aus; allerdings begannen sich in dieser Zeit viele Reformer für eine ausschließliche Zuständigkeit der Kirche in allen ihren Befugnissen einzusetzen, wie zum Beispiel das Recht der Ernennung, der Amtseinsetzung und so weiter. Es gab hohe geistliche Würdenträger, die gottlos oder atheistisch waren; Männer, die, wie es scheint, große Ritter waren, die vom Eroberer und seinen Söhnen mit Ämtern belohnt wurden – ebenso gab es aber auch wirklich große und fromme Kirchenmänner.

Einige Erzdiakone dieser Periode waren keine geweihten Priester, zum Beispiel Geoffrey de Warenne.

Abschließend noch eine interessante Anmerkung. Als ich mit diesem Werk begann, war ich von der hier behandelten geschichtlichen Periode sozusagen bereits besessen, weil schon im Vorläufer dieses Buches Stephen vorkam. Meine Muse gab mir ein, dass seine große Liebe eine schottische Prinzessin namens Mairi sein würde. Damit war ich gezwungen, Malcolm und Margaret als Schottlands König und Königin anzuerkennen – als ihre Eltern. Umso mehr war ich fasziniert, als meine Nachforschungen einen solch reichen Konflikt ans Licht brachten, den ich in meiner Arbeit verwenden konnte. Aber schon bald war ich verblüfft. Denn als ich Malcolm und Margaret noch mehr Aufmerksamkeit widmete, stellte ich fest, dass sie sechs Söhne und zwei Töchter hatten – und die ältere dieser beiden hieß Mary und heiratete einen normannischen Grafen.

Natürlich habe ich ihr Leben komplett erfunden. Zumindest glaube ich das.

Deutsche Erstausgabe 2007
Weltbild Buchverlag –Originalausgaben–

2. Auflage 2007

Published by Avon, an imprint of HarperCollins Publishers, LLC.

Projektleitung: Almut Seikel
Redaktion: Claudia Krader
Übersetzung: Heinz Tophinke
Umschlag: Hauptmann & Kompanie Werbeagentur GmbH, München
Umschlagabbildung: © Case, Donald via Agentur Schlück
Satz: avak Publikationsdesign, München
Druck und Bindung: GGP Media GmbH, Pößneck

Gedruckt auf chlorfrei gebleichtem Papier

Printed in the EU

ISBN 978-3-89897-744-9